半生温柔 上

张纳言 著

北京联合出版公司
Beijing United Publishing Co.,Ltd.

图书在版编目（CIP）数据

半生温柔：全两册 / 张纳言著 . -- 北京 : 北京联合出版公司 , 2018.3

ISBN 978-7-5596-1683-8

Ⅰ . ①半… Ⅱ . ①张… Ⅲ . ①言情小说－中国－当代 Ⅳ . ① I247.5

中国版本图书馆 CIP 数据核字（2018）第 022490 号

半生温柔

作　　者：张纳言
责任编辑：谢晗曦　夏应鹏
装帧设计：末末美书

北京联合出版公司出版
（北京市西城区德外大街83号楼9层　100088）
北京联合天畅发行公司发行
北京京都六环印刷厂印刷　新华书店经销
字数：466 千字　889 mm × 1194 mm　1/32　印张：22.5
2018 年 3 月第 1 版　2018 年 3 月第 1 次印刷
ISBN 978-7-5596-1683-8
定价：69.00 元（全两册）

目录 || CONTENTS

目录 || CONTENTS

见你，

如见花开，

如见春来，

如陇头见明月，

如海沿见潮风。

所有的好，都愿给你，

所有的难，亦愿与你同受。

只因在这世上，

我唯一所爱是你，

如爱我唯一的灵魂。

——题记

楔　子

甘小满永远也忘不了那个晚上。

车子已经熄火六个小时，天彻底黑下来了。为了缓解她的窒息，叫大庆的男子把车窗摇下来，那根拉山口的冷风夹杂着雪沫子吹在脸上，像刀子在割一样。她蜷缩在座位上，觉得自己马上就要冻成一块冰。

她很后悔没听王笑笑的话，这个季节进藏，的确不是个好选择。更倒霉的是，她居然搭了这么一辆中看不中用的车，尽管车标看上去很能唬人，可是关键时刻熄火，却令她陷于挨饿受冻与高原反应的困境。她发誓以后发了财，一定不买这个牌子的车，换辆QQ也比这个中用。

现在说什么都晚了，高原上的黑夜毫不留情地来了。两人两顿饭只啃了一个苹果，大庆不客气地翻开她的背包，她实在是没力气说话，闭着眼郁闷地想：翻吧翻吧，能翻出东西来，算你有本事。

一阵疯狂搜索之后，他有点儿诧异地看了她一眼，声音沉闷："你没有吃零食的习惯？"

如果不是太难受了，甘小满一定会笑出来。这家伙，鼻梁上的墨镜一整天没摘下来，开车时坐得如同标杆一样溜直，熄火之后依旧从容不迫，只是不停地打电话，那样子让人以为他似乎能弄架直升机来救援。这样一个时刻都保持着高冷酷帅范儿的人，原来也会有肚子饿到失去形象的时候。

一想到"饿"这个字眼儿，她的胃里也像有无数小爪子在抓挠，都冻成这样了，怎么饥饿的感觉非但不迟钝，反而似乎更灵敏了？

不过大庆也不是毫无收获，他硬是从甘小满的包里找出半盒口香糖，两人就着寒风把可怜巴巴的几粒糖嚼到恶心，可是仍然没能等来救援的人。

甘小满彻底冻透了，渐渐陷入昏睡。大庆强打着精神坐到她身边，说道："听说纳木措的夜空能看见又多又大的星星，可惜今天下雪，不然咱们可以看着星星作诗，没准儿一不小心就流传千古了。"

甘小满没应声。

他使劲儿摇她，冲她喊："喂，起来。"

她不睁眼，嘴里嘟囔："你干吗？让我睡会儿。"

"你没听过吗？红军过雪山时，有好多战士睡着了就再也没起来，你不能睡。"

"我又不是战士。"甘小满边说边用力地裹紧羽绒服。

"不行！"他力气可真大，硬是把她从座椅深处捞起，"我给你讲个笑话，你听了就精神了，救援队一会儿就到，坚持一下。”

他拍拍她的脸。她的脸已经冻木了，被他这么一拍直发痛。她只好睁开眼听着。朦胧的夜色里，他已经把墨镜摘下来。之后，每当想起这个让人后怕的夜晚，甘小满总是后悔当时没有打开手电筒看清楚大庆的模样，记忆里仅有一双闪闪发亮的眼睛。

他清清嗓子，讲道："某家有一只鹦鹉，一拉左腿会说'你好'，一拉右腿会说'再见'。有一天来了一位客人，心想要是俩腿一起拉，这鹦鹉会说什么呢？他这么一试，鹦鹉讲话了：'你他妈想摔我个跟头是咋地？'"

甘小满其实听过这笑话，不过还是捧场地笑了笑。

大庆再接再厉："有两只吸血蝙蝠，已经好几天没吸到血了。一天，一只吸血蝙蝠浑身沾满鲜血地飞回来，另一只见了羡慕不已，问道：'这位老兄从哪里吸到这么多血？'第一只蝙蝠把它带到一堵墙面前，说：'看到这堵墙了吗？'那蝙蝠说：'看到了！'这只吸血蝙蝠恨恨地说：'妈的！老子刚才偏偏就没看到！'"

甘小满咧咧嘴。大庆说："该你给我讲了。"

甘小满不想说话，她觉得自己的心脏像被一根绳子凌空悬挂在胸腔里，一下一下地撞击着痛感神经，她使劲儿窝进座椅深处说："我睡会儿，你别叫我。"她觉得自己的声音听上去是那么遥远，似乎被风吹散了。

大庆话音冷冷："别怪我没警告你，你要是睡着了，我说不准会做出什么事儿来！"

甘小满声音又低又细："非礼我？你也在缺氧，要是不想要命了，倒是可以试试。"

他在昏暗的夜色里瞪视着眼前的女孩："你知不知道这话并不是威胁，倒像是暗示？"

她没心思回应他的虚张声势，手在口袋里摸啊摸。

大庆咳了声："防狼武器？"却见她掏出一个小小的什么东西，递到自己眼前。他纳闷地接过来，居然是块巧克力硬糖！

"只有这一块，"她含含糊糊地说，"给我留点儿啊！"

大庆略呆了呆，问道："你这算不算贿赂？"

甘小满没回答，因为她已经彻底睡过去了。帽子下面有几缕长发溜出来，被风一吹，触到他的脸上。纷飞的发丝弄得他有点儿痒。

大庆掏出手机看了看，九点一刻。电话已经打出去四五个小时了，可是四周依然寂静得可怕，除了风声，没一点儿要来人的迹象。他瞅瞅旁边的女孩儿，说实话他也快挺不住了，寒冷和缺氧让他很想睡过去。可是如果那样的话，自己和这个女孩儿就都没救了。

他的胸腔里似乎正敲着一面大鼓，咚咚咚，咚咚咚，似乎要把胸膛破开个洞。风更冷了，他试图关上车窗，可是按钮不听使唤，电池彻底耗尽了。

甘小满直到现在都不知道自己是怎么获救的，她只记得自己开始睡得极冷，几乎冻得丧失了所有的知觉，接着远处传来叽叽喳喳的说话声，说话声中似乎还夹杂着机器的轰鸣声。伴随着这些噪音，风似乎更大了，寒冷、饥饿、吵闹，这一切都让她心情烦躁，她很想发脾气却没有力气，只能被迫忍受着。

不知什么时候，周围静下来了，她做了个梦，梦到自己似乎沉进了柔软的水波中，舒服得不得了，阳光暖暖地照在身上，就像母亲的手在温柔地抚摸她，弄得她在梦里特别想家。

她这一觉睡了很久，醒来的时候费了些力气，眼皮动来动去可就是睁不开，好像被那根拉的雪粘到了一起。好不容易睁开后，首先映入眼帘的是高高的天花板和商业式的装修，这一切让她瞬间确定自己已身处酒店，但绝不是自己住的那间。

她慢慢坐起，努力回想事情的经过，头微微发晕。宽敞的卧室静得没一丝声响，她虚弱地问："有人吗？"

没人答应。

她发现自己的手背上居然贴着打过吊针的胶布，看来她先是被送进医院，然后又被扔进这间屋子，现在大家都撤了。

她镇定了一下，往前台拨了个电话，对方很客气地说："您醒了，午饭马上给您送到房间。"

甘小满有点儿着急："你们这儿是哪里，我是怎么到这儿来的？"

"这个我也不清楚，我是接早班的时候看到有人这样预订的。"对方话语甜甜。

她不清楚，我只能下床去找别人问个明白，甘小满这样想着，便起身试着走了两步，可是两腿直发软。传说中的高原反应果真不是盖的，她此时虚弱得像根面条，只好又坐回床上。

片刻之后，服务员敲门送来了午饭，菜品清淡，看着就爽口好吃。甘小满饿极了，不管三七二十一，先填饱肚子再说。一顿饭下去，额头上微微发汗，她才感到自己重新活了过来。

甘小满住到第二天，终于不能安心住下去了。这酒店怎么看都不便宜，虽然没人向她要钱，但她觉得还是尽快搬离比较好。好在她年轻，恢复得快，睡了两天已经精力充沛。她身边的东西只有一个包，一直放在床头柜里。下楼去结账，她不死心地再次询问是谁把她送来的，前台依旧摇头回答：“对不起，我不清楚。”然后，前台噼里啪啦敲了几下电脑，返给她一沓押金，恭恭敬敬地说：“希望下次再为您服务。”

甘小满捏着钱，觉得世界真奇妙。

王笑笑的短信这时候到了，问她这些天为什么没消息。甘小满回复：“一言难尽，回去跟你细说。”

王笑笑又发过来一条短信：“公司被乾一收购了。”

甘小满左手捏着钱，右手捏着电话，原地傻站了足有五秒钟才回过神。她收到这个消息，第一个念头是完了，自己恐怕要失业了。

她其实挺想留在这里打听一下大庆的消息，他也许能告诉她获救的经过。但是目前的情况已经不容她在此徘徊，她只能心急火燎地打电话订机票。匆匆走出酒店大门时，西藏特有的如同金子般的阳光照在脸上，她下意识地抬头看了看清澈得仿佛蓝色水晶的天空，然后莫名其妙地想起那句诗：

“天空没有留下翅膀的痕迹，但我已经飞过。”

一　前尘已如袖底风

1

已经工作了三四年，甘小满却没什么积蓄。她的收入有限，每个月还要寄钱回家。妈妈的哮喘病时好时坏，平日里吃药打针，二十四小时保姆都需要钱。甘小满尽量节俭，衣服都挑打折的买。庆幸的是，甘小满所在的公司待遇不错，供应午餐，但房租对她来说也是一笔不小的开销，所以她一直过得紧巴巴的。

她此生所做的唯一奢侈的事，就是去西藏待了几天。没想到一回来就要面临失业，早知道就不去了，还能省下几千块。

有个作家说什么来着：没有很多很多的爱，就要有很多很多的钱。提到这两样，她真是惭愧，居然什么都没有。

那很多很多的爱，有一度她觉得自己有了，可惜最后却是一场空。王笑笑说她是傻瓜，她承认，因为分手的时候，如果自己一哭二闹三上吊，彭锐明说不定出于安慰和补偿，会皱着眉给自己一笔钱，他素来是不吝啬的。当然，他可能会因此看不起自己，甚至对自己感到厌烦，可那有什么关系呢？反正他已经抛弃自己了。他给自己一笔钱从此讨厌自己貌似也不错啊，毕竟钱是实实在在的东西，没有人会否认金钱的作用。花钱的时候，谁都会对你和颜悦色、笑脸相迎。

她的手指在细长的水性笔杆上来回摩挲，直到王笑笑提高嗓音："甘小满，刚才的数据你到底记了没有啊？"

她才回过神儿，问："啊，记什么？"

王笑笑在她额头上点了一下，调侃道："去了趟西藏怎么更呆了？你难道还没忘了那个贱人？"

"贱人"是王笑笑对彭锐明的称呼。彭锐明跟甘小满刚分手时，甘小满整天以泪洗面，却倔强地说自己没哭，可是那红肿的眼睛早已出卖了她。可恶的是，彭锐明还偏偏隔三岔五地给她打电话，电话打过来也不多说话，只问她好不好。甘小满本来还是悲痛欲绝、痛哭流涕，后来被他问得心如死灰，泪都流不出来了，只是一个劲儿地发怔。

王笑笑说："我就不明白了，分手是他先提出来的，瞧他这纠缠的架势，倒像是你不要人家了，你们俩到底怎么回事儿呀？"

甘小满喉咙里如同堵着铁蒺藜，嘶哑着嗓子低声说："他又喜欢别人了。"

王笑笑气不打一处来："那他还来惹你干吗？吃着碗里的瞧着锅里的，他以为自己是多情公子呀！"

之后，彭锐明再打电话来，甘小满就不接了。她的手机铃声很特别，是首儿歌，叫《泥娃娃》，奶声奶气的童音在办公室里不停地唱：

泥娃娃，泥娃娃，

一个泥娃娃，
也有那眉毛，
也有那眼睛，
眼睛不会眨。

泥娃娃，泥娃娃，
一个泥娃娃，
也有那鼻子，
也有那嘴巴，
嘴巴不说话
…………

同事们都往甘小满这边瞅，甘小满干脆调成振动，手机在抽屉里顽强而委屈地嗡嗡响着，就像她压抑到极点的心情。

直到部门经理赵刚从他的办公室走出来，通知大家下班后一起聚餐，甘小满的心情才稍有好转。赵刚是滨城本地人，老婆开着一间小有名气的特色餐厅。他待手下人特别好，常把部门的员工召集起来去自家餐厅吃饭，大家都挺拥戴他。

这天又在赵家餐厅聚餐，刚吃了几口，彭锐明的电话就到了，甘小满看了眼手机，心像被一只手狠狠地捏着，又痛又茫然。她直接按断，神色却变了。

席上有个副经理叫朱湛业，对甘小满颇有好感，追求遭拒后不免心中怀恨，见她神色凄然正好报复，于是端酒过来非要和她喝一杯。甘小满酒量不好，同事都知道，他却立在甘小满面前说：“小满，今天这酒你要是不喝，就是看不起我，不给我面子。”

这根本就是在找茬。

王笑笑知道这位副经理脾气大，笑着打圆场道：“小满不会喝酒，不如让她以茶代酒。”

朱湛业连连摇头，说：“不行，我可是见过甘小满喝酒的，你们别帮着她。”

甘小满想起来了，彭锐明常带她出去吃饭，每次都给她倒一点点红酒，说不喝摆着也有气氛。一次，朱湛业恰巧看见了他们吃饭的场景。当时，朱湛业刚刚被她拒绝，脸色很不好看，没想到他这么记仇。

她以为自己已经把一切都忘得差不多了，但居然清晰地记得当时彭锐明一边和朱湛业打招呼，一边拉着自己的手。他的手是那么暖，她原以为他会一直牵着她……

甘小满原本是低头坐着，她慢慢站了起来，把自己面前的果汁“哗”地倒进茶碗里，拿过酒瓶倒了满满一大杯，接着看也没看朱湛业，仰头就灌了下去。她本来不会喝酒，一杯干白硬生生地进了胃，烧得她眼睛都红了，接着她开始咳嗽，一声接一声，这是喝呛了。

王笑笑忙拿水让她顺顺。朱湛业有点儿傻眼，待回过神儿，冷笑着说了句：“我就说小满是有酒量的，你们还不信。”说完把自己杯中的酒喝掉，臊眉耷眼地坐了回去。

一杯酒下肚，甘小满脑子晕晕的，就像打翻了一锅糨糊，席上谁说了什么，她一句也不知道。直到散席出门，她也没有清醒过来。

随着众人走到门口，手机在包里再度嗡嗡地响起。她想掏出来接听，可是脚底发软，手也不听使唤，在包里摸来摸去也摸不到手机。

“嗡嗡嗡——”手机执着地响着，她的心随着手机的振动一阵阵发紧，等她终于把电话掏出来时，那边已经挂了。她翻到未接电话看了一眼，又是彭锐明。

她不知道彭锐明要对自己说什么，也不知道自己还能对他说什么。她只记得分手时他看都懒得看自己一眼，背对着自己冷冷地说：“我喜欢别人了，我们分开吧。”说完，他就头也不回地走了，只留了个背影给她。

这个冰冷绝情的声音回荡在自己脑中有多久了？一个月，两个月，还是半年？

时间究竟持续了多久，甘小满记不清了。她只知道这声音每天都会被想起，甚至她的睡梦里，都能听见那冰冷的话音：“我们分开吧！”

她觉得这冰冷无情的话把她的心都要冻僵了。

不知何时，王笑笑已拦下了车，这时正坐在出租车里招呼她：“上车。”

她忙走过去，手里还捏着电话。忽然听见赵刚在身后呼喊道：“小满，你等一下。”

同事们都走光了，王笑笑坐在出租车上等她。她回过头，看见大堂里悬挂的巨大仿古水晶灯下的赵刚一脸了然世情的微笑。

"换个号码吧——我可不愿意看见自己的手下，这么漂亮的女孩儿被折磨成伤心老太太。"赵刚建议道。

她沉默了一秒，赵刚又说："上车吧，笑笑等你呢。"

她听从了赵刚的建议，第二天就换了号码。她想象不出彭锐明在打不通她的电话之后会有什么样的心情，也不愿去想。

没有了彭锐明，她开始埋头工作，休息日也忙着跑市场。王笑笑说："小满，杂志上说：女人成为工作狂是缺乏安全感的表现。女人的安全感是男人给的，你还是用心找个好老公吧。"

甘小满只是笑笑。

整整两年的时间，她才从失恋的阴影中走出来。在拉萨的几天里，她曾冷静地想：彭锐明提出分手后还常常给自己打电话，到底是为什么？他是良心不安？还是想重修旧好？或者是想脚踩两只船？

即使他伤她很深，她也还是能客观地评价他的人品，不至于是第三种猜测。而前两种，无论是哪一个，在拉萨那么灿烂的阳光下，她都觉得索然无味。

下午，广播召集开会，会议的内容和甘小满预想的差不多，所有人员的去留都要乾一驻扎进来后决定。散会后，王笑笑眼观六路，告诉甘小满赵刚被留在了会议室。

回到办公室，同事们乱成一锅粥，没有工作做，只能在座位上静静地等待，这种滋味很让人惶惶。甘小满想起从西藏带回来的礼物，把王笑笑叫到自己的格子间里，拿给她，是一大包牦牛肉干。

王笑笑喜道："还是你懂我，知道我最喜欢吃。"

她当下拆开包装吃了一粒，接着连声称赞有嚼头。王笑笑让甘小满也吃一粒，反正现在乱糟糟的没人注意，甘小满就跟她一起吃起来。

这时屋子里同事的议论突然平息，她们俩鼓着脸朝门口望去，原来是赵刚回来了。他带着惯常的笑容，大手一挥，这个动作大家都熟悉，每次他招呼大家打牙祭都是这个手势，果然他说："待会儿下班去我家，我让店里的厨师做几个最拿手的菜。"

平时大家听到这话都是一阵欢呼，今天却是一片死寂，呆了几秒，王笑笑才第一个叫出来："好啊好啊，我馋红菜汤了。"

其余的人也跟着说笑起来，就像什么都没发生。不过众人心中清楚，即便乾一能保留海丰的一部分员工，招商部经理也绝不会在留用之列，赵刚今日请大家吃的是散伙饭。

下班后，部门里的七八个人分乘两辆车来到赵家餐馆。赵刚妻子能干贤惠，亲自招呼大家上楼。大家常来，都争着问嫂子好。众人被领到三楼雅间，由于赵刚早打过招呼，众人落座没几分钟，菜就上来了，往常都是做的家常菜，这次不同，果然全是招牌菜。

朱湛业端起杯子，代表大家感谢了赵刚，全体喝了一口，赵刚招呼大家吃菜。

罐焖牛肉上的面包脆片一打开，香气四溢，红色的汤汁无比诱人。众人也不客气，一齐下手，牛肉又嫩又烂，汤汁烫烫的，带着丝丝奶香，大家的情绪马上高涨起来。

赵刚这顿饭请得十分用心，奶汁烤鲑鱼、酿馅鱿鱼、鹅肝沙拉、黑鱼子酱，美食一道道上来，诸人无不欢喜。本地啤酒全国闻名，最是爽口。美酒佳肴摆在面前，大家都开怀享受美食，既然赵刚没明说是散伙饭，也就没必要弄得悲悲切切，他也乐得看大家吃得欢畅，只说："今后各位得了意，别忘了来捧老大哥的场，带朋友来这儿下馆子，我给打最低折。"

酒过三巡，大家开始猜拳。甘小满与酒无缘，猜拳也轮不到她。她拿汤匙小口地喝着汤，明晃晃的灯光下，耳边的嘈杂声忽然让她心烦，然后她觉得心脏的位置微微有些疼痛，她知道自己这是劳累过度了。

从拉萨回来没休息就来上班了，高原反应可不是说着玩的。她起身想去透透气，王笑笑发觉她脸色不对，问道："怎么了？去哪儿？我陪你吧。"

她笑着摇手，说："没事，我去洗手间。"

自己的不舒服，她从来不愿让别人知道。

她从小和妈妈相依为命，小学的时候，有次削铅笔削到手指，血忽地涌了出来，她狠狠咬着嘴唇忍着疼，学着妈妈的样子用纱布按住伤口然后缠在手指上，一声也不吭。晚上吃过饭，妈妈发现她没像往常一样洗漱，就上来问她，她把手藏到身后，怎么也不肯说。妈妈扳过她的胳膊，看见那裹在手指上染血的纱布，眼泪就一滴一滴地落下来。

妈妈拿出药水给她处理伤口，她是护士，做这一切本应很熟练，可是那天她的手不停地颤抖，好不容易才把伤口处理好。接着，妈妈一把就把小小的她搂在怀里。她记得妈妈当时把她搂得好紧，让她有点儿喘不过气。

她听见妈妈喃喃地呼唤她的名字："小满，我的好宝宝。"

那声音里全是难过和心疼。

她受不了妈妈为自己伤心难过，也看不得妈妈为自己心痛流泪。于是，从那以后，她更不愿让妈妈看到自己受伤，并且每次站在妈妈面前，都面带笑容。慢慢地，在亲近之人面前假装坚强，就变成了甘小满的习惯。她的伤心、难过和不舒服，都不愿让别人知道。就连她和彭锐明分开后，妈妈问起他们的事，她也只是轻巧地笑道："放心吧，我给您找个更好的女婿，您女儿我这么漂亮，还愁嫁不出去吗？"

她的心已经支离破碎，只有她自己知道。

赵刚家的餐馆装修可是下了血本，奢华的欧式风格，到处金光耀眼。紫红色的地毯上描绘着盛开的大团大团金色的花朵，一直绵延到宽阔的走廊尽头。甘小满沿着地毯朝前方走去，那里有扇开着的窗。

刚在窗前站定，紧邻的房门便开了。甘小满本来没想看，可一扫到那人影，眼睛就再也移不开了。

两年不曾相见，也没有彼此的消息，她也想过从此两人如在两极，再不会相逢，即使相逢，她也早已心如死水，不会再起波澜，但此时看到他还是不由自主地瑟缩了一下。

彭锐明的衣着还是那样干净利落，明朗的眉眼也一如当初。头顶上灯池闪耀，他挽着身旁的女伴从房中出来，四目相接的瞬间，他原本微笑的脸上刹那间变得极为复杂，有吃惊，有诧异，也有淡淡的痛楚。

他愣愣地道："小满？"

甘小满深深地吸气，仍觉缺氧，好在彭锐明只是暂时失神，旋即恢复从容，伸出手来道："好久不见。"

"好久不见。"甘小满梦游似的同他握了握手，他的手掌还是那么温厚，却已找不到曾属于她的那份温暖。

"来吃饭？"

"是啊，来吃饭。"甘小满微笑着回答。

"我也是，刚刚吃完。"

明艳的女孩儿挂在彭锐明的胳膊上，不停地打量甘小满，眼中满是难以掩饰的好奇。一旁深色衣装的男子的目光则凝聚在甘小满身上，眼神意味深长。

彭锐明把手指向女孩儿，要给她介绍，她忽然害怕听，害怕他的话像把刀子扎进她的心房。

她脱口而出："同事还在等我，我要回去了。"

彭锐明的动作被打断，愣了两秒才迟疑地说："那，我先走了。"

"好。"

他迈了一步，又站住："有事给我打电话，还是原来的号码。"

"好。"

看他终于带着女孩儿走开，甘小满才微微松了口气。这时，原本站在彭锐明身边的男子突然露出难以捉摸的微笑，问道：“小满，你的名字？”

他面目硬朗，眼神犀利，虽然微笑着，却让她隐隐有种特殊的压力。这个声音她似乎在哪里听过，可是对人却没什么印象。他并没有等待她的回答，漆黑的眼珠在她脸上深深地盯了一会儿，就跟着彭锐明走了。

夜色降临，窗外早已万家灯火。甘小满看着窗外轻轻叹了口气，她发现自己已经没有了往日百转千回的忧伤，他们之间的一切真的过去了。

她竟是终于不再爱他了。

2

乾一接手海丰后的第一件事是将五层大楼重新装修，员工则重新竞聘上岗。竞聘的过程很轻松，结束后，甘小满和王笑笑一起去九子胡同吃汤包。路过海丰门前，两人见大楼用绿色的隔离网罩着，墙体已弄得七七八八。

王笑笑说：“乾一的速度够快的，这才几天啊，我以为得装修三四个月呢！”

甘小满说：“他们也是赶着要在‘五一’前开业，黄金周啊，正是捞金的时候，施工队恐怕得日夜开工。”

王笑笑没接话，目光隔着一条马路直勾勾地盯着海丰楼下的一群人，甘小满问：“看什么呢？有恐龙啊？”

“极——品——啊！”王笑笑拉着长声说，“看见没？中间穿深色衣服的那个高个子！”

“什么呀？”甘小满顺着她的目光望去，确实看见有个人被围在中间。她有点儿近视，眯着眼也看不清那人的样子，只能看见他对周围的人正说着什么，旁边的人显然唯他马首是瞻，都在倾听。

“乾一的高层。”王笑笑很肯定地说。

“高层跟咱们没关系。”甘小满肚子饿得要命，拖着王笑笑往前走。

直到坐在包子铺的餐桌旁，王笑笑仍然魂不守舍地称赞：“好风度，好气派。”称赞过后，又说，“小满，你那贱人也就长了一副好皮相，一万个人里不见得能找出一个，但也只属于精品而已。今天的这个男人却是精品中的精品，顶尖的极品。”

甘小满被她弄得笑个不停，说：“你这么花痴，也不知道郭沣怎么忍得了你。”

王笑笑振振有词：“大凡世间出色男子，都是用来欣赏的，所谓赏心悦目是也，却不一定要一起过日子。不然油盐酱醋的，悦目的东西也给熏变了味儿。郭沣素来知道我的理论，对我非常放心。”

甘小满听她胡说惯了，不以为意，旁边的一大群食客却听得目瞪口呆。

乾一办事速度很快，隔天便有电话打来，甘小满依然留在招商部。她给王笑笑打了个电话。王笑笑正在郁闷，原来竟然把她安排到企划部了。二人虽略感遗憾，但好在还是同一个公司，还可以经常见面。

第二天，甘小满起了个大早，仔细收拾一番后就打起精神去上班了。不知道经理会是谁，八成是乾一委派过来的，甘小满猜测着。到了办公室见过同事，往经理室一看，她不禁大吃一惊，居然是朱湛业。

朱湛业正在看资料，抬眼看见她，笑眯眯地说："小满，真高兴你能继续和我一起工作，今后你要好好努力，争取让我满意。"

甘小满心知以后麻烦大了，此人肚量之小非同一般，不过只能硬着头皮冲他笑笑。

所幸商场重新开张，招商部手头有一大堆工作要做，大家都忙得团团转，朱湛业也不得闲，所以直到商场开业，一切都还平静，甘小满紧张的心情才略有缓解。

海丰商场更名为"伟天购物广场"，开业当天，场面壮观无比。楼前人头攒动，本市各大媒体的记者倾巢而出，扛着"长枪短炮"，蜂拥在前排。门前更是搭起巨大的舞台，彩色的大氢气球系着巨幅标语悬挂在蓝天下，热闹喜庆的场景让人兴奋不已。

甘小满手头上有好几份数据没统计完，正忙得晕头晕脑，只听外面礼炮震天，接着几个领导轮番致辞，扬声器把声音送得很远。她知道待会儿会有大批顾客蜂拥而至。商场早把开业的促销广告打出去了，广告内容看得她都颇为动心，那么大力度的折扣，那么高额度的抽奖，市民们大约都会铆足了劲儿来扫货。

商场内部的装修显然是经过高手指点，既保留了百年老店的风范，又运用了时尚元素，整个装修风格是奢华中透着古朴，顾客在里面购物的感觉一定说得说。

乾一这一出手真可谓是胜券在握，难怪它能成为业内翘楚。

电话响了，是王笑笑打来的。甘小满接听电话后，就听到嘈杂的声音传来，时不时地还能从电话中听到扩音器发出的声音，显然她在楼下。甘小满吓了一跳，问道："你怎么跑出去了？"

王笑笑的声音充满兴奋，在吵嚷的人群中大喊道："我偷偷出来看热闹，你猜我看见谁了？"

"谁？"

"极品，极品在剪彩！"

甘小满没明白她的话，反问道："什么极品？"

王笑笑又笑又叫："哎呀，笨，你快下来看！"

"什么乱七八糟的，我不去。"甘小满说，"你也快回来，小心让人发现开了你。"

"马上就结束了，再想看就看不着了。"王笑笑嘟囔一句，挂了。

甘小满想了想走到窗边，向下张望，大红地毯上几个西装革履的领导刚刚剪完彩，被引着走进店内。

"哪个是极品呀？"她抻长了脖子往下望。

内线电话突然响了，是朱湛业打来的。

“晚上请你吃饭。”他说道。

甘小满本来就看表格看得头晕，听到他的这句话头更晕了。没等她答话，朱湛业又说：“下班后，我在西门等你。”接着，他便挂了电话。

由于接到朱湛业的吃饭邀请，甘小满一整天都处在极度难熬的状态。午餐时，朱湛业去参加了开业喜宴，显然吃得十分欢畅，回来时精神振奋，看甘小满的眼神中也夹杂着势在必得的情绪。

甘小满被他的眼神看得毛骨悚然。

临到下班，她走进经理室，朱湛业早料到她会来，瞅着她只是笑。他其实相貌不丑，只可惜眼睛太大还向外鼓着，精光暴露好似金鱼，怎么看怎么让人厌恶。

甘小满把一堆材料放在桌上，说：“我今天不舒服，谢谢你的晚餐。”

她不是不知道得罪这个脾气超大的家伙会有什么后果，可是她实在做不到对他虚与委蛇，因此，她做好了接受他刁难的准备。

谁知朱湛业这次却没有发火，反而笑道：“我没那么让你讨厌吧？你和那个人不是早分了吗，为什么不能给我个机会呢？我对你可是很有诚意的。”

他边说边拿起电话，当着甘小满的面，拨打了号称本市最有情调的一间餐厅的电话订位子。

“你也看见了，位子我都订好了，你不去就是对我有意见。”停了停，他又说，“我们可以先做普通朋友，等你了解我就会喜欢上我的。”

听到这句话，甘小满差点儿吐了。

他起身绕过桌子，来到甘小满身边。甘小满忙不迭地朝旁边让了让，和他拉开一些距离。谁知他却一伸手想抓住她，甘小满急了，说道：“这是办公室，你要干吗？”

朱湛业的手只好停在了半空中，他拿不准甘小满的脾气，她要是突然喊起来也真够让人难堪的。

于是他只得做个手势，尴尬地说道：“我等你，待会儿见。”

甘小满被他刚才的动作吓了一跳，慌不择路地逃出了经理室。她不愿别人看出异样，故作镇静地走回座位，心里却无比发愁。这饭绝对不能跟他吃，她太了解朱湛业了，只要今天和他出去，明天所有的人都会知道他们在恋爱，到时候她跳进黄河也洗不清了。

想来想去，甘小满认为三十六计走为上策。当日南希仁教郭靖，最救命的一句就是“打不过，逃”！

主意一定，伺机而动。下班铃一响，同事们都一个个离开，朱湛业也从经理室出来，故意走到她身边问：“怎么还不走？”

甘小满头也不抬，手底下忙碌着说：“有点儿活儿没做完。”

朱湛业道：“我下去等你。”

估摸着他进了电梯，甘小满立马收拾东西，背着包从楼梯往下走。西门是员工出口，她走的是东门，和商场内的顾客混在一起出了大门。按照习惯，她该到对面等公交，但今天情况特殊，她怕被朱湛业发现，想打车直接回家。

正值下班高峰期，等了几分钟一辆车也没拦到，她不得不沿着马路一路走一路张望，看看能不能遇到出租车。

就在她左顾右盼时，猛然发现朱湛业正迎面走来，沉着脸，金鱼眼更显得突出了。

“干吗躲着我？我又不会吃了你。”他将她逮个正着，甚为窝火。

甘小满觉得自己被他抓了个“人赃俱获”，几乎有点儿结巴了：“那个，谢谢你的好意，我……”

她四处张望，希望可以发现个熟人借机逃走，因为朱湛业怎么也不会当着别人的面发作。

可人流如潮，偏没有一个是她认识的。她这个丧气啊就别提了，难道大家一下班就都立马长翅膀飞回家了吗？怎么一个救命的人也没有！她真后悔没约上王笑笑一起回家，现在打电话也来不及了。

正在她左右为难之时，一辆黑色轿车贴着马路牙子缓缓停了下来，下来个五十几岁的男人，远远叫了声：“小甘。”

甘小满和朱湛业一起扭头，朱湛业的表情瞬间变得诚惶诚恐，笑容从眼睛和嘴巴里直往外冒：“李总。”

甘小满曾在开会的时候见过李总。那时公司刚刚启动，一排领导端然而坐，李总一项一项布置任务。他讲话语速不快，吐字清晰，所述问题简明扼要，安排得周到合理，一些细节都考虑得滴水不漏。几十分钟的会议，他不苟言笑，不怒自威，令人肃然起敬。没想到今天在此遇到他，甘小满急忙叫声："李总好。"接着退后一步站到下首，心里暗暗吃惊，参加会议的有几十人，他只见了自己一次居然就记住了，真是厉害。

李总今日与那时不同，严肃稍减，神情轻松，朝朱湛业说："下了班还谈工作？"

朱湛业急忙表现出自己敬业，说道："一点儿小事，遇到小甘我交代她一下。"

"嗯，年轻人，工作干劲儿足，值得表扬。"李总冲朱湛业笑道，"公司就需要你这样的员工。"

"谢谢李总夸奖，是我应该做的。"朱湛业说完双脚一并，激动得就差敬礼了。

"朱经理的事情交代完了吧？"李总对朱湛业说话，却闲闲地瞅了甘小满一眼，"我要问你借个兵，让小甘给我跑个腿。"

朱湛业急忙堆笑道："完了，早说完了。我和甘小满都是您的兵，一切行动听指挥。"

李总便让甘小满去他的办公室问秘书要一份资料，送到车上。

甘小满答应着返回楼上，取完资料下来，朱湛业已经不见了，那辆黑色车子还安静地等在路边。她走过去，车门从里面缓缓打开了，驾驶座上的人带着微微的笑意瞅着自己，漆黑的眸子里隐隐闪着光。

"上来吧，这里不准停车的。"那人说道。

这回没有了彭锐明的干扰，甘小满彻底把这个人想起来了，她由惊转笑，又有点儿不大确定地问："大庆？！"

他伸手接过资料，说："给我吧，李总有事先走了。"又拍了拍副驾驶的位置，示意她上来，"世界看起来真是不大，没想到会在这里遇上你。"

她本来不想上车，可关于西藏遇险又有很多疑问，犹豫了一下后，终于坐上去："那天到底谁救了咱们？"

"部队的直升机。"他启动车子，歪头瞅了瞅身边的女孩儿，后者一副恍然大悟的表情，说道："我就说嘛，那么大的雪，救援队开车来肯定不成。我醒过来是在酒店里，你当时被救到哪儿去了？"

"我在你隔壁，不过恢复得比你快，又正好有事，就先走了。"他似乎很感慨，"原来你是海丰的员工！"

"啊，"甘小满也感叹道，"没想到你是李总的司机。"

大庆微微侧头，嘴角边漾出无声的笑，精明澄澈的目光扫过甘小满的脸，说话的感觉和那晚讲笑话的人略有不同："不如我请你吃晚饭，算咱们脱险后迟来的庆祝。"

这样的由头，无论如何都不能拒绝，劫后余生使得两人虽然到今天为止仅仅见过两次面，也好似相识多年。甘小满干脆地答应了声"好"。

金色的夕阳从路旁高大的树木间筛下一道道光影，车子无声地行驶在路上，仿佛游弋在阳光里的鱼。楼群中的空地上，孩子们有的在踢球，有的在荡秋千，一派生气勃勃的景象。

大庆带她去吃的是广东菜。甘小满与彭锐明交往时，两人常出来吃东西，约略知道滨城出名的馆子。这里就是其中一家，门面不大，菜做得地道，向来是老饕的好去处。

甘小满低声说："喂，你有钱白给我好了，他家贵得要死。"

大庆正色道："你不知道这里有个规矩吗？"

小满发愣："什么规矩？"

"凡是带美女来吃饭，都打对折，我琢磨着带你来肯定划算。"

甘小满"切"了一声，随他进来。侍者将两人引到一间安静的包房，进门时甘小满注意看了门口的名牌——"青莲居"。包房不大，能容四五个人坐，如今只有他们两人，倒也宽绰。侍者将中央挂灯打开，四处立时涌起柔和的光亮，映得壁上显现仿佛碧玉的光影，有如荷叶田田。

大庆点菜很周到，前菜、汤、主菜、主食、点心，样样不落。甘小满蓦地失神，这感觉太熟悉了，让她不由自主地想起和彭锐明来这里吃饭的场景。大庆推荐她吃这家店的招牌菜秘制小排，甘小满夹了一筷子送进嘴里，时隔两年，曾经熟悉的味道已经不再让她欢喜，只是略略发愣。

大庆微微抬眼，说道："我可不常请女生吃饭的。"

好像他是了不起的大人物，这让甘小满笑了："这口气不像司机，倒像是总裁，这么说我该感到荣幸？"

她说话间眉头微扬，神情里跳过一丝活泼，水亮的眼睛里暗藏的阴霾淡去，好似云层里蓦地射出了一缕阳光，整个人都亮丽起来。大庆不禁看得心里一颤，这女孩儿原来如此好看。

甘小满甩甩头开始吃饭。王笑笑常说这世上不可辜负的唯有美食。她是真饿了，菜又太好吃，她极中意这顿饭，吃得从容细致又香甜，完全不像他从前意识里难伺候的女子。

她端详菜品的模样，让他莫名其妙地想起小时候养的花猫，皱着鼻子，小心翼翼地嗅着盘子里的食物。

遇到好滋味，甘小满秀丽的脸庞上浮现出孩子般满足的稚气。在她低头小口喝汤的时候，大庆陡然生出个念头，想去那乌黑的柔丝上抚一抚，这个念头让他心里狠跳了一下。

甘小满心满意足地放下筷子，因为吃东西身体微微发热，她的双颊泛红，透着诱人的润泽，和那天被冷风冻僵的样子判若两人。

“谢谢总裁。”她打趣他，笑容纯净明快。

他给她斟上酒，又把自己的杯子也斟上，然后示意她喝一口。

甘小满连连摆手，说：“喝酒我可不成。”

“哦？”他拿过她的杯子，把酒水倒在自己的杯中，然后举起来给她看，只剩了一点儿。

“可以吗？”他问。

甘小满心想：我要是说不可以，难道你自己喝两杯？

他似乎看出了她的心思，哈哈大笑着将酒杯递到她手中说：“来，干！”接着仰头喝尽，甘小满只好跟着把杯里的酒喝掉，真的只有一小口。

他脸上满是笑意，硬朗的面孔几近柔和。

“你还不知道我的名字。”他说着拿出钢笔在一张便签上唰唰写了几个字。甘小满多年不见随身携带钢笔的人，略觉诧异。他写一手极好的颜体，纸上“蒋庆康”三个字力透纸背，这样的字不下功夫练不出来。甘小满不由赞叹：“这么好的字。”

蒋庆康一笑，一笔一画写上电话号码，叮嘱道：“别丢了，有事给我打电话。”

甘小满心想：我又不去西藏了，还能有什么事儿找你？从这次见面开始，她的心里就一直有一个疑问，他怎么会和彭锐明在一起，不过这个问题在出口的瞬间却变成：“西藏那家酒店的押金是你帮我付的吧？”

原来她还是不想提起那个人，尽管事情过去了那么久。

他颇为自得，说道：“这样的好人好事，除了我还有谁？难道你要还钱？”

甘小满哼了一声道：“你的车子出了问题，害我差点儿送命，我还没跟你要精神损失费呢！不过看你也是劳苦大众，赚钱不易，还是不和你计较了。”她边说边掏钱包。

出乎意料的是，蒋庆康极赞同甘小满的观点：“这件事错的确在我，差点儿过失杀人。押金嘛，真是不好意思拿回来，不过便宜别人也不是我的风格。”他微微皱眉，故作沉吟，“不然先放你那里，改天咱们再吃一顿。”

他边说边将小满的钱包塞回去，力气大得不可抗拒，甘小满被他弄得一阵发晕，差点儿脱口而出：“原来你是个‘吃货’！”

看着甘小满嘟嘴收回钱包坐好，他轻晃杯里的酒水，突然问了个不相干的问题，让甘小满顿时一脸窘态：“朱经理为什么拦住你？”

“工作上的事。”甘小满撒谎。

“工作？”他点点头说，“明白了，一定是让你为难的工作。”

“猜得不错。”甘小满连连点头。

蒋庆康起身说：“我送你回家。”

甘小满不好意思麻烦他，说打车也很方便。他却挤挤眼，说：“老板的车，不坐白不坐。”

甘小满想想也有道理，就上了车。他说了声“坐好”就发动了车子，开了一会儿，自顾自地笑了。甘小满被他的笑弄得莫名其妙，斜过眼睛去看他，心想：这人莫不是精神有问题？

次日早晨上班，朱湛业一见甘小满就抢步上前，问道：“李总让你帮他做什么了？”

“你不是看到了嘛，拿资料。”

朱湛业怀疑地问：“怎么让你去给他做事，不是要调你走吧？”

“那他可没说。”甘小满实话实说，“真就是拿个资料。”

“他都跟你说了什么？”他狐疑道，“没谈到我吗？”

“这个嘛，”她做回忆状，“倒真没有。”

朱湛业在甘小满的座位前走了两圈，又哼哼了两声，接着进了自己的办公室。

看着他消失在门后，甘小满知道他对自己起疑了，可是不敢拿自己怎么样。她心里忽然畅快起来。

中午吃饭时，王笑笑还想着昨天的开幕式，一见到甘小满，就对她说："我跟你说啊，昨天的帅哥绝对是千年难得一见，乾一能无往不胜原来是有极品开路。哎呀呀，真是真是……"

她"真是"了半天，也没找到合适的词语来表达自己的惊叹之情。这顿饭由于王笑笑的不停感叹，吃得分外缓慢。

"得，你有帅哥，就不用吃饭了，这块牛肉便宜我吧。"甘小满不客气地从王笑笑的盘子里捞肉吃。刚送进嘴里，手机的短信提示就"嘀"地响了一声，甘小满拿起手机一看，是个陌生号码，短信内容竟是一首诗：

在那东方山顶上，
升起皎洁的月亮。
玛吉阿米的脸庞，
渐渐浮现我心上。

她知道这是那情僧仓央嘉措的句子，却猜不到谁会发这个给她。

王笑笑问："你妈妈？"

"哦，不是，发错了。"

王笑笑最后用无限惆怅的口吻叹息："极品，只可远观，不可亵玩，多么遗憾！"

甘小满被她逗得直乐："我也不用吃饭了，笑都笑饱了。"

3

甘小满有时候会对一些事做总结，比如与彭锐明再次相遇之后，她的总结是，男女相遇分两种情况：一种叫邂逅，有无限可能；一种叫狭路相逢，也有无限可能。不过中间大有不同，前者可能是繁花满枝，后者可能是狗血狼藉。而她与彭锐明无疑属于后者。

这日下班，她正暗暗庆幸终于可以光明正大地在朱湛业的眼皮子底下走出公司，忽然就被路对面站着的人吸引了目光。

天微微阴沉，空气里的湿气让她有些透不过气——每到紧张的时候，她总是透不过气。

彭锐明穿着颜色极浅极淡的衬衫站在那里。衬衫上银白的扣子，衬得他的脸庞愈发清隽。大厦门前熙熙攘攘，他的眼神穿过来往的人群，落在她的身上，让她无处可遁。

事实上她也没逃。她愣在那儿，脑袋里一片空白，就好像刚被打捞上来的鱼儿，只感到缺氧。好在她年轻，心脏乱跳几下之后及时调整了频率，才让她的理智恢复，终于想起转身开溜。

彭锐明不许她逃，紧走几步，呼喊她的名字：“甘小满。”

人生怎么会如此奇怪，两人不过交往了几个月，却好似一辈子都要纠缠不清。甘小满从来不是小气的人，也不是容易记仇的小女人，可在听见他暌违已久的招呼时仍不由自主地叹了口气。

他走到甘小满身后，又叫道：“小满，你等等。”

几个同事听到声音纷纷回头看她，她不得不停下，看着他站到自己身前。彭锐明静静地打量着甘小满，两年不见，她变了好多。宝蓝色的套装显得她更端庄成熟，给她文静柔美的气质中添了些锐利，让她更好看了。

“你，还好吗？”他怔了半晌，低声问道。

身边的人来来往往，马路上不时有汽车的鸣笛声传来，彭锐明问的这句话如此无关紧要，却又好似万事当中最紧要的一句。甘小满曾多次想过彭锐明再来找她会是怎样悲喜交加的场景，却不料真正相见，不过几个字便可说完一切。

“很好。”她的勇气上来了，抬头正视他。事实上，从那晚在赵刚的餐馆碰面之后，她潜意识里就觉得他们可能会再次相遇。因此，一时惊诧过后，她已冷静下来。而此时，长久以来埋藏在内心深处的什么倏地就消失了。她清晰地感觉到它已化成烟灰，在空气中慢慢散去。

那是因为他们的眼神都已不复当初，他明朗的面孔上添加了一些她看不懂的东西，她曾日夜思念执着不化的情感已然消失。她突然明白，这对她来说是最大的解脱。

时间居然把她以为会痛上一生的伤口治愈了，连一丝余痛都不曾留下。剩下的只是被他伤害的记忆，和那一段永不会重来的愉悦时光。

她轻轻舒了口气，问道：“有事？”

彭锐明瞅着她，说：“你换号码了，我联系不到你。”

“嗯。”甘小满点点头。

其实，在他最初发现她换号码的时候，完全可以到公司来找她。不过，甘小满不愿再回想从前了，因为那没有丝毫意义。她一边朝公交车站走，一边说："没事的话你走吧，我也要回去了。"

彭锐明跟在她身边，说："我刚才路过，想来看看你……我送你。"

"谢谢，不必了。"甘小满没有停步，"你不要再来了。"

"还在生我的气？"

"没有。"

"我知道你在生气。"彭锐明试图拉住甘小满，被她抬手挣开了。

"这里有很多我的同事，请你不要给我添麻烦。"甘小满在站牌底下停住，从包里找出公交卡，像大多数人一样朝着车来的方向望去。

彭锐明的脸上说不清是什么表情。他站在她身旁，隔了一会儿，才慢慢问道："你妈妈好吗？"

甘小满有点儿奇怪，这家伙的问候倒是挺周到，不过还是回道："很好。"

"嗯。"他若有所思地点点头。

车来了。甘小满随着人流上车，彭锐明在车下仰着头看她找到座位。甘小满知道他没走，也不看他，转头朝反方向望去。车开走的瞬间，她不知为什么心里忽然有点儿难过。时间是摧毁一切的魔手，居然可以让她在面对他的时候如此平静，就像对待一个路人。

她从包里翻出钱包，里面夹层有样小小的东西。她用两根手指夹出来，是枚纸折的戒指，正好可以套在无名指上。她把纸戒指轻轻戴上又轻轻脱掉。车窗开着，风从外面吹进来；前面是红灯，车子排成一条龙。甘小满将纸戒指托在掌心，把手伸到窗外，车子启动的时候，风呼地一下把它卷走了。

彭锐明之后再也没找过她，朱湛业偶尔还会来她这里转一转，但拿她没法子。

她一心扑在工作上，生活总要继续，工作是最好的伙伴。你付出了，它就会给你回报，比毫无保障的感情可靠得多。

只是有的时候，夜深人静，枕上未眠，她也会想起在她二十四岁的人生里那场唯一的有头无尾的恋爱。

尽管已经过去，尽管已视他为陌路，毕竟她曾在那样的时间里，有着那样的情怀和那样的幸福。

两年前，王笑笑还没认识郭沣，和甘小满同租着一间陋室。卫生间经常漏水，弄得楼下的人家不时跑来大呼小叫，这就罢了，最要命的是还有老鼠出没，弄得两个女孩半夜里惊叫连连，一个奔逃到楼道发抖，另一个则挥舞着拖鞋猛追老鼠。

王笑笑很佩服甘小满："真没看出来，你还敢打老鼠。"

甘小满其实也很害怕，无奈地说："不过要是两个人都被吓得发抖，莫非要把床让给老鼠睡吗？"

王笑笑说："你的话从理论上讲是成立的，但是我做不到，要是我自己住，恐怕真要把床让给老鼠了。"

从那以后，王笑笑给甘小满起了个外号，叫"打鼠英雄"。

单身派对在这个城市悄然兴起，王笑笑对此很感兴趣。用她的话说，守株待兔是不成的，如今地球人口快爆炸了，月老和丘比特的业务那么多，肯定忙不过来，趁还花容月貌、青春大好，得自己动手、丰衣足食。

她说干就干。某天晚上，甘小满加班刚回来，就被她强行拉去参加派对。王笑笑说此派对绝非一般聚会可比，是她千辛万苦得来的机会，赴会的男士全是精英。

当时的甘小满饥肠辘辘，疲惫不堪，只想吃东西、睡觉，因此死活不去。王笑笑眼珠一转，说道："据说那里的点心很可口。"

甘小满最爱甜食，又正当饥饿，一听这话立马食指大动，心自然也跟着动了，但还是有点儿犹豫。这时，王笑笑又追了一句："我特意打听过，面点师一流，地道的广式点心，你不是最爱菠萝包吗？管够！"

甘小满听到"菠萝包"三字，再不犹豫，当即决定前往。

王笑笑做了充足的准备，化妆、衣饰无一不精，把甘小满看得目瞪口呆："搞没搞错，都是名牌啊！你这个样子哪像是普通工薪族，活脱脱一个'白富美'。"

王笑笑说："我要不打扮成这样，哪儿能钓来金龟婿？"

甘小满笑着摇摇头，背上最大号的包。

王笑笑见状，问道："你干吗？"出席这种活动不是要拿宴会包吗？

甘小满嘻嘻笑道："你钓你的金龟婿，我打包我的点心。"

王笑笑上上下下打量一番甘小满，说道："连个妆都不化，我怕你刚到门口就被请出来。就算你倾国倾城，为你的点心着想，也得稍稍涂点儿口红吧。”

她把新买的唇膏在唇上淡淡抹了一层，立刻透出莹润的粉色来。

后来，甘小满常想：自己当时真是个孩子，换作现在，就是打死她，也不会打点心的主意。她素来不是爱占便宜的人，打包点心全是小女生的淘气行为，谁也不会料到竟然由此发生那么多故事。

由于历史原因，滨城有很多欧式小楼，如今都是重点保护建筑。派对便设在其中一处。这所房子从外面看不出什么名堂，内里却开阔得很，壁灯吊顶都按原样一丝未动，保留着典型的欧洲贵族府邸的奢华与气派。大厅连着后面的花园，正值仲春，树木蓊郁，一丛丛丁香暗吐芬芳，倒真是个男女聚会的好地方。

王笑笑本来雄心万丈，可等二人杀入会场便顿感颓然。很明显，和她有一样想法的女人大有人在，以至于满场都是白富美，她一进来，就被湮没在人群中。

甘小满鼓励她：“你瞧那些女人的眉眼都是画出来的，细看丑得要命。别怕，你有绝对优势。”

听了甘小满的鼓励，王笑笑才稍稍振作。

二人取了果汁慢慢喝，等待男士主动上前搭讪。王笑笑心急如焚，可表面上还得保持着不动声色，甘小满也帮她冷眼端详着那些精英人士。看来看去，都是眼神锐利的西装衬衫男子，甘小满不由得感叹：“原来精英都是一个模子刻出来的。”

喝到第三杯，王笑笑尽量保持的淑女表情已快僵硬了，她皱着眉头对甘小满说："我看今天没戏了，你瞧那些女人脸皮多厚，居然贴着男人不放呢。"

甘小满冲她直眨眼，王笑笑胸中的恶气难除，接着说："这些男人真是有眼无珠，我这么优秀居然看不到，看来我得主动出击了——咦，你干吗咳嗽，我就说让你慢点儿吃，别咽着！"

甘小满冲她背后使劲儿努嘴，王笑笑才如梦方醒，回过头，只见身后站了个男子，正冲着她笑："你的朋友咳嗽，可能是因为我在这里的缘故。"

听到这话，王笑笑真想找个地洞钻进去。

他的眼睛透过黑框眼镜，笑眯眯地打量王笑笑，一身白西装上黑色图案交错，正是当下的男装新款，普通人驾驭不了。甘小满称它为"报纸装"，因为她觉得这衣服看上去活像是用报纸做的。

"报纸男"不依不饶道："听您刚才一番话，我感到自己十分荣幸，因为按您的说法，我竟是有眼有珠呢！"

王笑笑脸上的表情不断变化着，最后勉强挤出个比哭还难看的笑容，询问道："那个，先生，您要不要吃点儿东西？"

"堵住我的嘴巴吗？"他强忍着巨大的笑意，将一颗草莓塞进嘴里，问，"这样可以吗？"

王笑笑和甘小满这时都看清了他胸卡上的名字是"郭沣"。

郭沣两口把草莓吞下去，说："为了不让我落下有眼无珠的嫌疑，我决定今晚和王小姐待在一起，直到聚会结束。"

甘小满可以想象，王笑笑内心一定在狂喜窃笑，可是却依然努力地维持淑女表情，甚至还装出了一丝害羞。

她立马识趣地冲二人笑笑，抱着自己的包拐到一边去了。

长长的餐台上，放眼望去全是果品点心，更有各种酒水果汁，颜色鲜艳诱人。既然王笑笑有精英陪伴，甘小满也就展开了自己的猛吃计划。

对于吃，甘小满很有经验，人的胃容量是有限的，怎样运用有限的胃容量让舌头最大可能地享受到各类美味，这是个问题。甘小满自认为她把这个问题解决得很好。她先绕着台子不急不缓地转了一圈，把各种食物尽收眼底，做到心中有数。接下来，她抄起盘子，先拣从没尝过的几样，每样只拿一小块，慢慢品尝。有的好吃，有的一般。吃过一遍后，她取了饮料小小啜一口，四处看看男精英与女精英们的情况。王笑笑和郭沣不在大厅，可能到后面的花园去了。厅内的其他男女，有扎堆说笑的，有两两对饮的，也有孤身一人神情落寞的。

甘小满把这当作消食的风景，饶有兴趣地望了一会儿，又拿起盘子，将刚刚探得的好滋味和一向钟爱的点心装了一盘，在餐台附近找个位置坐好，慢条斯理地吃了起来。

她边吃边感叹，真是好味道，几乎要跑到后面去感谢大厨。同时她又替那些独自傻坐的家伙悲哀，何必伤感呢，这么多好吃的足可解忧啊！可惜他们居然没想到。

她吃得高兴，又去装了一盘。要知道，她可是没吃晚饭就过来的。

负责照管餐台的侍者吃惊地睁大眼睛，这女子虽然好看，衣装却远不如其他女子亮丽，显然，她没有男伴。这举动或许便是传说中的化悲愤为食量?

第二盘吃完，她可是真的饱极了。用果汁顺了顺点心渣，她看看四周，派对正进行到高潮，主持台上穿白色西服的主持人大声宣布舞会开始。

她四处搜寻王笑笑，发现她和郭沣不知什么时候从花园回来了，正坐在窗边。郭沣站起身来，低头把一只手伸到王笑笑面前，后者带着甘小满从没见过的端庄笑容袅袅起身，将自己的手搭了上去。

甘小满眼睛都看直了，这还是那个“色女”王笑笑吗？这家伙也太会伪装了！

后来，王笑笑煞有介事地告诉甘小满，别看男人们骨子里都邪性，巴望着满世界都是潘金莲，但找老婆时还是想要淑女型的。

甘小满想了想，问道：“你是说男人们其实希望别人的老婆都是荡妇，只有自己的老婆规矩？”

“差不多吧。”

甘小满自此对王笑笑刮目相看。

且说王笑笑与郭沣进入舞池，同一大群男女随着音乐翩翩起舞，甘小满估摸再有一会儿派对就要结束，这家伙该动手了。

每当回想到这儿，甘小满就会不由自主地露出笑容。两年前的自己，真是个快乐的孩子啊。

食物供应得差不多了，侍者已经离开。甘小满暗暗欢喜，猫着腰躲在餐台后，用那长长的点心夹子把早就看准的点心夹到盘子里。一只羊是赶，一群羊也是放，一不做二不休，菠萝包要装，脆皮龟苓糕要装，修古丽姆要装，还有那刚刚发现的叫不出名字的芝麻馅小丸子，也好吃得要命，当然也要装。

不知不觉竟然垒了满满当当的一大盘，她轻手轻脚地回到座位，打开身边包包里备好的食品袋，盘子一倾，统统倒了进去。

她正忙活着，猛听有人轻笑，就在不远处。她一惊，慌忙抬头看，拐角处植物阔大的叶子在微微摇晃，却没看到人。

她急忙朝四周扫视，全场人都在看舞池中的表演，根本没人注意她。她不知道是不是自己耳朵听岔了，迟疑一下，飞快地把包整理好，然后若无其事地坐好。

喝口水镇定下来，掂掂包，她得意地笑了，心想就算王笑笑和郭沣没有结果，这些甜蜜的点心也足以起到安慰作用。

接下来她闲坐在旁边，饱饱地抱着肚子看舞池里一对对男女翩翩起舞，身边的包里散发出点心的奶油香味，让她由衷地愉悦。直到那个男子悄无声息地坐到她身旁，她愉悦的心情才被破坏掉。

起初，她兴致勃勃地看着郭沣带着王笑笑在舞池里相拥而舞，并没留意到身边多了这个男子。王笑笑那晚穿着月光白长裙，柔细的身姿在郭沣的带领下真如弱柳扶风。她们曾经同为学校舞蹈团成员，每当有大型活动都会在舞蹈老师的严苛训练下被折磨得痛不欲生。现在看来，当初吃的苦都是值得的，她都不知不觉地为王笑笑感到骄傲。

不经意间，眼睛里的余光发现一个男子正笑眯眯地盯着她，她顿时全身一凛，转头和他对视。

和所有精英一样，他也穿着西装，不同的是内里的衬衫有精致的花边，把古板的味道消减了许多。后来甘小满从郭沣口中偶然得知，那是国际知名的一个男装品牌的今春新款，很合那些花花公子的口味。

彭锐明不是花花公子，甘小满当时只觉得他这衣服好看，和人很搭。

王笑笑说甘小满情商有问题，原因是她对男人的美色没什么欣赏能力。甘小满自己也承认这点，她觉得彭锐明不是一般的好看是在对他有了好感之后，属于情人眼里出西施。

且说那日，甘小满瞪着眼与彭锐明对视，她穿着一条再寻常不过的裙子，也没佩戴首饰，长长的直发随意地披在肩头，因为吃了太多东西，唇膏早就没了，粉黛不施的脸，素净到了极点，与满场浓艳女子相比，有着一种极不真实的美丽。而那样瞪着的眼睛里，却闪着一簇奇怪的光芒。

彭锐明事后说，当时甘小满的样子就像一只护食的小猫，而她的身边，也正有一大包顺来的点心。他小心翼翼地说了句："甘小姐，我叫彭锐明。"

"你怎么知道我姓甘？"甘小满警惕着，如同防贼。

他笑道："你挂着胸卡呢。"

甘小满这才想起来，进门的时候，每个人都要拿一张卡写上自己的名字，她也不例外，没想到倒给他瞧去了。

她正色道："彭先生有什么事吗？"

彭锐明顿了一秒，绕过桌子坐在她对面，很有要长谈的意思。

甘小满吃了一惊，脱口而出："我是陪别人来的。"

彭锐明说："是吗？不过我想我们有必要谈谈。"

"谈什么？"甘小满抓起包，想走了。

彭锐明笑道："我本来是不想来的，可听说这家俱乐部糕点师的手艺非常不错……"

甘小满心虚了，本来坐得笔直的腰板也不由自主地塌下来。对方好像根本没发现她的窘态，自顾自地说道："我今天下班晚了，不得不省掉晚饭赶到这里，想着总会有点心让我果腹……"

甘小满根本没听清楚他下面说了什么，心里只有一个念头：完了，被发现了！他到底要拿她怎样呢？她轻轻挪开旁边的椅子，拿眼瞟了瞟还在跳舞的王笑笑，心想恐怕自己得先逃了。

彭锐明连叫了她两声，她也没回神儿。他不得不连名带姓地叫她："甘小满！"

甘小满一惊："啊？"

彭锐明脸上现出促狭的笑容，指了指餐台，说："我想吃的东西没了，帮忙解决一下晚饭问题吧。"

"那个……"甘小满强自镇定，说道，"分明还有那么多东西呢。"

"可剩下的那些都不是我爱吃的。"

甘小满左顾右盼，说道："你可以让服务生再添一些。

啊，我帮你叫服务生吧！”

彭锐明突然抽抽鼻子，说道：“我好像闻到菠萝包的味道了，你闻到没有？”

甘小满恍然大悟，他分明是故意让她出丑的！

彭锐明笑得眼睛眯成一条线，说：“啊，我猜你的包里一定装了自己带来的点心，像你这样自备食品的可太少了，难道是不放心外面的食品的卫生状况？”

“你！”甘小满腾地站起来。

他也腾地站起来，说道：“甘小姐是想带我出去吃东西？那太好了！”

甘小满气不打一处来，反驳道：“谁说要带你出去了？”

“难道不是吗？你把包都背上了啊，一副要走的样子。”彭锐明两步跨到她面前，说道，“放心，我不是坏人，不过也不是好人。我只是没吃饱不开心而已，你请我吃个饭，我吃饱了就没事了。”

“走开！”甘小满怒了。

彭锐明非但没走开，还一把将她的包拿过去，说道：“好重，我替你拿着好了——别说不行，不然我就把里面的东西拿出来给大伙看。”

甘小满气结，他大步流星地出了大厅，她只好硬着头皮跟了出去。

“好美的夜色啊！”他仰头看了看天，甘小满随着他下意识地抬头，天上黑乎乎的什么都没有。倒是街边停着一大排车子，他走到其中一辆车子旁边，拉开车门把她的包放进去，又

“砰”的一声关上，接着抬手指着对面一家面馆，说：“走，去那儿吃面。”

那天晚上，甘小满本来已经吃饱了，可在他的怂恿下又吃了一碗凉拌面，劲道爽滑的面条，酸甜可口的汤汁，就连里面的花生米都另有一种香味。

她惊叹：“这么好吃的面，我还是第一次吃！”

彭锐明得意地瞅着她坏笑，他食指大动，额上渗出汗来，干脆把外套脱了搭在椅背上，精致的衬衫袖子也给挽了上去，浑身舒泰。甘小满看着他这一系列动作，想起学校里那些刚刚打完球的男生也是这个样子。

结账一共五十二元钱，彭锐明一定要她付钱，她的包在他车上，他不惜回去把车开过来，甘小满咬牙切齿地买了单。

他问道：“你回派对还是回家？”

“不用你管。”她吃得太多，胃里胀胀的很不舒服，一直苦着脸。

“好，我不管了。”他坏笑着扬扬手，一踩油门，“嗖”地把车子开走了，果然不管她。

甘小满对着他的车子狠狠瞪了两眼，忽然包里的手机响了，是王笑笑。她已经打了好几个电话，甘小满的包不在身边，手机一直处于无人接听的状态。甘小满抬头见她一脸焦急地站在对面大厦的门口，便急忙跑过去。

郭沣充当护花使者，送王笑笑和甘小满回家。

王笑笑进门就兴奋地乱跳，原来她与郭沣相谈甚欢，郭沣竟是某时尚杂志的主编，王笑笑这件衣服他推荐过，他就是从衣服注意到她的。

“真是缘分啊！”王笑笑感叹良久，“他的薪水是我的十倍呢！”

“那你可要好好把握。”甘小满愁眉苦脸地坐到床上，把包里的点心一样一样拿出来，有的都压碎了。

这时，王笑笑才想起来问她：“你不在大厅跑到对面面馆干吗？那么多点心你还没吃饱？”

甘小满仰天长叹：“说来话长。”接着把晚上发生的事一一说给她听。王笑笑乐得在床上直打滚，笑得肚子都疼了。

“这就叫螳螂捕蝉，黄雀在后，那个姓彭的就是黄雀。不过他这只黄雀还真够怜香惜玉的，只宰了你一顿面。”王笑笑说道。

甘小满白她一眼，气哼哼地说：“还不都怪你，为了陪你钓金龟，我才受了这样的气。”

王笑笑拍着她的肩膀，安慰道：“别气别气，我连着给你买一周的点心吃，就算是对你的补偿吧。”

甘小满撇嘴道：“算了，你要是和郭沣真能成，我也算没白挨宰。”

两人一番说笑后便睡下。那天晚上甘小满做了个梦，梦里菠萝包如雪一样落下，快把她淹没了，吓得她直叫：“别下了，别下了，我再也不吃了。”

第二天早晨到了公司，甘小满奇怪地发现，同事们全都瞅着她乐。她满腹狐疑地往自己的座位走去，到了位置一下子就愣住了。

桌子上放着一只超大的点心盒子，用彩带扎着，一副喜气洋洋的样子。

王笑笑凑过来，指着盒子问："是什么好东西？"说着三下五除二替她打开。甘小满一看里面的物品差点儿吐了，竟是黄澄澄的一盒子菠萝包，居然还是热的！她连忙转头问是谁收的。小蔡一副"快感谢我吧"的表情说："我收的，送点心的来问甘小满女士是不是在这儿，我说是，他就送进来了。"

甘小满一阵阵发蒙，旁边的同事一拥而上，纷纷说："小满，这可是老佛堂的点心，咱们分着尝尝，你没意见吧？"不等甘小满答话，一人一个，拿了就跑。

王笑笑神秘兮兮地问："咦，好奇怪，谁会送你点心呢？"她忽然想起什么，压低声音道，"说，你昨晚是不是被谁看上了？"

甘小满心里豁然明白，好生恼火道："看上我？看上我该送花啊，哪有送菠萝包的？分明是彭锐明那个家伙捣鬼！"

王笑笑哈哈大笑，顺手拿了个菠萝包回格子间去吃了，只把甘小满撂在那里对着空空的大盒子干瞪眼。

自那以后，甘小满成了本部门最受欢迎的人。彭锐明的点心每天早上准时送达，从不迟到，而且花样翻新，口味多变，一送一大盒，足够全部门每人一块。刚开始众人还觉得纳闷，纷纷猜测这人是谁，时间久了，竟习以为常。早上来了不用招呼，直接去小满桌上拿点心吃，更有甚者竟省略早餐，直接在这儿解决了。

开始，甘小满还猜测彭锐明此举有何用心，后来见他既不打电话，又不找上门，只是每日一盒点心，便想起那句老话：见怪不怪，其怪自败。她逐渐习惯了每天早上的点心，并同众人一样安心地享用起来。有时候她还会征集众同事的意见，待送货的小哥来时，便预订明日要吃的点心样式，第二日果然便送来了。小哥笑，同事也笑，皆大欢喜。

如此欢喜了一月有余。某日桌上空空如也，倒让她笑了，怕是彭锐明也腻歪了这样的游戏，就此作罢。

同事们没了点心吃，愤愤不平。甘小满说："你们这些人好奇怪，白吃的东西上了瘾，现在没了倒埋怨起我来？"大家都笑了。

王笑笑过来说："你总不理人家，他必定没面子，生你的气了。"

甘小满说："他生不生气关我什么事儿？那么大一个人，胡闹到现在也该完事了。"

于是各自工作，那天郭沣和王笑笑约好了晚饭后看电影，可是直到下班，王笑笑手头的事儿也没做完，急得要命。

甘小满见她抓耳挠腮的样子，无奈地挥挥手，说："你快去吧，别让你的小鲜肉等成老腊肉，剩下的事我帮你做。"

王笑笑千恩万谢，拎着包急匆匆地走了。

甘小满把最后一份表格做完，已经夕阳西下，夜幕降临。她疲惫地收拾好东西，关灯走人。

甘小满的脚步声在空旷的楼道里显得很响亮，也很孤单。她想给妈妈打个电话，每到这样幽静的夜晚，她就分外想家。

她想念家中小小的院子，想念墙角那棵永远长不高的榆树，也想念夏季里榆树洒下的那一地阴凉。她还记得妈妈曾在树荫下给她缝裙子——粉红色的裙子，滚着蕾丝花边，把她打扮得像个小公主。

时间一天一天地流逝，不知妈妈是从哪一天开始衰老的，只知道在不知不觉间妈妈头上的青丝中出现了白发。

她轻轻叹了口气，心情有些惆怅。

走出大厦门口，街灯亮了，城市里的夜晚看不见月亮，满街的灯火仿佛落到地面的繁星。

她一步一步地往夜色里走去，好像一条跋涉在深海里的鱼，四周没有鱼群，只有她这小小的一尾，费力缓慢地游着……

突然，她停下脚步，转头朝旁边望去——有人倚在灰色的车子旁，正冲她笑。

她反应了好几秒，才想起这个人是谁，然后不禁“啊”地叫了一声。

他朝她走来，边走边说：“你怎么才下来？”那样子就好像他们约好了，而她是迟到者。

“你怎么在这儿？”

“我怎么就不能在这儿？”彭锐明笑道，“吃了我一个月的点心还这么问，你也太没良心了！”

甘小满本来心情略有些忧伤，听到他这话居然笑了。很久之后，彭锐明说她那晚就像最美的月光，就在那一瞬间，他决定爱她。

二　月落孤灯自晨昏

1

秋季来临，正是换季的时候。朱湛业人品虽差，工作却干得还不错，部门引进的服装品牌销售额都不差，倒比从前海丰的那个时候增加了好几个点。由甘小满负责的几个女装品牌是刚冒头的新品牌，牌子不大，产品却很有市场，竟比原先几个老牌销量还要好。

朱湛业不无得意地说："我说什么来着，强将手下无弱兵，小满，干得不错。"

这是个单纯的表扬，没夹杂其他意思，甘小满觉得难得而欣慰。

王笑笑和郭沣发展迅速，都觉得对方就是自己认定的人。两人一合计，便把婚期确定了下来。王笑笑幸福得满眼都是粉红色的泡泡，她对未来充满了无限向往，急于找人分享自己的幸福，拉着甘小满说："其实我知道自己骨子里就是一个传统女人，家庭主妇有什么不好啊，每天做做饭，洗洗衣服，打扫打扫卫生，闲下来就研究研究八卦新闻，有了孩子就专心做妈妈。老公养着，不用在单位里钩心斗角，不用早上顶着黑眼圈上班，多幸福啊！小满，你也赶紧找个人来养着你吧，咱们一块儿回归家庭！”

甘小满说：“我也想啊，一心求包养，可怜没人要！”

王笑笑对此也很纳闷，说道：“小满，我觉得呀，你该去找个大仙算算，你这么漂亮的妞，怎么就没男朋友呢？过了年咱们都25岁了，这要搁古代，都子孙满堂了。”

甘小满说：“上仙为小骨够烦的了，我就别去添乱了。”

王笑笑说：“说正经的，我知道个土法子挺管用的。你今年过年回家的时候，买上二斤猪油放坛子里，大年三十晚上搬着坛子来回走两趟，这叫‘动婚’。我跟你说啊，这超级灵验的，你还别不信。”

甘小满被她弄得哭笑不得，索性不理她。王笑笑安静了一会儿，又说：“唉，说正经的，彭锐明不是回来找你了吗？我看你们俩谁都忘不了谁，他当初对你也真叫一个好，你们中间肯定有误会，把误会说开，重归于好，破镜重圆呗。”

甘小满坐在沙发上，用核桃夹把核桃夹得咔咔响，头也不抬地说：“我和他已经是过去的事了，没可能了。”

王笑笑挤到她身边，用肩膀蹭蹭她，说道：“小满，这件事这么久我都没仔细问过你，你们当初到底因为什么分手？怎么那么突然，一点儿预兆都没有。”

别说王笑笑觉得突然，就连甘小满自己当时也蒙了，她根本就没想到彭锐明会说分手，的的确确，一点儿预兆也没有。

那年夏末，彭锐明得了几天假，要带甘小满去北戴河玩。北戴河到甘小满家的距离不太远，甘小满也惦记着回家看看妈妈，于是两人计划从北戴河回来时，去扎庙看过小满的妈妈之后，再去上班。

临走的时候，王笑笑坏笑着将一盒杜蕾斯放进甘小满的箱子里，弄得甘小满特别不好意思。

王笑笑故作严肃地说：“我叫雷锋，不用谢。”接着又挤挤眼睛，笑眯眯地补充道，“这个，比宾馆里提供的好。”

王笑笑不知道，甘小满和彭锐明远没她想的那么亲密，也许这是因为他们骨子里都是特别传统的人。

一次，甘小满得了重感冒，彭锐明陪她去医院输液，半夜才回来。路上，甘小满冷得要命，他用自己的外套把她包住，活像包了个娃娃。甘小满租的房子没电梯，他把她背上四楼，累得气喘吁吁。

他把甘小满放到床上让她歇着，又从厨房里给她倒了杯水，她伸手来接，他顺手把她的手攥住。屋子里开着一盏昏黄的门灯，四下里静悄悄的，甘小满甚至都能听见自己的心跳声。

他低声叫了声“小满”凑过来，在她颊上轻轻一吻，接着又匆匆扫过她红艳艳的嘴唇，温柔谨慎的触碰就像蝴蝶的翅膀拂过。

甘小满不信他是第一次接吻，但他亲吻她的动作格外小心，让她心里没来由地感动。那晚彭锐明没回去，甘小满一直发烧，他照顾了她一整夜，一会儿给她量体温，一会儿给她弄冰块，一会儿又喂她吃药。第二天早上甘小满从昏昏沉沉的睡梦中醒来，彭锐明立马把煮好的粥拿给她喝，她看到彭锐明的眼睛里都是血丝，那一刻她想彭锐明是真的爱自己的。

彭锐明摸摸她的额头，说："总算退烧了。"然后又正色道，"你我孤男寡女共处了一夜，所以，你跑不掉了。"

甘小满脸红了，口是心非道："偏跑，跑得远远的。"

他要喂甘小满吃粥，甘小满说："我哪里就病得那么厉害了！"说完，接过碗就吃了起来。粥熬得正好，软烂清香，吃得她全身冒汗，从头到脚都觉得轻快。

他先是微笑地看着她，接着拿起桌上的一张纸，认认真真地折起来，甘小满说："咦，你还会折纸？"

"我怎么就不能会啊？"他头也不抬地回道。她粥没吃完，他已经折好了一只纸戒指，然后轻轻地拿过她的手给她戴上，说道："这回你跑不掉了吧！"

那一刻，甘小满觉得自己是全世界最幸福的女人。

到北戴河的那天晚上，彭锐明给他妈妈打了个电话，甘小满知道他爸爸妈妈是做生意的，都在南方。从彭锐明平日的做派她隐约猜到，他的家境不是普通的富有。不过，彭锐明从来不提他家的事情，她也就从来不问。

彭锐明经常打电话问候父母，可今天这个电话打得不一般，因为彭锐明撂下电话后，仔细瞅了甘小满好一会儿，把她瞅得直发毛。

"干吗？"她眨眨眼，问道。

彭锐明缓缓地说："我爸妈也在北戴河。"

"啊？！"甘小满一口饭噎在嗓子里。

“他们要见见你。”

甘小满拼命地把饭咽下去，翻着白眼看着彭锐明，问道：“能不能……不去？”

“不能。”他拍拍她的手，算是安慰，“我准备娶你，所以你必须见他们。”

“可是我的衣服不行，状态也不好……还有，我根本就没有准备。”甘小满好慌，语无伦次地说道。

“哦，小满。”他故意摆出一副可怜巴巴的样子，问道，“难道你不准备嫁给我吗？”

甘小满愁眉苦脸地说：“我可不可以……嫁给你，却不用见他们呢？”

“这个，”他哭笑不得地说，“好像不可以。”

他伸出长长的手臂，摸了摸她的头，笑道：“傻孩子，他们都很慈祥，有我在你不用紧张。还有，他们特别喜欢你这种类型的女孩，放心吧。”

他拉着她的手出了餐厅，说：“先回去换件衣服，就穿我前天给你买的那条裙子。”

甘小满永远记得那条裙子，那是她最贵的一件衣服，整整花了彭锐明一个半月的薪水，可他毫不心疼。

那是条白色短裙，领口和袖口零星点缀着些水钻，腰间的带子恰到好处地勾勒出她纤细的腰肢。彭锐明替她把头发梳好，甘小满破例用了点儿腮红，本就白皙的皮肤更添娇艳。

彭锐明打趣她“真是好看”，又说：“哎哟，怎么你一穿上高跟鞋，我就没有优越感了。”

甘小满被他逗笑了，她原本身材适中，穿上高跟鞋一下子高了一大截，和一米八三的彭锐明站在一起，十分相配。

酒店的地毯厚厚的，走上去寂然无声。甘小满被彭锐明拉着，慢慢地进了那道虚掩的门。电视里正播放着《新闻联播》，播音员字正腔圆的普通话在房间里回荡。甘小满站在彭锐明身旁略带忐忑，举目看去，宽大的沙发慵懒地卧在当中，茶几上摆着一大捧开得蓬勃的郁金香，刺得人眼睛一颤。就在花束旁坐着个中年美妇，细细的眉眼，正朝甘小满望来。

彭锐明笑着叫了声："妈。"又说，"这就是小满。"

甘小满深深地吸了口气，恭恭敬敬地行礼："伯母，您好。"

没等彭锐明的妈妈说话，里间便有个声音问："锐明，你们来了？"接着彭爸爸便走了出来。

甘小满听彭锐明约略说过，他爸爸妈妈相差十几岁。他的妈妈名叫蒋碧枝，自小患有小儿麻痹，不过她不愿像别的身有残疾的女子那般委屈地嫁给一个自己不爱的男子，就一直安心等待着心仪的男子出现。她的等待是值得的，后来她终于等到了彭卫东，也就是现在的彭爸爸。虽然他们二人年龄差许多，感情却很好。

甘小满忙露出八颗牙齿，笑着说："伯父好！"

彭爸爸摆手让甘小满坐，彭锐明便将甘小满安排到他妈妈身边，自己则坐在旁边的沙发上。

如彭锐明所说，他爸爸妈妈都是慈祥的人，尤其是他的妈妈蒋碧枝，拉着甘小满的手上下打量，把甘小满看得都不好意思了。彭妈妈的手又软又细，像是没有骨头，人家都说生着这样的手的女人有福气。她指上硕大的蓝宝石戒指硌着甘小满的指头，小满不觉走神，想起妈妈由于常年操持家务，双手异常粗糙，不知怎么她的心里竟有点儿难过。

彭妈妈仔细问了她的年龄和喜好，现在何处工作，接着又问起她家里的情况。

甘小满说："我没有爸爸，从小和妈妈一起生活。"

彭爸爸便问她的家乡在哪里。甘小满说："是个小地方，想必伯父伯母都没听过，在黑河旁边，叫作扎庙。"

彭妈妈本来是和颜悦色地拉着甘小满的手，此时眉头一拧，和彭爸爸对视一眼，微笑道："小甘啊，冒昧问一句，你爸爸是怎么不在的？"

"我自小没见过爸爸，妈妈也没说过他的事儿。我猜可能是在我没出生的时候他就不在了，所以对他没什么印象——我是跟妈妈姓的。"

彭妈妈轻轻点头说："你妈妈真伟大，独自把你养大，一定吃了不少苦，小甘，你今后得好好孝敬你妈妈。"

甘小满听她柔声细语，不禁有些感动，瞅了瞅彭锐明。彭锐明冲她挤挤眼睛，笑得合不拢嘴，意思是：看我妈妈多好啊。

这次见面的时间说长不长，说短不短。彭爸爸中间有事出去了，彭妈妈让彭锐明给甘小满削水果吃，又说："明天卫珊过来，你有空也回来吧。"

彭锐明应了一声，又对甘小满说："卫珊从小就盼着嫁给我大哥，我妈单等我大哥开口，就让他们结婚。”

等告辞出了门，他又悄悄地说：“大哥不喜欢卫珊，不过估计也拗不过爸妈。我比他幸福多了，等他们结了婚，就该咱俩了。”甘小满低头不语，只是笑。

彭锐明送甘小满回了酒店，不多会儿便接到彭爸爸的电话，又匆匆过去了。他们住的是套房，甘小满在里间，她拿了本书一边翻看着，一边等他。过了很久也不见他回来，后来终究耐不住疲倦，睡着了。

甘小满这一觉睡得好沉，醒来一看表，已是早上九点多了。她披了衣服出来，发现外间还是昨晚的样子，彭锐明并没回来。她不禁怔了一会儿，不知怎么，心忽然有些慌乱。

甘小满慢腾腾地洗了澡、换完了衣服，可是依然不见彭锐明的影子。她回到里间，拿了手机准备给他发短信，这才发现有条未读信息，竟是彭锐明发来的，只有一句话：“我有事先回滨城，你不要等我了。”

甘小满大吃一惊，他原本在休年假，工作都事先交代好了，怎么会突然有事？这样想着，甘小满便给他回了条短信，发完后，又担心他可能在飞机上，收不到。她试着拨他的号码，谁料竟然是通的，不过只响了两声，对方便挂断了。

甘小满满腹狐疑：彭锐明从不挂她的电话，今天这是怎么了？

她站在空荡荡的酒店客厅里愣了好一会儿，再拨过去，那边却关机了。

甘小满本来欢欢喜喜的一颗心，仿佛忽然掉进了深深的湖底。她盯着电话，脑子里迷迷糊糊地反应不过来。

到底发生了什么呢？

她早饭都没吃，收拾了东西，直接出门去机场。她感觉一定发生了什么事情，因为彭锐明根本不是这样的人。

北戴河的夏末正是旅游的好季节，可是空气里濡湿的气息让她莫名地感到忐忑。等她上了飞机，被那银色的大铁鸟呼地带到高空，她才终于在远离地面的云层上看清自己的心，原来她是那么在意彭锐明，她竟然在隐隐地害怕。

王笑笑见甘小满只出去两天便回来了，感到十分诧异，她不知道他们之间发生了什么，可是又不敢问。

甘小满把自己扔在床上，摆了个舒服的姿势，然后给彭锐明发了个短信：我回来了。

放在平时，他一准儿会立马赶过来，或者打电话说：“我待会儿抽空去看你，你等我。”

但这次甘小满的短信像泥牛入海，没有一丝回音。甘小满把自己和他这两天在一起的情形仔仔细细地琢磨了几百遍，可是依然没有发觉一丝异样，她怎么也想不通他为什么不理自己。

一周过去了，彭锐明依然音信全无。甘小满几次打他的电话，彩铃一遍一遍激昂地唱着，可是没有人接。

甘小满决定去找他，要问个明白。她不能接受自己的爱情这样不明不白地结束。

她去了他所在的医院，被告知他在为患者做手术，她就在走廊里等。

天气热起来了，高楼外阳光明亮耀眼，天空像洗过一般瓦蓝瓦蓝的，没有飞鸟的影子。

甘小满莫名其妙地想起了陪王笑笑参加派对的那天晚上，彭锐明大步走出大厅抬头看天，说了句：“好美的夜色。”其实天上什么都没有。

她摆弄着包上的金属配饰，心像在油锅里煎着一样。也许两个小时，也许四个小时，她就那么坐着，一直坐到了护士过来说：“彭医生下手术了，您进去吧。”

在与彭锐明分开的最初一段时间，甘小满总是反复回忆那天见他的情景，他一直在靠墙的大书柜里找资料，脸深深地埋在里面，连个正脸都没给她。

他穿着白袍静静地站在那里，后领口露出雪白的衬衫领子，头也不回地说：“我们分开吧。”

有段时间，甘小满的梦中总是出现他这个冷傲的背影，还有他冰冷的话语“我们分开吧”，每到这时，她都会如坠冰窟般瞬间冻醒。

甘小满虽隐约有预感，但没想到他如此直接，听到这句话，她先是怔了一下，然后大片的悲伤从心底翻涌出来，喉咙里像堵了块大石头，过了好久才缓缓问道：“为什么？”

他答得倒是干脆：“我喜欢上别人了。”

她身体一震，说：“我不信。”

“嗯，我没让你知道。”

空调开得太低，甘小满感觉自己浑身的血都快凝固了。他语气平淡得像告诉她最寻常不过的一件事：“你也早该想到，我们不是一种人，你我之间差距太大。”

她像被一根棍子劈头狠击，甚至能听见脑子里“轰”的一声回响，机械地说：“原来你是这样想的！”

他没回答，只是停下了找资料的动作，算是默认。

甘小满的胸腔难受得就像要炸开一样，她努力瞪着他的背影，不让眼泪流下来，勉强挤出的声音完全变了调子：“只因为我不能选择自己出生的环境，只因我生来卑微贫穷，只因为我爱你这个人，你就如此戏弄我？”

他并不回头：“你该知道，男男女女，分分合合，也不算什么，别太难过了。”

他倒好心来安慰她，真是可笑。

王笑笑听甘小满说到这里，气愤极了，嚷道：“你太好脾气了，换了我抄起个东西就给他开瓢，让他知道薄情寡义是什么下场。”

甘小满笑笑，她不会打他，也不会骂他。他大约知道她不会撒泼发疯，是极好打发的，所以才这样直接吧。

甘小满从他的办公室里慢慢走出去，他一直没回头。等她来到大街上，却接到了他的电话，只说了“保重”两字便挂了，不过听他那语气好像有点儿依依惜别的意思。

甘小满大病了一场。他并不知道，隔几天便打个电话，只问：“你好吗？”

这个举动弄得全部门的人齐声大骂：“去死！”

王笑笑则怒呼其：“贱人！”

直到甘小满换了号码，才不再接到他的电话。

王笑笑觉得彭锐明提出分手十分突兀，甘小满笑道："玩弄感情的人，都是这样的吧，不然怎么叫玩弄感情呢——他终于是享受到乐趣了。"

王笑笑想了想，也跟着叹口气，说道："万花丛中过，片叶不沾身。男人素来以这个为潇洒，啥时候我也做个花花公主，玩弄臭男人于股掌之上，给你报仇雪恨。"

这就是现实，谁占了上风，必定会显示自己的优越，人天生就是欺凌旁人的生物。

当时难过得好像永远过不去了，但她还是走过来了，而且再见他的时候，居然如此平静。甘小满有时候怀疑，她当初并不是爱他，而是爱上了他给她的感觉，因为她觉得若是真爱，一辈子都不会忘记。

她把这话说给王笑笑，王笑笑说："你真傻，你要是不爱他，怎么会为他难过那么久啊？你要知道现在是快餐爱情时代，如果像你那样悲痛欲绝的还不叫爱情，那些所谓的爱情就都是矫情了。"

"可是我再看见他，居然没有什么感觉了。"

"因为你对他的感情已经死了，所以没感觉了。"

甘小满想她说的是对的。

王笑笑本来打算劝她与彭锐明重归于好，见她心灰意冷，便叹了口气说："既然你和他不能旧情复燃了，总得快点儿找个男朋友才好，我才能对你放心。"

甘小满哭笑不得地说："你怎么说话像我妈一样。"

今天是周末，郭沣上午加班，中午带朋友回来要和王笑笑一起出去吃饭。王笑笑要甘小满同去，甘小满说还有衣服没洗，下午要洗衣服。于是，她坐了会儿就走了。

甘小满边洗衣服边听音乐，衣服洗完，已经午后两点了。她中午没吃饭，饥肠辘辘的，跑去厨房看，只有一袋面。开了火煮面，面条刚下锅，她就发现手机有短信进来，是陌生号码，内容奇怪："我在楼下。"

甘小满心想这人真够大意的，短信也能发错。放下手机继续煮面，没过一会儿手机铃响，她一瞅还是刚才的号码，不禁失笑，这人看来要错到底了，便接起来说："您打错了。"

不料，那边低沉的男声说道："我是蒋庆康。"

甘小满吃惊道："啊？"

"李总找你有急事，你下楼来。"

甘小满听到这话，手机都差点儿掉锅里，连忙说道："哦，好的，我马上。"

甘小满本来穿着睡衣，因为不敢让他在楼下久等，急忙关火换衣服，然后随便梳了梳头发，便跑了下来。李总亲自来找自己，她感到疑惑又紧张，怎么想都觉得不寻常，不知道他找自己这个小小的职员要干吗？

甘小满连跑带颠地出来，东西南北望望，却不见蒋庆康的影子。她摸出手机，翻到已接来电，刚想拨回去，这时一辆车子无声无息地滑到她身边，车窗摇下后露出了蒋庆康的脸。

"在这儿。"他招呼道。

她朝车里看了看，没见李总，顿时明白自己上当了，问道："你不是说李总找我吗？人呢？"

"不提李总，你哪能这么快下来，上车！"

"干吗？"

"你还欠我顿饭呢。"他拿眼睛横她，似乎气她记性不好，"我正饿着呢，要大吃一顿。"

甘小满当然不是赖账的人，说声"好"就转身往回走，把蒋庆康弄愣了。甘小满说："你催命似的让我下来，我没带钱包，等一下，我回去拿。"

蒋庆康连连叹气，嫌太麻烦，说这一餐他先垫上，由她还钱。

他把车子开得飞快，直奔市中心。这个时间段是交通的高峰，路上堵车堵得厉害。等红灯的时候，他看她笔直地坐着，说："有CD，自己翻翻。"

甘小满便打开CD盒子，满满一打CD，大多没拆封，她在已经打开的里面挑出一张惠特尼·休斯顿的，插进碟仓。

车子一步一挨，四五首歌唱完，才总算能徐徐前进。这时候甘小满听见自己的肚子很不争气地"咕噜"叫了一声，她努力收着胃，想不让它发出声音，但她实在饿极了，委屈的胃根本不想受制于这种煎熬，发出更长的"咕——噜——"。

蒋庆康目光扫过来，问道："饿了？"

"是啊。"她窘得要命，只能老老实实点头。

他皱眉说道："我还以为这个时间只有我没吃饭呢，你不是在家吗，怎么也没吃？"

"洗衣服了，你打电话的时候，我正在煮面。"

“哦。”他点点头，本来他今天好像是赌着什么气，这时候竟笑起来。

好在剩下的路没再遭遇堵车，十多分钟后，他们二人走进餐厅。年轻的男侍应生身穿洁白的制服，将他们引到窗边的桌子。蒋庆康头也不抬地点菜，他每说出一个菜名，甘小满就在心里盘算一下价钱，然后觉得阵阵肉疼，虽然钱不是她的，可也不能这么浪费吧！

以前彭锐明说过，甘小满就是一只馋猫，谁要是想讨好她，给她好吃的就行了。当时听到彭锐明这句话，甘小满拿脚直踹他。不过要是每天有美味，也真算是件开心的事儿啊！所以当菜品流水样地上来，她当然还是很开心的。

甘小满很饿，一饿吃起来就特别认真。她一直埋头享受美味，偶尔抬头，发现蒋庆康居然正端坐着瞅自己，眼神怪怪的。

她慢慢放下筷子，怀疑是不是自己脸上沾了食物渣，那可太丢人了。

他身子微微前倾，开口问道：“味道还好吧？”

“很好。”她由衷地夸奖。

“哪个最好吃？”

甘小满思索了一下，指着桌上的食物，说道：“这个，这个，啊，那个也不错。”

他用心看着，默默记下，然后忽然笑道：“你全都说了一遍，到底是哪个？”

“都好。”甘小满发誓自己说的绝对是真心话。

那么贵的菜，能不好吗？！

侍者捧着托盘过来，精致的瓷碗里竟意外地盛着汤圆。奶白色的汤汁里三枚鸽子蛋大小的汤圆静静地躺在里面，半透明的皮子光滑洁白，看起来就像三枚晶莹剔透的水晶。这么好看的东西，吃了真是罪过！蒋庆康摆手示意她尝尝，她就情不自禁地犯了罪。

三枚汤圆，馅料各不相同，一枚鲜虾，一枚银鱼，还有一枚竟是咸蛋黄，直把甘小满吃得目瞪口呆。

“汤圆原来可以做得这么好吃！”她感叹道。

“好吃以后再来吃。”蒋庆康胡乱咽了一枚。

甘小满在心里嘀咕：三枚汤圆六十元，我要是想吃就吃，可就入不敷出了。

蒋庆康并不知她脑袋里的念头。餐厅落地窗上挂着紫罗兰色的窗帘，同色的窗纱微微打开，露出了外面的一线蓝天。阳光被紫纱滤了色，显得柔和静谧。桌上洁白的骨瓷碟盏和精美菜肴原本是艳丽的颜色，被紫纱滤过的阳光一照，竟有了一些慵然美。

甘小满在光影里坐着，穿着最平常的白色长袖衫，头发墨黑墨黑的，让他不禁想起家里书房挂着的那幅仕女图。绿鬓如云，说的就是这了。她没化妆，皮肤透出自然的白皙，有别于任何粉底修饰出来的颜色，泛着生动的光泽。她长长的睫毛微微上翘，根根分明，似乎可数。

他的心渐渐浮上不可思议的温柔，令他吃惊，却无比受用。

他把本来握在手中的餐巾慢慢放在桌上，说道："我本来没想来滨城，临时决定的。"

这是什么古怪话？她费力地理解着他的意思，有点儿迷惑。

"我想还是该告诉你，我不是李总的司机。"他的语气近乎柔和，"不过我是什么身份不要紧，我都是蒋庆康这个人。"

不是李总的司机？甘小满脑子发晕，是他的儿子？不对，他们不同姓！

她的表情瞬息万变，让他感到好笑，不过他不想再说什么，只是再度叫她："小满。"他并不要她回答，仿佛说了这两个字，心里更觉舒服。

她当然不知道父母正在逼他娶刘卫珊。他们原本是不搭边的两人，他对她一无所知，她对他也是。

她又怎会知道，他昨晚和爸妈吵了一架，深夜独自飞来滨城。估计现在家里的父母一定正在生气，而一直准备嫁给自己的刘卫珊也正哭闹不休吧。

可是他管不了这些，也不想管这些，他觉得气闷，只想和甘小满坐在一起静静地吃个饭。他早饭午饭都没吃，而现在只是看着甘小满，他就觉得开心而满足，饥饿的感觉也一扫而空。

蒋庆康的沉默让甘小满有点儿手足无措。奇怪的光芒隐藏在他黑漆漆的瞳仁里，好似一团暗哑的火苗，让她周身不自在。他外套的扣子解开了，露出里面纯白没任何装饰的衬衫，显得干净利落，小花格子的领带微微有点儿松，是唯一和他年龄相称的东西。

她忽然觉出自己之前的疏忽，看人走眼是件可耻的事，她犹犹豫豫道："那么，你到底是谁呢？"

他歪头想了一刻，决定告诉她："我负责管理乾一的事务。"

她震惊得说不出话来。

他解释："在西藏的时候，我本打算等你醒来后，身体恢复了再走，可海丰的收购案中途出了点儿问题，我不得不提早离开。怎么也想不到还会遇见你。"

她听着他的话，面色逐渐拘谨，由拘谨中慢慢挤出了一个十分应景的笑："原来，应该叫您蒋总。"那样的客气，明显有了疏远。

他不由得有点儿心焦，自己原本不想让她有这样的表情，连忙说道："别这么叫吧，你其实还可以叫我大庆，就像咱们在那根拉的时候。"

"那样实在不好。"她恭恭敬敬道，"真没想到有幸认识蒋总。"

他沉默地瞅了她两秒，有股怒气慢慢往上冲，他觉得别扭，本来很好的事情，突然朝着他极厌恶的方向发展。他不由自主地跟自己较劲，用沉闷的语气说道："我今天临时过来，其实是想看看你。"

杯里的酒空了，玻璃壁上残留着浅淡的酒渍，似时光的印痕。

她极为艰难地瞅着他。

于是，他再度重复了一遍："没错，我说我只是想来看你。”

甘小满觉得自己听到的每句话都匪夷所思，她好像明白了他的意思，可又觉得难以置信，她感到头晕目眩，只能选择默不做声。

空气似乎凝固了，隔了数秒，她站起来，说道：“蒋总，谢谢您的饭，回头我还是把钱全部还给你，欠着老总的钱会让我不安的。”

“你急着回去？”

“是啊，还约了朋友。”她顺水推舟地说道。

“什么朋友？”他看着她，恍然明白了，一贯的冷硬表情又上来了，“男朋友？”他腾地站起来，用咄咄逼人的口气问道，“是吗？”

甘小满被他吓得心脏咚咚直跳，下意识地说：“不是。”

“那就再没什么重要的朋友了。”他笑了声，招手埋单。

2

蒋庆康带着甘小满走出餐厅，甘小满一直没敢说话。他的脸色虽然平静，眼睛里却藏着什么着恼的东西。她知道自己方才的话惹怒了他，而她的心自从他方才说了那两句话，就开始不停地扑通扑通乱跳。

她不认为他是在向自己表白，他们本是毫无关系的。但他的话又明明白白地撂在那儿，好似是向自己吐露肺腑。

蒋庆康一声不吭地开着车，甘小满发现他对滨城并不熟悉，绕过铁路桥，居然拐了个大弯。等他终于把车驶上大路，她才发现居然前方是伟天购物广场，原来他要去公司。

蒋庆康并没有把车停在公司楼下，而是一直开到步行街旁才停下。他瞅着前方坐了几秒钟，没理甘小满，独自下车大步走了。

甘小满茫然地坐着，不明白他什么意思。她不清楚自己哪里招惹了他，只好呆呆地坐着，心想等他回来，无论如何自己都要回家。

就在这时，一个人慢慢靠近车子，仔细看似乎是个售货员，穿着制服配着胸卡，这人轻轻敲她这边的车门，说道："女士，麻烦您开一下车门。"

甘小满马上想到那些拦路抢劫的匪徒。对方仍旧笑着敲车门说道："女士，您开一下车门，好吗？"

甘小满定了定神，怎么看这人也不像是打劫的，于是打开车门问道："什么事？"

售货员笑眯眯地打量了她两眼，说道："谢谢您，没事了。"

甘小满被弄得直发愣，不清楚现在这些人是怎么了，只能嘟囔一句："神经。"

没一会儿，蒋庆康回来了。他将一堆购物袋搁在后座，然后转回来坐上驾驶位。

甘小满急忙说："您回来了，我不再打扰您了，就在这儿下车好了。"

蒋庆康看也不看她，说道："我送你回家，别说谢谢，也别拒绝。"他沉默地发动车子，甘小满只好闭嘴，别扭又忐忑地坐在车上。

蒋庆康送甘小满回到住处时，已是傍晚。甘小满下车，他也跟了下来，还把那些纸袋递给甘小满："给你的。"

"什么？"

"衣服。我让店员去看了你，尺寸应该合适。"

甘小满顿时明白了，她摇着手说："我不能要，蒋总。"

他的脸上浮现出莫名的难过，又夹杂着无奈的恼怒，顿了两秒，说："收下吧，别拒绝。"

他说完，就把那些大小不一的袋子不由分说地往她怀里一塞，转身上车了。

甘小满不知所措地抱着袋子，说："我不能收你东西。"

他从车子里使劲儿瞪了她一眼，嘴唇紧紧抿着，好像生气，又好像透着一种说不清的悲伤，接着掉头把车子开走了。

甘小满傻子般地看着他把车子飞快地开了出去。夜的凉气从头到脚包裹着她，她把袋子放在门口的花坛上，翻出手机拨打蒋庆康的电话。蒋庆康正在开车，周围偶尔有汽车鸣笛的声音传来，他"喂"了一句，声音里带着她从没听过的压抑情绪。

"我不能收你的东西，你这样让我很不安。"

他想了想，说："就当是普通朋友送的，没必要不安。"

"实际上是你送的啊。"

蒋庆康沉默了，他安全带没系好，电话里可以听见"嘀嘀”的提示音持续地响着。他突然很烦燥，说了声“你等我一下”就匆匆挂了电话。

甘小满握着手机，呆呆地站在原地。没一会儿，蒋庆康的车子又回来了。他直接把车停在她面前，开门下来。远处路灯的光堪堪照到这里，却被树木的阴影遮住了，只露出昏黄的一抹光亮。蒋庆康站在那线昏黄中，眼睛看上去很黑，好似看不见底的湖水，平素冷硬的面孔被夜色弱化了，变得柔和。也许是他的眼神中掺杂了让人分辨不清的情绪，甘小满感觉他从骨子里透着隐隐的悲楚。

他上前一步，甘小满忽然觉得害怕。因为他眸子里透出的光像团熊熊的火，在阴暗的树林里燃烧着，有燎原之势。

甘小满不由自主地后退一步，他不容她躲闪，张开双臂将她抱在了怀里。她那么瘦，令人无限怜惜，让他忽然想要流泪。

他在她的耳边喃喃呼唤：“小满。”

甘小满却被他吓得脸都白了，蒋庆康力气好大，紧紧箍着她。彭锐明也抱过她，但他的动作是轻柔的、怜爱的，让她舒服得像在温暖的水波里。蒋庆康的拥抱却好像要生生地把她勒死一般，让她喘不上气来。她拼命挣扎，想挣脱他的怀抱，他低声说：“别动，再动我就吻你了。”

这句话顿时把她吓住了，她反应了一秒，才说：“放开我，不然我喊人了。”

他从鼻子里哼了声，一把把她的头按在自己的肩膀上，同时将自己的头尽力向她的颈窝靠拢，然后低声说道：“你不会的。唔，别动。”

他的头发散发出洗发水的味道，类似青草的清香。甘小满本在惶恐之间，闻到这个味道，却莫名其妙地想起小时候，然后心情也平静了下来。她小时候喜欢将院子里的草叶掐下来，夹在妈妈的那本《唐诗三百首》里。书是繁体版的，纸页泛黄，厚实柔软，过些日子再翻开，书里就有了淡淡的青草味道……

甘小满觉得自己胸腔里的气体都快被挤没了，他才缓缓地放开她，然后抬手将她鬓边的两绺长发拢到耳后，说了句“我走了”，接着，一溜烟儿把车开没了影儿。甘小满失魂落魄地在那儿站了好一会儿，才转身缓缓上楼。

她没开灯，摸索着坐在床上，被黑暗笼罩的小屋寂静极了，她都能听见自己的心怦怦跳动的声音，心口处微微有些疼痛，像惊惧，又像是茫然。

风把晒在衣架上的衬衫轻轻吹起，飘飘悠悠的，像是要飞出去。她觉得有点儿冷，走过去把窗子关好。衣服已经干了，她应该把它们熨好，周一上班的时候穿，可她没动，只是长久地站在窗子前，注视着楼下的花坛——刚刚就在那里，蒋庆康抱了自己。

她想起他眼睛里闪烁的火苗，不由得生出恐惧。她的手机一直捏在手里，硬硬地硌着她，她想起了之前收到的那条信息，于是在收件箱里寻找，手机的一方光亮在黑暗中仿佛天空逃逸进来的星星，莹莹泛着蓝光。她找到了那条信息：

“在那东方山顶上，升起皎洁的月亮。玛吉阿米的脸庞，渐渐浮现我心上。”

正是他的号码。

她的手指在光滑的屏幕上抚过，按下了删除键。

周日早上，甘小满还没起床，王笑笑的电话就来了，话里全是喜意：“快起来，快起来，待会儿我让郭沣去接你。”

甘小满夜里没有睡好，闭着眼睛说道：“什么事儿啊，这么早？”

“昨晚吃饭的时候，我给你物色了个男生，郭沣单位里新来的同事，帅极了，和你正好一对。”

“不去。”

“为什么？”

“困。”

王笑笑气极，说道：“你这死丫头，你知道现在的‘小鲜肉’有多抢手吗？大部分在学校里就被小姑娘瓜分了；侥幸流入社会的，又有一部分被富婆包养了，万分之一才能落到良家妇女手中，这其中却还有一群出国便宜了洋妞的。我好不容易给你争取来的机会你不珍惜，别怪我以后不管你——你什么时候不能睡觉，非要今天。没听过那句话吗：生时无须多睡，死后自会长眠！”

甘小满总能被她的歪理邪说逗笑，这次也不例外，嘻嘻地笑着，反倒精神了。

“你到底起不起来？”

“起来起来，为了让你以后继续管我，怎么着我也得起来啊。不过起来干吗啊？相亲？”

“别说得那么老套，约个饭而已。我昨天已经说好了——他今天来我这儿吃饭。你过来时打扮得漂亮点儿！”

收了电话，甘小满又躺了一会儿，瞌睡虫早被王笑笑赶跑了。为了省电，她没开电热毯，只抱了个暖水袋，现在水凉了，搁在被窝里冷冰冰的。一入秋，气温就下降了，让人躺不住。她撩开窗帘，外面是个大晴天。于是，她给妈妈拨了个电话，问她吃了早饭没有，妈妈说早吃过了。

她知道扎庙的人睡得早，起得早，早饭自然也早。

两人随便说了些闲话，甘小满担心气温越来越低，妈妈的哮喘会发作。甘小满的妈妈有哮喘的毛病，每到这个季节就容易发作。妈妈让她不要担心，又告诉她保姆把自己照顾得很好，停了停又说：“小满，身边有没有合适的男孩子，要是有，你也该谈朋友了。”

期盼着甘小满找个男朋友，已经成了妈妈的心病。小满与彭锐明分手之后，她知道小满伤心，很久都没问过小满感情的事，但这并不代表她不为小满着急。

于是，甘小满高兴地说：“妈，王笑笑待会儿要给我介绍个朋友呢，说是帅哥，帅炸了。”

小满的妈妈说：“男人踏实专一才好，帅不帅倒在其次。”

“我明白。”甘小满心里一动，几乎要开口询问爸爸的事儿，可是听见妈妈轻轻咳嗽，还是没有问出口。

小满的妈妈说：“第一次和人家见面，打扮得漂亮点儿，别太凶了把人家吓跑。”

甘小满使劲儿缩回被窝里，说道："我知道。"

信号不是太好，电话里妈妈的声音断断续续的，声音还很小，不过甘小满还是听清了，妈妈说的是："妈妈希望你能幸福……"

甘小满没来由地鼻子一酸，连忙咬住了嘴唇。接着，她听到妈妈又仔细嘱咐她注意吃饭穿衣，还叮嘱她别总是汇钱回来，妈妈说："我有工资的，身体也好多了，用不着多少钱吃药。"甘小满一一答应着。

小满妈妈说："你不是待会儿要出门嘛，快收拾收拾吧。"

挂了电话，甘小满开始起床洗漱。洗漱过后来到厨房，她发现昨天的面还在锅里，面条吸收了水，涨得有两碗那么多。她舍不得扔掉这些面条，重新加了点儿水热了吃掉。面条软塌塌的像浆糊，也没什么味道，但她还是一口气吃光了，撑得很。

没有别的原因，只是她从小习惯了不浪费，尤其是粮食。

平常她不怎么化妆，今天换完衣服后，她想起了妈妈的话，于是涂了点儿口红。甘小满租住的房间不大，昨晚带上来的一堆纸袋杂乱地堆在墙角，很扎眼。可以想象那些衣衫一定很让人心动，但她没兴趣翻看。她找出一只空纸箱，把那堆纸袋一股脑地扔了进去。有只小袋子硬邦邦的，掏出里面的东西，是一个红色的木盒，木盒沉甸甸的，上面还烙着弯弯曲曲的烫金字母。打开盒子，玫瑰红的绒垫上躺着块女表，银色表盘上密密匝匝地镶满了碎钻，时间已经调好，秒针"嘀嗒嘀嗒"地走着，像在满天繁星里起舞。

呀！这表还真是漂亮，也特别适合她。她把表在腕上比了一下，端详了一会儿又放了回去，塞在纸箱的空隙里。铁床下摆满了东西，她用脚使了点劲儿才把箱子推进去，起身拍拍手，给王笑笑打了个电话。

王笑笑正在准备午饭，甘小满说："你别让郭沣过来了，我自己坐车过去就好。"

王笑笑说："那也行。"又特意问她，"打扮了没有？"

"打扮了。"甘小满老老实实地回答。

王笑笑那边笑了两声，说："你快点儿过来啊。"

甘小满出门的时候又特意在镜子前照了一下，她心中隐隐下了决心，不管这个人是不是真的很帅，只要这个人各方面都不错，自己都该尝试着和他交往。自己总该找个男朋友，但这个人绝不应该是蒋庆康。

她不相信灰姑娘的故事，也不相信薇薇安会和大富翁修成正果，她甚至对蒋庆康有着本能的排斥，这缘于彭锐明的教训，她认为只有这样的人才会将人带进天堂又推入深渊。

她要的不是蹦极的刺激，她只要安稳的生活、庸常的幸福，仅此而已。

王笑笑做媒做得实在，这个男孩果然很帅。饶是经历了彭锐明那般俊美的甘小满，也趁在厨房帮王笑笑盛菜时称赞其所言非虚。王笑笑颇感欣慰地说："阿弥陀佛，小满你于男色上总算开了窍。"

王笑笑立志婚后做一名出色的家庭主妇，于是近来万事不曾上心，一腔热血都用来钻研厨艺，这顿饭吃得几个人赞不绝口。那帅哥名字十分诗意，叫江南山，他称呼王笑笑为嫂子，说：“嫂子，我吃遍大江南北长城内外，就您的私家菜最棒，可以开个菜馆了。菜馆门口挂的对联，我都给您想好了，上联是：王氏私家酒菜；下联是：撑死谁也别赖。”

一桌人哄地笑了，王笑笑说：“够吓人的，我要是挂这么一副对联，哪有人敢上门？”

几个人说说笑笑的，吃过饭，王笑笑和甘小满在厨房洗碗，郭沣和江南山在客厅闲聊。过了一会儿，郭沣过来喊甘小满：“小满，你的电话响了。”

甘小满擦干了手，出去看手机，时间太长没人接，对方已经挂掉了。那号码如今她已经记住了，是蒋庆康的。这时，江南山正坐在沙发上翻阅杂志，停了手瞅着她。甘小满冲他笑笑，正要把手机放回包里，蒋庆康又打进来了，手机大声唱着：

泥娃娃，泥娃娃，
一个泥娃娃，
也有那眉毛，
也有那眼睛，
眼睛不会眨。

泥娃娃，泥娃娃，
一个泥娃娃，

也有那鼻子，

也有那嘴巴，

嘴巴不说话……

甘小满对蒋庆康并没什么特殊的感情，但也不想当着江南山的面接这个电话。一瞬间，她的念头转了好几个，如果挂断，江南山恐怕会生疑，也会将王笑笑夫妇置于难堪的境地。她犹豫了一会儿，最终接通了电话。

电话刚一接通，蒋庆康就问："你起床没？"

"我在朋友家里吃饭。"甘小满平静地问，"您有事儿找我？"

"什么朋友？"

甘小满这个气啊，心里想什么朋友关你什么事，干脆没回答他这个问题。

蒋庆康沉默了很久，久到让甘小满一度以为他挂断了，又听到他说："喜欢那块表吗？"

甘小满有些无语，她觉得自己有必要立刻与他说清楚，然后结束这场荒诞的交往，她沉吟了一下，说："见面谈，好吗？"

"当然好。我五点半的飞机，就现在好不好？我去接你，你在哪里？"

"不麻烦你了，你在什么位置，我现在赶过去。"

蒋庆康的语气立刻愉快起来："我就在你家楼下，还是我去接你好了。"

“谢谢，我自己过去就好，你等我一下。”

“那待会儿见。”

“待会儿见。”

看她挂断电话，江南山冲她一笑，问道：“怎么星期天也要工作？”

“临时有点儿事儿，恐怕我得先走了。”甘小满略带歉意地说。江南山不讨人厌，这就是帅哥的优势，即便是平常的一个姿态看上去也比寻常人悦目。甘小满决定接受王笑笑的好意，很多东西不可挽回，自己不能一朝被蛇咬，十年怕井绳，该朝前走终归还是要走。

况且，真如王笑笑所说，帅哥当真太少了，有机会也该把握，总不能最后沦落到对着朱湛业那样的人才后悔。

听见甘小满要走，王笑笑有些惊讶，悄悄地问道：“是不是朱湛业又为难你？”

甘小满笑道：“没有，以前的一个客户想进伟天，咨询一些事情。”

郭沣说：“你们俩嘀咕什么呢？南山正好没事，让他送送小满吧。”

王笑笑一推甘小满，冲她做个鬼脸。甘小满有些不好意思地拿了包和江南山一起出来，同郭王二人道别离开。

两人走得不快，江南山边走边问甘小满家乡何处，在哪里读书，平时喜欢做什么，甘小满一一回答。她觉得江南山的提问有点儿像调查户口，不禁斜眼看他，见他的表情倒是郑重，似乎把自己说的话记在了心里。

出了小区大门，有出租车正在等客，甘小满因为不想让他见着蒋庆康，就说：“我先回公司取一下资料再去见客户，就不麻烦你了，改天再见吧。”

“那麻烦什么，我送你。”

“不不不，真的不用，跑来跑去的，跨两个区呢。”

江南山从包里取出纸笔，伏在机盖上写下自己的电话。甘小满有些恍惚，眼前不知怎么浮现出蒋庆康写字的模样，他也曾写过电话给她，可纸条早不知丢到哪儿去了。

江南山写得一手好看的赵体，甘小满赞道：“字真漂亮。”

江南山笑呵呵地说：“小时候被我爸打出来的，没想到能让你称赞，倒也没白挨打。”

甘小满便从包里掏出名片，江南山“啊”了声，说道：“怎么咱们两个倒还要交换名片啊。”然后，他抬手接过名片，仔细看看她的电话，收好。

甘小满已在车边站了半天，司机频频扭头看她，于是赶紧开门上车。江南山真的是想送她，可是见她坚决推辞，猜测她可能是初次见面不好意思，于是只好作罢。车子启动后，甘小满见他在耳边做了个打电话的动作，也笑着回了个同样的手势。

司机从后视镜中看着江南山的动作，打趣道：“姑娘，小伙子不错，挺有眼力的啊！”

甘小满微微一笑没吭声。路上人多车多，出租车在车流里慢慢蠕动，像条憋气的鱼。终于到了车流顺畅的路段，司机仿佛也是一口气闷得久了，将车子飞快地跑起来。甘小满把窗子摇下，凉爽的风吹在脸上，让人感到很惬意。

虽然早晚冷意森森，但白日的阳光分外明媚。在北方，秋老虎就是这个脾气。甘小满今天因为要见江南山，特意穿了件薄呢裙，她衣服不多，但每件都是经典款，这裙子显得她分外娇艳。

她下车后，果然看见蒋庆康的车子就停在昨天的花坛旁边，而他则倚在车门边吸烟。说是吸烟，其实并没有点着，只是用手捏着。

车一过来他就看见了，但没动，只是一直望着她，眼神里有些许的惊艳。等她走近，他慢慢溢出一抹笑容，说道："你穿裙子很好看，应该多穿。昨天给你买了裙子，怎么没穿？"

甘小满答非所问："今天不上班，所以穿了裙子，平时上班不穿的。"

"不如我明天让老李给公司立个规矩，女员工上班必须穿裙子，你就可以天天穿了。"

两人就站在花坛边上交谈，自从昨晚被他在这里一抱，这花坛就让甘小满不自在。

他随意地问道："饭没吃好吧？我带你去个地方，我们好好吃一顿。"

甘小满仰起头说："谢谢蒋总，我吃好了。"

他朝她笑道："可我还没吃呢，起床就过来了，你又不在，一直饿着。"

甘小满慢慢朝后退了一步，这一步不大，却正好拉开了他们的距离。他一共就见了她三四次，可他觉得，她的身上一直有种独特安宁的气质，让他看到就觉得心安。而现在，她依然静静地站在那里，可是眉梢眼角中却充满了客气的疏离，且这种疏离分明是故意的，这让他觉得很不自在。

他于是只看着她，果然听她说道："你请我吃了两顿饭，我很过意不去，既然你没吃饭，不如我回请一次。"

她说话的声音依然是柔软的，可这番话却像坚硬的钉子，一寸寸地钉进了他的耳朵里。他半天没言语，两个孩子这时嬉笑着从他们中间跑过，其中一个孩子的手中还拿着一个蝴蝶风筝，可现在并不是放风筝的季节。在不对的季节游戏，注定不会享受到游戏的快乐，但他们还是试图将风筝放起来。

蒋庆康扭头，孩子们正费力地把那花花绿绿的蝴蝶往天上送，他清了清嗓子，问道："为什么排斥我，我知道你没有男朋友。"

她微笑着回答，声音平静："因为我们不是一类人，不在一条路上。"他觉得她定是经过了长久的思考才得出这个结论，因为她说得如此流利直接。

"古怪的思想。"他哼了哼。

"我上楼取点儿东西，您等我一会儿好吗？"

"你应该请我上去，而不是让我在这里等。"他居高临下地瞅着她，"你已经让我等半天了。"

甘小满倒没想到他会这么说，停了一秒，微笑道："如果不嫌弃，那就上来坐坐吧。"

他抬头看了眼这栋大楼，这是一栋年代久远的红砖楼，防盗门锁已经坏掉了，门没关严。斑驳的金属门本来刷着蓝色的漆，现在东一块西一块地脱落了，露出一块块锈迹。甘小满拉开门走了进去，他跟在后面，楼道里说不出是什么气味，只觉得古怪而刺鼻，感应灯多半是坏的，阳光透过方方窄窄的楼道窗照进来，落下一块块淡淡的光影。阴暗的墙角总是会出其不意地出现奇奇怪怪的东西，比如栽着大葱的花盆，或者渍着咸菜的土瓷缸。

甘小满笑道："这里老鼠很多，我还打死过几只呢。原来有个女孩跟我同住，她管我叫'打鼠英雄'。"

蒋庆康没说话，只是跟在她身后，她住在顶层，一路走上来微微有些气喘，她拿了钥匙开门，让他进来。门口逼仄得无法容纳两人同时站立，蒋庆康感到有些局促不安。甘小满拿拖鞋给他，这双拖鞋是王笑笑的，绒毛鞋面上还有两只肥嘟嘟的小熊。

蒋庆康的脚不大，但穿上这双女士拖鞋还是显得很滑稽。他踮着脚走进来，甘小满给他倒了杯热水，说道："你先坐坐，我去拿东西。"接着，进了里间。

房子很小，这间本来是厨房延伸过来的饭厅，兼做了会客的地方。老式木桌显然是房东的家具，桌上铺着白色桌布，桌布的四角绣着兰花，旧却洁净。窗台上一盆仙人掌，长得异常茁壮。他没吃饭，真有点儿口渴了，于是低头喝了口水。他很少喝自来水，一口就尝出了漂白粉冲人的味道，于是把杯子又放下了。

甘小满很快出来了，怀里还抱着个纸箱。蒋庆康正对着墙上的一幅字出神，那字并没装裱，随便用透明胶带粘在墙壁上："心有猛虎，细嗅蔷薇。"

"你写的？"

"写着玩的。"她答。

他这才转过身，说道："我也喜欢写字。"见她拿着东西，他便伸手道，"我帮你拿。"甘小满却躲到一边，说："不重，我自己拿就好。蒋总喜欢吃面吗？我请你吃面条。"

看到甘小满这样的居住环境，听到甘小满如此疏远的话语，他心里说不上是什么滋味，只是胡乱地点点头。两人出门上车，甘小满把箱子放在后座上。她说的那家面馆并不远，走过一条街就到了。因为过了午饭时间，店里人不多。这家店的店面不大，却很干净。老板与甘小满相熟，一见甘小满过来，就说："哟，姑娘你来了，坐这边吧。"边说边多看了蒋庆康两眼，倒也难怪，平心而论，蒋庆康的确是出色人物，煞是惹眼。

甘小满点了几个小炒。蒋庆康将外套搭在椅子上，见甘小满熟练地给他点了一大碗热面，自己则要了一小碗，就问："你常来？"

"是啊，这儿饭菜实惠，味道又好，正宗的本地口味。"

"那么，你是喜欢吃面了？"

"嗯。"甘小满点头说，"小时候每到生日，我妈就给我擀面条，我妈擀的面条又细又劲道，里面打个荷包蛋，最好吃了。"

因甘小满是下定决心要和蒋庆康保持距离的，所以面对他倒没了忐忑，任凭他瞅着自己，也不躲闪。

他望了她一会儿，缓缓问道："你是不是因为锐明的缘故疏远我？”

甘小满猝不及防地听他提起彭锐明，心跳忽然加速。蒋庆康盯着她看，让她不由自主地低下了头，原来他早就知道自己和彭锐明的事。她很快又扬起脸，说：“不是。不过我想问一句，你是彭锐明的朋友吗？”

“朋友？”蒋庆康笑着把脸转向窗外，说道，“不算吧。”

甘小满微微松了口气，原来他们的关系并没有她想的那么亲密。但是不管怎样，她也是不能接受他的。

菜陆续端上来，两人却都没有吃饭的心情。甘小满是已经吃过了不饿，虽然坦然却没食欲；蒋庆康是心情不好，虽然饿但吃不下。

所以，尽管菜色不错，却没动几口。甘小满便让老板上面。蒋庆康一直不讲话，她也不愿多说。他如果因此开除了她，算她倒霉，只可惜了那份工作。

热气腾腾的面条端上来，桌子上的气氛缓和了一些。蒋庆康终于从沉思中回过神，吃了一大口，出乎意料地赞道：“果然不错，很地道。”

甘小满于是也小口小口地陪着他吃。蒋庆康似乎被面条打开了胃口，认认真真地吃了起来。下午两三点钟的秋阳从窗子外射进来，他吃着热面，额头上冒出了一层细密的汗珠。甘小满突然想起彭锐明吃面的样子，也是满头的汗，外套脱掉搭在椅背上。

这么一失神的工夫，就听见他问：“你觉得什么样的人，和你是一路的？”

3

他眼神专注地吃着面，一大碗面条很快就被吃光了，碗里香菜碎和着残汤，散发着微弱的香气。

从窗子望出去，正好是一棵绿化树，叶子落得七七八八，满地黄色的心形叶子被人踩踏得不成样子。树梢上残留着的叶片，则在阳光里闪着耀眼的光。

这光景很奇怪，甘小满从来没和旁人谈起过这个，包括妈妈和王笑笑。

他耐心地等她回答，于是她慢慢地说："不要有太远的距离，互相尊重，有共同的理想与爱好，对对方的生活了解、接纳。"

蒋庆康微微点头，说："原来是这样。"

由于他要去机场，所以打电话叫司机过来。司机见惯世事，见甘小满与蒋庆康在一块，并未表现出多余的情绪，把她视作无物。虽然蒋庆康还是坚持把甘小满送到楼下才走，甘小满的心里却觉得轻松多了。

不到七点钟，司机去而复返，手里抱着那只纸箱，说："蒋总说是您的东西，让我送来。"

甘小满自然不能对他说什么，只好收下纸箱并再度踢进床下。

这天晚上，甘小满睡得甚是踏实，第二天上班时，神采奕奕。等进了办公室，她发现整个部门的同事也都神采奕奕地瞅着自己，而她的办公桌上赫然摆着一大把红色玫瑰，那鲜艳的红色像是在格子间里点燃了一簇火焰。

以前，彭锐明总是送她点心，因此，这还是她第一次收到花儿。她把卡片抽出来，看见江南山的名字就笑了。对方的电话恰巧在这时打来了，他开口就问：“喜欢吗？”

世上但凡女子哪有不爱花的，甘小满自然说喜欢。江南山约她下班见面，甘小满本来就存了与他认真相处的心，自然欣然同意。朱湛业知道此事后，怒气冲冲地从办公室出来，看见甘小满喜滋滋的样子，几乎狂怒地吼了句：“你们都过来开会！”

甘小满急忙收了电话和几个同事进去。朱湛业气急败坏，横挑鼻子竖挑眼，没事找事地把大家数落了一顿，可怜那几个同事也跟着受连累，都被训得蔫不唧儿的。

中午吃饭时，甘小满把这事讲给王笑笑听。王笑笑乐得前仰后合：“这家伙恐怕是要暴怒一段时间了，你可有苦头吃喽。”接着，她又嘱咐甘小满跟江南山约会的时候要注意这个注意那个，甘小满越听越觉得好笑，不禁说道：“你怎么还没结婚就母爱泛滥了，比我妈还唠叨呢。”

王笑笑说：“我不是替你着急吗？要是你和江南山的速度快点儿，咱们一起结婚，那多有意思啊。”

说到江南山，她告诉甘小满，昨天细细地向郭沣打听了他的家庭。人家可是书香门第，祖上出过两个探花，父亲是大学教授，母亲是中学老师，都快退休了。王笑笑拍了拍甘小满，说道：“他们退休之后，正好给你和江南山带孩子，多好啊。”

甘小满被她说得直乐，不禁笑道："你可不得了了，整个一家庭主妇状态。"

王笑笑说："咱们这样的也做不来女强人，做个平凡女人相夫教子多好啊，过平凡日子其实最幸福了。"

甘小满甚觉有理，不停点头。手机响了，居然是蒋庆康。当着王笑笑的面，她自然不能露出马脚，否则还不得被审死，只好接起来若无其事地说："你好。"

他那边背景很安静，显得声音特别沉静清晰："我一直在想你说的话。我想告诉你，那并不难。"

"哦。"身边有王笑笑，甘小满什么话也没法说，况且她也不知道自己该说些什么，于是只好"哦"了一声。

幸好他没再说别的，只是问："在吃饭？"

"是。"

"你吃吧，不打扰你了。"

甘小满莫名其妙地有种做贼心虚的感觉，看王笑笑正艰难地对付着鸡翅膀，才放下心来。

"怎么这么瘦？"王笑笑愤愤道。

"别生气，也许是只婴儿鸡。"甘小满安慰道，不知怎么心里却浮起一丝不安。

和彭锐明不同，江南山属于阳光活泼型。吃完晚饭，他提出带甘小满去游乐园玩。甘小满还真没来过游乐园，这天，他们玩了过山车和激流勇进，吓得甘小满花容失色，心脏怦怦乱跳。在她的惊叫声里，江南山似乎觉得自己特别勇敢，好像他那双结实的臂膀就是用来保护甘小满的。他握着她的手，像旁边那个带孩子的爸爸一样安抚着她，人家说："宝宝别怕，有爸爸呢。"他说："甘小满别怕，有我呢。"

慢慢地，甘小满明白了，在他的概念里，女人跟孩子一样，都需要游戏和哄，他对她采取的就是对孩子的法子。不过这也许是大多数女孩都梦寐以求的，毕竟当个孩子是幸福的。

甘小满就这样安心地接受了两人的相处模式，在他面前做起了孩子。清晨的时候，他打电话柔声地叫她起床；晚上下班，则会远远地赶过来接她。由于他们是同一时间下班，甘小满往往会在门口张望好一会儿，才能看见他匆匆而来的身影。

甘小满其实是不大爱逛街的，可江南山却执着地认为女人都喜欢逛街，所以，两个人的活动里逛街竟然变得不可缺少了。逛街时，他会替甘小满拿包，紧紧地跟在她身边，贴身保护着。他们约会时，天天跑商场，甘小满觉得兴味索然，可江南山并未觉察。他是做时尚杂志的，喜欢边走边跟她聊品牌，甘小满便有一搭没一搭地听。

逛累了，江南山便带她去吃甜品。甘小满是北方人，却对甜品情有独钟，尤其爱芒果班戟，难得江南山也爱吃甜食。于是，两人经常会在初冬的下午对坐在甜品店内，享受美食。一坐就是半天，东西吃完，临走之前还要给她打包一份。甘小满不属于易胖体质，现在由于常吃甜品，倒开始担心会长胖。江南山笑着说："你再胖二十斤，才是刚刚好，又不是上台做模特，要那么瘦干吗？"

甘小满受此激励，更觉得自己有充足的理由频频光顾甜品店。

就这样交往了一段时间。元旦将至，甘小满忙得团团转，两人见面的次数渐少，江南山每天发十几条短信给她。甘小满感情经历甚少，只有彭锐明这么一段，还弄得她死去活来。现今江南山如此殷勤，这让她又渐渐地觉出被人呵护的感觉还是很美好的。只是她总觉得两人的相处中似乎少了点儿什么，细细想来，竟是那种心动的感觉。

王笑笑对他们的进展极为关心，总是拉着甘小满问："怎么样，你喜欢他吗？"

甘小满说："才几天，就喜欢？"

王笑笑不以为然地说："我见郭沣第一眼就喜欢他，他也是第一眼就喜欢我。怎么你们就来电那么慢？"

甘小满想了想，说道："估计他是喜欢我的吧。"

"那你呢？"王笑笑瞪大眼睛问，"你不会对他没感觉吧。"

甘小满被她吵得不耐烦，只好说："我也不讨厌他，估计也是喜欢的吧。"

王笑笑觉得自己做媒成功，特别骄傲地挺着胸说："我就说了，一看你们俩就有夫妻相，我是火眼金睛。"

甘小满附和着："嗯嗯，你是孙大圣转世。"

甘小满的妈妈也知道了她在谈恋爱。她用手机发了几张照片给妈妈。见男孩子一表人才，妈妈高兴得很，一再嘱咐小满要好好了解下对方。甘小满觉得妈妈毕竟是过来人，很审慎，对她的终身也是慎重得很。她有时候也会在心里把江南山和彭锐明做比较，觉得两人截然不同。江南山阳光灿烂，透明得很；彭锐明出色是出色，可到最后她也没能摸透他。可见，太出色的男人，对她来讲就是灾难。

她不无感慨地想：自己原本就是个简单的人，找个简单的人是最合适的。太复杂的人，她实在是应付不来。

因为最近总是加班，所以周末公司破例让她多休了一天。江南山出差到杭州还没回来，王笑笑和郭沣回老家了，甘小满一想休息日没人找自己，正好可以好好休息，再加上前一晚加班回来晚了，所以这天早上，她就安心地赖在床上。

大约九点钟，甘小满迷迷糊糊中听到好像有人敲门，不过她没动，等“嘭嘭嘭”的声音再次响起时，她才确定的确有人在敲自己家的门。

于是，披着睡袍下了床，她站在门口，问：“谁呀？”

外面没声音，门镜年深日久，早已模糊不清，她透过门镜只能看到影影绰绰的一个男子。她有点儿害怕，又问：“是谁？”

“收水费的。”那人答道。

甘小满“扑哧”一声笑了起来，江南山的声音伪装得实在不好。

“怎么今天回来了，不是还要等两天吗？”她急忙打开门。他鼻尖都冻红了，却满面是笑，手里还提着一大堆东西。

甘小满见状，赶紧给他拿拖鞋让他进来。江南山一边说着“今天好冷”一边换了拖鞋赶紧进屋。他看到甘小满披着杏黄棉睡袍，只用一根带子随意地系在腰上，赤脚穿着粉红绒拖鞋，瞬间明白了她还没起床，接着心里就是一动。

甘小满接过东西放在了椅子上，刚转身便被他抱住了。他身上带着外面冷空气的味道，冰凉甘冽。她本来睡得暖暖的，闻到这种味道浑身一颤，接着就听到他说：“我好想你，本来还要两天，我提前回来了，下车后没回家，直接过来看你了。”他的声音很低，这话是贴在她耳边说的，说话时的热气吹得她痒痒的。他吻上来的时候，她本能地想躲闪，可是思索之后终究没动。他的嘴唇也是冷冷的，但很柔软，随着两人的辗转缠绵，他的嘴唇慢慢地有了暖意。

他的手本来在她腰间，棉睡袍质地最为柔软，柔软的触感和透过睡袍传来的温暖，让他的心逐渐升起热潮。他的手指摸索着解开她的腰带，她贴身穿了件印花小睡衣，光滑白皙的肌肤刺激着他的眼球，于是他更加紧地抱住她，就像用心呵护一朵开在冬日芬芳的花朵。他着迷地拥着她，将她朝卧室带，如同脚底下正踩着一支曲子，往那最美妙的旋律攀去。

甘小满突然在这时停住，在他拥紧的怀抱里轻轻挣扎，同时抓住了他的手，令江南山不得不停住，疑惑地询问：“怎么了？”

甘小满拢了拢头发，转过身系好带子。

“不喜欢吗？”江南山从后面再度抱住她，轻声询问。她的身体微微僵硬，没说话。江南山虽然意乱情迷，但理智还在。他扳回她的身体，令她正视自己。她的唇泛着诱人的红，他深深吸了口气，再度朝那唇上深深吻了片刻，才终于放开她。

江南山本不是爱害羞的人，可甘小满半天没出声，他也找不出什么话来。两人静静地站了半晌，他不动声色地打量着甘小满，只见她脸红红的，像是涂抹了一层胭脂，透着说不出的娇艳，黑色的长发稍显凌乱地披在肩上，害羞地低头摆弄着仙人掌的刺，整个人说不出地楚楚动人。

他替她理了理头发，柔声说道："小心刺扎手。看我给你带了什么。"

接着，从袋子里提出一件芋紫大衣，他眼光不错，甘小满肤色白皙，紫色正配她，又合了她端庄温和的气质。

甘小满摩挲着柔软的羊绒面料，说道："谢谢。"

江南山说："怪冷的，你去换衣服，我们出去吃早饭吧。"

甘小满与他相处的时间不算短，他来过几次她的小屋，都客客气气的。如今两人接吻了，按理说应该心里更加亲近才对，可不知怎的她的心里却有些惆怅。她转身走进卧室愣愣地站在床边，像丢了什么要紧的东西，心里还生起了不清不楚的别扭。她看了眼门，关得好好的，可不知怎么又悄悄过去反锁了，才算放心。

甘小满换好衣服出来，简单洗漱了一下，然后拿了包跟他下楼。现在正是北方最冷的时候，路上铺了层薄薄的小雪，风冷冰冰地往人的衣服里钻。江南山伸出胳膊把甘小满揽到臂弯里，甘小满缩着脖子低着头，看不清脸上的表情。

"吃点儿热的东西吧，馄饨好不好？"江南山问道。

"好。"长长的围巾被她绕了好几圈，嘴巴捂得严严实实，显得声音闷闷的。

江南山就近找了家馄饨馆，两人各点了一碗馄饨。江南山心里高兴，本来有许多话要跟她讲，可是甘小满只低头吃馄饨，江南山的话就哽在了喉间。馄饨包得很大，皮又厚，吃起来不爽口，汤汁很烫，她喝了几口，就吃不动了，只拿着勺子在碗里慢慢地捞来捞去，好像里面有条活鱼。

他握住了她的手，她的手很冷，下意识要躲。他用力握着，问："怎么了？"

"没怎么。"她抬眼看了看他，她的眼珠很黑，像他小时候看的一本书里面写的黑珍珠一样的眼睛。他说："待会儿我带你回家见见父母，他们其实早就想见你了。"

甘小满望向外面，天太冷了，窗子玻璃上结了霜，看不清外面的景色。她对着霜花发了会儿呆，然后说："好。"

见家长很成功。江南山的父母都是知识分子，甘小满的安静端庄很合他们的心意。甘小满去的时候买了根人参，因为听说江南山的妈妈身子弱，江妈妈直夸她有心。

江爸爸请大家去餐馆吃饭，甘小满由此知道江妈妈不大会做饭，家里会客都是出去吃。江爸爸是那种学问多而脾气好的男人，江南山在这点上很像他。甘小满见了江爸爸和江妈妈的相处模式，才知道江南山把女人当孩子的观点完全是家庭熏陶的结果。因为直到现在，江爸爸还给江妈妈挑鱼刺，而江妈妈居然也受之当然。

江南山瞅着甘小满笑，然后偷偷说："你要是嫁给我，我也给你挑一辈子鱼刺。"

甘小满微微笑了笑，恍恍惚惚的，她看到一个自己正坐在他旁边安静地笑着，和他的父母有问有答，礼貌地吃着这餐饭；而虚空中还有一个自己，呆呆地看着这一幕，不喜不悲，只是无力。

甘小满觉得这一日过得十分漫长，黄昏时告辞回家，江南山自然送她。本来江南山要打车，她阻止道："不如坐公交吧，人不多，又省钱。"

江南山笑道："好媳妇，现在就开始给我省钱了？"

甘小满瞪他一眼，说道："谁是你媳妇。"

他乐呵呵道："就是你啊，还能是谁？"说着，就把她的手捧起来焐着，"还冷吗？"

天阴沉沉的，飘着雪花。甘小满的手冰凉，他的手也是冰凉，但她笑着说："好多了，不冷了。"

换了两次车，到家时天已经黑了。江南山坐了一会儿，方说："我得回去了。"因与她的关系更近了一层，所以江南山顺理成章地抱了抱她，本来还想吻她的唇，但她装作无意地朝边上看错开了，这个吻就落在了她的腮上。

甘小满催促道："快走吧，待会儿天更黑了。"

南山略带遗憾又满心欢喜地瞅了她两眼，才恋恋不舍地离去。

甘小满在门口站了半晌，看看表，九点多了。她先把被子铺好开了电热毯，接着去洗漱，回来的时候被窝已经暖和了，换了睡衣钻进去，温暖立刻让她全身舒坦起来。

又冷又累的一天，照她的习惯看会儿书就该睡了。可今天她没心思看书，也不困，只对着天花板发呆。她并不讨厌江南山，也愿意与他相处。他带着她做的游戏，她都觉得有趣，吃的东西也有滋有味。可是她不得不承认，他的吻让她很迷惑。

确切地说，甘小满对他的亲吻很没有感觉。她本能地想拒绝他的亲近，那一刻来临的时候，只觉得难堪。

她曾经想过他早晚有一天会吻她，他虽然把她当孩子，但她毕竟是个成熟的女人，而他是个正常的男人。她觉得自己陷入了无法脱身的狼狈局面，她承认他是好伙伴，也是合适的结婚对象，可是他不能让她有爱情的感觉。

虽然彭锐明已成往事，可她真实地记得他抱着自己的时候，自己有着怎样的战栗与悸动。与之相比，她与江南山百般不对，绝非情侣。确切地说，是她自己百般不对，压根是汤姆抱着吉米的感觉。

似乎弄了半天，她找了个男闺蜜，如果被江南山知道，恐怕他会把拳头捏碎吧；如果让王笑笑知道，恐怕她会把牙齿笑掉吧；而她自己发现这个事实时，则是满头满脑化不开的惆怅。

这桩事情到了现在，似乎完全搞错了。

她愣愣地躺着，心里烦乱异常，最后决定给妈妈打个电话。

小满的妈妈刚躺下，保姆接的电话，保姆告诉甘小满这几天她妈妈正吃药，哮喘病在冬季是最厉害的。等到妈妈来接电话的时候，甘小满满腹的话却都说不出来了，只和她说了几句闲话，然后说："妈，我今天去江南山家里见了他父母。"

小满妈妈很高兴地说："怎么样啊，他们对你还好吧？"

“嗯，他爸爸妈妈都是很好的人，对我也好，我们一起吃了饭才回来的。”

“找个好人家最重要了。”妈妈声音里有抑制不住的喜悦，“小满，我这辈子只有你一个女儿，我就想你一定要幸福。”

甘小满没说话，手指在被子上画着圈，妈妈似乎察觉到了什么，问道：“你对南山不满意？”

她的喘气声很重，像拉着风箱，甘小满忽然心里万分不忍，于是敷衍道：“妈，我们挺好的。”

甘小满的妈妈轻叹了口气，说道：“人在年轻的时候，往往看重爱情，其实过起日子，你会发现再轰轰烈烈的爱情也会变得平淡。比起爱情，合适的生活伙伴更会让你觉得安全可靠，所以找一个好人，他又对你好，就足够了。”

甘小满良久无言，之后轻问：“妈，这是你的生活经验吗？”

妈妈沉默片刻，说：“妈妈这辈子吃了个大亏才明白这点……”她的声音渐渐低下去，取而代之的是一阵剧烈的咳嗽。

甘小满眼睛有点儿发涩，她眨眨眼，说道：“我记住了。”

妈妈终于喘过气来，说：“我年纪大了，病又一年比一年重，要是看着你能嫁到好人家，就算我不在了也放心……”

甘小满什么都说不出来。

妈妈叹了口气，说：“你也早点儿睡吧，睡晚了会有黑眼圈的。”

“嗯。”甘小满答应着，挂了电话。

她久久没动，心里某个地方异常寒冷。她努力蜷缩着，电热毯很暖，她心里的那处却似化不开的冰。她不得不把头埋到被子里去，过了会儿才觉出自己在哭，眼泪不知什么时候流了出来，像小虫子在爬，凉凉的。

有时候，人没有权利去追求某些东西，不是不想，而是不能。

甘小满其实早就明白，爱情对于自己是那么遥远。这是个妄谈爱情的时代，尤其像她这样的女子，辗转于社会底层，所能祈求的不过是遇到一个可以做伴的好人而已，然后用宽容与之到老，就成了那最浪漫的事。

没人想过被一个仅仅是可以做伴的人吻，心里有多么别扭。或者她应该和世上大多数女子一样，摸到一块石头就把它焐热，变成自己生命里的那块宝。如此想来，她的运气倒也不差，起码她摸到了一块看上去不错的帅石头。

想到这里，她自嘲地笑了。

闷在被子里太久，就快窒息了，但是她忽然喜欢这种上窒息的感觉，似乎生命就快到头，黑暗变得格外亲切。

她在黑暗里算了算，照这个速度，她明年就能结婚，后年就会有孩子，然后把孩子带大，她就老了。

一生一世，一眼可见。

她猛地掀开被子，屋子里本来灯光昏黄，在被子里闷久了，乍一出来，眼睛居然被刺得睁不开。她觉得自己需要做点儿什么，才能缓解这种压抑的情绪。于是，爬起来进了厨房，厨房的角落里有半瓶红酒，是王笑笑生日的时候买的，没喝完剩在了那里。

没有红酒杯子，她拿了只水杯，回到卧室将那酒满满地倒了一杯，仰头喝了一大口。酒冰凉冰凉的，让她浑身一激灵。然而这渗透到血液里的冷极为痛快，使她感到开心。她又来了一大口，这两口就喝下去了半杯，她的心怦怦地狂跳起来，像擂着鼓。

等把满满一杯酒喝光，她觉得自己还可以，应该还能再来一杯，于是把瓶子里剩下的酒都倒上。

那一杯玫瑰红的酒，仿佛花瓣被揉碎滴落的红泪。她脑子昏沉沉的，什么都不愿再想，只觉得眼前最好的就是这一杯酒。她笑了笑，把杯子凑在嘴边，小口小口地啜着，就像婴儿在慢慢地啜着奶。等她终于把杯子喝见底儿，手机突然响了起来。

虽然她现在不是特别清醒，但还是知道夜已经深了，这么晚打电话的只能是江南山。她看也不看，就把手机塞进了被窝里。铃声执着地响着，在被子里闷闷地唱着《泥娃娃》。她对着空杯子出了会儿神，终于还是把它掏出来，说了声："喂。"

那边良久没有声音，她怀疑自己喝多了出现幻听，然后就听到有个人问："你哭了？"

甘小满在醉酒中也听出来了，这人不是江南山。他的嗓音比江南山低得多，而且浑厚沉静，她恍恍惚惚地问："锐明？"

对方沉默了一会儿，什么也没说，就挂掉了电话。

真是个怪人，甘小满把电话从耳边拿下来，翻到已接来电，才明白自己弄错了，打电话的人是蒋庆康。她本来眼皮沉得睁不开，现下睁开了一半，这家伙倒挺有趣，居然能听出来她哭了，不过她哭没哭和他半分钱关系也没有。只是他的声音和彭锐明的怎么如此相似?

可她实在管不了这些，躺了会儿觉得电热毯热得要命，只好关掉。心里还是发热，红酒的后劲儿上来了，她的头隐隐发晕。

她急需好好睡一觉，也许一觉醒来，就会变得无比快活，像大多数人那样，一边焐着石头一边说“这就是我的爱情，看，多么幸福”。

她这么想着，把灯关掉，闭上了眼，可是胸腔里像有什么东西堵着，一直塞到了喉头。她想止住眼泪，可泪却止也止不住，无声无息地流着。

她极力想睡去，也的确好像在哭泣中睡着了。迷迷糊糊中，她听到手机似乎又响了，铃声不停地在耳边唱着，让她实在不能安稳睡去，她下意识地摸着关机键，把它摁掉了。

电话消停了没一会儿，单元门对讲机又响了，“嘀嘀”的声音比电话还吵人，她翻身不理，可门铃却不依不饶地叫着。她起身披上睡袍，拿起话筒问了声：“谁？”才发现自己的嗓子都是哑的。

那头静得很，话筒里“刺啦刺啦”地响，过了几秒，那人说：“你下来。”

她头晕得厉害，不由自主地拿手扶着额头，但还是听出了对方是谁，于是惊呼一声："蒋总！"

"你下来，我在楼下等你。"完全命令的口气。

甘小满醉眼蒙眬地朝外望望，天黑漆漆的，于是说："太晚了，有什么事明天再说吧。"

"马上下来！"他说了这句再没声音。甘小满"喂"了几声，没人回答。她踉跄着跑到阳台拉开窗帘朝下看，花坛边上孤零零地停着一辆车子，在雪地里特别显眼。

她腿是软的，脑袋是晕的，胃里泛着恶心，脸上还挂着泪痕，可她还是挣扎着换了衣服，只因他是她的老总，一句话就可以让她丢饭碗。她打心底里不愿意丢掉这碗饭，这就叫作小人物无志。

寒冬的深夜冷得要命，楼道里寒气逼人，她走了两步就觉得天旋地转，不得不扶着冰冷的铁扶手一步一步往下挨。好不容易走出门来，脚踩在积雪上发出"咯吱咯吱"的声响，她才发觉自己居然忘记换鞋，穿着拖鞋就出来了，两只脚顷刻在雪地里冻实了，凉气直往上蹿。她也不能再上楼去换，勉强把持着平衡朝车子走过去。此时，她方才知道，人家都说红酒后劲儿大，果然没有错。

蒋庆康见她穿了件及踝的白色羽绒服歪歪斜斜地走过来，便从里面给她打开另一侧车门。甘小满却没上车，只是弯腰探头地问："蒋总有什么事？"

她的脸在夜色中看不清楚，一头长发被寒风吹乱，像是人也要随风而去。

"上车说，车里暖和。"他拍拍副驾。

甘小满脚底下像有冰锥子扎，但还是强忍着说道："没什么事儿，我回去了。"

她说话的语调子好怪，绝非一贯的样子。蒋庆康吸吸鼻子，微微皱眉，问："你喝酒了？"

"哦，一点点。"

好个"一点点"，他抬手开了内灯，灯光下她两颊绯红，眼圈也是红的。他这才知道，她原来不仅哭了，还喝醉了。

他扬扬眉问："还能喝点儿吗？"

风卷起地上的雪花狂乱地吹在甘小满身上，同时也灌进车内。甘小满觉得呼吸被寒风逼得一窒，他探身过来，隔着座椅拉住她袖子，说："上来，别傻站了。"甘小满脑子已经木了，不知是冻的还是醉的，脚趾又麻又痛，只能哆哆嗦嗦地上了车。

后来，她想自己当时是真喝多了，不然说什么也不会看看仪表盘，打量打量车门，冒出一句："你换车了？"

这四个字顿时把他们调整到另外一种奇怪的关系上，似乎竟是朋友了。原本她只把他当作老板加无聊富二代。

蒋庆康自从发现她喝酒后，唇边始终挂着一抹似有似无的笑，如今笑意更深，问道："你看这车怎么样？"

甘小满本来情绪低落，听他这么问，借着酒劲儿当真前后打量了一番，然后评价道："比李总那部大多了，能拉不少货。"

蒋庆康哈哈大笑道："嗯，这车拉起货来倒也不是一般的牛。"

甘小满脚上的雪水混着泥水化开，白色的脚垫上印着的波斯猫的脸被弄得面目全非。蒋庆康这才发现她竟然只穿着拖鞋，而她的脚明显冻得不行，连腿都在打战。他瞅了瞅她，见她正低头瞅着自己的脚，雪水把一双绒毛拖鞋都弄得湿透了。

他转身将后座上的坐垫拿过来，说："把鞋脱掉。"

甘小满抬眼问："干吗？"眼波一横间，浸透在眸子里的醉意几欲流出。她本来是文静的女生，此时却像个受了委屈的孩子。蒋庆康发现她的脚趾在鞋里一动一动的，显然难受极了。

他俯身过来将她脚上的拖鞋扯掉，里面的袜子也湿了。他握着她的脚踝，把那两只湿淋淋的袜子也脱了下来，然后将坐垫铺在脚垫上，让她踩上去。她的脚好小，脚趾冻得发白，灯光下有着玉石般的莹润，小巧的趾甲还带着天然的粉红，在白毛垫子的衬托下，美丽极了。

蒋庆康一时竟有点儿失神，甘小满这时说了句"真暖和"才将他的神志唤回。原来暖风正吹在她的脚上，终于让她舒服起来。

"吹一会儿就不冷了。"蒋庆康笑道，车子一直没熄火，引擎低低地轰响，他旋转方向盘将车子开出小区，甘小满这才想起问："去哪儿？"

"找个地方和你喝酒啊。"他盯着前方，猛地加大油门，车子在雪野里"呜呜"叫着冲了出去。

三　浮沉世事两相煎

1

酒壮英雄胆，同样也壮甘小满的胆。不然依她的性子，怎么也不会光着脚在蒋庆康的车里待大半夜。

蒋庆康将车子开到一间酒吧门口，下去没多久就拿着酒和杯子回来了。他开了酒，边倒边说："不许再叫我蒋总，咱们好好喝两杯。"

"可我已经喝多了，你这样不公平。"甘小满并不糊涂。

蒋庆康笑着说："咱们划拳，我要是输了就喝酒，你输了可以不喝，但要回答我一个问题，这样公平吧？"

甘小满转动酒瓶，端详着上头的外文商标说："我不会划拳。"

蒋庆康笑道："你可真笨，石头剪子布，这个总该会吧。"

甘小满被他说笨，很生气。因为她自小就不笨，一扬脸说："话说在前头，你要是喝多了开不了车，怎么办？"

"我喝多？"蒋庆康仿佛听到了世上最好笑的话，忍不住哈哈大笑道，"还没人能让我喝多，不过万一今天我败在你手下，车子就由你负责开回去，如何？"

甘小满有点儿丧气，说道："这话说了等于没说，我也喝多了啊，那叫酒驾，给交警抓住就麻烦了。”

甘小满认认真真的表情让他有些想笑，于是安抚道：“放心，我负责把你捞出来。”

她倒是精明得很：“那我也不开。”

蒋庆康只好退一步，说道：“不然车子还是我来开，然后你把我捞出来？”

“那也不好。”

“你说要怎样才算好？”蒋庆康发现她居然很难缠，于是说道，“我要真进去了，找李总来捞，你逃之夭夭，怎么样？”

“这个嘛，还好。”

于是，两人开始玩石头剪子布，第一轮甘小满出石头，蒋庆康出剪子，他喝了一杯。第二轮蒋庆康出了布，甘小满出了剪子，他只好又喝了一杯。甘小满直乐，蒋庆康抬眼瞅瞅她，说：“再来。”

甘小满头晕，歪靠在座椅上，笑嘻嘻地把手背在身后，眼睛盯着蒋庆康。她本来哭过，脸上犹有泪痕，如今笑得开心，衬着眼圈的一抹红，特别动人。

蒋庆康见她笑语晏晏，一个愣神就没多想，依然出了布，而甘小满却仍旧出了剪子，她哈哈大笑，拿过酒瓶给他倒满，说：“你又输了。”

蒋庆康也不耍赖，他一下飞机便来找甘小满，晚饭只随便吃了几口飞机餐，根本没吃饱，连喝了两杯酒，胃里热乎乎的有点儿烧灼感，但他还是把酒凑在唇边，瞅着甘小满的笑脸，一口气喝光了。

甘小满倒被他弄得一怔，见他酒杯见底儿，笑容就变得不大自在。

蒋庆康问："怎么了？"

甘小满略略低了头，说道："你也可以不喝的，本来就是游戏，不必当真。"

蒋庆康听了她这句话，心中莫名地涌上一阵温柔，笑道："我输了自然要喝，只是你输了也要如实地回答我的问题才行。"

他刚才买酒的时候还榨了葡萄汁，给她倒了半杯，说道："喝这个，明天早上不会头疼。"

甘小满尝了尝，车里暖暖的，果汁酸甜爽口，本来喝了酒胃里难受醉得也深，这时候倒觉得稍稍好点儿。

蒋庆康说："再来。"

两人把手在背后准备了一会儿，甘小满说："石头——剪子——布！"一同伸出来，蒋庆康还是出布，把甘小满的石头给赢了。他晃着杯子说："总算让我赢了一次，我可要问了。"

甘小满说："隐私我可是不答的。"

"我是那么无聊的人吗？我只是想让你告诉我——"他侧头盯着她的眼睛，话音异样柔和，"你今天为什么哭了？"

一句话戳到了甘小满的软肋，她别过头去，这问题不算隐私，却当真难答。难道要告诉他自己被不爱的人吻了，想到将来还要嫁给那人，就非常难过，以至流泪吗？像他这样的人，对这种情形怎么会理解？即使她有勇气说出来，他恐怕也只能弯弯那好看的嘴角，在心里把她当作笑话吧。

于是，她想了想，说："不舒服，就哭了。"

他当然不信，反问道："不舒服还喝酒？"

"喝了酒，才不舒服的。"

他皱眉又问："你不是不会喝酒吗，为什么还喝？"

甘小满笑道："你问过一个问题啦。"

蒋庆康哼了声："来！接着玩。"他一副志在必得的样子，却没能接着再赢，连着喝了两杯，才扳回一局。

他指着甘小满问："说，为什么喝酒？"

甘小满仍旧笑着回答："因为从来没喝过，所以想尝尝，结果运气不好，被你发现了。"

这女子轻描淡写地说着，可眼睛却不会撒谎，让他一眼就看穿了那深痛的无奈。蒋庆康顿顿杯子，说道："再撒谎，你的鼻子就能出国访问了。"

甘小满低了头咯咯笑，笑着笑着，不知怎么眼泪就出来了。她想忍住，可怎么也控制不了泪水，只好低着头就那么坐着。他将一包面巾纸轻轻放在她手上，柔声说："擦擦吧。"

她乖乖地抽出一张来拭泪，眼泪却越来越多，怎么也擦不干。她虽然醉着，可心里是明白的，面前的人与她那样遥远，本属于两个世界，她本不该对着他哭。

在妈妈面前她不会哭，在王笑笑面前她也不会哭。而今天，可能是由于他柔和的眼神，也可能是由于他身上安全的气息，还可能她真的被酒精麻痹了，正好让她荒凉压抑的心再也控制不住悲伤，她居然在他的面前落泪了。

她已经二十四岁，再过几个月，就二十五岁了。这些年，她一直在努力掌控自己的生活，可是直到现在，她依然得每天为保住饭碗而奔波。她爱彭锐明，她可以确定他也爱过她，但是那么真切的感情忽然折断在她面前，没有任何预兆，让她几乎心痛而死。

只有她自己明白，她的一颗心对爱情有着怎样的执着，当她终于看到曾经的伤痛被时间覆盖，余痛也了无痕迹，最深最真的爱情已然死亡时，她觉得自己似乎永远都不可能再爱上别人了。

但是她必须要给自己找个归宿，因为她是生活在人群中的人，即使她不爱任何人，也要与一个男人生活在一起，把以后那么多年的时光耗在他的身边。

这个世界，不问爱情。

蒋庆康看得出她在极力控制自己，那狠狠压抑的样子令他觉得难过，他想抱着她，轻轻吻她的发丝，吻她的额角，安慰她，可他没动。

寒冷的街上，一切都是冰冷的，唯有这小小的一辆车子，就像一个温暖的巢。他默默为自己倒了一杯酒，有时沉默才是给对方最好的宽慰。

手机响了，他看看号码，又瞅瞅甘小满，开门下了车。

甘小满的目光追随着他的身影，泪水模糊了她的视线，她只依稀看见昏黄的路灯下雪花仍旧飞舞着，大片大片的雪花落在蒋庆康黑色的长衣上。他正接电话，侧面朝着她，脸绷得紧紧的，下巴的线条十分冷硬，完全没有了方才的柔和。

甘小满本来没想听他说话，但蒋庆康显然正在发怒，声音较之往常高了很多，有一句清清楚楚地传到了她的耳中："早说过绝对不行，不要再提了。"

甘小满从没见过蒋庆康失态，泪水在震惊中倒渐渐地止住了。她呆呆地注视着车窗外的人，不相信他也会发怒。她一直以为蒋庆康永远都会保持从容镇定，天塌下来也能笑看星辰陨落。

对方显然还要说些什么，可蒋庆康"啪"地关了手机，静立在雪地里。甘小满看见他做了个深呼吸，等他口中呼出的白气慢慢被冷风吹散，他才拉开车门上来，此时他的神色已恢复如常。

见甘小满正愣愣地看着他，他笑了，问道："我饿了，你呢？"四目相对，甘小满猛然发觉他深邃的目光里，原来有她看不懂的许多内容。

"哦。"她点点头，其实并没反应过来他刚才问的是什么，唯觉得只有点头才最合适。

"滨城哪里的宵夜好？我对这里不熟。"

"我也不熟。"甘小满实话实说，"平常这个时间，我都在睡觉。"

"宅女？"他笑了。

蒋庆康开着车子在路上转悠了一会儿，找到一家二十四小时营业的餐馆。甘小满因方才在他面前失态落泪，很是后悔，加之酒后倦怠，路上一言不发。蒋庆康看出她的难堪，说："你鞋子湿了，没法下车，想吃什么我去买。"

甘小满胃里难受，什么胃口也没有，摇了摇头说："我什么都不想吃，你自己吃吧。"

"喝点儿粥也好啊，我也想喝粥。"他说着就去了。等他买回来，果然是两份粥，一份花蟹粥，一份皮蛋瘦肉粥，大纸杯装着，热气腾腾。

蒋庆康让她先挑，甘小满选了花蟹粥，捧在手里，热乎乎的。吃了几口粥，甘小满觉得胃里舒服不少，连头晕都减轻了。

蒋庆康慢慢喝着粥，他从来没有窝在车里吃东西的经历。外面那么冷，不停地下雪，身边坐着个赤着脚刚刚哭过的女孩儿，她小口吃着粥，低垂的睫毛上似乎还沾着湿湿的泪光。车里都是粥的香味儿，蒋庆康对温馨从来没什么概念，可现在他觉得这就是了。

他愉快地把粥大口喝光。甘小满吃得慢，最后还用勺子把纸杯底儿的米粒都刮干净了，看得蒋庆康想笑，觉得她就像只吃东西要舔光碗的猫咪。甘小满抬眼对他一笑，说："浪费粮食可耻。"

蒋庆康低头瞧瞧自己的杯子，不过一会儿工夫，他竟成了那"可耻"的人。他沉思一下，觉得知错能改还是可以回归到好人队伍，于是学着她的样子把米粒也刮得干干净净。

甘小满吃得舒坦，又暖又饱又醉酒还刚刚哭过，任何一个理由都让她困倦万分，于是看了看时间，说："我该回去了，明天还要上班。"

"我送你。"蒋庆康将车子掉转方向，开出了巷子。

车子开出去没多久，甘小满的眼皮就再也睁不开了，暖风吹在脚上那叫一个舒服，她只想闭会儿眼睛，谁知竟睡着了。她睡眠不是太好，平日轻微的声响都能把她吵醒，可是今天车子震动的频率似乎成了最好的催眠剂，让她睡得特别香甜。

外面夜色沉沉，蒋庆康安静地端详着身边的女子。前几次见面，她要么毕恭毕敬，要么冷若冰霜，他从来没机会这么近距离地好好看看她。

睡着了的甘小满还是那么好看，车窗外不时闪过的灯光照得她的脸朦朦胧胧的，她的姿势不是太舒服，眉毛微微皱起，脸上依然带着酒醉的酡红。

那天晚上，在赵家餐馆乍见甘小满的时候，他就觉出彭锐明和她的关系非同一般，两人的眼睛里有太多内容。事后他装作无意问起，彭锐明只是简单地说了句："前女友，好几年了。"

他没再问，他不会因此放弃甘小满。有时候他想如果换作彭锐明比自己大上两岁，是不是一切都可以不同。可是，即便是现在，他也不想就这样向命运认输。如果他没有遇见甘小满，也就算了，可是那么巧，他在西藏遇见了她。

在那风雪交加、几欲绝望的夜晚，她在口袋里摸啊摸，摸出块硬糖给他——那也是她最后的食物。当时电量耗尽，车窗不能关闭，他捏着糖坐到她身边，挡住了车窗外的风。她当时又冷又饿地睡着了，不知道他一直抱着她，试图给她取暖。战友是当地驻军，但他不能确定战友派来飞机的时候自己是否还活着，但他当时只有一个念头，那就是这个女孩儿不能死——

那时候，他还不知道她的名字叫甘小满。

甘小满这一觉也不知睡了多久，她梦到自己还在扎庙的院子里，母亲把刚做好的裙子给她穿上，左右端详着说道："我的宝贝最漂亮。"

裙子是粉红色的，她穿着它在院子里转圈。院子里种着许多花，大群蝴蝶在花丛间飞舞，她仿佛也变成了其中的一只，和它们一起翩翩起舞。母亲含笑地看着她，她觉得自己是世界上最幸福的孩子。

甘小满觉得有母亲在的地方就是家，而母亲的怀抱她永远也忘不了，那怀抱是那么温暖舒服，让她觉得靠在那里就可以什么都不想，什么都不怕。

她觉得现在自己就处在这样的一个怀抱里，温暖安全，还带着淡淡的青草味道。这味道就像她打开母亲的《唐诗三百首》，古旧的书页散发出的那种青草气息，那是她夹在里面的草叶留下的，书中的每一句诗歌都被那味道染透，从遥远的时光那端走来……

一丝冷风吹来，她本能地蜷缩，没过一会儿，温暖重新包裹住了她，她放下心来，她还是在母亲的怀抱里，从来没有离开……

沉睡中有人给她盖上了被子，被子又轻又软，她迷迷糊糊地喊了声："妈。"

有手指从她发间轻轻抚过，温柔得仿佛春风……

小满醒来后顿时怔住了，她以为自己在做梦。目光所对的窗子，大幅的窗帘安静地低垂着，屋子里暖烘烘的，她的头微微发晕，不知是残酒宿醉，还是被暖气熏的。

床很大，不是一般的舒服，可她还是一个鲤鱼打挺起来了。努力回想昨晚，记忆是支离破碎的，她几乎不记得自己说过什么、做过什么，只记得最后光着脚在蒋庆康的车上睡着了。

该死，该死，真该死。

王笑笑说过喝多了最好吐出来，她真后悔没吐，看来酒精一点儿没糟蹋，全被吸收了，然后就在蒋庆康面前大大出丑了。

她立刻检查了一下自己，单身女子在单身男子车上睡着，最可怕的事情并没发生，她还穿着昨晚的衣服，只是羽绒服被脱掉了，但她很快在衣架上找到了它的踪影。

环顾四周，这是一间宽敞的卧室，摆设简洁，暗花墙纸被隐隐投进的晨曦照着，微微泛着光。四处都是静的，她赤脚下了床抓起自己的衣服，蹑手蹑脚地旋了门出来，一道楼梯在走廊尽头，她犹豫了一下，踩着厚厚的地毯走下去，绒毛扎在脚心，略略有些痒。

楼梯的尽头是宽绰的起居室，炭烧地板泛着幽蓝的光，灰白纹理纵横交错，在甘小满微微发晕的眼里看来，如同踩在星云之上。

蒋庆康正坐在沙发上看报纸，干净而尊贵的银灰色衬衫，和他很搭，也或者是他自己和衣服就是百搭。看到她下来，他点点头说：“早。”

“早。”甘小满恨不得找个地缝钻进去。

“睡好了吗？”他放下报纸，问道。

“很好。”甘小满的脚趾暗暗地在地板上往回缩了缩。

蒋庆康瞅着她，微笑着说：“昨晚我见太晚了，你那里又没有电梯，所以带你来这儿住，你不要介意。”

“哦。”她低着头，觉得自己像只蚊子在哼哼，“你能不能借我双拖鞋？我要回家了。”

“你想穿着拖鞋回去？”他还是面带微笑。

“哦，我回去会买双新的拖鞋还给你。”甘小满用力抠着衣服上的纽扣，脸上比昨天喝过酒还要热。

“楼上卫生间有鞋子，你洗漱一下，然后我送你。”看她还在迟疑，他又加了句，“去吧。”

甘小满重新上楼，卫生间里果然有拖鞋，她锁好门，匆匆洗了把脸。没有多余的牙刷，她狠狠漱了两大杯水。她看着镜子里的自己眼睛有点儿肿，一定是睡得太晚黑眼圈都出来了。可是管不了这些，她拿起梳子整理了一下头发，就急匆匆地下来了。

她估计时间已经不早了。到了楼下，忽然发现墙上居然还挂了只晶光耀眼的壁钟，她忍不住眯眼仔细看那上面的时间，接着不由自主地惊呼：“啊！”

蒋庆康被她的叫声吓了一跳，连忙问道：“怎么了？”

“我迟到了。”她几乎跳起来，就要夺门而出。

“吃了饭再走。”他对她的大惊小怪不以为意。

“不行不行，已经晚了。”甘小满急急忙忙地穿羽绒服。

他本来在往餐厅走，见她要走，立刻转回来说：“先吃饭，早饭不吃不行。”

“来不及了。”她边系扣子边往外走，“谢谢，我会尽快把拖鞋还给您。”

他一把拉住她，说道：“我的员工要是个个都像你这么敬业就好了。”他一手拉着她的胳膊，一手拿起桌上的手机交给她：“打个电话请假。”

“经理会骂人的。”甘小满几乎要哭了，“上周刚刚开过会，不许请假。”

“骂人？”他哼了声，自己翻了翻电话簿，拨给李总替甘小满请假。

李总似乎并不意外，连声说好，末了又说：“蒋总，您这房子买得太急，装修仓促了些，要是有不满意的地方，我再找人重新弄。”

“还好吧，辛苦你了。”

李总说：“哪里。不然我给小甘重新安排个工作？”

“不要了，就这样吧。”

他把手机放回桌上，放开她的胳膊，说：“好了，现在可以吃饭了。”

甘小满站着没动。

“又怎么了？”

“我不想这样。”她低头朝门口走。

“怎么样？”蒋庆康笑着跟在她身后。

甘小满回头看他一眼，见他脸上虽然笑着，但眼里却藏着自己看不透的情绪。

她轻轻叹了口气，说：“你知道。”然后打开了门，在她要迈步出去的时候，蒋庆康突然上前一步，“哐当”一声大力地把门关上了。

甘小满吃惊地瞅着他。他虽然还是笑着，可那笑明显不对劲儿了。他捉住她的手说：“我只是让你吃了饭再走，有什么这样那样的！”

他力气大得很，捏得她的手都疼了。

“昨天晚上在车里，你吃粥的时候不是很开心，怎么今天又板着脸？”他沉声质问。

“我那时喝醉了。”甘小满阵阵后悔，酒精终于惹了祸。

“我不管你喝多了还是没喝多，饭一定要吃。”他拉着她走进餐厅，把她按在椅子上。

甘小满这才发现餐桌上早就摆好了碗筷和四碟菜——一碟香煎马哈鱼，一碟酱牛肉，另外两样青翠碧绿的是腌黄瓜，红白相间的是辣白菜。

他亲自盛了稀粥给她，一笼热腾腾的蒸饺打开，立刻弥漫出诱人的香气。他夹了一个放在她面前的碟子里，说道：“不腻，吃吧。”

甘小满没动，知道这定是他一大早出去买的。他昨晚也睡得晚，可以看见眼里的红丝。

房间里，蒋庆康的手机响了。他过去瞅了一眼，没接又回来了，然后低头喝了一口粥，说：“真香，你尝尝。”

甘小满慢慢站起来。她早打定了主意，他这样的人自己招惹不起，她不想自己再度掉进深渊，一次几乎送命的经历就足够了，她就是那一朝被蛇咬三年怕井绳的胆小家伙。

她实在没有勇气再去尝试了。

她不吭声，起身朝外走，不想给他任何一个开始的机会，即便因此失去工作也在所不惜。

“你站住！”蒋庆康“啪”地把筷子摔在桌上。

他的声音里透着愤懑。他想要压抑，可控制不住。甘小满没停，依然快步朝房门走去，他走了两大步追上她，一把将她拽住。

“放开我！”

“我不许你走！”他力气大得惊人，一下把她扳过来，两人面对面站着，他的目光几近凶恶。

“你说不要有太远的距离，好，我在滨城买了房子，请的家政今天就到，以后除了必要的工作需要回南方，其他的时间都会待在这儿；你说互相尊重，我非常尊重你，你昨晚睡在这里，我离你远远的，在沙发上过了一夜；至于共同的爱好，我查过你在海丰的档案，知道你代表公司参加过市里的国画大赛，我从小也学过国画，你去书房看看，那里挂的《菊石图》就是我画的。我虽然没有和你共同生活过，对你的生活不算太了解，但是我们在一起不会有问题，你一定会喜欢和我在一起的感觉，也一定会接受我，喜欢我！”

他目光灼灼地盯着她，缓缓说道：“我从来没想过你会是海丰的员工，那天本来是要和李总一起去吃饭，突然看见你，当时我的心里只有一个念头，我和你的缘分原来是早就注定。”他深吸了一口气，说道，“所以，你不许走，你是我的！”

甘小满怔怔地看着他，自己说的话他竟然都放在了心上，居然打算在此地常住。还有，原来他对自己早有打算，看他的样子是志在必得了。

甘小满听了蒋庆康的这番话，呆呆地站在那里。不知何时，她已被他拥入怀中，她感觉到他呼出的气体轻柔地打在自己的脖颈间，然后耳边传来他低沉的声音：“小满，这几个月我一直在想你，总想快点儿来看你，那么多的事儿堆在一起……”他叹息着没再说下去，轻轻地将她的头埋在自己肩上。

甘小满的心扑通扑通地跳着，好像要跳出胸膛。她本来想推开他，可是他的怀抱温暖安全，让她不忍离开。他的双臂紧紧扣着她，她觉得自己在这一刻是活生生的，是有感觉、有灵魂的一个人。

她的心，根本没有死去。

他的唇慢慢贴上来，深黑的瞳子里是她的倒影，她迷惑而直愣地瞪大眼睛。他嘴角勾出笑意，柔声道：“闭上眼睛。”

她像被催眠般听话地合上了眼，接着他的嘴唇就覆了上来，温热柔软的触碰突然使她激灵了一下，然后猛地用力推开他。甘小满推开他的这一下用尽了全身力气，蒋庆康本来正沉醉其中，冷不防被推了个趔趄，惊异而不解地望着她。

甘小满往后退去，用力按着胸口，觉得那里隐约发疼。

蒋庆康怔怔地瞅着她，问道："为什么？你并不讨厌我，我知道。"

"我有男朋友了。"她终于像是捞到救命稻草一般，说道，"我们就要结婚了。"

"谁？"他眉头立刻皱了起来，"我怎么不知道？我离开这段时间的事吧？那不算。"

"如果你认为我是你的员工，就要干涉我的私事，我辞职。"甘小满狠狠地一跺脚，扭身就走。

"你就这么讨厌我？"蒋庆康近乎暴怒地喊道，额角的青筋都出来了。他不由分说地拦在她面前，他太高大了，甘小满本身不矮，可是在他面前还是像个小孩子。他想再次把甘小满抱在怀里，可是她拼命挣扎，两个人搏斗一番，最后蒋庆康倒是终于把她揽住了，可她的胳膊直直地抵在他胸膛，在两人中间撑着，使这个拥抱完全变了味儿，像是一场蹩脚的摔跤。

僵持了好一会儿，甘小满丝毫没有放松的意思，黑亮的眼珠里充满了倔强与执拗。蒋庆康叹了口气，慢慢放了手。他几乎有些颓唐地去沙发上拿起个纸袋说："换鞋吧。"

甘小满扫了一眼，她认得这个牌子的女鞋，价格贵得离谱，据说几乎从不打折。估计他早上出门时她还没有醒，商家也都没开门，不知他是用什么神通给她买的这双鞋。

见她不动，蒋庆康把鞋子放在她手里，说："换上吧，你可以不领我的情，就当是路上捡的。"

甘小满还是没动，蒋庆康突然冷笑道："那么你还我钱好了，就不欠我的了。"

甘小满瞅了瞅他，话都说到这个份上了，她只能接过来，说："谢谢。"

打开盒子才发现，居然还有双袜子，甘小满头也不抬地穿着。鞋子很合脚，这人眼睛真毒，由此也可断定他对女人很有经验。甘小满这么想着，居然感觉自己有点儿气愤。

甘小满的表情自然没有逃过他的眼睛，他冷笑着在她旁边的沙发上坐下，像故意气她似的，说道："你想得没错，我最会挑鞋子，尤其是给女人。"

甘小满自然不接话。

在她穿鞋的时候，蒋庆康的电话又响了，这回他接了起来："刚才在吃饭……手机没带在边上。"

撒谎不眨眼！

对方在讲着什么，蒋庆康眼睛瞅着甘小满穿鞋，心不在焉地应着，之后说了句："好。"就把电话挂了。

等她穿完，他上下打量她两眼，显然是对她泄气了，冷冰冰地说："你既然不想欠我的情，我也就不送你了，省得你为难，你走吧。"

甘小满没说话，走到门前，小心翼翼地拉开，生怕发出什么声音惹怒了他，再别想脱身。

蒋庆康没再跟上来，可是她却直愣愣地站在门口，再也迈不出一步……

2

甘小满从没觉得自己的人生会如今日这般精彩。看电视的时候，她总为剧里新欢旧爱齐聚一堂的场景感到好笑，可现在轮到自己时，她却怎么也笑不出来。

今天早上，她的心脏已饱受惊吓，此时她才知道，这种考验还远没结束。

一部灰色车子正在台阶下停好，她曾笑说这牌子的车标活像切蛋糕，现在她却没法忽视这辆蛋糕标志的车子，只因眼前这辆车的车牌她闭眼都能倒背。

这算什么？冤家路窄吗？可是，他们不是早就缘尽了？滨城不大，却绝对不小，老天干吗还要安排他们相遇？

彭锐明迎头看见甘小满站在门口，倒像是正好给他开门，满脸惊诧地问："你怎么在这儿？"

甘小满当然说不清自己怎么会在这儿，这中间的九曲十八弯实在难以解释，何况紧跟着彭锐明下来的，还有曾经挂在他胳膊上的那个美女。她今天没挂在他的胳膊上，可她的眼睛比那天好奇多了，打量一番甘小满，接着朝门里望去，笑着大声说："大哥，我们来了。"

蒋庆康的声音从后面传来："站在门口干吗？都进来。"

彭锐明他们往前迈了一步，甘小满只好往后退了一步，这一步她便又退回到室内。

彭锐明看了看甘小满，又看了看蒋庆康，后者慢条斯理走过来，站在甘小满身旁，四个人的位置突然形成了极为微妙的格局。蒋庆康说话的声音平静极了："我给你们介绍，这是我弟弟彭锐明，这是他女朋友赵雪宁。"

然后指指甘小满，说："这位是甘小满。"

赵雪宁的眼睛骨碌碌地看看甘小满，又看看蒋庆康。甘小满没化妆，黑眼圈很明显，蒋庆康的眼睛里则充着红血丝，这二人显然夜里都没睡好。她不由得微微笑了笑。

甘小满头脑发蒙，目光从彭锐明脸上移到蒋庆康脸上，又从蒋庆康的脸上转到彭锐明脸上。蒋庆康若无其事地笑道："人家都说我长得像我妈，所以我就跟了妈妈姓；锐明长得像我爸，跟我爸姓，其实我俩也还是有相似的地方，比如声音。"

甘小满只觉头顶滚过一阵闷雷。

"都过来坐。"蒋庆康招呼他们。

彭锐明瞅了瞅甘小满，他这一眼极为复杂，竟是比甘小满还要心情烦乱。赵雪宁的注意力没在男友身上，她笑眯眯地来到甘小满身边："甘小姐，我们见过的。"

她亲亲热热地捉住甘小满的手说："门口冷，我们到里面聊。我今天和锐明过来是看看大哥的家，这里可比锐明那儿漂亮多了。"

她边说话边笑着看了眼蒋庆康，蒋庆康默默地坐在沙发上，彭锐明在另外的沙发上坐下，两人都没说话。

赵雪宁眼尖，一眼就看见了地上的空鞋盒，接着她看了看甘小满的脚，就明白了，笑着说："这款鞋子是刚上市的，前几天逛街我也看中了，他家的东西最难伺候，尤其这样的浅色，犹豫了好久我也没买。你的脚小，穿这个是最好看的，和你的气质很配。”

她边说边拉着甘小满往里走，甘小满抽出手，笑了笑，说：“很高兴认识你。我还有事，先走了。”

彭锐明一直注视着她，蒋庆康则漫不经心地摆弄着一支烟，看也不看这边。甘小满对彭锐明点点头，算是道别，然后出了门口。赵雪宁见那两位都没有挽留的意思，也很乖觉，说道：“甘小姐再见。”

门关上的瞬间，赵雪宁才发现室内的气氛不对，彭锐明阴沉着脸，朝蒋庆康说了句：“哥，上楼，我要和你说几句话。”

蒋庆康没动，眼睛微微眯着，慢悠悠道：“你要说什么我知道，别说了。”

彭锐明站起身道：“你不知道，跟我上来。”

赵雪宁从没见过彭锐明发火，他一向脾气很好，皱皱眉就算不耐烦了，这时候居然连脸都绷紧了。她急忙走过去，安抚道：“锐明，有什么话好好跟大哥说。”

彭锐明哼了声，蒋庆康依然捏着那支烟，没起身的意思。

赵雪宁拉着彭锐明坐下，笑道：“大哥，不介意我参观一下楼上吧？”

蒋庆康点点头，她朝彭锐明使个眼色，就上楼了。

楼下只剩下兄弟二人，彭锐明盯着蒋庆康，问道：“你怎么认识她的？”

蒋庆康不答。

“你不能和她在一起。”彭锐明的声音颤抖嘶哑。

蒋庆康扭头看着窗外。天放晴了，冬日的阳光透过落地窗子照进来，微弱得很。窗台边半人多高的巴西木，肥厚的叶片泛着宁静的绿。

透过窗子，可以看到楼群间空地上积雪很深，物业正组织扫雪，一大群工作人员忙忙碌碌的。车道两边翠绿的松树宛如战士，落尽叶子的绿化树则只剩枝丫，在北风中摇晃着。

他没有找到甘小满的影子，她可能从另一条路走了。

他忽然觉得很可笑，嗤笑一声，一贯优雅的弟弟此时风度全无，可怜他们兄弟俩，居然被同一个女人搞成这样。

“放心吧，人家根本没看上我。”他不无揶揄地笑了笑，回头看了看楼上，又说道，“不过也真奇怪，你都不要的女人了，干吗还跟我这样？”

彭锐明本来有许多话要讲，听见他这句话不禁愣在了那里。

“她根本不接受我。”蒋庆康闷声说道，“看来我没你魅力大啊。”

他往前凑了凑，八卦道：“告诉我，你当初为什么不要她了？”

彭锐明避开他的目光，尴尬地说道：“别问了，都过去了。”他忽然想起了什么，又说，“难怪你一直躲着卫珊，又秘密地在这儿买房子，你是不是想……”

“我什么都没想。”蒋庆康打断他，“我只是要有自己的生活。如果换作你是我，面对从小就命定的人生，你会安然接受吗？”

彭锐明不语。

蒋庆康苦笑一声，硬朗的脸庞上显出几分凄楚：“我的理想本来是做个画家，就像你的理想是做一名出色的外科医生一样。仅仅由于我是长子，我就要放弃自己的喜好，承担家族的责任，甚至连婚姻也必须成为利益的牺牲品，你是不是觉得我过这样的日子非常开心？”

他没再说下去，屋子里一时陷入寂静。很久之后，彭锐明才抬起头来，说道：“许多事情虽然是强加的，但你之前并没有反对过……”

“反对？”蒋庆康笑了，“面对爸妈对甘小满的否定，你的反对有效吗？”

“你？”彭锐明脸色变了，“你都知道？”

“当然，我还知道是你对甘小满提出分手，她为此伤心欲绝，两年没有再谈恋爱——你以为我在意一个女人，会糊里糊涂地不问她的过去？”

彭锐明震惊地说：“既然你都清楚，为什么你还打她的主意，你要知道，我们都不能和她在一起。”

蒋庆康冷哼一声，说：“为什么？你屈服了，我可是会争取的。可惜她拒绝了我。”

彭锐明缓缓地松了口气：“看来你还是不明白，算了，不知道也好。还有，大家都认为你会和卫珊结婚，她等着嫁给你，已经等了二十多年了。”

“大家？”蒋庆康冷笑一声，说道，“你觉得我该为大家活着？我从来没答应过娶她，无论是对她本人，还是对爸妈都说得很清楚。还要我登报说明吗？”

“但是爸妈已经替你做好了一切，”彭锐明略带难过地看着自己的哥哥，“你也知道这件事关系到蒋家能不能继续成为乾一的执行者，没有商量的余地。”

蒋庆康轻轻地放下手中的烟，那支不曾点燃的烟，已被揉搓得不成样子。他叹了口气，说道：“执行者？爸妈喜欢权力，我和他们没有共同爱好。我没有你自由，但我比你更向往它。”

说完这些话，蒋庆康似乎疲惫不堪，靠在沙发上，再也不发一言。

彭锐明看了看他，然后叹气起身，朝楼上喊：“雪宁。”

“干吗？我在看大哥的画呢。”

“走了，回去了。”

雪宁显然意犹未尽，磨蹭了好一会儿，才从楼上下来，笑嘻嘻地问：“你们兄弟说完了？”

问完之后，她才发现二人脸色都不大对，连忙吐吐舌头，乖乖地站到彭锐明身旁。彭锐明注视着蒋庆康，说道：“记住我说的，绝对不可以。”

“不是已经告诉你没希望吗？你在向我炫耀，你曾经胜利过？”蒋庆康有点儿不耐烦地嘲讽道。

“那样最好。”彭锐明带着雪宁大步出门。雪宁仓促地回头，朝蒋庆康笑道：“大哥，我和锐明改天再来看你。”

等她手忙脚乱地把门合上，彭锐明已经在台阶下发动了车子。她急忙跑过去上车坐好，说：“甘小满比卫珊好多了。你也说过大哥可怜，要娶一个不爱的女人，如今他既然喜欢甘小满，你应该帮忙做做叔叔阿姨的工作，大哥和他们闹得好僵呢。”

彭锐明不语，闷闷地把车子开出大门。

雪宁又笑道：“怪不得那晚我们在餐馆见到甘小满，就发现你神情不对，你是不是早就知道大哥和她的事？大哥也真够镇定的，居然面不改色。”

彭锐明斜了她一眼，原来她竟是这么想的。

雪宁一路上都在絮叨，一会儿说蒋庆康的房子真是好看，结婚的时候说什么也要买那么一套；一会儿又说蒋庆康对甘小满还真是不错，那么贵的鞋子居然也肯买给她；一会儿又说想来想去还是甘小满和大哥更配，两人真是郎才女貌。

彭锐明一言不发地开着车，车子碾过冰雪，发出“嘎吱嘎吱”的响声。雪后是交通事故的高发期，路上限速，到处都是交警。彭锐明紧盯着前面的路况，开了好一会儿，把车驶进了商业区。

雪宁问：“干吗？你要买什么？”

彭锐明拉她下车，说道：“给你买鞋，你不是喜欢甘小满穿的那双鞋吗？”

“真的买啊？”雪宁笑了，“那一款是限量版的，恐怕都被预订了。即使买了，打理也够烦人的。”

“我负责给你保养，只是你穿了新鞋，就把嘴巴闭上。吵死了！”

雪宁撒娇地打了他一拳，然后抓着他的胳膊边摇晃边说：

“就吵就吵，吵你一辈子。”

彭锐明用力把她揽在怀里，她就靠在他的胸口不闹了。

甘小满回到家，本来打算取了包就去上班，却觉得全身无力。她昨晚喝多了，早上又没吃饭，不难受才怪。她把包放在门口，然后瘫坐在椅子上，整个人蔫蔫的。从昨天到今天发生了太多事，又好像只是做了一场梦，她脑子里本来塞得满满的，现在想仔细回忆一下，却觉得脑袋里空空的。

当目光触及门口的那双精致的新鞋子时，她的心才猛地跳了一下，回过神来。这鞋也不知道多少钱，弄不好自己一个月的工资也不够。天啊，她造了什么孽，老天要这么折磨她！

她过去抓起鞋子仔细瞧了瞧，又感慨着放下，太奢侈了。蒋庆康这家伙纯粹就是她命中的魔星。

她走回卧室，朝床上一躺，反正蒋庆康已给她请过假了，她就是再晚点儿，朱湛业也不会骂人。她十分清楚公司的工作堆积如山，可现在一动都不想动，只想安安静静地躺着。

不知为什么，她的心总静不下来，有什么东西不停地跳出来惊扰她。她瞪着天花板，太久没粉刷，沾染的两块黄色的印记活像两只长颈鹿。她定定地望着长颈鹿形状的印记，耳边又响起了蒋庆康的话：“你不许走，你是我的！”

她翻个身，心里更乱了。

电话响了，是江南山，他劈头就问：“你在哪儿？”

“在家。”

他声音急切：“早上给你打电话你不接，往你公司打他们说你请假了，你怎么了？”

“没怎么，有点儿事请假了。”

“那你早上为什么不接电话？”

“我没听到。”她只好撒谎，“手机开的振动。”

江南山显然不大高兴，他抱怨道：“你明明知道我每天早上都要给你电话，怎么还不留心？这让我多担心啊，还以为你怎么了！”

甘小满绕着手指，不出声。

“小满。”他叫她。

“嗯？”

他试探地说：“不如你搬过来住吧，也好有人照顾你。”

甘小满不出声，他也没说话，安静地等她回答。江南山自己住着一套房，是他爸妈给他准备的婚房，房子内一应用具都是全的，地点距离伟天购物广场也不算远。依现在的青年男女行事，他的提议也不算荒唐。可是甘小满没法答应，她在心里想了一会儿，说：“我马上去上班了，晚上再给你打电话。”

江南山没纠缠她，只是略带失望地叮嘱道：“那好，你多穿些，天冷。”

他那么温情的声音，让甘小满的内心非常难受，她不禁开口呼唤：“南山。”

“啊？”

甘小满差点儿就把心里的想法说出来，可是最终还是忍住了：“没什么，你也多穿点儿。”

“知道了。”他听到小满这句叮嘱瞬间快活了，“快走吧，中午多吃点儿。”

接着，他等甘小满先挂电话，这是他的习惯。甘小满沉默了一会儿，说：“我挂了。”

江南山对她今天的表现感到奇怪，因为这与她一贯的行为不符，他想了想，觉得她这是昨天之后对自己有了更多依恋，于是又发了个吻的图标过来。甘小满看了看，把手机放在一边没回。

她的心里发酸，眼睛也发酸。于是，她像鸵鸟一样把自己的脸埋进枕头里藏起来。每当心情糟糕，她就会这样，这是她从小养成的习惯，保持着这个动作在心里数数，一直数到一百，不管多么糟糕的心情都会好起来。在与彭锐明分开之后，她也是用这种方法，才使得自己不至于时时刻刻沉浸在悲伤里。

“一二三四五……”她集中精神在心里念着，等到一百的时候，她长长地吸了口气，然后爬起来化妆，接着抓过手袋穿上鞋下楼。

公交车上很冷，她挨着窗子坐，不由得裹紧了羽绒服。玻璃上结着冰，肮脏的灰尘被冻在冰花里，显出奇异的图案。

街道上，车辆川流不息，人在这熙攘的车流中变得渺小无比。雪后的世界到处泛着明晃晃的光，好像千万片镜子铺在大地上，天地变得格外广阔。

每到这个时候，甘小满总觉得豁然开朗，心中的阴霾也随之一扫而空。

她在车上给王笑笑打了个电话。王笑笑告诉她辞职报告已经打上去了，经理知道她要结婚，早有准备，批得很痛快，她现在正走在回家的路上，从今往后将正式进入家庭主妇行列。

甘小满说："如果你们的婚期订得晚点儿，坚持到春节，还能拿一笔奖金。这样连奖金都拿不到了，挺可惜的。"

王笑笑正高兴，钱根本不放在心上，说道："奖金没有就没有吧，我还有一大堆事儿要忙，你要是有空，就过来帮我买东西。"

甘小满说："恐怕没时间呢，快年底了，好多资料要上交，你也知道的，这工作就是鸡零狗碎的事太多，哪样都够忙活一阵的。"

王笑笑说："你忙吧，不过订婚纱的时候你一定要来，你还要给我当伴娘呢，你总得挑件礼服啊。"

甘小满说："一定，到时候我请假去。"

这天，甘小满到了办公室，以朱湛业为首，部门所有人都在她进门的瞬间投来异样的眼光。甘小满当然知道是为什么，李总亲自给她请假，这消息想瞒也瞒不住。朱湛业晃过来，问道："小满，老总的工作忙完了？"

"是，经理有什么工作要安排我做吗？"

朱湛业急忙摆手，说："暂时没有，你做手边的就好了。"

她眼睛的余光瞟见几个同事在窃窃私语，不用听也能猜出来一定在说她有后台。她当然没法解释，况且也懒得解释，手上工作太多，让她无暇再想琐事。蒋庆康也好，彭锐明也好，江南山也好，不在眼前的人还是统统都丢到脑后，如此自己才能清静。

以前读《飘》的时候，她喜欢媚兰多于思嘉，现在她更理解思嘉的很多思想和行为，女人总要有点儿思嘉的精神才能活得下去。

今年春节来得早，王笑笑的婚礼定在十一月，甘小满不得不快马加鞭地把工作提前做好，好留出时间去参加婚礼。

她去请假的时候，朱湛业没有废话，只说：“小满，你最近工作表现还真不错，一层东区的营业区要扩大，年后会有动作，你留心一下珠宝品牌。”

甘小满点头答应，不知道他怎么突然这么好脾气。朱湛业冲她笑了笑，说道：“听说你男朋友是编辑？”

甘小满不知他什么意思，就含糊地“嗯”了声。

“编辑好啊。”他眼睛精光湛亮，“什么时候咱们一起吃个饭，认识一下，怎么也算是朋友嘛！”

甘小满疑惑，知道他定然还有下文，果然他说：“我也介绍女朋友给你认识，很漂亮的。”

甘小满明白了，他在向她示威，世上什么人都有，有他这一类也并不奇怪。于是，她笑着说：“有机会一定。”这话绝对是真心实意，因为她也好奇谁的眼光会如此特别，竟然瞄上了他。

甘小满在很多年之后还总是想，如果那一天是空白该有多好。可时间不肯给人跳空，它会容忍你无所事事，容忍你虚度年华，却绝不因你痛苦难当而同情你，允许你把那天跳过。

它只是笑看你在其中挨着，被碾压成碎末，也绝不眨眼。

王笑笑与郭沣举行婚礼的地点在华盛饭店。典礼定在九点九分，取的是天长地久的意思。甘小满是伴娘，早起就先去王笑笑那里。王笑笑的家不在本地，前一天就和家人以及亲属住在了酒店。甘小满到的时候，王笑笑的亲属正聚在她的房间里说笑，而王笑笑正在房间里化妆。甘小满笑着和众人打个招呼，就来到王笑笑旁边，然后一边陪她说话，一边整理待会儿要用的衣服和首饰。

江南山是伴郎，郭沣和王笑笑这么安排也是有意促成二人。妆化完后，王笑笑正在戴项链，江南山就打电话过来告诉甘小满车队已经出发了。

王笑笑有点儿紧张，对着镜子一个劲儿地照，还不住地询问甘小满自己是否还有什么地方不够完美。化妆师笑着说："新娘子别紧张，现在你去选环球小姐都能进前三呢！"一句话说得在场的人全都笑了。

接着，甘小满帮王笑笑换了婚纱。王笑笑觉得婚礼一生就这一次，所以定要有一套自己的礼服才算可心，因此特意定制了一件价格不菲也格外漂亮的礼服。

她对甘小满说："等我老了，翻箱子底看见这件婚纱，想起结婚的时候，该是多么甜蜜的回忆！"

她满脸的光彩让甘小满羡慕，也让甘小满产生一种奇怪的预感：王笑笑的幸福也许是自己永远不能拥有的。这种奇怪的预感，让甘小满蓦然心寒。

甘小满今天穿的小礼服与王笑笑的婚纱出自一家。当时量尺寸的时候，王笑笑非要甘小满也定做一件，甘小满嫌麻烦，挑了件成衣。这件小礼服是极淡的胭粉色，腰间还攒着同色的花朵，衬得甘小满本就白皙姣好的面容更添清秀的韵味。她平时都是工作服或者休闲装，穿上裙子倒显出了一种妩媚。王笑笑看后直夸她漂亮，礼服店的人也说："这款小礼服很挑人的，这位美女穿得这么好看，模特也不过如此了！"

王笑笑盘着发髻，甘小满一如往常长发披肩，只戴了对珍珠耳钉。伴娘的任务是跑腿帮忙，她今天带的包也不是一般的大，里面放了发夹、口红、面巾纸、针线、零钱等物品，对可能遇到的突发情况做了充足的准备。

王笑笑图方便，住的酒店离华盛饭店很近，不过五六分钟的车程，不一会儿郭沣的电话就到了，说婚车已驶进路口。房间里的人顿时忙乱起来，王笑笑的两个小侄子堵在门口准备要红包，那架势宛如哼哈二将。王笑笑有一个刚刚两岁的小外甥女，她看着屋子里的人忙乱的身影，"哇"的一声哭了，糖果点心怎么也哄不好，眼泪鼻涕弄得她妈妈簇新的裙子一片污渍。甘小满赶忙接过孩子，打开眼影盒子，将晶亮的彩粉在她的小手上轻轻涂了一点儿，孩子颇觉惊异，立刻止住了哭声。

王笑笑说："还是你有法子。"

王笑笑端坐在床上，外面敲门声"嘭嘭"响起，里面两个半大小子便嚷着："想要老婆，红包拿来！"

郭沣自然早就准备好了，只听江南山在门外笑道："开门就给你。"两人便将门错开一条缝，江南山从缝内塞进两个红包，小孩儿忙着拆开，郭沣就趁机率众人将门彻底挤开。

甘小满站在王笑笑身旁，替她拿着捧花，江南山满面是笑地跟着郭沣进来，不知为什么，甘小满就避开了他的目光。

江南山本来生得好，今日穿了一身黑色西装，内里特意穿了一件和小满礼服同色的浅粉衬衫，这样的打扮衬得他更加唇红齿白。满屋喜气洋洋，他笑着看她，小小的心思全在眼睛里。

甘小满面对他这样的目光只觉得难耐，朝边上闪了闪，这时郭沣正同王笑笑照相，旁人都躲开了镜头。摄影师说："伴郎伴娘呢？来个合影。"江南山便走过来拉住她的手，走到一对新人身旁，接着闪光灯"咔"地一亮，将四人一同摄了进去。

也许是被灯光晃到眼睛，也许是屋子里人多气闷，甘小满忽觉心跳得厉害，趁着给新人藏鞋的空档，她走出房间，想在走廊里透透气。可是没用，她的心脏仍像被什么东西敲打着，一下接一下地怦怦乱跳。她不得不俯下身子，紧紧按住胸口，仿佛一松手，心就会从胸腔里蹦出来。

江南山跟了出来，问："你怎么了？"

甘小满没法向他说明这种感觉，冲他摇了摇手。

"你脸色不好。"他牵过她的手说，"是不是穿得太少了，这裙子太薄，你的手好凉。"

里面有人叫江南山，他看了看甘小满，甘小满推他："你快去吧，我待会儿就好了。"

"我马上回来。"江南山拍了拍她，说道。

甘小满起身靠在墙上，墙壁很凉。可是冰凉的墙壁并没有让她的心安定下来。墙上贴着深色的墙纸，墙纸上的花纹在走廊昏暗的灯光照射下，仿佛隐藏在缝隙里的藤，蜿蜒无声地向前爬行着，令人发晕。

甘小满深深地吸了一口气，她不能在这个时候出状况，若是人家知道新娘子没出阁，伴娘就先倒下了，太不吉利。

江南山果然没一会儿，就又过来了。他冲甘小满说道："你早上一定没吃饭，我给你买点儿吃的，马上回来。"

甘小满也觉得应该是这个缘故，最近太累了，总有种晕晕乎乎的感觉。昨晚睡得晚，今天起得早，没来得及吃早饭就过来了。她朝他点点头，说："谢谢。"

江南山说："你跟我客气什么？！"接着，就急匆匆地从电梯下去了。没多久，他就拿着一杯热牛奶和两片面包回来了。

走廊尽头有个小小的露台，江南山拉着甘小满过去坐下，看着甘小满吃掉面包喝掉牛奶，脸色稍微好转了一些，才说："等下婚礼结束，我带你去医院，你的脸色还是不好呢。"

甘小满吃了东西，觉得体力恢复了一些，只是心还在乱跳。不过，她不想麻烦江南山，于是冲他笑笑，说："没事儿，也许是累的，我们进去看看吧，可能要出发了。"

这边早有人到处找伴娘和伴郎，见他们从走廊那端走来，都笑着说："原来这也是一对，干脆今天一起把喜事办了吧。"

江南山笑着将甘小满的手放开，大家又起哄说："瞧瞧，还不好意思了！"

王笑笑和郭沣上车，江南山坐副驾，甘小满坐在王笑笑身旁，车队浩浩荡荡往饭店开去。

刚刚下过大雪，四处银装素裹，从车窗望出去，正应了“琉璃世界”四个字。甘小满这时无心赏雪，她的心还是突突地跳着，感觉像要出事儿般不安。

江南山嘱咐司机慢点儿开，一是这样可以压住车队队形，二是雪天路滑，慢行安全。郭沣说：“南山，等你和小满办喜事，我和你嫂子一定鞍前马后，帮你忙活。”

江南山笑着回身看甘小满，甘小满这时正瞧着外面，于是他笑着转移话题：“嫂子，我提前预订，有了宝宝，我可是要做干爹的。”

听到这话，王笑笑有些害羞地笑了，郭沣则笑着说：“一定一定。”

司机也跟着乐了。

这些话甘小满其实都听到了，她也知道自己应该赔着笑脸，只是她现在实在笑不出来。手机这时蓦地响起，吓了她一跳。

拿出手机，来电竟是妈妈。通常她是不在这个时间打电话的，甘小满第一个感觉是出事了，于是急忙接听，果然电话那头传来保姆急切的声音：“小满，你妈妈早上突然晕倒了，医生说是哮喘并发症，很危险，一直在昏迷……”

听到这里，甘小满的脑子嗡嗡作响，下面的话她几乎听不见。车外雪光通亮，她眼前却一阵阵发黑，乱跳的心脏突然慢了下来，紧接着朝最冰冷的深渊坠下。

“医生说最好转到大医院去，小满你回来做个决定吧……

小满，你听见我的话了吗？”

“好的。”甘小满紧紧地捏着电话回答，感觉自己的牙齿都在打战。

江南山一直回头看着，见她神色不对，小心翼翼地问：“怎么了？出什么事了？”

甘小满勉强稳定了一下情绪，然后瞅瞅王笑笑，尽量语气平和地说道：“笑笑，我妈妈那里有点儿事，我得回去看看她，所以婚礼的后半程我不能参加了。不过，不管怎么说，我也算送你出门子了。”

大家全是一惊，新郎郭沣忙说：“那你赶快回去看看吧。”

王笑笑是最了解甘小满的，如果不是大事，她肯定不会半道抛下自己，于是急切地问道：“严不严重？唉，怎么偏偏是今天，不然我还可以和你一起回去。你打算怎么走？火车还是客车？”

江南山也着急了，说：“还是打车快，我和你一起回。”

甘小满虽然心乱如麻，不过还是觉得江南山跟自己走不妥，于是说：“还是我自己回去吧，你是伴郎，我们俩都走了，大家看着太不像话。”

郭沣摆手道：“没关系，阿姨的病要紧，让南山和你一块儿去吧，也多个人拿主意。”说完，他就示意司机靠边停车。

婚庆公司的司机有四十几岁了，他说：“婚车不能中途停，不吉利。不过，我可以减速慢行，让他们俩下去。”司机极有经验，慢慢地减速前行，将车开到路边时车速减到了最慢。后面的车不知道为什么车速降下来了，前面的摄像车也不明白减速的原因，这些车辆把喇叭按得一阵响，随后郭沣和王笑笑的电话都响了，都是询问减速原因的。

甘小满和江南山以最快的速度下了车，王笑笑摇开车窗，大声嘱咐甘小满："别太担心，阿姨一定没事的，到了家给我打电话。"

甘小满冲她点点头，喊道："笑笑，祝你新婚幸福，永远幸福！"

婚车又开始加速，王笑笑从车窗里伸出手来冲她挥着。甘小满突然无比羡慕好朋友，真心诚意地希望她能一直平安幸福下去，她觉得身边的人幸福了，似乎自己也就圆满了。

江南山就近拦了辆出租车，拉着甘小满上车。甘小满忙说："你跟我去，恐怕两三天内回不来，单位那边又没请假，能行吗？"

江南山笑道："你傻了，郭沣是主编啊！再说了，我们的工作很大一部分是用电脑完成的。等阿姨稳定下来，我再回去。"

甘小满点点头，没再说话。车子很快就驶出市区，公路两侧，一排排杨树飞快退却。此时正值隆冬，高而挺直的树木落尽了叶子，光秃秃的枝条直冲灰蓝的天。被白雪覆盖的山岭原野一片肃寂，只有北风呼啸着吹过，腾起一阵阵雪雾。远处的山上，仍旧苍翠的松树整齐地站立着，仿佛一队队哨兵。

车里的暖风吹得甘小满的脸干干的，眼睛也干干的。江南山握住她的手，问："冷吗？怎么手这么凉？"

甘小满摇摇头，说："不冷。"

她一路不停地往家里拨电话，得到的答复都是妈妈还在昏迷。滨城距离扎庙有十多个小时的车程。此时，正值雪后，车子开不快，高速路很多地方都在清雪，总要绕道，因此他们花费的时间比平时还要多。冬日天短，下午五点钟天便黑了。中午他们和司机三个人在一个小镇上随便吃了点儿饭，江南山买了些牛奶饼干带着，这时拿出来，说："随便吃一口吧，黑漆漆的，也没法下车吃饭。"

司机早知道二人要赶回去看病人，也很理解，劝慰道："姑娘，你别发愁。我看你中午都没吃什么。事情再大也得吃饭不是？你吃点儿东西再睡一会儿，醒来就到家了。"

甘小满的胃里堵得慌，什么都咽不下。江南山说："你喝点儿牛奶，有胃口了再吃饼干。"他边说边替她把吸管插好递过来。甘小满接过，一口一口地吸着牛奶，牛奶吸到肚子里冰凉冰凉的，胃隐约有点儿发疼。不过，她还是忍着吸光了牛奶，又强迫自己吃了一块饼干。江南山看到后，以为她心情好些，便鼓励道："再吃两块。"

甘小满摇摇头靠在椅背上，静静地听着车子的轰响声。她的心始终飘在半空中，来来回回地晃动着。

小时候，每当她看见妈妈一个人躲在屋里哭，心里就是这种感觉，总害怕妈妈哭着哭着就不理自己了。有这种感觉，可能是因为自己是妈妈捡来的吧，她从小就知道这件事，虽然嘴里说着不在乎，可是心里又怎能真的那样豁达？

她永远记得那天，隔壁的李阿姨来求妈妈帮忙裁衣服的那天。妈妈很会裁衣服，大家也经常求妈妈帮忙裁衣服，那天隔壁的李阿姨带着布料来找妈妈，还给她带了一大把榛子，然后打发她在一边吃榛子。接着，两个大人在炕上摊开布，妈妈拿着画石和尺子在上面画下一道一道的线。甘小满知道，沿着这些线把布剪开，再放到缝纫机上跑上几趟，衣服就做好了。

甘小满在门口一颗一颗地咬着榛子，她还没换牙，米粒似的小牙怎么也弄不开榛子壳，很着急。她想到妈妈都是用钳子给她夹开吃的，于是她也想找把钳子来。可是就在她转身的时候，忽然听见李阿姨低低的声音："小满比捡来的时候好看多了，我都没想到你能把她养活。"

妈妈的声音更低："别说了，小心她听见。"

李阿姨问："可你就打算这么着了？你还年轻着呢。"

妈妈没有立刻回答，过了会儿，画完一条线，才说："这样也挺好的，我现在就想把小满养大，供她读书，等她成了家，我就完成任务了。"

李阿姨嘟囔着，似乎说妈妈傻。

甘小满当时想：妈妈怎么会傻呢？她给人打点滴，从来都是一针就能扎好，而那个王阿姨总是把小朋友扎得哇哇大叫；妈妈给她做的裙子是幼儿园里最漂亮的，好多小朋友的妈妈都借去做样子，让裁缝照着做；妈妈会念唐诗，每到晚上，就带着她读那些优美的诗；妈妈会做饭，给她做的饭总是香甜可口，即使炒个土豆丝，也比幼儿园阿姨炒的好吃一百倍；妈妈会给她扎头发，李阿姨自己的女儿每到六一表演节目的时候，不也是来求妈妈给她扎小辫吗……

妈妈怎么会傻呢?

至于自己是捡来的，好像所有的小朋友都说自己是爸爸妈妈捡来的吧，她是捡来的也不奇怪。妈妈根本不用担心她听见难过，其实她早知道啦!

她上小学之前，当有大孩子嘲笑她是捡来的时候，她总会理直气壮地说："我早就知道，不用你说——你也是捡来的!"

她这样的反驳，倒弄得人家哑口无言。

小时候的口舌之争她不怕，可是随着她一天天长大，她总是害怕妈妈难过哭泣，害怕她后悔捡了自己，害怕她离开自己，这种从内心升起的恐惧，并不是嘴硬就可以战胜的。

甘小满觉得一股悲楚涌上来，眼睛发酸，却流不出眼泪。

3

甘小满累极了，什么时候睡着的也不知道。车子的颠簸让她睡不踏实，脑子里总是回荡着保姆的声音：很危险，一直在昏迷，一直在昏迷……

晚上九点钟的时候，车子进了扎庙城。甘小满在车子刚转到国道时，被电话声弄醒了。本来江南山见她睡着，不忍惊动她，想要帮她接，谁知她一下子就把眼睁开了，接着就慌乱不堪。

江南山连忙安抚道："不会有事的，也许只是问问咱们什么时候能到家。”

甘小满颤抖着接听电话，没想到是保姆报告妈妈已经醒来的消息。甘小满笑也笑不出来，江南山说：“我早就说没事，现在放心了吧。”

甘小满告诉保姆再有十几分钟自己就到了，保姆说：“那我就挂了，待会儿你到了再说。”

越接近目的地甘小满越心急，司机在甘小满的指挥下，直接把车开到了医院。从车上下来的时候，甘小满两腿僵硬，几乎迈不开步子，幸亏江南山扶了一把，她才没在上台阶的时候摔倒。

妈妈还在抢救室，保姆坐在走廊的凳子上，看见甘小满，连忙跑过来，说：“小满，你总算回来了。”

甘小满一句话也说不出，她冲保姆点点头，就立刻走进抢救室。妈妈脸蜡黄，吸着氧气，身上还连接着好几架她叫不出名字的仪器，一大群大夫护士正在研究着仪器屏幕上她看不懂的图案以及数据。不知何时，甘小满的手心里出了好多汗，有个医生叮嘱道：“别让她太激动。”这个医生她认识，他是妈妈以前的同事。妈妈名叫甘菱，以前在这家医院做护士，小满小时候经常来这里找妈妈，所以和这里上了年纪的医护人员比较熟悉。

甘小满点点头，走到妈妈身旁。不过半年没回家，她的头发又白了好些。小满弯腰叫了声：“妈。”

甘菱其实迷迷糊糊的，听了甘小满的声音，心里略略惊动。她睁开眼便看见小满噙着泪水的眼，她努力地想说“别哭”，可说不出来。

甘小满握住她的手，问道：“妈，你觉得怎么样？”

甘菱心里难过，瞅着甘小满又瘦了，正是好年华的女孩，本来应该只有欢乐，她却憔悴得让人心疼。甘菱很想让她去休息一下，可怎么都表达不出来。

护士上来换药，医生摆手示意甘小满跟自己到门外来。甘小满原本听说妈妈醒了，心情好了很多，现在看到妈妈的情形后，又重新担心起来，忙问：“我妈的情况怎么样？”

医生戴着口罩，声音有点儿闷：“哮喘引发脏器衰竭，情况很不乐观。虽然醒了，但是咱们这里条件有限，我的建议是最好转院。小满，咱们是熟人，所以我才告诉你，治这个病我建议还是去滨城。”

甘小满问：“路上会不会有问题？”

“这个不好说，你妈妈是咱们医院的职工，可以让急诊派个医生带护士跟着，氧气和药都预备好，如果情况没大变化，应该没问题。”

江南山在一旁听后，说：“治病的事赶早不赶晚，要走马上动身吧，我让朋友在滨城联系医院。”

甘小满后来回忆起那天的情形，脑子里竟然不甚清晰，唯一铭记的就是她在坐了十几个小时的车从滨城返回扎庙后，再度踏上了从扎庙去滨城的救护车。

她在路上一直紧紧握着妈妈的手，妈妈的手皮肤干燥，骨节僵硬，那是属于老人的手。只有甘小满才明白这双手对她意味着什么，正是这双手把她从野草丛里抱起，给她活下去的机会，给了她最宝贵的生命。

所以，无论她自己怎么失意难过，也从来不会埋怨命运，因为命运已经给了她最好的妈妈。

车里静悄悄的，医生靠在一旁打盹，护士则休息一会儿，观察一会儿病人的情况，江南山折腾了一整天，早已疲惫不堪，车子开动不久就睡着了。

昏暗的顶灯下，甘小满凝视着妈妈的脸。可能是由于车子的颠簸，也可能是太过虚弱，甘菱合着眼似睡非睡，看上去不甚清醒。

行到中途又开始下雪，大片大片的雪花扑打在车窗上，仿佛要把人吞噬。甘小满一点儿睡意也没有，直直地盯着窗外无穷无尽的黑暗，脑子里空空的。

她猛然觉得自己是那么孤单，就好像一个人站在孤岛上，四处皆是茫茫大海，没有一丝被解救的希望。

她深吸一口气，对自己说："甘小满，你要坚强，一定要坚强。"

她裹紧了羽绒服，低头去看甘菱，忽然发现一滴晶莹的泪水正从母亲的眼角滚落下来。她心里一酸，也几乎哭出来，可还是低下头忍着，轻轻替母亲拭去眼泪，凑在她耳边说："妈，就快到滨城了，到了医院就没事了。等你病好了就留在滨城，我们俩在一起，再也不分开了。"

江南山的朋友果然联系好了医院，一点儿没耽误。天明时分，甘菱下了救护车就被推进了抢救室。让甘小满没想到的是，王笑笑和郭沣也来了。原来他们早上给江南山打过电话，听说甘小满返回滨城就赶忙过来，看看有没有需要帮忙的。

医院要求只能留一位家属陪护，江南山三人在走廊里等着，看着护士忙忙碌碌地走来走去，都觉不安。

过了很久，甘小满才出来，王笑笑发现她脸色不对，忙问："医生怎么说？"

甘小满瞅了她一眼，没说话。刚才在里面大夫说得明白，照现在的状况看，很快就会上呼吸机。甘菱多处脏器衰竭，能坚持到这儿已是奇迹，以后的情况实在不容耽搁，钱一定要跟上。

她当时小声地问了句："得要多少呢？"

大夫瞅了她一眼，说："先交两万吧，这只是头几天的费用，你多预备些。"

她翻出钱包，对王笑笑说："我去交款，你们先回吧。"

王笑笑看了看表，说："我还真得赶回去，中午郭沣的两个朋友过来吃饭，我们晚上再来看阿姨。"

"你忙吧。明天还得回门呢，就别来了。没事的。"

王笑笑又嘱咐江南山好好照顾小满，这才走了。

江南山看着王笑笑的背影，笑道："好像我对你不好似的。"

甘小满没说话，乘电梯去一楼交款。收款处排着长队，甘小满看着这长长的队伍，心里想着为什么世上会有那么多不幸的人。她看着一沓沓在点钞机里飞快翻过的钞票，突然明白，原来钱就是命。

交完钱，甘小满全身上下只剩了一千元，她看着薄薄的十张钞票可怜地萎缩在钱包中，不禁叹息一声把它们收好。甘小满回来时，发现江南山正在大门外吸烟，这是她第一次看到他吸烟。江南山走过来，解释道："平时不大吸，这两天太累了，提提神。"

甘小满默默地往电梯走，江南山将没吸完的烟掐了，顺手扔进边上的垃圾桶，然后随她进了电梯。医院的电梯里永远有那么多人，甘小满看着提示灯，2，3，4，5，一路亮过去，只觉得烦躁得快要窒息。

甘小满回来后，看到妈妈所在的抢救室房门紧闭，又被吓了一跳。原来，在她交款的时候，妈妈再度昏迷，医生正在全力抢救。

楼道里弥漫着让人绝望的消毒水的味道。甘小满一直固执地站在病房门口，江南山怎么让她坐，她也不动。护士拿了病危通知过来要她签字，甘小满坐下直愣愣地瞅着护士。护士似乎对此司空见惯，并不安慰，只等着她签完字，好继续施救。

甘小满觉得那笔似有千斤重，似乎写下自己的名字，就决定了妈妈的生死。等她把自己的名字写完，全身一下就脱了力，再也站不稳，轻轻地靠在椅背上。

江南山忙从旁边扶住她，安慰道："这家医院的内科全国都出名，通知只是走个形式，阿姨不会出事的。"

甘小满没说话，只是呆呆地盯着急救室的门。那样呆滞的目光，有点儿令人害怕。江南山叹口气，起身去窗子边站了会儿。他昨天一整天没吃好没睡好，早上又没吃东西，现在全身乏力，口渴得厉害。于是，他跟甘小满打了声招呼，下楼去买饭。

甘小满一个人坐着，椅子很凉。她还穿着昨天婚礼上的那件伴娘小礼服，裹着羽绒服也觉得冷。她身体的冷与心里的冷里应外合，让她成了一尊凝固的雕像。

她几乎可以听见时间残酷无情的脚步声正一秒一秒地把母亲从她身边带走。而她面对这种情况充满了无力感，因为除了坐着、等着，她什么也干不了。

门一直紧闭着，偶尔有护士急匆匆地跑进跑出，透过房门开合的缝隙，她可以看到医生白袍的下摆。到处都是安静的，也都是与她疏离的。

她感觉自己似乎被整个世界抛弃了，孤单、无助、恐惧填满了她的心。

是的，她害怕！非常害怕！

手机早就响了，她只是反应不过来，等终于听见铃声，眼睛又像不好使似的，很久才看出屏幕上的号码有点儿熟悉，努力想了想，是蒋庆康。她没接，把电话放回包里，铃声寂寞地唱到最后，停止了。

这一分神，倒令她想起自己只请了昨天的假，今天不去上班还没跟朱湛业打过招呼。她实在没心情打电话过去，于是给他发了条短信，把情况简单说了一下，要多请几天假。朱湛业很快回了过来，并没为难她，只是说“知道了”。

她刚发完信息，江南山就回来了，给她带了热豆浆。甘小满没喝，只用手抠着那一次性杯子边缘的凸起部分。直到抢救室的门突然打开，医生从里面走出来，甘小满才一跃而起。

她瞅着医生有好多话要问，可是不知怎的一个字也问不出来。最后，还是江南山问道：“医生，怎么样？”

医生摘下口罩说：“还在危险期，病情随时可能发生变化，你们要有思想准备。”

江南山扶着甘小满的肩，感到她在瑟瑟发抖。不过一夜的工夫，她竟好像换了个人，眼神凄凉得让他不忍去看。

他把她揽在怀里，安慰道：“你放心，从扎庙到这儿，这么远阿姨都坚持过来了，一定会没事的。你要是累，就眯一会儿。”

她轻轻挣开他，摇摇头说：“我不累，谢谢。”

下午，甘菱被送到了重症监护室。甘小满和江南山换好探视服，去看她。

甘菱上了呼吸机，合眼睡着，甘小满不敢叫她。她从没发现妈妈竟然这么瘦。妈妈年轻的时候很好看，她有次请同学来家里玩，同学不知道她们不是亲母女，还说：“甘小满，原来你长得像妈妈，怪不得那么好看。”

那时候的甘菱该有四十一二岁吧，皮肤依然白净，眼睛永远有着宁宁静静的笑意。现在，长期的病痛折磨得她比同龄人苍老多了，头发斑白了大半，脸颊消瘦，眼窝深陷，深浅不一的皱纹慢慢地爬上了脸庞，衰老无情地摧毁了她的美丽。

她的两只手都在输着液，甘小满只能握住她的手指。那双把她养大的手，如今枯瘦僵硬，还长满了老年斑；手指是那么凉，几乎没有温度。

甘小满突然很想号啕大哭，却哭不出来，只能一动不动地坐着看妈妈。

甘菱终于醒了，睁眼瞧了瞧小满，虚弱得讲不出一句话。医生过来替她检查了一下，告诉甘小满情况不算好，如能平稳度过今晚，或者能有大的好转。

甘小满守在床边，江南山让她去休息，她却充耳不闻。江南山实在累了，说："不然你先去睡，下半夜我再休息，我们俩换班。"

甘小满说："我不困，也睡不着。倒是你，陪了我这么久，你快点儿回家休息吧。"

江南山只好答应了，不过他并没回家，而是在医院旁边的小旅店开了间房，想着后半夜换甘小满来休息。他原本只想躺躺，但是两天一夜没睡，实在是困得狠了，一躺下就睡着了。这小旅馆本来很吵，可他竟然整夜没醒。等到睁开眼，窗外已经透进白蒙蒙的晨光，他反应了一下，才知道天已经亮了。

虽然倦意尚在，江南山却不得不起来。医院的走廊静悄悄的，他的脚步声显得格外清晰。

甘菱住的是特护病房，江南山在门外侧耳听了听，病房里悄无声息。他缓缓地拉开门，传来仪器轻微的鸣响，窗帘拉着，光线幽暗。甘菱仰面合眼躺着，甘小满伏在床沿上睡着了。她的侧脸极为苍白，漆黑的睫毛覆下来，像个陶瓷娃娃。

江南山轻轻地带上门进来。甘小满睡得很浅，这一丝丝的响动惊醒了她。她看见他，低声说道："你来了。"

江南山在她身旁坐下，轻轻拉过她的手，说道："对不起啊，我睡过头了，本来想半夜过来换你休息的……"

甘菱轻声地呻吟了一声。甘小满急忙挣脱，探身问道："妈，你觉得怎么样？"

甘菱没回答，仍合着眼，好像又睡过去了。

江南山忽然觉得甘小满与他之间似乎多出了点儿什么，但具体是什么他也说不清，他只知道这种感觉让他很不舒服。

两人默默地坐了一会儿，江南山说："你昨天没吃什么，现在去吃早饭吧，我在这里看着阿姨。"

甘小满想了想，说："你去吃饭吧，帮我带份粥回来，我在这里吃就好了。"

江南山默默地点点头，说："好，那我快去快回。"

等他吃过饭，带了热粥回来，医生已经开始查房了。甘小满正在听医生讲着什么，甘菱也醒了，微微睁着眼，甘小满低头答应着医生的嘱托。医生走后，她又走回床前，依旧握着甘菱的手。

甘菱戴着面罩说不出话，只是瞅着甘小满。甘小满示意江南山过来，说："妈，他就是南山，我跟您说过的。"

江南山于是俯下身，道："阿姨，您觉得怎么样？"

甘菱不能说话，只眨了眨眼。江南山又说："阿姨放心，您一定能好起来的。"

甘菱慢慢把目光转向甘小满，眼中似乎有泪。甘小满明白，说："妈，我挺好的，别替我操心，我一点儿都不累。

瞧，南山给我买了早饭呢。”

甘小满在江南山的催促下喝了粥。她已经两天没怎么吃东西了，现在依然没胃口。粥里有很大的碱味，她吃在嘴里只觉得发苦，但还是强迫自己将粥喝光了，自己还要照顾母亲，体力必须跟上。

她吃饭的时候，江南山出去接了个电话。他原本站在门口，甘小满听见他说了句“还在观察期”，然后，就拿着手机走远了。

她猜是江南山父母打来的，这个电话他接了很久，回来的时候脸色有点儿难看。

甘小满问：“怎么了？”

“没怎么。”他把甘小满吃完的餐盒收拾一下，装到垃圾袋里。

整个上午，甘菱一会儿醒一会儿睡，似乎平稳了下来。甘小满悬着的心也慢慢地放了下来。江南山和甘小满在一旁陪着，甘小满不讲话，江南山也就安安静静的。

吃过午饭，江南山对甘小满说：“既然阿姨稳定下来了，我回家一趟换换衣服，还得再去趟编辑部，这期杂志快下厂了，我得赶紧把稿子交了。”

他还穿着伴郎的衣服，在医院里显得很滑稽。而甘小满依然穿着小礼服，看上去也是很不伦不类。甘小满忙说：“你快去吧。”然后送他出了房门。

等护士来了，她便去楼下的取款机，将卡里的钱全取了出来，一共一万二，这是她所有的积蓄了。刚刚护士发了这两天的费用明细，密密麻麻的两页纸，写着她看不懂的各种药名和检查项目，还有监护费用。她能看懂的是和费用明细一起发下来的催费单，几个阿拉伯数字写得明明白白，交上去的两万只剩了三千。

这一次她把所有的钱都交了上去，然后拿了收据，在交款处的椅子上坐了会儿。由于在一楼，虽然已经供暖，但从门口进来的冷空气在走廊里肆虐着，这里还是很冷。硬塑的椅子很凉，她又站起来。天完全黑下来了，细碎的雪花扑到窗子上，又被冷风吹走，她呆呆地望着窗子，只觉得心乱异常。

重症监护室一天费用几千元，这点儿钱远远不够，医生说得很明白，以母亲的情况，即便恢复得快，也要五六天才能转到普通病房。她原先是替母亲能否康复担心，而现在，母亲康复有了希望，她又开始为钱发愁。

甘小满现在是切实感受到了成年后的生活十分不易，也明白了甘菱作为自己的养母独自把自己拉扯大，在这期间承受的艰辛。生活可能就是这样吧，成人的世界里哪有“容易”二字。她长叹一口气，决定无论如何，也要治好母亲的病。毕竟，除了母亲，自己已经一无所有。

可是，从哪里弄来那些钱呢？甘小满犯了愁。或许，可以向公司提前支一下工资，然后再慢慢还，只是不知道公司会不会通融。甘小满边走边思索着。

她没搭电梯，徒步上楼。楼梯间只有她一个人，她映在墙上的影子扭曲着，就像她内心挣扎的灵魂。她慢慢走到六层，然后从玻璃窗向下张望，玻璃窗正对着医院的后院，这时天彻底黑了，昏黄的路灯光照着一条孤零零的小路，落满雪的地面被人踩得脏乱不堪，整个院落显得格外萧索。

她忽然觉得自己这一生或许就如同这一幕场景，泛着不能逼视的凄凉，无论她怎么去寻找，也始终摆脱不了萧瑟的底色。所以，有谁给过她一点点温暖，都足以让她感动。

头在隐隐作痛，她不由得低头伸手扶住额角，这才看见身旁有一双很干净的男士鞋子，再往上是深灰色的裤脚和白袍的下摆。甘小满有些吃惊，不禁抬头想打量一下这个人，谁知正碰上对方疑惑的眼神，接着就听见他迟疑地询问："你怎么在这儿？"

甘小满这两天因为妈妈的病实在无暇他想，此时见到彭锐明，才猛然想起他就在这家医院工作，要碰见他实在是太容易了。

"啊，来看……一个亲戚。"她含糊其词。

他不相信。她的样子太憔悴，眼睛明显睡眠不足，脸还稍稍有点儿浮肿，她有轻微的心肌缺血，他知道。

"亲戚？"他微微皱眉，这个动作和蒋庆康非常相似。

"嗯。"

"我值夜班。"他指了指楼上。甘小满知道骨外科就在十层，她去过。

甘小满淡淡地说："哦。"

彭锐明没有走的意思，他说道："我只想问一件事，你和我大哥……"

"我们没什么。"甘小满看着窗外说，"放心吧，你让我学乖了很多。”

彭锐明站在原地，什么也说不出，可又不想走。

她以前就瘦，现在更瘦了。不知为什么，她居然穿了件浅粉色的小礼服，他还从来没见过她穿礼服，没想到竟然如此美丽。他发现她耳畔佩戴了莹润的珍珠耳钉，如此雅致的东西和她很配。如果不是过于憔悴，她这身打扮看上去就像个刚刚订婚的准新娘。

她疏冷的气质里有一种他不熟悉的东西，之前在她身上从没见过，他仔细分辨着，是的，她长大了，眉梢眼角间的纯真青涩褪去，隐隐透着内里柔和的坚忍。

他忽然微微心痛，低声说道："小满，对不起。"

甘小满本来打算离开，听到这话后脚步一滞，僵在那儿。

这一句，来得太迟了。她本来想过千遍万遍，只要他肯当面对自己说出这三个字，自己便不会陷在往事中苦苦挣扎。但是没有。几百个日夜过去了，她依然没有等到这句话。

现在，他终于对她说了这句，可是时间早已擦去一切，她再也不能感动。

甘小满仰头，露出一抹微笑，说道："你说得太晚，我已经放下了。"

彭锐明的表情里，有一种难以解释的颓然。过了几秒，他黯然地说道："别恨我吧，我知道我不配说这话，但我真心求你别恨我。"

他声音不大，低沉的调子与蒋庆康十分相似。

浓得化不开的夜色漫进窗棂，走廊里的灯都亮了，越发显得外面漆黑。她背靠着窗子，漆黑的夜色如一块巨大的黑色幕布般悬在她身后，让她的身影看起来极为孤独。他的心被愧疚与痛楚填满了，半晌才对她说道："我上楼去了。"

没有得到甘小满的回应，他不禁又瞅了她一眼。她面无表情。

看来，她果然放下了。

这样最好。

第二天早上，医生会诊后给甘菱换了两组药，说是进口的。医生说如果情况再好些，甘菱的呼吸机下午就可以撤了。甘小满把这个消息告诉了母亲，母亲冲她露出个笑脸，小满觉得这个笑脸就如冬天里最温暖的太阳。

甘小满给她掖了掖被角，说道："妈，公司有事让我回去一趟，马上就回来。"

甘菱不能说话，轻轻地点点头。甘小满打开门，回头望了一眼，见妈妈的目光留恋着自己，于是稍微停下，冲她笑了笑，才轻轻地把门合上。

朱湛业见甘小满进来，有点儿惊讶，问道："你不是在医院吗？"

甘小满把自己想预支几个月工资的想法说了，朱湛业笑道："我可使唤不了财务部的人，找我没用啊！你不是跟李总很熟吗，这个事除了他，谁都不好使。"

甘小满知道他肯定会奚落自己，可如果越过他去找李总，他以后必会刁难自己。不过他所言不虚，公司规则严明，动一分钱也得李总点头，她倒是可以去找李总，只是不知道他会不会答应。

她出门时，朱湛业又不紧不慢地来了句：“你这几天不在公司，可能不知道，李总去总部开会去了，过阵子才能回来。”

甘小满身上一冷，似乎有冷水当头泼下，震惊道：“开会？”

朱湛业在转椅上慢慢晃着，不咸不淡地说道：“不过几天而已，等他回来我给你打电话，你再过来找他，别像今天似的扑个空。”

希望破灭了，甘小满只觉得全身无力。医院不会管你的老总是不是在开会，他们只认真金白银，有钱才给治病，没钱就会给你停药。

她“哦”了一声便走出来，外间的同事看着她，问道：“甘小满，你脸色怎么这么差？”

她随口说了句“是吗”，就走回了自己的座位。

有两个素来相好的同事过来说：“小满，听说阿姨病了，要不要紧？我们本来想过去看看，又怕打扰阿姨养病。”

甘小满向他们道了谢，又说：“不麻烦大家，没事的。”

领头的同事拿了个信封给她，说道：“这是大家一点儿心意，给阿姨买点儿补品。等休息日，我们再去医院看她，陪她说说话。”

甘小满道了谢，伸手接过，心里却没着没落的。她出办公室进了电梯，并没下楼，而是朝顶楼走去。她其实并不怀疑朱湛业的话，但还是想亲自确认一下。当李总的秘书客客气气地告诉她李总开会去了，她才明白自己现在真的是走投无路了。

她问："那么，李总哪天回来？"

秘书说："大约一周吧。"

甘小满重新进了电梯，员工电梯这个时间并没人用，从顶到底只有她一个人，电梯落地后，她竟然没反应过来，依然呆愣愣地站在那里。直到一个同事从外面进来，见她不动，才狐疑地问："你要上去？"甘小满才如梦方醒，匆匆走了出来。

走在滨城最繁华的路段，甘小满想着为什么眼前的这些人都这么开心，他们的烦恼都放在了哪里。她迷迷糊糊地走上公交车，公交车上永远都是满满的人，她一手抓着吊手，一手按着自己的包，里面只有一百元，那是她的全部家当了。

她突然想给谁打个电话，不管说什么，只要有个声音就好。她在脑子里苦苦想着，没有，没有一个人可以给她安慰。

汽车在楼群间穿梭，半个小时后终于来到医院。雪下大了，撕棉扯絮一般，天地都在这稠密的雪帘里。她冷得发抖，不禁加快了脚步。

很晚的时候，江南山来了个电话，问她吃没吃饭。甘小满的晚饭是在医院餐厅解决的，如实说是喝了一碗粥。

江南山在那头有点儿难过，叮嘱道："你自己的身体也要当心。"接着，又告诉她，杂志社实在太忙，他这两天都过不来，让甘小满千万照顾好自己，别太累了。

甘小满对着电话"嗯"了声，算是答应。

江南山似乎还有很多话要讲，停了一会，才问："你晚上住在哪儿？”

甘小满说已经在医院的地下休息室定了床位。

江南山说：“那里又湿又冷，还是出去住吧。”

甘小满抠着椅子沿，说：“这里照顾妈妈方便些，而且是免费的。”

江南山不再说别的，跟她道了晚安。甘小满本来想挂断，却听手机里传来江南山的轻咳声，就问：“还有事？”

江南山说：“没事儿。”然后又唤道，“小满。”

“嗯。”

他迟疑道：“阿姨的病好之后，你是打算把她留在滨城，还是送回老家呢？”

走廊里的灯不甚明亮，一排橘红的椅子没有人坐，空空地立着。隔壁病房的人正在说话，低低的声音不时地传出。年轻的护士拿着血压计，快步走回护士站。

她捏着电话，起身说道：“我妈妈的情况你也看到了，送回去我实在是不放心。”

江南山低声提醒道：“可你没有时间和精力照顾病人啊。”

他说的是实情。但她现在不想谈这个话题，于是只说：“先治好病吧，出了院会有办法的。”

甘小满印象中的江南山素来不是凌厉的人。但接下来，她就觉得王笑笑对自己的评价特别精准——她不仅对男色迟钝，对男人的品性更是迟钝。

他的语调还是慢慢的，却字字清晰：“我觉得我们俩很适合结婚，我对你怎样你也都看到了。我对你孝敬老人没有意见，但是如果阿姨在我们身边，无论精神上和物质上，我想都会影响我们俩的生活质量。”

甘小满瞪着墙壁听着，雪白雪白的墙壁上有个黑点，应该是某个昆虫留下的印记，又或者是一滴血干涸了。

江南山还在继续说：“我说这些没有别的意思，只是希望你能好好考虑一下我的感受。”

甘小满没说话，江南山也没再说话。沉默了一会儿，甘小满吐出四个字：“我明白了。”

江南山似乎颇为不忍，在甘小满准备挂电话的瞬间，又说：“小满，其实我可以做到给你挑一辈子鱼刺，真的。”

甘小满笑道：“我相信。”

江南山听出她的语气稍稍缓和，便说：“等我忙完，就去看你。”

甘小满收了电话，沿着走廊慢慢走了一趟，她边走边数着自己的步子，一步，两步，三步……

护士出来了，告诉她呼吸机撤掉了，她可以进去探视。甘小满走到门口停了一秒，整理好自己的情绪才推门进去。

甘菱的病慢慢地好起来了，甘小满却被高昂的医药费压得喘不过气。

第五天，押金终于告罄，医院催费的通知单每天下发两张。这天晚上下班时，护士长过来告诉小满，钱再交不上，明天就停药了。

甘小满连忙说：“请你不要停药，我明天一定弄到钱，一定。”

护士长面无表情地说：“这个跟我说没用，我做不了主。你还是赶紧筹钱吧，有了钱才能给你妈妈用药。”

甘菱虽然好了些，可仍旧很虚弱。甘小满陪她吃过晚饭，看她昏昏沉沉地睡了，便独自出来。她在走廊里徘徊了将近一个小时，才终于鼓足勇气拨打了王笑笑的电话。

王笑笑这几天忙着走亲戚没来过，却是每天两个电话问这边的情况。待接通电话，甘小满的话到了嘴边，转了半天还是难以出口。

王笑笑细心，低声问：“是不是没钱了？”

甘小满被她说中，几乎哽咽：“笑笑，我只有你一个朋友，你帮帮我吧，不然我妈明天就断药了。”她说这几句话的话音里满是悲戚，只是强忍着眼泪。

王笑笑有点儿为难，不过旋即痛快地说：“我的情况你也知道，郭沣倒是有些积蓄，可都买房子了——我们婚礼收的份子钱是准备去马尔代夫的。我回头跟他商量商量，不去度蜜月了，先拿给你用。”

“笑笑。”甘小满感激地呼唤道，眼泪再也忍不住。

“给你妈妈看病要紧，你别想太多，阿姨能治好病比什么都重要。你这么一哭，弄得我也快哭了。”

甘小满没道谢。她觉得这个时候，一个“谢”字已经表达不了感激之情。

这天下午，江南山来了个电话，说明天没时间过来，社里组织出去滑雪。甘小满没说别的，两个人不咸不淡地聊了几句，最后江南山问她想吃什么，回来带给她。甘小满说：“你玩得开心就好了，我没什么想吃的。”

江南山听她这么说，话就一滞，终究没再说别的，道了再见。

甘小满喂妈妈吃了晚饭，陪了她一会儿，天便黑透了。甘菱现在能略微讲几句话了，她总是催促小满去休息。护士也说探视时间过了，让她回去。

甘小满朝地下室走去。她连续几天都是睡在那里，那里潮湿得很，身上总觉得有股湿寒缠着，此时一想到那板结的被褥和四面涌动的潮气，她就不由得放慢了脚步。

通往地下室的通道很长，头顶悬着白炽灯，可白炽灯只能发出昏暗的光亮。这里人迹罕至，脚步声在这片寂静中变得清晰可闻，远处的位置灯光不可及，留出一方空阔的黑，有些骇人。

甘小满在地下室入口的长椅上坐下，这里正是风口，特别冷。可她不想进到里面去。好多天没换衣服，小礼服都脏了，她拂了拂下摆上的灰，没有拂掉，只能任由它留在上面。

过了下班时间，这条通道素来少有人行，此时更没一个人影，她觉得静得正好。

她不愿意去想王笑笑即便送来钱还能撑几天，如今只能走一步算一步。她双手托着腮，望着脚底下自己的影子。不知过了多久，她感到手臂酸麻，才慢慢地直起腰往里走去，灯光把她的影子拖得很长，显得她更为孤单。不知怎么，走了两步，她忽然觉得背后似乎有人，回头望了望，椅子后面转过两步就是楼梯口，并没看到人，只能感到有风不断吹来。

她沿着通道走进去，等她的身影消失在拐角，楼梯上响起轻轻的脚步声，那人原先站在楼梯高处一直没动，故意等她进去，才慢慢地出了医院大门。

四　相逢争若未曾识

1

钱是王笑笑提来的，满满一大袋，重得好像一摞砖头。

“先说明白，是郭沣表哥的钱。”小满刚要开口，就被她打断了，“他特意说了，千万不要道谢，也不用放在心上。什么时候有什么时候还，没有就不用还，别有压力。”

甘小满听着直发愣，问道：“郭沣的表哥？”

“嗯嗯。”王笑笑说，“搞房地产的，你也知道现在的地产商都富成啥样了。他自打发了财，就愿意干这样的事，到处助人为乐。你打电话的时候，他正好在我们身边，听说你这边有急用，很愿意帮忙，说白了就是钱多烧的，想升华一下精神境界。”

“可这也太多了！”甘小满惊讶得回不过神来，完全被这一大袋子钱弄蒙了，“再说，我也不认识他啊！”

“你就是太老实，你不是认识我吗？”王笑笑说，“多怕什么，人家也不要利息，再者他都说了，没有就不用还。”

她一边说，一边东看西看：“这么多现金你往哪儿搁呀！”

扭头一看甘小满还是一脸惊讶没回神的表情，王笑笑一把扯过她，说道：“好啦好啦，快找个地方我帮你存进去。”

甘小满觉得自己从来没这么傻气过，对着取款机数了半天零。王笑笑都看乐了：“没错，都是你的了，这下不用发愁了。”

待甘小满转身，王笑笑见她眼中竟有隐约的泪光：“笑笑，谢谢你，也谢谢郭沣。”

“啊，咱们之间说这些干吗！”王笑笑使劲搂过她的肩膀，说道，“小满，你是遇上好人了。”

“嗯，郭沣的表哥在哪儿，我要去谢谢他。”

“那得等他再来滨城才行，人家是外地的，上午坐飞机回家了。”王笑笑拍拍她，说道，“好了，安心给阿姨治病吧。”

甘小满立马翻手袋，王笑笑问道：“你要干吗？”

“写借条啊。”她边说边写，写好后就交给了王笑笑。

王笑笑拈着字条看了一遍，说：“成，回头我给他。”

“把他电话号码给我吧，我先给他打个电话道谢。等我妈出院了，我再当面谢他。”

甘小满的一脸诚恳让王笑笑都感动了：“我没他电话，回头问问郭沣吧，反正也不急。”

王笑笑走后，甘小满立刻去交款，催款单下了十来张，摞起来都能攒本小册子了。刷卡的时候她按键的手指都有些发抖，心里酸楚，却又带着无比的轻快。拿到收据的一刻，她知道，妈妈终于得救了。

妈妈转到普通病房后，甘小满开始找房子。妈妈出院后，需要坐很久的轮椅，她现在住的地方没电梯，根本不行。

为了方便，她准备在伟天的附近找找，那是滨城最繁华的地段，电梯楼比比皆是，可是她能付得起租金的实在太少。她只好退而求其次，在相对较近的地方求租。这个过程好不艰辛，她总是在滚滚人流与车流中徒步走过一条又一条街，仰头看那密密麻麻的窗口，却没有一处是她安身立命的地方。

大规模的城市拆迁，不仅房价高得惊人，连租房都成了非常困难的一件事。最后，她的耐心几乎被消磨殆尽，却依然毫无所获。

医生说再过两天，妈妈就可以出院回家调养了。甘小满急得要命，嘴上起了一圈泡，饭都没法吃。

这天傍晚，她刚刚找了一圈房子，正疲惫地走在回医院的路上，突然听见后面传来鸣笛声。她朝一旁让了让，车子没有过去的意思，依然在她身后叫。她回过身，李总正从车窗里探头出来，笑道："小甘，好久不见。"

甘小满最近一直请着假，不知道他什么时候回来的，急忙朝他问好："李总，您开会回来了。"

"我早回来了，你要去哪儿，载你一程。"

甘小满说："谢谢，我坐公交车很方便的。"

李总本来想走了，车子开出去一段又停住了，等甘小满过来，又探头问道："小甘啊，听说你妈妈生病了，好点儿没有？"

甘小满就把妈妈现在的情况简单地说了说。李总很认真地听着，说："如果只是调养就好办了，你好好照顾，她一定会恢复得很快。"他瞅瞅甘小满，似乎一下子明白了什么，问道，“你是不是想在公司附近找房子啊？”

甘小满被问到最气馁的事，情绪有些低落地说：“是啊，可是不好找。”她并不知道自己的表情已经是愁绪难掩了。

李总笑道：“这事儿也不能急，这个地段本来就很难找，等我留意一下，看看能不能帮上你的忙。”

甘小满道了谢，李总的车就开走了。

甘小满在中介已登记了信息，当天晚上就有电话打过来，说有一套房子正适合她。可是租金太高了，一个月的工资去掉房租，根本不够她和妈妈生活。

中介说：“这个地段这个价格已经算便宜了，而且家具家电是全的，拎包就可入住。你可考虑好，如果不租，我就给别人了。”

甘小满飞快地在脑子里盘算了一下，实在超出自己所能负担的，于是说自己再考虑一下。挂了电话，她呆呆地坐着。甘菱精神好了些，见她一脸憔悴又愁容满面，轻咳了声，说：“小满，别找房子了，我回扎庙去，咱们家老房子在那儿，又有老邻居，大家在一起也不闷。我之前在那里不是也好好的。”

甘小满决心将甘菱留在身边照顾，见她说这话，只恨自己没用，那一股酸楚又从心底涌出来，让她眼中发涩。她强做了个笑脸，拍拍甘菱的手，说：“会找到住处的，妈你只管安心养病，别的不用操心。”

甘小满打算与人合租，这样租金可以便宜些。只是甘菱需要静养，想要个合适的室友，怕是不那么容易，不过目前只能如此。于是，甘小满出去给中介打电话。

走廊里摆满了加床，甘小满从病床间的空隙侧身走过去，有些患者与家属正在吃晚饭，米粥的香气让人觉出一丝鲜活的趣味，但除了那一点儿温热的谷香，别的似乎都是冷的。

走廊的转角有风扫过，甘小满跟中介说着话，神思却是飘忽的。夜已来临，外面一团黑，玻璃窗上有淡淡的雾气，她不知不觉地拿手指在玻璃上画着。中介是个有些年纪的男人，他说道："你瞧瞧，刚才那么好一套房子你不要，转头就有人租去了。你这要给病人养病，合租实在不适合，好室友可遇不可求，我也只能给你看着办。"

甘小满知道他说的是实在话，大包大揽的话反倒是虚的。一通电话打完，她发现自己在窗子上画了一朵朵五瓣的小花，挤挤挨挨地开在一起，自己的影子则淡淡地浮在玻璃上，有种不真实的感觉。

她准备下楼买晚饭，才走了几步，口袋里的手机就响了。她疑惑中介怎么这么快就找到房子了，拿出手机却发现是王笑笑。她的声音出奇的大，身后一片嘈杂。甘小满有些纳闷，问道："你不是今晚坐飞机去马尔代夫吗？"

王笑笑说："我正在机场呢，你找到房子没有？"

"哪有那么好找。"甘小满一天之内被人两次问到泄气的事，真有些觉得天昏地暗。

"还记得郭沣那个表哥吗？"王笑笑声音轻快地说，"他要出国，房子租出去怕被人弄坏了，想找个看房子的。我把你的情况跟他说了，他觉得正合适。你只要好好给人家打扫打扫卫生就成。”

甘小满一时反应不过来，问道：“你说的是那个借钱给我的表哥？他不是外地人吗？怎么在滨城还有房子？”

王笑笑说：“人家钱多房子也多，有什么奇怪的？他是候鸟，夏天住滨城，冬天去南方，现在他又要去国外住了……”

王笑笑话没说完，甘小满便听见郭沣在旁边催她，她急急忙忙地说了句：“好了，我挂了，就这样吧。我把地址发你的手机上，他会把钥匙快递给你。等我回来就去看你。”

甘小满简直不敢相信自己的耳朵，原地愣了好几秒。不一会儿，王笑笑的短信就过来了，小区的名字明明白白地写着：公园街八号。甘小满知道那个地方，离伟天不远，是一处高档住宅小区。从天而降的好事，让她有点儿不知所措。直到吃过晚饭，她还觉得一切都似幻觉。

第二天下午，甘小满收到了快递，沉甸甸的钥匙落在手心，她才相信自己真有了安身之地，愁容不觉换了欢颜。甘菱开心地说：“王笑笑的这个亲戚真好，回头人家从外国回来，咱们得好好感谢他。”

她这样倚在床头说话，气色虽然还是不好，但由于开心，眉目间有了一缕生气，让甘小满从心内觉得欢喜。

陪妈妈输完液，甘小满决定自己先去看看房子。可能是生活终于有了着落，这段车程竟让她觉得不太远。

她站在房门前，犹豫了好一会儿才将钥匙插进锁孔。随着一声脆响，奇妙的大门开启了，似乎幸福生活的大门也将就此拉开。

这是一套跃层式住宅，甘小满第一眼见到它只觉得大，她从没想过自己有一天会住进这样宽敞的房子。房子是简欧风格，白与淡金两色调子，日光从宽大的玻璃窗射进来，樱桃木的家具泛着暗暗的微光，安静地等待主人的莅临。

在门厅里站了站，她慢慢地迈步走进，白色大理石的地面上铺着同色羊毛地毯，地毯上的暗金花朵洁净美丽。四壁似有光影，觑着眼看清了，是丝绸壁布，泛着珍珠的光。

柚木扶手触感温润，同样质地的梯板，舒适得令人想要赤脚走在上面。楼上走廊两旁是卧室、更衣室、卫生间，家具家电一应俱全，且几乎都是新的。

她在宽阔的书房里站了一会儿，书架上摆满了书，这些书也崭新整齐得让人感觉只是摆样子。

她记得王笑笑说郭沣的表哥是很豪气的一个人，听说她四处筹钱给母亲治病，二话不说就拿了十几万让王笑笑送来。她那时心绪纷乱，说要道谢，可王笑笑到现在也没把他的电话号码给自己，如今又住了人家这样好的房子，无论如何都该找机会好好谢谢这位表哥。

她一边这么想着，一边下楼去了厨房，本以为这种人家应该不会经常在家开火，没想到厨具如此齐全。整套的厨刀和锅具就像商场里的展台那样摆得整整齐齐，一水儿的盘子碟子洁白如雪。她本来就喜欢这样精致的餐具，当然也清楚这些东西价格不菲。

一台大冰箱威武得就像厨房中的猛士，严肃地站在角落。她本以为里面是空的，谁知拉开一看，冰箱里满满当当地塞着各种食品，从蔬菜瓜果到饮料零食应有尽有，就连冷冻盒里都分门别类地冻着各种冰货。水果蔬菜颜色新鲜，显然被塞进冰箱时间不久。她觉得奇怪，这人不是要出国吗，干吗还买这么多东西存着，倒像是给她准备的。冰箱通着电，制冷时发出难以察觉的低鸣声。她愣愣地站了一会儿，关上冰箱门，走出厨房，来到客厅。

客厅里摆放着一套欧式的沙发，配套的茶几上放着一个漂亮的工艺品。甘小满一下子就被那个工艺品吸引了目光，她不禁拿起那个工艺品细细观摩，观摩后依依不舍地放下时，才发现它的下边还放着一封信。信中写道：

“尊敬的女士，很感谢您能答应为我照看这间屋子，您尽可以将这里当作自己的家，我短期内不会回国，鱼缸里的鱼就拜托您了。”

甘小满转身去看鱼缸，那么大一只墙壁缸。她本以为里面养的该是珍贵的热带鱼，定睛瞅了会儿，不禁哑然失笑，一大群红鲤鱼正活泼地在里头撒欢。把这种鱼养在这么昂贵的鱼缸里，主人的喜好还真是有点儿与众不同。

她接着看那封信：

“这些鱼虽然是我珍爱的，但您不用把它们挂在心上，因为即使饿上一个月，它们也还是会活蹦乱跳。您尽可以忙自己的事儿，闲下来的时候，喂喂它们即可。如果您不清楚怎么养这些鱼，书房里有一本《养鱼手册》，您可以参考。当然，我觉得以这些鱼的顽强与健壮，您根本用不着看书。清洗鱼缸的师傅会按时上门，费用已经缴过。

“由于之前不能长期在此居住，所以我并没有养花养草。一个家里如果没有花草，实在不像样子，您可以凭自己的喜好养植物，我十分乐意看到房间里绿意盎然，如果您和我一样懒惰不喜打理这些，那么我认为肃然也不失为一种美。当然您或者更喜欢养猫猫狗狗，喵星人与汪星人向来都是人类的朋友，我举双手赞成。友情提示：咱们家的吸尘器对付猫狗毛毛很有一套。

“至于冰箱里的东西，您那么聪明，一定能发现是刚刚买来的，实在是因为我这次出行十分仓促，来不及消化掉这些食物。本来劳烦您照顾那么一群顽皮的鱼和这么间枯燥的屋子已十分不妥，还要让您帮忙吃掉这么多东西，更觉得内疚，不过事已至此，还是请您多多原谅。”

甘小满使劲掐了自己一把，真疼，说明她看到的不是假的——

“我差一点儿忘记了，楼下车库里有一匹小马，我走之后，它一定十分寂寞。如果您能发发慈悲，经常带它上街转上几圈，或者远足郊外去透透气，它一定十分高兴，钥匙在书房笔筒里。

“说到书房，有人耻笑我买书不过是用来当装饰品，如果您有兴趣抽出空闲替我翻翻那些人类思想的载体，我将不胜感激。这样几年之后，再也不会有人嘲笑我是个不学无术之辈，读过的书摆在书房里更自然，不是吗？当然，如果您对那些唬人的大部头十分不耐，我可以告诉您我也是读书读厌了，所以继续让它们新着去吧！

“仔细想了想，再没什么要麻烦您的了，那么，祝您在这里生活得愉快！”

洋洋洒洒写了一大篇，打印了满满一张纸，阅读之后，郭沣的表哥慢慢地在她眼前成形：白面，大眼，慈悲，啰唆……慢着，那分明是唐僧！

甘小满将纸折好，放进包里。不得不承认，他的这番嘱托让她的心情格外好，以至于出来后，觉得灰蒙蒙的天都有了一丝晴朗。

甘小满当然不打算用他的车，不过还是到车库看了看，一辆貌似全新的白色奥迪静静地趴在那里。这辆车的车型中规中矩的，她没想到王笑笑口中的土豪表哥居然会喜欢白色。

她回到医院，将主人的留言念给妈妈听。妈妈听后，说：“人家是怕咱们住着不自在，想得真是周全。我们真是遇到好人了。”

甘小满同意妈妈的话，她激动得夜里醒了好几次。隔天，便和妈妈搬了进去。她没敢住在楼上宽大的卧室，而是和妈妈住进了楼下的小休息室。

由于甘菱有哮喘的毛病，因此室内不能养花草，就更别提养猫狗了。甘小满把仙人掌带了过来放在窗台边养着，仙人掌长得生机勃勃。

甘菱平常几乎不出门，喂喂鱼、看看电视，大半天就过去了。甘小满午休时间也会回来一趟，因为这里距离公司很近。甘菱之前常年和女儿分离，现在天天能看见甘小满，精神自然就好，恢复得也很快。

一个月后，甘菱的身体大有起色，居然可以独自在房间内散步了。甘小满刚开始还担心她摔倒，后来看她逐渐有了力气，虽然瘦弱，偶尔还会喘，但较之先前大好，也就不拦着她了。

江南山滑雪回来后来过一次，给甘小满带了只当地的风干土鸡。甘小满当晚做了饭留江南山吃，他也没推辞，只是席间看甘小满不大说话，他也就沉默着。吃过饭，江南山似乎还有话要对甘小满讲，但甘小满始终陪在甘菱身边看电视，江南山也就跟着看了会儿电视。

甘小满洗了苹果，慢慢用小刀削皮然后拿给甘菱吃。江南山笑着说："我也要吃。"

甘小满笑了笑，给他也削了一个。甘菱瞅着他们俩，说："不如你们去那边坐坐吧，这电视也没什么好看的。"

江南山瞅了眼甘小满，小满没动，他也没动。吃完了苹果，他便告辞要走，甘小满送他出来，甘菱说："小满，你和南山在楼下走走，别急着回来。"

甘小满想了想，转身拿上羽绒服，跟江南山出门了。

这几天没有下雪，小区路面清扫得很干净，路灯的光线照得很远。甘小满稍稍落后于江南山半步走着，到了门口，江南山站住，她也站住了。

她有一绺头发落在额前，江南山伸手给她理到后面，问道："你怎么了？"

甘小满没出声，扭头望着街上来往的车辆，那种异常平静的神色是他从没见过的。他看着甘小满，心里忽然涌上了不安的情绪。

果然，过了会儿，甘小满说道：“我们分开吧。”

她的神色没有丝毫改变，依然那么平静。

有车子从门口开进来，江南山朝旁边退了两步，与甘小满的距离远了些。甘小满低垂着眼，也许是最近的劳累所致，也许是灯光照射下发生了变色，她唇色很淡，透着一股孱弱。

“我没有要和你分开的意思。”他说。

“我想过了，是我的决定。”她抬起头，眼睛黑亮，“谢谢你之前对我的照顾，也谢谢你曾经给我的帮助。”她真诚地对他笑了笑。

江南山脸色十分难看，又叫了声：“小满。”

“我回去了。天太冷了，你也回去吧。”

甘小满说完转身就走，江南山想要拦她。可甘小满的背影中透着的坚决，让他停下了想要迈出的脚步，他只好愣愣地看着她渐渐消失在拐角处。

其实，在吃饭的时候，甘菱便发觉了二人的异样，看甘小满回来便问：“你们怎么了？”

甘小满低着头说：“妈，我去洗碗。”然后转身去了厨房，接着便传来哗哗的水声。甘菱在外面坐了会儿，似乎听见她在哭，细一听，还是水声。等她出来，见她的眼睛并没有红，但总归是一种寂寞的神色，甘菱便明白了。

王笑笑从马尔代夫回来后的第二天，就来看甘菱。她的皮肤虽然黑了一个色号，但脸上的笑容却更灿烂了，就像把那边金色的阳光也带了回来。她给甘小满带了鱼干和贝壳，然后坐在沙发上把岛上的见闻一一说给她们听，听得甘小满都心生向往。

王笑笑说：“小满，你要是度蜜月，我推荐你也去马尔代夫，那儿的风光真是太好了。”

甘小满笑着给她剥橘子吃，王笑笑见甘菱回了里间屋里，便问她和江南山怎么回事。甘小满放了一瓣橘子在嘴里，她喜欢吃的水果不多，橘子是其中一种，可这一只很酸，几乎有点儿发苦了，让她不觉皱眉。

“到底怎么了？”王笑笑瞪着大眼睛，说，“我见他一向对你挺好，也不像没感情的样子。”

甘小满瞅着那盆长得蓬蓬勃勃的仙人掌，说：“是我不合他的要求。”

王笑笑吃惊，问道：“什么不合要求，他还有什么要求？”

“他反对我把妈妈留在身边照顾，我不能把妈妈一个人放在扎庙，就这样了。”甘小满玩着水果刀，刀锋在灯光下闪着一抹银色的光。

“就这么点儿事儿？”王笑笑甚觉可惜，“也太不值得了。”

甘小满不愿再继续这个话题，于是说道：“帮我联系一下郭沣的表哥吧，他什么时候回国？我要请他吃饭，人家与我素不相识，就借了那么多钱给我，还把房子借给我住……”

王笑笑连连摆手，道：“这些对他不算什么，你也不用谢他。”

"那怎么行，怎么着我也得见见人家，当面道声谢啊！"

"其实这事他根本没放在心上，他说这钱根本不用还他，就当献爱心了。至于房子嘛，他又不住，闲着也是闲着，还浪费资源，所以你就心安理得地住着吧。"

甘小满笑道："你说得倒是轻巧，我可不愿意受了人家这么大的帮助，还装着没事儿，那我成什么人了？"

"你的心情我当然明白，不过他在加拿大，我也联系不上他，等我问问郭沣。"

说到这里，她想起什么似的，说道："听说乾一要收购亚特了。"

"已经确定了，总部那边过来的负责人，做具体事务的从伟天先选出几个，本来打算春节之后才有动作，现在看样子是要提前了。"

王笑笑感叹道："乾一还是一贯的风格，以前就觉得它不会只做海丰一家，现在看来果然如此。"

"听说还有拿下蓝城的意思，蓝城的租期明年年中到期，这可能也是提前收购亚特的一个原因，到时候集中精力竞争蓝城。"

王笑笑叹息："到时候又是一场大战了。"

甘小满笑了笑，然后突然就想起了蒋庆康，这样的决定当然都是需要他点头的。她明白乾一的事务是他在负责，只是她依旧很难将自己所见的他与现下这些事情联系起来。

王笑笑看她默默无语，以为她在想自己的工作，于是问道："你不会打算去亚特吧？"

甘小满摇头说："现在选过去的人将来都会在亚特留用，大概都该是正职，想去的人太多，哪能轮得到我。"

王笑笑走的时候，已经黄昏了。路上行人稀少，甘小满送她到大门口。王笑笑因正在新婚，穿了件金粉色长大衣，娇艳的颜色越发衬得身旁的她白衣惨淡。出了小区门口，左转是个小小的菜市场，待王笑笑上了车，甘小满就进去买菜。

菜市场里温度低，买菜的人不多，甘小满买了一点儿牛肉，挑了两个土豆，然后拎着袋子往回走，由于她想着心事，因此走得很慢。

她其实挺想去亚特的，朱湛业虽然把她当作部门里的得力干将，自己也委实做了不少工作，不过继续留在伟天，如果朱湛业不走，估计她很难有升迁的机会。亚特比伟天规模大，如果能在收购完成后留用，薪水该比伟天多，如今她有了债务，就总想多赚点儿钱还债。郭沣的表哥不会把房子给她住一辈子，她也要早做打算。

回来陪甘菱坐了会儿，甘小满起身去做饭。她先把土豆和牛肉切丁，然后炖在砂锅里，等牛肉炖烂了，又切了个西红柿放进去，汤汁很快就红亮起来。饭是中午剩下的，做个蛋炒饭，很快就好了。

甘菱在旁边一面看她做饭，一面和她有一搭没一搭地说话，然后忽然问道："小满，是不是你手机响啊？"

厨房油烟机一直开着，隆隆的轰鸣声居然盖过了放在客厅的手机铃声，所以她没有察觉。甘小满擦了手出去看，是朱湛业打来的电话，告诉她明天把手头的事儿交代一下，就去亚特组周经理那儿报到。

甘小满不解地问："亚特组？"

朱湛业阴阳怪气地说："总部负责人是女的，亚特组全是男的，她点名要个女助理，就把你选去了。你就去亚特吧，好好干。"

好事来得太意外，甘小满挂了电话后，在原地站了好久。这大概就是所谓的天从人愿，她什么时候开始受上帝眷顾了。

第二天去公司交接，朱湛业瞅了她半天，说道："年轻就是好啊，有竞争力。那几个女的都没争过你，不过也不想你最后空欢喜，先透个信儿，人家要的主要是生活助理，大老远的没法带人过来，所以找个本地户。"

甘小满这才知道原来公司把几个女员工的简历发过去，对方只看了看年龄就指定了她，理由是她没到更年期，没到更年期的更适合做生活助理。这逻辑甘小满理解不了，可如今管他什么助理，只能先干着再说了。

朱湛业也知道她这一去，回来的可能性很小，咳了一声想说些什么，翻着眼睛瞅了她一会儿又想不出来，只能摆摆手，说："你把手头的事儿交接一下吧，别耽误了去亚特。"

难得他这么通情达理，甘小满正要出去。他又叫住她，说："小满，我五一结婚。"

甘小满大吃一惊，她当然知道朱湛业恋爱谈了一场又一场，不过没想到他这次居然修成正果了。朱湛业似乎有些惆怅，低声说道："人总有缺点，不过我决定包容她。小满，你和我的革命友谊很长久，你知道我这个人没什么朋友，如今我要结婚了，你也要走了。所谓天下没有不散的宴席，就是这样令人伤感吧。”

朱湛业的这几句话说得与他平日的风格完全不同，甘小满有点儿发蒙地站在那儿。朱湛业看着甘小满那呆愣的样子，笑道：“怎么，很意外？说明你还是不了解我啊。”

“结婚是喜事，恭喜朱经理了。”甘小满说得倒是真诚。

“结了婚就不是自由人了。”朱湛业叹了口气，然后身子突然前倾，压低声音说道，“我一直想请你吃个饭，怎么样？就当给你践行了，就咱们俩，不让别人打扰我们……”

甘小满脊背发凉，一步跳到门口，说道：“太感谢你的好意了，我心领了。你也知道交接的事挺多，还是算了吧……”

逃出门后，余光瞥见朱湛业神色悻悻的，甘小满不禁拍了拍胸口，心想：如果继续留在这儿，早晚被他吓出心脏病。

因时间仓促，整整一上午甘小满都在埋头整理资料，午饭都没来得及吃，过了一点钟还没弄完，她不禁急得跺脚。

亚特组的周组长她认识，是从伟天调过去的，她打电话询问能不能晚一点儿过去。周组长说：“董副总的飞机两点钟到，休息一下后，大约三点钟要开会，你尽快。”

一句话把甘小满弄得更加焦头烂额了，周组长说：“要不这样吧，接机你就别去了，直接去办公室等着。”

甘小满埋头苦干到两点钟，还是没有把工作交接完，她看看时间实在不能再拖了，只能告诉朱湛业自己明天再过来，然后急忙打车直奔亚特组办公室。

滨城原本就是清朝时期皇家的一处渔场，因产三种极其稀有的鱼类而闻名。经过百年的建设，滨城由一个小小的渔村变为了北方数一数二的城市。沿着江堤的地段是滨城最早的商业圈，如今依然可以看到当初外国传教士修建的教堂，许多西洋风格的房屋现在已成为保护建筑，亚特便在这一地段。

周组长为了后期工作方便，将办公室设在距离亚特不远的一处写字楼。甘小满从伟天到这里要跨两个区，实在费了一些时间。等她按照地址上到十六层，走廊里静悄悄的。亚特组租下了这层的三间办公室，她敲了敲11室的门，没人，来到12室前，里面也没动静。

难道都去接机了？她心里想着。不想看似没人的12室的房门突然打开，把她吓了一跳。她定睛看去，室内有七八人围坐一圈，开门的是周长文周组长，而主位上赫然坐着蒋庆康！

看到她的瞬间，蒋庆康的眉头不易察觉地微微皱了一下。甘小满本来听说负责人是女的，不料在此却看见了他，实在是意外。不过，想来只要她在人家手底下一天，就难免会相见。

周长文本来要出去取东西，见她来了，就低声说："进来吧，人都齐了，就差你了。"

有三四个人是从伟天过来的，甘小满认得。她猜测着坐在蒋庆康下首穿黑色套装的女子该是副总董纤云，没料到她竟如此年轻。

董纤云神色严肃地微微扬头看她一眼，问道："甘小满？"

"是。"甘小满忽觉不安。果然，董纤云紧接着说："你迟到了。"

甘小满额头顿时冒汗，她连忙低头认错："对不起，昨晚才接到通知让我来亚特组，一直忙着交接……”

“不要解释，每个人都会因这样那样的理由犯错误，但错误并不会因此变成正确的，以后工作中也是一样，我只需要对的结果。”董纤云的目光说不上挑剔凶恶，语气也没有十分尖利，但她很自然地散发出一种居高临下的、让人不容置疑的气势，“以后不要犯类似的错误，坐吧。”

甘小满低头走到末尾的位置坐下。

外面气温零下十几摄氏度，她下了车就一路狂奔，到了这里浑身都在散着热气，董纤云的话就如一盆冷水兜头浇下，让她瞬间头脑发晕、身体颤抖。

这次母亲住院她又是陪护，又是四处筹集医药费，还忙着找房子，身体早就透支了。可是母亲刚一出院，她就忙着回归工作岗位了。一直没休息好的身体，再加上午饭没吃，她的身体从内往外冒虚汗，她苍白着脸坐在那里。

周长文拿了一摞资料发给大家，会议就开始了。蒋庆康并不说话，只是董纤云就收购工作开始部署。

甘小满深知做董纤云的助理，上升空间可大可小，做好了成为店长也有可能，做不好可就难说了。董纤云方才那几句训斥明摆着对自己没有好印象，自己以后可要小心谨慎。

滨城郊区有两个火力发电站，集中供热搞得很好。暖气烘得室内暖暖的，甘小满边听边做记录，一阵阵冒着虚汗。

王笑笑常说女人热爱起工作来十分可怕，董纤云大抵便是这样。甘小满听了一阵才明白，原来他们一下飞机立马就来此开会了，难怪她算着时间过来还是晚了。蒋庆康倒是看不出什么，跟着同来的一个上了年纪的薛姓律师看着满身疲惫，脸色都暗下去了。

蒋庆康自甘小满进门那一皱眉后再无表情，大约觉得干坐着十分无聊，几分钟后，他忽然轻声打断董纤云，说道："董总，你先稍停一下。"接着，扬头对甘小满说，"走廊那边有饮料机，你去给大家买几杯回来。"

甘小满觉得他实在是太暖心了。她饥渴难忍，巴不得立刻喝点儿什么才好。得了他的话，她起身出去，果然在走廊里看到了自动售卖咖啡的饮料机。热乎乎的咖啡捧在手里，感觉真是好极了，以至于她在将蒋庆康的那罐放在他面前时，真想说声谢谢。

会议持续了两个多小时，直到天色蒙蒙黑时，董纤云才合上本子，请蒋庆康做指导补充。蒋庆康环视一下众人，大家本以为他要发表长篇大论，却不料他说："董总已经说得很全面了，我暂时没想到有什么补充的。"接着转向周长文，"安排个地方，大家一起吃顿晚饭吧。"

甘小满觉得这是自己整个下午听到的最美妙的一句话了，薛律师也暗暗伸了个懒腰，露出终于解放的神情。

周长文惯会待客，不假思索地提议："吃俄式菜吧，也算本地特色。"

蒋庆康朝董纤云说道："很不错的，要不要试试？"

董纤云这才露出一抹笑容，说："蒋总说不错，那一定是很好。"

她这一笑，冷若冰霜的表情才放松下来。这时，甘小满才发现她竟十分美丽。董纤云其实不过二十六七岁，若不是那样职业的打扮和过于严肃的表情，与大街上的年轻女孩并无不同。甘小满由此猜想她必是故意如此，好方便众人信服。

一行人出来，甘小满边走边给甘菱打电话：“妈，我晚饭和同事在外面吃，你别等我了，吃完饭我就回家。”

甘菱忙说：“吃饭也是工作，领导同事都在，你别急着回来。”

周长文示意她上董纤云的那辆车，甘小满心里别扭，因为车上还有蒋庆康。蒋庆康今天话特别少，她不知他是一向如此，还是也觉得看到自己别扭才不讲话。

甘小满刚上车，便听到董纤云吩咐：“帮我预约，晚上我要做个保养。”

她的永宁普通话带着软糯的味道，与开会的时候不同，透着淡淡的疲惫。甘小满扭头见她将头靠在座椅上，微微合着眼，很明显是累了。蒋庆康与她并排坐在后座，眼睛望着窗外。

甘小满轻声答应，然后赶紧翻出手机查询，网页上出现了不下百家美容院，她挑了个最贵的打过去。节俭持家是为她和王笑笑这样的女孩规定的，像董纤云这样的白富美的认知是贵的就是好的，价高才是硬道理。

董纤云听她电话预约完毕，眼睛都不睁地吩咐：“以后上班不要穿这个，换成套装。”

甘小满心想自己分明穿得很职业，但她转瞬就明白了，董纤云的意思是不许她穿伟天的工作服，而要跟随上司的穿衣风格。甘小满预感自己的麻烦生活从此开始了。她暗暗查了一下董纤云的套装需要多少钱，然后不禁在心中呼喊：“就那一身黑寡妇似的着装，居然要十万大洋？董总你财大气粗，以为那些职业套装人人都买得起吗？”

街道两边霓虹灯纷纷亮起，五光十色的灯带、灯柱将楼群点亮，城市的夜晚另有一番动人的景象。甘小满无暇欣赏城市夜景，她摸出手机打开淘宝，输入“女士职业套装”几个字，一大排图片霍然闪现，她咧咧嘴赞叹：“还是淘宝有生活啊！”

2

周长文选的俄式餐厅在离写字楼不远的步行街上。十二月正是滨城最冷的季节，冰雪旅游正是旺季，虽然天寒地冻，步行街上的人却不见少。

车子泊在街口，一行人下来步行了几十米便到了。彼时，对面的一间珠宝行正搞夜场活动，请了歌手唱歌。门前灯火灿烂，那男声低沉而深情地唱着一首不知名字的歌曲。

当热烈的爱情降临，
我心甘情愿完全屈服。
当世上的喧嚣终于平静，
在那迷人的时刻我明白了，

只要能和你在一起对那不知疲倦的斗士已经足够。

今夜你能感受到我的爱吗?
这爱是我们的归宿,
能得到这样的爱,
对寻寻觅觅的人已经足够……

围观的人们穿得很厚实，眼巴巴地望着台上。单等他唱完，主持人一声令下就开始抽奖。那种热情连冷空气都要退避三舍，人声歌声电子音乐声，说不出的喧哗热闹。

一楼餐厅，有乐队正在演奏舒缓的音乐。来到楼上，音乐声被包间门隔断，变得若有若无。周长文凑近蒋庆康和董纤云，低声说：“好像景大的陆总在隔壁。”

董纤云看了看蒋庆康，说道：“我去打个招呼吧，他们必定也是奔着蓝城来的。”

甘小满立刻意识到：蒋庆康此次过来除了亚特，蓝城的事恐怕才是重点。在滨城，蓝城一直是零售业的传奇——二十万平方米的规模，却产生十个亿的年销售额。雄心勃勃的乾一不对它动心，实在是说不过去。当然，好东西谁都想要揽入自己的手中，同是行业强手的景大，看上蓝城也不奇怪。

蒋庆康头也不抬地“嗯”了一声，董纤云便起身，甘小满赶紧跟出来。她刚才在车上百度了一下怎样给女人做助理，不少人说给女人当助理其实跟娘娘的贴身宫女、太监差不多，鞍前马后地伺候着准没错。前人的经验肯定有道理，甘小满决定就这么干。

甘小满比董纤云高一头，她尽量和董纤云保持适当的距离，避免自己的身高对董纤云有影响。董纤云脚下的高跟鞋踩在厚地毯上悄然无声，甘小满跟在她的后面，发现她走路的姿态袅娜多姿，很有韵味。

这俄式餐馆百年前曾是俄国使馆，两层的小楼，内里的格局只做了极小的改动，壁炉壁灯一应俱在。细长的走廊两侧，挂着各路名人同历任老板的留影，有些照片还是黑白照，镶嵌在沉重的柚木画框里，已经老旧发黄，沿路走过如同逆溯时间的河流。

走了不过七八步，一转弯便现出一间包房。门口侍者朝里知会有客人到，接着房门开启，内里三人一齐扭头，两个年龄大的并不认得董纤云，倒是最年轻的男子先略吃惊，接着笑了，径直叫她的名字："纤云，你也来了！"

说话间，他起身几步来到门口，伸出双手与董纤云相握，说道："好久不见，你更漂亮了。"

那两人见他如此也都站起，男子便扭头对他们说："乾一的董总，你们早就听说的商圈第一美女。"

接着，他又给董纤云介绍："章经理和毕经理。"

他边说边向甘小满望去，接着很明显地怔了一下，这让甘小满感到有点儿奇怪。甘小满看到景大的陆总也有点儿发愣，她没想到他会如此年轻，蒋庆康算是子承父业，如今也有三十岁了，这位陆总看样子最多二十岁出头。虽说他打扮干练，但眉眼间的清秀和稚嫩却藏不住，看起来更像个在校大学生。

陆总略微迟疑道：“这位是？”

董纤云微笑道：“我助理。”

其实单看情形，他也能猜出她的身份，他却定要问上一句，甘小满心里奇怪。让她更奇怪的是，他一口一个“纤云”叫着，貌似与董纤云极为熟稔，而后者竟也答应得十分自然。后来她才知道，景大的这位少年公子陆羽泽是个天才，十三岁便上了大学，与董纤云是同班同学。

董纤云与陆羽泽寒暄两句就回来了，这时已经开始走菜，众人正等着她们。因蒋庆康在，大家比较拘谨。菜上齐了，蒋庆康象征性地说了两句话，然后大家举杯共饮，接着开吃起来。

没吃几口，甘小满收到了王笑笑的短信，她发来了郭沣表哥的MSN账号。甘小满对郭沣的表哥心存莫大的感激，得了他的联系方式却觉得大恩难言谢，竟不知该怎样对人家表示感谢才好。

她心里想着事儿，不经意地抬头，见蒋庆康不知是无意还是有心地看了她一眼。她立刻坐直了身子，这个当口她实在不愿意工作上出什么岔子，即便对着他别扭，也要坚持下去。

他却低下头喝汤，没再看她，甘小满的心这才微微放下。甘菱住院的时候，她心情不好没接他电话，猜想他还不至于小肚鸡肠地将她开除。

一旦心情轻松，她便食量大开，再加上她忍饥挨饿地撑了一下午，现在面对满桌的美食，自然吃得开心。她在心里暗暗发出满意的叹息，真是饥饱两重天啊！

但她舒畅了没多久就又蔫了。吃完饭，大家回家的回家，回酒店的回酒店，她的工作还没结束，因董纤云要去做保养，她得在一边陪着。

甘小满不禁想起王笑笑的话：加班就是剥夺别人时间的行为，这跟谋财害命没啥区别。甘小满现在非常赞同这句话。

大家都走了，董纤云却没上车的意思，反而一头扎进了步行街上的一家卖场。甘小满亦步亦趋地跟着，她忽然回头，说："你在这里等我。"

二楼电梯口是零食区，甘小满杵在几对买糖葫芦的情侣中间，看她乘扶梯去了三层。三层吊牌上的大字明明白白写着"三楼男装区"。

甘小满往边上走了两步，这个时间段商场里人不多，奶茶售货员笑着问她："女士，要奶茶吗？"

小满摇头，在电梯边的休息椅上坐了下来，然后拿出手机上网。她将王笑笑给的账号加上，等了一会儿没回应，显然对方不在线。甘小满算算时间，那边正是凌晨，人家睡觉呢。

她揣摩着董纤云的品味，在网上给自己淘了两件衣服。过了十多分钟，董纤云还没下来，甘小满觉得她应该是有目的地购物，不会逗留太久，于是站起来张望，果然看见董纤云回来了。她的手里依然只拿着包，似乎并没买东西。

董纤云做完保养已经快十一点了，甘小满将她送回酒店，回到家人困马乏，胡乱冲个澡就睡了。

才躺下没多久，手机"叮"的一声响，她以为是垃圾短信，翻个身没理。第二天早起才发现MSN已经加上了，郭沣表哥大力水手的头像黑着，网名的地方只有个句号。

她给郭沣的表哥留言，由于心怀感激，竟然不知不觉地写了几百字，倒像一封感谢信。她看了一遍，觉得虽然啰唆，但的确都是想说的话，于是就这样发了过去。

岂料对方竟是隐身状态，一会儿的工夫，大力水手的头像就亮了，随后他发了个笑脸过来。甘小满脑子里顿时出现一幅场景，“句号表哥”身处被植物掩映的乡间风情小别墅里，沐浴着晨光喝着咖啡，漫不经心地看着当地的报纸，收到她隔着大洋发出的感谢信后，嘴角不由得露出笑容……

她甩了甩头。这边的早晨，加拿大该是快要黄昏了，哪来的晨报、咖啡？

句号表哥又发过来一句：“以后不要说谢谢了。我有事，有空再聊，好好照顾鱼。”

“一定。”甘小满答应了。

终于找到恩人，甘小满这个早晨很愉快。这种愉快又坚定了她好好工作、争取更好生活的信心，于是，站在挤得像沙丁鱼罐头般的公交车里，她也不觉得痛苦了。

急匆匆来到十六楼，她放下包就先去打扫董纤云的办公室，把桌子仔仔细细地擦拭一遍，文件整理得整整齐齐，花草浇过水，甚至连电脑上的细灰也彻底收拾干净。她做完这些，洗了手又冲了一杯热咖啡，刚摆好杯子，董纤云便进来了。

她今天仍穿了黑色套装，不过和昨天的那套不同，衣领处有蕾丝装饰，带着一丝妩媚的味道。她看看咖啡，抬头对甘小满说：“咖啡我只喜欢现磨的。”

“哦。”甘小满有些窘迫。

“不过这个也喝过很多年。”董纤云端起来呷了一口，说，“谢谢。”

甘小满松了口气。

整个上午在忙碌中度过了。董纤云先处理了一些文件，接着去和亚特的人见面，双方分歧很大，整整谈了两个多小时也未有结果。董纤云出来时脸色很难看，和此时阴沉的天空差不多，她扭头向周长文说道：“狮子大开口，也不掂量一下自己的斤两。”

周长文说：“他们要是不肯让步，咱们还真难办。”

董纤云冷笑道：“比这还硬的骨头我也啃过，他们不算什么。”

甘小满觉得这句话很耳熟，战争片里似乎经常出现类似的台词。商场如战场，看来果然如此。

周长文说：“他们的心态是达到条件就卖，不然就不卖，让他们改了这个想法就好了。”

董纤云哼了声，说：“会有办法的。”

因到了午饭时间，几人就近找了家餐馆吃饭。董纤云给蒋庆康打电话细说了和亚特见面的事儿，两人在电话里说了会儿，就挂了电话。董纤云看了甘小满一眼，说道：“你的饭吃不成了，我的文件柜里有个档案袋，你现在拿到机场给蒋总。”

周长文问：“蒋总要回去了吗？”

董纤云点头。于是，甘小满知道蒋庆康必定是今天上午和蓝城接触过了，但不知他得到的是什么结果。

甘小满匆匆赶回办公室，找到董纤云说的档案袋，袋口封着，里面装着一个长方形硬盒。她将档案袋塞进包里下楼，在街口买了个煎饼果子，就打车直奔机场。

她没让老板放葱，大概为了弥补味道上的不足，老板特意放了好多辣椒。甘小满不大能吃辣，咬了一口就直吸气，觉得舌头都麻了。

车子出了城，在公路上撒欢地跑着。甘小满艰难地把煎饼果子在车上吃完，觉得自己从嘴里到胃里都热辣辣的。她歪在座椅上闭眼眯着，昨夜睡得晚，她现在有点儿犯困。这时，董纤云打来电话，询问她是否到达机场。

甘小满左右看看，说："再有十分钟就会到达。"

"一定亲手交给蒋总。"董纤云说，"不要让别人转交。"

"明白。"

甘小满把手伸进包里摸了摸，心想必是什么重要的东西吧，她才这么千叮咛万嘱咐的。

出租车在机场大门停了，甘小满下来，凛冽的寒风直往衣服里钻。远离市区的机场由于没有楼群遮挡，温度要比市区低好几度，风也特别冷。

她一路小跑地来到候机大厅，摸出手机拨打蒋庆康的号码，他可别过了安检才好。今天机场的人似乎特别多，闹哄哄的。铃声响了好久也没人接，后来还挂断了，她只好再次打过去，一边打还一边四处乱看。突然，她发现前方滚动字幕正播放临时通知，由于受暴雪影响航班延迟，下面红色字幕打着航班号。甘小满眯着眼睛逐一看着，电话突然接通了，蒋庆康第一句就问：“你在哪儿？”

“我在大厅门口。”甘小满听他说话的语气就知道董纤云和他联系过了，于是说道，“你在哪儿，董总让我来送东西。”

无人作答，那边挂掉了。甘小满气不打一处来，这人怎么回事？身边旅客不停地进进出出，每次开门都放进一股寒气，吹得她全身冰冷。她裹紧衣服，踮起脚尖在人群里仔细寻找蒋庆康。忽然，一只戴着黑色手套的手握着一杯热奶伸到她面前，甘小满疑惑地抬头打量送热奶的人，竟是蒋庆康。

“喝点儿吧。”蒋庆康说。

又吵又冷的门口，他倒挺闲适。看甘小满没反应过来，他将杯子塞进她手里，悠闲地喝着自己的那杯。

甘小满哪顾得上像他那样悠闲，连忙从包里掏出档案袋给他，说道：“董总让我送来的。”

他接过档案袋，看也没看就随手放进包里。甘小满这才发现他自己拖着箱子，看样子司机已经被他打发回去了。

“航班可能会取消。”他往大屏幕看了眼，说道。

“哦。”考虑到自己不能总端着牛奶傻站着，也不可能端着牛奶去招呼出租车，甘小满决定喝掉它。据说喝牛奶可以缓解因吃辣而产生的不适，或许有道理，喝完热牛奶，她感到不那么辣了，也不那么冷了。

他说了一声“走吧”就朝门外走去。甘小满不知他要干吗，只好跟着出来，迎面扑来的冷风让她呛了口气，她忍不住发出一阵咳嗽。蒋庆康停下脚步在前面等她，她拍着胸口，边咳嗽边问："蒋总要去哪儿？"

"回家。"他招呼停在旁边的出租车，然后将箱子放进后备箱。

"回家？"甘小满反应不过来，他回家应该坐飞机走才对啊，打辆车开到哪儿啊？

"上来。"他看着呆立的她，问道，"你不回去？"

甘小满这才明白他原来要回市区，他所说的家大概就是上次带自己去的地方。

他坐了副驾，甘小满坐在后面。这时下雪了，刚开始雪似米粒般轻柔洒下，很快就如鹅毛般大片大片地飞扬，漫天的雪花好似春末杨花柳絮漫卷，放眼望去，一群群白色的精灵在天地间轻盈舞蹈。公路在雪中宛如灰色的绸带，而他们这辆车则好像一只小小的甲虫，在绸带上全力奔跑。

甘小满听见蒋庆康轻轻叹息，她也在心内暗暗赞叹。虽然是土生土长的北方人，但这几年的时光都消磨在格子间，她很久不曾见过如此雪景了。在一望无际的冬季原野上看大雪纷飞，与在城市中看被楼群切割的狭窄天空中落雪，这区别不是一般的大啊，前者肆意优美，宏大张扬，后者却只是被人为弱化的自然现象。

司机专心地听着交通广播，刚进市区，广播里便报前方堵车，司机嘟囔了一句便转向绕行，结果更糟，前方事故，车辆排成一条长龙，他们最终被前后夹击，塞在了跨江大桥中央。

甘小满着急地前后张望，心想这一堵不知什么时候才能回到单位，董纤云肯定不会给自己好脸色。

司机说，急也没用，这里前不着村后不着店的，就这一条路，还是乖乖地等吧。

甘小满看看时间快三点了，只好给董纤云打电话说明情况，没想到董纤云的态度这次竟出乎意料地好，还叮嘱甘小满要是回市区太晚就别过来了。甘小满意外之余心总算放下。等她挂了电话，一直一言不发的蒋庆康突然回头冲她一笑，说道："其实董纤云是个通情达理的人，你没必要紧张。她只是比较认真，人还不错，我相信你们会相处得很好。"

甘小满瞅他一眼，不知说什么好，索性没吭声。他又笑了笑，就转回去了。

谁料这车一堵将近一个小时。甘小满因为得了董纤云的话坐得很稳，司机也很有耐心，反正堵着也照样跳表，蒋庆康则一直坐得笔直，不知在想些什么。最后司机提议："反正也是干坐，不如斗地主吧，正好仨人。"

甘小满正想说不，蒋庆康却已发话："好。不过我不会玩，你们得教我。"

司机笑道："老弟真幽默，扔个饼子狗都会玩。"

甘小满被司机逗笑了，却忽然发现蒋庆康正满面笑意地瞅她，她不禁尴尬地收回了脸上的笑容。

蒋庆康咳嗽一声，说："来吧，斗地主。"

蒋庆康是真不会玩，可每次都要叫牌，结果输得那叫一个惨，后来连司机都看不过去了，说道："你牌那么臭就别叫了，也让我俩当回地主。"

不料斗了几把，蒋庆康找到规律，渐渐反败为胜了。司机感叹道："这老弟还真聪明。"

蒋庆康说："这个游戏不难，扔个饼子狗也许真会玩。"

司机看看蒋庆康又看看甘小满，然后挠挠头尴尬地笑了。

好在前方拥堵终于松动，车子终能缓缓前行。下了桥，司机立刻绕道抄了几条小路，飞快地跑了起来，不多会儿就来到了市中心。甘小满本想回家，谁料，蒋庆康突然抬手指着前方，说："靠边停下就好了。"

等车停下，他结了车钱就下去了，见甘小满还在车里，便敲她那侧的车窗，说道："下来。"

"什么事？"

"下来再说。"他打开车门。

甘小满没动，看了他一眼，说道："我要回家。"

"没说不让你回家，你先下来。"

甘小满只得下来，这才发现他们正在一间超市门口。蒋庆康摆摆手，车子一溜烟儿开走了，他拖着箱子，说："进去吧。"

"干吗？"

"买菜。"

"买菜？"甘小满困惑地瞅着他，怀疑自己是不是听错了。

他倒好像很有理的样子，反问道："不买菜吃什么？"

甘小满实在不愿意和他纠缠，就说："你自己买吧，我走了。"

他瞅着她，说道："还欠我钱呢，忘了？"

“哦。”甘小满想起来了，“是的，鞋子钱。”

她掏出钱包要数钞票给他，他却微微扬头，说：“我不收现金。”

甘小满鼻子差点儿气歪，怒道：“那你收什么？”

“给我买东西吧。”他笑道，“买个蛋糕。”

“蛋糕？”甘小满惊讶地问，“你要吃蛋糕？”

“是啊，今天要吃。”他说，“俗气吧，可是我今天生日呢。”

甘小满终于明白他为什么要买菜了，于是说：“不如叫董总他们来给你过……”

蒋庆康白了她一眼，没说话。雪还在下，两个人说话的工夫，他们的肩上已经落了洁白的一层。他往超市那边望了望，甘小满不由得也跟着看过去，很多顾客拎着购物袋出出进进，情侣相互挽着，上年纪的夫妻相互搀着，还有妇女抱着孩子，很有生活的烟火气。

他说：“就当陪一个普通朋友过生日，不行吗？”

甘小满虽然对他不算了解，但也可以确定他并非不堪之人，某种程度上讲还是个君子。他这么说，倒叫她无言以对。

“就像在那根拉，那时候你还不认识我，却搭了我的车。”他说。

那根拉，甘小满觉得那是很久之前的事了，其实刚过去一年的时间。当她在酒吧的留言薄上看到有人写着：自驾去纳木措，可搭乘。她便毫不犹豫地打了电话。那个季节进藏的人太少，她等了两天才发现这个信息。

确定了出发的时间和地点，他说："你可以叫我大庆。"

大庆？她当时心里直犯嘀咕，那可是产石油的地方，他一定长得特别黑。这么一走神，她就忘了告诉对方自己的名字。直到第二天一早看见他，才发现他不仅不黑，还挺白。

她隐约记得被困在山口的时候，为了不让自己睡过去，他给自己讲了两个笑话，具体内容是什么倒忘了……

"好吧，"她抬起头问，"你爱吃什么蛋糕？"

蒋庆康笑了。那么愉悦的笑容，她还是第一次见到。

"进去看看再说。"他边说边走。

"我知道一家店的蛋糕不错，离这里不远。"甘小满说道，考虑到一双鞋子和一个蛋糕的价钱实在没法等同，她又说，"我请你吃饭吧。"

"餐馆吃没意思，蛋糕就去你说的那家买，我们在这里先买菜。"蒋庆康干劲十足，冲甘小满笑道，"回家自己做着吃，比饭店好。"

他风风火火地进了超市，甘小满只好跟进来。蒋庆康随手拽了一辆车，直奔蔬菜副食摊位，甘小满跟在后面看他挑菜。他很大方地招呼甘小满："来，看看想吃什么。"

考虑到他不见得会做饭，甘小满只好弯腰细心挑了几样，蒋庆康说："你先挑着，我去那边。"甘小满把青菜选好，又称了些精肉，正四处找他，却见蒋庆康远远地推了一车东西回来。甘小满瞪眼看着他，问道："你吃得了这么多吗？"

"今天吃不完明天吃，早晚能吃完。"蒋庆康瞅了眼她的车，嘟嘴说道，"好少，吝啬。"

甘小满瞬间明白了他今天摆明要狠宰她，于是也不理他，两个人就各自推着一辆车在超市里转悠。蒋庆康不管看到什么就往她的车里扔，最后她的购物车也装得满满的，可蒋庆康还抱怨道："购物车需要改进，容量太小。"

甘小满暗暗翻了个白眼，然后和蒋庆康去排队结账。前面阿姨带着胖胖的正牙牙学语的小娃娃，那小娃娃看着甘小满不停地笑，然后忽然指着蒋庆康蹦出一句："舅舅。"接着，肉乎乎的小手又指着甘小满，喊："舅妈。"

蒋庆康似笑非笑地看着小娃娃，还故意眨了眨眼睛。

小娃娃可能觉得这是个表扬的表情，再接再厉地对蒋庆康叫："爷爷。"对着甘小满喊："奶奶。"

旁边人全都哈哈大笑，蒋庆康咧咧嘴也笑了。见甘小满没什么表情，他的笑容便冷了下去。他似乎觉得有些尴尬，沉默了一会儿，说道："忘了买盐，你去拿吧。"

甘小满便离开队伍去拿盐，等她拿盐回来的时候蒋庆康已经结完账在出口等她了，她出来说："不是让我还钱吗？怎么你还结账，这样不是越欠越多？"

蒋庆康将她手里的盐塞进袋子，说："你没看到后面有多少人吗？让人家等多没公德啊。走吧，去买蛋糕。"

两人的手里拎着满满的东西，蒋庆康还拖着箱子，那样子活像逃荒的难民。刚走出超市门口，甘小满就提不动了，咬牙切齿地瞅着他的背影，觉得这人就是故意刁难自己。其实蒋庆康负重更多，重东西都在他手里，但甘小满实在弄不懂他，为什么连卫生纸都要买上两打，过个生日采购卫生纸是什么道理?

蒋庆康明显兴致高昂，大步流星地去打车，然后把物品一股脑地塞在出租车的后座上，只留下容纳甘小满坐下的一小点儿位置。他依旧坐了前面，扭头向甘小满笑道：“蛋糕店在哪儿？”

甘小满说了地址，司机一路开过去，果然不远。车子还没停，蒋庆康便看见那橱窗里的蛋糕模型，回头对甘小满说：“果然好。”

纯粹是胡说，蛋糕还没进嘴，他就能知道好?

甘小满选这里是因为这家店的蛋糕贵，她特别希望赶紧还上蒋庆康的钱，然后和他撇清关系。

进了蛋糕店，蒋庆康看着价格牌，扭头对甘小满说：“真不便宜。”

店员马上解说：“先生，我们店所有的蛋糕原料都是进口的，绝对不含反式脂肪酸，我们的雕花也是国内一流，蛋糕的口味更不用说，您尝了就会知道和现在国内的蛋糕绝对不同，纯欧洲风味……”

蒋庆康严肃地点头道：“我相信你说的都是真的，正宗的国人面包应该是大馒头。”

小姑娘“扑哧”笑了。

蒋庆康让甘小满替他选一款，甘小满说：“蒋总还是自己选一款喜欢的吧。”

店员本来以为他们是情侣，听她这么说，神情便不似方才，引着甘小满朝大尺寸蛋糕展台走去。

蒋庆康坐在一旁，边看杂志边说：“就咱俩，太大吃不完，选个小点儿的。”

甘小满只好走回来，比较了一会儿终于选中一款，让蒋庆康来看，蒋庆康却说：“你选好就成了。”

做蛋糕颇要一些时间，蒋庆康执意坐在店内等。他们从超市买了好多东西，堆在地上好像一座小山，蒋庆康从里面翻出几袋零食。他自己拆了一包薯片，剩下的给了甘小满，甘小满便也拆了一包薯片，两个人就在蛋糕店面对面坐着，“咔嚓咔嚓”地嚼薯片。

外面还在飘雪，冬日天短，眼看天色就要暗下去，路面上积了厚厚的一层雪，被灯光一照，泛着淡淡的黄。时不时有车辆从路面碾过去，在积雪上留下一道道深而整齐的车辙，那样子就好像一幅图画。

小满记得小时候，新年和同学互赠明信片，印在上面的风景都很美，她最爱的是那些带着雪景的明信片。以前，她觉得那些明信片中的雪景太过美丽，隐隐透着不真实，现在看来却是千真万确的实景。

蛋糕店里飘着烘焙蛋糕时散发出的特有的香甜味道，悠扬而低沉的音乐在店内不时地响起。暖气烧得很热，他们脱下外套搭在椅子上。甘小满只穿着一件湖水色绒衫，这衣服衬得她更显肌肤胜雪、肩膊清瘦，让蒋庆康不禁想到了自己书房里的那株兰花。

蒋庆康放下薯片，静静地打量甘小满。他不喜欢吃零食，但是听说女孩子都喜欢吃。甘小满显然在溜号，细密睫毛下的眼神飘忽不定，不知在想什么。他顺着她的目光看去，对面街上一家店铺门口堆了个雪人。那雪人拿着笤帚，脸朝着他们这边，很滑稽。

他觉得现在这光景正好。天渐渐黑下去，外面下着雪，她坐在对面，平平静静的，没有像上次那样红着眼睛，也没有忧虑，更没和他闹别扭。屋子里暖和得好像春天，食物的香气让人觉得特别满足。他看着甘小满，心里满足地叹息道：幸福便是如此吧。

3

大约是得知了飞机误点，董纤云打电话过来，蒋庆康答了两句，看意思董纤云知道他今天生日，要来给他庆生。蒋庆康说算了，自己不老不小用不着庆祝。董纤云好像又问了句什么，蒋庆康说："没呢，还没看。"

他一直漫不经心地摆弄着桌子上的蛋糕画册，甘小满便起身去看裱花师傅裱蛋糕。

大玻璃窗内工作间里的蛋糕已经初步成型，她选的蛋糕主题是太阳系，行星们已经就位，师傅正小心翼翼地给行星裹上彩色的奶油。甘小满没见过做裱花，觉得新奇，看得十分入迷。

蒋庆康的电话刚挂掉，没过多久又响了起来。他虽然没回家，但怎会少了关心他的人呢。接下来的时间内，他一个接一个地接听电话，大多的电话他三言两语就打发掉了，偶尔会有几个说得多一些，不过也是应酬的调子。

他打电话时，说话声低，语速又快，那方言听起来像外语似的，甘小满是一句话也听不明白。可是，有一个来电蒋庆康一直拒而不接，几次铃响他都不予理睬，店员都纷纷往他那里看。手机在桌上执拗地响着，他自顾自地翻看着图册，那人打了五六遍之后，终于停了。

手机安静了片刻，又响了起来。这次，他接通电话，唤道："锐明。"

这两个字他说的不是普通话，但甘小满还是听出来了。

彭锐明向自己的哥哥问候生日，这很正常，和她没有关系，她暗暗挺直身子，接着去看那些精美的蛋糕。一款红丝绒蛋糕真漂亮啊，柔腻的蛋糕表面撒着细碎的巧克力屑，蛋糕上点缀的樱桃红得发亮。看见这样的食物，甘小满觉得世界真是美好。

她的手指不知不觉地抠着玻璃柜台的边缝。店员微笑道："这一款特别适合您这样的年轻女孩，尺寸小，价格也不贵。买一个吧，吃甜品会令人感到快乐，这一款的名字就叫快乐扣扣。"

甘小满轻轻摇头，她的快乐不是一个蛋糕就能搞定的。

又等了二十分钟，蛋糕终于做完了，店员把它装在精致的大盒子里交到她手上。两人出来时，天已经黑透了。他们从超市里买了好些东西，现在又加了个大蛋糕，店员好心地帮他们提着东西，送上出租车。

甘小满搞不懂蒋庆康今天为什么不叫司机开车过来，竟认准了打车。蒋庆康望了一眼后座上满满的东西，和坐在旁边的甘小满，忽然产生一种大将凯旋的感觉。他似乎想起了什么，对甘小满说道："锐明今天值夜班，他不过来。"

甘小满有点儿明白了，他不想让别人知道他和自己在一起。她看了他一眼，依旧保持沉默。事实上，从去超市开始，她就没怎么说过话。

雪越下越大，密密麻麻的雪花往车窗上扑，雨刷器费力地摆动着，与玻璃发出滞涩的摩擦声。

蒋庆康的家在新区，随着城市的发展壮大，老城区变得拥堵不堪，政府从市中心搬迁至此，新的规划区也便就此形成。新区虽然不似老城区那样繁华，可是建筑却极具特色，漂亮得很。

看看时间快六点了，甘小满给甘菱打电话，说稍晚一点儿回去，不会超过八点钟。蒋庆康听她低声和母亲讲着话，那边显然是问她和谁在一起，甘小满回答："领导。"

蒋庆康目不斜视地盯着前方，觉得迎面而来的大雪就像暴雨一般，似要把人吞没。

"好多年没下过这么大的雪了。"司机说。

"是啊。"蒋庆康点头，"不过下点儿雪更像冬天的样子。"

蒋庆康买了太多菜，等把东西搬进厨房一样样地拿出来，才有点儿傻眼，问："做什么好呢？"

甘小满答应了陪他过生日，也不好总是板着脸，打起精神看看那些菜，说：“做四个菜吧，每样分量少一些，再做个汤，就足够了。这样不算太简单，也不浪费。”说完，她就挑了几样食材，然后把剩下的菜放进了冰箱。

谁知，蒋庆康说：“你来做凉菜，炒菜对皮肤不好。”接着就系上了围裙，甘小满愣愣地问：“你会做饭？”

“你说呢？”他头也不抬地切菜，“你觉得我只会吃？”

他刀工很好，马鲛鱼肉剃得薄厚均匀，因为只有两个人，所以取了四块鱼尾肉，抹了盐放在一边，又洗手换了砧板和刀去弄西芹。

见甘小满一脸惊讶地立在一边，他笑道：“会做面条吗？长寿面，一根长长的那种。”

“试试吧。”甘小满回过神，问，“你吃打卤面，还是热汤面？”

“还有什么？”

“炸酱面。”

他想了想，说：“热汤面好了，这么冷的天。”

甘菱有家传的汤面做法，甘小满吃了好多年妈妈给做的生日面，都学会了。只是刚才蒋庆康并没提吃面条，甘小满翻了翻厨房内的食材，只有一点儿鸡脯肉，她便又从冰箱内取了两只鸡爪和一些火腿，接着用砂锅熬起汤汁，等汤开了，加入虾仁、里脊肉丝、冬笋、香菇，小火慢慢煲着。

她拿了两个鸡蛋，只取蛋清和面。他这厨房里家什齐全，连擀面杖都有。等醒面的时候，甘小满把黄瓜和胡萝卜切丝。

黄瓜碧绿，萝卜娇红，在洁白的瓷盘上攒好，接着粉皮改刀，还加了一把焯好的绿豆芽，然后她犹豫了一下，问：“吃辣根吗？”

“吃啊。”他说，“那么好吃的东西怎么不吃。”

于是，她用老醋泻开辣根，又取温水泻开芝麻酱，淋了上去。

做完这些，她赶快擀面切面，还偷偷看了一眼蒋庆康那边，发现他已经在煎鱼块了，那动作还很老道。察觉到她的视线，蒋庆康特意展示了一下自己的翻勺本领，然后毫不掩饰自己的得意神色，问道：“怎么样，有大厨风范吧？”

甘小满由衷地说：“还真有点儿像。”

得到她的赞扬，蒋庆康相当开心地说：“鱼肉不能煎太久，不然就老了。”

接着，他关火装盘，鱼肉微微泛着金黄，火候竟是刚刚好。

“还差一点点，这道菜就完成了。我跟一个老饕学的秘制酱汁，搭配这个鱼肉最好了。”他说着去找榨汁机，把蘑菇塞进去打蓉。正弄着，门铃猛地响起，甘小满吓了一跳，蒋庆康眉头微皱，说：“我去看看。”

他关了机器，擦擦手去门那儿看了看。然后马上回来，把甘小满的包拿到厨房的椅子上，叮嘱道：“我去开门，你就在这里。”接着，掩了厨房门出去。

甘小满觉得自己好像做贼一样，大气都不敢出。来人是个女子，进门就叫：“康哥。”小满觉得这声音很耳熟。

甘小满想不出自己认识的哪个女人叫他康哥，正纳闷的时候，就听见蒋庆康说：“不是让你别来了吗？这么大的雪，天又冷。”

女子笑道：“怎么好让你一个人过生日。要是你回那边，我就不管了；现在你在这里，我哪能不来。”

蒋庆康笑了一声。因他还系着围裙，女子便问：“就猜你不会出去吃，给自己做什么好的了？”她一边说一边向厨房走来。

甘小满惊出一身冷汗。她左右乱看，可厨房里根本无处藏身。她也不知道自己为什么非要藏起来，只是潜意识里觉得不能让人看到自己和蒋庆康在一处。忽然瞥见厨房里那一溜橱柜，她毫不犹豫地拉开一个，里面赫然放着一只大号不锈钢汤锅，锃亮得能照出人影。她估量一下，自己要进到里面得蜷成一个球，可是顾不得了，她弯腰就往里钻。

这时，她听到蒋庆康波澜不惊地说了一句：“厨房里刚杀过鱼，还有血呢。”这一句显然奏效，女子立刻止步。甘小满摸了摸胸口，平复着自己的心跳，接着听到女子惊叹：“蛋糕真漂亮，康哥你也太小气了，这么好吃的蛋糕也不叫我。”

蒋庆康没说话。

锅里汤水滚开，甘小满蹑手蹑脚地把擀好的面放进去，大气也不敢出。

女子问：“喜欢那条领带吗？”

甘小满神经一颤，领带？她想起档案袋里的长方形盒子，很像领带盒子啊！

她终于想起了这女子是谁——董纤云！

一惊的工夫，蒸汽烫到指头，她龇牙咧嘴地乱甩手，心里犹在疑惑：董纤云居然叫蒋庆康“康哥”？

外面的蒋庆康恍然大悟道：“我忘了看！”

董纤云没言语，几秒钟的沉默让甘小满也察觉到难言的尴尬。蒋庆康立马拆开袋子，拿出领带，说：“不错不错，你眼光还是那么好。”

“喜欢就好，就怕你看不上。”

甘小满于是明白，董纤云昨天去商场就是去买领带，折腾了自己一下午的也是这条领带，她这样让员工在工作时间去为自己办私事算不算以权谋私？

她边想边用筷子轻轻搅动那根寿面，两指宽的面条，在喷香的汤水中起伏着，活像一条游龙。这面按规矩是不能断的，她做得很小心，生怕一个疏忽触了霉头。过生日这种事，还是吉祥如意为好。

她一边煮一边想，看来董纤云打算留在这里吃饭，自己总得想法子逃出去才好。她对某些事情总是反应迟钝，王笑笑总说她后知后觉，这话用在今天也很合适。直到面条煮熟，小心翼翼地关了煤气，把面盛到碗里，才猛然反应过来：董纤云喜欢蒋庆康！

她几乎被这个想法惊得跳起来。

什么情况？甘小满反应过来后，立马窜到门口，从那一线门缝往外瞧。这么做实在有点儿不太君子，不过不观察好了伺机逃走，她觉得自己不是阵亡在蒋庆康的厨房里，就是阵亡在董纤云的办公室里。

董纤云如果知道她派去机场给自己的心上人送礼物的助理现在居然和自己的心上人一起在厨房里做饭，不生吞活剥了她才怪!

蒋庆康依旧裹着围裙，不过在摆弄一支烟。甘小满如今知道他这个习惯，他并不吸烟，但每当无聊或烦躁的时候，他就会拿一支烟来捏。用鼻子闻的称为鼻烟，他这拿在手上摆弄的烟，或许该称为“手烟”？

董纤云来了两天都是一身黑色套装，如今这件酒红的蕾丝裙子却一改白日的形象，华丽的花边簇拥着她，衬得她美丽不可方物。脚下的银色鞋跟锋利如刃，很合她的气场，将她的身高硬生生往上拔了八公分。甘小满真担心她一个不小心，把脚踝扭断了。

董纤云似嗔似怨地注视着蒋庆康。只是，蒋庆康头也没抬地吐出一句：“纤云，以后别给我买领带了。”

“为什么？”董纤云在他对面坐下，问道，“我每年都买的，之前你也打过啊，你就职典礼上打的领带，不也是我送的吗？”

“是，”蒋庆康点头道，“我前两天才听人说，领带这种东西最好还是不要轻易收，尤其是长大了的妹妹送的，她的男朋友会有意见。”

如同雪上泼了一盆热水，董纤云的笑容迅速消失，眼睛里则渐渐浮出坚硬。她问道：“你的意思，卫珊送的你才打？”

蒋庆康抬眼问：“她送的东西，你看我用过哪样？”

“那为什么？”

“你长大了，总会有自己的生活。”蒋庆康将烟放下，走到蛋糕边，问，“喜欢哪颗行星？水星可以吗？”

他切了一块蛋糕，端到她面前，说：“尝尝。”

董纤云的表情让甘小满都跟着难受，就像一个突然痛失玩具的女孩，那么伤心难过。这两天的相处，她给甘小满留下了女强人的印象，就好像所有的困难和打击都不能击垮她一样，现在她坚强的伪装全都卸去，露出了隐藏的柔弱，但她还是强拾起一点儿锐气，问：“你不是还没许愿吗？”

“有什么关系？”蒋庆康笑道，“你不是最喜欢吃蛋糕吗？小时候总是缠着要蛋糕吃，结果弄出蛀牙。”

他把蛋糕递到她面前，她只得接过去。甘小满看得出，她这一接完全是被动的。她低头吃了一口，似乎将心里的委屈和不甘也跟着咽了下去，然后努力挤出一个微笑，说道：“生日快乐。”

突然歌声大作：

泥娃娃，泥娃娃，
一个泥娃娃……

甘小满的手机响了。她一个饿虎扑食来到包前，惊天地、泣鬼神的铃声正来自里面。她手忙脚乱地掏出手机的时候，奶声奶气的童声还在唱：

也有那鼻子也有那嘴巴，

嘴巴……

甘小满连忙挂断电话。门外的两人也被蓦然响起的声音吓了一跳，董纤云腾地站起朝厨房张望，蒋庆康也随着缓缓起身。她回过头正触到他的目光，他太高，她穿了高跟鞋和他也不是理想的身高差。他近乎是俯视她，脸上还挂着淡淡的笑。

“原来，有客人在。”她说。

“是。”

停顿了两秒，她又露出惯有的笑容，说：“我走了，雪太大，怕一会儿开不了车。”

甘小满长出一口气，悬着的心终于落到了肚子里。阿弥陀佛，她总算没来看个究竟。这出苦情戏真是让人紧张，不是为她的剧情紧张，而是为自己的小饭碗紧张。

“小心开车。”蒋庆康将外套递给她。

她开门出去，肩头立刻扑上雪花。她回头说：“打扰你了，再见。”

他挥挥手，说：“再见。”

她从没见过他穿围裙，围裙角上绣着一只小熊，憨憨的。之前，她一直以为他不会喜欢卡通图案，原来是她想错了。

送走董纤云，蒋庆康回头看到甘小满正从厨房里慢慢地探出脑袋。她没有表情的时候冷若冰霜，有了表情就让他觉得古古怪怪。她瞅着他，似乎在琢磨该怎么说，他只好等着。

“那个，面煮好了。”她小心翼翼地汇报。

他如元帅闻军情，郑重点头，说："很好。"

餐桌不大，四个菜和杯盏碗筷等就位后，竟也有点儿隆重的意思，当然最点亮气氛的是那个蛋糕。因被切了一角，蜡烛插上去感觉很奇怪。

甘小满为他点燃蜡烛，他关了餐厅中心的灯，只留顶壁上一溜灯带投下月色般莹白的光，衬得微红的火苗摇晃如豆。

他双手抱拳、闭眼许愿后，吹熄了蜡烛，烟雾从两人中间缓缓升到半空，然后消散了。一瞬间很静，甘小满莫名地感到一阵不安，却听他说："天塌西北，地陷东南，连天地都不是圆满的，何况一块蛋糕。"

甘小满看着他笑了笑。他的眼睛在昏暗的灯光下显得极亮，脸上绽放出笑容，说："我还是第一次在北方过生日。"

"北方其实也没什么，现在哪里风俗都差不多。"她说。

"我却觉得北方更好些，南方这个季节不好。"

他重新打开灯，屋里顿时明亮起来。甘小满的杯子里是橙汁，他的杯子里是红酒。甘小满举杯对他说："生日快乐。"

两只杯子轻轻碰撞后，他饮了一口，觉得红酒的味道出奇的好。

他夹一块鱼肉给她，招呼道："私家秘制，尝尝吧。"

甘小满没尝过这种奇异的搭配，鱼肉吃在嘴里感觉软嫩鲜滑，与酱汁特别的味道搭配在一起，居然碰撞出难以形容的美味。她细辨了辨，问道："酱汁里放了黑胡椒？"

"嗯，白胡椒味道也好，你以后可以试试。"

凉菜青红搭配，颜色诱人，他夹了一筷子放在嘴里，觉得酸里透着微辣，还带着芝麻酱的香。他没怎么吃过北方的家常菜，有一点儿不习惯，可又觉得很新奇。

她拿了手机看时间，他当然知道已经八点了，也记得她跟妈妈说过八点钟要回家的。

“如果家里没什么事的话，把饭吃完吧。”他说，“我送你回去，很快的。”

没等答话，就有短信进来，她低着头看手机，细碎的头发挡住了额头，蒋庆康看不清她的表情，但他觉得这信息有些不同。她抬起头的时候，面色如常，然后给出个令蒋庆康惊喜的回答：“好。”

于是，他们一边吃，一边有一搭没一搭地说着话，气氛说不上融洽，可也并不僵。面条好吃，不是餐馆的味道，而是带着朴素的面香味儿。

蒋庆康说：“这种面该叫‘妈妈面’。”

“我就是跟我妈学的。”她说，“每年的生日，她都给我做一碗，她做的比这个好吃多了，我只学了个皮毛。”

他由衷地说：“已经很好了。你的生日是哪一天，我也替你过。”

她不吭声，默默地咬着一根西芹。他炒的西芹很脆，虾仁滑滑的，勾了玻璃芡，卖相剔透，她没想到他居然有这么棒的厨艺。

他接着说：“不说我也知道，不就是小满？”

他要想知道当然能知道，公司有员工的资料。

他换了个话题：“小时候看过一个故事，一位公主十分美丽，艳名远播到海那边的国家，于是那边的王子涉海向她求婚。老国王十分疼爱自己的公主，问王子会什么技艺，王子说：‘我是王子啊，还需要什么技艺？’老国王说：‘什么技艺都不会，我不能将女儿嫁给你。’

“王子很生气，带着人回国。结果在大海上遭遇了风暴，船被大浪打翻，王子流落到一个荒岛。岛上什么都没有，只有一群野山羊，王子为了谋生，只能学着捉羊。后来，他学会了放牧，几年之后，成了一个出色的牧羊人。这时，他父亲派来的人找到了他，他却没有立即回国，而是重新来到公主的国度，再度向公主求婚。他对老国王说：‘我有一个非常拿手的技艺，就是放羊，您把公主嫁给我吧。’公主的父亲立刻答应了他。”

他微笑地瞅着她，说：“所以，男人还是要有一技傍身才好。哪天我不在乾一了，开个小饭店，应该也能赚点儿小钱养活家里人。”

她忍不住暗笑，这家伙还真够矫情。

他开心地说：“来，干一杯。”

她端起杯子，心想喝完这杯就该回去了。

然而，今天老天似乎非要和她过不去，门铃这时又发出了清脆的响声。甘小满疑惑地望向蒋庆康。蒋庆康摇摇头，也不知道有谁会来。甘小满提着自己的包，再度钻进了厨房。有了刚才的经验，她镇定多了，还不慌不忙地扔下一句：“我把电话静音。”

他走过去开门，有点儿意外地说：“你不是值夜班吗？”

“科里同事临时调班，我就过来了。今天的雪可真大。”来人说话的声音不大，听在甘小满耳中却恍如巨雷。难得蒋庆康依然镇定自若，不，他一贯是镇定自若的。上一次在这里，四个人面对面，他不也是一切尽在我的掌控之中的样子吗？！

“雪宁呢？没和你在一起？”

“出差了，四五天后才能回来。”彭锐明说，“喏，蛋糕，卫珊让我买的。”

蒋庆康没出声。甘小满背贴着墙站着，地热其实极暖，屋子里也有二十四五度，可墙壁依然冰凉，她觉得寒气从脊背透进来，于是朝边上挪了挪。门关严了，没有缝隙，她看不见外面，只能听见自己的心跳声，“扑通扑通”，跳得她全身都跟着发抖。

今天真是不该来啊！这样下去会折腾出心脏病来的！甘小满啊甘小满，你怎么总是这么糊里糊涂地把自己弄得狼狈不堪？

彭锐明说：“卫珊打电话你不接，跟我哭了半天。”

蒋庆康“嗯”了一声，说：“故意没接的。”他不想给她幻想。

甘小满今天第二次听到这个名字，彭锐明跟她说过，卫珊和蒋庆康是大家公认要结婚的一对，原来他在蛋糕店里拒接的电话，是这位准夫人打来的。

她忽然很想看看蒋庆康现在的表情，可是隔着一道门，她看不到。现在这种处境，自己居然还有一颗八卦的心。王笑笑总说她一本正经，真是说错了。

彭锐明说："明天你回去，又会被教训了。"

"那又怎么样呢？"蒋庆康漫不经心地问，"雪还没停吗？"

甘小满下意识地朝窗外望去，黑沉沉的天，什么也看不见。流理台没打扫，凌乱不堪，她觉得现在的情形也同样凌乱不堪，让人发烦。

"正宗善琏紫毫。"彭锐明说。

弟弟送的东西，果然很是投蒋庆康所好。他的语气中明显透着开心："前些天他们送我一条好松烟，正好配你这笔，可惜那方鳝鱼黄的砚台竟让妈给掼碎了，这些年再没遇到那么好的。"

彭锐明笑道："掼碎了，你不是也没停了画？你喜欢的事，什么时候放下过？爸当初还为此打过你，你依然偷偷地画，用妈的话说，把学业都荒废了。"

"家里有你一个会读书的就行了，我做点儿自己喜欢的是正经，事事都听他们的，干脆别活了。"

兄弟俩相谈甚欢。甘小满觉得彭锐明一时半会儿不会离开，于是将手机拿了出来，因为调了静音倒不担心被人听见。翻到短信收件箱，她就看到了江南山发来的信息。

"可以见个面吗？"很简单的一句话，她瞅了会儿心里更烦了，于是，随手删掉，连带着将江南山的号码也删掉了。

这时候，她才发现自己一直挂着的MSN有新消息，句号表哥给她留了言："我们的鱼怎么样了？"

她回复："鱼儿们都很好。"

不料，对方马上回了信息："谢谢。"

甘小满很吃惊，加拿大现在是清晨，句号表哥居然醒这么早！

"王笑笑说你是个有诗情画意、有内涵的人，真高兴能认识你。"

甘小满心想：我什么时候就诗情画意了，什么时候就有内涵了，这都哪儿跟哪儿啊？王笑笑都说了些什么啊？句号表哥怎么说话有点儿玄乎啊？

她想了想，说："感到幸运的应该是我。"这句话甘小满说得真心实意，句号表哥对她的帮助太大了。

甘小满想，既然他身处异国还挂念着他的红鲤鱼，回家后应该拍个照片给他发过去，好让他放心。她的确按照养鱼书上教的，很用心地在养这些鱼，鱼儿们都很争气，肥了一圈。

现在的问题是，她得先离开这儿。

彭锐明就像一只斑斓猛虎，牢牢地把守着出口，将她封印在了厨房里。天啊，他要是准备在这儿和他大哥抵足长谈，她明天早晨会不会化成一座雕像？

她正愁肠百转，就听彭锐明问："吃过饭了？"

这家伙鼻子一向灵，香喷喷的饭菜怎么会瞒过他？他的脚步往餐厅这边来，最后停在了餐桌边。甘小满狠狠地攥着背包带子。餐厅紧挨厨房，他只要抬手拉开厨房的门，她就会暴露无疑。

怎么办？一瞬间她脑子里飞快地闪过数个方案，同时目光扫过身后的工具，万一他拉开门，自己立刻用大马勺把他掀倒然后夺路而逃，这样既让他看不清自己是谁，又可报之前的被甩之仇；或者把整瓶辣椒油扬在他脸上，现在的防狼喷雾就是这个原理，这瓶辣椒油的辣度还是相当可靠的；又或者干脆一刀结果了他，一了百了？貌似那把剔骨刀能够胜任，名牌刀具就是趁手——

慢着，怎么想来想去都是暴力手段？难道自己有暴力倾向？

极度的紧张之后，她忽然放松下来。发现了又能怎样？自己在蒋庆康这里，关他彭锐明什么事？她之所以紧张，不过是不想再见他而已，说到底，是不想看见践踏自己自尊的人出现在眼前。

想明白了，她立刻轻松了。如果他拉开门，她就若无其事地走出去，然后就可以正大光明地回家了。

她并不知道彭锐明在看过餐桌之后，立刻往厨房扫了一眼。他发现里面亮着灯，一个人的影子映在门的玻璃上。他转头看蒋庆康，发现后者正坐在沙发上摆弄手机，自己带来的蛋糕被孤零零地遗忘在桌上，他连打开看看的兴趣也没有。因为他已经许过愿了，餐桌上两只杯子空了，菜也吃得差不多，蛋糕切了一角，剩下几颗美丽的星星，一碗长寿面也只剩了汤汁——他忽然觉得自己来得可能真的不是时候。

彭锐明想起沙发上打开的领带盒子，亮眼的钻石蓝底色搭配着精巧的小菱形花点，优雅而漂亮的领带，很适合做生日礼物。他当然知道谁爱送这样的东西给蒋庆康，于是他走回蒋庆康跟前，低声道：“纤云来了？”

“嗯，你猜到了？”

彭锐明叹了口气，说：“我来她也用不着躲起来吧。”

他没吃晚饭就过来了，本想在蒋庆康这里蹭饭吃，如今看到这个场景，他待不下去了。

“我走了。”他拿起钥匙，说，“明天我不送你了。”

“嗯。”蒋庆康并不多言，放下手机，没动地方，看着他走到门口，又嘱咐道，“你不要问她。”

“我知道。”彭锐明觉得他和以往有点儿不同，似乎啰嗦了点儿。

门关上后，蒋庆康对着厨房说：“出来吧。”

甘小满拉开门，确定彭锐明已经消失，才拿着背包走出来。蒋庆康看着她那小心翼翼的样子，笑道：“再待会儿，我开了笔试试。”

甘小满才见他手中拿着两支毛笔，神情中满是迫不及待，难得见他这般年纪还流露出这种孩子气，看来他的确喜欢这个。

甘小满又何尝不喜欢呢？小时候，放学回家写完作业，妈妈就带她临帖，在那墨香里写着写着就会沉醉其中，那种美妙难以言说。自从工作以来，她已经很少摸笔了。

蒋庆康引她来到书房，入眼就是一张阔大的书桌，一见便知是用来画大幅国画的。蒋庆康将笔在一旁浸了清水，又取了墨，说：“据说是好松烟。”

甘小满的心里有点儿痒痒的。她打心眼里喜欢这些东西，因此当蒋庆康把墨递给她时，她便不由自主地接了过来。这条松烟墨包装盒的正面描金勾勒着青松图样，背面用行书写着

“岁寒知有节”。

她没用过这样好的东西，砚石滑腻好似婴儿的肌肤，下手一磨便觉出和自己以往用过的大不相同。怎么可能相同呢？她用的只是文具店里十块钱一方的粗石头砚，和这个怎能相提并论。她不由得寻思着蒋庆康方才说的那被掼碎的鳝鱼黄老砚台该是多么好的一件东西。

笔开好了，蒋庆康铺纸，略一思索，写了四句：

南湖秋水夜无烟，
耐可乘流直上天。
且就洞庭赊月色，
将船买酒白云边。

字写得真好，他以前给过她电话号码，名字写得不错，但现在大家都练习签名，名字写得好并不奇怪。直到这时她才知道，他真的习过书法，且颇为出色。

“我喜欢这个，甚至想以此为业。”蒋庆康笑道，“你试试。”他把笔递过来，她推辞道：“我不太会写，别糟蹋了纸笔。”

“又不是参加比赛，有什么关系。”他麻利地替她铺纸，“写写看。”

甘小满低头瞧着纸，思索着。蒋庆康认识的女子并不少，却没见过如此恬静的，那些女子的心和这个时代一样躁动，而他偏喜欢已被时间带到极远的本真。

她落笔写道：

终南阴岭秀，
积雪浮云端。
林表明霁色，
城中增暮寒。

真是一分价钱一分货啊。好笔好墨好纸，用起来就是不一般。难怪古代的达官贵人个个书法不错，用这么好的东西，能写不出好字吗？

蒋庆康愣了两秒，没料到她写了一首残诗，心里莫名不快，问道："临过王羲之的字帖？"

"小时候的事了。"她搁了笔，说，"晚了，我得回去了。"

五　镜里菱花镜外空

1

这晚，蒋庆康送甘小满回家。甘小满本来打算打车走，看清外面半尺多深的积雪后，没再拒绝他的好意。这样大的雪，别说出租车难打，就算打到了，也不知会不会半路被撂在路上。出租车的底盘那么低，被大雪拖住是很正常的事。

蒋庆康去车库倒出了一辆路虎，引擎发动声像狮子咆哮一般，宽厚的车胎碾压着积雪，嘎嘎作响。甘小满上去后还在奇怪，他什么时候换了这车。

蒋庆康好像看出了她的疑问，说道："我在网上看东北生活攻略，有人建议冬天应该备这么一辆车，看来还真对。"

甘小满心想：现在的人可真逗，生活还有攻略，更稀奇的是居然还有人相信。

车子开出了小区大门。甘小满说："我搬家了，现在住经纬路上。"

"新居住得好吗？"

"很好。"

"嗯。"蒋庆康看着前方，路上车辆很少，偌大的城市现出前所未有的肃寂。路上的积雪在道路两旁的路灯的照射下，泛出柠檬黄的色泽，就如晶莹剔透的果冻一般。车风驰电掣般地碾过积雪，溅起极细极细的雪沫子，在冷风的吹拂下飞腾起来，和天上的雪花搅在一起，飘向远方。

“南方冬天不好过，外面有太阳是暖的，屋子里却阴冷，开空调又让屋内太干燥，住惯了北方就不想回去了。”蒋庆康今天第二次说出南方的不好。

甘小满没言语。他随手开了音乐，莎拉·布莱曼的歌声飘荡在车厢内：

My statures are falling
Like feathers of snow
Their voices are calling
In a whispering word
waiting for the morning glow
Heaven is calling
From rainy shores
Counting wounded lights falling
Into their dreams
Still searching for an open door
…………

甘小满忽然有些心酸，刚才写字的时候，她还是很开心的。或许是外面的雪夜太寂静，或许是歌手的声音太动人，又或许是这首歌让她想起了自己这些年的漂泊无依，她此刻觉得自己和被风扬起的飞雪并无区别，也像歌中唱的辗转于战争中的灵魂。

一路畅通，蒋庆康很快将她送到小区门口。天冷路滑，他本来要把车开进去，但甘小满坚持下车自己走。他只得作罢，说："雪大，你走路小心。"

甘小满向他道谢后，看他调转车头开走才进入小区。没走几步，就听到有人叫她："小满。"

她停下了脚步，看到一个熟悉的身影从门卫房里走出来，竟是江南山。

"我等你好久了。"江南山紧走几步，来到甘小满面前，说道。

"哦？"她不知道要说些什么。他们已经结束了，他还来做什么？

他看着甘小满，问道："你怎么才回来？谁送的你啊？"

显然，他在门卫房里都看见了。

甘小满只是纳闷，并没答话。

"我不是给你发短信了吗？"他笑道，"看到了吗？"

"看到了。你有什么事？"

"什么话？非得有事才能找你？"江南山说，"还在生气？"

"那么，你来干吗？"甘小满实在是想不通。

江南山说："你可真够翻脸无情的。我又没得罪你，怎么这样对我啊？"

他这句理直气壮的话，把甘小满说得一怔。想想也是，他倒真是没得罪过自己，而且还帮了不少忙。

江南山说："我一直在等你气消，想想时间也差不多了，谁知道你还是不理我。"

他说得很是委屈，甘小满又是一怔。完全不对了，她的意思分明不是这样，原来他这么想。

"或者我说错了什么让你伤心，不过事情已经过去了，不是吗？"他轻轻扶上她的肩头，小满往旁边一躲，他有些尴尬，"别生气了。我在想如果我再不来，你可能就要气我一辈子，所以你不回我短信，我也跑过来了。阿姨说你还没回来，我就在门口等你，你瞧我都快冻成冰棍儿了，还好门卫大哥人好，让我进去暖和一下，不然你回来只能看见真人版冰雕了。"

他的这些话说得完全一副小儿女情状，甘小满脑子里有一千只小蜜蜂在乱飞。这是什么情况？她郑重其事地提出分手，他却始终当她在赌气？

江南山快一个月没见甘小满了，见她穿着件藕荷色羽绒衣，长长的白色棒针围巾将脖子裹得严严实实的，头上还戴了一顶同色绒线帽，帽顶配着一个小绒球，黑白分明的眸子在夜色中闪着光彩，让他怦然心动。

她的眼里却流露出冷淡的神情，然后客气又疏离地说："我没赌气，是认真的。"

他的心不禁隐隐作痛，两人甜蜜的情景似乎还在眼前，怎么转眼就成了这种光景？

他有些急，想要解释，却听到她说："太晚了，你回去吧。”

“小满……”

她不听他的话，朝他点点头就转身离开了。江南山愣愣地瞅着她的身影转过绿化带消失了。

江南山如坠冰窟。他猛然想起甘小满在医院里总是呆愣愣的样子，突然明白了那是惊怕中夹杂着绝望的神情。

甘菱已经睡下了，小满蹑手蹑脚地洗漱完毕，却没有困意。她和甘菱睡在一起，为的是方便照顾。此时因怕自己睡不着辗转反侧再弄醒她，所以坐在了沙发上。

鱼缸上方亮着小小的灯，鱼儿们在水里慢腾腾地游着，有的鱼将身子浮在水中，一动不动，像是睡着了。

手机屏幕一亮，江南山又发了短信过来：“小满，好大的雪，我还没打到车，可能要走回去了。”

小满知道他的住处，离这儿有三四站地，这么冷的天走回去实在艰难。她朝鱼儿做了个鬼脸，鱼儿不理她，她撂下手机准备回去睡觉。这时MSN上的句号表哥来了信息：“慕斯蛋糕，我喜欢吃。”

这么没头没脑的话，甘小满乍闻有点儿迷糊，难道表哥在吃蛋糕？

“你会烤蛋糕吗？”

“这个还真不会。”

“我会一点点。家里有烤箱，你要是爱学，可以试试。”

人家帮了她大忙，学做一个蛋糕给他吃，甘小满很乐意，于是说道：“好啊，不过我笨，怕烤不好。”

“不会不会，没那么难。”停了停，他又没头没脑地问道，“一个人很没意思。你喜欢旅行吗？”

“喜欢。但几乎没出去过。”

“如果可以，会去哪儿？”

甘小满想了想，说：“纳木措吧，一直没看过那里的湖水。”

“我也没去过那里。”他说，“有机会一块儿去吧。”顿了顿，他发来一个网址，说道：“我的博客，我去过的地方都在上面，你有兴趣可以看看。”

甘小满打开灯，将手机凑近鱼缸拍了几张照片。光线不好，照片拍得不太清晰，她看了看还是发给了句号表哥。他看后，说道：“鱼儿长得真壮，你费心了。”

“是我应该做的，住了您这么好的房子，又蒙您帮了那么大的忙，很乐意为您效劳。”

他发了个不悦的表情，说道：“约法三章，以后不提这些。当作认识很久的朋友，不好吗？”

貌似蒋庆康也说过类似的话，她心中一动，忽然有种猜测，急忙打开他的博客地址，博客标题是：“山水有相逢”。

甘小满花两多个小时看完了博客，博客建立的日期是五六年之前，博主用大量的图片记录下了自己所到之处的风土人情。他十分擅长摄影，甘小满觉得有些照片都可以上杂志了。

博客赏心悦目，凭谁看到美景美图外加博主幽默风趣的介绍，都会被感染的。博主可真爱吃啊，图片中最常出现的就是各地的各种美食，大到星级酒店，小到村间流水宴，他都饶有兴致地一一品尝。照片中的好多东西甘小满都是闻所未闻、见所未见，惊奇不已。

当然，甘小满从照片中也收获了句号表哥的真容——年轻的运动男，高大健壮，眉目疏朗，怎么看都和郭沣没半点儿相似的地方，可能他长得比较像郭沣的姨父。

甘小满的猜测烟消云散，接着对句号表哥的相貌下了定义：一看就是爱助人为乐的好人啊！

这段时间，甘小满一直不知道句号表哥的样子，只觉得是幸运之神眷顾她们母女，给了他们如此好的贵人相帮，现在见到了恩人的照片，才将这份感激之情落到恩人身上。这晚，她翻来覆去地想着，庆幸遇到好人之余，更多的是对未来生活的忧虑。她迫切需要一份收入比现在高得多的工作，好给母亲提供安稳的生活。

她抱着这样的焦虑终于入睡。在这个暴雪突袭的冬夜，航空管制，高架封路，甘小满并不清楚其中的具体情况，她只知道自己的生活也正埋在暴雪中，她只能偶尔将头探出来，吸一口气，继续走下去。

第二天一早上班，董纤云依旧精神抖擞，这让甘小满不禁怀疑，昨天在蒋庆康家里看到的那个黯然离去的人到底是不是她。

会开了很久，对于亚特的漫天要价，大家都十分头疼，讨论了很久也没个好办法。董纤云一直没怎么说话，让周长文他们出主意，最后看他们没什么好想法，才开口道："亚特迟早是要被收购的，他们已经连续三年走下坡路了，换了两个总经理也没能解决问题。去年景大入股和平，我们今年又收购了海丰，对它更是致命的冲击。他们接受收购是迟早的事，只不过觉得自己是瘦死的骆驼比马大，才在价钱上不肯松口。"

她环视一圈众人，接着说："亚特有七八个董事，人多就会有分歧。我们现在要做的是人的工作，把人的工作做好了，事情就办成了。各位在滨城商业做了好多年，对亚特的情况应该比我熟悉，找到亚特的突破口还是要由你们来完成。"

众人面面相觑，周长文说："亚特和别家不太一样，两个大股东是兄弟，剩下的几家也都是亲属关系，董事们的关系一直和睦，恐怕不太容易有分歧。"

董纤云冷笑道："和睦？你见过在利益面前和睦的人吗？不要只看表象。分歧是制造出来的，有最好，没有也可以从无到有。"

甘小满默默坐着，没吭声。董纤云说得没错，尽管大多数人都如周长文那样认为亚特十分团结，其实亚特内部并非铁板一块。她没在亚特待过，但赵刚在亚特做过五年的楼层经理。她记得一次在他家吃饭闲聊，那时赵刚才从亚特来到海丰，有同事问起亚特的事情，赵刚便说："亚特早晚要完蛋，外面看来一团和气，其实窝里斗得很凶。没在那儿待过的人看不出来，我是早把他们看透了。"

事情果然如赵刚所说，不过三五年的时间，亚特就成了这副光景。想当初，那也是滨城零售业响当当的一号！

甘小满胡乱想着，就听董纤云说：“大家努力吧，做出贡献的人公司会重赏。”

古人说什么来着，重赏之下必有勇夫，这话用在甘小满身上，也同样适用。

散会之后，甘小满立马翻电话薄给赵刚打电话。赵刚的声音还是一如既往地爽朗：“小满啊，还记得我这老大哥？”

甘小满因在办公室不好多说，便说下班要去看望他。赵刚猜到她是有事，爽快地说：“行啊，欢迎！来我店里吧！”

赵家餐馆距离公司不远，小满步行十多分钟就到了。她买了水果，给赵刚的女儿挑了个毛绒玩具，很家常走动的样子。餐馆这个时间段正忙，赵刚和妻子都在，小满便叫嫂子，因赵刚已经不是经理，便顺着他的话叫赵哥。

赵刚妻子人爽快，笑着说：“小满你来就来，买什么东西，太见外了。”她知道小满找赵刚有事，寒暄一会儿，就忙说：“老公，你带小满上三楼，这里乱糟糟的，没法说话。”

三楼是赵刚的家，从一楼一路通上来，甘小满之前和部门同事吃饭来过两次。赵刚给小满倒了杯水，问了问她现在的情况。小满便说到了今天的正事。

她头一次做这样的事，有点儿当特务的感觉。赵刚看着她，笑道：“小满你还是太善良，这有什么啊？经商就像打仗，你看三十六计里哪条不是阴谋诡计？”

小满也被他说笑了。

“这些事不算秘密，就跟咱们原先在海丰的时候，谁和谁斗气，谁和谁合伙整人，大伙儿都知道一样。有人的地方就有斗争，这是真理。亚特也是一样，同样是股东，也不都是一条心。”停了停，赵刚又说，“你这是帮乾一打江山，老大哥要不是看你的面子才不说呢。”

小满神色有些讪讪，轻声说：“老大，我自然领你的情！”

赵刚说：“我知道小满你不容易，所以乐意帮你出主意，不过能不能管用可说不准。亚特的大股东是兄弟俩，说了算的表面上看起来是老大范国盛，实际上他怕老婆，全听老婆肖喜喜的。肖喜喜最贪财，范国盛和弟弟范国良不合，也是因为肖喜喜贪得无厌。亚特落到今天的地步，和肖喜喜有很大的关系。范国良恨肖喜喜，很想把肖喜喜从亚特踢出去。如果能做通范国良的工作，或者有用。”

小满默默地记下，知道现在正值饭口餐馆忙，便不再多打扰，匆匆告辞出来。

因在步行街上，她要绕到街口才能坐车，于是朝南走了一段。路过办公室楼下，抬头却见自己的办公室还亮着灯，她分明记得走时随手关灯了。于是，她回头进了写字楼，楼下收发室大爷正在吃晚饭，抬头问：“姑娘，加班啊？”

甘小满应了声，便走进电梯。下班时间已过，电梯里空无一人。出了电梯，走廊里也同样空荡寂静，只能听见自己的脚步声在回响。白天人多倒不觉什么，现在偌大的一层楼只有她自己，她感到有些害怕。

她掏出钥匙想开门，却意外地发现门没锁。疑惑地轻轻推开房门，外间没人，里间董纤云的办公室的玻璃门半开着，甘小满看到她正对着电脑发呆。

开门声惊动了她。见她抬头，小满赶忙说：“我路过楼下，看见灯没关，想来关灯，不知道董总在加班。”

董纤云瞅了她一眼，又把目光投向电脑，说道：“你进来。”

小满不知她有何事，只得在她对面的椅子上坐了下来。

董纤云看了半天资料，才说：“正好，我想找个人一起吃晚饭，没事的话就和我一起吧。”

“我做东。”小满说，“董总爱吃什么？”

董纤云瞄了她一眼，说道：“不是让你请客，我只是觉得一个人吃饭没意思。”

甘小满微笑道：“董总大老远地从南边来到滨城，我请您尝尝本地菜，也是应该的。”

董纤云关了电脑，穿上外套，说：“别跟我争，吃点儿够味的，你带路就行了。”

甘小满不好再跟她客气，于是锁了门出来。董纤云不苟言笑，两人又不相熟，且都话少，一时竟只有沉默。

从电梯一路下来，甘小满跟她去取了车。董纤云按甘小满说的朝安康路上行驶，不过几分钟就到了一家酒店。远远就看到门前停了一大排车，可见生意红火得不得了。董纤云在保安的指挥下泊好车，悠悠地说道：“康哥带我来过这家。”

甘小满略带不解地瞅了她一眼，接下来心跳加快：她是不是知道昨天藏在蒋庆康家厨房里的人是自己了？！

董纤云微笑道：“干吗愣着，下来吧。”

甘小满险些从车上栽下，强自镇定地进了酒店。人真多，嗡嗡的说话声让她心中烦乱。服务员引她们到边上的两人座，董纤云低头仔细看菜谱，甘小满却在对面如坐针毡。

董纤云已经点了四个菜，还要再点，服务员好心提醒："我们这里的菜分量足，两位女士四个菜足够吃了，要是吃着不够再点也不晚。"

服务员很快就把菜摆上餐桌，一大盆水煮肉片不见一丝热气，其实烫得要命，上面红乎乎的油光，甘小满一见就怕。她勉强挑了点儿莴笋豆芽，就着米饭吃着。董纤云身量苗条，却极能吃辣而且食量不小。两人闷头吃了一会儿，董纤云开口："没想到竟然是你。"

听到这话，甘小满不敢抬头，一口米饭噎在了喉咙。

董纤云放下筷子，盯着小满说："原来是你的电话。"

由于吃辣的缘故，她唇色红艳，脸色却近乎铁青。

甘小满用尽力气将一口饭咽下去，然后慢慢坐直了。董纤云眼神冰冷好似刀锋，直欲将她刺穿。甘小满终于明白，她今天是有备而来，设的分明是鸿门宴。

"您误会了。"甘小满说。因为自己心底无事，眼神也很坦荡。

"误会？"董纤云挑眉问，"我误会你什么？"

甘小满当然知道董纤云想让她不打自招，不过她实在没什么可招的，而且现在说错一句话都能导致非常糟糕的后果。她真不明白自己怎么就像蛛蛛网上的虫子，粘了满身扯不断的丝。

泥娃娃，泥娃娃，
一个泥娃娃，
也有那眉毛，
也有那眼睛，
眼睛不会眨……

好像是为了故意强化董纤云的记忆，甘小满的手机就在这时响了起来，她心里暗恨自己大意，该换个铃声才对。这铃声特别好记，而且用的人很少，难怪被董纤云发现。

来电是陌生号码，她没什么印象。董纤云起身去了洗手间，甘小满接起电话，接着传来相当年轻的男声："甘小满吗？"

"您是哪位？"

"我们见过面，不知你记不记得，我叫陆羽泽。"

甘小满的确对这个名字没什么印象，他又笑道："我是景大的。"

那个神童！甘小满想起来了，他们的确见过。她大惑不解地问道："陆总？您怎么会给我打电话？您是怎么知道我的电话的？"

"想知道就能知道喽！"他的声音里透着愉悦，"下班了没有啊？能不能请你吃个饭？"

甘小满迷糊了。景大的公子请自己吃饭？开什么玩笑？

"怎么样啊？"他笑嘻嘻道，"赏个脸吧！"

甘小满彻底晕了，今天这是什么状况，难道一桌鸿门宴还不够，老天又给她安排了一桌？以她的人生经验来看，无缘无故地有人请吃饭，绝对不是好兆头。彭锐明请她吃了一个月的点心，差点儿要了她的命；蒋庆康请她吃了一次劫后重生的庆祝饭，她就摆脱不掉他了；董纤云正在请她吃一顿能把人噎死的饭，待会儿回来，还不知道什么结果！现在陆羽泽又搅合进来干吗，难道这帮人是想让她戒饭吗？

她郑重地说："谢谢陆先生，你有事直接找我上司谈吧。"

"我找你上司干吗？我又不想请他吃饭。我们见个面就认识了，别这么快拒绝好不好？"

甘小满心想：谁要认识你？

看样子在蓝城的事上，乾一和景大必有一场硬仗要打。这个电话要是被董纤云知道是陆羽泽打来的，自己本来就岌岌可危的饭碗一定会马上咣当落地了。

此时此地，她实在没工夫和心情跟他磨叽，今天与董纤云的这一餐还不知能不能顺利脱身呢，陆羽泽又在这时找来，这不是添乱吗？

她心里一阵阵发毛，眼见董纤云要回来了，连忙压低声音，说："陆先生，抱歉，辜负了您的好意，再见。"

也不管他还有没有话要说，直接挂断。岂料，她一副做贼心虚的样子刚好落在董纤云的眼里，让董纤云更加确定了最初的想法。董纤云坐下之后，点了支细细的女士香烟，甘小满不知道她还会吸烟，于是呆愣愣地看着她熟练地吞云吐雾。

董纤云弹弹烟灰，说道："你不用紧张，我不会告诉卫珊。”

甘小满头大如斗，连忙解释：“真不是您想的那样。昨天您叫我去机场送东西，蒋总顺便让我帮他做顿饭，我和他一点儿也不熟。”

董纤云冷笑道：“做饭他还需要用人帮？”

此事实在难以解释，甘小满只得说：“您可以问蒋总，真是这样。”

董纤云从鼻子里喷出一股烟，淡得几乎看不见。甘小满不吸烟，觉得那味道十分呛人。她素来不喜闻烟味，不自觉地往后坐坐，别过头看向窗外。

透过窗子，可以看到大街上行色匆匆的行人，还有被行人以及车辆践踏的积雪。不知何时开始，积雪丧失了本来的面目，由洁白变为肮脏，好似浮着灰色的垃圾。

“他怎么会选你？”董纤云怔怔地看着甘小满，好似在自言自语。

这情景当真难熬。解释多了，有越描越黑的嫌疑；不解释，由着她这么误会下去，可能会吃不了兜着走。

甘小满眼前又浮现出昨天董纤云黯然离去的样子，心中一软，觉得必须说明白，于是低声道：“董总，您相信我，真的是一场误会……”

董纤云眼神横来，把甘小满的话生生切断。有两三秒钟，甘小满觉得自己要被她吃掉了。然而最后，她嘴边却溢出一丝苦笑，说道：“你还不够了解他，总有一天你会知道他是个怎样的人。”

甘小满的心里觉得特别别扭，董纤云又不是蒋庆康的什么人，自己不过在他们手下讨口饭吃，却要为如此无聊的事情伤脑筋。她越想越不耐烦，用王笑笑的话说：这算什么狗屁事？

她不再做声。人家不愿意听，何苦要一遍遍地解释？难道要告诉她，蒋庆康的确有追自己的意思，可自己和他弟弟有过一段，所以不可能在相同的河沟里翻船，董总你还有大把机会好好争取和珍惜？

那自己真是疯了！

董纤云把自己的小感情看得比天高、比海深，也和她没半点儿关系，蒋庆康收不收董纤云的领带同样不关她的事，他们的事情他们自己处理，自己才不要关心。

甘小满摇摇头，甩开那些想法，低头继续吃饭。在董纤云抽烟的当口，甘小满就把一碗米饭吃完了，还消灭了面前的大半盘油麦菜。她觉得这盘油麦菜的味道很棒，寻常菜肴往往更显厨师的功力。

甘小满放下筷子，用餐巾纸擦拭一下嘴巴。董纤云看看面前的菜，又默默地扫了她一眼，心想：她还真是有个好胃口。

董纤云今天穿的是领子处镂空嵌金丝的一件薄薄的黑色春衫。这时正处隆冬，她不喜欢穿太厚，衣服不是纱的就是丝的，甘小满看着都觉得冷。

一支烟快要吸完，董纤云熟练地将烟掐灭，动作中带着一丝不可侵犯的意味。有人曾说这种肢体动作其实是一种防御。甘小满不知道董纤云是否需要防御，不过她倒希望自己有副盾牌在面前。

董纤云没有说话的意思。甘小满便说："亚特的事我了解到一点儿情况，不知道能不能对公司下一步的计划有帮助。"

人生除了感情，还有很多事可以做，工作也算重要的一项。果然，这个话题成功地吸引了董纤云，她问："什么情况？"

说到工作，董纤云的表情好看多了，这就对了，这才是她应该有的表情嘛。甘小满将从赵刚那里了解到的情况简单说了说，因为身处餐馆，她声音很低，且尽量言简意赅。

董纤云听后精神大振，虽然没说别的，但甘小满在她脸上已经看出兴奋，那神情就像守候多时的狮子终于发现猎物进入伏击范围。她不得不承认：董纤云真是个心有猛虎的女人！

如果把那头猛虎放出来，不知会发生什么灾难，但一片狼藉是肯定的。甘小满隐隐觉得面前的这个女子得罪不起，无论什么时候都不要轻易惹怒她！

董纤云的心思一旦转移到工作上，方才的儿女情长立刻被一扫而空。甘小满觉得她立马和自己又成了一个战壕的战友，不过从某种角度上看，她们的确是一个战壕的。

董纤云埋了单，两人从店里走出来。她穿黑色短大衣，脚下细高的鞋跟随着走动与地板碰撞出清脆的声音，整个气场浑似女王。

甘小满在后边走着，还真有跟班的感觉。

这晚，董纤云照例做了全身保养。甘小满已经习惯了她的这个晚上保养的习惯，坐在外间沙发上，边等她边翻看画册。画册上的女人模样和装扮都差不多，活像是从一个生产线下来的。甘小满边看边打哈欠，十分没劲。

这时，手机响了一声，一条信息传来：

“我非常有兴趣认识你，相信以后你也一定会非常想认识我。陆羽泽。”

甘小满仔细想了很久，依然不明白他要干什么，但他们这种人，绝不可能无缘无故地接近一个人。

2

如果找个算命先生掐算一下，甘小满断定他会说自己走了桃花运。她二十多年来都没有异性缘，上学的时候都没有学长学弟追求，现在居然摆脱不了男人的纠缠。

王笑笑听了她的话，哈哈笑道：“怎么，江南山还缠着你啊？”

说到他，甘小满抱怨道：“真没看出来他的耐心一流。”

王笑笑说：“那当然了，你想他爸爸都能给他妈妈挑一辈子的鱼刺，他的耐心还能小吗？不过这也说明他是真心喜欢你。

甘小满听到“真心喜欢”四个字，有点儿发愣，她不禁问道：“你说什么才叫真心喜欢呢？真心喜欢只是针对单独的这个人本身，而不包括她的亲人和要承担的家庭责任吗？我认为那并不是真心喜欢啊。”

“你那叫理想主义。现在的喜欢就是喜欢，狭义得不能再狭义了。真心喜欢你，就是除了你之外都不喜欢，明白了吧？”

王笑笑素有高论，说得甘小满连连点头。依此来看，江南山也算是真心喜欢她。他不知从哪里探听到甘小满现在上班的地方，每天下班后就赶过来接甘小满，到了之后也不打电话，就在门口静静地站着等，连门卫大爷都认识他了。甘小满早晨上班，大爷常常告诉她：“昨天你男朋友来接你，没接着只好自己走了。”

甘小满说过多次让他不要再来，可他就是不听，非得可怜巴巴地守在那儿。本来玉树临风的一个人，搞得好像被虐待了一样，憔悴忧郁得如同落难王子。周长文等人不知这其中原委，纷纷打趣：“小甘够会欺负人的。”

小满下班出来，他便默默跟在身旁。对于他无声的死缠烂打，甘小满无可奈何。无奈之余，倒也有意外所得——董纤云看到江南山天天顶风冒雪地来接人，再没提起那日的事情。

如此一连十多天，甘小满实在是不耐烦了，这天下班前，给他发了短信：“你别来了，下班去‘果果乐’等我吧。”

江南山立刻回道：“好，他家生意好人多，我早点儿去，你来了不用等就能吃到了。”

他大约是觉得甘小满终于回心转意了。小满见他字里行间的喜悦，心头微酸。江南山并非不好，只是他们不适合携手。

她忽然发现自己固执得可气，如果能够闭上眼随波逐流，会不会就不用活得如此凄凉？

大伙儿连着忙了好几天，董纤云也少见地露出了疲倦之色，这天下班后没去做保养，就让司机送回了酒店。甘小满下班后就往果果乐赶，这么冷的天，卡座居然也是满的。甘小满已经好久没来了，店员居然还认得她，见她过来，立马把她引到楼上江南山的位置，而江南山已点了满桌的东西在等她。

屋子里有些热，甘小满脱了外套，露出里面的雅白色衬衫和夜空蓝套装。江南山立马明白她是一下班就直接过来了，便问："阿姨的身体最近好多了吧？"

"好多了。"甘小满将外套放好坐下，说，"你这么早就过来，需要请假的吧？"

"没事。"他将一份芒果班戟往她这边推了推，说道，"你不是爱吃他家的这个吗？快尝尝，我特意点的。"

小满吃了一口，可能是换了师傅，味道与之前不同。江南山也爱吃甜食，可是这次却没动，只是瞅着她。甘小满低着头也能感到他的目光在自己身上流连。这种目光让甘小满有些不适，她一边慢慢地吃着芒果班戟，一边想着怎么拒绝他的追求，忽听江南山说："之前我考虑得太少，说错了话，你原谅我吧。"

甘小满放下叉子抬头。他的眼中似有水光，眼神中带着委屈，那表情是她从未在他脸上见过的。

甘小满有些不忍，问道："你来找我，阿姨和叔叔知道吗？"

这句话正中江南山的软肋。他稍停一会儿，才说："他们不知道，我想等你不生气了，再跟他们说。"

甘小满于是明白了，笑道："我的境况并没有改变，而且连从前都不如，你该知道的。”

江南山笑了笑，神情中隐藏的那份小心翼翼让她心中生疑，他之前是从不掩饰自己的情绪的。江南山且不说话，伸手欲握她的手。小满本已对他死心，但好奇他的打算，于是没有躲闪。江南山觉得她的手指微凉，却在刚刚碰触的瞬间有些颤抖。他有些日子未曾与她如此近地相对了，现在觉得她真是好看，无论从哪个角度看去，都有花朵般的姿态，惹人生怜。

他情不自禁地说：“小满，我真的很爱你。”

甘小满别过头抽回手。江南山并不知道，在她的心中，“爱”这个字有千钧之重，是不能随便说出口的。他的话听在耳中，只让她觉得难堪。

过了好久，她才答：“谢谢。”

无论如何，有人爱自己总是一件值得感谢的事。

“我知道你也在意我。”江南山说，“我们在一起的那些日子，曾经那么开心。”

甘小满笑了。她的笑容里有一种陌生的味道，令江南山不知自己是哪儿弄错了，但听她说：“其实你和谁过那样的日子都会开心，游戏本身就令人放松，不是吗？”

江南山正色道：“怎么会？”

“怎么不会呢？”

“难道你不开心？”江南山有点儿摸不准她了。

甘小满没回答。江南山瞬间明白，她今天压根儿不是来和自己和解的。他焦急地说：“我是认真的，难道你不是？”

甘小满依旧不做声。江南山忽然想起那个大雪之夜，甘小满被一个男人开车送回家，他立刻警觉地问："那晚送你回来的人是谁？你和他是什么关系？"

"不是谁。"甘小满讨厌他的口气，不过还是澄清事实，"我和他也没关系。"

"你难道不是因为他，才对我这样？"江南山涨红了脸，质问道。

"对你怎么样呢？"小满反倒奇怪。

江南山是真生气了。他深吸了一口气，平复一下情绪，然后说道："你到底有没有想过我们的事？我对你那么好，你难道不知道？我从来没对谁那么好过！"

他额角的血管一跳一跳的，甘小满见他如此很是意外。由于激动，江南山略略抬高了声音："我知道你生我的气，但你也得为我想想，你把阿姨从扎庙带到这里来治病我不反对，病好了送回扎庙难道不好吗？为什么非要把阿姨带在身边？你有没有想过，这会给我们的生活带来多大的压力和困扰？难道你就一点儿都不能体谅一下我的感受？"

见甘小满不语，他又说："我爸妈本来已经开始商量咱们结婚的事了，可这样的情况让他们怎么能不犹豫呢？还没等我做他们的工作，你就开始不理我，你让我怎么办呢？"

甘小满有点儿失神，一杯冰糖雪梨汁握在手里冷冷的。江南山是这么想的，这回他说出心里话了。听他不说了，她便问："那么，你现在想好怎么办了？"

江南山叹了口气，看了两眼她瘦瘦小小的脸，他承认自己太在乎这张面孔。他柔声说道："我们可以把阿姨送养老院，或者给她租个房子、雇个保姆，但开销会很大，我们暂时还负担不了，得努力赚钱才行。”

“哦。”小满微微点头，看着满桌的食物却忽然没了胃口。她推开杯子，唤道：“江南山。”

心平气和的声音，江南山觉得他们的关系似乎又回到了从前。他刚放下心中的不安，却听她说道：“谢谢你的好意，我们以后不要再见了。”

隔壁座位在开香槟，“嘭”的一声吓人一跳，江南山却呆呆的，没有反应。甘小满招手叫来侍者，说：“以前总是你埋单，这次我来。”

江南山说不出话，他觉得自己全身的力气都似乎流走了，只能眼睁睁地看着甘小满付钱后穿上外套。在她转身离去的瞬间，江南山才如梦方醒般唤道：“小满。”

他记得自己亲吻她之后，她的脸羞得好似花瓣般娇艳，最俗而最美的比喻，她可不就像一朵花？

甘小满转身说：“你慢慢吃吧，我走了。”

她的语气异常平静，不带一丝情绪起伏，如同他们之前每一次告别。他甚少在别的女孩身上看见相同的平静，以前他觉得这种平静特别吸引人，现在却觉得这种平静完全就是态度决绝、语气冰冷。

“你不喜欢我？”他终于明白过来了，一把捉住她的衣襟，问道，“那么你喜欢谁？”

“没有人，很可悲是不是？”甘小满苦涩地笑了笑。

他放开了她，任她走出门去。满桌她爱的美食却再也留不住她，他叹息一声。两人都牢记彼此喜欢的美食，两人在一起时曾那么开心，这难道不是爱情？他迷惑了，究竟什么才是爱情？

甘小满路过药店，给妈妈买了些药，又去银行存了些钱。句号表哥借给她房子住，省下的房租她就存上了。她拎着药往家走，边走边琢磨今天董纤云问她的话："甘小满，你学过管理吗？"

她没学过，只能实话实说。董纤云想了想，说："公司有个培训的机会，不如你也去吧。"

这是个信号，乾一在任用楼层管理之前都会把员工送去培训，甘小满不清楚这次的培训是内部培训还是外派出去，但她意识到自己的工作可能要有变动了，如果不出所料，应该是个好信号。

这两天，董纤云他们行动频繁，周长文几次秘密地约见了亚特的人。甘小满隐约知道他见的并非范国盛的代表，此事董纤云对所有人保密，甘小满不便多关心，但能猜到八九不离十。

甘小满非常乐意做些具体的工作，董纤云也似乎有意成全她，这倒是她没想到的。她想了会儿，不禁笑自己自作多情，一切都还没定下来，董纤云只是说了一句话，她就想到了这些。

这段时间，句号表哥每天给她留言，时间合适时，两人还会聊一会儿。他自称萍踪浪迹，行走天涯，犹如放逐。接触的次数多了，甘小满逐渐觉出对方有一颗不羁的心。她没接触过这样的人，可又何尝不羡慕其如此情怀，所以竟十分乐意和他聊天。

甘小满这段时间抽空就会上网学烘焙，烘焙需要的东西很多，好在句号表哥的厨房里餐饮设备一应俱全。

王笑笑结婚后，就一心一意地做起了家庭主妇，烘焙自然颇有经验，她主动请缨教甘小满。于是，甘小满跟着王笑笑从最简单的饼干做起，失败几次之后终于成功，后来她竟逐渐爱上了这项活动。两人经常彼此切磋，技艺进展迅速。每当句号表哥问起烘焙学得怎样，甘小满就把自己的劳动成果拍成照片发给他，他给出的评语只有四个字：“继续努力！”

句号表哥有时候也会跟她聊几句工作。知道他是个成功的商人，她也很乐意听听他的建议，但句号表哥却总是说一些轻松过日子一类的话。对于工作，他只说：“让你干啥你干好就成了，你不是和人争抢的人，也没必要把自己搞得那么累！”

他倒是很了解她！

这天晚上，句号表哥给甘小满的留言让她出乎意料：“小满，我今天很开心。”

甘小满今天也挺开心，她烤的蛋糕成功了。她拍了照片发给他，他回了一个惊讶的表情：“厉害，看来我有口福了！”

甘小满实在难以想象，一个肌肉运动男竟然会喜欢吃这样女孩子气的东西。句号表哥最近都没有更新博客，说没什么好风景值得拍照，不一会儿却将甘小满的蛋糕图片发了上去，下缀：“美味风景”。

甘小满说："你删了吧，让人看见笑话。蛋糕烤得不好还发到博客上去，真是够现眼的。"

句号表哥说："我的博客我说了算，爱谁谁。"

两人聊了颇有一会儿，甘小满的心情是少有的愉悦。第二天一早到办公室，甘小满发现满屋子人都很开心，原来亚特终于答应在价格上做出让步，今天开始正式商谈合同的具体细节。董纤云笑眯眯地看着大伙儿，最后目光落在甘小满的身上，说："甘小满这次有贡献。"

大伙儿立刻把目光集中到了小满身上，董纤云却笑眯眯地不再说明。甘小满事后才听说：亚特内部在这几天里发生了很多事，范国良联合其他股东气势汹汹地要清算肖喜喜，把范国盛弄得焦头烂额。范国盛弄不明白为什么范国良会忽然发难。而肖喜喜为了早点儿息事宁人，被迫快刀斩乱麻地和乾一达成了收购意向。而当亚特的收购结束后，范国良以新亚特股东的身份出现时，她才明白乾一肯定向范国良许诺了什么，但为时已晚。

肖喜喜在亚特正盛的时候用贪婪吸干了它，而范国良在亚特垂死的时候，用它交换了自己的利益。

收购仪式上，董纤云作为乾一的代表签字。甘小满听一旁的同事低声问周长文："不是说蒋总要来吗？怎么没来？"

周长文说："蒋总去蓝城了。"

众人长长地"哦"了一声。甘小满把手机调成了振动，此时手机嗡嗡叫了起来。她看了眼手机，心想真是说曹操曹操到，蒋庆康居然这时发来了短信："我回来了，可以再给我做上次的菜吗？”

“不可以。”甘小满干脆利落地拒绝了。

手机又嗡嗡叫，甘小满一看是MSN上句号表哥的留言：“小满，别忘了喂鱼。”

这个还用他提醒？甘小满心想：你的鱼都该减肥了。

然后他又说：“注意查收一下快件，有人给我寄了盒巧克力，你也知道那东西只适合女孩子吃，你替我收了之后就吃掉吧。”

“那怎么好？”甘小满回复，“人家给你的一定是很好的东西，你要是不爱吃，转送给朋友也好啊！”

“你不就是朋友吗？我再没有女性朋友了。对了，你可以和王笑笑分享，就这样吧。”

下班之后，甘小满果然收到了快件，本来想不过一盒巧克力，没料到是如此一大盒，快递员送进来的时候，好像扛了台平板电视！甘小满惊得目瞪口呆。寄件地址是南方某城，寄件人字迹清秀，显见是个女生。甘小满直觉这个人是句号表哥的暗恋者，大约觉得句号表哥身高体健，胃口绝佳，送东西也得是大块头的，只是这东西进了自己的肚子，实在有点儿辜负人家。

盒子太大，她四处逡巡没找到放的地方，扶着盒子直发愁，最后让快递员放在了客厅。

她拿出裁纸刀从边上开了包装，露出里面一角金色的纸盒，精致得不得了，又费了好大力气，才把纸盒从里面抽出来，浓郁甘腻的味道扑面而来。

“小满，你怎么买了这么多巧克力啊？”甘菱从房中出来，问道。

小满说：“不是我买的。别人送表哥的，表哥让我们帮他解决掉。”

甘菱笑道：“这不好吧！”

甘小满把手中的一块巧克力递给妈妈，说道：“表哥不吃巧克力，嘱咐我们一定要消灭掉。”

甘菱看着内里的一颗榛仁，神色微动，又往包装上瞅了眼：“土耳其榛仁，这一定很贵吧！”

甘小满笑道：“肯定不便宜。”

“这么多我们也吃不完，你给笑笑和同事们分一下吧。”甘菱微笑着说。

甘小满答应了，第二天就带了好多巧克力分发给同事们，大家自然很欢喜。

既然蒋庆康在滨城，甘小满猜想他应该会出席庆功宴，出乎意料的是他竟然没来。收购完毕，交接工作有序地进行着，董纤云签字回来后就安排开会，周长文被任命为新亚特的经理，其他人的分工也都很明确，甘小满果然成为一层楼管，虽然早有预料，成真时她还是异常开心。

庆功宴大伙儿吃得都挺高兴，董纤云兴致也很高，颇饮了几杯。一行人出来，站在灯光闪烁的大街上，甘小满本来以为等董纤云回了酒店自己就可以回家，岂料董纤云招手示意她上车，甘小满问：“董总要去做保养吗？”

“今天不做了。”董纤云说，“咱俩找个地方喝一杯，你没其他事情吧？”

甘小满当然拒绝不了，从某种角度上讲这是命令。董纤云说了个地方，司机直接把车开了过去。这家会所门面隐蔽，里面却别有洞天。甘小满下车时扫了一眼，门口停着的全是豪车。

董纤云显然不是第一次来，她很熟练地点了东西，侍者恭敬地记下，然后很快就端了上来。甘小满借着董纤云点东西的空当，环顾了一下四周，觉得自己就像刘姥姥进了大观园一般眼花缭乱。

她默默喝了一口面前颜色可疑的东西，只觉得那味道不似任何一种果子，却比任何一种果子的味道都复杂，她适应不了，又放下了。

“不爱喝？”董纤云问。

“不是的。”

“你那杯用了六种进口水果，你能尝出几种？”

“一种也尝不出。”

董纤云笑着轻轻摇动杯子，说道：“Chateau Cheval Blanc，我喜欢它，因为它像优质的女人，年轻时期甜甜的、弱弱的；陈年后变得有强烈的层次感、柔软绵密。我愿意来这里，因为在这里能找到归宿感。”她以舒适的姿势靠在椅背上，接着说，“我们两个有些地方很像，你发觉了吗？”

甘小满没想到她会说出这样的话，连忙说道：“董总别开我玩笑了，我怎么能和您相比。”

董纤云目光犀利，说道：“你不够了解自己。”

她们的座位在里面的一角，墙面上似乎是黑色的玻璃，内里透着点点耀眼的金属色，一盏中世纪教堂风格的灯投下冷光，映得黑黑的玻璃墙泛着幽蓝，和那些闪耀的金色辉映着。女人的笑声夹杂着男人洪亮的话音，会时不时地飘过来，这些声音虽然听不真切，甘小满却觉得有些刺耳。白衣黑裤的侍者偶尔会无声无息地走过，甘小满觉得有点儿压抑，她明白董纤云今晚的目的了，如果能用一把手术刀把她剖开，董纤云绝对会这么做。

甘小满只好继续对付那杯东西。

“乾一在创建初期有六个股东，最大的股东姓刘，然后是蒋家，我们家的股份排第三。”

甘小满虽然在伟天做事，但作为最底层的工作人员，对于乾一上层的内部情况，她几乎一无所知。她不明白董纤云为什么会对自己说这些，只好耐着性子听着。

“蒋家的股份虽然不是最多的，但对乾一的发展贡献最大。因此，乾一一直由蒋家人来掌舵，先是康哥的外公，然后是他父亲，如果不出意外，接下来该是康哥。”

董纤云给甘小满叫了果汁，她自己依然慢慢品着红酒。甘小满后来才知道其实董纤云是海量，且酷爱收集红酒。没事儿的时候，她就喜欢待在酒窖里，单看外表，怎么也想不到她有这样的爱好。

水晶杯中的红色液体宛如花泪，董纤云浅啜一口，目光幽然：“公司创建之初曾有协议，大股东是公司的决策者。这么多年，刘家一直放手，因为他们家男丁都死了，只剩了老股东的妻子和他的孙女刘卫珊。卫珊是遗腹子，她爷爷在公司创建不久就去世了。由于儿子早他而去，他临死之前召集股东，将决策权暂时交与蒋家，约定在刘卫珊成年之后归还。

“如果刘卫珊嫁给别人，她的丈夫一定会行使大股东的权利，甚至取代蒋家成为乾一的执行者。但由于刘卫珊从小被认定会嫁给康哥，所以公司直到现在依然由蒋家执掌。刘蒋两家联姻后，蒋家将成为乾一名副其实的掌权人。”

她目光灼灼地望向甘小满，问道：“你觉得康哥会选择刘卫珊以外的人吗？”

甘小满笑道：“我只是个小员工，董总您说的这些，我实在判断不了啊！”

董纤云微微眯眼，问道：“你在故意表明和康哥没关系？”

甘小满苦笑道：“对于我来讲，吃饭穿衣才是最重要的。用最直白的一句话讲，我这种人只知道混生活。除此之外，我都不关心。”

董纤云“哈”了一声，说：“有了康哥，吃饭穿衣都不是问题，你并不是没有想过吧。”

甘小满明白她始终对自己心存芥蒂，很可能会找个借口就把自己踢出新亚特。

董纤云仿佛看出她的想法，说道：“我不是小心眼儿的人，从来公私分明。不过，你要是落到别人的手里，可就不一定了。”

甘小满不由得松了口气。

董纤云轻轻地摇晃着杯中酒，说道："你现在的态度是对的，不要搀和到里面，不然会很惨。喜欢惹麻烦的人，通常没什么好果子吃，因为他们不够明智。"

甘小满心想，董纤云要是知道她和彭锐明曾经的那段恋情，就不会煞有介事地来跟她说这些了。

董纤云连喝三杯，眼睛亮亮地说："康哥非常排斥刘卫珊，能不能结婚很难讲。"

甘小满明白她的小算盘。如果刘卫珊不能和蒋庆康结婚，蒋家一定会在乾一内部选择另外一家股东联姻，两家成为一家，股份也许会持平或超过刘家。这就是董纤云手里的牌。

"你是个聪明人。"董纤云轻轻在她肩头按了一下，她的手小而精致，却很有力量，"过了年，蓝城的事就该开始运作了。康哥会经常过来，你管好自己，别惹祸上身！"

不能消灭情敌就把她吓唬住，董纤云用的就是这招。甘小满没兴趣对董纤云再表明什么，顺势让她觉得自己完全被震住就好。

回到家不算太晚，甘菱还没睡。小满洗完澡出来，见甘菱在翻日历，就问："妈，你看什么呢？"

甘菱说："原来明天冬至，过了冬至白天就长了。"

甘小满坐到她身边，说："明天冬至，我们包饺子吧。妈，你想吃什么馅儿的？"

"什么都行，我也吃不了多少，你想吃什么就包什么馅儿吧。"

因妈妈不喜油腻，甘小满便说："我们包素三鲜的吧，爽口不腻。”

甘菱说：“也好。以前每到冬至，你外公都让我们写九。那时候天气比现在冷多了，我们每天朝日历上写一笔，九九八十一天过完，春天就来了，总算有个盼头。”

“小时候妈也让我写过，我有时候不耐烦，一口气写好几划，写来写去就写乱了，也不知到底过了多少天。”

甘菱想起往事也笑了，说：“你有时候顽皮得就像个男孩子，还记得你把隔壁李阿姨家的小哥哥糊弄到学校操场打扫卫生吗？你对人家说，校长知道他偷了朱老师的糖，罚他干活，那傻小子就整整干了一下午，也不敢去问校长。后来朱老师还表扬他懂事呢。”

甘小满想起小时候的恶作剧，不禁嘻嘻笑道：“谁叫他不学好，偷人东西。”

甘菱摩挲着女儿的头，小满的头发黑而浓密，才洗完，湿润中带着清香。甘菱说：“现在的女孩子不梳辫子了，不然我们小满的头发最适合打花样辫子。”

“小时候，妈不是也给我打过花样辫子吗？别的小朋友都羡慕得不得了。”小满说，“现在想起来都觉得开心呢！”

“你小时候那么胖，我总担心你长大了，会是个胖墩儿，嫁不出去。直到你上了高中，一天天越来越苗条，我才放心。那时候我总是一天到晚瞎担心。”

“妈做那么多好吃的，能不胖吗？上学的时候，你还给我用瘦肉丝炒咸菜，带到寝室后，那帮家伙都来抢，都说好吃。”

“你那时候还爱吃咸蛋黄粽子，怎么都吃不够。端午节放学回来，人没进屋就嚷着要吃粽子。我那时就奇怪，你一个北方人怎么就长了个南方人的胃口，现在你倒是不怎么喜欢了。”

甘小满笑道：“说到粽子，我还有一次吃撑了，不消化，难受得一夜没睡……”

话没说完，手机就响了，是蒋庆康。甘小满的第一个念头是想换个号码，这家伙真是没完没了。

甘菱见她不接，问：“是谁呀？”

“无聊的人。”小满答。

甘菱以为是江南山，说：“其实，他也没做错什么，人都很实际，我们这种情况，他的反应也算正常。那天晚上，他来家里找你，你不在，他很有后悔的意思。”

小满说：“我没怪他，也没和他生气，我们早就分了。”

电话铃还在响，甘菱拍拍小满的手，说：“你有话好好跟人家说，不接电话多不好，我先去睡了。”甘小满把手机塞进沙发垫下面，铃声闷声闷气地响着，她去吹头发，手机铃声从头唱到尾，最后停了。

甘小满又洗了两件衣服，想起妈妈刚才说的写九字，就走到书房取了纸，用黑笔描了双钩空心的字：“亭前垂柳珍重待春风”。

将消寒图挂好，她端详一会儿，拿手指沿着那空心描画。四周很静，她有些恍惚，几百年前的深闺少女，可能就是这样一日一日地盼着冬去春来，细腻纤巧的心思犹如蝴蝶翅膀轻触琴弦。

不知怎么，她心中竟缓缓浮上淡淡的忧伤。王笑笑若在，肯定又会说她多愁善感了。

“亭前垂柳珍重待春风。”她轻轻地念着这一句，只觉神思恍惚。蓦地，手机铃声再起，吓了她一大跳——竟然又是蒋庆康！

她摁断电话，他接着再打。她实在被他弄得没办法了，只好接听。他微微带怒，问道：“干吗不接电话？”

“你没事，我干吗接电话？”

“你怎么知道我没事？”

他语调郑重。甘小满被弄得一愣，问道：“你有什么事？”

“当然是很重要的事。”他顿了顿，说，“你到底能不能来给我做饭？”

甘小满眼前一阵阵地发晕，反驳道：“我又不是你找的家政，干吗要给你做饭？”

“你的意思是让我雇你当阿姨？”他似乎是考虑着，“那也可以！”

甘小满心说：你和董纤云还真是一对，都够无聊的。听她不出声，他就猜出来了：“觉得我无聊？可我真没吃饭呢。”

吃吃吃，就知道吃！甘小满说：“我帮你订个外卖吧。”

他“嗤”一声，笑道：“你干吗呢？”

“没干吗。”

“没干吗是干吗？总该做点儿什么，不会傻坐着呢吧？”

“真的什么也没做。”甘小满说。她不愿意跟他这么没完没了地说废话，于是问道：“外卖留的是你家的地址吧？你想吃什么，晚餐清淡点儿，好不好？”

蒋庆康从鼻子里“哼”了一声，然后说：“算了，你以为没你我就吃不上饭了？”说完，“啪”地挂了电话。

甘小满觉得有点儿不对劲，想了会儿才反应过来，他似乎是喝酒了，说话带着几分醉意。她不禁咧了咧嘴，心想：这脾气还真是大啊！

她边想着边上了MSN，句号表哥正在线上，甘小满说：“巧克力很好吃，谢谢啊！”

他头像亮着，却半天没回信。甘小满等了一会儿，准备下楼睡觉时，他方打来一行字：“这么晚没睡，做什么呢？”

“写九。”

“你现在还有心思弄这个，知道的人都不多了。”

“妈妈提起来的，明天冬至正好可以开始写。”

停了会儿，他仿佛是在沉思，然后说了一句：“你是个孤独的人。”

这句话说得突兀，甘小满愣了愣。

“不是吗？”

“小人物哪有权利孤独。”

他看不见她的表情，嘴角动了动，想要扯出一丝笑，最终却变成一缕悲凉。

“孤独又怎会分大人物、小人物？孤独就是孤独了，即便千万人在侧或坐拥江山，也未必会不觉得孤独。”

甘小满逐字逐句读了一遍，呆呆地不知他在讲什么，只好一言不发。

他转了话题："明天冬至，你包饺子吗？"

"包，包三鲜馅的。"

"我也爱吃饺子，可是吃不到。"

"找个中餐馆吃，自己包也行啊。"说完，甘小满有点儿后悔，估计句号表哥是不会包饺子的。于是，她诚心诚意地又来了一句，"什么时候你回滨城，我包饺子请你吃。"

句号表哥说："那我就记下了。你要请我吃的东西还真不少，又是蛋糕又是饺子的，你不会赖账吧？"

"不会。"甘小满保证，"说到做到。"

"快过年了，有什么打算？"

"没什么打算，在家陪妈妈。"

他"嗯"了一声，便没了下文。小满便问："春节也不回来吗？"

她由衷地感激这位不曾见面的人，不知不觉中，真的把他当朋友了。

"想早点儿请我吃蛋糕和饺子？"

"嗯，希望能早点儿当面道谢。"

"我考虑一下你的建议。"

甘小满便下楼来，刚走到卧室，他的信息便来了："旅行随时都可以进行，错过美食就不好了。"

甘小满发个笑脸给他，然后说："提前给我消息，我做好准备。"

这边刚发完信息，王笑笑的电话就到了，邀她平安夜出来玩。甘小满在伟天时做的事比较简单，刚接手楼层管理，种种冗杂琐事接踵而来，应对起来颇有点儿吃力，因此最近和王笑笑联系得有些少。

王笑笑问："表哥有没有说回来过年啊？"

甘小满说："刚刚和他说了几句话，他决定回来了。"

王笑笑乐了："你们联系得还挺频繁，怪不得没空理我了，重色轻友。"

甘小满说："说什么呢？"

王笑笑哈哈大笑，道："你不知道吗，表哥可是单身呢！"

"关我什么事儿？"甘小满边说边往鱼缸里投了点儿鱼食，引得鲤鱼都来争抢。

王笑笑忽然叹气道："世上的帅哥怎么都被你吸引去了，从前是彭锐明那贱人，后来是江南山，现在表哥也着了你的道儿，真是没地儿讲理。"

"你神经没错乱吧，他是我债主好不好？他回来我得搬家还钱，愁还愁不过来呢。"

"甘小满，你个死脑筋，"王笑笑恨铁不成钢地说，"心思都用哪儿去了？"

"你不会是想让我以色抵债吧？那我可不干。"

"算了算了，跟你也说不明白。"王笑笑放弃这个话题，"别忘了明晚七点啊。"

挂了电话，小满爬上床。甘菱已经睡着了，发出均匀的呼吸声。一点点隐忧和刺痛慢慢地浮上甘小满的心头，她翻个身，直瞪着屋角。其实，关了灯屋子里很黑，什么也看不到。

世界和她很远，又很近。她想起高中时的一个女同学，由于过于严肃，让人对她敬而远之。忽然某天，她没来上学，原来是跳楼了。她维持着一贯的做派，严肃地写好遗书，说明自己轻生的原因——她觉得活一天和活一辈子并无分别，所以不耐烦再继续下去。

女同学的家里人说她有抑郁症，可是究竟怎么得的这个病，没人知道。

甘小满觉得她应该是孤独太久了吧，如果有一个朋友、一个家人令她觉得留恋，她也不会选择离去。

小满从未想到有人会把“孤独”这个词用在自己身上，可她不得不承认自己的确是孤独的。

她觉得像是被人揭开了创口，露出血淋淋的内里来，揭开自己创口的那人就是句号表哥。

3

这夜，她辗转良久才睡着，不知不觉竟睡过了头。一睁眼，天已大亮。她从床上跳了起来，看表之后，惊叫了一声。甘菱在厨房热好了饭菜招呼她吃饭，她一边匆忙地穿衣服，一边说：“妈，我要迟到了，不吃饭了。”

甘菱见她急匆匆地出门，便叮嘱：“在路上买点儿东西吃吧。”

小满答应了一声，便一路小跑着去等车，空着肚子，被冷风一吹，更觉得从内到外寒冷异常。她正在公交站台上左顾右盼，突然听见有人叫："甘小满！"

她四面瞅瞅，并无熟人，睡不好觉真不是好事，都幻听了。

那人还在叫："甘小满，这儿呢！"

她这才注意到后面车道上有一辆车以蜗牛似的速度前进着，车上一个人摇下车窗正冲自己说话。那人二十出头，娃娃脸，甘小满只觉得这人很面熟，却想不起他是谁。他朝她招手，道："上来啊！"

声音也很熟悉，可她还是没把他想起来。看出她的迷惑，他叹了口气，为自己的识别度太低而沮丧："我是陆羽泽啊，你忘了？"

甘小满长长地"哦"了一声，终于想起来了。

"要上班吗？我载你一程。"他说。

"谢了，不用了。"

陆羽泽笑嘻嘻道："没看出来，乾一的员工居然住高档小区，他们给你多少工资？"

甘小满心想：你管得真宽。转念又狐疑，他怎么知道自己住在哪里？正想问他，车子已经开走了，陆羽泽遥遥地丢下一句："甘小满，以后有机会认识认识吧。"

这叫什么话？甘小满心想：我不是已经认得你了。转念又一想：我认识你干吗？

公交车里照例人满为患。和王笑笑同住那会儿，两人常买一种丁香鱼罐头，罐头里的鱼很小很小，被油渍得近乎透明，咬在嘴里干而香，是下饭的好东西。王笑笑每次都吃很多这种罐头，小满畏咸，连吃两顿，嗓子就不舒服，后来彻底吃不下去了。每次见公交车从远处铆足劲开进站，车上人挤人，小满就觉得整个公交车如同一个丁香鱼罐头，车上的乘客如同一尾尾小鱼，自己这尾被生活榨得干而透明的小鱼，见车停下就自动游进去，混在其中成为一员。

她从包里翻出块饼干吃着，车子轰隆隆地穿过半个城市。小满觉得公交车上的人神情最为麻木，好像行车途中除了司机是活的，乘客们皆僵死了。王笑笑屡次批评她满天乱窜的思维，说特别像民国时期某个著名的女作家。甘小满思忖半晌，说："你不是说我像张爱玲吧？我那么有才？"

"你还真会臭美。"王笑笑说，"我那是夸你有才吗？"

"刻薄也不要紧，别像她那样遇人不淑就好。"甘小满浑不在意。

转眼，她就遇上了彭锐明，怎么算也不是遇人良淑。

一块饼干吃完，车子还没到，她又拿了一块放进嘴巴。她有低血糖的毛病，彭锐明让她在包里装着饼干，随时吃一块不至于晕倒。这是她多年养成的习惯，也难改，权当听医生的话了。

她已经很久没想起彭锐明了，想到这一段竟有点儿心惊，倒不是被骇着，只是奇怪记忆力之顽强，时光匆匆流逝，关于他的记忆居然没被抹杀。

她摇摇头不再想这些，低头继续啃着那块梳打饼干，随着那"咔咔"的脆响，仿佛连往事也一起给咬碎吞了下去。

圣诞照例是商场的促销季，甘小满负责的一层有三类产品——珠宝、化妆品和手机。商场的一层，关乎入门印象，因此小满有事没事都要逛上几圈。听从她的建议，周长文在电梯旁辟出了一块特价区，会算计的主妇们最爱在这里淘东西。

亚特在装修上也算舍得花本钱，效益不好还是管理层的问题。小满边走边琢磨年后要重新装修，不知会做出什么特别的风格来。伟天保留了很多老海丰的东西，亚特没有海丰的百年文化，估计要全部推翻换新的了。

转过化妆品区，便是珠宝区。她脚步一滞，使劲儿眨了眨眼，没错，的确是彭锐明正陪着两个女孩站在柜台前，一个女孩在试戴，他则好脾气地默默等着。

王笑笑常说那贱人扔进人堆儿里也贱得出众，话虽难听，倒是实话。彭锐明的确出色，甘小满现在也不能否认他的确比大多数影星都好看。以前他们好的时候，彭锐明曾经自夸说女患者术后不痛是因为主治医生太帅，帅能止痛，药理上没任何副作用，心理上可就说不定了，女患者出院后频频借故找他，估计就是心理上的副作用的体现。

彭锐明帅气的外貌给甘小满留的副作用是看见他就发愣，现在甘小满就愣在了当场。彭锐明眼角的余光瞥见一道熟悉的人影，转头看清后，不禁也愣了一下，万没料到世界竟然如此之小。他们上次见面还是在医院，她当时有点儿狼狈，现在身穿套装立在来往的人群中，如一枝剑兰，瘦而孤秀，撞得他眼神微晃。

与彭锐明一起的两个女孩，小满认得其中一个是赵雪宁，另一个却不认识。雪宁也算俏丽，可是待旁边女孩儿抬起头时，却被比了下去。

这女子二十岁左右，眉眼还带着少女的娇嫩，可是举止间却散发出与年龄不衬的风情，天然的卷发在鬓边弯曲，别致妖娆，分明天生尤物。

甘小满在赵雪宁脸上看到了一丝紧张。赵雪宁一紧张就往彭锐明那儿看，后者面无表情地问甘小满："换工作了？"

"是。"

赵雪宁朝小满笑着点了点头，算是打招呼，小满也回她一笑。两人都没有开口的意思，那女孩这时朝雪宁问："熟人吗？"

音调娇软，却又带着些微轻佻逗人。

雪宁应了句什么，大约是相识的话。甘小满朝他们微微点头后，就绕了过去，走出几步还听得那女孩在背后又道："北方也有好看的女孩呢！"

是在赞她。

甘小满突然明白此人是谁了，忍不住回头又看了一眼。她弄不懂自己为何如此，大概总听见卫珊的名字，潜意识里好奇。

从这个角度望去，彭锐明的身影正挡住她的视线，他轻靠在柜台边，一手捏着手套，百无聊赖地等着。甘小满忽然觉得这个动作有点儿熟悉，后来想起蒋庆康总漫不经心地捏一支烟，那样子大致也是如此。

似有意似无心，他也扭头望来，甘小满不及躲闪，被他瞧个正着。两人的目光隔着三四组货柜遥遥相接，他的目光中并无丝毫情绪流露。甘小满与他交往了一段时间，知道他这个表情其实包含的情绪甚多，只是他素来不喜被人看穿，总是伪装出一副波澜不惊的样子。

甘小满相信自己脸上的表情才是真正的波澜不惊，目光相接不过两秒，她就转头而去。商场里人流渐盛，不过一会儿，他便找不到她的身影了。

这日晚间，正是平安夜。甘小满下班赶回家先给妈妈做饭，只要自己在家，甘小满从不让妈妈做菜，因哮喘最忌油烟。她淘米煮粥，粥熬好后便炒肝尖，小菜一早就腌好放在冰箱里了，拿出来用芝麻油拌一拌就好。

甘菱胃口弱，小满常换着样地做她爱吃的东西。热腾腾的米粥盛好，小满便喊妈妈来吃饭，妈妈却拿着她的手机进来，说：“小满，你同事。”

甘小满擦手后接过手机凑在耳边，就听见对面人道：“做什么呢？”

哪有什么同事，分明是蒋庆康，她不想招惹他，他却总找上门。

甘小满走到外间，他当然明白她一言不发的意思，于是挑明了问：“不想和我说话？”

“嗯。”她轻轻哼了一声。

这回沉默的人换成了他。

“你给我带来了很多困扰。”

“那不是我的本意。”她直白得让他有点儿受不了，他轻咳一声转移话题："今天很冷。"

圣诞节前后是滨城最冷的时段，今年气温尤其低，真可用滴水成冰来形容。甘小满猛然反应过来，问道："你在滨城？"

话出口，才想起他前几天刚过来，说不定还没走。

"不想见我？"

明知故问，见你干吗？甘小满觉得跟他真没必要客气，于是说："公事之外的联系，怕给蒋总带来不必要的麻烦，被人误会就不好了。"

他轻声叹气，声音太低，甘小满甚至怀疑自己听错了——

"其实我又有什么怕的，既然你有困扰，不打扰你了。"

挂了电话，小满也没深想，及至出门赴王笑笑的约时，才明白他话中的意思。他很少会这样情绪低落，小满一想到他那种样子，就隐隐有些心疼又夹杂着一些畏惧。她猜不准他具体何指，却因他升起一股奇怪的悲伤情绪，让她好不自在，以至于一路上都摆脱不了这种没来由的忧虑。

她出门有点儿晚，到了才发现不是只有王笑笑和郭沣，另有两对情侣甘小满见过几次，是郭沣的朋友。入座之后，见王笑笑夫妇并无开席的意思，显然还在等人。那人是左等不到、右等也不到，不知是何方神圣。

王笑笑有些焦急，不停地往门口张望。甘小满便问："还等谁啊？"

王笑笑抿嘴朝她一乐，神情诡秘。郭沣的手机猛然铃声大作，他边接听边走出包间，王笑笑对甘小满笑道："人来了。”

甘小满顿时明了。惊诧之极，未等她说话，郭沣已引着人进来。他比照片上更显年轻，眉目端正，体格矫健。甘小满早熟悉了这张脸孔，一声“句号表哥”差点儿脱口而出，想起“句号”俩字，实在不便贸然叫出，又咽了回去。

郭沣向众人说：“我表哥。”随后又逐一给他介绍在座诸人。句号表哥说要回来过年，不料提前在平安夜出现，这让甘小满有些措手不及。她身旁的椅子一直空着，明显是王笑笑夫妇的安排，但王笑笑此刻却似乎忘了自己到底要干吗，惊讶得大张着嘴巴，直到郭沣连连给她使眼色，她才重新张罗起来。

事后，她对甘小满解释：“没想到表哥又帅了。”

甘小满疑惑道：“比你家郭沣差远了，你审美什么时候变了。”

“我现在比较欣赏肌肉男。”王笑笑魂不守舍地说。

“你不是一直喜欢花样美男吗，哪根神经搭错了？”

王笑笑忽然不耐烦地说：“你能不能别让我这么操心。”

甘小满感到莫名其妙，问道：“什么呀，你就操心了？”

“你一天天的这么单着，我怎么能不替你着急！该出手时就出手，明白吗？”

“你的意思是让我去马路上劫个男人回来？”

“我是让你别错过好男人。”王笑笑点她额头一下，说，“怎么到现在还不开窍？机会来了就要抓住，过了这村可就没这店了。”

“你让我抓住表哥？”甘小满默默地想了两秒，说，“太不沾边了。”

“对他没好感？”王笑笑小心翼翼地问。

甘小满哭笑不得：“拜托能不能别八卦，人家帮了我大忙，我觉得他好得没法说。不过这完全是两回事，真是跟你讲不通。”

“有什么讲不通的？”王笑笑闷闷地说，“没听过那句话吗，世界上总共只有两种人，男人和女人。对于未婚大龄女青年，凡是出现在她身边的男人，都是上帝派来和她速配的，不然安排他们出现干吗？”

“歪理邪说！”

王笑笑的情绪很不对劲儿。她叹了口气，说：“让我说你什么好，好事都被你自己毁掉了，看你将来后不后悔？”

“啥好事毁掉了？”甘小满大惑不解地问，“我怎么不知道？”

王笑笑狠狠地瞪了她一眼，说道：“你就装吧。”

甘小满感到委屈，她真的没装，王笑笑误会她和表哥了。那天众人一起吃饭，大伙儿都叫他表哥，甘小满也跟着叫，他的名字到现在她也不知道，郭沣也没说。

尽管甘小满不善饮酒，但还是斟了满满一杯敬表哥。在座的人多，她不好弄得煞有介事，可心中的确充满感激。

表哥从头至尾只瞅着她乐，末了二话不说，接了酒就喝干，然后斟了一杯回敬她。甘小满自然不能推辞，他便继续带着一脸神秘的笑看她喝完。

连着两杯酒下肚，甘小满的脸红了，头也有点儿发晕。句号表哥显然是没料到她的酒量会如此之差。在小满的眼中，他的脸孔有点儿模糊，只听他说："原来你的酒量是真的浅。"

王笑笑有意无意地说了一句："小满从来不喝酒的。"

表哥笑得更开心了："原来我好大面子。"

这叫什么话，什么叫"原来"？

甘小满本想请他来家里吃饭，一方面自己曾答应过给他包饺子、烤蛋糕的，另一方面也想让母亲对他致谢。谁知，表哥中途出去接了个电话再没回来，郭沣出门看了看，说表哥有事先走了。甘小满不料他走得如此仓促，众人也都奇怪他招呼都不打就离开。郭沣摇头笑了笑，含含糊糊说了一句："别管他了。"

甘小满晕头晕脑，总觉得郭沣神情古怪，活像奸细；王笑笑对自己的态度也有种说不出的诡异。"奸细夫妇"丝毫不受表哥不告而别的影响，兴致依旧高昂，饭后连声招呼众人前去K歌，于是一行人浩浩荡荡地向KTV走去。

表哥既然来了滨城，是要回家住的，自己现在占着人家的房子，人家倒不好回去了，这实在是不妥。甘小满特别抱歉，可又找不到他，只得登上MSN去看，他的头像黑着，却一跳一跳地闪着，有留言，音响太吵她没听到："其实，很想和你一起吃饺子和蛋糕。"

她立刻回："没想到你走得那么仓促，明天有空吗？"

岂料表哥神龙见首不见尾，平安夜露脸之后，再无消息，居然连网也不上，甘小满硬是再也联系不上他。

听了王笑笑的一番话，她才明白郭沣的古怪神情到底意味着什么。他们夫妇是真的误会了。

甘小满连连叹气，王笑笑也连连叹气。甘小满不明白她为何如此惆怅，王笑笑说："我是被你急的和气的。"她说完，不再理甘小满，拎着包走了。

甘小满不得不承认，自从表哥于她最困难的时候出手相帮，她的生活便朝着好的方向发展了。她有点儿神经病地想，表哥或许便是传说中的天乙贵人，一旦遇到，立刻转运。

从某种角度上讲，董纤云或许也是她的贵人。周一上班，周长文让她准备下，明天去总部培训。小满不放心母亲，甘菱说："我自己照顾自己没问题，你放心去好了。"

经过一段时间的调养，甘菱气色好了很多，虽然还是瘦，但有了精神。甘小满买了好几大袋蔬菜和水果，甘菱说："你就去半个月，买这么多干吗？吃不了坏了，多浪费啊。"

甘小满说："我不在家，你少做炒菜。火腿、香菇、粉丝、牛肉之类的都能煲汤，白菜海蜇可以凉拌，另外我还给你准备了罐头，要是不想动就吃现成的。"

她边说边把东西收拾干净，一样样用保鲜盒装好放进冰箱。面是早晨发上的，她蒸了一锅馒头，王笑笑曾说现在还有几个人会蒸馒头啊，甘小满原来也不会，因为甘菱爱吃手工馒头，小满勤学苦练半个月，发现蒸馒头也没那么难，现在她已经能很从容地蒸出香喷喷的大馒头了。

甘小满在厨房忙活，甘菱帮不上忙，便在屋里给她整理箱子，边收拾边叮嘱："南方冬天又湿又冷，要穿厚点儿。"

甘小满觉得这话耳熟，好像在哪儿听过。

甘菱又说："那边吹空调多，皮肤容易干，保湿水要记得多喷。"

"妈去过永宁吗？"小满把馒头一个个地拣到案板上晾。

"去过，很多年前了。"

"风景好吧？"

"夏天很热。"甘菱低着头，边整理衣服边回答。

"妈，我又不是去非洲，用不着带那么多东西。"甘小满从厨房回到卧室。

甘菱说："你要带也没那么多东西，瞧瞧你才有几件衣服？"

甘小满这两年没添什么衣服，箱子里只有两三件旧衣和换洗的内衣。小满听到甘菱的话，就笑道："我又不是明星，要那么多衣服干吗？"

甘菱当然知道她为什么这么节俭，轻轻叹了口气。小满坐到她身边，说："妈，你的脚趾甲长了没，我给你剪剪吧。"

甘菱因生病的缘故，一弯腰剪脚趾甲便气闷，甘小满拿过指甲刀来替她修脚趾甲。她有几根头发拂在甘菱脚上，微微发痒。甘菱看女儿略低着头，面色莹润好似透明，不禁有点儿走神。

"妈想什么呢？"

"要是能找到你的亲生父母就好了。"甘菱缓缓地说。二十几年来，甘菱这是第一次提起她的身世，小满不禁一怔。

"他们当时一定是有难处，过了这么多年早该后悔了，可惜当时没留下什么线索。”

“有线索也不找。他们不要我了，我也不要他们。”甘小满头也不抬地说。

“我身体不好，哪天我不在了，有人照顾你我才能放心，不然总是放心不下。”甘菱的声音低低的。

“他们当初把我扔了不管，已经当我死了，就算现在后悔，我也不会原谅他们，这事儿以后别再提了。”甘小满用小锉刀把趾甲磨圆。她的一绺头发滑到额前，甘菱抬手替她弄到耳后。小满低着头，话音有点儿闷：“妈，你不是最爱吃甜的吗？我给你带永宁糖糕回来。”

“小孩儿才爱吃糖糕。不剪了，睡吧，明天一早还要乘飞机呢。”

甘小满夜里梦到自己孤独地站在高天之上，阳光把云朵映成金色，也把她的瞳孔映成金色。梦里她用金色的目光看穿遮挡在面前的浮云，望到时光过处灰白交错的场景。往事褪色，却不能抹杀曾经存在的人，他们在离她不远的地方默默与她相望，天空忽然下起暴雨，让她不寒而栗。

六　江南何处不逢君

1

永宁素以风景闻名。经济高速发展，使得各地城市建设都差不多，永宁的特色在于保存了很多古代建筑。甘小满乘车穿过开发区进入老城，瞬间有种时空置换的感觉，好像一脚跌进了画卷，烟水氤氲，脂粉留香，突地触动了她的情怀。

忽然，望见河上的环卫船只正在打捞垃圾，网兜哗哗地泄着浑水，一筐筐被泡得面目全非的垃圾被装上车运走，原来风景再好，有人的地方也一样脏。

参加培训的有四十多人，来自乾一全国各地的分店。不同地区的学员操着不同口音，她和来自邻省的四人讲着还算标准的普通话，其他人说的是哪儿的方言，甘小满不清楚，只把它们一概归为南方口音。

第一周是理论课，上课地点在总部西楼会议室。这个会议室平时是开员工大会的地方，四十几人坐好还空了一大片地方。

培训老师姓吴，年轻干练，比甘小满大不了多少，却极为严厉，第一堂课就把迟到的两个学员狠批了一顿。两个男人颇有年纪，估计前一晚喝多了早上起得晚，被小吴老师训得蔫头耷脑，脸红得好似关公。

“空有制度不能执行，如同虚设，还要制度干吗？你们回去管理别人，自己不能遵守制度，还怎么约束人？”小吴环视众人，目光严肃，“这也是我今天要讲的第一个内容：要想管理别人，首先管理自己。”

甘小满觉得他很有教官的派头，大学军训的时候，教官也是这么一副模样。底下万马齐喑，两个男人在一片沉默中贴边找座位坐下，那样子别提多丧气了。

如果不是为了最终的培训考核成绩，估计他俩早摔门走了。总部的评语关系到回去之后的工作，估计大伙现在都抱定一个念头：不求有功但求无过，千万别惹小吴老师。

过了两天，甘小满发现小吴老师的要求也不高，不过是按时上课，认真做笔记，很容易做到。

她住的地方离总部不远。虽然公司给报销，她还是挑了个便宜的旅店，不是有意表现什么，只觉得事情本该如此，能节俭当然要节俭。王笑笑常笑她这方面傻气，她也改不了。

天一直阴着，第二天早上零星飘起雪花，空气湿冷。她本不耐湿寒，夜里又着了凉，连打了两三个喷嚏，看来是感冒了。

公司不远处有个药店，中午下课她便出来买药。乾一总部大楼甚为豪华，大理石地面光洁得能照出人影，工作人员身穿套装来往穿行，步履迅捷。甘小满因为来培训，穿着半旧休闲装，踏着平底鞋，在他们中间显得格格不入。

前面有点儿不对，和她一同走出电梯的人都靠墙边移动，硬是把中间空出一条通道，她也随着众人靠边。一队人从大门过来，她望了一眼立刻定住，其中竟有三个熟人！

此地遇见蒋庆康并不奇怪，人家老巢嘛。他眼神略动，显然也看见她了，但他的反应甘小满没注意，因为她的目光被别的吸引了——

王笑笑常说男人年轻的时候可以嬉皮笑脸，可以放浪不羁，可以恃才傲物，这些都会散发出魅力；老了就只能乖乖地做个绅士，不然就成了老流氓，不如不活了。为首那人看上去委实是个绅士，现在的人对人宽容对己也宽容，四十岁的人还称为青年，但即便用这个尺度界定，彭卫东无论如何也算是将老了。

可是不能用老来形容他。甘小满见过他一次，他们相处的时间不长且有彭锐明在旁，那时她一直紧张，没心思观察彭卫东，只求问答别出错就好。现在没了当时的局促不安，她方能用平静的眼光去审视乾一这位最有权力的人。

他穿着一身极为得体的西装，腰背挺直，肩阔体圆，步态稳健。上次见面甘小满觉得他十分慈祥，现在发现自己当时真是判断失误，彭锐明对她的好把她的感官都给糊住了。

彭卫东生着一张国字脸，额发微谢，更显额角锐利，面皮没了光润的色泽，完全暴露出多年历练累积的圆熟，眼角微微耷拉，给人与世无争的错觉。甘小满想自己上次见面便是被这双眼睛迷惑了，觉得他和童话里的老爷爷一样，却没留意他一旦抬起眼皮，炯炯的目光中露出的威严与不可冒犯。

从这一点来看，蒋庆康隐隐有他的气势，而彭锐明更多的是承袭了他的样貌。即便彭卫东已经老了，甘小满也还是不得不承认他曾经应是个美男子。

甘小满之所以发怔，连素来将其视为第一危险的蒋庆康都漠视，并非由于彭卫东。在往电梯间移动的七八人中，一个体格矫健的男人完全镇住了她。他也很快发现了她，两人目光相接，甘小满惊讶得险些摔倒，那人却对她勾起嘴角，露出白牙，挤出怪异的笑容。

“表哥。”她一声惊呼差点儿出口。

表哥对她微微点头，没有停下的意思，随众人进了电梯。甘小满急忙转身目送，却只见到他的半张脸，蒋庆康挡住了他。甘小满恨不得手臂暴长，将蒋庆康的脑袋扒拉到一旁去，那厮也许洞悉了她的意图，板着脸不悦。电梯门徐徐关闭的瞬间，彭卫东看清了电梯外的甘小满，愕然惊诧，那是猛然呈现的自然反应，没来得及添加任何掩饰。

甘小满心里笑道：用不着这么夸张吧，就算是儿子的前女友，也不用露出跟撞了鬼一样的表情啊！

不过表哥怎么会在这儿？好像跟蒋庆康和彭卫东都很熟的样子，他们怎么混到一处的？

她掏出手机连网，大力水手黑着脸朝她摆着架势，她问：“表哥怎么会在乾一？”

人没在线，当然无法回答。她原地等了几秒，茫然四顾，终于想起要去买药。出了大门，好大的雪片夹杂着细雨迎面飘来，她不由冷得发抖。

雨雪天气，街口有交警在指挥交通，车辆的行驶速度减缓，待对面的红灯变绿灯，人行横道上要过街的人都走了，甘小满才急忙抬脚跟上。她有些心神不宁，隐隐地猜到了一些事情，可偏又不太清楚，这让她非常不安。

她从未如此失神过，以至于完全没注意到有人一路尾随着自己。因为心思恍惚，忘了拿找回的零钱。店员喊她："女士，你的钱。"她方回头，被唬了一跳。有人接过那一把零钱递给她，笑容灿烂地学着店员的口吻："女士，你的钱。"

正是表哥!

甘小满有些傻傻地搞不清楚状况，表哥还是笑眯眯地说："没想到能看见我吧?"

"嗯。"甘小满难掩迷惑，"你怎么会在这儿?"

"来看朋友，没想到能碰见你。"他和她一同走出店门。

"朋友?"甘小满疑惑地重复道，脑子里立刻浮出他方才紧随蒋庆康的情景。表哥没注意到她的表情，问："你不在滨城，怎么跑永宁来了?"

"我是来培训的。"

"这么说要待一段时间了?"表哥琢磨着，"哪天休息带你逛逛永宁城吧。"

甘小满没料到他有这样的提议，自己本来欠他人情，实在不好再叨扰他。表哥却笑道："有什么不好意思的，我也没怎么逛过，正好结伴，到时候再找个本地人当向导，你等我电话好了。"

甘小满当然不肯等他带自己去逛永宁城，当即请他吃晚饭。中国人表达情意往往都在饭桌上，甘小满觉得除此之外，自己也没有更好的法子来对表哥表示感激。蛋糕之类的，以表哥来去无踪的性格，不知道何时才有时间等自己做，这次千万不能再错过了。

表哥颇为犹豫了一下，说其实晚上还有事，不过也许不耽误吃饭，五点钟以后再和她联系确定。

他问了她的住处，两人在街口分手。甘小满自去上课，走了几步回头，见他正朝反方向大步前行，路边一辆黑色轿车早在等他，他径直拉门上去。

雨雪还在不停地下着，车子慢慢地转弯融入车流。甘小满低头，发现泥泞的雪水弄脏了她的鞋，她用力跺脚，还是没能弄掉。

甘小满万没料到自己一向身强体健，却被小小的感冒打倒了。买的药吃下去丝毫不起作用，一天的课程结束时，只觉得腿软头晕，她发烧了。

雨夹雪彻底变成了小雨，冷冰冰的雨点直往脸上、身上扑，冻得她不停地打冷战。回旅店的路上，她又拐弯去了趟药店买退烧药。药店离她住的地方不过几百米，她一步步蹭回去，觉得这段路耗尽了全身的力气，看见床的那一刻她恨不得立刻睡倒。

空调不停地运转，也没法让她暖过来。被子里的一团湿气始终摆脱不掉，床上没有电热毯，躺了一会儿她实在忍受不了，就拿电话往前台拨，电话居然不能用，她这才发觉自己图便宜找的旅店把自己捉弄了。

这样过一夜，明天肯定没法去上课了。她下床去找服务员，心突突地狂跳，电梯一停，她眼前一阵发黑。看来这次极有可能是重感冒，弄不好真要倒下了。

“我们本来就没有电热毯，哪张床都没有，不光是你的没有。”服务员是个小姑娘，边低头用手机刷着网页，边不急不慢地说。

“可是被子里太冷了。”

“那是你不习惯，我们这里都是这样子的。”小姑娘依旧不抬头。

甘小满十分生气，可又不想发作，想了半晌，才客气地恳求道：“我感冒了，没法睡那么冷的被子，你帮我找张电热毯好不好？”

小姑娘这才将头抬起来，瞅了瞅她，好像在做某种判断，然后也不吭声，就往后面的屋子走去。等回来时，她手里拿着一张电热毯，意外地还有暖宝宝，说：“北方人来南方过冬天总爱感冒，不是说你们那边更冷的嘛。”

她将手机收到口袋，和甘小满一起上楼铺床，说：“发烧吊水好得快，我每次发烧都去吊水，吃药不管用的。”

发现甘小满感冒之后，她忽然变得热情起来，还告诉甘小满：“南边街上有医院。”

甘小满向她道了谢。小姑娘又摇了摇热水瓶，发现还有半瓶热水，就走了。

甘小满吃了药，和衣倒在床上。电热毯烘得被子里很热，却把湿气也全烘出来了。她吃了退烧药微微出汗，混着潮湿的热气，感到浑身黏糊糊的，相当难受。

手机这时响了，是表哥。甘小满鼻塞声涩，声音全变了。表哥惊讶地问："感冒得这么严重？"

"没事没事，您晚上有时间吗？"

表哥迟疑地说："要不改天吧。你不舒服多休息。"

"没关系，小感冒。"甘小满生怕他又像上次那样中途跑了，于是连忙说，"我在哪儿等您，您想吃点儿什么？"

表哥半天没吭声。甘小满怀疑掉线，于是问道："表哥？"

他方说："你在旅店等我吧，我马上过去。"

甘小满挂了电话，下床换衣服，积蓄的一身潮热遇了冷气，令她不禁连打了好几个喷嚏。她觉得自己如同风中的叶子，再来一阵冷风就能从树枝落下。

她倒了杯水大口喝光，肚子里这才有了点儿热气，刚把外套穿好，便听见敲门声。表哥来得还真快，等她打开门，瞬间怀疑是不是自己感冒弄得眼睛都出了问题，表哥身旁还站了个人。见她愣着，表哥便说："不请我们进去？"

见甘小满露出如同见了鬼般的表情，表哥连忙解释："人多吃饭热闹，我就请了蒋总。"

甘小满眼前金星乱冒，头晕更甚。蒋庆康面无表情地迈步进屋，表哥带着一脸内容复杂的笑也走进来，两个大男人在狭小的室内一站，房间立显局促。蒋庆康上下左右打量一番房间，哼了句："周长文给你的差旅费不够吗？"

"跟他没关系。"她也哼了一句，有些人明知自己不受欢迎还要品头论足，真是优越感太强了。

表哥笑眯眯地说："蒋总说感冒最好吃火锅发发汗，怎么样？”

“表哥说吃什么就吃什么，我没问题。”

她故意把蒋庆康撇出去，蒋庆康也不在意，表哥却有点儿窘，毕竟是他请来的人。他自然不清楚两人之前过招无数，这一层微妙的关系甘小满也没法对他言明。甘小满心里叹气，怎么到处摆脱不掉蒋庆康这尊大神，莫非自己的八字与他的相克？

甘小满拿了包，三人准备下楼。她脚下发虚，不过是强打着精神，加上蒋庆康在旁，竟无话可说。表哥目不斜视地正步前行，完全一副与甘小满不相关的样子，倒是蒋庆康施施然地自顾自行，怡然自得。三人以极为奇怪的气氛坐上电梯，一路无语地出了旅店，门口停着中午接表哥的那部车，表哥坐上驾驶位，蒋庆康顺理成章地坐在后面，甘小满一咬牙一跺脚，坐上副驾，说什么她也不能挨着那厮。

这时，冬雨未歇，街衢静悄。蒋庆康微侧头望向车外，甘小满则紧盯前方路况，表哥轻咳一声，说：“菊花火锅，永宁有名的特色美食，吃过吗？”

“没有。”甘小满觉得一切都被搅乱了，她许久以来一直盼望某日向表哥正正经经地表达一下谢意，两人在MSN上相谈甚欢，她视他为平生仅见的君子，固然有先入为主的意味，不过他也实在当得起。可气的是，蒋庆康夹在中间，将这一顿感谢宴全搅和了。

甘小满不知道表哥的名字，直到蒋庆康呼其钱小涛，她才知道。一听这名字，甘小满的第一反应是表哥有个恭喜发财的好名字，钱似波涛滚滚来，很接地气。

蒋庆康大马金刀地坐在主位，钱小涛和甘小满分坐两旁，好像这一餐是为他准备的，二人全是陪客，活脱脱地喧宾夺主。

偏偏蒋庆康还不知好歹，服务员推荐了餐厅的主打菊花火锅，蒋庆康脑袋直拨楞：“等我看看。”看菜单好像研究军事地图一般，眉头紧皱，道：“怎么没有合意的东西？”

甘小满的鼻子差点儿被气歪。就算您老人家吃惯了高级酒店，也该明白什么叫入乡随俗吧，没看见整个餐厅座无虚席，大家都吃得津津有味吗？

服务员察觉出这主儿不听劝，乖乖闭口不言。蒋庆康细细地琢磨菜单，也不问两人的意见，钱小涛仿佛早就习惯蒋庆康如此，和甘小满抢着用开水冲洗杯子、碟子。这种人气餐馆就是这样，东西肯定合大众口味，卫生却总是让人存疑。

蒋庆康终于敲定了内容，霸道行为展露无余。他为自己要了一份海鲜锅，为钱小涛要的主要是以肉为主，给甘小满要了清汤锅底，外加一大堆蔬菜。钱小涛满不满意甘小满不知道，她的这份挺合心，本来她感冒发烧，就想吃点儿清淡的东西，涮点儿蔬菜很不错，这让她郁闷的情绪稍减。

一时锅子上来，甘小满举杯说：“表哥帮了我大忙，一直都想当面表示感谢，今天才有机会，虽然有点儿晚，但心意是真诚的，真心谢谢您。”

钱小涛不好意思地说：“快别这么说，应该的应该的。”边说还趁机瞅了瞅蒋庆康，蒋庆康舒舒服服地端坐主位，一脸了然的神色，并不多问，倒很捧场地举起杯。

钱小涛张罗吃菜，还提醒甘小满："你感冒不能喝酒，多吃点儿菜，出出汗就好了。"

蒋庆康突然说了一句："我不陪你们喝了，待会儿回去我开车。"

甘小满心说：谁也没让你喝啊。

"我也不能多喝，咱们以吃为主。"钱小涛说，"说起火锅，我吃过最怪的一次是两年前的臭豆腐锅。"

蒋庆康似笑非笑地问："味道如何？"

钱小涛笑了一声，说："臭是肯定的，可是臭里带着香，要的就是那个味儿。不过，这辈子我吃的最离谱的东西，你们肯定没尝过，一辈子都不想再吃第二次。你们猜是啥？"

蒋庆康问："国内还是国外？"

"国内。"

蒋庆康连猜了两三种，都不对，蹙眉又想了一会儿，说："一定是蛤虫。"

甘小满忍不住问："什么是蛤虫？"

蒋庆康白她一眼，说："这你都不懂？朽木里生的虫子，又软又胖又白，高蛋白。"

甘小满顿时明白了，差点儿吐了。她瞪了一眼蒋庆康，怒道："还让不让人好好吃饭了？"

蒋庆康慢条斯理地说："谁让你问了啊。"

钱小涛说："我没吃过那东西，蚕蛹倒是爱吃。"

甘小满想了想："我大概知道你说的是什么了。"见钱小涛盯着她，说道，“鱼茶？”

钱小涛一拍大腿，说：“人家把那个当待客的好东西呢，可是咱们只能辜负。”

这次，轮到蒋庆康不知道了，于是说：“听名字也不难吃，风雅得很。”

甘小满和钱小涛忍不住乐了。钱小涛说：“老大，啥时候你去吃一次，保证你回来就不这么说了。”

甘小满听他叫蒋庆康老大，心里一动。钱小涛口中我的朋友必定是蒋庆康，两人看上去关系相当不错，没想到世界这么小，谁又能想到钱小涛居然是郭沣的表哥呢？

或许是火锅热气腾腾，终于化解了三人间的莫名其妙；或许是甘小满汤足饭饱，额头见汗身上轻快，心情也好了点儿；也或许是钱小涛善于调节气氛，扯了好多轻松话题，总之这顿饭三人竟然吃得十分融洽。

蒋庆康吃饱后，说：“这里的火锅还真是好吃。钱小涛，你推荐的不错，我在永宁这么多年还是第一次来。”

钱小涛说：“你平时太忙，也不注意这些小店。我还知道几个好地方，你肯定也没去过，不如趁甘小姐在这儿，咱们这几天都去吃一吃？”

蒋庆康笑眯眯地说：“好。”然后扭头冲甘小满笑道，“永宁是个好地方，滨城也是个好地方，你可以做个对比，看看哪里更合你的心意。”

什么叫更合我的心意？甘小满心想：我又不在这儿定居，合不合心意又有什么关系？

不等她答，他就有了答案："估计你是离不开滨城的，对永宁你水土不服，才来就感冒了；滨城那么冷，也没见你感冒过。"

钱小涛在一旁呵呵笑。甘小满窘迫得真想跳起来说"我当然伤风感冒过，你怎么知道我没感冒过"，或者干脆说"我伤风不伤风关你何事"。

但是她只能腹诽一下，钱小涛笑，她也跟着皮笑肉不笑地咧咧嘴。

埋单的时候，钱小涛非要掏钱，甘小满没让，说好了她请客的，蒋庆康在旁建议："今天小满请，以后钱小涛请。"

钱小涛说："让女孩子埋单多不好意思。"

蒋庆康悠悠地来了一句："你当她是男的好了。"

甘小满白了他一眼，他当然看见了，不过没生气，摇着钥匙坐到了驾驶座。钱小涛抿嘴一乐坐在后面。甘小满结完账出来，看到两人诡异的坐法，犹豫了一秒，一不做二不休，跟着坐了后面。甘小满看到后视镜里蒋庆康的眼睛都绿了，他半晌才从鼻子里哼出一句："你们俩还真把我当司机了。"

钱小涛咳了咳，说："要不，还是我开吧。"

蒋庆康不吭声，车子跟他一样像憋了一股气，哼哼地打火，在细雨里驶离了火锅店。

甘小满没想到这次感冒竟然如此凶猛，本来吃火锅出了汗，回来的时候觉得好些了，谁知没过一个小时，又烧起来了。她把手边能吃的药都吃了一遍，蜷在被窝里开足了电热毯发汗，以她的经验，感冒只要出一身透汗就没事了。可是，这次不见效，她汗没少出，烧却没怎么退，药劲儿一过，体温猛升，烧得更厉害了，可能她真如蒋庆康所说是水土不服。

看来真得去医院输液了，前台小姑娘说医院就在南边街上，可她怎么也起不来，迷迷糊糊地念叨着："再过一会儿就去打针，再过一会儿就去打针……"念叨了一会儿，她昏昏沉沉地就要睡过去了。

手机在床头柜上猛然唱响：

泥娃娃，泥娃娃，
一个泥娃娃，
也有那眉毛，
也有那眼睛，
眼睛不会眨。
泥娃娃，泥娃娃，
一个泥娃娃，
也有那鼻子，
也有那嘴巴，
嘴巴不说话……

她现在就像个浸了水的泥娃娃，胳膊软得和烂泥一样。谁在这个时间打电话过来，不知道人家正难受着吗？甘小满怒气冲冲地接通了电话，当听到是钱小涛的声音，她的气顿时就没了："表哥？"

钱小涛说："你在干吗呢？要是还没睡，出来吃夜宵吧。"

"夜宵？"甘小满烧糊涂了，重复了一遍才明白他说的话。

"我和蒋总俩人没意思，你也过来吧。"

"我还是不去了。"这俩人还真是能吃，甘小满现在难受得要命，根本吃不下东西，于是说，"我有点儿不舒服，想早点儿休息了。"

"还发烧啊？刚才不是好些了吗？要不要去医院？"

"没事没事，我睡一觉就好了。你们多吃点儿。"甘小满挂掉电话，往被窝深处钻了钻。她觉得自己像一条喷火龙，口腔胸腔干得要命，张大嘴巴一不小心就会喷出一道火焰，把整个旅馆烧了。

想到旅馆有可能报废在自己的火焰里，甘小满决定起来喝点儿水。她鼓励自己老半天，才从被子里爬出来。暖瓶保温性不好，水温吞吞的。她勉强喝了半杯，想回到床上去，却头晕眼花，只得侧身在椅子上坐下。真该去打针，可想到外面冷风冷雨的，又不想挪动半步。

正靠着椅背积攒力气，她就听到有人敲门，先轻后重，不停地敲。"咚咚咚咚，咚咚咚咚！"三更半夜来敲门的，不是狼外婆就是鬼外婆，甘小满小时候如果不乖乖睡觉，妈妈就常这么哄她。今天甘小满是好孩子，外面也肯定不是狼外婆和鬼外婆。

"是谁？"

外面的人不答，还是不停地敲着，像追魂一样催赶着甘小满到门口，凑在门镜上朝外看。他这时却开了口："看什么，是我。”

甘小满本来就全身无力，听出声音就更没精神搭理他了，半晌才懒洋洋地问了句：“蒋总来干吗？”

“开门。”

“三更半夜的不方便，有话明天说。”

“我有什么不方便的？我是坏人呀？”

“不是坏人也不方便。”

他顿了顿，闷声闷气地说：“钱小涛来，你准让他进，对吧？”

甘小满心想：我让谁进、不让谁进，你也管不着，弄出一副冒火的架势来干吗？莫非她遭遇了另一头喷火龙？

她懒得回答，说了一句：“我睡觉了，你回去吧。”就转身躺回床上。

敲门声不过停了几秒，又响了起来。甘小满用被子把头蒙上不理他，谁知他边敲门边打她电话。甘小满被吵得不得安宁，不禁拿起手机，说：“你有完没完啊？”

“你开门不就好了。”

甘小满真火了：“别那么无赖，好不？深更半夜的，你我非亲非故，凭什么给你开门？”

他一点儿也不生气：“深更半夜的，你我非亲非故，却在那根拉共度一夜，你忘了？”

“那时候，情况特殊。”甘小满挂了电话，关机不理他。

蒋庆康耐心非凡，电话不通继续敲门。几分钟后，旁边的房间陆续有人开门，甘小满能猜出他们都在朝这里看，持续高热让她的耳朵轰轰响，听他的敲门声也带着回音。

“要是不想打扰别人，就把门打开。”他劝降似的开解她，夹杂威胁，“我有决心敲上一夜。”

什么人啊！

甘小满掀开被子下床，不起来还好，一起来眼前阵阵发黑，满天闪金星。她强撑着摸到门边开了锁，差点儿就要晕倒。

蒋庆康本想奚落她两句，见她两颊通红，强撑着为自己开了房门，不禁皱眉问道：“都这样了还强挺，怎么不打针？”

“打不打针，关你什么事？”甘小满心里腹诽着，只问：“你来干吗？”

他不答，反而转身拿过她的外套和围巾递给她，然后命令道：“穿上。”

“干什么？”她最气不过他这副样子，指挥这个指挥那个。

“去医院。”他把外套和围巾往她身上胡乱一围，拉着她就往外走。他力气大，她没提防，被弄得一个趔趄。她一边甩手挣扎，一边说：“别胡来！”

她的手热得烫人。他不记得自己发过这样的高烧，事实上他没怎么生过病，从小到大吃的药片都屈指可数。她灼热的体温就像烧红的烙铁杵在他的心上，烫得他一凛。他现在是又急又气，恨不得立马赶到医院。

他先是急，接着开始后悔，后悔自己为什么要去吃晚饭，如果直接把她拉去医院，现在肯定什么事儿都没了。一想到这儿，脑子里就像有个小人在骂自己：吃吃吃，就知道吃，不吃会死啊！

他现在的状态可以用头大如斗来形容。他回身望了甘小满一眼，围巾像条毛巾一般搭在她的肩膀上。他把围巾在她脖子上绕了一圈，然后打了个结。怎么她打的结那么好看，自己弄的就这么丑？不管了，先去医院，他扯着甘小满就往外走，边走还边说：“你必须打针退烧。”

“我自己能去。”甘小满的嗓子都哑了，被他这么一扯，真后悔自己一直磨蹭着没去医院，不然也不用撞着这个神经病。

他压根儿没听她说什么，拉着她出门上车，然后把车子开得像头炮弹一般。甘小满怀疑自己此行不是去医院看病，而是要去炸医院。

深夜的医院输液大厅里，只有他们二人。护士打上针后，甘小满偷眼看他，说：“你回去吧。”

蒋庆康不吭声。

她又说了一遍：“蒋总，你回去吧。”

他“哦”了一声。彼时只开了他们头顶一盏灯，大厅不小，光线未散到角落便被黑暗稀释了，显得他们所在的一处就如月光下的岛。暖气稀薄，甘小满裹紧衣服蜷缩在椅子上。她向来唇色浅淡，有些微营养不良的样子，这时由于发烧，嘴唇竟透出动人的嫣红，灯光映得她的瞳子如沁星光。他知道她对自己的态度和自己期望的有着天壤之别，但总不能移开自己的目光。她从来不是凌厉的人，有天生的温和性子，这也是他总觉得温暖的地方。

“嗯。”他应了声，又略坐了坐，起身走了。

他的手套落在了一旁的椅子上，她想这人还真是大意。空旷而安静的大厅让人觉得更冷了，连椅子也是冰冷的，清凉的液体沿着血管进入心脏，她觉得自己终于喷不出火焰来了。

迷糊了没多会儿，轻轻的脚步声便停在身旁，蒋庆康回来了。她昏昏沉沉地睁开眼，就听他说：“我让她们找了张床，你到床上去躺着吧。”

他一定还去了通宵营业的超市，因为手上提着满满的一袋东西。护士过来引他们去旁边的病房，里面睡着三个人。他给她提着点滴瓶，身上还带着雨水腥冷的味道。

等她躺好了，他取了一杯东西给她喝，居然是热饮！甘小满早就口渴了，连忙接过来，他提醒：“小心烫。”因怕吵醒别人，他的声音压得很低，近乎私语。甘小满没来由地一怔。他以为她没听清，又说道：“先晾晾。”

他说完，接过去把盖子揭开，轻轻替她吹着。甘小满有点儿发窘，好在他低下头没注意到她的神情。此时的蒋庆康，完全不像刚才去旅馆砸门的人。甘小满心想人果然有很多面，也不知道自己究竟看到了他的几面。

烧渐渐退了，又喝了热的东西，小满全身酸痛，乏得要命。他手机响了，出去接电话，回来时她已半梦半醒，就听她嘟囔道：“你走吧，半夜了。”

他应了一声，没动。甘小满再要说，他朝她做个噤声的手势，然后小声说：“你睡吧，这点滴打得快，我替你看着。”

见她还要说话，他又低声安抚道：“等你打完我再走，别多说话。”

她本来半倚在床头，他轻拍枕头示意她躺下，待她躺好后又贴心地将被子给她拉平。甘小满嗓子哑哑地说：“谢谢，我自己看着就好了。”

他没做声，忽然伸手覆上她的眼睛，她本能地闭眼。手指其实并没碰到，他见状，笑道：“快睡你的吧。”接着，就拿出手机上网。

甘小满知道赶不走他了，也实在没力气再跟他较劲。她昏昏沉沉的，眼皮涩重，合上眼不过几分钟，便真的睡着了。

手机屏幕良久未动暗下去了，他终于能安心凝视她。每次和她安安静静地待着，总是会发生各种奇怪情况，这让他百思不得其解。第一次在那根拉，他几乎没看清身旁这个女孩子的相貌。重遇她之前，每当想起那个夜晚，她的脸总是模模糊糊的，和他隔着层夜色，如同远望浮在虚空中的一朵白色昙花。她醉在他车子里的那次，他抱她进卧室，她倒是睡得舒坦，他却听见自己的心咚咚地加速跳了一夜，所谓“辗转反侧，夜不能寐”，他那次算是有了深切的体会。

再后来，他们就开始闹别扭了，怎么样都别扭，她总是跟他唱反调，他每次见她都是满心欢喜，可是最后却弄得一团糟。他将这想成是一场攻城战，他在城外逡巡，她却连给他架云梯的机会都没有。每当他想前进一步，她就站在城头弯弓搭箭，“嗖”地将他逼退。

她在他的车里睡过觉，在他的床上睡过觉，跟他吃过饭，还给他做过面，但是从来没有走近他，反而离他越来越远。

面对她的逃避和疏离，他却执拗地努力靠她近一点儿，再近一点儿。他这时突然冒出一个傻念头，如果能像此时这般坐着守她一辈子，也是愿意的。

他从来没在医院里陪过谁，认识的年轻女孩都是活蹦乱跳的，精神抖擞得就像出山的妖精。她们喜欢猜他的心思，他一对着她们，就习惯性地戴上一副面具，可她们还是猜。他厌恶与她们周旋，如同厌恶许多不可摆脱的东西。或者她们也是好的，可是当她们和那些令他天生不快的事物掺杂在一起时，他实在没心思去追究她们到底是好还是不好。

他只知道眼前这个睡着的女孩是好的。烧退了，她的脸色略微发黄，嘴唇现出孱弱的微白。她本来身形高挑，是他见过的个子偏高的女生，睡在那儿却小小的一团，看得他心里阵阵泛酸。他在脑子里立刻列了张食谱，以肉蛋奶为主，每天让她吃上四顿，保管不到一个月就胖起来了。他很愿意像养小猪一般养着她，让她每天无忧无虑地吃了睡、睡了吃，不过不用说他也知道她是不会同意的。

他搞不清楚她为什么不爱化妆，也不爱用香水。他认识的女人都是浓妆艳抹，还满身的香水味。他有时候一言不发地坐在那儿里，觉得自己仿佛置身于山林之中，周围全是瘴气。大概她们以为这是利器，可以用这个把世界征服。

不过他对瘴气早已免疫，相反面对没有瘴气的眼前这位不能自持。一见到她，他就迷糊，情不自禁地干了很多自己都觉得贱兮兮的傻事，比如现在像个呆子似的，趁人家睡觉盯着看。

他今天有些恼火，她怎么对钱小涛会那么喜欢，无论怎么看，他都比钱小涛帅啊。看见她坐在副驾上和钱小涛挨得那么近，他及时地调整了战略，谁知道她居然又不坐副驾了！

他觉得自己在这场攻城战中成了个灰头土脸的败将，如果不是死皮赖脸地敲开她的门，连此时偷看她的机会都没有。说到敲旅馆的门，他觉得自己被逼得真是什么形象都不顾了。他向来极要面子，不过自从遇到她，面子就变得百孔千疮了。

可是这些都不重要，他觉得现在能瞅着她安安静静地睡觉，听着她发出均匀的呼吸声，就比什么都好。

突然那三张床上不知道是谁打了声很响的呼噜，他恨不地打那人一枕头。

他紧张得夜猫一样乱瞄，生怕这人的呼噜声吵醒了甘小满，估计那人忌惮他真的一枕头过去，自觉地翻个身没了动静。他这才松了口气，这只药瓶里还剩下小半瓶，刚才医生给开了三瓶，看看表，估计要滴到凌晨了。

他不无欣慰地想，自己和她是一道过了两天呢！

2

甘小满没想到自己会睡得那么沉，护士拔针时才醒来。反应过来自己身在何处，又看到已经凌晨四点，她不由自主地高呼：“天啊！”

蒋庆康一夜没睡，眼睛里布满了血丝，不过精神还不错，听到小满的惊呼，调侃道：“天怎么了？”

甘小满闷不做声地跟他出来，雨停了，天气更冷了。看她又要坐后面，他下命令：“坐前面！”

她白了他一眼，考虑到每次和他交手都没赢过，只好听话。车里很冷，暖风没等热起来，已到了旅馆的门口。

她说：“谢谢。”言下之意：我到了，你该回去了。

他却像没听懂似的跟着进来，甘小满知道自己拦不住，索性不说话，任他一直跟到房间。他把大袋零食放下，再次打量房间，目光表达了对房间的严重不满，不过没发作，只是问：“饿吗？想吃什么？”

好像两个人在一起总是吃。

“不饿。”她没什么精神。

“可是，”他为难似的，“我饿了。”

她终于抬眼看他，他也看她。他替她看了半夜点滴瓶子没睡觉，当然饿了。

“有泡面。”她指向柜子。

他认真地说：“泡面不用锅煮没法吃。这里又没有锅，再说最少也要放个蛋才有营养，你有鸡蛋吗？”

甘小满知道他是故意的，她没精神跟他斗嘴，再度闭口不言。

蒋庆康笑道：“现在还难受吗？不难受的话，我带你去个好地方。”

“难受，也不饿，你自己去吧。”

蒋庆康把她的围巾又拿起来，说：“都几点了还不饿？你可是睡了大半夜，看在我替你看了半夜瓶子的分上和我吃个饭，咱们就两清了，你不是最不喜欢欠人情吗？”

“是你自己要看的。”甘小满毫无感动之色。

“这么伤人的话，你也说得出？”蒋庆康满脸惊诧。

这厮要是去当公关，保准没有拿不下的客户。几分钟后，甘小满又坐上了副驾位。他开着车东扭西拐，甘小满倒有机会欣赏清晨的永宁。她相信来此游玩的旅客一定不知道永宁的清早是如此美，有谁会起个大早只为看一眼即将苏醒的城市呢？

冬雨过后的河面上缓缓升起了雾气，街巷在氤氲的云雾中，就如一幅水墨画。她在北方长大，看惯了冬日的河面结冰，岂料这里的水流依旧潺湲，像是被寒冷冻没了声息，显得更为萧瑟。即便耐冷的植物依旧绿着，总有不合时宜的突兀，让人倍感凄冷。

蒋庆康将车开得极快，空旷的街道上交通信号灯寂寞地红绿变替着。甘小满小的时候，总是觉得繁花满枝才算欢喜，长大后才明白天地间一切莫不有其风味。即便凄风苦雨，只要触怀，也是优美。不过，这些与欢喜无关罢了。

蒋庆康看她出神，问：“想什么呢？”

小满不答。他便笑道：“我看你的眼里有诗。”

甘小满被逗得咧嘴，说：“大江流日夜，小河也是流日夜的。”

正在等红灯，蒋庆康也将头转向外面，说：“星沉海底当窗见，雨过河源隔座看。你看着它们，在它们眼中，我们也是星和雨。”

甘小满没听他说过这样的话，心里没来由一惊。一阵疾风过去，绿灯亮了，车子驶过两条街，突然朝右一转，单行线两旁出现一些甘小满叫不上名字的绿叶植物，车从狭窄的马路中间穿过，到尽头便停了。一条被雨洗得发亮的青石板路出现在眼前，他微侧头，对甘小满说："下去走走？"

不等甘小满回答，他先下去了，转到她那侧拉开车门，她便下来。他穿着黑色的长大衣，被风掀得衣襟乱抖。他撑开伞给她遮住头顶，原来有极细的雨丝正从天空筛落下来。她戴上羽绒服帽子，说："你自己用就好了，我有帽子。"

他还是没撤，倒是把自己晾在一边，见她并不进来，索性收了伞。两人沿青石板路行了不远，现出一拱石桥。蒋庆康说了句"小心滑"，就率先踏上去，甘小满紧随其后。两人在桥顶立住，前方一片空旷，城市建设正如火如荼地进行着，被楼群环绕的这片空地荒草蓬蒿，但四周已经圈画，连石桥也囊括其中。

想到不久之后，方才途经的青石板路、脚下的石桥，连同周围粉墙黛瓦的民屋都将不复存在，钢铁水泥的建筑将拔地而起，甘小满不禁有些感喟。

"乾一投资的休闲广场，年后将在这里动工。这座石桥已经有七百年历史，后代子孙依然可以来往于此。"他随手朝周围一指，接着说，"能保留的尽量保留。"

彼时天色微明，雨雾纷纷，沿河的人家还都在梦中，时间随他一指似乎顿住。甘小满于冬晨冷意中见他侧脸安静，那动作并非指点江山的炫耀，倒带着些许怆然，不禁微笑着说：

“保留和兴建都是传承，做好就是好事。”

她打了半夜的针，眼皮微微有点儿肿，脸色素白，一丝丝笑意如风过莲塘，清朗了然。蒋庆康笑着转头看她，说：“你总是明白人。”

他说完，便带甘小满过了小桥。

甘小满没料到他会带自己去吃刚出炉的面包。

整条街上，只有这小小的欧式门头亮出灯影，好像大海中的灯塔，专门等待着漂泊了整夜的船只。

蒋庆康熟门熟路地开门，暖气和着麦香气迎面扑来，几乎就在他们刚刚坐好时，冒着热气的咖啡就已经端上来。一肚子的冷气，喝口热东西真是舒服，不等甘小满从舒服里缓过来，白衣白帽的服务员便端上了牛角包和提拉米苏。

女孩子往往都会对甜美的食物无法抗拒，甘小满也是一样。高烧退去，她的好食欲毫不犹豫地回来了。既来之，则安之。美食美器令人赏心悦目，味道无可挑剔，味蕾与食物的对话总是让人欢喜。

蒋庆康喝着咖啡，表情享受地问：“怎么样？”

“醇得像油茶。”

他先愣后笑，觉得非常贴切，从口味上讲，中国人做此比拟，俗而通，大艳。

她捏着叉子低头切蛋糕，吃得细致香甜，他不自觉地停下，只顾着看她。晨曦被窗子滤过，映在她面上肩头，是那样柔和。蒋庆康心中的柔情泛滥成灾。

熟悉的画面仿佛又浮现在他的眼前：寒冷黑暗的深夜，他们在小小的一方车子里依偎取暖，他觉得人生好像走到了尽头，冷风不时地把女孩的发丝吹到他的脸上，那柔软的触感他至今念念不忘，他手心里握着那一块巧克力硬糖，忽然由恐惧生出无畏。他从没有经历过如此绝望的夜，却因一块糖果看到了活下去的希望。

他忽然想长长地叹一口气，岂料甘小满先他一步发出满足的长叹："好吃，好饱，我该回去了。"

"这才六点。"他看着表说。

她不吭声，系好围巾，跟他在一起她总是赶他走，或者是自己吵着走。

"总要考虑一下别人吧，我没吃完呢。"他抗议道。

见甘小满端坐，一副你不赶紧吃我立马走人的样子，他只得皱着眉低头啃面包。从这边看，他的眉头额角好像某人，因为想不起像谁，甘小满不觉狠狠盯了两眼，不想竟被他发觉，一抬头四目相接，把她吓了一跳。

他笑眯眯地问："看什么呢？"

"没看什么。"

"目光闪烁必是谎言，说实话。"他边擦嘴，边审她。

她想想，试探地问："有没有人说你像小李子？"

"小李子？"他震惊，"李莲英？！"

她忍不住笑了笑，没解释。

他怒了，反问道："不带这么说人的吧？我伺候你没有功劳还有苦劳，说我像他？"

他的眉毛都竖起来了，见她一副开心的样子，觉得自己被捉弄了，于是无奈地问：“你就这么开心？”

甘小满从没见他露出过如此表情，似怒似窘，瞅着自己又不好发作。她只抿着嘴，说：“是啊，开心。”

“什么人啊！”他说。

他们出来的时候，店员面带笑意一直送到门口，还递给甘小满一个盒子：“您的黑森林。”

说他像小李子，还有黑森林打包带走？莫非蛋糕里有诈？

蒋庆康朝他们挥挥手，熟悉得不能再熟悉的样子。上了车，他问：“我的面包师怎么样？”

甘小满难以置信地问：“你的面包房？”

“不行吗？”

“真是爱好广泛啊！”她是真没想到。

蒋庆康目视前方，说道：“不是爱好，为的是有朝一日带谁过来吃东西方便，不然大清早的吃什么呢？”

她微笑道：“真感谢那个谁，不然还真饿着了。”

“你说那个谁是谁？”他第一次知道她牙尖嘴利。

她不答。

他笑笑，将她送回住处。

天光大亮，她有些倦，依着心愿蒙头睡觉最好，但手机上的一条短信让她心里陡地一颤，信息是甘菱发来的，并不长：

“小满，扎庙老乡告诉我有人打听你的情况，也许是你的亲生父母来找你了，具体等你回来再详说。”

甘小满捧着手机，足足愣了三分钟。她本来已经退烧，可看到这条信息却像又发了热般心头烦躁。二十多年来，她和甘菱一直平平静静地生活在一起。小时候，她偶尔还会幻想一下自己的父母到底是什么样的人，可年龄越长对他们越没有念想，成年后则对他们彻底绝望。刚出生不过几天，就被他们丢弃在路边，真如她之前跟甘菱讲的那样，他们当她是死了的，她也当他们不在了。

这个消息犹如巨石投入水中，瞬间打乱了她原本平静的内心。她的脑子里，先是一片空白，接着就是恼怒。她当即给母亲回短信：

“妈不要告诉他们任何关于我的消息，我不会与他们相认，此事没有商量的余地，一定要听我的。”

发完短信，她去洗脸，在卫生间听到手机的提示音，出来一看，不是甘菱回的信息，倒是蒋庆康：

“小李子，莱昂纳多·迪卡普里奥，全球偶像，你终于发现我很帅？”

这么快就觉悟了，她哑然失笑。他得意非凡，还要深究：“你是喜欢他花样美男的时候，还是气质大叔的阶段？”

她不回。他终于耐不住，直接打电话过来：“你也没说小李子是他，我当然以为是李莲英——你怎么不说明白？”

今天的蒋庆康跟她一贯认识的有点儿不同，她听得出他拿她当很亲近的人。他本应只是王笑笑口中的“极品”，周旋于离她很远的圈子里，那里的人和事都是她所陌生的，而他也是她所陌生的。

现在他如此讲话，就像他们是相识多年的朋友，不需客套敷衍，可以在对方面前畅所欲言。

她有些后悔说他像小李子。他好像是在专门等这句话来拉近彼此关系。

她的沉默让他的语气低下去，他叹了口气，直白地问：“不想理我？”

“没有。”她的情绪确实低落，甘菱的短信让她心里无法平静。

他以为她不舒服，说道：“那你睡一会儿再去上课吧。”

等她挂了电话，他才收线。

手机屏幕上呈现整幅图片，杰克和露丝站在船头，霞光映红大海也映红他们的身影，风掀起两人的发丝，一瞬间浪漫与永恒成为定格，两个人的一生从此牵绊。他看着手机壁纸，莫名想起那句：死生契阔，与子成说。不知怎么，心头开始泛酸，他下意识地按键，接下来的图把他逗笑了，一模一样的船头，人却换成了两只花猫，它们相拥着在船头迎风而立，满脸沉醉，晚霞把两只猫照得喜气洋洋。

蒋庆康想了想，将此图设为手机壁纸。那只小猫的神情，很像睡着了的甘小满，超级萌。他的手指轻轻地从猫脸上拂过，嘴角不觉轻轻扬了起来。

甘小满迟到了。

不用解释也能知道她是因为感冒迟到，她脸色发黄，嗓子也哑了。小吴老师没说别的，示意她回座位。这是理论课的最后一天，休息两天之后，学员将被分往乾一在永宁的四间商场实地学习。

下午课后，又去输液，钱小涛给她发短信，说明天带她游永宁。之前每次表哥给她信息，她总是第一时间回复，此时竟莫名疑惑，对着手机发怔。接着，又忽觉不安，这不安完全来自她的第六感。她不禁抬头四顾：输液室里有好大一扇玻璃窗，临着的走廊里患者来往穿行，不时有护士匆匆走来换药，电视机里抗战剧枪声“砰砰”响着，邻座男童边打针边吹肥皂泡，透明的泡泡飘到头顶碎裂……

一切并无异样，她笑自己神经过于敏感了，于是回复表哥：“好。”

在甘小满低头发短信的时候，一个女孩从玻璃窗外再次探出脸，她在这里已有段时间，方才见甘小满抬头，就赶紧躲开了。她长得年轻貌美，行人从她身旁路过都不禁会多看两眼。这样冷的天，她穿了一件狐领皮衣，搭配一条宝石蓝色的裙子，黑色丝袜下的双腿笔直，烟蓝色麂皮踝靴坠着流苏，随便一站就有数不尽的妩媚。

此时，她的脸上却笼罩着一片寒霜。她最后瞅了眼甘小满，转身离去。那一眼包含太多，甘小满如果和她对视，一定会不寒而栗。才转过拐角，早有等在那里的高个子男人过来，见她满脸不快不敢说话，快步走在前面替她开门。台阶下，红色兰博基尼在她跨出医院大门时发动，男人边用伞遮着女孩边替她开车门。女孩坐进去，头也不抬地吩咐：“你去办吧，别让人觉得故意针对她。”

“明白。”男人点头。

车子如锐利的刀锋割破雨帘，消失在长街尽头。男人回到自己的车上，开始打电话，越来越大的雨声遮没了他的声音，雨水淋在挡风玻璃上，他的脸孔变得模糊不清。

一辆黑色保时捷驶进医院大门，看清车牌后，男人下意识地往后缩了缩，保时捷内的人却没留意到他。倾盆大雨来袭，保时捷上的男子冒雨快步冲进门诊大门。男人盯着他黑色长衣的影子消失在门内，松了口气，然后发动车子驶离了医院。

两分钟后，泊在远处的本田内，有人收起望远镜，手工定制的黑色小羊皮手套妥帖地裹着她握着方向盘的手指。车子打火起步，她开不惯这车，微微皱眉，但这车不引人注意，她觉得自己还是选对了。

这是什么呢？螳螂捕蝉，黄雀在后？她边想边咧咧嘴，经过那辆保时捷的时候，她歪歪头，轻快地打了个口哨。

蒋庆康来到输液室时，甘小满已经拔针，正按着棉球止血。他笑着说了句“气色好多了”，就在她边上坐下。

甘小满当然不清楚他考虑了一会儿才过来，这里不比滨城，行动很容易被人知道，不过他不愿失去见她的机会。

见她扔了棉球，他问：“晚上想吃什么？”

甘小满拿他没办法，如果一嗓子能把他吼走，她宁愿做一次母老虎。无奈地瞅他一眼，然后不由自主地叹了口气，接着抬脚就往外走。

蒋庆康有些不明白，明明早上吃蛋糕的时候，她的心情还是不错的，怎么现在又变回了冷冰冰的样子。他不紧不慢地跟着，和她保持一两步的距离，这样不会显得过于亲密，出来后便喊她上车。甘小满撑起伞，说：“我回旅店。”

“吃完饭再回去。”他又开始下命令。

“不饿。”

“不饿也得吃晚饭，”他向她普及健康知识，“不吃晚饭坏处多，老得快。”

“老就老呗，谁不老啊，不老的那是妖精！”甘小满心里嘟囔着，“您老人家自己年轻就好了。”

甘小满敷衍地冲他笑笑，自顾自地走着。

蒋庆康默不做声地跟在她后面。走了一会儿，不见他出声，甘小满疑惑地回头，看到他在距她一步远的地方也停住了。他没带伞，就那样淋在雨里，竖起的黑色衣领衬得他脸色微白，额发湿漉漉地向下滴水。

她不觉惊呼：“呀！”

他却笑道：“怎么，改主意了？想吃什么？”

甘小满赶紧走过来用伞遮住他，她不过是不想看他淋雨，而他的心却是一颤。这是她第一次主动靠他这么近，他甚至能看清她根根可数的睫毛。这个距离观察她，他发现她的瞳子黑得发亮。他猛然想起抱她那次，两人也是这样近，那时她的眼神好像惊慌的小鹿……

他握住她执伞的手，她的手好小，整个被他握在手心，可能是挂水的缘故，也可能是天冷，她的手很凉，他不由得用了点儿力气，下意识想给她温暖。她脸一下子就红了，仓皇地松开伞，说道：“你用伞吧。我很近，跑回去就行了。”

她说完，就用包遮了头，往马路那头跑。

蒋庆康傻了眼，反应过来后，就叫道："小心车！"

过了晚高峰，马路上车不多，甘小满的身影在车流间左右闪了闪，很快就过了街。他来不及回去取车，举着伞追随甘小满的脚步。

这里距旅馆不过半条街，他在后头叫："喂，你跑那么快干什么？"

她不停步，反而飞快地跑进电梯，眼见他向门口走来，她抬手就按关门键。他气得不行，说道："讲点儿公德，行不？"

她不说话，两人一个里面一个外面，大眼瞪小眼，电梯无声地掩上。

她的心仿佛就要跳出胸膛，她没来由地感到害怕，在包里翻了很久，才找到房卡。就在她打开房门的一刻，蒋庆康也到了，一把将她推进去，随手关上了门。

他早就被雨淋湿了，她的脸上身上也都是雨水，两人就这么湿漉漉地对站着，活像两只刚出水的鸭子。这情形本来非常可笑，可甘小满笑不出。蒋庆康默默地看了她两秒，将伞扔下，没等她反应过来，就张开手臂抱住了她。

他的衣服沾满冬雨的味道，夹杂着她曾嗅过的青草气息。她的心咚咚地狂跳，连他都感觉到了。

"别怕。"他说，语调低柔得好似私语，说完后，还将她又抱紧了几分。

最初几秒的呆愣过后，他觉出了她的恼怒。

“放手！”她说。

“不。”他脑子里乱糟糟的，只是依着自己的心思，低头去吻她的耳珠。

她不再像上次那样挣扎，而是突然在他脖子上用力咬了一口。他痛得皱眉，长久以来压抑的情绪猛地蹿上来，他控制不住地恼了，不但没松手，反而将她两手擒到身后。他的力气大。她根本不是对手，轻而易举地就被牢牢地抵在墙壁上。她挣扎着喘息，他则怒到极点地喘气，居高临下地盯着她，问道：“为什么？”

她被他盯得心生惧意，如果他是头狮子，她毫不怀疑自己会被一口吞下去。

他连额头的青筋都暴起来了，一字一顿地问道：“为什么不喜欢我？”

她无法回答。

“说话！”他逼近她。

“为什么要喜欢你？”她被他压得死死的，声音像是要断气一样。

“我们在那根拉过了那一晚。”他盯着她的眼睛，“我们当时都快死了。”

她撇嘴。他受不了这个表情，问：“什么意思？”

她试图挣开他。他不放手，继续问：“干吗撇嘴？瞧不起我？”

“不是。”她的手被箍得生疼，不由得皱眉说道，“就算我搭了你的车，差点儿冻死，可你和我都好好的，没出什么意外，各走各路就好了，干吗非要这样？”

她说得理直气壮，蒋庆康一时竟无言以对，过了好久，方道：“你给了我一块糖。”

“一块糖而已，蒋总你不会就值一块糖吧。”她冲他咧嘴笑道，“你要是爱吃糖，排队等着要嫁你的姑娘，能给你建个糖厂。你能吃到各种糖，硬糖、软糖、酥糖、红糖、白糖、黑糖……蒋总你牙齿还好吧，小心蛀牙。”

他脸上青一阵白一阵，盯了她片刻，颓然地放开她，然后一言不发地出了门。待脚步声消失在走廊尽头，甘小满才脱力般慢慢瘫软在地，心还在狂跳不止，咚咚咚咚……老空调拼了命地嘶叫，热气吹得她的脸干干的，她的心却像浸满了水，涨裂般疼痛。

手机响起，甘菱发来了信息：“小满，你应该和他们相认。他们毕竟是你的亲人。人都会犯错误，对人要宽容。你好好想一想，不要感情用事，冲动地伤害他们。”

甘小满没回信息。蒋庆康走后，她一直在发抖，她像个高热病人般哆嗦着换衣服洗澡。热水冲下来的瞬间，肌肤生疼，等她终于暖过来，却忽然想哭，她其实很想找个人说说话，讲讲这些烦乱的事，不为求得主意，只愿有人倾听。

3

第二天一早，钱小涛来接甘小满，开门见她眼皮微肿，显然没睡好，就问："感冒还没好吗？"

其实甘小满好多了，烧也退了，是一夜乱七八糟的梦让她睡眠质量不好。明天学员就要分到各商场实习，今天放一天假。天气难得晴朗，阳光暖暖的，本来该是个心情愉悦的日子，可甘小满怎么也开心不起来，强打着精神和他出来玩。

钱小涛随手插一张光碟，音乐响起，是一部电影的插曲，钢琴在水声中奏响，似探寻又似嗟叹。她敛神分辨片刻，钱小涛笑问："听出来了？"

"《海上钢琴师》？"她不大确定地说。

"厉害。"他赞道，"有人爱听，推荐给我，我倒没听出什么来。"

见她不答，他又笑着补充："蒋总推荐的。"

甘小满扭头看向车外，路上的行人多了起来。连日阴雨后的好天气让人心情振奋，随处可见旅游团由导游带着东奔西走。

钱小涛笑道："国人旅游有特色，坐车、购物、看人头，反正就是不看风景。"

甘小满不禁也笑了。

钱小涛说："我算半个永宁人，当导游不合格。不过本地人今天有事不能来，咱俩随便转转吧。"

甘小满当然明白他口中的本地人是指谁，于是，说道："没想到表哥和蒋总是好朋友。"

"他朋友不多，我算一个。"钱小涛歪头看了看她，说，"你也算一个。"

甘小满意外地说：“怎么会？”

“怎么不会？我和他认识二十年了。他看重谁，我当然能看出来。”

甘小满不知该如何接话，索性不再吭声。钱小涛拿出一张纸递给她，说道：“咱们今天的活动表，你看看。”

甘小满接过一瞧，不由莞尔，果然工工整整的一张表格——什么时间去什么景点，在哪儿吃饭，到哪儿休息，都规划得一丝不苟。甘小满没想到他随便逛逛也要搞个计划，钱小涛说：“我这人做事喜欢有计划，按计划来准没错。”

甘小满说：“万一路上堵车怎么办，就打乱你的计划了。”

钱小涛又取出一张表，说：“看看这个。”

甘小满这回彻底被他弄笑了，只见上面加粗几个大字：出行计划二——第一方案不能执行，调整为第二方案。

钱小涛郑重地说：“这叫有备无患。”

甘小满实在不能把他跟MSN上的表哥联系起来。从这点来看，他不像个跋山涉水的“驴友”，跟浪迹天涯的旅人更不沾边，活脱脱的一个秘书做派。

“从目前来看，第一计划执行起来没问题。”他目视前方路况，说，“马上到湖边了，你可以在这里拍照游湖，五个景点两个小时，时间充裕。停车场不远处，有条小吃街。我们在那儿吃了早饭步行进景区，十五分钟足够。”

等泊好了车，他忽然想起什么似的，问道：“感冒药你还是要吃的吧。”唰地变出两盒冲剂，“这个很好用。”

甘小满说：“我带了药片。”

钱小涛正色道：“冲剂一定要吃。”

甘小满没法拒绝。喝了冲剂之后，她早饭几乎没吃下什么，两大碗药汤直接把她灌饱了。

钱小涛花费一整天，带着她按照表格上制订的计划，将他认为该逛的地方逛了个遍。时值隆冬，湖光山色只见萧瑟。甘小满感冒体虚加之心中有事，兴致不大，但钱小涛一板一眼、认认真真地带着她各处赏玩，她不好扫兴，强打精神跟着他。不得不说钱小涛的计划制订得相当合理，导游也当得十分称职。他自称是半个永宁人，在甘小满看来，他已经赶上本地土著了。说起永宁的掌故，他如数家珍，吃食更是在行，午餐、晚餐安排得妥妥当当，还带她吃了茶点，听本地班子唱了一回土调。

等把她送到旅馆，目送她进了门，钱小涛连忙掏出烟点上——一整天没抽烟可把他憋坏了——然后开始打电话。

后面不远处，早就泊了一辆车子，黑色的车身隐藏在黑色的暮色里，像蛰伏在荒草中的狮子。车里的男人有鹰隼般的眼神，他将座椅摇得很低，人几乎躺倒了，等钱小涛的车子离开才坐起，显出很高的身材。

他朝旅馆破旧的门口瞄了一眼，掏出手机发信息：“钱小涛陪了她一天。”

很快有人回复：“抓紧打发她走。”

男人收起手机，发动车子，慢腾腾地离开，像吃饱了的岩蟒。

从规模上讲，永宁百货和亚特差不多，但在甘小满眼中，亚特有太多地方不能与之相比。

永宁百货是乾一最早的根据地，这个零售业巨头就是以此为起点，在二十几年的时间内，将势力扩展到全国各地的。

永宁百货是乾一的示范店，也是最能体现乾一管理特色的店，乾一的精神在这里得到了彻底贯彻。甘小满实地学习不过两天，就获得了满满几大张纸的收获。

细节决定成败，永宁的很多优势都展现在细节上。甘小满将自己的心得逐条记录下来。王笑笑和甘菱都说她爱钻牛角尖，她清楚自己不过是比别人认真点儿罢了，无论做人做事，她都认真。她曾经对王笑笑说："人生只有一次，年轻时稀里糊涂，等老的那一天，坐在轮椅上该多后悔！"

"干吗要后悔？"王笑笑不解，"难得糊涂，才是做人的真谛。"

甘小满不和她争辩。如果说糊涂是一种境界，她宁愿自己做个没有境界的人。

甘小满在亚特管理珠宝和化妆品柜台，乾一总部便把她分配到相同区域实习。这一层的楼管姓丁，名俊芳，四十出头，在乾一已经工作二十年了。同甘小满一起的几个学员私下议论，说丁楼管颇得经理欣赏，年轻时候曾风光得不得了。这几个人讲的是粤东的方言，大约以为甘小满听不懂，并没有刻意压低声音。岂料，甘小满原先同事中恰有一个粤东人，小满与她同事多年，颇能听懂几句，所以他们的私语竟被她听了个明白。

甘小满曾总结自己是傻子，对人、对事都傻，可能长相中也带着那么一丝傻气，但这不意味着自己单纯可欺。让她得出这个结论的是：她走在大街上，总会碰到奇奇怪怪的人来搭讪——

“女士，用不用进口化妆品，我开出租车时乘客落下的，便宜卖给你！”

又或者“小姐，我捡了一条金项链，三十多克只按十克兑你现金，怎么样？”

更离谱的是，还有衣衫褴褛的大妈操着一口异地口音，一把鼻涕一把眼泪地说：“姑娘，我回家路费没有了，又不会坐车，求你把我送回家吧。我全家人都会感激你的。”

甘小满停步问：“您家哪里啊？”

大妈说个地名，甘小满的思路划过半个中国地图，然后说：“大妈，你干这行多少年了，不知道现在的妇女没知识也有常识，不好拐了吗？”

大妈愤愤地说道：“你怎么说话呢？”

甘小满说：“嫌我说话难听，咱们去派出所好好说，怎么样？”

大妈立马逃窜。

王笑笑被甘小满的种种遭遇笑得前仰后合。甘小满边照镜子边说：“怎么，我长了一张好骗的脸吗？”

王笑笑笑够了，帮她分析：“只怪你的脑门上，写了两个大字‘善良’。”

“善良就该被骗？”甘小满不明白，她觉得这一切并非善良惹的祸，而是自己看起来憨憨的、透着一股傻气，所以很容易被盯上。于是，她不无沮丧地说："你的意思是我看起来够傻吧！"

王笑笑干脆乐倒了。

甘小满觉得自己的神奇遭遇又有了新发展。实习的第一天，丁俊芳板着脸将几个学员上下打量了一番，看得大家都有些不舒服。她用很厚的粉底，尽管如此，还是能看出晦暗的脸色，甘小满觉得她的健康有点儿问题，照理她五十岁不到，气色绝不至于难看至此。

丁俊芳将她们五个人分成三组，自己带了两组下楼层，说："也没北方的同学和你搭档，甘小满你自己一组吧，留在这里听电话，有人找我，就让他打我手机好了。"

甘小满还没明白怎么回事，丁俊芳已带着人走了。她在椅子上愣了半分钟，又看了看那部黑色的电话。办公室里静悄悄的，墙壁上挂了张抽象画，一个女人扛着个花瓶，妖娆地展示着S形的身材，冲甘小满龇牙咧嘴地笑着。

甘小满不知道问题出在哪儿，她发誓这是自己生平第一次见丁俊芳，之前她们一个天南一个地北，根本没有交集。丁俊芳这般所为何故，她想破头，也想不明白。

难道自己的脑门上除了"傻气"两个字，还写着"讨厌"？

甘小满越想越糊涂，也越想越生气。正没开解处，手机炸响，吓得她一颤，摸出来看号码有点儿眼熟，再细看便想起来了，是陆羽泽。

怪事年年有，今年特别多。陆羽泽一而再再而三地给她打电话，这家伙和自己也没啥交集，没交集的人扎堆找她麻烦，还让不让人活？

她刚接通，就听见对方欢乐的声音："知道我是谁吗？"

"陆总。"

"哈哈，记住我了？"他开心地问，"你在干吗呢？"

"上班。"

"撒谎，你没在滨城。"

甘小满奇怪他居然知道自己的行踪，这家伙到底要干吗？

"真在上班，陆总有什么吩咐？"

"岂敢岂敢。"他好像牙缝里灌了风，一抽一抽地说，"你是蒋庆康的人，我怎么敢吩咐你。"

他说得阴阳怪气，甘小满更摸不准他，于是说："陆总没事的话，我挂了。"

"没事就不能给你打个电话吗，非要有事？"

"我是个无名小卒，陆总有事该去找我们领导，我还是挂了。"

再不跟他啰唆，甘小满干脆收线。丁俊芳让她接电话传出去是个大笑话，亚特的人要是知道她学习的是管接电话，也够背后嚼上半年的。不过，她这人素来有自己的想法，做事固然需要学习，但第一个做的人还不是自己摸索着积累经验。信息社会，想学什么网上学不了？别说一个楼层管理，就是美国中央情报局的机密也难保有人共享。不让下楼层就不下，离了丁俊芳她甘小满还学不成了？跟着她下楼层最多也只能学成一个丁俊芳，说实话，她对于变成丁俊芳也没什么兴趣。

开了电脑上网，她输入“楼层管理经验”进行搜索。对工作，甘小满向来认真，她始终秉着能做好，为什么要做坏的态度。

办公室很静，她把这几天理论课的笔记拿出来，网上能人多，遇到有启发的就随手记下。有事情做，时间就过得快，不知不觉间两个小时就过去了。甘小满伸伸腰想要歇会儿，忽然脑子里有一个念头闪过，接下来的一秒，大脑向手指下达指令，在搜索栏里就打出了“景大陆羽泽”几个字。

陆羽泽知道她的电话住址，连她的行踪都一清二楚。她对景大和陆羽泽却一无所知，想想真是可怕。

一个回车键按下，网页瞬间铺满了电脑屏幕。关于陆高升创建景大有不同的说法，最合理的说法是陆高升有海外关系，借力累积了资本。他脑子活、胆子大、会用人，景大崛起得相当迅速。当时的景大还不叫景大，到陆羽泽的父亲陆廷全的时候才改的名。

不同于陆高升的高调，陆廷全低调得几乎没什么新闻，但从景大的发展来看，他比其父陆高升更具才干，也正是在他的带领下，景大才成为国内零售业的巨头。网页上仅有寥寥几张陆廷全的照片，他戴着玳瑁边眼镜，身形瘦长，头发几乎全白了。陆羽泽的轮廓有点儿像他，但比他父亲生得好看，大约眉眼是像母亲的。

甘小满看到最多的是陆羽泽的新闻，陆廷全三十来岁得子，这位数学天才十三岁上大学，轰动一时。很多人以为他会成为中国的又一个华罗庚，谁知他大学毕业之后，不顾母校苦苦挽留，回家继承父业。他的导师以及学校领导特意拜访了陆廷全，陆廷全的态度非常明确，不干涉儿子的选择，他有完全的自主权。

陆羽泽最终成为景大年轻的继任者，用上天赋予的对数字的超高天赋管理着家族庞大的资产，尽管他连加减乘除都不必亲自计算。

陆廷全对于儿子的年纪并不在意，在陆羽泽初到景大的时候，就对他委以重任，几年之后的现在，更是处于半退休状态。很多人猜测，再过两年，陆廷全将彻底将景大交给他。

不同于乾一，景大是陆氏完全控股。陆家三代单传，陆羽泽作为比钻石级还钻石级的王老五，顶着天才与阔少的光环，不知晃瞎了多少女孩爱慕的双眼。

文字旁边配了张图，陆羽泽只穿泳裤站在沙滩上，周围一圈身穿比基尼的外国女子环绕。他的身后，蔚蓝的海水在阳光的照射下闪着光亮，同样闪着光亮的还有陆羽泽的眼睛，那样子好像是正对着甘小满微笑。

“还真是大方啊！”甘小满眨眨眼，笑道，“胸肌腹肌全无，也敢出来秀。”

中午时分，下楼层的学员回来了，丁俊芳让大家说说体会，学员们你一言我一语地讨论起来，甘小满只能哑在一旁。丁俊芳和学员有问有答，眼梢也不扫她，令她相当难堪。

闷头傻听了一会儿，小满扭头看向窗外。永宁百货后不过隔了一条小街，便是另一家百货大厦，而被两座大楼夹在中间、遮挡了日光的小巷仿佛被世界遗忘，极繁华的地方却有如此清冷的所在，让人奇怪。

其实，已经是正午，小街上依然阴冷宁静，偶尔有行人快步经过，背影好似被什么追赶，带着惶恐和焦急，让人心中生凉。甘小满回过头来，丁俊芳已经结束谈话在收拾东西，准备下楼吃午餐了。

甘小满退后一步，想和丁俊芳说两句话。丁俊芳当然洞悉了她的意思，却径直从她身前经过，瞅也不瞅。

甘小满只能呼唤："丁经理。"

丁俊芳这才停步回身。

甘小满瞅瞅远处，见几名学员已经走远，才说："丁经理，下午我可以跟他们一起下楼层吗？"

丁俊芳含笑说道："看电话不好吗？这工作又不累，都下楼层了谁看电话呢？"

甘小满赔笑道："我很愿意给您看电话，可是实习的时间有限，我更想跟您学习管理的经验。"

"如果你不想看电话，可以不来了。"丁俊芳边说边朝着电梯走去。甘小满快步跟上，说："丁经理，我们初次见面，我想不出有什么地方让您误会了，如果我哪里无心冒犯了您，请您大人大量，不要跟我计较……"

这时，有几个人正往电梯处走来，挂着胸卡，是商场的员工。丁俊芳以极厌恶的眼神，回头剜了甘小满一眼。甘小满被弄得一寒，停下了脚步。丁俊芳趁机进了电梯，门在两人中间关闭，甘小满看到她厚厚的粉底都盖不住的阴沉的面孔，瞬间愣住：自己到底怎么得罪了这位丁俊芳，竟惹她如此痛恨！

甘小满搭另一部电梯下去。刚出电梯门，就收到王笑笑的短信：“实习快乐！”

快乐？甘小满回：“一点儿也不快乐。”

“为什么？”

“楼层经理抽疯，不知为什么看我不顺眼，让我看电话。”

“哈哈哈哈，心理变态，更年期老妇女吧？”

王笑笑说得还真对。甘小满想想丁俊芳，的确很像更年期发神经的样子，不觉也乐了，回道：“你猜对了。”

边发短信边出门，她只顾低头看手机，走了十几米，才发现有辆车始终跟着自己。见她停步，车窗摇下，露出钱小涛的笑脸。

“上车。”钱小涛招呼道。

“你怎么知道我在这儿？”

“猜猜看。”

蒋庆康？甘小满立即否定，他那晚掉头而去，好像永不复返的样子，估计没闲心管自己的事。

“猜不出来。”甘小满说。因有好些话想跟他说，甘小满便上了车。

“你是回旅馆，还是去吃午饭？”钱小涛见她上来，便问。

经过永宁一日游，甘小满与他已经熟稔，两人年龄相近，且他又毫无架子，甘小满便说：“你也没吃吧，我请你吃午饭。”

“你请我？”钱小涛笑嘻嘻地说道，“那我得好好想想吃什么。”

甘小满心中却无笑意，但还是跟着咧嘴笑了笑。因早有疑问，她想了会儿，便问：“表哥家在永宁？”

“我在这儿工作，老家在广西。”

甘小满一直以为他是自由身，谁知这样的人也有工作，转念又想，有工作也不奇怪，谁能不工作呢？

钱小涛笑着问：“我像不劳而获的人？”

甘小满笑道：“只有韩剧里的公子哥才会不劳而获。不过，之前看你的博客，觉得不像有工作缠身的样子。”

钱小涛喟叹：“不工作，怎么活呢！”

真是无病呻吟，句号表哥要是不工作没法活，那甘小满这样的就该直接挂了。停了停，她说：“本来该早点儿把房子还给你，却一直耽误着，这次学习结束后回滨城，我会找房子搬出去……”

她话没说完，就被钱小涛打断：“别搬，你安心住着。反正我也用不着，闲着也是闲着。”

甘小满扭头，他目视前方，浓眉下的双眼炯炯有神，形象和大力水手倒有一拼，但怎么看也不像是深夜里在网线那端和自己长谈的人。

“那怎么好意思。这次多亏你借钱给我妈治病，又借房子给我们住，现在我妈身体好多了，我也存了一些钱，可以慢慢还给你……”

钱小涛扭头笑眯眯地看着她，说：“别着急还钱，也别着急搬出去，让你住你就住，听见没？以后别再提这茬儿。”

“可是……”

他摆手说：“没什么可是。我知道你的意思，让你别提你就别提——请我吃饭是吧，灌汤包你吃不吃？”

钱小涛将甘小满拉到一家包子铺，教她用吸管喝包子里的汤汁。甘小满是北方人，吃过肉包子、菜包子，汤包只听过没吃过。两人对坐着，一人一根吸管吸包子，吃得不亦乐乎，甘小满连上午的不快都忘了。

吃完包子，钱小涛要送甘小满回旅馆。甘小满说：“时间来不及了，我直接去商场，你也上班去吧。”

钱小涛犹豫一下，说：“领导给我假了，不过这里离商场不远，你自己过去吧。”

两人在包子铺门口分手，甘小满看他开着车走了，自己也慢慢朝商场走去。她预感到丁俊芳还会让她看电话，看就看吧，她也无所谓了。她心中有了猜测，整个永宁城她认识的人屈指可数，彭卫东和她照过面，他要是看她不顺眼大可以直接把她开了，犯不着使这种小人手段；蒋庆康在她这儿屡屡碰壁，但不会卑鄙到用个楼管来刁难她；董纤云就不一定了，而且她又正好能够指挥丁俊芳。

她想起董纤云叫蒋庆康“康哥”时的万种温情，不知怎么就有点儿难过。她倒不恨董纤云对自己如此，单单只觉这种做法很无趣。

丁俊芳有个会，学员们都在办公室里等。一起学习了七八天，大家彼此都熟悉了，其中有个叫金美珠的，年纪大了不爱记笔记，甘小满帮她写过，所以对小满有好感，此时便叫小满一同去洗手间。

甘小满知道她有事，便跟着出来。见左右没人，金美珠便问："没有实习成绩，你回去怎么交差呢？"

甘小满轻轻地摇摇头，苦笑道："我也不知道。"

"丁楼管是不是对你有误会，给她送点儿礼吧，沟通一下。"她建议。

"嗯，好。"

"我把上午学的都用手机拍下来了，等晚上发给你。"

"真是太谢谢你了。"甘小满真诚地向她道谢。她们分属不同的地区，以后恐怕连见面的机会都没有。丁俊芳对她表现出如此明显的厌恶，金美珠还能这样对她，实属难得。金美珠此举如果被丁俊芳知道，保不齐会影响她的实习评语，乾一的管理相当严苛，评语的好坏直接关系到他们在公司的升降。

下午两点，丁俊芳的助理来了，原来丁俊芳会议还没结束，下午由助理带大家下楼层。助理是个二十多岁的男生，传达丁俊芳的意思，依然安排甘小满看电话。

甘小满开始思考金美珠的建议，如果一点儿礼物能让丁俊芳对她转变态度，倒是可以一试。但丁俊芳不会违背董纤云的意思，不会收下她的礼物，即使收下礼物，也不会改变对她的态度。

甘小满出了一会儿神，起身到窗台边看花草，水仙鼓着累累的花苞，眼见就要绽放，一旁的金桔却叶子萎黄，拼命挣扎着不肯死去。回过身来，便看见丁俊芳的办公桌，办公桌上的电脑旁边放着一大一小两个相框。甘小满好奇地凑过去，发现大的相框内是张集体照，估计是永宁百货的员工举行活动时的留影。照片中的丁俊芳还很年轻，比现在略胖，除了丁俊芳，甘小满还认出了彭卫东，他在第一排正中央的位置，衣装笔挺，头发漆黑，眉眼端正，气态不凡。

小的相框内是丁俊芳与一个年轻女孩的合影，甘小满一看之下，眼睛竟挪不开，这女孩她见过！她有点儿“脸盲”，不过这女孩太出色，任凭谁一见之后都会印象深刻。

照片上的两人脸贴着脸，女孩笑得眉眼弯弯，宛如盛开的虞美人，妩媚之极。

甘小满心中惊动，恍然明白了什么，同时又有更多疑惑升起。她呆坐了足足十分钟，才下决心拨打彭锐明的电话，之所以选择彭锐明，是因为她不想引起更多麻烦。

接电话的是赵雪宁，这是甘小满没料到的。赵雪宁也意外地问：“甘小满？锐明在洗澡，你有事？”

怎么这么巧，甘小满支吾道：“也没什么事，等他方便时，再说吧。”

赵雪宁善解人意地说：“我把电话递给锐明，你跟他说吧。”

甘小满听见她叫彭锐明接电话，跟着一连串琐碎的声响传来。不久，喷头水声停止，彭锐明说道：“喂。”

听着电话那头的声音，甘小满脑子里有无数画面闪过。随着彭锐明这声“喂”，画面暂停在锐明出浴图上，旁边还有赵雪宁忽闪忽闪的大眼睛和上扬的嘴角。彭锐明再度问：“谁？

小满吗？”

“是我。”甘小满摇摇头，把那些画面驱逐出脑海，回答道。

这次，彭锐明沉默了一秒，然后问：“你还好吧？”

“很好，很好。”甘小满赶紧调整情绪，“冒昧打电话打扰你了。”

“没有。”他干干脆脆地回答，然后扯过浴巾擦干身体，问道，“有事？”

甘小满思考了一下，决定单刀直入，于是问道：“我想向你打听个人。”

“谁？”

“丁俊芳。”

“哦。你想知道什么？”

“她和刘卫珊是亲属吗？”

彭锐明披上浴袍走进卧室，随手带了门，说道：“当然。丁俊芳是她姨妈。”

和她想的差不多，甘小满朝后坐坐，椅背冰凉。

“问这个干吗？”彭锐明这时反问。

“没什么。”

彭锐明犹豫一会儿，最后还是问：“你和大哥最近有联系吗？”

他还挺关心这个，是怕她不长记性？

“放心，”她说，“你给我上的课，我永远都记着。”

她说得平静，彭锐明无言以对，默默在床沿坐下。床头摆着雪宁的Hello Kitty，粉红色绒嘟嘟的小猫可爱极了，他这才想起甘小满一个毛绒玩具也没有，他在她的房里只见过一盆仙人掌，黄泥花盆不过一掌宽，仙人掌也只有一片叶子，嫩嫩的绿色凸起着，还没形成针刺，孤零零地摆在窗台上……

他将电话换到另一边，他本不是小动作多的人，却不由得又摸摸鼻子，才再次说道："我听你说话有鼻音，感冒了？"

"没有。"她强打着精神，说，"没事了，挂了。"

彭锐明呆呆地坐着，头发上的水一滴滴地往下落，他也懒得擦。

赵雪宁在外面问："我能进来吗？"

"嗯。"他闷应一声。

门开了个缝，赵雪宁探进半个头，眨眨眼睛，笑眯眯地问："什么军国大事还要关门？"

彭锐明没回答，只说："帮我拿条毛巾。"

等赵雪宁拿了毛巾回来，他还在原处呆坐着。她边替他擦头发，边抚摸他的脸。彭锐明肤白，她喜欢在他脸上乱摸。

"花姑娘的干活，太君喜欢喜欢地。"赵雪宁故意粗声粗气地说道。

如是往常，彭锐明听到这话，总是一个回身把她扑倒，朝她搔痒。赵雪宁素来不耐痒痒，往往没等他动手就大喊饶命。彭锐明便转而亲她，有时候两人缠缠绵绵就能过半天，最后赵雪宁总说太君被花姑娘占了便宜，彭锐明便大笑。

此时，彭锐明却道："别闹。"

他很少这样讲话，赵雪宁与他相处颇有些时日，知道他现在十分心烦。她不明白，彭锐明为什么接了甘小满一个电话，竟变成这样。她不禁愣了一下，住了手。

彭锐明拿过毛巾胡乱擦了两下，便去衣柜里找衣服。

“去哪儿？”雪宁跟在他后头。

“有个重病患者，去看看。”

赵雪宁叹口气，道：“回乾一多好啊，当医生本来就辛苦，现在医患关系又这么紧张，何苦放着家里的好事情不做在这儿混？”

彭锐明不吭声，一粒粒地扣衬衫扣子。

赵雪宁帮他挑出了一条领带，彭锐明又放回去，说：“不打。”

赵雪宁无奈地耸肩，说道：“你瞧大哥多好，没你辛苦，比你赚钱还多。你进不了董事会，做点儿别的事也好啊，起码没这么大压力。”

彭锐明走到门口，回身抱抱她，那是他的一个习惯。他还有个习惯就是如果赵雪宁待在家里不出门，他就顺手把她的头发揉乱，但今天他没有这个兴致。

门关上后，赵雪宁才想起自己还没问：甘小满打电话来干吗？怎么弄得他心神不宁的？

可彭锐明已经走远了。

半生温柔 下

张纳言 著

七　空山白发忆相知

1

甘小满向来对工作认真，周长文曾郑重地说过，等小甘再历练两年有了经验，会是优秀的楼管。她自己是从来不想和人比的，只一心要把事情做好。但一觉过后，她就发现自己在学员成绩单上的成绩比任何人的都差，倒数第一。

笔试成绩是理论课结束后考试得出的，占总成绩的百分之四十；实习成绩是学员实习之后写的论文，甘小满虽然没实习，但也认认真真、洋洋洒洒地写了几千字，没想到分数是不及格。

金美珠站在甘小满旁边，说不出什么安慰的话，最后只能说："实际工作跟这个没太大关系。"

成绩单和实习老师的评语会由总部直接传到各分店，甘小满不用猜也知道自己的评语好不了，可她控制不了这个结果。

她也想过要不要和刘卫珊见上一面，不过想想之后又作罢了，对她解释什么呢？你的未婚夫喜欢我，但我不喜欢他，尽管我拒绝了，可他还是死缠烂打？现在他已经彻底死心了，你可以放心地和他结婚？

这岂不是在表明自己比她更有吸引力？在说尽管你风流袅

娜，仪态万方，家财万贯，出身高贵，一切都比我好，但是我灰姑娘能拿下王子，你落魄公主只能江湖载酒，找一班好汉来找灰姑娘的茬儿？

想想就累。

其实，在这实习的一周里，甘小满日日看电话，金美珠曾不无责备地提醒："怎么，还没和丁楼管沟通吗？"

甘小满笑而不答。

金美珠当然不解其中的缘故，甘小满亦无法说明。不过她还是从心里感激这位好心的大姐，实习结束，两人吃了顿简单的告别晚饭。

金美珠具有朝鲜族女性的善良，也有朝鲜族女人的好酒量。她叫了一瓶即墨黄酒佐餐，甘小满喝着果汁作陪。金美珠说自己在山东上大学时，认识了初恋男友。男友家是酿黄酒的，她对黄酒的钟爱也是从那时开始。

初恋的结局大抵相同，金美珠也不例外。事隔多年，这位朝鲜族大姐再次提起当年的恋情，还是连连叹息。

"家里人反对我和汉族人结婚，一定要我嫁个朝鲜族男人。我虽然心里难受得要命，但还是和他分开了。"

冬日将暮的小馆子里，人声熙攘，和着后厨炒菜爆锅的滋喇声。空气中的油腻味儿混合着酒菜气，这种最具烟火气、最寻常的情景，汇集在一起便是"人间"两字。

金美珠的笑容亦带着烟火气："小甘，你说命运这东西是不是专门捉弄人。我们分开没多久，我爸妈在一场车祸中过世了，我最后嫁的老公依然是个汉族人。早知道这样，何苦和他分开？”

“后来见过面吗？”

“没有。打过电话，他说见个面吧，我觉得没必要，见了面又能怎样？”

甘小满见过能喝啤酒的、白酒的、红酒的，却还是第一次见这么能喝黄酒的。在她的印象里，黄酒只是用来做菜的。金美珠喝光一瓶黄酒，说：“度数低，不醉人。”

甘小满相信一瓶黄酒真的不醉人，但她觉得金美珠醉了，能醉人的不只有酒，还有往事。

有些时段、有些人在你心中已经逝去，但由他衍生的习惯、喜好却会跟随你一生一世。并非特意矫情，而是那些根深蒂固地植入血液中的东西难以剔除，形成你的一部分。失去了它，你也不再是完整的你。

“所以说，如果觉得有些事情、有些人非常重要，一定要全力去争取。即使用尽所有的力气，也不要放手。”金美珠的笑容中夹着伤感，“小满，你记住大姐的话，宁要难过不要后悔。”

可有什么事情、什么人是需要自己用尽全力去抓住的呢？甘小满自嘲地笑了，一个也没有，看来这位大姐发自肺腑地给她讲的人生经验，怕是要浪费了。

当晚，甘小满送微醺的金美珠回宾馆，以后两人一个天南一个地北，相见的机会怕是没有。金美珠下了出租车，朝甘小满豪爽一笑，说：“小满，江湖再见，后会有期。大姐会记得你请我喝了一顿即墨黄酒。”

甘小满也朝她微笑挥手。车子启动的瞬间，她回头望去，金美珠伫立在夜色中目送她，身影茕茕。

她们都不是永宁人，却在永宁的冬夜里说了很多心里话，相聚然后别离。

钱小涛之前说要送她到机场，甘小满婉谢了数次。他还是来到了旅店，帮甘小满把唯一的一只箱子搬出来。小满没法拒绝他的好意，只得跟着上了车。

“好多人来了永宁，就舍不得走。”钱小涛笑道。

甘小满顺着他说：“天堂一样的地方，当然舍不得。”

“不过你不同，嫁到这儿不就住下了？”他话出突然，甘小满纳罕地瞅他一眼。他正打开后备箱，指着里面的一大袋子东西，说：“给阿姨的。”

甘小满本来就欠了他莫大的人情，哪好意思再要他的东西。钱小涛正色道：“你是客我是主，给阿姨带点儿土特产是应该的，让你拿，你就拿着。等我再到滨城，你送我东西，我一定也不推辞。”

这倒提醒了甘小满：“还没给你做蛋糕和饺子呢，上次你走得太急了。”

钱小涛迟疑一下，搔头说道：“是啊，我忘了。”

他一直送她到机场，看她过了安检才走。其实甘小满因考核的事心情极为糟糕，在钱小涛面前不好流露，一直强作平静。她来时满腔热情，回程情绪低落。漫长的飞行时间里，她将自己从海丰到乾一的经历回想了一遍。人们总说：男人以事业为重，女人以家庭为重。殊不知，像她这样的女人也要以事业为重，因为只有工作，才能保证自己的吃穿用度。

甘小满没有家庭，她和甘菱相依为命。从某种程度上讲，是两个没有血缘关系的女人，在偌大的世界里彼此依靠着取暖。她们渺小得可怜，如同森林中失群的蝼蚁，一颗落下的松果都可能给她们造成灭顶之灾。

所以，在松果落下之前，她要懂得避开。

越想越烦，甘小满决定不再想。她开始默默数数，强迫自己睡觉。在远离地面的高空中，她睡得极不安稳，翻来覆去地做噩梦。

踏出机舱的那刻，已是万家灯火，她不由得想起书上的一句话："华灯一城梦，明月百年心。"

百年之后，滨城依然华灯初上时，她的人和她的事却不会再有人知道。即使灯光璀璨也无法掩盖浓浓的夜色，甘小满于下机的人流中伫足，有那么两三秒钟，觉得自己像雨前的蝴蝶，翅膀柔弱，不知飞向何方。

手机开机之后，立刻有信息提示，一直不曾上线的大力水手的头像一跳一跳地闪着："今夜的永宁，非常寂寞。"

什么呀，肌肉运动男什么时候这么多愁善感了？

她回："寂寞就像海绵里的水，只要挤，总会有的。"

不是面对面的时候，她觉得自己在和另外一个人讲话，那人和钱小涛不同，她可以完全放松，想说什么就说什么。她更喜欢这种感觉。

大力水手发语音问："你也挤过？"

“没工夫。”

“工夫都用来干吗了？”

“不务正业。”她胡乱说。在一个全世界飞来飞去玩耍的人面前，坦白自己一直为了生活奔波，她觉得没意思，尽管这人也感叹不工作没法活。不过，社会就是这么残酷，有些人的工作是生活的点缀，有些人的工作就是生活。

生活就是舞台，可是甘小满在舞台上能表演的只有工作。

武侠小说里常有一人气沉丹田脸憋得紫涨，贯几十年功力于单臂，朝对手一拳打出，却软绵绵没着力处，如打在棉花堆上。难堪与丧气，足令发力者想死的心都有。

甘小满不是江湖人，只把一腔热忱洒进棉花堆。第二天到了亚特，就被周长文一顿痛批。周长文向来好脾气，现在气坏了，敲着桌子问小满：“怎么你给我弄了个倒数第一回来？你看看人家给的评语，挺聪明的孩子，怎么连个培训班也上不好？”

评语是通过邮件发来的，甘小满一栏里只有一行字：“该学员完全不具备管理人才的素质，不建议做管理工作。”

潜台词是：周长文选这样的人当楼管，就是用人不当。难怪周长文会恼火。

甘小满没吭声。周长文拧着眉毛，问：“你在永宁都干吗了？四五十个学员，你怎么就能混到最差？”

虽然与甘小满共事的时间不长，但周长文对她还算了解，以他的年龄和阅历，隐约地猜到了这中间可能有其他原因。乾一的人都明白，总部在培训的同时，会把下面选的人过一遍筛子，目的是防止有人因公谋私。不过，遭到直接否定的，甘小满还是头一个。

甘小满全程沉默，如果告诉周长文自己一直在看电话，周长文一定会追问原因，她怎么好说内里缘故？

装傻的话，或许她还可以在亚特混碗饭吃。万一周长文知道是刘卫珊因为蒋庆康而对她下了手，消息就会散开，那时候她想留也留不下了。

周长文挥手让她先出去，甘小满就出来了。她是董纤云要的人，也是董纤云建议做楼管的，周长文对她的安排，会先征求一下董纤云的意思。

甘小满接了杯咖啡，她以前不爱喝咖啡，现在喝习惯，反倒离不开了。

小孙见她神色不对，凑过来低声说："头儿可不常发火儿，你怎么惹着他了？"

甘小满不吭声。

"看在你上次给我不少巧克力的分儿上，我给你出个主意。头儿其实最心软，等他下午消了火儿，你赔个不是，就啥事儿都没了。"

甘小满握着咖啡杯发呆，然后问："你家在学府路？"

"啊，怎么？"

"大学城边上很热闹吧？"

"那当然，吃喝玩乐一条街。现在的孩子都了不得，家长的钱猛花，啥啥都力争上游。满大街烤鸭脖子，放学的时候一水儿爆满，那鸭脖子味道不错，还便宜，想吃我上班给你带两根？”

“烤鸭脖子也是个技术活儿，有秘方的。”甘小满说。

“那是。我二舅是烤面筋的，也准备上烤鸭脖了，正到处淘配方呢。”

“在学府路烤面筋？”

“嗯，干好几年了，你去那儿找‘庞氏烤面筋’，就是他们家的。”

甘小满来了点儿精神，说道：“哪天去捧舅舅的场，让咱舅舅给打个折吧。”

小孙说：“吃一串送一串，怎么样？够意思吧？”

旁边，老刘插嘴：“有这好事，我也去。”

甘小满掩口笑道：“就怕我们走了，咱舅舅跟你算账。”

小孙也笑。甘小满走的这段时间是他代班管理一楼，他本来管着二楼超市，说：“你总算回来了，我都快累脱皮了。”接着，就要跟她交接工作。

甘小满说：“等头儿发话再说吧。”

小孙纳闷地问：“怎么，你升经理了？”

甘小满苦笑道：“经理肯定没升。”

小孙一怔。他本就聪明，看到甘小满的神色，立刻意识到不对，于是，压低声音问：“总部那边出状况了？”

没等甘小满答话，秘书卞启就叫她过去。

没一会儿，甘小满又回来了。小孙见她脸上还是带着微笑，摸不清情况，便问：“没事吧？”

甘小满微笑着说："经理叫全体楼管现在去会议室开会。"

小孙一边往外走，一边回头看。见甘小满正收拾东西，知道刚才自己猜对了。

甘小满的新工作是后勤，甘小满懒得猜是董纤云的意思，还是周长文的，反正归根结底，都是刘卫珊的意思。

要么干，要么走，甘小满选择留下。

王笑笑不知道甘小满怎么去了一趟永宁，回来后就一落千丈，惊闻此消息，半天没说话。甘小满说："你不用一副世界末日的表情吧，人家本来没怎么，被你搞得好像要完蛋了。"

王笑笑喘口气，说道："你究竟是智商低，是情商低，还是双商皆低呀？怎么能无动于衷呢？"

"不然又能怎么样？不也是后勤一个？"

"你呀你——"王笑笑想说什么终究没说，叹气道，"你就是不知道珍惜机会，现在好了，变成打杂的了。"

"打杂也是工作，也得有人做。工作没有高低贵贱之分。"

王笑笑被她气得翻白眼："就算工作没有高低贵贱之分，工资总有吧？"

说到工资，戳到了甘小满的痛处。她咧嘴道："的确少了好多。"

王笑笑瞪了她半天，问道："你不会一直想打杂吧？"

"打杂有什么不好？工作简单，业务水平要求低，不用动脑还能活动筋骨，强身健体的好岗位。"

王笑笑点了一下她的头，打趣道：“德性！”

“你没见小说里的扫地僧都是高僧大德，我将来也定会成为有德之人。阿弥陀佛，善哉善哉，女施主你犯了嗔戒。”

“慢着，你怎么能如此镇定？莫不是有别的打算？”王笑笑目光炯炯，犹如审贼，“别瞒我，是不是想离职找下家？”

“下家倒是没想找，的确有离职这个打算。”甘小满说出心里话。

“不找下家却离职？你要嫁入豪门？”

“难道只有嫁入豪门，才能不找下家吗？”甘小满白她一眼，说道，“自己做点儿什么，不好吗？”

“你要干吗，总得有了打算，才好离职吧。”

“烤鸭脖子。”

“什么？”王笑笑怀疑自己的耳朵听错了。

“又不是烤你的脖子，干吗这个表情？”

“乖乖，你搞错没有？你妈辛辛苦苦地供你上大学，回头你去烤鸭脖子？”

“烤鸭脖子怎么了？你不吃吗？烤鸭脖子也是技术工种，没有秘方还烤不好呢！北京大学的研究生还有杀猪卖肉的呢，我算什么呀，怎么就不能烤鸭脖子摆地摊了？谁规定烤鸭脖子的不能有大学学历？我的目标就是做烤鸭脖子里的大学生，大学生里烤鸭脖子的。”

王笑笑就差背过气去：“怎么以前没发现你有这方面的创业志向？”

“你不了解我呗。”甘小满嘿嘿地笑道。

王笑笑收起笑，说：“您老人家无敌，不过别告诉阿姨，我怕把阿姨气得犯病。”

甘小满忙说：“不会，不会。”

王笑笑说：“你打算什么时候去烤鸭脖子？我好提前准备准备。”

“准备什么？”

“帮你拔鸭毛。”

甘小满“扑哧”一声笑了。王笑笑也笑了：“就知道你瞎说。哎，说正经的，你没想过自己是怎么被打发到后勤去了？怎么就不反省反省呢？”

王笑笑说得语重心长、眼神殷殷。甘小满被她弄得毛骨悚然：“你怎么一副挽救失足少女的模样？”

王笑笑皮笑肉不笑道：“你现在跟失足少女没什么两样，我必须教育你，不然你的人生全毁了。”

甘小满说：“得了，没工夫听你教育，告诉你个消息，你可先坐稳了。”

王笑笑见她说得煞有介事，当即也正色道：“不会是小行星要撞地球了吧？”

“那倒不是。我亲爹来找我了。”

王笑笑本来是歪在沙发上，唬得立刻坐直了，问：“什么时候的事，你们见面了？”

“我去培训的时候，他找到家里了，这两天要来见我。”

“我的个天！”王笑笑捂住胸口，眼睛瞪得老大，说，“太惊人了！”

甘小满笑了一声，继续剥瓜子。王笑笑拍她的手说："什么时候了，还卖关子，快说说具体情况。"

"没具体情况。"甘小满将剥好的一碟瓜子仁递给她，"吃吧。"

"没具体情况是什么情况？"王笑笑见她神情淡淡的，有点儿明白了，问道，"你不会是不想见他吧？"

甘小满仰头，她本来就肤白胜雪，此时更似笼罩了层薄霜。王笑笑还从没见她有过如此态度，就听她缓缓说："没关系的人，为什么要见面？"

王笑笑与她相交甚久，知道她貌似柔顺，骨子里却比谁都执拗难驯，认定的事很难改变。即使甘小满总为这个吃亏，可是天性如此，也改不了。于是，王笑笑小心翼翼地问："你恨他？"

"不算恨吧，只觉得无聊。"

王笑笑想了想，说："恨是一种激烈的情绪，对方在你心里有重要的地位你才会恨，无聊则把他彻底排除了，压根儿不在乎，小满，你这情绪比恨更可怕。"

"是吗？"甘小满倒是没分析过，也懒得想，只拿瓜子壳垒小山，垒了一座又一座。

"阿姨怎么说，让你见还是不见？"

"我妈是多好的人，当然让我和他相认。"

王笑笑由衷赞叹："阿姨真够伟大的。她可是养了你二十多年，心里还不知怎么难过呢。小满，别看你们俩没血缘关系，有些地方还是很像的。"

“夸我善良？”

“差不多吧。”

两人好久没见面，甘小满在王笑笑家坐了一会儿才走，王笑笑留她吃晚饭，小满说妈妈一个人在家吃饭没意思，王笑笑就作罢了。

甘小满没直接回家，中途转了202路朝学府路去，在大学城站下车。几年前四所高校并入滨大，加上旁边相隔不远的工大、财经、师范、科技、滨大附中、师范附中，学府路两旁校园林立，故此，这一片被称为大学城。

甘小满下车步行一段，大约寒假的缘故，此地颇显宁静。她每天在商业区工作，车水马龙，繁闹不堪，此刻行走于宁静的街道，平心静气，只觉舒适。

甘小满在南方念的大学，是素有“火炉”之称的城市，每到夏季，她一放学就往游泳馆跑，游泳馆里人爆满，都是乘凉去的。甘小满在那儿无师自通，学会了游泳，也算是意外收获。

那段青葱岁月，现在回忆起来仿佛前世。她醒过神来，发现自己正呆呆地站在滨大门前。百年老校历经风雨，战乱时最初的大门被日寇炸毁了，现在的校门是后来重修的，大小样式与最初无异。门口石碑上的镌字记录了在日寇轰炸中护校殉难的五名师生的生平，字用红漆，尤为醒目。

甘小满没进校园，沿着大街走不远是一条小巷，巷子不算长，十几分钟，就走到了尽头，然后，她又掉头一步步走了回来。巷子两边小小的门面一个紧挨一个，假期对他们来讲是淡季，有点儿冷清。甘小满一路慢慢看，超市、烧烤店、餐馆、水果店、米线店、冰激凌店……所有能想到的，这个巷子里都有。

当然，也有烤鸭脖子。

她买了两份鸭脖子，一份麻辣，一份微辣。她不大能吃辣，但要尝一尝，她相信刺激的辣味会给她新的感受。她的生活不一定要和鸭脖子有关，但她可以拥有辣鸭脖般的生活。

她要这样的生活，她其实一直都想要。

她揣着两根鸭脖子坐上了回家的公交车。正是华灯初上时。窗外掠过的人和景物，都是她不熟悉的，和很多老北京人一辈子没进过紫禁城一样，甘小满在滨城待了几年，也不曾走遍这座城市。

或许，她一辈子也只在极小的圈子里过活。世界广大，滨城不过是其中的一个点，而她如蝼蚁般，连这个点都不曾了解。

她有点儿明白为什么钱小涛总是愿意四处跑了，如果可能，她也愿意将自己放逐到地球上的任何地方。人生短暂，有限的时间所能领略的不过是自然所呈现的万亿分之一。多少人穷其一生都在原地踏步，不曾抬头仰望星空，哪怕一次。

她兜里揣着辣鸭脖子，歪在公交车座椅上。四周遍布各种或香或臭的味道，她扭头向外看，不见星空，只见灰色的楼群，在蒙蒙夜色里若远若近。

她觉出一点点累。

2

亚特的年终活动是滑雪，据说滑雪之后还有泡雪地温泉的项目。小孙第一个乐不可支：“泡温泉好啊，最爱泡温泉了。女生都穿好看的泳装，最好三点式什么的。”

他说话时正对着小郑，小郑扬起订书器作势要扔他。他忙说：“你误会了，我的意思是那样泡得全面具体，对皮肤好。你想想啊，都包上了，水和皮肤亲和多受影响。”

小郑说：“你那么喜欢和女生一起泡，不如去日本，那里有男女共浴。”

小孙说：“还是算了。现在日本，和男人一起共浴的，只有老太太。我大老远地去看老太太，真是疯了。”

小林从外面进来，接话：“谁疯了？小孙吗？赶快送精神病院，听说那边床位挺紧张的，去晚了就没地儿了。”

一屋子人都笑了。小孙指指小郑，又指指小林，说道：“你们俩等着。”这时，转头看见从门口路过的甘小满，甘小满现在不在楼管办公室了，只是奉命过来给楼管经理送文件。小孙说：“瞧甘小满多好，人家就理解我的意思，不像你们那么能误会人。”

甘小满抿嘴笑道：“小孙不如去地狱谷，那里的温泉全世界出名，你泡着又不寂寞，水里好多同伴。”

“地狱谷在哪儿，我怎么不知道，听名字可够瘆得慌的。”

“自己百度。”甘小满抱着一大摞文件往经理室去了。

小孙上网查了地狱谷温泉，咬牙切齿地叫："甘小满！你给我回来！"

小郑凑过来一看，笑翻了：日本地狱谷温泉，每到冬季山上猕猴不耐寒冷，都到谷中泡温泉，成为全世界著名的景观。

网页上一张大图片，一只鼻头通红的老猴头顶白雪，目光深沉，若有所思。它身后大大小小十几只猴子缩在温泉中，水汽氤氲，猴儿们个个满脸惬意。

小郑指着猴子，笑得直弯腰，说："这就是你的同伴？"

甘小满听见了小孙的叫声，也听见了背后的笑声。她明白同事们的心情，公司要放假了，带着大家免费出去玩，对于一年到头紧张忙碌的员工来讲，是非常振奋开心的事儿。

在大家面前，她也在笑，可是笑意不达眼底，因为无助、迷茫、忐忑和愤怒的情绪已经占据了她的心。

那个叫作父亲的人，就这么毫无预兆地找来了，就像当年没跟她商量就丢弃她一样。当然，那时候估计商量她也听不懂，如果懂，也不会同意。不过，现在他依然不管她是否同意，就这么一意孤行地找来，还和甘菱约定今晚见面。

当甘菱告诉小满这个消息的时候，她的第一个反应是生气，真的生气。

她一言不发地坐在沙发上拨电视遥控器，一个台接一个台拨过去，哪个台也看不下去。甘菱坐在她身边不吭声，母女两个就这样坐了一晚上。第二天早上，甘菱问她："你还不同意吗？"

甘小满看向母亲肿着的双眼，显然一夜没睡好。她和母亲对视了一会儿，说：“我要单独和他见面，不在家里。”

中午时分，甘菱打来电话，父亲尊重她的意思，在凯旋酒店订了房间，六点钟在大堂等她。

凯旋酒店，还真是下了血本！订五星级酒店的房间来见她，是表示认女儿很诚心，让她领情？还是打肿脸充胖子，表明对女儿很愧疚，在一个体面的地方见面，期待有个体面的结果？还是正值冰雪旅游高峰期，滨城客房紧张，只有高档酒店价高客稀有空房？

甘菱像理所当然地归还一个物件般催着她回到亲生父母身边，甘小满不明白这是为什么。王笑笑说甘菱伟大，她却觉得自己被抛弃了，甘菱大概从未觉得她是自己真正的女儿吧。

一想到这儿，她就无力。有时候，她茫茫然地看着什么，明明脸上干干的，却好像有眼泪倾泻，无声无息、不停不休地流淌。

她的心里酸涩凄苦，夹杂着担心与害怕。她所拥有的本来就极少，所以失去什么都受不了，而最不能失去的就是母亲，因为那是二十年来唯一真正属于她的依靠。

甘小满心绪不宁地过了一个下午。下班的时候同事都走光了，她还在发呆，直到保安上来，她才磨磨蹭蹭地收拾东西下楼。

走出亚特的大门，风卷着细碎的雪花吹乱了她的额发。甘菱打电话来，问：“小满，你还没过去吗？”

“就去。”她答。

她坐上开往凯旋酒店的公交，车厢里和外面一样冷，她裹紧羽绒服缩在人群里，每吸一口气都觉得费力。她把全部力气都集中在拉手上，觉得自己就像吊钩上垂死挣扎的一尾鱼。

从亚特到凯旋要倒两次车，偏她今天不知走了什么运，每次都是下了这辆那一辆恰巧在等着，一点儿没耽搁。等她站在凯旋酒店富丽堂皇的大门前，低头看表，竟然还提前了十分钟。

一旦脚踩到实地，甘小满的心也着了陆，困扰了她整个下午的心烦意乱"嗖"地没影儿了。她目光凌厉，将酒店门口迎宾的男侍看得心头发毛，这位女客貌似有舍生取义之志，不等她迈步，急忙替她开门，甘小满大步而入。

酒店大堂金碧辉煌，甘小满朝左一拐，进了酒店的咖啡座。所谓知己知彼百战不殆，甘小满虽然没来过凯旋，不过来之前上网查了资料，找到了合适的据点。

她选了个角落的位置，酒店用作隔断的是巨大的落地钢化玻璃，内外通透，从她的角度正好能将两部电梯尽收眼底。

她叫了杯最便宜的咖啡，说是最便宜也一百多，她心疼得直皱眉。不过，她的注意力很快就被转移了，在她坐下后不久，靠左的电梯下来一个老人，甘小满看到后全身一颤，不需任何说明，凭直觉她就确定：这就是她要等的人！

他拄着拐杖步履缓慢，踱走到大堂一侧的沙发上坐下，显然以为要等的人还没到，一直朝门口张望。

甘小满后悔今天没戴眼镜，以至于看不清他的眉眼，只瞧个大概。他头发花白，形容枯瘦。甘菱说他生了重病，看来是真的，病到这个程度才想起找她，是不是觉得人生有愧，认为求得原谅后就可以得到解脱?

他不停看表，约定的时间早到了。甘小满见他掏出手机打电话，她赶快将自己的手机静音，果然手机屏幕亮了起来，来电显示是一个陌生号码，她当然不接。他一直听着手机，直到音乐唱完，悻悻收线，甘小满这边的屏幕才暗下去。

他又拨了一个电话，甘小满猜这个电话是打给甘菱的，她一边看着他打电话，一边不动声色地低头喝咖啡，她觉得自己也算心硬，他毕竟是个病人，而且看样子病得不轻，不过她并不觉得他生病可以作为自己原谅他的理由。

她从来不是喜欢原谅的人。

很多事，错了便无法弥补。在甘小满看来，有些事也不需要弥补，愈合的伤疤何苦要再扒开一次。

甘菱的电话很快到了。手机屏幕不停地闪动，她能想象甘菱有多急，手机在桌子上嗡嗡地振动。甘小满朝后靠在椅背上，冷眼看着。

几个电话之后，甘菱不再打来了。

沙发上的老人有点儿坐不住了，吃力地起身朝门口走去，努力挺直脊背朝外观望，甘小满注视着他的侧影，手指在咖啡杯沿上划来划去。

十分钟还是二十分钟，抑或是半个小时?老人又一次拨打她的电话，陌生的号码长久地显示在手机屏上，最终还是黑了。

他知道她不会出现了，颓然坐回座位上，双手捂脸，如雕塑般一动不动。

咖啡早就凉了，甘小满没喝过这么苦的咖啡，她分明加了糖，于是她怀疑这家酒店给她的是劣质糖。现在，连糖都有假冒伪劣的了，人们还能从哪里找到甜蜜感呢?

大堂上方的水晶灯璀璨闪亮，这样的店堂来往的人本来不多，偶尔有人路过，见一位老人垂着头坐在沙发一隅，都不觉多看两眼。

甘小满看了看表，七点半，他还没有上去的意思，看来自己只能接着耗。她不禁考虑要不要在这儿把晚饭解决了，可以叫个外卖送进来吗？八块钱的盒饭里三个炒菜足够吃饱，价廉物美；一份汉堡包、一杯热奶好像也不错，再来份薯条，蘸着番茄酱，咔嚓咔嚓，有口感又有质感，估计可以等到那人回房间去……

她正胡思乱想着，老人站了起来。他终于放弃等待，慢慢地走向电梯。甘小满看出他之所以拄拐不是因为腿有问题，而是他整个人很虚弱，需要支撑。

电梯门合上的瞬间，甘小满才松了口气。其实，她没想过见面的情形会是这样，她只想躲起来偷偷看看那个人，然后离开。他看不见她，而她看见了他，也算见了面，不是吗?

现在，她貌似圆满地达到了目的。

她把手机装回包里，喝光最后一口咖啡，凉了的咖啡真难喝，不过总不能扔掉吧，毕竟是那么贵的东西。她喝苦药汤般地咽下去，招手叫服务员埋单。耳边忽然有人道：“五百元，谢谢女士。”

“什么？”她几乎跳起来，明明一百零六元，怎么涨价了？

说话的人嬉皮笑脸地坐到她对面：“刚刚涨的。”

他穿着靛蓝色大衣，这样的颜色在男装里也算鲜艳。二十来岁的少年，在这套衣衫的映衬下更显得唇红齿白。这是甘小满第三次见他，之前两次他都装老成，现在才是本来面目，他笑嘻嘻地瞅着她，毫不掩饰眼中的好奇。

“陆羽泽？”甘小满真没想到。

听她直呼自己的名字，陆羽泽并不在意：“你还记得我？我以为你忘了。”

“怎么能不记得陆总呢？”虽然她一直当他是个小屁孩，可人家确实是个老总。

服务员捧着托盘过来，陆羽泽看着甘小满付钱，问道：“怎么有兴趣到这儿喝咖啡，没听说凯旋的咖啡怎么好。”

“因为一点儿私事。”甘小满接了服务员找的零头，起身说道，“陆总您慢用，我先走了。”

“这么着急？”他挑了挑眉毛，说道，“我见你坐了一个多小时也没办什么事儿。怎么我一来，你就要走？”

甘小满大惊。这家伙藏在哪儿了？居然一直监视自己！陆羽泽好像明白她的疑问，朝右一指，吧台后方有单独一张小桌，地点隐蔽，原来他一直躲在那儿。

“既然来了，就再坐一会儿。我看你也没什么要紧事。”他拿过她的包，“我正好有话要跟你说，之前几次都没约上，你架子大啊！”

甘小满只得停步，询问：“陆总有什么事？”

“这个时间你也饿了，不如边吃边说。”他拎着她的包转出咖啡座，甘小满试图阻拦：“陆总有什么事，在这儿说吧。”

陆羽泽停步，回身说：“跟我吃饭很难吗？我们要是在一块儿吃上几十年的饭，你是不是会觉得食不下咽？”

甘小满心想：凭什么呀，谁要跟你一块儿吃几十年的饭？

陆羽泽伸手拉住她：“三言两语说不完，我不喜欢饿着肚子说话。”

甘小满想挣脱他的手，他抓得还真够紧，甩了几次都没甩掉。陆羽泽低声说：“你要是不想出丑，就跟我走。”来往的人都在往他们这边看，甘小满只得跟他上了电梯。

酒店的三层是餐厅，经理一见陆羽泽，立马快步走来，说：“陆先生，您预订的座位已经准备好了，请这边走。”

预订？甘小满狐疑地看了眼身边的陆羽泽，这家伙搞什么鬼？

陆羽泽一直面带笑容，笑容就是他的面具，他的眼神一直在探究她。不知怎么，甘小满觉得他有点儿紧张，生怕她跑了似的握着她的胳膊不肯撒手。经理带他们走过长长的散座区。这里的海鲜在滨城相当出名，虽然菜品昂贵，就餐的人却不少。甘小满心想：大家怎么都这么有钱，在这儿吃饭哪叫吃饭，分明是吃钞票，可是他们吃起来眼睛都不眨，难道只有自己还在贫困线上挣扎？

她这当口还有心情心疼别人口袋里的钱，王笑笑知道了准会说她神经大条。不过再大条的神经也有敏感的时候，何况对手狭路相逢正挡在面前。

彭锐明出现在这儿并不奇怪，他本来就是讲究吃的人，何况还带着赵雪宁。不过甘小满十分不解，为什么上帝总安排这种偶遇，估计上帝也有看热闹的癖好。

甘小满下意识地想摆脱陆羽泽，他却暗中用力，把自己拽得离他更近。甘小满这时明白了，陆羽泽绝不像看上去那么轻松，他今天要找自己说的也一定不是什么好事。

彭锐明眼神复杂地看着甘小满，甘小满太了解他了，他肯定认为自己和陆羽泽有什么。这也难怪，就连一旁的赵雪宁，也觉得他们的关系不一般。陆羽泽满面笑容地带着甘小满，仿佛故意向人家显摆自己有这么漂亮的女伴，一路不肯放手，无声地向别人宣布“我和她是一起的”。

赵雪宁望向甘小满，甘小满只能冲她咧嘴笑笑，估计这个笑一定非常诡异。赵雪宁理解她，她们第一次见面还是在蒋庆康的房里，现在她又以姐弟恋的形象出现，换谁都会有点儿不好意思。

不过也没什么，都什么时代了，男女之间分分合合也是寻常事，于是赵雪宁绽开个“我懂你”的笑容，试图让小满明白她并不挂怀，同时轻轻触一下彭锐明，意思是：别因为你哥的缘故板着脸，感情的事谁也左右不了啊！

彭锐明先开了口：“吃饭？”

不等甘小满回答，陆羽泽已经答话：“吃饭。”

甘小满恍然大悟，他们认识！

无形的杀气展开，两人都玉树临风地站着，仿佛在比谁更帅。彭锐明身穿藏青色大衣，单从身高上讲，他要比陆羽泽高那么一点点，但陆公子顶着天才之名成长，睨视群雄的气势从小养成，眼神中总有“你是笨蛋你无知”的意味，彭锐明在这样的目光下丝毫占不了上风。甘小满不知道这二人是怎么结下梁子的，但就眼前情形来看，两人定是宿仇！

陆羽泽扫了扫赵雪宁，向彭锐明问道：“传说中的未婚妻？”

“是。”彭锐明面无表情。

甘小满和陆羽泽暗中较劲，一个要挣脱一个使劲儿控制，陆羽泽突然发力将甘小满拽向自己身边，甘小满被他拽了个趔趄，差点儿撞到他身上。他却龇牙笑道：“不久之后，你便会知道这位女士是我们陆家的人。”

甘小满、彭锐明和赵雪宁都一惊，这句话的意思太明显不过。而这时，旁边又响起一个云淡风轻的声音：“你搞错了，她是我们蒋家的人。”

一只大手一把将甘小满从陆羽泽手里夺过来，甘小满这才反应过来，有彭锐明的地方，实在太容易碰到蒋庆康了。彭锐明和赵雪宁本来在等蒋庆康吃饭，现在饭没吃，却排出了全武行的架势。

陆羽泽的笑意更浓，笑非好笑，明显挂着嘲弄：“你们蒋家的人？”

“不错。”蒋庆康刚从外面进来，身上还带着冷空气的味道。甘小满总在不该开小差的时候思想特别活跃，她惊讶于自己的鼻子如此灵敏，对无关紧要的细节感受特别敏锐。

他的手也带着微微的凉意，抓着甘小满的手不放，说话的语气中似乎带着责备：“下班不回家，随便什么人都跟出来吃饭，究竟还能不能让人放心？”

陆羽泽冷笑道：“蒋总什么意思？”

“没什么意思，陆总自便。”他捉着甘小满就要朝包间走去，甘小满执拗地没动。陆羽泽“哈”地笑了一声，捉住甘小满另一只胳膊，说：“你没看出来她不愿意跟你走吗？这位女士跟我有非常重要的事要谈，蒋总您自便吧。”

两人一左一右擒着甘小满，好像两只咬住同一猎物的狮子，赵雪宁和彭锐明都有点儿傻眼，侍者则默默后退两步，看过电视里吃醋较劲儿的，没看过现场版的。甘小满彻底明白上帝是个老顽童，看热闹不嫌事大，估计就算蒋庆康和陆羽泽打起来，他老人家也只会暗中喊加油。

她左右手都被禁锢，动弹不得，蒋庆康和陆羽泽瞪着对方，看样子非要把猎物据为己有。狮子倒是威风，有没有问过猎物的感受？甘小满怒从心头起，这俩人凭什么拽着她不放，她低声吼道：“你们俩放开我。”

拔河的时候不能松劲儿，一松劲儿必输无疑，蒋庆康和陆羽泽都深谙此理，不仅没松，反而握得更紧。甘小满双眉一挑，这个动作说明她发火了，要出狠招。彭锐明看出不好，刚要出声，就听见陆羽泽“啊”地大叫。原来，甘小满一脚踩在他脚背上，高跟鞋用力一拧，陆羽泽痛得立刻放手，跳脚惨叫。

蒋庆康面露微笑，投向甘小满的目光充满赞许，岂料甘小满对他同样来了一脚，蒋庆康咧嘴吸气，问道：“你干吗？”

甘小满没说话，劈手从陆羽泽手里夺过包包，扭头就走。

“你去哪儿？”蒋庆康忍痛追上来，问道。

“回家。”

“我送你。”

甘小满差点儿被他气笑了：“不用。”

蒋庆康瘸着脚跟上，说：“怎么不用？我开车来的，很方便。”

“说不用就不用。”

蒋庆康不肯放她走，一直跟进了电梯。电梯里就他们两个，他讨好地说：“我给你看个图片，很好玩的。”他掏出手机按亮递给甘小满，甘小满不接，他就递到她眼前，屏幕上两只猫站在船头，分明是模仿泰坦尼克号的经典画面。

“好玩吧？”

“老照片了。”甘小满早看过了，没什么新鲜感。

“老照片也好玩啊！”他跟在她身边解释，“我很少有时间上网，挺多事儿都不知道，你要是不说我像小李子，我还找不到这个照片。我觉得这照片很有趣，就设为手机屏幕了。钱小涛看到后还笑话我，说我童心未泯。”

甘小满搞不明白为什么蒋庆康总能将他们的不欢而散自动遗忘。每回把他气走了，再见面时他又满血复活，好像那些不快从未发生过一样。

甘小满着急甩开他，大步跑到站台等车。蒋庆康掂量了一下，这种情况下，让她上自己的车估计做不到，于是也跟到站台边。汽车到站后，甘小满刷卡上去，蒋庆康说自己没准备零钱，甘小满充耳不闻地找个座位坐下，蒋庆康只好在投币口丢了一百元进去，跟司机说：“不用找了。”

司机白了他一眼，估计把他当神经病了。这个时段车里人不多，蒋庆康跟到甘小满身旁，说：“你往里坐坐。”

甘小满没动，他只好在她后面的座位坐下。他很少坐公交车，很想扒着甘小满的座椅跟她搭两句话，可是他发觉乘客们似乎都在瞅他，那目光充满了探究。他轻嗽一声，压低声音说：“你赔我九十九元。”

甘小满扭头看窗外不理他。他继续说：“你不帮我打卡，害我损失九十九元。”

甘小满低头翻包，掏出一百递给他。他笑道：“不如咱们拿这钱吃面，你上次请我吃的面味道不错。”

甘小满不吭声，将钱又收了回去。蒋庆康的耐心有限，先前的火还在，忍不住问：“怎么和陆羽泽在一起？”

甘小满背对着他，他看不见她的表情，只见她一言不发，明显给他软钉子，但还是憋不住：“他根本不是好人。”

好像他自己是天字号第一大好人！

蒋庆康铁了心要让甘小满知道陆羽泽是怎样一个人，甘小满换了两班车，他就这样全程跟着，并一路上喋喋不休地向甘小满抖搂陆羽泽做的“好事”。甘小满印象中的蒋庆康一向话少，她不知道他今天这是怎么了。其实蒋庆康有这举动并不奇怪，人一旦遭遇假想敌，尤其是情敌这种生物，再傲慢矜持的人也会像个八婆般诋毁对方，何况蒋庆康手中还有一大堆陆羽泽的把柄。

甘小满本来不耐烦听他讲话，可蒋庆康显然对陆羽泽知之甚多，一开口就滔滔不绝。陆羽泽从小精怪，智商高情商也不低。小学五年级的陆羽泽还是个小毛孩儿时，就有同班女生闹着要为他自杀。等他被大学破格录取后，更是情史不断、劣迹斑斑。大学毕业那年，他正好十七岁，同时跟好几个女生交往，人送外号“八爪鱼”。后来他去留学，又和洋妞不清不楚。甘小满相信这些并非空穴来风，陆羽泽和比基尼洋妞的照片大大方方地在网上贴着，可见他对这个根本就不在意。只是蒋庆康与他毫不相干，就算两家公司是竞争对手，也犯不着对他的私事如此关注吧。

于是，甘小满清清嗓子，问：“你怎么知道这么多？”

蒋庆康说：“我是怕你上当。”

“我有什么当可上？”甘小满已到小区门口，停步审视他，“他抢过你女朋友？”

“他也敢？不过他的确抢过锐明的女朋友。锐明的第一个女朋友是陆羽泽的大学同学，被他诓去徒步五公里了一次，回来就和锐明分手了。”

五公里拿下一个姑娘，还真是高手。甘小满心里赞叹，也没听彭锐明说过，难怪刚才在酒店里，两人见面分外眼红。

且慢，这是一种什么心态，以前她不是一想起彭锐明就百感交集、万念俱灰吗？怎么现在听到他的往事居然和普通大众一样，既能调侃又有点儿幸灾乐祸？

王笑笑说什么来着？现在是快餐爱情时代，他们之间的感情原来也成了炸薯条，一旦失去热度，就完蛋了。

甘小满的走神，蒋庆康当然看在眼中。天黑风冷，她的脸在路灯下呈现出无比柔和的轮廓，眼神飘忽，带着淡淡的悲伤与讥诮。他搞不清这两种情绪是怎样糅合到一处的，只是一时间想不起再说什么。

她说："你回去吧。"声音有点儿无力，他以为是饿的。他自己也没吃饭，于是再度提议："都没吃饭，先吃饭好不好？"

他也觉得奇怪，自己为什么那么喜欢和她一块儿吃东西，好像每次有她陪伴，食物都会变得异常美味。

他似乎听到了她的叹气声，而她分明没有叹气，只是低垂着眼帘。他知道自己的邀请会被拒绝，已做好了准备，不料却听她说："你年前还回不回永宁？"

"可能不回了吧，我得为年后收购的事情做准备。"他还从没对谁汇报过工作，可是愿意说给她听，"我要和蓝城的人先碰个头。"

她刚才狠狠地踩了他一脚，为了甩掉他，又呼哧呼哧地赶公交，现在到了家门口，却突然像被霜打了的茄子，没了精神。蒋庆康摸不准她怎么了，只是看她愁眉不展，似乎不愿意进家门。

手机响了。他瞅了一眼便挂掉，再次询问："吃饭好吗？"

他实在是饿了啊！

甘小满平生第一次骗了母亲，并对她的电话置之不理，难以想象甘菱会有多生气，今晚她定会把自己狠狠批评一番。

《小团圆》里这样写道："大考的早晨，那惨淡的心情大概只有军队作战前的黎明可以比拟，像《斯巴达克斯》里奴隶起义的叛军在晨雾中遥望罗马大军摆阵，所有的战争片中最恐怖的一幕，因为完全是等待。"

责备已是避无可避，不过吃饱了总比空着肚子挨骂强。有人陪着吃饭多少能让她轻松点儿，蒋庆康好像也是个可以一起吃饭的人，只要他不拿那让人战栗的眼神瞅她。于是，她出乎意料地说了句："好。"

他敏锐地感觉到她心事重重，只是不懂究竟有什么烦心事困扰着她。

两人这次吃的是烧烤，路边的小馆子，门口架着炭炉的夫妻店，老板娘在屋里点餐，老板在门口烤串。甘小满一有心事就食量暴增，于是她点了蜜汁小排、烤板筋、羊肉串、鸡翅膀、鸡爪子、鹌鹑蛋、蜜汁地瓜片，外加烤馒头。

蒋庆康惊愕："真能吃，赚得少会被你吃穷的。"

老板娘笑道："这么漂亮的媳妇吃得再多点儿，先生也愿意不是！"蒋庆康笑眯眯的，甘小满觉得无趣，却也没争辩，任由他自己贼笑去。

蒋庆康对着油腻腻的菜单研究了一番，也点了一堆东西，最后在老板娘的怂恿下还点了串猪腰子。串没烤好，两人左右乱看，甘小满心不在焉，蒋庆康心中欢喜，他们的情绪并不搭调。甘小满不经意转眼见他露出些憨态，心中猛然一跳，那时候人人都说彭锐明温文尔雅，独她觉得他是有些憨，怎么今日蒋庆康也现出这样的一面来？

堂堂乾一的执行总裁有小熊维尼的气质？说出去谁会相信？可他现在偏就显出一脸“我不精明、我没城府、我人畜无害，我是小熊叫维尼”的模样。

烤串和啤酒是绝配，蒋庆康豪迈地倒满两杯啤酒，一杯递给了她，一杯自己端起来，说道：“走一个。”

玻璃杯清脆地碰在一起，在烧烤店昏黄的灯光下，蒋庆康见她的眸子里掠过惊异，在她低头喝酒的时候，睫毛挡住了眼睛，他直觉那一抹惊异是因自己所起，却有些不明白她为何会露出这种神色。

甘小满不能否认，每次和蒋庆康一起吃饭，都吃得特别饱——她似乎唯独不排斥和他一起吃饭。

王笑笑总结过：吃烧烤最消磨时间，如果你有大把时间没处安放，吃烧烤是个好办法。不急不缓地啃完一串又一串，饱腹感来得特别慢。如果你还能喝两杯的话，啤酒会让这个过程相当愉悦。

甘小满不觉得愉悦，只感到饿，她低头一串接一串地啃，不一会儿桌子上就堆了一大把竹签。蒋庆康说：“你吃那么快干吗？怕我抢？”

甘小满这才抬头，见他面前一根猪腰子油光光地横在碟子上，他却只顾端着酒杯瞅自己，继续着方才的憨态。她忍不住笑了。

在她印象中，蒋庆康总和高档会所、豪车西餐之类的联系在一起，如今他身穿名牌衣服，置身油腻的小店，手拿冒泡啤酒杯，面前放着猪腰子，这景象有说不出的滑稽。

"笑我？"蒋庆康皱眉问，"我有什么可笑？"

"我以为你不吃这些东西。"甘小满实话实说。

"什么东西？"蒋庆康觑了一眼自己的食物，"老板娘不是说男人都吃嘛，我干吗不吃？"

甘小满本来指的是路边摊的食物，谁知道他理解狭义了，脸立刻红了。他见过她神情冷漠，见过她生气发怒，也见过她伤心落泪，但还是第一次见她脸红，于是有些看呆了。她急忙低头佯装喝酒，谁知还喝呛了，一声接一声地咳嗽。他见此情景心中一软，忍不住说："干吗那么急？"然后想站起身给她拍拍背，可又怕她生气，只好忍着不动。

待她平复下来，脸上红晕犹存，她本就肌肤细腻白皙，现在两颊如染胭脂，恍似春日海棠，艳丽无俦。他心中一颤，就要伸手去抚摸那如花朵般的面颊，费了好大劲儿才忍住，可是心跳已乱了节奏，不由得端起酒杯一气喝干，才总算稳住心神。

有句话怎么说，酒不醉人人自醉，蒋庆康今晚便是如此。两人不过喝了两瓶啤酒，出门时他便微微发晕，心底异常惬意。

甘小满也觉得惬意，吃饱了就是好啊，力气恢复了，精神也振奋了。她整理了一下表情，准备回家迎接甘菱的责问，这大义凛然的态度让蒋庆康感到莫名其妙。

"你不对劲儿，"他说，"你有事。"

甘小满说："你真以为自己是人家肚里的蛔虫啊？我有没有事也不关你事啊！"

“说来听听，一准儿给你解决。”他倒热心。

甘小满心说：因为您老人家的缘故，我都被弄去打杂了，你再帮忙我就要彻底被赶出亚特了。虽然我离职之心已定，但也不需要你再给个加速度了。于是并不出声。

蒋庆康笑道：“请我吃东西心疼钱了？小气！”

结账的时候是甘小满付的钱，老板娘更认定他们是一对小夫妻，老婆掌控家庭经济命脉，蒋庆康对此也不否认，眨巴着眼睛笑。甘小满觉得他虽然贼兮兮地占她便宜，到底还带着一点儿傻气，加上她今天心事满满，无暇跟他战斗，竟然一声不吭，随他得意，这让蒋庆康感到奇怪。

见甘小满没有反驳，蒋庆康更纳闷了，问：“你今天怎么这么反常？”

“怎么？”

“平时你总是很有战斗力的。”

甘小满白了他一眼，没有说话。烧烤店离小满住的地方不远，两人借着路灯往回走，甘小满出奇地没撵人，这让蒋庆康更觉意外，平时她总是像撵狼似的让他走。

他试探着说：“说说吧，别憋着。”

他当然知道她不会说，也终于明白她一反常态地愿意跟自己吃饭的原因，她的确有心事，且大到自己带给她的烦恼可以忽略不计的程度。

冬夜风冷，甘小满用羽绒服的帽子遮住了脸，还戴了口罩，只露出黑白分明的眼睛，眼神有点儿空，好像根本没听见他的话。

他猜出缘故："陆羽泽纠缠你？"

陆羽泽三个字让甘小满回了魂儿，那家伙好像真有点儿什么事要跟自己说，却阴差阳错地被打断了。

蒋庆康猜测："他向你求婚了？"

"我根本不认识他。"

"不认识，还跟人吃饭？"

"凑巧碰到，说有事找我。"

蒋庆康有些抑制不住火气，吼道："他找你能谈什么事，不是他说你就要成为他们陆家的人？不是求婚是什么？想瞒着我？"

甘小满也没好气地说："瞒着你干吗？你是我什么人，我要瞒着你？对了，以后不许说什么我是蒋家的人，你这是侵犯我名誉权。"

蒋庆康的脸色都变了："这么说，你同意他说你是陆家人了？"

"没有。"

"那他干吗那么说？"

"谁知道他发什么神经。"

蒋庆康稍稍心安，不过觉得预防针还是要狠打，于是叮嘱道："你要小心他，他再找你，要马上告诉我，不要上他的当。"

甘小满撇嘴。

蒋庆康声音低低地说："我知道你想什么，我和他不一样……"

他想说的其实很多，但没说下去。

甘小满到家了。他没跟进去，看得出越到家门口，她的心事越重。他非常想问个究竟，但还是放她进去了。

夜深了，他没叫司机过来接，等了很久才打到车，整个人都被冷风吹透了。坐进车内的瞬间，暖气扑面而来，他不禁想起小满红着的脸。

他忍不住微笑。

手机响了，是彭锐明。他劈头就问："刚才怎么不接电话？"

"你们不会等我到现在没吃吧？"他才想起彭锐明和赵雪宁是等他吃饭的。

"你在哪儿？"

蒋庆康觉得今晚的愉快需要一个人消化消化，于是说："你们吃过了就回家吧，不是明天一早的飞机带雪宁回永宁过年吗，早点儿休息。"

彭锐明心绪不宁地说："我在你门口等你，有话跟你说。"

蒋庆康当然知道他要说什么，于是说道："别等了，我今晚去酒店住，有话现在说吧。"

这事儿只适合电话里讲，兄弟两个面对面地说起同一个女人，除了尴尬还能有什么。

彭锐明却认为打电话并不是谈论这事的好方式，但也没办法，于是只问了一句："为什么说甘小满是蒋家人？"

手术台上的弟弟大概就是这个样子吧，好像全世界最大的一件事就在眼前，声音郑重得让蒋庆康觉得有趣。他笑道："她当然会是蒋家人，你不是也知道。"

彭锐明没料到他会这样说，停了停，小心翼翼地问："她什么态度？"

蒋庆康觉得弟弟的语气很奇怪，疑神疑鬼的，不像他一贯的风格，看来甘小满真是彭锐明的结，于是问："你怕雪宁知道？没人会说的。"

彭锐明沉默了一会儿，说："你像今天这样说，很容易传出去，对爸爸妈妈影响不好。"

蒋庆康也沉默了，没想到彭锐明是这样想的，难怪他当初那么轻易地放弃了甘小满。他平素没看出弟弟是这样的人，不禁有些失望，淡淡道："不会的，放心吧。"

"她是个很好的女孩子，非常好。"彭锐明说。

蒋庆康不知道此时彭锐明正一人坐在车里，沉沉夜幕仿佛大海，他乘坐的车子仿佛海中的一叶扁舟，在海中孤寂地起伏着。寂静的夜色中，脑海里那些不能回首也不堪回首的往事一幕一幕地上演着，心酸愧疚的情绪刹那间吞噬了他。

"是，非常好。"蒋庆康应着。

那边没有回声，彭锐明挂断了。

如果可以，他情愿从来没有遇见过她。他生命中最狼狈不堪的时光怎样也抹不掉，不论经过多少世事，他总感觉甘小满一直在他身后注视着，等他的解释。

他却难以启齿，只能选择在她的心房插上一刀，虽然无论从哪个角度来讲，他都不愿意伤害她。

3

甘小满顶着黑眼圈去上班，精神很是萎靡。

她本来做好了让甘菱骂一顿的准备，也打算随便母亲怎么责骂都不吭声，只要她消气就好。

甘菱果然没睡一直在等她，没质问她为什么爽约，也没问为什么不接电话，只是一直发愣。

甘小满从没见过母亲这样，心中比挨骂还忐忑，她蹑手蹑脚地来到母亲身旁坐下。甘菱不出声，她也不敢乱说话。屋子里一片安静，电视机的屏幕一亮一亮地映得母亲的脸忽明忽暗。良久，甘菱叹了口气，甘小满往母亲身旁蹭了蹭。从小她做错事就喜欢往母亲身上蹭，蹭来蹭去几下，母亲就不生气了，摩挲她的头轻轻地呵斥几句，便没事了。

这次不同，甘菱没有回应她的撒娇，无奈地说："你父亲明天去美国。"

"嗯。"

"我担心你这次不见他，以后就见不到了。他得了胃癌，去治病。"

甘小满知道他生病，却不料是癌症，不禁一愣。

"他刚来了电话，说不怪你。"

甘小满不知该说些什么。甘菱也不再说话，隔了好久，起身回了卧室，将小满一人留在客厅。甘菱的善良小满素来知晓，她不觉得"圣母"是个贬义词，因她知道这样的人的确存在，自己的母亲就是。她第一次看到拉斐尔的圣母画像，觉得那眼神分明就是母亲。

虽然她不认为自己做错了，可母亲这样的举动让她难受。

她从来没打算原谅亲生父母，即使母亲生气甚至不理她，她也不原谅他们。

刚知道自己是弃婴的时候，甘小满经常做噩梦。她梦见自己孤独地躺在旷野里，瓢泼大雨重重地浇在身上。世界一片荒凉，她不能动也不会哭，只能任凭风吹雨打，脸上的雨水混合着泪水流进嘴里，满口苦涩。

她浸泡在冰冷的雨里，黑暗从四面八方掩来，她觉得自己就要死去。每次她挣扎着大叫醒来，心底的冷都如冰盖般，又厚了一层。

她只喜欢夏季，因为那三个季节都不够温暖，而她最怕冷。

她半躺在沙发上，马上春节了，供暖好得很，鱼缸里的鱼懒洋洋地不动，她和它们大眼瞪小眼，觉得它们是自己此刻唯一的伙伴。

不知过了多久，甘小满在沙发上睡着了。她睡得不好，因为她梦见自己又重新回到大雨倾盆的旷野，依然如婴孩般仰望天空，世界比之前还要辽阔荒凉，寸草不生的红色土地被雨水泡得泥泞不堪，仿佛血污。烂泥污水不停朝她涌来，她在慢慢地下陷。难道自己最终会被淹没在这样的泥潭里？她不甘心，却叫喊不出来。她朝着天空努力伸出手臂，想抓住点儿什么，但越来越多的烂泥糊住了她，她朝冰冷的泥潭里陷下去——突然，一只温暖有力的手牢牢地抓住了她。

“小满，小满，起来去床上睡。”甘菱轻声叫她。显然并不放心女儿，她半夜起来看小满了。

甘小满于梦魇中猛然挣脱，昏暗的灯光下看见母亲的脸，茫然悲恸。甘菱紧紧握着她的手，问道：“做噩梦了吗？”

“嗯。”甘小满满头大汗，颤抖不已。她紧紧地拉着母亲的手，母亲的手干枯瘦小，她疑惑地想这并不是梦里的那只手，可是这只手带来的安心感是一样的。

如果不是甘菱叫醒她，她大约真的会在梦里窒息而亡。世界上肯在她最难的时候对她不离不弃的只有眼前这唯一的母亲，那些自称父母的人，让他们统统一边儿去吧。

明晚就是年会，办公室里弥漫着愉快的气息。快放假了，一年忙到头，只有这几天是轻松的，谁能不开心？

这是伟天购物广场开业后的第一个春节，亚特大部分员工都来自伟天，彼此相熟，周长文和李总商量后决定两店合在一处举办年会，各部门提前一周排练了节目，年会的地址定在一家三星酒店的宴会厅。大家最感兴趣的不是吃喝，也不是娱乐，而是奖金。甘小满知道自己的奖金不会太多，因她请假长达一个多月，对这个也就不大上心。

赵晓丽和小郑为了在明天的年会上艳压群芳，特意在午休时去三层逛了一圈，然后满载而归。年轻女孩每到这个时候总是特舍得砸钱，谁肯甘居人后？她们也叫了甘小满，不过甘小满因为正努力存钱还债，又打算离职，经济紧张，没心思购物。

如果不是为了那点儿奖金，甘小满都不打算去了，一个打杂的和灯红酒绿的年会还是有段距离的。再说她到了亚特后沦落得还不如在伟天的时候，遭遇朱湛业等一干旧同事，难免会被众人笑话议论。

甘小满最终打定主意去参加年会，是因为赵晓丽。赵晓丽是后招进公司的，甘小满与她并无交集。不过，她对甘小满从楼管降至打杂的很有兴趣，总想借机踩一脚来显示自己的优越感。

因置办了新装回来，赵晓丽如狗闻肉汤般兴奋，亚特人都知道她正暗恋周长文的助理卞启。大约认定自己明晚可以艳压群芳，吸引所有男人的目光，当然也包括助理先生，赵晓丽很愿意提前让别人赞美一下她的新装。

众人都忙，唯独甘小满在复印机旁等文件，貌似得闲，赵晓丽便把一件礼服在身上比来比去，岂料甘小满浑没在意。赵晓丽好比康敏遇乔峰，一嗔万怨，那情绪就有点儿不对了。她慢慢走近甘小满，讥笑道："小甘，你在伟天的时候也是后勤吧？干得好才调到亚特来做后勤，挺不容易的啊。"

一旁的小孙和小林相互瞅瞅，等着看甘小满如何发作。赵晓丽这一口咬得毫无预兆，甘小满不禁一怔。赵晓丽又笑道："咱们公司挺好的，后勤也可以参加年会，不像我原来的公司，每到年会几个后勤大妈都回家歇着，想看个热闹也看不成。"

甘小满平复了一下情绪，笑道："你是因为看不成热闹才跳槽的？这次有热闹看，一定要好好看看哦。"

小孙听到这话，立马笑了。赵晓丽涨红了脸，反驳道：

“我才不是打杂的呢！我说的是跟你一样的大妈。”

甘小满一向寡言温和，但最近她太火大了。从永宁回来，不顺心的事就一桩接一桩，好脾气磨尽，怒火“噌”地蹿上来，想压都压不住。她不由得冷笑一声，说道：“我跟大妈一样没关系，有人看起来还算像个人，其实却是只荷尔蒙超标的疯狗，真该送去人道毁灭。”

小孙大笑不止。小郑看甘小满真怒了，赶忙来拉赵晓丽。赵晓丽却甩开小郑的手，叫嚷道：“你说谁是疯狗？”

甘小满挑眉说：“荷尔蒙超标影响听力吗？”

小郑推赵晓丽一把，小声安抚道：“算了吧，没事找事地惹她干吗？”

赵晓丽刚要再说，猛见门口卞启走来，立马闭嘴。卞启说：“你们这儿怎么乱七八糟的，甘小满，你的材料还没印好吗？经理等着呢！”

环视四周，他看见赵晓丽的裙子摊在桌子上，于是说：“这是谁的东西？快收一下，经理看见了，非骂你们不可。”说完，就转身走了。

甘小满印好材料送去经理室，同时打定主意，明晚一定要去参加年会！

凯旋酒店的事甘菱没再提起，甘小满回到家时，她已经熬好了粥——两人晚餐通常是喝粥，再炒一个小菜。

甘小满择菜，甘菱便在一旁看着，昨天的不快让母女两个今天的相处有些别扭。甘小满心里不自在，没话找话地说：

“妈，我们明晚年会，会发奖金的。”

“嗯。”甘菱想想，问，“你穿什么衣服去？”

一经提醒，甘小满才意识到自己好像没什么可穿的衣服。公司的女同事都打扮得花枝招展，她若还是牛仔裤、羽绒服，恐怕要被人家笑死了。何况今天她又和赵晓丽吵了一架，她虽然不是虚荣的人，可也不能落了下风，不然那人又要对自己冷嘲热讽了。

吃过饭便开始找衣服，可她素来节俭，一时竟没有找到适合参加宴会的衣服。寥寥可数的几件衣服，哪一件都不合适。她只得又把那件粉色小礼服裙拿出来，但是穿着伴娘的衣服参加宴会，又实在不伦不类。

甘菱见她发愁，便说：“小满，你那边有个箱子，我见里面全是衣服，怎么不拿出来？”

“哪个？”甘小满有点儿茫然。

甘菱打开壁柜门，说：“不是在这儿吗？”

甘小满望见那纸箱，才明白她说的是蒋庆康买的衣服。甘菱已经弯腰在里面找起来，只见她拎出一件黑色丝绒裙，说：“这个不是很好吗？配这条披肩，大方得体又漂亮！”

甘小满从没打开过这些袋子，见妈妈手中的裙子和披肩都是她喜欢的款式，不禁有些呆愣。

甘菱催促她换上，甘小满却把衣服放了回去。甘菱见状，疑惑地问道：“怎么了？这衣服不是挺好吗？”

甘小满不知如何跟她解释，只说不喜欢。甘菱笑了，说：“我看这衣服比你那些都好，年会上你穿得太随便，同事会笑话，领导也不会高兴。”

甘小满笑道：“我好好工作就行了，领导看的是工作表现，和衣服有什么关系？”

甘菱也笑道：“什么场合穿什么衣服，这是礼貌，也是修养。当初既然不喜欢这些衣服，还买来干吗？”

甘小满无言以对，在她的催促下只得换上。甘菱眼前一亮，说：“还是我女儿好看，电视上的模特都被比下去了，你自己照照去。”

甘小满走到镜子前，蒋庆康选衣服的眼光不错，这套衣服很完美地展现了她玲珑的身姿，她盯着镜子里的人有些恍惚，难以相信镜中那人就是自己。

她一直在忙，忙着工作，忙着生活，忙得没时间停下来好好观赏一下自己的样子。她总觉得自己的生活黯淡无光，仿佛整个人都沾满了尘土。而镜子里的人和她完全不同，镜前的身影亭亭玉立，高贵的黑丝绒衣裙衬得她的脸有着近乎白玉般润泽的光，连她自己也为之心惊。

原来自己竟是这般模样?

记忆中她唯一美丽的衣服是甘菱亲手缝制的蕾丝公主裙，她穿着那条裙子在院子里翠阴碧影的榆树下嬉戏玩耍，就如花蝴蝶一样飞来飞去。之后，之后呢？她貌似有一份还不错的工作，心里却狼狈不堪，一度连影子也是灰的……

她怔了好久，转身对甘菱说：“好，我就穿这个去。”

年会所在的酒店离家不远，甘小满到的时候，同事们也在陆续往里走，有伟天的，有亚特的，她随众进来，发现二楼的标语横幅都挂好了，主席台也布置得有模有样。大家按照公司部门划分归座，很多同事平日不大见面，借此机会交流，会场里嘈杂不堪。

时间差不多了，周长文和李总也都到了，却没有开始的意思，似乎是在等什么人。

员工纷纷猜测，这个说是不是等市里的领导，那个说市里领导不会来参加伟天内部的年会，说不定是请了商会的领导。可是，各种说法又被大家否定，最后有人说该不会是总部要来人吧。

甘小满心里一颤。蒋庆康在滨城，她怎么蠢得连这个都没想到？当初发生过什么？他送了她一箱子衣服，她义正词严地拒绝，如今怕是要被抓现形了！

趁他没到，撤退还来得及，赵晓丽什么的都顾不得了，要是被蒋庆康看见自己穿了他买的衣服，可就麻烦了。想到就做，甘小满窜到主管身旁，刚叫了声：“高姐——”这时周长文和李总已经率先站起来，下面的人也都跟着起身朝门口望去，只听主持人说：“让我们以热烈的掌声，欢迎集团总裁蒋庆康先生参加年会。”

甘小满仓皇回头，在众人哗哗的掌声里，蒋庆康一身正装从门外走进来，边走边带着笑，说：“不好意思，让大家久等了。”

主管低声问：“小甘，有什么事？”

“没事，没事了。”甘小满溜回座位，乖乖低头坐好。主管位置靠前，她杵在那儿实在太容易被发现了。

很多女同事眼睛都直了，还好王笑笑不在，不然那花痴还不知怎么在她耳边聒噪，把“极品”两字再说上千遍万遍。

蒋庆康边往里走，边朝众员工微笑。甘小满本来在众人后面，又往一个同事身后缩了缩，可还是被他发现了。他的目光从她面前匆匆掠过，并没露出什么特别的，倒是嘴角的笑意更深了些。

见他这样笑，甘小满特心虚。之前这衣服自己一直拒绝接受，可现在却穿着它参加年会，现在被蒋庆康抓个现行，他会怎样奚落自己？想起两人认识以来，她一直如刺猬般根根毛刺竖立，也不知道扎了蒋庆康多少次，现在总算有个把柄落在他手中，他还不得讨回来？即便他什么也不说，单从鼻子里哼哼两声，她也是偌大脸皮没处安放。

甘小满窘迫难安，本来一身衣裙惊艳得好多同事大呼小叫，连赵晓丽都讪讪地只剩嫉妒，令她心头大快，这下子成也萧何，败也萧何。她甘小满难得虚荣了一次，立马现世报。

领导轮番致辞后，各部门开始表演节目。蒋庆康坐在前排显要位置，甘小满只看见他半个后脑壳，这家伙似乎看表演看得专注。李总偶尔与他耳语几句，他只把脑袋微微侧着，西装后领微露一痕雪白的衬衫。他本来身材高大，坐姿笔直，因此即便只看背影也是一排人中最惹眼的。

甘小满身边是伟天财务部的两个女同事，此时正低声议论，一个说：“还要不要人活了，年轻貌美还多金，也不知什么样的女人能嫁给他。”另一个消息灵通：“你发发花痴就好了，听说他……”她生恐被人听到，凑到同伴耳边小声低语。同伴听后，惊讶道：“还有这样的事？”

旁边的部门领导咳嗽一声，两人立马噤声。甘小满低头倾听台上的歌声，不禁暗暗发笑，蒋庆康大概做梦也想不到自己的相貌引得员工如此觊觎。

由于甘小满去永宁培训，没有参加彩排，当轮到她们部门表演时，一大片空座中间，只有她自己安稳地坐着，尤其醒目。

而那一直岿然不动的后脑壳居然转过来扫视了她一眼，甘小满立马又清清楚楚地找回了那天早上起床，光脚站在他面前的感觉，恨不得立刻钻进地缝中。

所幸那脑壳又转了回去，让她终于能够好好喘口气。她当初那么坚决地不要他买的衣服，如今从头到脚，全都穿着。

自打自脸，没什么比这更丢人的了。想逃走还真不易。节目演完，宴会开始，大厅不小，座位有序，任谁突然起身都会引得众人注目，甘小满可不想让大家的目光同时聚焦在自己身上。

她整晚都忐忑难安、食不知味，谁知竟到散会都平安无事。甘小满满心欢喜地与同伴告辞，独自去等末班车。

站台上只有寥寥几人，神情冷漠。她想起小时候看过的一部鬼片，最后一班车只载鬼，不载人。想到这里，她左右看看，旁边的确是活生生的人，她不禁嘲笑自己胆子太小。

好不容易车子来了，空荡荡的车厢里空着好多座椅。甘小满坐下来，车子行驶在漆黑的夜里，就如船只航行在苍茫的大海中，那城市的灯火宛如繁星在海面的倒影。

她的心突然平静了，整晚的窘迫不安也消失了，她想起那天蒋庆康一路追着她赶公交，每次上车他都试图给她寻个座位，她却不睬他。她如果坐着，他就一定靠边上把她跟旁边的人隔开；她要是站着，他就紧挨着她，目光还全程监控四周，好像她身揣重宝，生怕被人偷了……

甘小满想着想着不禁笑出声来，然后她的心忽然一跳，微惊夹杂空落，笑容一点点凝固。

她猛然确定了那只手，梦里那只有力地牢牢抓住她、阻止她万劫不复的手，不是甘菱的，而是蒋庆康的！

他从陆羽泽手中一把夺过她，力气好大，握得她的手好痛，却不肯松开……

她整个人呆住了。

惊惧之后，一些温暖的情绪又翻滚上来，公交车里本来轰隆隆的，噪音极大，可现在她却充耳不闻，她只感到那些温暖、柔情、欢愉一点点把自己淹没，这些感情慢慢地脱离了自己的掌控。

甘小满被自己内心陡然觉醒的东西吓住了。她不清楚怎么下的车，思想不受她掌控，两条腿似乎也不受她支配，她只是循着习惯往前走。

进了小区大门，远远看见自家门前一部似曾相识的黑色车子，胸膛里心脏陡然跳得乱了节奏，“咚咚咚咚”的声响让她惊慌失措。

她犹犹豫豫地走近，车子熄了火，从外面望不见里面，好似没人，她刚刚松口气拿钥匙开门，便听有人叫：“小满。”

车门打开，蒋庆康笑眯眯地说：“等你好久了。”

她心乱如麻，他怎么会来这里？

她心虚得连头都抬不起，更没一丝力气说话，只能站着不动。

蒋庆康对她今天的举动感到特别奇怪，因为她往常见到他都会立马戴上一副冷冰冰的面具，潜台词是“你离我三千里正好，我是冰山别碰我”。他可是冒着被冻死的危险勇敢向前的。如果不是心理素质过硬，怕是早就偃旗息鼓了。

今天的甘小满与以往不同，她好像有点儿怕他，又有点儿呆呆的、不知所措，两者掺和在一起变得十分耐人寻味。同以往任何一次一样，他不敢轻举妄动，生怕打草惊蛇。

她穿了他买的衣服出席年会，他开心至极，遂愿的喜悦无法抑制，于是他散会后就忍不住过来看她。

他慢慢走到她身前，门灯亮着，她的丝绒长裙外罩着钴蓝长衣，他还是第一次见她穿如此明亮的颜色。她素来喜欢穿淡雅的颜色，现今的靓丽却让他惊艳，原来这种打扮别有一番韵味。看来自己为她挑衣服的眼光不错，他心里开心地想着。

他方才一进会场便注意到她，尽管她一直在躲着，但众人中还是她最抢眼，他尽量控制自己不过多地注意她，以免引人议论，无疑她是今晚最靓丽的女孩。

“黑色很衬你，蓝色也好。”他不知自己在说什么，满心满眼都是甘小满的美丽身姿。她颈上空着，露出婴儿般娇嫩的肌肤。他喝了酒，明明不多，却在见到甘小满的这一刻犯了迷糊，连声音都有些含糊不清：“该给你买条项链。”

他不由得抬手，好像指间真的有条项链，就要给她戴上。

她后退一步，正靠在门上。这个动作让他回神，发现手还擎在空中，只得半途收回，尴尬地挠挠自己的头。甘小满瞪着他，一声不吭。

“嗯，衣服很合身，以后你就要穿得漂漂亮亮的。”他清了清嗓子说道，心里觉得奇怪，她为什么一言不发。

尽管无处可退，甘小满还是下意识地往后。他眉头皱起，些微的不悦令他的嘴角呈现出冷硬的纹路。

“你不打算问我怎么来的？什么时候走？”蒋庆康问道。

甘小满莫名地有些紧张：“那个……”

“嗯？”

“你，什么时候走？”

蒋庆康忍不住漾出笑意。他的眼睛在夜色里被灯光映得闪闪发亮：“希望我快走？我偏不。”

他身上有淡淡的酒气，还有她熟悉的青草气息。甘小满不敢看他，只能将目光转到一边。

他看出了她的慌乱，问道：“怎么……”

她眼神闪烁，似乎惶惑。

他上前一步，她无处可逃，只得与他对视。

“告诉我你在害怕什么？”

“没有。”甘小满摇头。

“有。”他真想伸手扶住她的小脑袋瓜，帮她把这古怪的表情擦掉。

下一秒，他猛然想到隐藏的敌情，于是问道：“陆羽泽又找你了？”

甘小满再摇头。

他有些搞不清楚今天是什么情况，她忽然不再像以前那样和他对着干了，还真有点儿不习惯，一时只能瞅着她。甘小满却在他的凝视下慢慢低下头，说：“你走吧。”

她终于还是说了这句，虽然声音很小。

“嗯。”他点头应着，人却没动。

好像是在解释自己的行为，他说：“你先进去，我再走。”

甘小满倒是听话地进去了，门在他们之间掩上。门关上之前，她回头看了他一眼，好像他是完全陌生的，又好像看了他好多年。

他隐约觉出他们之间有什么在悄然改变着，可是仓促间又不明所以。

今晚的夜空不是纯粹的黑，而是近乎深蓝，楼群和天空的交接处还有浅淡的灰。这种难得的颜色让他不禁想起那根拉的风雪之夜，那个一直下雪的寒冷夜晚，甘小满静静地在他身边睡着，那是他们第一次相见，却生死一线——

他习惯性地去口袋里摸，小小的、方方正正的一块硬糖依然在口袋里放着。

忽然间，他有点儿明白了她刚才的眼神。

甘小满一夜不曾好睡，总有个念头在脑子里徘徊着让她不能安睡。她反复想着，只是不明了。等到终于天光大亮，才在起床的瞬间猛地意识到一夜辗转的原因到底是什么。

真相触手可及，血液的流动陡然变缓，脑子和手脚都像僵住了一样，呆呆地坐了好一会儿，她才缓过神。

这天是大年三十，单位休息。她本来想上午出去买菜，准备年夜饭，可临时改变决定，在出门的时候给王笑笑打了个电话，约她出来。

王笑笑正在家打扫卫生，问："什么事儿啊，这么急？电话里说不好吗？"

甘小满说："你跟我说实话，到底那钱是谁的？"

王笑笑说："不是早告诉你了，钱是表哥的，人你也见过了，他还带你永宁一日游呢。他了解你的情况，早就说你不用急着还，送你也成。"

"别撒谎了，到底怎么回事？"

王笑笑被她郑重的口吻说得一怔，问道："出什么事了？难道是假钞？"

甘小满见她抵死不肯说实话，单刀直入："我知道钱不是表哥的，郭沣根本没什么表哥，我不想欠了谁的人情还蒙在鼓里，你得让我明白到底是谁帮我的。"

王笑笑本来不擅扯谎，讷讷半天，说："你也别那么较真，人家好心帮忙还不让留名，证明确实没有其他打算，你受之安然不是挺好？"

甘小满听她的话，知道自己果然猜对了，叹气道："蒋庆康让谁去找的你？"

"我们部门原来的老总。"王笑笑见事情她已知道，压抑许久的好奇心终于再也按捺不住，“喂，你们俩怎么对上眼的？我怎么没听你提过？怎么世上的帅哥都让你勾搭去了？难怪江南山你不放在眼里，换我也把他开了，这叫优胜劣汰……”

甘小满只觉得心乱如麻，说道：“什么勾搭啊，别乱讲了，我和他没什么。”

王笑笑感叹：“不是我说你，心眼儿太死。这样的好事别人求也求不来，你怎么还能绕着跑？”

甘小满苦笑。王笑笑看不见她的表情，却也发觉不对，于是问道：“难道他有什么问题？”

“你可知道他是谁？”甘小满将脚下的小石子一脚踢飞，说道，“他是彭锐明的哥哥。”

“这么巧？”王笑笑大吃一惊，旋即乐了，“不过哥哥怎么了？我看他对你就是不错，‘极品’啊，还有什么可犹豫的？”

甘小满不知怎么说，于是说了句“不说了，我去买菜了”，就匆匆挂了电话。

她把手机放进口袋，心里沉甸甸的。灰色是冬天的调子，她就在灰色的长街上一步步走着，情绪如雪前密集的阴云，几乎让她窒息，但在压抑中又有看不见的暖流缓缓流动，令她几乎流泪。

晚上，母女两个包了饺子。甘菱不能熬夜，甘小满早早就把年夜饭准备好，做了四样菜：椒盐虾、樱桃肉、肉末四季豆、凉拌鱼皮。她还一早在砂锅里煲了羊排汤，清亮的汤汁，点缀着点点红色的萝卜丝，出锅时撒进去切得细碎的香菜，又香又好看。

两人平时一贯节俭，这样的饭菜已经非常奢侈。春晚八点开始，大约九点钟，甘菱有了倦意，甘小满便安排她去睡觉。甘菱躺在床上，拉着甘小满坐在身旁，抚摸她的手，说："小满，你又长大一岁了。"

甘菱姣好的脸庞如今刻满了岁月的痕迹，甘小满抬手试图替她抚平眼角那一道最深的皱纹，可待她松手，皱纹又爬了上去。

她对甘菱笑道："妈，我陪你躺一会儿吧。"

"你去看电视吧，年轻人哪有睡得这么早的？"

甘菱脸色如今好了很多，却瘦得厉害，几乎可以看见皮肤下暗青的血管。

甘小满替她掖掖被角，说："我去收拾碗筷。"

甘菱因为睡眠不好，每晚都用安眠药，药力上来有些昏沉，微合了眼，点点头。甘小满知道她要睡着了，就蹑手蹑脚关门出来，去厨房收拾碗筷。

她做得很慢，听着电视机里传来的歌舞声、锣鼓声、欢笑声以及相声小品的声音，所有的人都是那么开心。她将雪白的盘子放回橱柜，又将流理台上的水擦干，接着开始擦厨房的瓷砖。她每天都会打扫，并没什么灰尘，但她依然执着地擦着，似乎这样才能将心里的不安暂时遗忘。

终于，最后一个角落也在她的抹布下干净得发亮，她洗净手，在沙发上坐下。窗外，在雪的映衬下，夜色白蒙蒙的。她抬手关了电视机，客厅里没了声响，她呆呆地坐在黑暗中，希望寂静里能出现点儿什么声音，又坐了一会儿，终于还是重新打开电视。

她尝试着深呼吸，再深呼吸，不知过了多久，觉得心脏慢慢恢复了平缓的节奏。

这算什么呢？她用力地摇摇头，不愿再想她和蒋庆康之间的这笔糊涂账。不，并不糊涂，她错就错在不该去西藏，不该和他一起吃饭，不该穿着他买的衣服去年会，但是现在，一切都纠缠不清了。

她决定今晚不再想这个，再想的话，她只怕这么多天积累的情绪会彻底爆发，让她整夜都难以入睡。

下了这个决心，她起身去洗澡。

浴室在楼上，她从来不用那大得可以游泳的浴缸，只拿花洒冲冲就出来。可是今天，她洗着洗着，不由自主地在哗哗的水线下发起呆来，温热的水在她肩头飞溅着，她突然迫切地希望这水能像洗去污垢一样，洗去她心里那些烦躁的情绪。她捂着脸，感到指间湿漉漉的，过了会儿，她才发现自己哭了。

她不知道在浴室里呆了多久，直到冲出的水变得冰凉，才披了浴袍出来。她连头发也没吹，就披散在身上，沿着扶梯慢慢下来，拖鞋踩在地毯上，悄无声息。

上楼的时候，楼下并没开灯，此时竟然亮着一盏小小的壁灯。她以为是母亲起来了——甘菱一般很少睡着后再起来，甘小满担心她不舒服，轻轻叫了声：“妈。”

沙发里坐着的人影慢慢抬头，昏暗的灯光铺在他带着笑意的脸上，甘小满觉得自己的脑袋“嗡”的一声，几乎口吃地问道：“你，怎么进来的？”

蒋庆康没出声，甘小满并不知道他的脑袋也同时“嗡”了一声。她刚刚洗过澡，清秀的脸庞被水汽蒸得越发地如娇嫩的花朵，湿淋淋的黑发披在白色浴袍上，脸上一抹惊愕，又增添了几分风致。

他飞快垂下眼，深深地吸了口气，才重新抬头问：“难道你不高兴和我一块儿过年？”

她呆愣愣地扶着扶梯，半晌才回神，问：“那么，钱小涛是怎么回事？”

“我助理，博客也是他的。你不爱见我，我只好把他扔出去冒充。一日游还开心吧，他报告说任务完成得很好。”

没想到他会弄这样的把戏，为了不让她反感，他倒煞费苦心。

他笑道：“你总说要感谢我，我倒是想知道，你想怎么谢我？”他走到她身旁，拉着她走下来，把她拖到沙发上，挨着自己坐好。

他们从没有这样近地坐在一起过，他开心极了，她迷迷糊糊的顺从，让他从心底里涌起温柔，不由自主地轻轻抬手想抚她的面颊，但考虑到她可能会猛然翻脸，又忍住了。

“这房子本来就是给你住的，和上次那房子一块儿买的，离伟天近。”他的声音和彭锐明的还是有区别的，更低沉一些，“可你又去亚特了，好在也不算太远。”

他微笑着调侃：“只是你要谢我，是不是打算以身相许？”

她别过头，一截雪白的颈子从浴袍里露出来，在灯光下有着淡淡白玉般的光泽。他很想抚摸却不敢妄动，生怕她连手都抽回去，弄得自己什么都没了。

他突然发现她的眼眶泛红，不禁迟疑地问道："你……哭了？"

他扶住她的肩，用力扳过来，让她对着自己，问道："为什么难过？"

甘小满不说话，也没看他，只是心中再也抑制不住酸楚，止住的眼泪再次无声掉落。

蒋庆康一直觉得自己很狼狈，他每次满心欢喜、千里迢迢地飞来找她，最后似乎总会惹怒她，然后在回程的路上不停地懊悔和失落。他反复叮咛自己不能再激起她的反感，可每次都会事与愿违。现在，她在自己面前默默垂泪，让他心疼不已。他顾不得会不会令她发怒，只想把她揽在怀中给她依靠。

他试探着揽她进臂弯，她垂着头没动。于是他便缓缓地将她拥进了怀抱。她的头发湿湿的，触在脸上有点儿痒，这感觉很新鲜。她第一次没有反抗，任由他拥抱。喜悦宛若深泉一样缓缓地漫出，很快就填满了他的心房。那是他三十年来从未有过的感受，只有这个女子，全世界只有这个女子，可以令他如此欢愉。

他不敢说话，只怕惊破了梦一般的美好。

夜静得出奇，空气里充满无限暖意。他轻轻吻她的泪痕，吻她的眼睛，犹疑了一秒，终于小心翼翼地吻上她的唇。她不易察觉地瑟缩了一下，他敏锐地感知了，不由得把她拥得更紧。她闭上眼睛，两颗晶莹的泪从眼角渗出，手则不由自主地抱住了他的肩。

他谨慎而温柔地辗转吮吸着，逐渐得到了她的回应——她在他的怀抱里战栗，紧紧地抓着他的衣领——唇上渐渐变得温暖，让他不由自主地用舌尖探索那更深处的芳香。

待他终于将她放开，她仍旧如方才般紧紧抓着他肩头的衣服，头深埋着，似乎惊惧到极点，又似乎羞涩到了极点。

他轻轻地捧起她的脸，她别过目光不敢看他，唇上洇着胭脂般的红，令他情不自禁地低头再度轻啄了一下。

“你知道吗？”他的手指从她面颊上轻柔地抚过，“我从没有像现在这么开心过。”

甘小满好似终于有了勇气抬眼，湿润的眼睛中似噙着万种柔情。他只想这么与她相对，他盼着天永远是黑的，夜永远不会过去，时光就停留在这一刻。

里间忽然传来甘菱的咳嗽声，吓了甘小满一跳，她遽然清醒，慌张地推他：“妈妈醒了，你快走。”

蒋庆康被她弄得也紧张起来：“是吗？不过我们没犯什么错误……”

他话没说完，已被她推到门口。在出门的时候，他才恍然想起了什么：“这好像也是我的家啊！”

“明天再说！”她一把把他推出去，轻手轻脚地关上门，接着回头朝妈妈的房门看去，好半天，也不见妈妈再发出声音。她蹑手蹑脚地过去，把门推开一条缝，然后从门缝向内张望，妈妈好好地睡着，方才不过是偶尔咳嗽罢了。

甘小满拍了拍胸口站了会儿，打开房门朝走廊看去。她本以为蒋庆康已经下楼了，却不料他正倚在雪白的墙上，见她探头，连忙走过来，轻声问道："我们怎么好像做贼似的？"

甘小满突然低下头，蒋庆康不知她怎么了，弯腰去看，却见她吃吃地笑着。他满心欢喜地牵住她的手，说："从没见你笑得这么开怀。知道吗，你笑起来真好看。"

甘小满说："大过年的，你不回家跑这儿来干吗？"

"傻瓜，"他看着她，"因为你在这儿啊。"

幸福来得太突然，蒋庆康有点儿不敢相信眼前的执手相看，他凝视着她，柔声询问："是不是，你终于愿意接受我了？"

他的手又大又暖，她的手在那样的掌心里显得好小。他等着她的回答，格外耐心郑重的表情。

"噼噼啪啪"的鞭炮声，自楼群间空旷的空地上突然传来，接着江北百年古刹的钟声敲响了。透过走廊尽头的小窗看去，江岸上已有烟花升起。黑色的夜空被一簇簇硕大的烟花点燃，随着一蓬蓬绽放在夜幕中的焰火，新的一年来到了。

"好美。"甘小满看着窗外的烟花叹息。

他低头，轻轻地抚着她的发丝。她仰视着他，笑了。

八　寂寞繁花晚歌长

1

蒋庆康本想留在这里过夜，就住楼上的房间，但再三思考后觉得明天早上甘菱醒来，突然发现陌生房主半夜归来，且与女儿关系密切，总是难以解释，最后还是恋恋不舍地回酒店了。

二人约好初一早上蒋庆康过来拜年。他进了电梯又扶住门，说："待会儿给你打电话，别关机啊。"

他说得特别孩子气，甘小满没来由地一阵感动，点头说："嗯，不关机。"然后，两人挥手告别。

甘小满回来才发现自己居然穿着浴袍和他在走廊里站了那么久，不禁心里后悔，脸上发烧。接着，她又奇怪之前他们见面也不算少，竟从没觉得他如今夜这般好看。

他其实并没特别打扮，不过是寻常的宝蓝衬衫，半点儿装饰皆无。甘小满平日只觉他英气逼人，今日却觉得他斯文清秀，原来一人身上竟可以有多种气质，可笑自己平时全无注意。

男色男色，她于男色上果真开了窍？

大约二十分钟后，蒋庆康的电话来了，她事先将手机调成了振动，待小小的屏幕亮起，心里从没有过的喜悦也随之闪现。

蒋庆康问："睡下了？"

"没。"

他似是带笑，问道："等急了吧？"

"没有。"

他轻轻地笑着，说："我怕这一夜都睡不好了。"

"怎么会？"她不解，"你失眠吗？"

他很委屈地说："我一闭眼就是你，让我怎么睡得着？"

甘小满被他逗得直乐，最后正色道："你可以选择睁眼睡。"

"当我金鱼啊？"

说到金鱼，甘小满想起那缸鲤鱼，说："刚才你没去看你的鱼，个个都肥得很。"

蒋庆康建议："明天捞两条红烧？"

"馋猫，就知道吃。"甘小满说。

随后，两人叽叽咕咕地说了好一阵，甘小满慢慢地倦了，就半躺在沙发上。蒋庆康听她话音逐渐低沉，知道她困了，就说："我是馋猫，你就是懒猫，就知道睡。"

甘小满说："我不是猫，我是劳动人民，日出而作，日落而息，哪像你腐朽的资产阶级，夜夜笙歌……"

蒋庆康连忙说："打住，真是服了你，你要睡就睡吧，别连带骂人。明天早饭带上我的份儿。"

甘小满迷迷糊糊地问："你喜欢吃什么？粥还是牛奶？"

"我要吃面。"

“那么麻烦……”她就要睡着了，根本没反应过来，他是在打趣那次请他吃面。

“你在哪里睡？盖被子没有？”蒋庆康问，却没听到她的回答，她没挂掉电话，蒋庆康能听见她轻柔的呼吸声，这声音让他的心里涌起无限温情。

尽管知道她睡着了，他还是轻声说了句：“小满，晚安。”

蒋庆康第二天过来，给甘菱带的见面礼是虫草。甘小满也不知道他这一大早上哪儿买的这东西。

甘小满早上跟妈妈简略地说了两人的情况，甘菱听得惊诧非常，甘小满也实在难以向她解释清楚这中间的百转千回。末了，甘菱问：“小满，是不是因为这个蒋庆康，你才和江南山分开的？”

甘小满叹了口气，妈妈又怎会明白她下了多大决心才做的这个决定，如果江南山肯在她最难的时候多给她一点儿温暖，哪怕是一点点，一切都会不同。

好在现在，她终于接受了蒋庆康，告别了那段忐忑的日子。她低头擀着面条，甘菱叹了一口气，说：“小满，我只希望你和他交往能得到幸福，如果不是这样，妈妈就太对不起你了。”

甘小满笑道：“妈，他对我很好的，待会儿他来了你就知道了。”

蒋庆康来了之后，本来要和甘小满一起在厨房做饭，甘小满说他只会捣乱，于是蒋庆康就在客厅陪着甘菱说话。

甘小满听不清二人的说话内容，只是隐隐听见蒋庆康的话音极为有礼，与甘菱有问有答，甚为融洽。她将面条在锅里缓慢搅动，油烟机在头顶低低呜叫，水再度沸腾，洁白的面条宛如白色菊花绽开。她用筷子夹起一根面条，稍稍用力面条就夹断了，于是招呼他们来吃饭。

甘小满见甘菱面带笑意，知道她是满意的，不觉朝蒋庆康莞尔。

甘小满做的是炸酱面，蒋庆康虽是南方人，却喜欢那面条根根细滑咬在嘴里的劲道，连连夸她。

甘小满说："我是跟妈妈学的，手艺差多了，妈妈做的面才叫真正的好吃。"

蒋庆康因甘小满这么说，便朝甘菱笑道："我们家里分两派，妈妈喜欢吃米，我们兄弟俩和爸爸喜欢吃面，爸爸不是南方人，我们喜欢吃面是像他。要是全家都在家吃饭，阿姨一定要做两种口味的。"

甘菱有点儿意外，问道："你爸爸是北方人？"

蒋庆康笑道："是啊，我妈妈是地道的南方女子，爸爸去我外公厂里做事认识了妈妈，后来就成了外公的女婿，留在了南方。"

甘小满低下头，她自然见过他爸妈。蒋庆康当然知道这话触动了她，但因甘菱在旁边，就没说别的，只是夹了块酱牛肉放在她碗里，小声说："你多吃点儿。"

她抬头瞅了眼蒋庆康，对方表情平静。她默默地将牛肉塞进嘴巴嚼着，有点儿食不知味。

饭后不久，蒋庆康便告辞，下午要坐飞机赶回永宁。他说话的时候，眼睛瞅着甘小满。甘菱明白他的意思，便笑着说：“小满，你送庆康到机场吧。”

由于是初一，出行的人不多，路上有点儿冷清。车子上了高速，路两边除了光秃秃的树木别无他物，目之所及一片萧索。甘小满本来满心欢喜，看到这情形，不由得有些忧伤，将头低下。

蒋庆康轻轻地握着她的手，问道：“想什么呢？不开心？”

甘小满一笑，说道：“不知怎的，觉得不安稳。”

他柔声安慰道：“我会给你安稳的，放心。”

他的手指在她手背上画着圈，弄得她有些痒，不由得想从他手里挣脱。他忽然将她的指尖凑到唇边吻着，甘小满急了，担心司机看见。他却笑着瞅她，似乎非常爱看她气急败坏的样子。

过了一会儿，他将她的手指紧紧地捏着，放在两手间，脸上的神色便郑重了很多：“书柜最下面有个抽屉，你回去打开看看。”

“什么东西？”

“不告诉你，回去看看就知道了。”

“我猜猜，”甘小满做深思状，“炸弹？”

蒋庆康本来挺严肃的，被她逗笑了：“嗯，可不就是一颗超级炸弹吗，专吓唬美女。”

“原来你是恐怖分子。”甘小满装作不看他，他倒开始不厌其烦地叮嘱她：“饭一定要吃好，看上什么东西就买，钱不要省着花，过于节俭是对社会的不负责任。休息日我要是没时间过来，你就和王笑笑逛逛街，或者在家里睡觉发呆都好……”

甘小满叹息：“真不知道你还这么啰唆。”

蒋庆康也跟着叹息：“我也才发现，自己原来这么啰唆。”

见甘小满瞅着自己良久没有收回目光，他有点儿愣：“怎么？”

“我想该对你好好说声谢谢，谢谢你在我最困难的时候帮了我。”

他哈哈地笑了：“被我骗到好感了吧！”他眸子里闪着光，深邃而明亮，内里的一点点柔光让甘小满低下头。

他握着她的手，一路没舍得松开，仿佛是握着最珍爱的物品。甘小满送他过了安检，独自回来，手上似乎仍留着他的温暖。

车开得不慢，她却无端觉得这路比来时长了很多，她没把这种感觉说给蒋庆康听，似乎是怕他知道自己是那么在意他。

回到市区，她在一间手工巧克力店前下车，给自己买了一份巧克力。王笑笑经常说，巧克力最有爱情的味道。她看着店员把巧克力浆浇在模子里，冷却成各种图案，小心切割后装进盒子。她拣了一粒放在嘴里，极快融化的甘香里透着略略的淡苦。爱情，真是这个味道？

这天晚上安排妈妈睡着之后，甘小满去书房找到蒋庆康说的抽屉，抽屉里放的是几本房产证件和一张银行卡。她有些迟疑，虽然一看便有了预感，但翻开来，见房本上清清楚楚地写着自己的名字，还是怔了很久。

直到蒋庆康的电话打来，她才回神。蒋庆康的声音似乎很疲倦："干什么呢？"

她关了抽屉，起身坐好："没什么，你呢？"

"想你。"他的背景很安静，语音落在空荡的空气里，显得这两个字有着说不出的寂寞。

她没有说话，他也长时间没有出声。书房墙上的老式钟摆来来回回地晃着，发出有节奏的声响。他隐约听见了，便问道："在书房？"

"是，我看到了。"

他轻笑道："车库里的车再不动都生锈了，天气暖和点儿去学车，以后带妈妈出门也方便。"

"你是怎么弄到我的身份证件办房本的？"她不明白。

他笑道："你是公司职员，档案里有信息。"

她没做声。他明白她的想法，于是说道："我当然知道你是什么样的人。我的就是你的，我愿意和你分享，更希望——你能觉得安稳。"

世间恋爱的感觉千奇百怪，王笑笑说甘小满与蒋庆康的这场恋爱才是最地道的，因为这个男子知道女人需要什么样的安稳。甘小满对此并没发言，安稳有的时候非物质不能代表，有的时候又并非物质所能代表，这是个很奇怪的现象。

甘小满并不愿意给王笑笑解释这些。她只相信，时间能给出一切答案。

好或者是坏。

王笑笑被她弄糊涂了："难道你现在觉得不好吗？"

甘小满仔细想了想，点头说："对比从前，是好的。"

"那还担心什么？"王笑笑说，"别杞人忧天，有好日子就要好好过！"

滑雪的时间一旦确定，大家都开始准备上山的装备。甘小满本想跟周长文告假跑跑市场，被王笑笑拦住了。

王笑笑说："现在你和蒋庆康已经这样，你又不能立马从公司离职，那不如就好好工作，等着时来运转。蒋庆康是不知道你被弄后勤去了，知道了肯定发火，到时候周长文他们肯定没好果子吃。你要是现在离职，反倒便宜他了。你就这么不声不响地打杂，用不了多久，周长文就得给你重新安排工作。你先在亚特待着，蒋庆康早晚会想办法把你弄到他身边去。尽管将来你当了蒋家少奶奶，不要这份工资也能活。可你看看哪个贤内助不在老公的公司里帮忙，名为帮忙，实则也为防小三。"

甘小满斜眼瞅她，王笑笑说："我这可都是为你好，你们家老蒋财色俱佳，'极品'中的'极品'，哪个女人不眼红。我要是没郭沣，也下手了。"

甘小满说："你们两口子联合起来骗我，害得我不知道叫了他多少声表哥，你们俩也真够可以的。"

王笑笑打趣道："表哥表妹正好相亲相爱，你该好好谢谢我和郭沣。不过，小满，蒋庆康对你是真说得说，彭锐明对你就算很好了，蒋庆康比他用心一百倍，分明就是情种！"

甘小满沉默不语，亦无笑意。王笑笑不解地问："我知道你不是轻易动心的人，动了心就一头栽进去了。你和他好比小龙女和杨过，以后会幸福得比天大我都信，你还担心什么？"

甘小满轻叹了口气，不知从何说起，半天才说了一句："我对彭锐明最初的确是有恨，觉得心冷，后来渐渐淡了，倒能想明白他的不得已。"

"什么不得已，他不是移情别恋？"

"他对我怎样我能感觉得到。那时候当局者迷，他那么说我就信了，没往别处想，事情过去了才明白是他父母反对。"

王笑笑惊愕，半晌才道："什么年代了，父母反对也算理由？你不是说他父母对你都挺好的，看起来也满意？"

"傻呗。"甘小满自嘲，"当时晕了。"

王笑笑呆坐半晌，猛然惊叫："我的天，你和蒋庆康现在怎么办？他和彭锐明是一个爹妈生的啊！"

甘小满对着老友微笑，可是笑容中分明掺杂着一抹苦涩。王笑笑思索了半天，才说："你也不用太担心，彭锐明搞不定爹妈，不代表蒋庆康也搞不定。他们俩不一样，彭锐明是个书生，又是老幺，恋母，没主意，他妈说什么他听什么。蒋庆康不一样，外界怎么评价他，你记得吧，又狠又稳。只要他想干，没有干不成的事儿。你把他抓住，什么都不在话下。"

"我没想那么多，"小满平平静静地笑，落在王笑笑眼里却近乎哭泣，"没考虑过和他会有将来。"

"那你和他这是干吗呢？"王笑笑吃惊，"你不想和他结婚？"

甘小满扬起脸，冬日的日光也是寒冷的，丝毫不能暖人：“他家里早有安排，我想他是订过婚的吧。”

王笑笑“啊”了一声：“我以为什么呢？订婚算什么？别人我不敢说，脚踏两只船的人多了，但是老蒋不会，他没你估计活不成，订了婚也会取消。”

甘小满被她弄笑了，说道：“他什么时候变成老蒋了？还有，我可没觉得他没我就活不成，谁没谁都照样活。贾宝玉没了林黛玉，还不是娶了薛宝钗？”

“贾宝玉是软骨头，老蒋和他还是有区别的。再说，据我来看，贾宝玉最后娶的是史湘云。”

甘小满惊讶道：“你什么时候研究红学了？”

“一点儿小小的想法，不敢称研究。”王笑笑说，“我这不是提高自己的文化修养，为孕育下一代做准备吗！”

王笑笑给甘小满带了一袋衣服，是她滑雪的时候穿的，甘小满说：“不就滑个雪，搞得跟搬家似的？”

王笑笑说：“我统共穿了一次，平时不出去玩，搁着浪费。叫你穿你就穿，你也舍不得买。”

忽然想起什么，她看着甘小满问道：“房子和车子都给你配了，老蒋怎么没给你张副卡？”

“给了，没用。”

“干吗不用？”王笑笑使劲地点甘小满的头，“古怪脑袋，你跟他是男女朋友，他的就是你的。你不用，人家还以为你瞧不起人呢！”

甘小满不出声，只是笑。王笑笑说：“看我给你个栗暴，把你打开窍。”

“怕了你，”甘小满起身问道，“吃什么？年糕还是栗子？”

“两样都要。”

王笑笑之前一直节食，婚后没了压力，胃口放开，人也胖了不少，现在又准备要孩子，更不忌口。甘小满说：“你知道白雪公主结婚之后变成什么了吗？”

“白雪球公主。”王笑笑吃得头也不抬，“我就是变成白雪球，也是郭沣唯一的白雪球。年糕哪儿买的，不错啊！”

“爱吃的话，我这儿还有，待会儿给你带着，说是手工的。”

“永宁手工年糕，他连这个都给你带，”王笑笑啧啧地说，“瞧瞧他这份儿心，甘小满你不抓住他，就是傻子。”

“抓住，抓住，一定抓住。”甘小满连连点头，表示决心。

甘小满给王笑笑装了两大袋子吃的带走，自从蒋庆康频繁过来之后，家里的东西就猛然多了起来，吃的用的玩的样样不缺。甘小满说他这是乱花钱，蒋庆康却说生活本该如此，就好比一棵树，总要枝繁叶茂才叫好，总不能干巴巴地长几片叶子够光合作用就行了。

甘小满说不过他，只说：“浪费。”

蒋庆康叹息道：“有你给我管家，不用担心老来无余。”说这话的时候，甘小满在厨房洗碗，他在旁边帮她把碗一只只擦干。甘小满不知道他还有耐心做这些事，蒋庆康说：“其实做饭也有意思，洗碗也有意思，凡是慢慢做的事都很有意思，不过要有心情才好。”

甘小满说：“你这话说得和一个人有点儿像。”

“谁？”

“胡兰成。”

蒋庆康说：“你拿我和他比？”

甘小满笑：“不是和他比，因为他最喜欢说‘好的好的’。”

蒋庆康便凑到她身旁，低声说：“我说你是好的，难道不好？”

甘小满笑道：“更像了。胡兰成写了《山河岁月》给人看，人家单羡慕他老婆多，他大约也觉得是好的。”

她这么笑着，眼珠漆黑漆黑的，仿佛闪着光。蒋庆康不知不觉看得有点儿呆住了，醒过神来，也笑道：“得一人心足够，多了就乱，乱肯定是不好的。”

甘小满低头继续洗碗。他还想说什么的时候，甘小满的手机响了，他替她看了一眼，说：“没显示名字，荥州的。”

他接通后送到她耳边，一个年轻的男声从里面传来：“甘小满？”

甘小满和陆羽泽接触了几次，记住了他的声音，于是疑惑地说：“陆总？”

听了这句话，蒋庆康的笑容收敛了。甘小满朝他做了个“我也不知道怎么回事”的表情，然后擦手拿过电话，接着听陆羽泽说道：“找你有事，出来见个面吧。”

这家伙每次都是号称有事，甘小满想破头也想不明白他找自己有什么事，在她看来，这分明就是没事儿找事儿。

“陆总有事的话，就在电话里说吧。”

“你觉得我和你就适合在电话里说话？”他的情绪有些莫名奇妙，“见面谈。”

甘小满心想：我和你素不相识，别说我现在是后勤打杂跑腿的，就是原先也不过是一个小楼管，你想从我这儿弄内部消息是真的找错人了。

不过蒋庆康在旁，她只说：“我现在没时间，改天有时间再说吧。”

这分明是搪塞的话，陆羽泽不知是真傻还是装傻，倒认真地回答：“那好，等你电话，我在滨城待两天。”

甘小满立刻明白他是为蓝城来的，蒋庆康这次来也是为这事，本来收购的事不需要他亲自过来，但这次难度似乎特别大，看来景大和乾一是较上劲了。

“他不是找你探乾一的消息。”蒋庆康看出了她的心思，“他有别的事，而且不是小事。”

“你怎么知道？”

“工作上从你这里探不到什么，陆羽泽不是傻子，而且这样的事也不用他亲自出马。”蒋庆康目光灼灼，“你和他究竟怎么了？”

甘小满也迷糊了：“我和他总共没说过几句话，谁知道他究竟要干吗？”

蒋庆康替她将最后一只碗刷好擦干，他做得很仔细。甘小满自从和他相处以来，越来越发现自己最初对他的认识实在是太过肤浅。蒋庆康却评价她："你就像一杯水那般透明，看一眼就知道是什么样的人。"

"夸我还是损我？"她说，"我就像一杯水那么简单？"

"谁说一杯水简单？没有污染的水太少了，所以你很不简单。"

如果非要用水来比喻，甘小满觉得蒋庆康是一潭水，看起来很清，却深得不见底。

"有空去见见他，看他到底有什么事，可惜我明天要回永宁，不能和你一块儿去，不过他也不敢做什么坏事。"

甘小满本来没想见陆羽泽，听他这么一说，倒觉得有必要去一次，于是说："好，我把他约到肯德基。"

蒋庆康笑："那儿倒是人多，不过他不会去的。你叫他去养生主。"

甘小满跟蒋庆康去过几次养生主，老板姓淳于，名渊，擅长写意画，又好收集刀剑古琴，颇有古代侠客的风范。他和蒋庆康的国画老师相熟，进而与蒋庆康也熟识。

会所很是清雅，只卖茶和酒两样饮品，甘小满觉得是个赔本买卖。她猜淳于渊并不指望这个过活，会所不过是他的乐趣。有次闲聊说起此事，蒋庆康说她猜得不错，淳于渊在十年前已经赚了够几辈子花的钱，现在只是做些自己喜欢的事情。

此时听蒋庆康推荐这个地方，甘小满想了想，觉得非常适合，于是说："好，我明天下班后，约他过去。"

蒋庆康洗了手过来，甘小满削好苹果给他，蒋庆康笑道：

“每次来都吃那么多，回到家几天都不饿。”

小满也笑道：“每次你来都费力气做饭，你走了什么饭也不想做了。”

蒋庆康轻轻地将她揽在怀里，说：“以后我做给你吃，你只负责长得胖胖的。”

他凑过来吻她，他刚吃了苹果，口中有水果的气息，甘小满促狭地捂住嘴巴，嘻嘻笑着。他将她两手擒住吻上来，她也逐渐收了笑，慢慢回应他。

蒋庆康说她笨，连接吻也不会。甘小满也觉得自己在这方面的确不大有天赋，不过她觉得蒋庆康的吻技，也没有灵光到哪里去。

蒋庆康琢磨了一下，说咱们可以共同研究，共同进步。他在亲吻甘小满的时候从不毛手毛脚，而是满怀疼惜，那样子就像生怕打碎心爱的事物一般。与其说他憨，不如说是一种纯，甘小满也很纯，因此，两人相处竟似孩童一般。蒋庆康有时候说：“原来我们都傻，不过我喜欢这样的傻气，我觉得这样的相处模式才最安稳。”

甘小满不言语，亦不敢抬头，只怕他会看到她眼底的绝望。

和陆羽泽约在晚上六点见面，甘小满先到。淳于渊正和两人对坐品茶，见小满进来，亲自起身招呼。因与蒋庆康相熟，他待小满也亲近，见她邀人未到，便请她也来品茶。

甘小满见那两人是一男一女，面目都似外乡人，猜测他们是淳于渊的贵客，便婉言谢绝了。她与淳于渊说话间，那男子一直低头默默摆弄带着两只脚丫的茶宠，那紫砂的双足憨憨的，已有了黯淡之光。待她走开，那男子却似无心地瞟了瞟她的背影。

甘小满没去包间，而是在西边角上的隔断处坐下。坐在这里，她可以很清晰地听到他们三人的聊天声，那男子的普通话不好，说话不多，倒是女孩子悦耳动听的声音不断传来。

三人先喝茶后饮酒，淳于渊酒量大，那男子酒量也不小，令人惊异的是那个声音清脆的女孩居然也能豪饮。甘小满听了一会儿才明白，原来这一男一女来自内蒙，男的叫白音，是个牧场主；女的叫乌兰，是个歌手。

三人喝得兴起，淳于渊提议乌兰唱首歌，乌兰也不忸怩，清唱了一首小调：

蓝蓝的天空上飘着那白云，
白云的下面盖着雪白的羊群，
羊群就好像是斑斑的白银，
撒在草原上多么爱煞人！

蓝蓝的天空上飘着那白云，
白云的下面盖着雪白的羊群，
羊群就好像是斑斑的白银，
撒在草原上多么爱煞人！
撒在草原上多么爱煞人！

别看乌兰长得瘦瘦小小的，唱起歌来却气势十足。这首歌本来调号就高，她又升了一个调，可是唱起来还是很轻松，不得不让人佩服她的演唱功力。一首歌演唱完毕，场内静了片刻，随后几桌客人都鼓起掌来。

方才乌兰唱歌的时候一直有人击箸为节，甘小满看不到外间情形，猜想是白音。听淳于渊说："白音明天不走，去看看我的酒窖，我送你两瓶好酒带回锡林郭勒。"

未听白音答话，倒是乌兰连忙说："我也要两瓶。"

淳于渊大笑："都有，都有。"

淳于渊与蒋庆康的关系也算不错，但与白音更随便些，看得出是感情上极好的朋友。甘小满喝了一会儿茶，又玩了会儿手机，时间早过了六点，陆羽泽竟然没到。甘小满纳闷之前他煞有介事地屡次相约，今天怎么不声不响地放她鸽子，想来想去只能说他在报复，看来这家伙也没什么大事，还就是吃饱了闲的。

甘小满一下班就过来了，晚饭还没吃，此时饥肠辘辘的，埋了单出来，淳于渊和两位客人都已不在。

淳于渊的会所是江边一处阔大院落，鹅卵石甬路旁又有车道。正值隆冬，花木凋零，唯有数株翠柏依然苍绿。小满出门，沿车道左拐朝大门走去，前方树丛下人影一晃，她怀疑是自己眼花，又走两步，才知道并没看错，的确有人倚在树下，好似专为等她。

她犹犹疑疑地走近，最初以为是陆羽泽藏在此处搞怪，等到看清却是方才叫白音的男子，他穿着一件黑大衣，衣领竖起，双目炯炯，见甘小满走来，微笑道：“怎么，没等到人？”

“是啊。”甘小满随口应道，就要和他擦肩而过。

白音从口袋里摸出张卡片，递在她面前：“这是我的名片。”

难道这位有随处发名片的喜好？

白音一直擎着，她也不好不接，借着路灯看那名片不过黑白两色，简单得不能再简单，写着蒙汉两种文字。

甘小满留意到上面并没有保险公司的字样，难道是推销保健品的？正狐疑间，白音笑：“我不是推销员，我是淳于渊大哥的朋友。”

甘小满被他说得有点儿不好意思：“我知道。”

“这里不错，我每次到滨城都会来。”

“哦。”他可真能聊，她还急着吃饭呢。

“你还有事？”他看出她要走。

“是啊。”

“那以后有机会一起坐坐。”

“好。”

他还有后续：“我觉得你应该去草原上，你适合那里。”

甘小满有些讶异，这人说话近乎莽撞了。

他似乎看出她的心思，笑：“不打扰你了，你走吧。”

她只听得见肚子咕咕地叫，看在淳于渊的面子上，冲白音胡乱点点头，出了养生主。

事后甘小满总结：她是个谨小慎微的人，换了旁人贸然上前，她理都不会理，只会一声不吭地掉头走掉。

但命运予人的东西注定会进入你的生活，比如林黛玉千里迢迢地闯进贾宝玉的世界，天蓬元帅一个没瞅准落进了猪窝。甘小满鬼使神差地接过了白音的名片，是一段命运的开始。

甘小满不知等待自己的命运是什么，她独自一人去街边吃了碗刀削面，坐车回家。这晚蒋庆康破例没有打电话过来，她微觉奇怪，并未多想，明天一早要去滑雪，她整理了背包，嘱咐了甘菱几句，一夜无梦，睡得相当不错。

她甚少睡得如此酣畅，以至于早上起床时，心情都与往常不同。天才蒙蒙亮她便出门，寒气刺骨，到了山上恐怕会更冷，她由衷地感激王笑笑支援的装备。

滑雪场离滨城有将近三小时的车程，甘小满起得早，上车后便犯困，索性合了眼靠在椅背上，想补一觉。行驶的大巴车发出单调的声响，车里的同事窃窃私语，有谁说了什么笑话，后排座位上轰然发笑，甘小满听在耳中，只觉离自己很远，迷迷糊糊地睡着了。

车速突然放慢，接着停下，司机摇下车窗朝外喊了句：“怎么了？”

前方有人含糊答了句什么，隔着太远甘小满没听清，困意却没了。睁开眼见国道上堵了一溜车，好像前方出了什么事故。

司机跳下去，几个男同事也跟着下车，没一会儿就回来了，原来有辆车在路中间抛锚，后面的车过不去，全塞住了。

几分钟后，司机也回来了，说：“冰天雪地的，让个女人开车，凯雷德怎么了？驾驶员不行，车再好也白搭。”

大家才明白，原来抛锚的是辆好车，驾驶员是个女人。

等了大约半个小时，拖车终于来了，车队开始慢慢蠕动，待他们这辆车行到出事地点，见路边的一男一女拖着东西，看来是出事车主，准备搭车前行。

周长文的小车行在前面，徐徐放慢，男人凑近车窗跟周长文说了几句。周长文的司机停车下来跑步来到大巴车前，说：“他们也是去滑雪的，周总说可以捎上他们。”

待司机开了车门，那一男一女上来，甘小满大吃一惊。她方才瞅着眼熟，并没看清，距离近了才确定，果然是昨晚在养生主遇见的白音和乌兰。

白音也看见了她，稍微惊讶，接着笑了，并不跟她搭话，去后排坐了。甘小满注意到乌兰一直牵着白音的衣袖，行为亲昵，跟昨日豪饮的人判若两人。

过了年，天气还是很冷。远山白雪皑皑，大地依然冰封，没有楼群遮挡，四野空旷透明，她的心里微微有些失落，蒋庆康今早依然没有电话打来。他平素从不这样，稍微有一点儿空闲也会给她打个电话或者发信息，她隐约觉得反常，没来由地有些许的害怕。

她真的不喜欢这样的感觉。

手机“嘀”的一声，有短信进来：“我去上海了，相信不久之后我们会见面。”

是陆羽泽！

她懒得理他，也懒得琢磨他怪里怪气的是为什么。他又来了一条："其实我并不愿意见你。"

甘小满坐直，这家伙还真有种自娱自乐的精神——不愿意见还啰唆，不是他自己找上来的吗？

继续不理他。甘小满想了想，给蒋庆康发短信："今天去滑雪，我在路上，你做什么呢？"

其实并非要知道对方在做什么，而是要知道对方的消息，得到一种确定，仿佛了解便是一种心安。

蒋庆康没回，往常他总是很快回复甘小满的信息，手机屏幕亮了又黑，黑了又亮，甘小满一遍一遍地看，快到目的地了，他也没回。

她再发信息："忙吗？为什么不回信息？"

按下发送键，她觉得手都软了，车停了，大家拿东西下车，她取了登山包振作一下站起，总觉背后有双眼睛注视着自己，回头一看是白音。他与她隔了不过两三人，见她回头，朝她笑一下。甘小满这才看清他的脸，他额头宽阔，目光如电，真如乌兰唱的好似雄鹰。

她没有回应他的笑容，转头下车。

2

天阴沉沉的，山顶与彤云相接，日光更显晦暗。大家兴致勃勃，公司里年轻人多，气氛很容易起来，甘小满不会滑雪，摔了好几跤，倒把蒋庆康暂时忘了。

小林也不会滑，与甘小满如两只学步的小鸭紧张兮兮地相互搀扶，小孙说越怕摔越会摔，放开了学得快。他自己也不大会滑，跟头把式折腾到下午，还真滑得有模有样了。

中午饭是大家随便在山上对付的，快三点钟的时候，他们上车往温泉度假村去。这些女孩儿平时很少做剧烈运动，玩了小半天个个都喊腰酸腿疼，小孙说："别嚷了，待会儿泡泡温泉就不疼了。"

双丰的温泉是最近几年才开发出来的，大冬天泡温泉是种享受。小孙说："从这点上看，人类还真是猿猴进化来的，那个地狱谷的猴子一到冬天就泡温泉，咱们人类一到冬天也喜欢洗洗热水澡什么的，都差不多。"

小郑说："说到人类进化，我就没弄明白达尔文那一套，这么多年了为什么没听说有猴子又变成人呢？"

"那得需要特定的环境和漫长的时间，"小孙说，"你没听说现在大象的象牙平均长度都缩短了，人类为了象牙猎杀它们，它们就消极抵抗，再过几百年估计大象都不长象牙了，这是自我保护的方式，也是进化。"

"再过几百年大象长不长象牙我是不知道了，你也一定不知道，所以你这只是推论，就像达尔文说人类是猿猴进化来的，也没什么确凿证据。"

"人类学家不是在反复证明吗？"小孙显然是进化论的忠实拥趸，"你不学习所以才怀疑。"

小林弱弱地插言："我妈信佛，说人类是由光音天人繁衍出来的。"

“这个新鲜，说说。”小孙好奇。

“《长阿含经》上讲，众生本来自光音天，叫光音天人。地球初成的时候，光音天人见地球美丽可爱，纷纷飞来，吃了一种叫作地肥的食物身体变重，飞不回去了，只好留下来生儿育女，繁衍后代，才有了地球人。《起世经》上也有佛陀解说光音天人的故事，所以我们都是外星人的后代呢！”

大家听得新奇，小孙说：“这也太乱了，怎么我的唯物主义世界观就被弄乱了呢？”

“神话神话。”小郑说。

大家一路聊着，热热闹闹。车窗外夕阳垂山，映红万里雪野，明明很壮观，甘小满却无端觉得悲凉。关于宇宙、时间，她小时候总有很多疑问，渐渐长大知道穷其一生也没法知道确切，倒完全忘却了。如今听小林的话，心里重新又有疑惑，更觉得孤单。

残阳白雪，北风折草，人的一生何其短，与我们脚下的星球和这个星球之外的亿万星辰相比，只如微尘。但就在这短短的一生中，交织的悲苦欢喜如同长歌，被时间默默吟唱，从生到死，飘蓬转絮，抓住的、抓不住的，最后都将放手。

车子驶入双丰，天彻底黑下来，因是春节期间，沿路点起了一盏盏大红灯笼，照得喜气洋洋的。此地自从发现有温泉资源，已经建起了数个度假村，档次也各有不同。大巴径直开进预先订好的度假村大门，生意看来不错，停车场内车子几乎满了。甘小满被安排与小林、小郑一个房间，甘小满实在累了，放好东西就把自己扔上了床。小林直嚷饿，甘小满从背包里掏出巧克力扔给她们俩，小郑边嚼边收拾泡温泉的衣服：“听说赵晓丽带了三点式。”

“真的假的？”小林瞠目，“她真要色诱阿启？”

小郑捂嘴笑：“赵晓丽决心要用她的无敌80D把阿启拿下，阿启的鼻血会把温泉染红吧，今晚有好戏看了。”

小林笑：“咱们站远点儿，别溅一身血。”

在两人的说笑声中，甘小满听见手机响，蒋庆康终于回了短信：“你到双丰没有？”

“到了。”甘小满那颗在空中摇摆的心终于落回原位，安心之后转而暗笑自己神经。

他却没了动静。甘小满摸不准他怎么了，没头没脑地。她原本累了，头挨上枕头就想睡觉。

小林出去了一趟，回来摇她：“小满，外面有人找你。”

“骗人。”甘小满翻个身，继续眯着。

“没骗你。”小林又摇，“大门口站着呢，帅哥哦。”

听到“帅哥”俩字，甘小满激灵了一下坐了起来，小林和小郑一齐笑：“一听帅哥，觉都没了。”

甘小满瞅着小林：“撒谎是小狗？”

“真有帅哥，不过年纪大了点儿。”小林冲她挤眼，“人老金多，甘小满你不会点着哪个老房子了吧？”

甘小满穿上外套一溜小跑地到了大门口。两只大红灯笼被风吹得左右摇晃，灯影也跟着晃来晃去，光影暗处果然停着一部黑色的雅致，是她再熟悉不过的，蒋庆康的司机老马正从车窗往外瞧，一见她就笑了，说：“甘小姐上车吧，蒋总让我来接你。”

蒋庆康在滨城公事来往一般不用这辆车，私下里载着甘小满倒是自己常开。甘小满便知道他是因为此地有亚特的人，不想人知道。便问：“他在哪儿？”

“不远。”老马下车给她开门，“几分钟的路。”

甘小满惊讶：“他什么时候回来的？”

“我下午刚接到蒋总，直接来这儿了。”老马把车子开得很冲，“嗖”地驶离了度假村，好像做贼一样。果然只有三五分钟，车子转了两个弯，停在了一间小别墅的后门。

“蒋总开会呢。”老马熟门熟路地引她进来，朝右一转，这当口甘小满已经望见走廊前方通向西边一溜房间，会议室应该就在那里。老马将她引到东首一间房前，说：“蒋总让你在这儿等他，开完会他就过来。”

甘小满推门进去，外间是起居室，标准的酒店装修，沙发上扔着蒋庆康的外套。正是夜间供暖时间，一阵阵暖气熏得她冒出了汗，她先将他的外套挂好，又把羽绒服脱了挂在旁边，在沙发上坐着看电视。茶几上摆着几样水果，刚洗过，葡萄上还挂着晶莹的水珠，她拈起一粒，甜而微酸，是她喜欢的味道。

春节期间，电视上都是各种晚会，热热闹闹，中国人讲究喜庆，甘小满此时也由内而外地开心。凡见蒋庆康的时候，她便觉得欢喜，王笑笑说一看就知道她在恋爱中，容光焕发就是标志，堪比注册商标。

看了会儿电视，她觉得肚子饿了，中午没正经吃饭，滑雪又消耗了不少体力。她起身去翻小冰箱，啤酒、纯水……正一样一样地看，就听见有人轻轻地在敲门。她以为是蒋庆康，几步便到了门口。开门后，见到来人笑意盈盈的，甘小满一怔，也笑："是你？"来人是钱小涛。

"老大让我来看看你，他还没开完会，怕你饿了，已经叫餐厅做了晚饭，待会儿送过来。"

甘小满便请他进来，钱小涛一直笑着，甘小满如今知道他不是句号表哥，有点儿不好意思。钱小涛说："我不进去了，会还得开几个小时，老大让你累了就睡，别等他。"

甘小满猜蒋庆康一定是遭遇了棘手的事，昨天才走，今天又飞回来，八成与蓝城有关。只是不懂他为什么把会议地点定在了此处，滨城不是更方便？

她胡乱想着，又看了会儿电视，果然有服务员送来晚餐，酒店的菜一律油腻，甘小满就着一盘青菜吃了碗米饭，突然听见院子里传来汽车的喇叭响，撩开窗帘一角，大门口驶进来一辆白色越野车，天黑她看不清车标，从个头来看便宜不了。蒋庆康曾笑她看车只看个头，她振振有词："公交车本来就不便宜嘛！"

他给她定义：就是个小孩儿。

因屋子里开着灯，她做贼一样只留一条缝隙往外瞄，车门打开，跳下个女孩儿，北风猎猎，她穿了一件红衣，身形玲珑，竟是乌兰。白音从另一边慢吞吞地下来，站在乌兰身旁，像个保镖。门口早站了一群人，迎了他们二人，往西边的一座小楼去了。

她才约略明白白音和乌兰往也是来泡温泉的，弄了一大帮同伴，他们还真是喜欢热闹。

她拿着遥控机一台一台播过去，慢慢有了倦意，便去里间拿毯子，准备在沙发上眯一会儿。推开了卧室的门，她不禁一愣，卧室面积比起居室大得多，红木的衣柜贴壁而立，正中的大床上雪白的床单一点儿褶皱也没有。通往户外的隔断纱帘并没拉上，露出蜿蜒的木质走廊。她踩着拖鞋悄无声息走上去，不过十几步，前方豁然开朗，头上穹顶采用的阳光房结构，夜空中无数璀璨繁星映入眼帘，而走廊尽头的木阶下，一池温泉柔波荡漾，洁白的沙石每一颗都几近透明，浑似冰种翡翠，剔透得令人心碎。

甘小满不由自主地在池边坐下，除了袜子将脚浸在泉中，无以伦比的舒适感让她全身都放松了。她轻轻地晃动着脚丫，泉水如碎玉激荡，头顶便是星空，脚下柔软的水波则似人世间最软糯的安慰。她从心底里轻轻叹气，胸臆间平静温暖宛如春夜。

想到蒋庆康几小时后才能开完会，她解衣下水，觉得自己就是一条鱼，与她呼应的是深蓝夜幕里数不清的星星。她已经有很多年没有看过如此多、如此亮的星星了，仿佛回到孩童时期，夏夜里仰望星空，四野都是植物的香气，没有风，可以听见镇子边上潺潺的河水声——

她深深地呼吸，合上双眼，将自己完全交给了一池清泉——

耳边忽然有人轻轻发笑，她恍如雷轰，急忙睁眼，蒋庆康不知是什么时候进来了，正瞅着她。甘小满本能地朝下一沉，只露着头在外面，蒋庆康眨眼：“怕我看？”

“你先出去。”

“偏不。”他走到池边，居然要坐下。

甘小满真急了，扬手撩水，蒋庆康没防备，“哎哟”一声，她又扬了一捧，他从头到脚都湿了，头发滴答滴答地往下滴水，轮到甘小满笑出了声。

“坏蛋，我一会儿还要开会的。”他抹了把脸上的水，出去拿毛巾。

池边衣架下有小小的一扇暖气，体贴地烘着架上的浴袍，甘小满赶快爬上岸，三下两下裹上袍子，他已经擦着脸回来了，见她穿好了衣服，忍不住笑：“怎么那么怕我？”

甘小满不好意思，扭头不看他。

蒋庆康本来是趁空来瞅瞅她，没想到撞见她泡温泉，心里突突地乱跳，强定了心神，走到她身边：“怎么不说话？”

甘小满有些窘迫，若不转移话题，他定会纠缠个没完，于是问：“会开完了？”

“没有。”他将毛巾蒙在她头上给她擦头发，两人离得近，他呼吸的热气就在她头顶，她略感害怕又有些惊异。

给她擦好了头发，他说：“他们吃饭去了，我也得去了。”人却没动。

甘小满抬头，他正好捉住她的唇，吻她：“忙完了这阵去旅行，就咱们俩，好不好？”

“去纳木措。”甘小满笑，打趣他。

“嗯，换辆好车，挑个好天，一定能到湖边。”他看见墙壁上吊着小小的酒柜，伸手取了红酒。他没喝过这种牌子的酒，不过现在的气氛正合适，他取了杯子也给她斟了一点儿，两人碰了杯，他只喝了一口，说："我去了。"

"嗯。"她拿着杯子，看着他走。

他又想起什么："怕是得通宵，你困了就睡，我回来在沙发上睡。"

她点头。

待他出门，她重新在池边坐下，就着满天星光啜饮杯中酒。这些年她竟从没如此时这般安闲惬意，以至于一杯喝完，她又开开心心地给自己倒了一杯。

古人"举杯邀明月，把酒问青天"，她甘小满没有那样的境界，但觉得这样的时候独饮一杯，的确是对人生的犒赏。

她忍不住拿过手机给王笑笑拨了个电话，王笑笑听说她居然脱离大部队，待在蒋庆康的房间里洗温泉，连声坏笑，接着惊道："你有准备没有？是不是安全期？"

甘小满说："去去去，你就会往歪了想。"

王笑笑嘻嘻地笑："你们俩都是成年人，这很正常。要是有意外之喜更好，奉子成婚也不错。"

甘小满说："你真够八婆，把我这点儿追古怀今的情怀都搞没了。"

"什么古今啊？和你有半毛钱关系？你现在最要紧的是把'极品'拿下，早点儿嫁入豪门……"

"跟你没话说了。"甘小满不等王笑笑再啰唆，挂了电话。

即便是最要好的朋友，也还是不够了解她，她真的不是王笑笑说的那样，她从本性上讲是懒惰的，也是落伍的。她接受不了很多王笑笑说是正确的东西，同样也在坚守很多她自己也不明白的东西。

岂料她这边刚挂掉，王笑笑又回拨过来："喂喂，人家的话还没说完，怎么就挂了？"

"你比我妈还啰嗦呢，受不了你。"

王笑笑却叹了口气："跟你说着玩呢，我这儿也正烦着呢。"

王笑笑甚少烦恼，要说心烦那一定是相当让她烦心，甘小满纳闷："什么事，说来听听。"

"郭沣的初恋女友是他大学同学，从国外回来了，这帮同学好死不死地要弄什么欢迎会，有家的带家属，没家的带朋友。据说他前女友是如花似玉、艳压群芳，又在国外待了几年吸了洋气，我这儿正郁闷呢，要是被她比下去，回头老郭旧情复燃了，怎么办？"

甘小满听得直笑："行不行啊你，这么没自信？你不相信自己，也得相信郭沣啊，你不是说你们情比金坚吗？"

"情比金坚是真的，可老郭是巨蟹座，网上都说巨蟹座出轨的对象是初恋，我能不担心吗？"

甘小满给她吃定心丸："放心，放心，能艳压过你的不多。再说她在国外待了好几年，洋饭热量高，不一定肥成啥样了，就算是杨贵妃也是走形的杨贵妃，你怕她干吗？"

王笑笑凄凄惨惨道："她肥不肥还待定，我现在可是肥了好几圈，小肚子都出来了，老郭昨天还说不准我再吃肉了，不然都成大象腿了。”

“你那是为要宝宝做的准备，他会理解的。”甘小满柔声安慰，“你不是还研究红学？一个女人为了给他生出个高质量的宝宝，不惜牺牲自己的形象，又努力研究古典名著，他对你应该只有感动和感激。”

王笑笑被她弄乐了，说：“去去去，你还真以为男人会感激、感动呢？视觉动物，懂吗？”

“那你就打扮得好看点儿，选一身扬长避短的衣服，人靠衣装马靠鞍，你把自己收拾得高端大气上档次，女王一样压住全场，什么初恋都靠边站了——你咔嚓咔嚓的，在干吗呢？”

“你什么时候回来，来我这儿帮我参谋衣服，”王笑笑口齿不清地说，“我吃饼干呢，我从今早开始节食，饿得一点儿力气都没了，再不吃点儿东西，挺不到上战场就挂了。”

“什么时候上战场？”

“后天晚上。”

“好，明天我一回去，就去你家。”

和王笑笑说话的时候，甘小满不由自主地又来了一杯，挂掉电话时，舌头都有点儿硬了。她的酒量着实太浅，不过三杯就把自己放倒了。四肢软绵绵的，头也昏沉沉的，池边的毯子好软，她只想稍微躺一会儿，便睡在了上面。

夜真静啊！这里是城市远郊，山谷中建筑疏落，森林白雪，宿鸟眠山，不知是喝酒的缘故还是她在做梦，身子轻飘飘的，好像浮在空中，只要稍微用力就可以飞行，但她使不上力气，只好任由自己浮着。

四周都是云朵，层层叠叠的大片白色云朵，软而轻，摩挲她的脸颊。她心里有说不出的欢喜，觉得终于可以抛下许多事情……

隐约有汽车发动的声响，亦有人在说话，与她隔着极远，她觉得吵，翻个身，声响没了，她欢欢喜喜地继续浮在半空，云朵中有日光穿透，温暖得好像庆康的手——

他的声音也好像在耳边："怎么睡在这儿了？多凉。"

她想说一点儿都不凉，嘻嘻嘻，我还能飘起来，但也只是想想，说不出来。

他费力地把她抱起来，浴袍毛茸茸地蹭着他的手，她也像只猫，往他怀里缩了缩——

"还真是不轻啊！"他嘀咕着，看来以后有必要练练杠铃什么的。

把她放进被子里，她还睡得很实，脸红红的，不知自己走后她又喝了多少，这家伙每次喝酒都要睡得如此诱人？他不由得歪在床上看她，想她那次睡在他的车里，他费了好大劲儿把她背进房间，第二天她就跟他翻脸，一点儿情面也不给。

他想着想着连自己也没察觉地笑了，又觉得完全可以乘人之危做点儿什么，忍不住朝她唇上亲吻，她在梦中似乎略有知觉，微微回应着他。他正觉得开心，她又不动了，好似被打扰到，皱眉转向一边。

他知道自己是不能睡沙发了，除了领带、外套上床来，将她揽在怀里，他只觉得怀抱里软玉温香，心脏几乎要化掉。

他极力平静下来，将她的头往自己肩上靠靠。她睡得好像个孩童，他合了眼，听着她的呼吸。凌晨三点钟的冬夜，北风呼呼地吹，蒋庆康觉得自己正度过人生中第一个温暖幸福的夜。这是之前没有过的，从来没有过。

大约五点钟，手机响了，是设的闹铃，他几乎立刻醒来，伸手摁掉。然而甘小满还是被叫醒了，迷迷糊糊地睁眼，房里点了盏小小的睡灯，他的脸孔不甚清晰，还搂着她，两人靠着睡得暖暖的。她陡然明白是怎么回事了，惊愕的神情令蒋庆康发笑，她马上要逃离。他用力将她揽得更紧，含含糊糊地问：“睡得好吗？”

其实他只睡了两个小时，头微微有些疼，昨夜的疲倦还在，心里倒是欢喜。

甘小满傻傻地看着他。他凑近她耳边，说：“怎么办？你只能嫁给我了。”

甘小满彻底醒了，足足有一分钟没说出话。她扭头，自己与蒋庆康脸对脸，几乎贴到一块儿去了，对方的笑容贼贼的。她忽然觑见他还穿着衬衫，慢慢抬手移开被子看看自己，依旧穿着昨夜的睡袍，便长出了一口气。

蒋庆康几乎要笑出声：“害怕了？”

她不说话，要起身。他不依，仍将她使劲箍着：“再躺躺，我待会儿就走，八点钟的飞机。”

甘小满微惊：“你这么忙，干吗叫我过来？”

“想你，总想见你，本来在滨城开会，听见亚特来这儿了，我就叫他们都过来了。”

他昨天开了很久的会，又睡得少，嗓音微微发哑。甘小满略怔，没起身，靠在他胸口听他的心跳，一下一下的，很有力，比自己的稍慢一点儿。

他困意未消，合着眼说：“最近事情多，等过了这段时间，我跟爸妈说咱们的事。”

他觉出她有点儿僵，摩挲她的头，说：“放心。”

还要说什么，外间有人轻轻敲门，钱小涛的声音传来：“老大，车烘好了。”

蒋庆康慢吞吞地坐起来。甘小满以为他要走了，他却猛地回身吻她。他本来强自忍着，不知怎么想到待会儿便与她离别，心里忽然生了空落。她的嘴唇柔软温润，他用力吮吸，忍不住一径吻下去。甘小满害怕、紧张得痉挛，他滚烫的吻沿着脸颊到下巴、脖颈，弄得她痒痒的。他一手揽着她的头，一手探上她的腰间，胡乱地解睡袍的带子，头埋在她的胸口，呼吸急促——

钱小涛再度敲门：“老大——”

蒋庆康顿一顿，住了手。甘小满的脸红得宛如盛开的玫瑰，他瞅着她的眼睛：“钱小涛真讨厌。”

她的袍子乱了，露出胸口一大片雪白。他凝视片刻，低头亲吻，引得她不由得战栗，他微笑：“别怕。”替她将袍子拉好，朝门外高声应了一声，起身下床。

甘小满心跳快得像打鼓，没半点儿力气，动也不能动。不过片刻，蒋庆康回来了，已洗漱完毕换了衣服，俯身下来朝她颊上亲亲："你再睡会儿，不想回去就多玩两天，我让老马留下，你有事只管叫他。"

甘小满红着脸，一言不发。

他凑在她耳畔："你倒像个新娘，不过枉担了虚名，我早晚要找回来的。"

甘小满喘口气，不知说什么，只道："还不快走？"

他笑："那么盼我走？难道不想我？"歪身坐在床边，手上托着一个盒子：说："给你的。"

"什么？"

他替她打开送到眼前，小满深吸了口气，她在亚特因为分管珠宝化妆品一层，也下力气关注过各种宝石。蒋庆康掌上一环碧翠，剔透如晶，整个亚特也没见过一只能达到如此种水的翠镯，她不禁迟疑："祖母绿？"

"嗯。"他替她戴上，甘小满当然知道这种正装圆镯的价值更是在贵妃镯之上，一时只是发怔。

她手腕细，手镯有点儿大。蒋庆康笑："以后再长胖些，戴着就正好了。可遇不可求的东西，别挑剔了。"

又说："春天穿裙子配着好看，到时候咱们去挑几块好绸缎，做两身旗袍，古香古色的，好不好？"

"好是好，只是手镯太贵了。"

他笑，刮了一下她的鼻子："傻丫头。"又替她掖掖被角，"我走了，你睡吧。"

甘小满听他在门口和钱小涛说了句什么，"咔哒"一声，门被轻轻带上，脚步声远了。接着，院子里汽车陆续发动驶离，天尚黑着，黎明前的冬夜极冷极冷，甘小满心头发热，不知怎么眼角竟有些湿。

她按亮床头灯细看，满绿的手镯沉甸甸地笼在腕上，浓碧如溢，宝光流转，她呆呆地瞅了半天，依旧收在盒子里。她翻来覆去的，心里不踏实。窗帘并没拉上，乳白的日光从黑暗中透出来，漫得满屋，她瞅着那光亮发愣，直到服务员送早餐来。

稀粥配中式点心，牛眼大的鲜奶小馒头、红豆沙包，另有四样小菜，凤爪、咸蛋、拌萝卜和炒肝。餐车送到屋里，服务员便退了出去。甘小满起床洗漱，换了衣服吃饭，一个人的早餐很静，她觉得他的气息还在，寂寞也更重。

老马一直在外面，她吃得约莫差不多时过来了，问她再玩两天还是回滨城。甘小满委实有点儿舍不得这里的温泉，便说下午回去吧。

老马说："这附近还有几个景区，要不我开车拉你转转。"

甘小满说："冰天雪地的，也没什么好看的，不去了吧。"

老马乐得清闲，回了自己房间。甘小满泡了一会儿温泉，又吃了一个煮蛋，这会儿从玻璃顶朝外望，天空高远，她的心也跟着高远起来，拿起手机想给蒋庆康发短信："很想你。"

其实经过了昨夜，她很想再写点儿什么给他，但万千情愫堵在心头，竟然什么都写不出。

她怔怔地看着只有三个字的信息，将收件人的号码一个字一个字地输入，然后按键——删除键。

她轻轻地划着水，心里说不清什么滋味。她一遍一遍地想着他说的“放心”，将手放在胸口上，那是他吻过的地方，甜蜜中夹杂些微隐痛，她一挺身完全没入了水中，直到将要窒息才重新探出头来，跳到岸上穿衣，给老马打电话：“走吧，我们回去。”

老马想得周到：“别急，车冻了一宿，我先去烘车，不然座椅太凉坐不住。”

甘小满走到院子里，昨夜进来的时候黑灯瞎火，现在才看清这样的小别墅共有七八座，错落排列于山脚下，白墙红顶煞是好看，有点儿像童话里的城堡，建筑者颇有童心。

山区比市区冷得多，劲风吹得她头发散乱，她罩了帽子裹紧衣服在院子里走了一圈，空气冷冽甘甜，荡人胸臆。老马叫她先进去，怕她冻感冒，小满其实想再走走，但还是领了他的好意扭头回去。却见西边两层小楼前站了个人，遥遥地望向她，正是白音。

他之前还不确定是甘小满，此时她转头便看清了。白音几步下了台阶，往她这儿来，老远就打招呼：“早！”

其实已快中午，并不早了。

他步伐轻快，带着笑走到她跟前：“没想到真是你。”同时扫了眼老马的车，“什么时候到的？”

“昨天。”甘小满朝他略点头，风吹得睁不开眼，她只好拉下帽子。

“这里风大。”他说，“来这边坐坐？”

“不打扰了，我这就进去了。”

他却笑："你是客，招待你是应当的。"

甘小满略一定神，便明白了，这山庄竟是他的。

"你住哪间，给你免单。"他笑，"大家都是朋友了。"

好大方，不过甘小满不敢领情，天下没有白吃的午餐，她也没奢望占人家便宜。

他当然看出她的心思，咳了声："我也是昨晚才过来的，你知道的，车坏了。"

"唔。"她表示自己的确晓得这事，他的车坏了还是搭的亚特的车呢，上车的时候不是还对甘小满微笑致意了吗？

显然白音还想再和她说点儿什么，但实在不是善于聊天的人，搜肠刮肚也找不到话题留甘小满的步伐。

在她走过去的时候，白音突然说："我的名片还在吧？"他担心被她扔了。

"在。"甘小满心想这人还真够有趣。

老马注意到白音一直目送甘小满的背影消失，才转过身来。

"您有一辆好车。"白音朝老马微笑，"这是一辆狮子一样的车。"

"老板的车喽！"老马拍着那辆雅致。

"您的老板很有眼光。"白音递给老马一支烟，老马便掏出火机来替他先点上。白音略低头，凑上小小的红亮火焰，眼角一道深深的皱纹，烟雾散开的瞬间，老马觉得他其实比看上去要老一些。

3

前一晚，甘小满跟主管高姐说自己有急事先回滨城，高姐笑着说："黑灯瞎火的，小甘你搭别人的车要小心。"她这个搭别人的车一定是听小林和小郑说的，这事儿别人爱怎么想她也没办法，解释不了也无须解释。

回到市区，甘小满先去小林那里拿了自己的东西。虽然昨晚喝迷糊了，但还记得要去王笑笑家，便让老马将自己送到王笑笑楼下。本来蒋庆康嘱咐老马将她一直送到家，甘小满说自己要待一会儿才走，回头坐公交就好，老马就走了。

甘小满一边上楼，一边给甘菱打电话，告诉她自己已经回来了，在王笑笑这边待会儿就回去。甘菱的声音微有异样，倒没说别的，只说知道了。

王笑笑几乎是扑过来开门的。甘小满一进卧室就傻眼了，床上和地上摊满了衣服、鞋子、丝袜、内衣和发卡，乱七八糟地到处散落着，一不小心就会踩上，甘小满说："我怎么有进了雷区的感觉。"

王笑笑只穿着小背心站在一旁，甘小满这才发现她腰上果然有了赘肉，不禁惊呼："你怎么胖成这样了！"

一句话如针刺气球，王笑笑刚刚建立的信心立刻垮塌，整个人瘪了下去，一屁股坐在地板上。

甘小满自悔失言，赶紧坐到她身边："我的意思是你胖得刚刚好，珠圆玉润，懂不懂？以前你就是太瘦了，瘦骨嶙峋的，只能是没出嫁的女孩儿，出嫁之后要稍微胖点儿才显得夫婿称心，把你当作至宝。要是还像之前那么瘦，明显就是郭沣这个老公当得不合格，没把你养好不是？”

“什么时候这么贫嘴了？”王笑笑白她，“跟老蒋学的？”

“他不贫嘴。”甘小满的心里也在纳闷，自己的这个调调和陆羽泽有点儿像。

在甘小满的百般鼓励之下，王笑笑又重拾信心，打起精神将自己选中的几件衣裙一一比给她看。甘小满“扑哧”笑了：“你疯了，这么冷的天儿挑这么薄的裙子，存心冻伤风吗？”

王笑笑叹气：“郭沣一听说她要回来，立刻没魂儿了，我能不紧张吗？他们相处了好几年，感情肯定浅不了。要不是那女的要出国，俩人早就结婚了。”

“那也得适度，别让人家看出你这么没自信。”甘小满把她的脸扶正，面对自己，“越是这个时候，你越要稳。就算他们的感情比天高、比海深，可还是分开了不是，之前的那些都叫曾经。曾经是什么，就是过气了，没用了。现在你才是郭沣明媒正娶的老婆，你怕她作甚？不过是一个小小的接风宴，拿出你当年过五关斩六将、空手套白狼地斩获郭沣的气势来。”

“人家根本没过五关斩六将嘛！”

“怎么没有？”甘小满谆谆教导，“你忘了当时满场白骨精乱飞，郭沣偏偏挑了你？他是经过比较的，你比其他人好，他才选了你，怎么就不是你过五关斩六将？”

“你这么一说，我好像真的还不赖！不过岁月是把杀猪刀，好汉不提当年勇啊！”

“没出息。”甘小满搡了她一下，“杀了猪才能做成红烧肉，你看过哪头满地乱跑的猪，被美食家誉为名菜？你现在就是香喷喷的红烧肉，别忘了岁月这把杀猪刀不只会杀你，她也逃不过，谁都得被当胸一刀。她这些年尽在国外混了，最多修炼成猪肉汉堡，在中国的地界上，猪肉汉堡肯定不会比红烧肉受欢迎，你放一百个心，郭沣肯定逃不出你的五指山。”

“看不出你泡了一回温泉，口才见长，”王笑笑忽然转移目标，坏坏地逼问，“是不是春宵一度，心情大好？”

“哪有什么春宵一度？”甘小满被她一提醒，从包里把翠镯拿出来，“给，明晚戴着去，给你助阵。”

王笑笑又惊又赞：“还没春宵就给这么贵重的定情物？怕是得几十万吧？”小心翼翼地戴上，一泓翠光流转，王笑笑连声啧啧，“你让我觉得自己立刻金贵起来了，原来女王都是靠珠宝武装起来的。我可听说慈禧太后最喜欢这东西，你看我现在有没有太后范儿？”

甘小满笑：“有，忒威风。”

王笑笑赞赏了半天手镯，又关心起甘小满和蒋庆康的进展：“他说了带你见家长没有？别看他送房子、送车又送玉，不见家长你就进不了他们家的门。”

甘小满不答，从满地的衣服里拎出一条裙子：“穿这个去吧，这个好看。”

“别装聋作哑，说正经的呢。”王笑笑劈手夺过裙子，“他到底想把你怎么着啊？”

甘小满被她问得没法子：“早上他倒是说了，等过了这阵子，就跟家里说我们的事。”

她说得没精打采，王笑笑说："你怎么跟霜打了似的，这表明他把你当回事，准备娶你。你怎么不给他敲敲边鼓，让他赶快冲锋陷阵？这种事要速战速决，拖久了他对你没新鲜感就没动力了，没动力就不愿意战斗了。要知道你的情况特殊，他和彭锐明一个爹妈，这事儿本身就挺有难度，你怎么就不急呢？"

"现在不是挺好的吗？急又怎么样？不急又怎么样？"甘小满把乱糟糟的衣服一件件叠好，"彭锐明的事情，之后我想明白了，顺其自然就好。"

"什么顺其自然啊？"王笑笑再度露出恨铁不成钢的表情，"你呀你，没听过那首歌吗？爱拼才会赢啊！三分天注定，七分靠打拼，你不打拼光指望那三分天注定，老天爷也不会帮你！"

"怎么打拼？闯到他家里去？"甘小满笑，"他爸妈或许会告我私闯民宅。"她虽然笑着，眼睛里却无笑意，只有一种冷静。很多事情王笑笑不会懂，她也没想和朋友说明白，比如彭锐明的离开，经过这么久，她从绝望的疼痛中解脱出来才明白，他们之间不仅仅是没有缘分。

再比如蒋庆康，她又怎么敢将所有的热情如飞蛾扑火般投入？

所以，她只能等待，等待命运给出的结果，尽管现在望过去，她似乎已经看到结局。

但她还是抱有最大的希望，就像仰望自己吹出的一个巨大的色彩斑斓的肥皂泡，飘浮在空中，朝着太阳不停地飞，只要泡泡没有破，那始终是最牵动人心的美梦。

“你不够爱他！”王笑笑突然说。

甘小满全身一凛。王笑笑从来没有这样严肃过，很难想象这个“色女”会露出如此郑重的表情：“甘小满你不够爱老蒋，或者说老蒋爱你胜过你爱他，你只是被动地接受了他对你的好，你害怕再落到当年和彭锐明一样的结局里去，所以你不爱他，不敢爱他。”

王笑笑注视着甘小满，一字一句：“你是个胆小鬼！”

甘小满默默无语。

“甘小满，你这么做会让他伤心的。老蒋对你可是说得说，你太自私了。不就是怕受伤害吗？你就要保留？要自我保护？像个公主似的坐在宝座上看着他费劲儿地往你这边跋涉，你连脚都不肯沾地，你们俩之间所有的路途全靠老蒋一个人一步步拉近？你还真够狠心啊……”

“你不是在研究红学吗？怎么又研究起心理学了？”甘小满打断她。她不能再听王笑笑说下去了，哪怕再留一分钟，眼泪都有可能掉下来。她站起身：“我该回去了。”

王笑笑说得对，她保留，她自私，谁不想轰轰烈烈、毫无保留地爱一场呢？两情相悦，为对方无私地付出，那不叫付出而叫幸福。克制着心底燃烧的烈火，用冷静和伤痛来说服自己，总想保有全身而退的余地，又何尝不是一种苦痛？

甘小满没等公交车，她忽然觉得那么多人塞在一起特别让人心烦，打了一辆出租车回家。从王笑笑家到经纬路要二十分钟，她靠在后座上脑子里乱糟糟的，突然，手机“嘀”的一声——

是蒋庆康："这边在下雨，很想你。"

短短的一句话，却让她几乎泪泫。她当即写短信："我也想你。"

明明就是她要说的话，手指在按键上来来回回地逡巡，最终却还是按了取消。她知道他们之间隔着高山大河，她没有藐视天地的豪迈，只有这样无声地回避自己的心。

她重新输入一条："我到家了，你也累了吧，早点儿休息。"

是不是只有平淡的言语，才能冲淡热烈的情怀?

越靠近越害怕，她不能不去正视自己的不安。

甘菱跋涉在梦里。

这是一条冰冷刺骨的河。她在齐腰深的水里向前走，荆棘般的沙石硌着她的赤脚。她又冷又痛，全身麻木僵硬。

"这样下去会死吧。"她想。

前方雪白的河岸上，黄色的枯草在风里摇摆，青色的河水包围着她，她大口喘着气，迈不动步子。暗红的血水游丝样从水底钻上来，那是她的血，她周身大大小小都是伤口，冻伤划伤遍布全身，火灼般的疼痛混合着河水的冰冻。

"就要死了吧。"她再次想。

长长的枯草间有个人影，风撩起她黑色的长发、白色的裙子，她用清澈的眼神凝望自己，熟悉得不能再熟悉，与她如同镜像。她恍惚起来，二十年还是三十年前，那样年轻的自己居然就在对岸。

年轻的甘菱朝她微笑，如同看阔别多年的老友，然后开口唱一支歌：

再见，再见，你我之间已无言，
那天边的虹彩地上的月影，
还有我一滴一滴的眼泪，
都不能让你回头，
哪怕再看一眼。

再见，再见，你我之间曾有的一切，
如沙漠风来如大海潮落，
美好的往事不堪回味，
就让我独自遗忘，遗忘，
遗忘到连你也不曾记起。
……

她记得这是多年之前风靡一时的歌曲，女孩们都会唱上两句，她已经忘记了歌词，原来内容竟是这样。

年轻的甘菱唱着歌在荒草蓬蒿中漫步，年老的甘菱全身僵硬地在河水中看着对岸的女孩，忽然明白自己置身的河流是什么了，那是时间的长河，浩荡奔流，冰冷严肃，不会给任何人上岸的机会。

任何人置身于此，只能凭借记忆眺望时间过处的自己，年轻的甘菱渐渐远去，影子模糊，歌声渺茫，她想要落泪，想要呼喊，却被突如其来的震动惊醒……

“旅客朋友们你们好，欢迎乘坐K7173次列车，本次列车开车时间十八点五十三分，中途经由柳杉堡、湖水、瓦店口、青山、四十步、柴江、扎庙，到达终点站——小环山车站的时间是明天上午十点十六分……”

满车厢都是晚饭的味道，泡面混合着熏制熟食的香味飘得到处都是。对面铺上是个年轻人，正啃着一个苹果，塞着耳机摇头晃脑地听音乐。甘菱打开包，临走的时候，她从冰箱里拿了一个杯面放在包里，现在是吃掉它的时候了。

年轻人注意到她面有病容，很热心地帮她泡了水。甘菱向他道谢，他潇洒地挥手：“阿姨你忒客气了，雷锋怎么说的来着，是我应该做的！”

吃饱了水的面饼膨大鼓胀，甘菱用叉子把面团搅开，有点儿烫，她又放下了。其实她不饿，她经常感觉不到饿，可能真的是老了，身体机能退化，连食欲也跟着减退了，只有越来越多的昏睡，随便靠上一靠也可能睡过去，刚才她不过略躺了一下，就做了那样奇怪的梦。

列车突然一震，启动了。暮色笼罩下的站台，在列车的不断加速中退去，轨道两边残存的破败平房，逐渐被夜色弱化。“咣咣”的铁轨声单调沉闷，车厢里昏黄的灯光是另外的小世界，这个移动的空间载满了去往四面八方的人，在不同的地点下车，各奔前程。

甘菱摸索着从包里拿出档案袋打开，房本和土地证都在，三十年了，塑料皮子褪色老化，像上了年纪的老人。犹豫一下翻开，内里的页面亦已发黄，黑色墨水的楷书名字却清清楚楚地映入眼帘。她用手指轻轻拂过，一字一字地默念：彭卫东。三个字如有千斤重，虽然明知那个人不会回来了，她的心脏还是抽动了一下，钝钝的痛楚令她失神。

甘小满给她打电话的时候，她已经出门了。扎庙的老房子要拆迁，她赶着回去签协议。他们离婚时签了协议，彭卫东老家的房子归甘菱，这么多年了，他们一直没有办理过户手续，这次甘菱回扎庙，正是为了处理动迁的事。

每年春节过后，她的病总要发作，今年好多了，只是觉得胸口闷，倒不大喘，但她知道这样冷的天气是不适合出门的。

但这件事一定要由自己来办。她从来没对甘小满说起过去，也从来不打算让她知晓，就让那样狼藉不堪的过往死在自己的心里好了。

甘小满收拾行装去滑雪，她也收拾了东西联系好扎庙的老朋友。是时候结束一切了，旧房子被推倒，再建起来的是崭新的高楼，往事将被彻底湮没。

这样其实很好。

她觑见自己映在车窗上的影子，老了，她真的老了。那个人是不是也老得不复当年？

他们最后一次相见，也是她坐着火车找过去的。老式的绿皮火车在漫长的轨道上爬行，她拖着六个月的身子，在硬座上挨了五天四夜，终于到达他所在的城市。

那是个在人们心中如天堂一样的地方。她下车的时候正当晌午，北方的五月天春寒犹在，此处却已进入夏季，到处生长着绿色的植物，城内水道遍布，空气湿润。她提着布口袋在出站口茫然四顾，男人们穿着半袖，女人们穿着连衣裙，只有她穿着夹衣挺着巨大的肚子，热汗直流。

她看了看腕上的手表，上海表，他买给她的，也是她身上唯一奢侈的东西。其实那时候，上海表已不再是奢侈品，可在扎庙，还是可以作为一件值得炫耀的东西，闪亮地戴在手腕上。

她确认了时间，在火车总是晚点的年代，她坐的这一列居然准点到达了，这是个奇迹。

但她找不见他，她清楚地在电话里讲明了自己到达的日期车次，他不会不来接她，她怀着他的孩子。

这么想着，她的心稍稍宽了点儿，挪到一处阴凉地儿，把外罩脱了下来。其实，她已经快虚脱了，汗水从内而外把她包裹着，内衣黏糊糊地贴在身上，肚子里的胎儿仿佛也感到烦躁，不停地翻动。

她掏出水壶喝水，不过几口，水壶就见底了，她四处看看，想找个地方打点儿开水，但她不敢离开出站口，怕他来了找不到自己。太阳很快转过来，唯一的阴凉处不复存在，她像一只吊炉烤鸭般杵在日光里，额头冒油。

之后的很多年，她每次在电视里看到有关永宁的新闻，都会感到毒辣的太阳烤在头顶。

那不是她的天堂，是她的熔炉。

时间一分一秒地过去，她呆呆地坐在水泥地上，老天给了她一场漫长的刑罚，她不知自己做错了什么。

如果非要说错，就是她错爱了一个人。

但是那么美好的相遇，怎么会是错误的开始呢？她穿着素白的护士服敲开医生办公室的门，声音低得像蚊子：“请问哪一位是彭大夫，我是来给他打点滴的。”

那是她第一天实习，她的第一位患者是本科室的年轻医生彭卫东。

护士长安排她去的，说让她熟悉熟悉情况，顺便练练手，练手当然得找一个能忍痛不哭的，护士长给她挑了彭卫东，说：“彭医生正好感冒打点滴，去扎他吧，小伙子挨几针没关系。”她清楚地听见身后的其他护士吃吃地笑。

那天她真难堪啊，彭卫东的手被她扎得相当惨烈。她一直低着头不敢看他，不停地重复“对不起”，却听他说：“你这是放血疗法吗？”

她本来窘得要命，更被他说得无地自容，惭愧得就要哭了。彭卫东却在她手上轻轻地按了按：“你别抖，手抖怎么会扎准血管！”

她抬起头，其实她的眼中蒙着一层泪，看不甚清他。后来他说就是被甘菱那带泪的一眼打动的，十九岁的甘菱，脸红得像涂了胭脂，泪光迷离，美得像清晨带露的莲花。

结婚喜宴时，他们特意给护士长敬了一大杯酒，护士长笑：“我就知道你们俩是天生一对。”

甘菱在炽热的太阳底下想着这一切，渐渐坐不住了。世界在她眼前摇晃旋转，胃里像被灌进了毒药，剧烈地恶心，胎儿在肚子里对她拳打脚踢，一阵阵眩晕让她不敢睁眼。她想向周围的人求助，但发不出声音。

她彻底躺在了滚烫的水泥地上，无数匆匆的脚步从她身边过去。她就像被晾在阳光里的鱼，脱尽了水分等死。

可是不能死啊，还有孩子，她的肚子里还有他和她的孩子。她挣扎着伸出手去，抓了一把，炽热的空气里什么都没有。

“有个孕妇晕倒了！”有人发现了她。

她被扶起来，面条般虚软无力。

“她需要担架！”

“哪儿找担架去？抬起来，抬起来，抬到候车室。”

她被人七手八脚地抬起来了，她想说我不能离开这儿，不然他会找不到我。可只是一个念头闪过，她说不出话。

候车室里，人多得像蚂蚁，有人大声喊工作人员，四周人声混成一锅粥，就像咕嘟咕嘟冒泡的热粥。她呼吸也困难，胸腔囤积着一团热气，仿佛要爆炸。

几个工作人员过来了，操着她听不懂的方言商量，很快她被抬到值班室，风扇把一阵阵凉风送过来，一个女人用蹩脚的普通话对她讲：“把你的衣服解开一下，你中暑啦！”

有人用冷水擦拭她的额头，腋窝里也塞了浸湿的冷毛巾，有人扶她起来喝水，在她耳边说：“喝了，喝了，喝水降温！”

这就是永宁对她的迎接，它用酷热将千里迢迢赶来的甘菱掀翻在地。

黄昏的时候，彭卫东终于来了。

整个下午，甘菱都待在车站值班室里，热心的值班室阿姨询问了她来自哪里，到永宁做什么。甘菱一五一十地告诉她，自己来找丈夫，而关于彭卫东，她只能说出一个电话号码。

阿姨用值班室的电话机拨了不下十遍，那边才有人接起。放下电话，阿姨说："了不得，你男人是经理呢！他秘书接的电话，说彭经理开会去啦，回来马上就告诉他。"

甘菱不知道彭卫东是什么经理，他也没告诉过她，阿姨说经理了不起，有钱有权有出息。

在经理还没有泛滥的年代，大约真的是像阿姨说的那样吧。

风扇吹出的风，其实是热风，缓过来的甘菱靠在椅子上微微冒虚汗。结婚第二年，彭卫东趁着单位派他去永宁学习的机会，另外找了工作。他一直不喜欢做医生，要干出点儿属于自己的事业，现在看来如愿了。

本来这是应该与她分享的好事，可他显然不愿意她知道。她低头看看自己的肚子，相比其他六个月的孕妇，她的肚子小了点儿。她又茫然地朝窗外望了望，候车大厅里挤满了来来往往的旅客，她觉得自己像一只蚂蚁，一只疲惫而没有方向的蚂蚁，不禁想要掉眼泪。

彭卫东开着车来的，甘菱不知道他竟然还会开车。他走进值班室的时候，甘菱立刻从椅子上弹起来，好像屁股底下有根弹簧。

彭卫东从单位辞职五年，最初一两年总要回去几次看看甘菱，不知从什么时候开始，甘菱写上几十封信，他才能回去一次，住上一两天。他总是说忙，而这一次他们已经半年多没见，甘菱脸色蜡黄地站在夕阳光影里，汗渍油在脸上。她紧紧地捏着布包，朝彭卫东露出笑容。他却似乎吓了一跳，脱口而出："你怎么这样了？"

他是被甘菱的肚子吓着了。

甘菱摸了摸肚子，尽管早就意识到自己和这个孩子大约是不受欢迎的，可她还是没料到他的表达如此直接。

等她笨拙地上了车，彭卫东说："不是让你流掉吗，你怎么搞的？"

甘菱低下头。

"你故意的吧？"他声音冰冷。

甘菱拧着布口袋，里面的两只罐头瓶子碰撞了一下，发出清脆的响声。

他"轰"地把车开出去，汽车仿佛感知到主人的气愤，猛地一弹，差点儿把甘菱掀到篷布上。

甘菱努力坐好，扭头朝着窗外。永宁好大好繁华啊，那么多高楼把天空切割成东一块西一块的，马路上车来车往，却井然有序，北方的树在最鼎盛的时候也不过是长着满枝的叶子，这里的树却摇曳着开满花朵，风情无限。

她知道自己就是北方的树，只会长叶子的树。

沉闷的气氛令人窒息，甘菱努力想找个话题打破僵局，清清喉咙说："孩子可调皮了，总是动来动去。"

她挑错了话题，彭卫东的眉头拧成疙瘩，斜瞄了她一眼："不让你来，非得来。"

“可是你也不回去……”

“你知道这对我影响有多坏！”他厉声打断她，“猪头！”

甘菱愣了一下，才明白这个“猪头”是在骂自己。她瞪着彭卫东，不懂他为什么骂人。

彭卫东的脸阴沉得像暴雨前的天空。从见她开始，他就没一点儿好表情，甘菱朝座椅里靠进去，眼泪在眼圈里转，努力控制着不让它掉下来。

他不吭声。红灯变绿灯，前面的车还不走，他猛拍喇叭，力气大得好像要把方向盘砸塌。

甘菱捏紧布袋子，身体不受控制地发抖。从没见彭卫东发过这么大的火，她预感自己的到来将会引爆炸药包。

九　月落星河空皎皎

1

甘小满觉得自己又沉入了那条河，两天来她拨了蒋庆康七八个电话，总没人接听，最后一次，对方彻底关机了。

历史总是喜欢以相似的情形重演，甘小满的生活也充满着奇异的相似。

她只觉灭顶之灾再度降临！

她终于明白为什么那个测试的结果她是个傻瓜了，她根本就是个傻瓜。虽然不敢飞近那簇焰火，却始终在潜意识里相信着蒋庆康，相信他能带给她希望，由绝望而生出的希望。

事实证明她错了，绝望根本就是绝望，就算她换了条船再渡冰海，也注定要无声沉没。

第二天傍晚，王笑笑来了，“嘭嘭”地砸开门后，劈头就问：“你手机怎么关机了？”

“是吗？”甘小满披着睡袍，眼圈黑青，“可能是没电了。”

她说话没精打采，不过几天没见，憔悴得像是换了个人。王笑笑抬手摸她的额头：“怎么了？病了？”

“没有。”

“没有是怎么了？跟老蒋吵架了？”

“没有。”

因她答得有气无力，王笑笑以为她说谎：“嗐，我说你跟他吵什么呢？他对你多好啊！”

她边说边从包里拿出镯子，小心翼翼地放在茶几上：“这东西以后你可得好好放着，最好弄个保险箱。我这一路来得提心吊胆的，就怕被谁瞄上抢了。老蒋没告诉你值多少钱吧？”

见甘小满不吭声，她一拍大腿：“我猜你也不知道。老蒋那样的人怎么会把钱挂在嘴上，估计就算送你块和氏璧也只会淡淡说一句，这东西上过《史记》，你喜欢就玩玩，不喜欢就摔了听个响儿。”

甘小满默默地看她一眼，王笑笑自打第一次见蒋庆康就赞“极品”，在她认知里蒋庆康一直是“极品”。

“这回打倒那女的，全靠这手镯了。你不知道那女的有多张扬，你说她会被杀成猪肉汉堡，实在是猜错了。那个年轻，那个风骚，比狐狸精也差不到哪儿去，满场乱飞，势压群雄。这次回国，受聘于什么知名企业，年薪百万，一副飞黄腾达、衣锦还乡的德行，看着就让人生气。”

甘小满本来心情不好，看她咬牙切齿的样子，倒忍不住乐了：“那么夸张？”

“我猜她是铆足了劲儿，要表现给郭沣看，结果你猜怎么着。开始她是真占上风，中途来个同学搞珠宝鉴定的，一眼瞄见这镯子，“嗷”的一声就扑过来了，抓着我的手腕子，说了一堆什么老坑玻璃种的术语，最后一句最重要，咳咳……”

王笑笑清清喉咙，学那男生的样子环顾四周，“现在你有几千万，只怕没地儿买去——当时就把郭沣那初恋砸蔫了。”

甘小满一怔：“他该不会乱说的吧，为了帮你们压制那女生？”

“我当时也觉得是这样。可是散了之后，他跟我说什么时候想出手找他，他拼个缝儿帮我再翻个番儿不成问题。”王笑笑望向甘小满，眼神凝重，“小满，你现在有房有车有翡翠，身家数千万，你白富美啦！”

见甘小满无动于衷，她说：“这大好事为什么不高兴？”

“有什么高兴的？都不是我的。”

“蒋庆康给你的，怎么就不是你的？”

甘小满一笑：“我都不会要。”

“什么都不会要？”王笑笑才意识到情况比她想得要复杂，“你们俩到底怎么了？”

甘小满低下了头。她这两天一直忍着，此时只觉心中发酸，眼底已盈盈有泪：“其实他们兄弟，是一样的吧。都怪我自己不长记性。”

“怎么会？”王笑笑不相信，“小满，你先别胡思乱想。彭锐明我说不准，老蒋对你好比梁山伯对祝英台，这里面一定有误会。”

她这样说着，眼神却也带着惊慌，掏手机拨了一遍：“还真是关机了，也许和你一样手机没电了。”

甘小满抹了把脸，做一个笑。

有一本小说里面是怎么说的？

“雨声潺潺，像住在溪边。宁愿天天下雨，以为你是因为下雨不来。”

她不想再说话，也没什么可说，如同死刑犯在吃最后一餐，明知道要受那一刀，也还得不动声色。

王笑笑陪她吃了晚饭才走，她本来想留下过夜，甘小满非撵她走了。

晚上的月亮很大很亮，其实，在城市的夜里，难得能看见这样清晰明亮的月亮，令人纳罕，似乎世界覆灭前的回光返照。

甘小满开始在网上投简历，就算伤心欲死，也还是要活下去，不是吗？

电脑的一方亮光，映得她的脸忽明忽暗。那么深的夜里，她只听见自己的呼吸声，一向喧闹的城市现在一丝声响也无，愈发令人觉得她像是个孤魂儿，躲在最角落的地方，叹息或者不叹息，都不会有人知道。

即便就这样无声无息地消失，也不会被人发现吧。

她猛然被自己的心思吓了一跳，几乎与此同时，充电的手机“嘀”的一声有短信进来，似乎有针刺了一下她的神经，她几乎拿不住那小小的手机，但不是她盼着的号码，是陆羽泽，自从上次放了她鸽子，她更觉这人无聊——

“你在家？”

她将手机扔到一边，继续上网。

中间隔了不过半分钟，他的电话打进来了：“你马上换衣服出来，我在你小区大门外。”

“不去。”甘小满干脆地拒绝，挂掉电话。她现在的心情很不好，对神经病格外没耐心。

陆羽泽继续打，他显然也心情不好，很少见地烦躁：“别摆谱了，老爷子等着你呢，点名让我亲自来接你。”

甘小满有些糊涂：“什么老爷子？”

陆羽泽冷笑道：“你不会真傻到以为我要追你吧？”

甘小满“嗤”了一声，说：“你不会傻到真以为我以为你在追我吧？”其实还想再加上三字，神经病，想想还是算了。

陆羽泽说：“跟我说绕口令？我不跟你绕。快出来吧，让你妈也一起。”

甘小满警觉，放下鼠标：“你到底有什么事儿？”

陆羽泽似乎是被她气乐了：“什么事儿？你说什么事儿？你不认爹，爹认你，不把你找回来，老爷子怎么能放心呢？”

他说得极快，好像憋闷很久的话终于可以冲口而出。甘小满脑子里轰隆隆地作响，好像一台压路机碾过，半个脑壳都发麻。

“你说什么，我不明白。”

这回，轮到陆羽泽嗤笑：“不明白？还让我说得怎么清楚？”

电话那边半天没声音，陆羽泽喊：“喂！”

“那次，你在凯旋酒店是故意等我？”甘小满手指发凉，一直不愿面对的人和事，终于还是找上来了。

“是啊，想看看你和亲人久别重逢的感人画面，可惜没看到。”

“你不会看到的，因为我从没打算和谁久别重逢。”甘小满不等他答，“啪”地挂掉了。

陆羽泽第三次打电话过来，甘小满干脆不接。她换衣服、洗澡、睡觉，有条不紊。等终于躺到床上，一点儿月光从窗帘极窄极细的缝里流进来，如一痕刀锋劈在半截床中央，也像要把她从中斩断，她方感到畏惧。

是那种彻彻底底的畏惧。

她和蒋庆康在一起并没多久，反倒像是安心过了百年的样子，总是一日一日欢欢喜喜的，因打定了主意不去想其他，日子过得尤其顺意，在这样昏沉的夜晚回想起来，只觉得温暖甜美，大约神仙岁月也不过如此。

如今，命运把她又浸回热水锅中熬煎。明知道此事在往后的日子还是要面对，烦恼无边。可无奈的是，烦恼终究有尽，一旦失去的便永难找回。这是甘小满的人生经验，尤其灵准。

她仰面对着天花板，睁着眼，黑暗里什么都没有，除了那锋利的月光。她若动动，就像要撞到刀锋上，所以只能咬着牙一动不动。

良久，她觉出温湿的眼泪从眼角滚落，湿了鬓边发。

还是不要哭吧，她对自己说。起码今夜还是不要哭的好。能不哭的时候尽量不掉眼泪，不然，更难过的时候还能怎么样呢？

她已经不盼着蒋庆康的信息，他也果然没有消息。他来的时候，满世界都像花开；如今退去，仿佛海潮般消逝，一丁点声息也不给她。

极安静的黑夜，甘小满觉得自己好像是睡了，脑子里却不停地上演着这样那样的画面，交错凌乱。耳边好像有雨声，一滴一滴渐渐连成一片。

小时候放暑假，八月里坐在窗前，最能看到下雨的场景。本来不大的雨，打在窗外菜园里大片玉米叶子上，“哗哗”的声响好像滚雷一样，声势极为壮阔。雨天空气寒湿，令人打战，皮肤上都起疙瘩。北方的夏季永远短暂，每当这样的天气，就知道秋天要来了，小小的人儿便有一种忧虑。

一模一样的雨声，在这个冬夜潜入了她的梦里，“哗哗”地下着，即使那样温暖的羽绒被也不能抵抗梦里的湿冷。她不知不觉地蜷缩起来，几乎要发梦魇，她拼命想摆脱出来，意识明明已经苏醒，身体却不能自拔。

谁来把她叫醒，哪怕是一点儿小小的声响，也能把她从梦魇中拯救出来，但她只有一个人，徒劳地挣扎。

暗处亮起昏黄的灯影，本来是做梦，她也觉得出累，像是跋涉了千山万水一般，脱力地遥望。他的侧影就在暗灯影里，棱角分明的轮廓，有一种冷峻，让人觉得好看而疏远。她就着梦中的相逢叫了他一声，他并不抬头，仍旧将那个侧影留给她，她的眼睛却逐渐模糊了。

次日早晨醒来，眼睛肿得厉害，洗脸的时候甘小满诧异，觉得并没掉几颗眼泪。反复用冰袋敷，由于距离额头近，倒冷得头痛。

早饭是泡饭，听说有些女人情绪不好便不吃饭，她没那样的勇气，总觉得再难过也要活下去，饭也还是要吃的。

她倒像很有宽大的胸怀，也可以说是傻。

只是吃完了特别堵，像咽进去的是花岗岩。

洗了碗在沙发上呆坐，空气里有奇怪的声响，听清了，是壁钟的声音。之前她没留意，居然会如此大声，她怀疑是不是要坏了。

还是阴天，要下雪的样子，到处都气闷。

她发了一会儿呆，打了一个电话，对方是个中年男人，可以想见发福的肚子和油光的脸，说“没问题，一整天都在家，可以随时来看房子”。

甘小满便和他约好十点钟，打开记事簿默记一遍地址，穿了大衣出门。

零零星星的雪花飘下，明显的冬天势头已尽，这零星的雪好像敷衍旧情人的男子，三言两语的简单，没有温度，连情绪都谈不上。

她走在路上也频频失神，好像没睡醒，还在梦魇中昏沉，其实并没想什么，甚至连蒋庆康的模样也不曾想，只是像沉入水底似的恹恹，好像不悲伤，又好像太悲伤，整个人瘦溜溜无声地走着。

一辆黑色奔驰从马路对面滑过，拦在她的面前，车窗落下，陆羽泽架着墨镜坐在后排，甘小满不明白大冬天的他戴着墨镜干吗，又不是明星，也没得雪盲症，非要搞得一副神鬼莫测的模样。

他却说：“请吧，等你半天了。”

甘小满不吭声，绕过车子继续走。

“十点十分扎庙的火车，我已经让人去接站了。”

甘小满顿了顿。

他微微扬头：“老头子最后的心愿，就等你了。他本来应该在医院，大夫也拦不住，非来滨城。你就算不原谅他，也该给他一个悔过的机会，毕竟没他也不会有你。”

见甘小满不动，他忽然冷笑：“你难道不想当面问问他，为什么当初把你扔了？我要是你，一定会问。”

司机已经下车，替她打开车门。甘小满想了两秒，坐了上去。

本来稀疏的雪忽然密集起来，像是御雪之神倾倒了最后一捧白雪，发誓就此作罢，下工回家。阳光在密集的白雪中变得亮眼，刺入车窗，甘小满微微目眩，此去是一场什么样的行程难以确定，总之不会使人愉快。

陆羽泽说得对，她的确应该问问那个自称是父亲的人，到底为什么把自己抛弃在荒郊野外。如果错过了，这个答案不会再有人给。

陆羽泽正襟危坐，她见他的次数不多，但没见过他如此严肃。他依旧架着那副眼镜，清秀甚至有点儿孩子气的脸被遮住一半，看不清表情。司机身着制服衬衫，戴着白色手套，笔直地目视前方，让人感觉这是个只会开车和开门的机器人，即便在这部车里和美国总统密谈也足以令人放心。

已过了上班高峰，路上却还是堵。城市的道路改造永远赶不上车辆的增长速度。不过他们这一辆却不必担心，隔着老远就有人从对讲机里提醒，司机及时拐道，各种小巷窄街，避过堵车路段，等上了大路一路飞驰，快速平稳，不过二十分钟，就已经跨了两个区。

眼见前方“人”字形大厦拔地而起，周围是大片的绿地和花园，这在寸土寸金的繁华商业区简直奢侈得不可想象。司机一打舵，车子径直驶入了地下停车场。开过泊车区，司机仍旧没有停车的意思，左转后，前方早有两人，一见车来，光控密码锁解锁，沉重的黑色大门朝左右两侧缓缓打开，直通顶层的专用电梯同时开启，司机减速将车驶入，电梯关闭，载着车辆无声地快速上升。

甘小满虽然早就听说有这样的服务，还是暗自吃惊。这一部电梯可以容纳一辆大巴，轿车在里面掉头也不成问题，她的直觉是接下来到达的地方怕是奢华得令她难以想象。

陆羽泽摘下了眼镜，甘小满才明白他为什么要黑超遮面，他的双眼红红的，像是哭过，又像是熬夜了，倒和她异曲同工。

“就算你真的要问，也该顾及他的身体，我想你还不至于做出特别过火的事来。”停了停，他又说，“你让他空等了一回，他已经很难过。”

见甘小满不做声，陆羽泽也就不再说话。电梯“叮”的一声到了，陆羽泽看了她一眼。甘小满觉得他眼神里包含甚多，一时也猜不透。

出来迎面是两扇檀色大门，司机早上前推开，甘小满一个错神，竟以为误入了中世纪欧洲某个皇帝的行宫。三四十米的门厅金碧辉煌，壁上浮雕泛着淡淡金光，甘小满听说国外某总统套房用纯金打造，不知道此处是否也镀了金粉。

门厅的尽头，两侧分列会议厅、茶室、餐厅、健身房、观影室、书房，又有四个标间，是随从房，装修莫不华丽。甘小满所见过的最贵的客房，也不及这里的标间的水准。其中的一间门开着，两三个人正在里面吸烟，看见陆羽泽纷纷掐了烟站起，叫陆总。

陆羽泽脚步不停地径直前行，甘小满的鞋底尽是泥水，一路在咖啡色富贵牡丹的羊毛地毯上留下了污脏的泥渍，那样昂贵的地毯，清洗起来怕是很费钱吧。

走至会客厅暗红色的门前，陆羽泽脚步稍停，朝甘小满道："他刚动过手术。"

甘小满面无表情，也不吭声。他不清楚她在想什么，对女人他算是很有经验，但对这个流落在外多年的姐姐还真不了解，只见她眼神和表情俱是平静的。他当然知道她这些年过得实在不算是好，两个女人相依为命，靠一份微薄的工资活着，而这样的气派奢华对她却好像并没什么震慑，也挺让他纳闷，换成他那些女友，不管怎么样，早就激动兴奋得乱叫一番了。

从这一点来看，她还真是陆家的人！

随从里有人打开门，足有三百平米的会客室豁然呈现。这里的装潢加入了中式风格，中国红壁板、大幅泼墨山水，巨型水晶灯下，金色的沙发如狮子般卧在当中，西班牙红木矮桌，主位一侧阔口珐琅彩花瓶里，半人高的花束开得正盛，蓬蓬的好似一团火焰。

甘小满抽抽鼻子，空气中有一股消毒水的味道。本该出现在医院里的味道，在这样豪华得无以复加的地方出现，显得有点儿诡异。金钱奢靡与生老病死总像是隔得很远，在人们看来，住在总统套房应该连死神都要给三分情面不便亲临，但实际上原来没人能逃得过大限。

甘小满以前和王笑笑一同看电影《天使之城》，尼古拉斯·凯奇还没发胖，一袭黑衣，又帅又多情。王笑笑双眼冒小桃花："有这样的帅哥接引，我才不怕死呢！上帝啊，让死亡来得更猛烈些吧！"

甘小满笑："万一是他那个同事天使接引你，怎么办？"

王笑笑顿时蔫了："那还是让我多活两年吧。"

后来又看《七日》，王笑笑重新振作，对死亡生出无限幻想："单眼皮帅哥也不错嘛，齿白唇红。真要来接我，我先把他推倒。"

甘小满冷静道："别怪我没提醒你，还有鸟叔型的欧巴。"

王笑笑注视着甘小满，说："我看出来了，全世界数你对我好，你这是希望我长命百岁、万寿无疆吗？"

如果真有接引者的话，将要莅临至陆廷全身边的又会是哪种天使呢？

陆羽泽将她带过会客厅又转到一间稍小的客室，总统先生定是客人超级多，所以搞了这么多会客室。岂料朝右一转，又是一间客厅，没人带路怕是要迷路了。

与外面两间不同，这间面积不过七八十平方米，装饰依然浮华，却明显有了典雅的格调，收敛了咄咄逼人的气派。电视、电脑等俱全，更妙的是，居然有一架钢琴，蜀绣的琴套上是《清明上河图》，繁复之极的针法，颇有喧宾夺主之嫌。

靠窗的桌边，一个五十几岁的男人貌似正在处理文件，见陆羽泽进来，住了手站起身说："羽泽，你回来了。"

甘小满注意到他的目光在留意自己，看来这里的人大约都知道自己的存在。

"爸爸怎么样？"

"还好，还在打针。"

陆羽泽放轻脚步，推开柚木雕花的屋门，内里窗帘半掩，冬日的薄光微微照亮阔大的卧室。甘小满当先看见一张金色欧式大床，重重锦被中睡着一个枯瘦的老人，正是陆廷全。

他本来身材很高，由于生病的缘故，竟好似塌缩了下来。不过两个月，与甘小满在凯旋饭店看见的时候相比又瘦了一大圈，本来花白的头发竟全都白了。

旁边的护士向陆羽泽轻声道："才睡着。"

点滴显然已经打了一段时间，剩下小半瓶，旁边还挂着一袋黄色药水，看样子是待会儿要换的药。

陆羽泽示意甘小满先出去坐，陆廷全本来病中眠浅，又心中有事，稍有一点儿动静便醒来了，微睁开眼问："羽泽吗？"

陆羽泽便走上前，俯身道："爸，她来了。"

陆廷全才看清陆羽泽身后的甘小满，转而朝陆羽泽："再说一遍，这个她是谁？"他虽然病重，语音无力，却自有一股威严。陆羽泽不得不纠正方才的话，勉勉强强地说："是，姐姐。"

陆廷全狠盯了一眼陆羽泽。一瞬间，甘小满觉得那是一双犹如狮王的眼睛，尽管他老了，就要死了，但只要有一口气在，他还是王，可以掌控一切的王。新的王在他眼前，还是幼稚无力的孩童。

陆羽泽轻轻摆手，护士退了出去。屋子里出现了短暂的寂静。甘小满一动不动，其实她站的位置离床较远，但她没有过去的意思。陆廷全歪头注视了她半天，忽然笑了："你和天欣还真的是像啊，不仅长得像，也一样倔强。"

他看向陆羽泽："去请姐姐坐过来。"

看得出陆羽泽十分无奈，不过还是拖了把椅子到床边："爸爸让你过来呢，你站那儿隔着大老远的没法说话。"

甘小满终于开了口："就这么说吧，我听得到。"

陆廷全微笑道："既然回来了，为什么还要离我那么远呢？你想让我说什么呢？"

"你把我找来，想要说什么？"

"我想说的很多。"陆廷全凝视着她。他脸色蜡黄，唇色苍白，和甘小满在网上看到的那张照片上儒雅俊朗的中年人实在不像同一个人。他轻轻叹气："可是我没有时间了。"

甘小满忽然有种错觉，好像站在这里的自己是另外一个人，而她正在旁边看这一场笑话——一个刚出生就被扔掉的孩子和濒死的父亲相见，他们的缘分开始于生，终停于死，其余的时间毫无交集。

"天欣如果知道你们姐弟现在站在一起，一定会十分高兴。我也可以放心地去见她，不会被她太责备。"

他说话的声音微弱，卧室太大，散播到空气里像游丝，又像细针，钻痛了甘小满的耳膜。

药水一滴一滴地流进他的血管，甘小满看到被子外的那只手，苍白修长的手指，仅有一层皮肤裹着骨头。生命何其脆弱，这只手曾经捏住了巨大财团的权柄，却挽留不住曾经抓住的一切。

她忽然想起甘菱的手，瘦小粗糙，拯救了她，让她得以在这个世界存活。

她开口："我来是想知道，当初为什么把我扔掉？"

陆羽泽狠狠地瞅了她一眼，她的态度实在算不上温和，看来他嘱咐的她一句也没听进去。

"当初……"陆廷全的眼睛黯淡了一下，"当初的事情，谁都不希望会是那样的啊！"

2

雨水"噼里啪啦"地敲打着玻璃窗，流淌成一道道小河。

陆廷全站在窗前，黑色的云层下白茫茫的水帘遮没了一切，暴雨中的城市夜晚提前降临，路灯纷纷点亮。这个由渔港遽然变为都市的小村还没来得及成熟起来，简陋的建筑和现代化的高楼并立，土路与水泥马路交错，汽车、行人、自行车在大雨中疲于奔命，喇叭声和车铃声此起彼伏。世界突然被撕裂天空的闪电照亮，随之而来的巨雷爆炸在半空，整层楼都像被掀动了，震得一颤。

陆廷全的心，也剧烈地一颤。

两天了，依旧没有她的消息。能派出去的人全派出去了，就差去派出所报案了，不过这样的事无论如何都是不能报警的，万一上了新闻，陆家将损失掉一单最大的生意。

用陆高升的话讲，这是一单里程碑式的生意——成，陆家成；败，陆家败。

陆廷全不敢冒险。

签字仪式将和订婚仪式一同举行，陆高升包下了本城最高级的宾馆宴会厅，陆廷全在等，等待六点钟的仪式开始。

他已经换好了衣服，黑色的西装，雪白的衬衫，衬衫浆过了，他穿不惯僵硬的领子，觉得脖子就要被磨出血，那根领带更是勒得他喘不过气，他恼怒地试图拉松它，一旁的章坤栋小心翼翼地说："忍一忍吧，他们就快到了。"

陆廷全从穿衣镜里看见自己的影子，再架上一副墨镜，完全是参加葬礼的模样，他自己的葬礼。

从今往后，他将把自己葬送在那个洋女人手里。

他极少见地沉不住气，在房间里徘徊，桌子上的电话一直沉默，他一度觉得自己无所不能，现在却只觉得无力。

贝天欣走了，没打一声招呼，没留一句话。

来这里之前，他瞒着陆高升偷偷去看她。荥州城很大，他还是不敢把她放在城里，在郊区租了个小房子，把她安顿下。

陆廷全上大学，完全是为了贝天欣。贝天欣说："我喜欢爱学习的男生，学习不好的男生，怎么配得上我呢？"陆廷全听了，发奋刻苦。陆高升对读书态度轻蔑，觉得多识字也不过账房管得好点儿，做大事的人就应该不学无术，才能另辟蹊径干出点儿名堂。陆高升喜欢朱元璋，常常教育陆廷全要做朱元璋式的英雄，如果不是时代所限，他真有意把陆廷全送去当一回和尚再要一回饭，男人嘛，就该经历得与众不同。

对于讨老婆这回事，陆高升把它看成一个机会，所有的机会都不会等你，该利用的就得利用。他同样用朱元璋讨老婆的经验来教育陆廷全：马大脚是朱元璋领导的女儿，不然你以为他喜欢大脚丫？

陆廷全不听陆高升那一套，上了大学又想娶自己喜欢的女生。陆高升考察了贝天欣的家庭，说："她们家的太爷爷是满清贝勒爷。怎么着也该有点儿家底吧，怎么看着那么穷？"

"穷怎么了？"

陆廷全还不知道陆高升的算盘。

"穷就不能帮着咱们，还得咱们帮着她，扯后腿。你看现在谁不是忙着赚钱，这是个能发财的时代，陆廷全你是我陆高升的儿子，肩负着发扬光大我们老陆家的重任，怎么能讨个穷老婆！"

陆廷全不吭声，拔脚就走。陆高升说："我已经给你找好了一个人，肯定比贝天欣强，你就等着结婚吧。"

"我不要！除了贝天欣，我谁都不要！"

陆高升不生气："这件事你说了不算，我给你的肯定是最好的，你最后会感激我的。"

陆廷全停住了："你别胡来，我的事情你不要乱安排！"

“当然不是乱安排，是最完美的安排！”

陆廷全素来知道自己的老爹，他想做的事情一定会做到，看着老男人眼里的得意与笃定，他心里猛地一跳，一个相当不妙的感觉升了起来，以至于脊背发凉。

两个人对望了好一会儿，陆高升摆摆手：“走吧走吧，该干吗干吗，等我的好消息就对了！”

陆廷全默默地出去了。陆高升不知道，就在方才儿子已经打定了他怎么也想不到的主意。

这个时候的陆高升，还是个养猪专业户，在这个行当里算是干得很好了，养猪场规模不小，几千头猪在猪栏里哼哼，每当陆高升站在猪栏这头望向那头，看见白花花的猪屁股整齐划一，成就感总是油然而生。

但是陆高升从偶像朱元璋那里知道，不满足才是人上进的动力。陆高升老了之后喜欢访旧，一次访到一个老朋友，学佛了，向他传道说“贪”这个东西是不好的。陆高升心里说：不贪我哪来那么多钱，你倒是不贪，你连肉都不吃了，活着还有啥意思！

老朋友接着布道：“嗔和痴也不好，凡人总是难以免去这样的劣性，所以才烦恼。”

陆高升一开始没明白，他的知识仅限于看清楚账面上有多少钱。老朋友诲人不倦，仔细讲解何为嗔、何为痴。陆高升一拍大腿，说：“佛祖他老人家有水平，哪天我把陆廷全带来，你给他上一课！”

不满足于小富即安的陆高升，把目光投向了更远的地方，他用最简单的算盘算出来养猪没有卖猪肉省事又赚钱，跟卖猪肉的聊过以后，又知道出租摊位的更赚，不用出力，坐在家里数钞票。

他决定做那个出租摊位的人。

得到摊位需要很多钱，陆高升有一点儿钱，但远远不够，他决定借东风。去年年底，学校搞了一次与美国某大学互换学生交流的活动，陆廷全被选在内，去美利坚交流了半年。回国之后，同行的学生无意中透露，陆廷全被一个美国女孩看上了。仿佛为了证实这个传说，一个说中文都捋不直舌头的洋妞总是漂洋过海地往陆高升家里打电话。

陆廷全不在的时候，陆高升接到了几次电话，女孩儿是混血儿，老妈是中国人，老爸是美国人，家在俄国州，陆高升没搞明白，俄国什么时候跑美国去了，很久之后才弄懂，原来叫俄亥俄州。什么州他不关心，他关心的是女孩的父亲开着那个州最大的连锁超市，而她父亲病死之后，现在全由她的中国老妈来打理。他特意问了是不是出租摊位，女孩儿笑着说是，但也不全是。

管他是不是全是，反正有钱就是了。

女孩很大方，说妈妈一直希望她能嫁个中国人。陆高升说："没问题，没问题。我们家廷全你看到了，长得帅，人品好，但是你大概不清楚，我们中国人嫁女儿要给一大笔嫁妆的，十里红妆你知道不？"

陆高升难得知道的几个文词此时派上了用场，女孩说："我知道，我学的就是汉语，怎么会不知道？"

陆高升说："既然知道，换你妈来跟我说话，我们讨论一下嫁妆的问题。"

在陆廷全毫不知情的情况下，陆高升和女孩的老妈几番长谈。女孩老妈英文名是Rose，中文名是洪玫瑰。陆高升管她叫玫瑰女士，两人隔着太平洋定下约定，玫瑰女士带着小玫瑰回中国考察陆廷全，为期五个月。如果没有意外，敲定婚约的同时，将注资陆高升的公司。当时陆高升已经有了间小公司，除了养猪、卖猪之外，搞一些小项目。

陆高升说："来吧来吧，我们廷全天天都在想小玫瑰，我是他爹我清楚，他就是不好意思说。"

一老一少两朵玫瑰花上了飞机，陆高升才对陆廷全摊牌："就这么个情况，我们陆家是发达还是完蛋，全看你的了。"

陆廷全暴怒："你怎么能这么随便地决定我的事？"

陆高升不屑地说："混账，你的事儿就是我的事儿，就是陆家的事儿，陆家有什么事儿全是我说了算，你的任务就是服从。"

陆廷全冷笑："你自己去相亲吧，我和贝天欣已经领证了。"

"什么时候的事儿？我怎么不知道？"陆高升蒙了。

陆廷全："毕了业就领了。"

"浑蛋，这么大的事你敢背着我！"陆高升气得直发抖，几个月的筹谋就这么完了，他不甘心，"离婚，去办离婚！"

陆廷全静静地说："她已经怀孕了！"

陆高升吃了一惊，脑子飞速运转，几秒钟后，他笑了：

“怀孕了就是我们老陆家的人，你答应我先把玫瑰花给稳住，等资金到位一切开展起来，我就不管你和贝天欣的事儿了。”

“无耻。”陆廷全对父亲失望到极点。

“做大事的不能脸皮儿薄，脸皮儿薄的是娘们儿。”陆高升关键时刻露出了无赖嘴脸，“交流的学生那么多，怎么小玫瑰花偏看上你了？一个巴掌拍不响，要是你没什么表示，人家一个姑娘怎么会缠着你？还是你让人误会了不是？我理解你，可是贝天欣不一定理解，她一定以为你给了人家暗示，人家才这么大老远地来找你，把老妈都带来了。我听说贝天欣脾气大，爱面子，要是告诉贝天欣，玫瑰花准备了一大笔嫁妆，她老贝家就算把老祖宗贝勒爷从坟里刨出来，也不一定能卖上那么多钱，你猜贝天欣还能跟着你吗？”

陆廷全瞅着陆高升，气得直喘气，半天说不出话来。

陆高升转而怀柔：“我干这些是为啥？还不是为了你，将来大家大业地走出去多气派。我知道你有志向，现在机会就在眼前。成，陆家成；败，陆家败，你先敷衍着把资金弄到位，到时候你和贝天欣再好，谁也管不着。现在人家已经来了，你总不能让我去飞机场接到她们，直接再送回去吧？”

“你怎么做是你的事，我不管。”

陆高升冷笑：“那我就得找贝天欣好好聊聊了。就算你们领了证，没办酒席，没招待亲朋好友，连她娘家人都不知道，那就是偷偷摸摸，见不得人。你拐了人家的姑娘，她跟人家小子私奔，谁都不会承认你们是正经夫妻，你们那个破证也不作数！你不让我的事情成功，我永远都不承认贝天欣这个儿媳妇，贝天欣现在跟未婚先孕没什么分别，我看她的脸往哪儿搁！”

“你威胁我？”

“不错！”陆高升用指尖把烟头捻灭，“就是威胁，谁让我想做的事儿做不成，我就让她过不好。”

陆廷全一点儿不怀疑父亲会说到做到，他太了解父亲了，陆高升从某种程度来讲就是痞子，道德和感情全不在他的眼里。

他犹豫了。

陆高升知道捏住了儿子的软肋。玫瑰花母女一定想不到，在她们飞越北极圈的时候，陆高升和陆廷全达成了临时协议——陆廷全和玫瑰花周旋，等资金到位后，陆高升出面给他和贝天欣摆酒。在此之前，为了稳妥起见，陆廷全不能和贝天欣见面。

陆高升长出了一口气，儿子毕竟是自己的儿子，还是可以牵着鼻子走的，尽管费了些劲儿，可见读书多的人就是没主意，同时他又有点儿失望，儿子和朱元璋相差得还真不是一星半点。

变故发生在协议达成后两小时，贝天欣找到家里来了。陆廷全永远记得那天贝天欣的样子，她穿着天蓝色校服裙，扎着马尾辫，其实她已经二十四岁了，看上去却比实际年龄要小那么两三岁，倒像二十岁刚出头。

怀孕之后的贝天欣瘦得很，大概是心力交瘁的缘故，大大的眼睛也显得失神，显得格外伶仃。

陆廷全忙迎过去，说：“你怎么来了？”

贝天欣白着一张脸，说：“咱们俩找个地方说话，好吗？”

陆廷全回头看了看屋内的父亲，陆高升用近乎冷酷的眼神望着他，忽然之间他觉得也许刚才和父亲达成协议是个错误的决定。

陆廷全带着贝天欣去了公园，菊花开得正好，满眼缤纷。贝天欣喜欢菊花，却没心思欣赏。两个人沉默地走着，陆廷全觉得贝天欣非常希望他能说点儿什么，可是说什么呢？他现在肩负着老陆家的重任，两人的未来总要先过了眼前这关，才有指望。

想了半天之后，陆廷全艰难地开口了：“我已经做好了爸爸的工作，再过几个月他就给我们摆酒席，正大光明地办婚礼。这段时间我要帮爸爸做点儿事，恐怕没时间和你见面，你放心，我这边时机一到，马上就去你家求婚。”

贝天欣低着头，她正立在一丛兰花前，紫色的花朵如珠帘般倾泻出一道道婉转的曲线，正像她婀娜的身姿。

她好半天没说话，日光渐渐斜下去，两个人的影子被拉得很长很长，像两根可怜的麻秆。

她像是终于下定了决心般，用细小如蚊的声音说：“我妈妈知道我怀孕的事了。”

恍如霹雳，陆廷全傻了：“不是说好了先瞒着他们的吗？你这么不小心？”陆廷全有些晕，事情突然变得复杂。

“你是在埋怨我吗？”贝天欣抬头，她眼里不知何时噙着一汪泪，黑如点漆的瞳子盯着陆廷全。陆廷全只觉惭愧，不敢和她相望，低下头去。

是的，贝天欣体态消瘦，微微隆起的肚子不用细辨就可看出，想要向一个有过生育经验的妇女隐瞒，实在是不可能。

贝天欣无声地啜泣，陆廷全立刻意识到对方认为他动摇了。他马上澄清："天欣，你放心，我会把一切都安排好。"

"你说的办婚礼是什么时候？"

在陆廷全来看，这简直就是逼问了，他咽了口唾沫："几个月之后，一定的。"

"可是那时候，"贝天欣愤怒地看着他，"孩子已经出生了！"

"那可怎么办？"陆廷全也有点儿不知所措，但是他比任何人都清楚陆高升的脾气，他不会让他们好过的，他完全有可能把他们彻底搅黄。

"我被家里赶出来了！"贝天欣的眼泪再也忍不住，噼里啪啦地往下掉。

"不要紧的，我可以先给你找个住处。"陆廷全揽过她，"天欣，我一定会好好对你的，我答应了爸爸帮他做完这件事，如果我不去做，他就不承认我们结了婚，这个很麻烦……"

秋天傍晚的风很凉，陆廷全却急得全身冒汗。他努力想让贝天欣知道这件事必须完成，完成之后大家都好，又许诺过了这两天，他会去贝天欣家里说明情况，请求她家里人的原谅。

贝天欣在他的臂弯里渐渐止住了哭泣，这个时候她只能选择相信眼前这个男人。陆廷全将贝天欣先安置在旅馆里，陪她吃过晚饭，看她睡着了才回家。

陆高升为了锻炼儿子，给了陆廷全一个不大不小的职位，让他也学着管管公司，手里可支配的人有两三个。陆廷全找了最心腹的章坤栋，让他用最短的时间在郊区找个房子，一切家用都安排好，最后特别叮嘱，不要让陆高升知道。

章坤栋办事很麻利，第二天一早就搞定了。房子是章坤栋姨妈的，清静安全，陆廷全正准备出门接飞机，嘱咐章坤栋把贝天欣送去，一定要安抚好她的情绪。

看着章坤栋上车走了，陆廷全才松了口气。

玫瑰花母女一下飞机，就感受到了陆高升的熊熊热忱。和老子炭火般的热情相比，主角陆廷全就显得心不在焉、态度冷漠。陆高升悄悄跟玫瑰女士解释，这是由于儿子有点儿大男子主义，不愿意在众人面前表现出太在意女孩的样子，私下里却是温柔得不得了，因为他陆高升自己就是这样的，他太了解这样的男人了。

为了让小玫瑰花和陆廷全增进了解，陆高升让陆廷全带小玫瑰花游荥州，吃喝玩一条龙，一定要把小玫瑰花哄好。

陆廷全像一个兢兢业业的导游，带着瞳孔发蓝的混血女孩儿游遍荥州城，东方古城的神秘与沧桑彻底震住了这个在美利坚学习汉语言文学的女孩。她操着不纯正的汉语说："陆，我喜欢荥州，我要在这里住一辈子，把一生的时间都献给我的所爱。"

诗歌一样的语言用饱含深情的话语说出，陆廷全听出了弦外音，他配合地说：“荥州会为被你喜欢而开心的。”

荥州一月游结束后，陆高升再下命令，中国名胜两月游。三个月后，陆廷全提前完成任务，通过审核。陆高升通过玫瑰女士满意的神情知道儿子已经完成了主体工作，剩下的就是他的活儿了。他邀请玫瑰女士到堰头来，陆高升以精准的眼光锁定了这个还在建设初期的城市，同是商场英雄的洪玫瑰当然也看到这个城市存在的大把机会。

陆高升这么做还有个原因，他不想再待在荥州了。陆廷全每天晚上送小玫瑰花回宾馆之后就往郊区跑，他当然知道儿子干什么去了，不过是睁一只眼闭一只眼，不想把他逼急了。不过这样再待上两个月，难免不会被那母女俩发觉，他想离荥州远点儿，把事情一锤定音。

堰头无疑是最好的选择。

他警告了陆廷全，离开荥州之前不要再和贝天欣见面，和玫瑰家族的事情绝不能出任何岔子。但是陆廷全没听，他不能容忍一两个月不见贝天欣，而且她的情况相当不好。

贝天欣怀孕六个月了，反应相当厉害。书上写女人怀孕一般过了四个月就不会再呕吐，可是贝天欣还是一直吐，吐得胆汁都出来了，让他害怕。

贝天欣更瘦了。每天晚上，他抱着她坐在窗前，都能感觉到她的骨头硌着他，他吃惊这样的身体里居然正孕育着属于他的孩子，在他想来，真是奇怪得不可思议。

贝天欣不停地追问什么时候能办完事情，什么时候才能补办婚礼，每当她用绝望的眼神看着自己，陆廷全就觉得自己真是该死。

但是他不敢说自己正在做的事，他了解贝天欣，万一被她知道自己在做什么，一定会就此和自己决裂。那么刚烈暴躁的性情，他原来是觉得很欣赏，现在却觉得害怕。

他给了章坤栋的姨妈一笔钱，用作贝天欣的营养费，嘱咐老太太一定要照顾好这个孕妇，花钱他不在乎，吃什么用什么一概随她的心。

老太太直摇头，她一直以为贝天欣是陆廷全的妹妹，而陆廷全是外甥的朋友，说："她男人也不来，这丫头的心情坏着呢！什么也吃不下啊！"

陆廷全阵阵心疼，每当他开车回城的时候，都在路上反复地质问自己做的一切到底是为什么，但一旦见到玫瑰花母女，又不得不继续演戏。

临去堰头的头一天晚上，陆廷全告诉贝天欣自己要出门，怕是一两个月才能回来，让她不要担心，好好养身体。贝天欣没出声。她最近越来越沉默，陆廷全知道她在怀疑自己，他低头吻她："等我回来一切都会好的，等着我。"

"我可以给你打电话吗？"贝天欣忽然说，"每天在这儿像蹲监狱一样，我害怕。"

陆廷全犹豫了一下："我会打给你的。我那边人多，你也知道咱俩的事儿没公开，别人会说得难听。"

"你是怕人说得难听，还是怕我给你打电话呢？"贝天欣望着他，黑白分明的眼睛里满是难过。陆廷全最喜欢她的一双大眼睛，现在却在这双眼睛下无地自容。

“我爸的事儿马上就要好了，接下来就是咱俩的事儿，我一定会给你一个最难忘、最盛大的婚礼……”

贝天欣笑了笑，那个笑容陆廷全后来回忆起来觉得极其无力。

但是他得走了，凌晨的飞机，现在已快午夜了。

他再一次抱着她，她的身体像个孩童，她说：“廷全……”

“嗯？”

她没说下去。

她送他到门口，望着他上车远去。他从后视镜里看见她孱弱的身影伫立在门口，很想转弯回去陪她过这一夜。她看上去无比孤单，无比无助，无比凄凉，那是他陆廷全的女人啊！

但是他也只能是想一想罢了，车子转过弯，他再也看不见她了。

堰头之行可以说是改变了陆廷全的一生，除了和贝天欣结婚之外，他对自己的人生没有具体打算。但是当看到这个现代化城市最初的雏形，百业待兴，数不清的机会像刚刚开垦出来的大片肥沃土地，等待着有人撒一把种子，便能结出丰硕的果实来，他动心了。

在堰头的一个月里，除了和小玫瑰花过境去买东西，他每天都开着车在瞎转悠。小玫瑰花坐在副驾驶位上，越来越聒噪，陆廷全觉得真和这样的女人过日子，耳朵一定会被吵聋。

小玫瑰花说的话，在他耳边真的是耳旁风，他的心里装着那个远在荥州郊区怀着他的孩子的女人，眼睛里则装着这个像刚刚降生的孩童般有无限可能的城市，他真的没有地方再容纳这个黑发蓝眼的混血妹子了。

但是他老陆家的钱口袋还不是满的，需要有满满一口袋的钱才能投资得到更多口袋的金钱，他不知不觉地开始有点儿佩服起自己的痞子老爹来，他山之石可以攻玉，大概就是这个理儿。

小玫瑰花当然不知道身边这个清俊儒雅的大男生在想什么，只发现他有无数优点，没有体臭，说话温和，带着她出门一切都照顾得好好的，算是体贴入微，最让她动心的是他有事没事总会流露出一点点忧郁，正是这一点点忧郁彻底征服了她。莎士比亚笔下那些慑人灵魂的男主角，个个都是忧郁王子，需要她这个带着春天气息的玫瑰花公主前去拯救。她无可救药地喜欢上了这个东方男子，决心用自己的一腔感情化解他的忧伤，却不知道她看到的忧郁正是由她而生，是这个男子与另外的女人之间扯不断的情愫。

小玫瑰花对陆廷全的感情直线升温，用温度计来测量，怕是已经爆表了。终于这天晚上，陆廷全和她二人照例吃完晚餐回来，送至宾馆房门前，小玫瑰花用西方女孩的豪放表达了自己的感情，她翘起脚亲了陆廷全，本来对准了他的嘴唇，结果不知怎么陆廷全动了一下，亲到了腮帮子上。小玫瑰花有点儿丧气，陆廷全面无表情，朝她微微点了点头，跟以前一样道了声：“再见！”

小玫瑰花原地站着，看着他的背影一直走过整条走廊，全程没有回一下头，她又窘又羞，摸不着头脑，难道自己会错他的意了？

她想了很久。她谈过恋爱，但是和东方男人谈恋爱还是头一次，她把自己的迷茫对洪玫瑰讲了。洪玫瑰属于初恋成婚型，一辈子只谈过一次恋爱，后来发展成老公，且是个美国人，她把陆廷全的反应归结为东方男人的保守。毕竟是在宾馆走廊，公共场所，他的不好意思还是有的。

小玫瑰花释然了。

当天晚上，台风抵达堰头，呼啸的海潮席卷撞击着防波堤，渔船归港，公路关闭。小玫瑰花听着窗外的暴风骤雨，怀着对未来的美好憧憬进入了梦乡。

而此时此刻，更大的台风正在陆廷全处登陆。

被小玫瑰花亲了之后，陆廷全百感交集地往回走，老远就见章坤栋等在自己房门前。一向稳重的章坤栋十分罕见地现出焦急神色，陆廷全的房间和陆高升的房间紧邻，章坤栋并没立马报告，进了房间确定环境可靠，才低声说："贝天欣走了。"

陆廷全全身一凛："什么时候？"

"我二姨早晨叫她起来吃饭，发现屋里空着，以为她出去散步了，等了一会儿没回来，就开始找，找到中午也没找着，回来一看柜子里她的衣服都没了，才知道是走了。"

陆廷全大怒："怎么现在才告诉我？"

"您当时和露易丝小姐出去了，我也不知道您去了哪儿，跟这儿等您一天……"

一股冷气顺着脊背往上爬，片刻间就把陆廷全冻住了，他像掉进了冰窟窿，嘴唇都开始发青。以贝天欣的性格，这一走说不定会干出什么来，她的执拗和火暴脾气他太清楚了。

“找，立刻给我找！”他抄起电话，手都发抖，吩咐留在荥州的两个手下，“不惜一切代价，一定要给我找回来！”

放下电话，他吩咐章坤栋：“马上给我买回荥州的机票，最快的！”

章坤栋犹豫了一下，陆廷全瞪眼：“死愣着干吗？还不快去！”

“可是老爷子那边，您怎么说？”章坤栋小心翼翼道。

“有什么怎么说？”陆廷全恨不得给他一脚，“什么也不说！”

“浑蛋！想瞒着我走吗？”门突然被一脚踹开，满面怒容的陆高升走了进来，“你这个浑小子，屁也不是！”

父子见面，眼睛都是红的，章坤栋识相地躲到一旁，真怕溅到一身血。陆高升恨恨地指着陆廷全：“就为了一个女人，你就要把我的大业给毁了！浑蛋！”

“大业，大业，你以为你真是朱元璋？我不干了，我早就受够了！”

陆高升挥手给了儿子一个大耳刮子，打得陆廷全一个趔趄：“我告诉你，小兔崽子，明天给我乖乖求婚去，我帮你找贝天欣。要是再胡闹，我让你再也见不着她！”

陆廷全震惊地瞅着陆高升：“你赶走了她？”

“屁！”陆高升啐了一口，“她来找的我，还不让你知道。我看在她就要生了的分儿上，才答应见她。谁知道她还跑了？”

“你——”陆廷全指着陆高升，“我怎么会有你这么个爹！”

陆高升冷笑：“你不是说你们感情深吗？感情深这点儿考验都经不住，算个屁感情深？”

章坤栋悄悄地退出去，轻轻关上了房门。

这天晚上，父子俩吵了很久，最后陆高升疲惫地从陆廷全的房里出来。章坤栋一直在楼梯口抽烟，看见陆高升出来赶快把烟掐了。陆高升说：“你去订花，玫瑰花，求婚的玫瑰花。”

章坤栋答应：“是。”

“给老周打电话，想办法找人，就说我说的。一定要保密，不能让露易丝她们知道。”

“是。”

第二天清早，暴雨依旧，黑沉的天空上没有太阳，好像深夜还没褪去。

露易丝打开门，看见一身白西装的陆廷全好像百老汇剧院里就要上场的王子，他身后两个花店小哥气喘吁吁地抬着一整筐玫瑰花，还带着露珠的花瓣，红得像要满溢出来。

陆廷全的眼睛和这些玫瑰一样红，他说：“我来求婚。”

露易丝觉得他一定是一夜没睡，为了演练这一幕，但他表演得不好，表情过于紧张，甚至带着一丝冷意。唯有那种疲倦和心焦，才让她感觉到这个男人为这桩大事真是心力交瘁。

她惊叫了一声。

“如果你这算是同意的话，我就让他们把花抬进去了。”

“当然。”露易丝不知道说什么，只能点头。

“戒指。”他说，从怀里取出来递给她。

露易丝被动地接过来，一大颗钻，样式华丽。

“不满意吗？”他皱眉。

好像要是露易丝表现出一丝不满，他就会抽出一把长刀来，架在她脖子上。

“No！”

“那就好，晚上我们举行订婚仪式。”

不答应吗？露易丝感到那把长刀又在刀鞘里轰鸣，原来东方男人是这样霸道，一旦确定你是他的了，就这样急着昭告天下表明你们的关系！

“可我还没准备礼服！”露易丝急了。

陆廷全一摆手，章坤栋从旁闪出，双手捧着长长的纸盒送到露易丝面前。随着盒盖被揭开，折叠在其中的礼服裙豁然呈现，昂贵的蕾丝缎带精致到极点，露易丝不由自主地又尖叫了一声：“我的天！”

“那就这样吧！六点钟见。”

这一切不超过两分钟，露易丝尖叫了两声，决定了自己的一生。

玫瑰女士听到女儿讲述这一切的时候，笑得够呛，还真是小孩儿们的事儿啊，这样莽撞而充满激情，她喜欢这样痛痛快快的男人。

满屋子的玫瑰花，熏得露易丝一整天都迷迷糊糊的。她就像掉进了一个由鲜花蜜糖和金粉装饰的梦里，梦的那一端站着陆廷全——帅得一塌糊涂的东方男人，将是她的丈夫。

“我觉得你的公公喜欢我的钱，如同你喜欢他的儿子！”洪玫瑰这样说。但是她并不介意用一笔数目不算大的钱来夯实女儿的幸福。尽管在美国待了半辈子，她骨子里还是个中国妇女，对待儿女的事同所有的中国女人一样，相当舍得。

“我也得准备准备了，订婚的时候跟你公公签约。”洪玫瑰耸耸肩，“如果不是看见陆廷全那么老实，我还以为他们父子合起伙来骗我们的钱呢，这样着急！”

3

其实洪玫瑰没想把女儿的订婚式放在堰头，她更中意荥州。但是女儿同意了，她也就没反对，那是一种尊重。

露易丝说订婚不过是个仪式，在哪儿都一样，只要人不错就对了。

很哲学。

待知道订婚宴设在堰头目前为止最豪华的酒店举行，她也不再怀疑对方的真诚。而且她也觉得堰头是个好地方，充满生命力，预示这对小夫妻以后的日子充满生机。

唯一有点儿扫兴的是大雨不停，下车的时候尽管陆高升早早带了人在门口迎接，大伞立刻遮上这对母女的头，一滴雨水都不曾淋湿露易丝美丽的裙子，但是满地积水还是让洪玫瑰皱了一下眉。

她想婚礼的时候应该让小夫妻俩去美国，加州是个适合办婚礼的地方，金子一样的阳光，想想就很好。

出席订婚仪式的人不多，具体说来只有陆家父子，和他们同来的公司职员，而露易丝这边则简单到只有她们母女和两个随从。

不过，在国外生活多年的洪玫瑰并不在意这些，只是形式而已，露易丝更不在意，她满世界地找陆廷全，从她们进门陆廷全就没出现过，难道这个主角还没准备好，依旧在后台背台词？

陆高升叫来自己的秘书："廷全呢，亲家母和露易丝都来了，让他赶快出来！"

又向洪玫瑰解释："这小子恐怕还在系领带，他打不惯那个东西，每次都得费好大劲儿！"

洪玫瑰笑："我们露易丝手很巧的，让她帮帮他就好了。"

由于包场，偌大的大厅内只有十来个人，有点空落。不过气氛很好，乐队奏着喜气洋洋的曲子，红白两色花束布满整个大厅，红的是玫瑰，白的是百合，虽然高高的穹顶挂着巨大的吊灯，厅里还是点了蜡烛，一簇簇跳动的火苗摇曳多姿，引人遐思。

穿黑色燕尾服的司仪早已就位，厚厚的头油泛着光，连带映得他额头闪闪发亮。他踌躇满志地左顾右盼，单等主角集齐。

洪玫瑰的两个随从一个是秘书，一个是保姆，对于中式的订婚仪式还是第一次经历，觉得新鲜。其实，这样的仪式有些西式化，换作纯正的中国式订婚该大摆筵席，双方交换庚帖，又有轿夫抬着媒人穿梭往来，男方家一杠一杠往女方家里送聘礼，女方则早早准备了嫁妆，此时不发，要等婚礼的时候随着花轿进门。从脸盆、妆台到衣裳、铺盖，连装老棺材都要一路抬到男方家里去。叫男方家里人和四邻瞧个明白，正经的闺中女儿、千金小姐，父母的掌上明珠，一辈子娘家都给安排下了。男方家属也才对这样的媳妇肃然起敬，女孩子在夫家才有地位。

而露易丝的嫁妆则待会儿就要先过门来，陆高升心里高兴，却又暗暗着急，陆廷全怎么还不出来。

秘书去了没一会儿，章坤栋出现在大厅门口，不过探了个头就缩回去了，那神情令陆高升本能地觉得不好。刚想找个由头甩开洪玫瑰去看看，却见秘书匆匆而来："陆经理过来了。"

众人本来各自闲聊，忽然静了。

陆廷全从厅外慢慢地走了进来。

黑色的西装，黑色的领带，黑色的皮鞋，他的头发梳得一丝不苟，用发胶固定成最时髦的港式大背头，和那么清秀的脸有点儿矛盾，他走到人群中央站住了。谁都看得出他神情不对，他似乎愤怒，似乎绝望，眼神空荡又饱含悲伤。他缓缓环视，目光掠过每个人的脸庞，最后停在陆高升的脸上。

陆高升知道要坏菜了，具体坏到什么程度他不清楚，但是今天的这个仪式肯定是要弄砸了。

在陆廷全开口之前，他抢先一步："廷全，你不舒服吗？是不是老胃病又犯了？"转头跟洪玫瑰解释："这小子一紧张就胃疼，你看他那个熊样，准是又犯胃病了。"

说着话，他旋风一样掠到陆廷全身边，用极低的声音呵斥："不管发生了什么，你也得给我先把婚订了！大局为重！"

陆廷全一把推开了他。

露易丝觉察出不对劲儿，陆廷全的眼神冰冷得让人害怕，连声音都透着冰冷的绝望："对不起，露易丝！"

露易丝看了看洪玫瑰，洪玫瑰也摸不着头脑，一切都好好的，陆廷全在搞什么名堂？

陆廷全忽然提高了声音："对不住诸位，今天的订婚仪式取消！"

窗外，又一个响雷崩裂在空中，蜡烛的火苗跟着齐齐颤抖。乐队的音乐停了，众人才发觉这宴会厅实在太大了，大到让人觉得心里发虚，尽管装点了那么多花束，也还是不能填补空白。

陆廷全转身就走。众人还在震惊中，他已经穿过走廊下了电梯，一头冲进了瓢泼大雨中。

章坤栋轻手轻脚地进来，凑在陆高升耳边："贝天欣，投河了。"

台风过境，暴雨连下了三天三夜。飞机停飞，陆廷全不得不强行冒雨驾车到达珠海，搭航班回荥州。

上飞机前，陆廷全给尚在堰头善后的陆高升打了个电话：“贝天欣如果死了，我就当和尚去，你不是一直羡慕朱元璋当和尚吗？我当给你看看，而且决不会还俗！”

陆高升破口大骂，那边陆廷全已经挂断了。

陆高升愤怒地把陆廷全的祖宗十八代问候了一遍，后来想想陆廷全和自己一个祖宗，更气得要死。

骂完了，气完了，他又感到害怕，陆廷全这回是来真的了，这小子万一当了和尚，还真是件麻烦事！

他已经和在荥州负责寻找贝天欣的老周通过电话。老周接到章坤栋的电话，就连夜联系了贝天欣的母亲，贝天欣自幼丧父，只有一个寡母。她妈大骂陆廷全和陆高升之后，说其实贝天欣从郊区走了之后先回了娘家。她妈劈头盖脸地骂了一顿之后，拽着她要去做引产。贝天欣在路上瞅着个机会，就跑掉了。隔了一天，她妈接到贝天欣姥姥的电话，贝天欣跑到了姥姥家，早产生下一个女儿。

贝天欣的妈妈又气又恨，一刻也没耽误就回了娘家，进门看见贝天欣就是一顿臭骂，坚决要把孩子送人。她妈本来是在气头上，随口说说的，可是贝天欣当了真，当天晚上抱着孩子就走了。

说到这里，贝天欣的妈妈痛哭不止。贝天欣尚在生产期，身子极度虚弱，孩子又是早产儿，她后悔不该逼女儿太紧，现在这种情况真是让人忧心。

老周安慰她妈一个产妇应该跑不远，同时发动几十号人去找，连猪场的临时工都派上了，却毫无所获。

贝天欣的妈忽然想起来，贝天欣在关外有个五姨，一向很宠她，她也许去了五姨家也不一定。可是五姨家在农村，没有电话联系不上，老周便驾车载着贝天欣的妈妈连夜出城，开了一天两夜才赶到五姨家。五姨说："你们来晚了。"贝天欣的确来过，因为五姨说要把她送回荥州，她只住了一夜，就走了。

这下，众人全都傻了眼，贝天欣在这里人生地不熟，能到哪儿去？老周虽然长袖善舞，但在这里一个人也不认识，再大的能耐也使不出来。就在众人大眼瞪小眼之际，忽然听说两河下游的渔民捞到一个年轻女人，样貌酷似贝天欣，已经送到镇中心医院了。

众人急忙赶到医院，人还在抢救室，于是只派贝天欣的妈妈进去看了看。她妈号啕大哭着出来，里面果然是贝天欣。

医生说："你们是病人家属吗？"

贝天欣的妈妈已经说不出话来，老周就说："是。"

医生说："你们准备准备吧，救过来的可能性不大。"

老周当即在医院找了部电话，打给远在堰头的章坤栋。岂料，接电话的是陆廷全。他当然不敢瞒着，只好一五一十地说了。

听到这里，陆高升大骂老周蠢货，要是晚点儿让陆廷全知道，现在洪玫瑰的美元已经转到他的账户了。

陆高升把老周足足骂了半个小时，老周灰头土脸，根本没机会辩解，只在最后陆高升骂累了，喘口气的空当，才弱弱地说了句：“我要是不告诉廷全，他回来怕是要把我杀了。”

“你怕他杀了你，就不怕我杀了你！”本来陆高升的怒火发泄了半天，已稍有消减，现在腾地又蹿了上来。

那边老周无言以对，陆高升可以想象他满头大汗的模样。考虑到就算把老周骂死也于事无补，陆高升强自镇定，突然想起：“孩子呢？你见到孩子没？”

老周擦擦额头的冷汗，建设一下心理防线，顶着再度挨骂的危险，轻声道：“一直没见着孩子。”

“什么意思？”陆高升不明白。

“贝天欣是抱着孩子走的，但是渔民捞上来只有贝天欣一个……”老周犹犹豫豫的，没再说下去。

他本以为陆高升会立即爆发，早缩着脖子等着当头喝骂，岂料那边良久没有声音，他小心翼翼道：“陆总……”

“真是废物啊——”陆高升的声音里透出一丝凄凉，“要是早点儿找到她，怎么会弄成现在这样！”

老周是一声也不敢吭。

陆高升“啪”地挂上了电话，好久没动地方。大雨依旧下个不停，窗子外是扯天扯地的水帘。他苦笑了一声，“蛋打鸡飞”就是用来形容他现在的情形吧。还有个词叫什么“赔了夫人又折兵”，反正都是用来说他现在这种狼狈相的。

他想起贝天欣尖尖的脸儿，长得还真不赖，就是瘦了些，不富态，有点儿像画上的女人，那个他没看过一眼就没了的小孙女估计和她妈长得像，可惜没活下来。

要是活下来，会是什么样呢？几年之后就能绕在他的腿边跑，缠着他讲故事，夏天要冰棍儿吃，冬天就要糖葫芦。他上班也会带着她，开会的时候就让她坐在膝盖上，小家伙一定比她爹懂事，一声都不乱出。至于养猪场就算了，不能让女孩子去那儿，臭烘烘的，别弄一身味儿。

钢琴一定要学，洪玫瑰说学钢琴的女孩子气质好，露易丝就很不错。小提琴不行，弄成歪脖子不得了。衣服一色儿地从香港买，他陆高升的孙女儿，一定要穿得跟公主似的。上学的时候得让人跟着，就派公司里最壮的保安大虎去，让学校里的那帮坏小子不敢欺负宝贝孙女。大学要念，女孩子不用辛苦挣钱，没事干读读书还可以，放学太早也是闲着，啥事儿也干不了。

将来找孙女婿一定要细挑，家境不好的一边去，长得赖的也一边去，爱打架、骂人的更没门，具体找什么样的还真是费脑筋，反正一定要好的……

他忽然傻傻地笑了笑，随后眼睛发酸——这一切，都不可能了！

他抹了把脸，叫秘书进来。秘书当然知道陆高升的心情很糟糕，也素来知道这位脾气火暴，陪着十二万分的小心。

“洪玫瑰她们什么时候走？”

“好像是后天从香港飞北美。”

“你去跟她们说，中午我给她们送行，请她们吃饭。”

秘书犹豫了两秒，心想：现在都这情形了，您老人家亲自去都未必成，打发我去不是更白费吗？不过他没吱声。陆高升脸上阴云密布，他可不希望一个大雷响在自己的头顶，这时候伺候不好被开了都有可能。

得喽，让去就去吧，大不了白跑一趟。转身刚要走，陆高升道：“算了，还是我亲自去吧。洪玫瑰说她最喜欢和田白玉，你马上去给我买一只玉坠回来。记住，一定得是真的，别让人用假货把你蒙了！”

“是。”秘书立刻下楼，他有点儿搞不懂，这事都崩了，老总干吗还要花这笔钱——不是大数目但也不是小数，跟打水漂没两样。难道洪玫瑰母女回到北美后睹物思人，还会再回来？

或者，老总指望着用一只玉坠翻盘？洪玫瑰会因为一只玉坠不计前嫌地把露易丝嫁给陆廷全？不过看样子就算露易丝同意，陆廷全也不能干。

秘书摇摇头，老总的心思还真是猜不透啊。

陆廷全一下飞机，就看见了等在闸口的老周，后者则觉得这位少爷不过一个月不见却像变了个人，又憔悴又暴戾，双眼冒火。这种情形下，老周毫不怀疑平日斯文的学生公子发起火来，和他老子有得一拼，没准儿比他老子还要暴躁。

“人在哪儿？”

“已经接回荥州了，还在医院治疗。”

陆廷全大步走出来上车，吩咐去医院，又问：“现在什么情况？”

老周斟酌着回道：“溺水已经没大碍了。贝小姐产后失于调养，身体过度虚弱，一直昏睡不醒，正在补液，医生说今天下午差不多就可以转到普通病房。”

陆廷全脸色铁青，定定地看着前方，半天问：“一直没醒过来吗？”

“今天早上醒了一次。”

“有没有说什么，没问起我吗？”

“这个，还没有。”

陆廷全的脸色更差：“她说些什么？”

“倒也没说什么，就是哭了一会儿，又睡了。”

老周不敢说得更具体，比如贝天欣的头部受了重伤，可能是撞的，也可能是摔的，光手术就做了一整天，出来之后医生说已经伤及脑神经，有痴呆的可能。而妇产科的大夫来会诊后说，即使贝天欣以后身体恢复，也不能再生育。

这两样无论哪个说给陆廷全，老周相信他都会暴跳起来，说不准还会拿自己撒气，恨自己找人不利，狠狠甩自己两个耳光。

老周愁肠百结，只恨车子开得太快，其实整整过了一个小时才到医院。陆廷全下车，老周也硬着头皮跟下来，心中连连叹气：“孽缘啊，孽缘。”

他也不知道陆廷全和贝天欣是孽缘，还是和露易丝是孽缘，总之是糟糕透顶。

陆廷全觉得非常紧张，连呼吸都困难。

墙是白的，床单是白的，被子是白的，睡在被子里的人也是白的。

贝天欣的头上裹着厚厚的白纱布，脸色和纱布一样白。不过一个月没见，贝天欣完全变了样，好像白蜡雕成的偶人，美丽、僵硬，没有一丝生气。陆廷全唯一熟悉的，是她紧闭双眼覆下的两排长而卷翘的睫毛。他曾经无数次亲吻过她的睫毛，当时是甜蜜的，现在只觉心痛如割。

贝天欣的妈妈守在旁边。她已经看出了眼前的年轻人就是罪魁祸首，双目如刀，直刺陆廷全。

“阿姨，对不起。”

贝妈妈想也不想，抄起旁边的暖水瓶狠狠地砸向陆廷全。老周眼疾手快，叫了声：“你疯了吗？”抬手去接，暖水瓶摔在地上，“砰”地碎了，热水飞溅。

“禽兽，仗着有两个臭钱就想为所欲为？我要去法院告你，我就不信没有说理的地方！你把我们天欣害成这样，好端端的人就要变成傻子，你就等着坐牢吧！”

“变成傻子？”陆廷全蒙了，回头看向老周。老周满脸难色，回道：“贝小姐的头，受了伤……”

陆廷全缓缓地蹲下身，双手掩面。老周只见他双肩微抖，显然痛苦到极点，却强抑着悲咽，闷声道：“你们先出去，让我和天欣待一会儿。”

老周轻轻地拽了拽贝妈妈，她没动。陆廷全并没有抬头，也没有看她：“您要告我也成，要杀我也成，如果您留着我不坐牢不死，我就和天欣过日子，不论她是傻了还是疯了，我都要她。”

他蹲在那里，垂着头，那样喑哑的声音，好像一只受伤的野兽，近乎垂死的绝望，又特别坚定。痛到极致的痛苦并非号啕大哭，而是哭也不能表示的哀痛，撕裂般切割着一颗心，就要呕血。

贝妈妈站起身，直直瞅了他两秒：“你起来。”

陆廷全不知她要干吗，松开手慢慢站了起来。她用尽全身力气扇了他一记耳光，清脆的声音在寂静的室内异常刺耳，连陆廷全那么大的个子也不禁歪了歪头，脸上赫然五根指印。

老周赶忙跳到两人中间，看陆廷全一副打不还手、骂不还口的样子，就算贝妈妈现在让他跳楼他也会照办，这女人心疼闺女都疯了，指不定会干出什么来。

“大姐您这随便打人可就不对了，这种事一个巴掌拍不响，不能把责任全推到我们陆经理这儿。您先消消火，我们非常理解您的心情。陆经理一听说贝小姐出事，马上从堰头赶回来，下飞机气都没喘匀就来医院了。现在情况还没明确，或者贝小姐醒来后一切正常也不一定，大夫的话只是说最坏情况，您还是应该往好的方面想。现在一切都该为病人考虑，万一贝小姐醒了看到现在的情形，肯定会难过，您那么疼她，也舍不得她不开心不是？”

“你给我滚出去！”贝妈妈指着门外，“我和这人有话说。”

老周瞅了陆廷全一眼，陆廷全点了点头。老周说：“廷全，我就在门口。”

言下之意是：您小人家可别傻子似的，这女人像老虎似的厉害，要是再扑上来，你可别硬抗。出门之前，老周环视了一下病房内，也没什么可以再作为凶器的，才略略放心。

老周一直担心陆廷全再挨揍，要是弄得满脸都是巴掌印，就算陆廷全自己能忍，陆高升回来一定会骂他保护少爷不利，罪加一等，就够开除他的了。说起来，自己跟着陆高升这些年，挨骂的次数加起来都没这次多，也不知倒了什么霉。

他紧张地贴着门板听，却没什么大动静，估计贝妈妈没动手。他不敢离开门口，点了支烟提神，说实话这两天他真是累，自己也是快五十的人了，关里关外地来回折腾，骨头都快散架了。贝天欣要是不出院，估计自己也还得跟着再忙活一阵。

他下午跟陆高升的秘书通了电话，陆高升明后天就返回荥州。他挺盼着陆高升回来，老家伙做事一向是快刀斩乱麻，这事儿他一回来就能很快解决。

他又想陆廷全刚才说的那些话，到底是为了稳住贝妈妈的缓兵之计，还是他的肺腑之言？贝天欣的脑子有后遗症是肯定的了，跟个傻子过一辈子，想想就不大可能，这位少爷还真够能煽情的。

他一开始还在胡思乱想，后来站累了，看里面也没有异动，就想去旁边的椅子上坐坐。谁知道，太乏了一坐下就睡着了，还做了几个模模糊糊奇怪的梦，影影绰绰的，好像眼前有人不停地走动，估计是护士们走来走去。

他就这么半梦半醒的，直到有人扒拉他："周叔，醒醒，醒醒了。"

他正打一个呼噜，半截上被叫醒，哼了一声，睁开眼睛还有点儿不清醒，却看见陆廷全和司机站在面前。

“回去吧。”陆廷全说。

司机出去发动车子。这边老周使劲揉揉眼，瞄了瞄陆廷全的脸，看着很平静的样子，估摸着他情绪尚可，这时候发问应该没危险，就道：“贝小姐醒啦？”

“还没。”陆廷全大步走下台阶，脸上的指印彻底肿了起来，通红的一片，大概是这位少爷一辈子最狼狈的形象。

“她妈的脾气还真够大！要不是她逼着贝小姐，也不会弄成现在这样，倒全怪你了！”老周观察着陆廷全，“万一要是她真打官司什么的，咱们可得好好跟她讲讲理。”

陆廷全没说话，车行到中途才说道：“周叔，孩子还得继续找，花钱雇渔民打捞，怎么也得见着才行。”

“明白。”

此后，陆廷全什么也没说。

当天夜里，贝天欣就彻底苏醒，第二天清早转到了普通病房。陆廷全让老周雇了两个护工照顾贝天欣，又在医院旁边的宾馆包了间客房，专门让贝妈妈休息。一日三餐由家里的厨子做好送过去，汤汤水水、营养搭配，花样绝不重复。贝天欣本来瘦弱到极点，如此二十天下来，出院时候老周再见她，腮上有了些肉，脸色也略好了些。

陆高升在陆廷全回来后的第三天也回到荥州，父子俩大打了一架。因陆廷全自幼丧母，陆高升生怕再娶的话，陆廷全会遭后母虐待，所以坚持一辈子在外拈花惹草绝不带回家给儿子添乱的原则，一直在户口簿上保持单身。

这是他平生第一次动手打儿子，陆廷全坚决不肯和贝天欣分开，而此时贝天欣已经被判定为精神障碍。

“给她一笔钱，还不够吗？为什么非得要和傻子过一辈子？”陆高升气得不知说什么，此时的陆廷全在他眼里比傻子还要傻。

“她变成这样都是因为我，我一定要照顾她，不管是赎罪还是补偿，我都得这么做！”

陆高升气得浑身发抖：“你个小王八羔子，你敢！”

守在书房门口的老周和章坤栋，二人你看我我看你，心想：这位是疯了，骂人都口不择言了。

陆高升咬牙切齿道：“你给我老老实实的，不许再去医院，不许再见贝天欣和她妈。她妈就是个泼妇，是她逼你的，对不对？”

“不是，是我愿意的。”陆廷全的声音大得盖过了老子的，“我爱贝天欣，不管她是像以前那样，还是以后一直都不能正常，我都爱她，我就是要照顾她，谁也阻止不了……”

陆高升动手了。屋子里一阵乱响，随着陆廷全惨叫一声，一切寂静。然后门响，陆廷全走了出来，他的手紧紧地捂着额角的伤口，却仍有鲜血从指缝间汩汩涌出，沿着面颊直淌下来。

章坤栋吓坏了，赶忙掏出手帕给陆廷全擦血。看情形伤口不小，不去医院是不成了。

“我这就叫司机。”章坤栋一溜小跑地下楼。

房门大开，陆高升站在书房的中央，桌上的台灯、镇纸、笔筒、纸张散落满地。他大口喘着气，指着陆廷全喊：“有种一辈子别回来！”

陆廷全头也不回：“不回来就不回来！”

老周没见过陆高升生这么大的气，脸都紫了；他也知道陆廷全一向倔强，这一去恐怕真要不回头。他疾跑追着陆廷全下楼：“廷全，廷全，你冷静点儿。你爸都是为了你好，你没看见他气的那个样子。廷全，你可千万不能真和你爸置气，你爸说得也没错，他真是为你打算……”

陆廷全停步，此时血已经把他半个面颊覆盖，看着异常可怕。他冷笑：“为我好，为我打算？要不是他利用我骗洪玫瑰，天欣怎么会这样？”说到最后一句，他声音苦酸，再不理老周，扭头下楼。

老周站在当地，看着陆廷全瘦高的身影转过楼梯口不见，心想：这父子俩看来是真崩了！

他转身回书房，陆高升颓然地坐在椅子上，像只斗得筋疲力尽的河马。老周轻手轻脚地收拾地上的东西，一样样地放回桌上，忽然见那寿山石镇纸一角犹自带血，知道他是用这东西砸的陆廷全，暗抽一口凉气。得生多大的气，才能下这样的狠手。亏得砸中了额角，最多缝两针留个疤，这要是砸在太阳穴或者眼睛上，可真就吓人了！

“我是不是平时太惯着他了，才不听我的。”陆高升有气无力，“要是他妈还活着，我也不用操这么大的心。”

老周“嗐”了一声：“您先别急，廷全还是个孩子，等他想明白就好了。”

陆高升说："老周你不了解他，他认准的事一定得干，就像他当年考大学，非要和贝天欣考到一个学校，他那时候成绩差得要命，复习两年硬是考进去了，你说这小子是不是一根筋？让他改主意，太难了。"

老周摇摇头叹了口气，不知道说啥好。等都收拾停当了，见陆高升默默地若有所思，不敢打扰，就要出去，忽听他道："你去问问章坤栋，那小子伤得怎么样？治伤的钱给他，别的钱一概断掉，看他怎么蹦跶。"

老周觉得这招有点儿损，不过脸上没带出来，答应着出去了。

此时的陆廷全，正在医院里缝针。医生说："这口子不小，当心别感染，得每天来打消炎针。"

又说："小伙子打架斗殴可不好，你这再偏两公分就伤到眼睛了，可不是玩的。"

陆廷全一声不吭，医生以为他在忍着缝针的痛。其实他不知道，陆廷全整个儿麻木了，因他心里的痛犹如海潮一般，已经盖过了一切。

4

说了太多话，陆廷全气力不济，开始上喘。

"爸，你先歇会儿，要不要吸上氧？"陆羽泽说着，便去叫护士。两个护士就在外面客室，立刻来了——一个换药水，一个给陆廷全吸氧。

他们忙活的时候，甘小满走到一旁。这间屋子本来华丽无俦，却摆满了医疗设备：氧气瓶、医用小推车、点滴架、急救箱、担架、轮椅，更有各种药瓶堆在床头柜上。

她将自己隐在阳光照不到的角落，看着一群人围在陆廷全的床前，方才外面处理文件的男人也进来了，因插不上手，便立在离床不远的地方。甘小满注意到他有好几次暗暗地打量自己，等听陆羽泽叫他章叔，才猜到或许就是章坤栋了。

这么一留意，又觉得此人面熟。原来，那日董纤云到陆羽泽包间里打招呼，这章坤栋便是其中在座的一位。

两人的目光相遇，章坤栋恭恭敬敬又悄无声息地朝她点点头，并非纯粹地打招呼，倒更似一种此地不宜出声，只能向您表达一下无声敬意的行为。

甘小满不知他葫芦里卖的什么药，因为陆廷全的缘故连带对他也视而不见，凡是跟姓陆的相关的跟她甘小满不相关，就算把头点掉，也没她什么事儿。

章坤栋只见她扭头望向窗外，神情淡淡的，透着拒人千里的冷漠。他在心里叹了口气，知道自己可能面对事业上最大的挑战了。

陆廷全的呼吸渐渐平稳，屋子里谁都不吭气，虽然有五六个人，却不闻一丝声响。

不知什么时候，雪停了。阳光清澈干净，穿透落地的大玻璃窗，室内光线充足。暖气也开得好，甘小满进来并没脱去外套，只觉浑身汗热。

其实，余下的事情不用陆廷全讲，她也猜出来了。只是陆羽泽居然是个天才，倒是出人意料。

陆廷全虽然吸着氧，目光却一直不曾离开甘小满。甘小满只觉难忍，实在一分钟也难再待下去。

她也并不言语，想默默地拉开门出来。在开门的一刻，陆廷全叫了一声："你要去哪儿？"

甘小满顿了顿，并没回头，安安静静地说："我已经都知道了，要回去了。"

"恨我吗？还是在恨你妈妈？"陆廷全的声音虚弱而颤抖。

"都没有。"

"你这个态度就是生我们的气……"

"我没生气，您想得太多了。对了，以后不要再来找我。"

甘小满说的真是实话。她一点儿也没有生气，也并不难过，只是听了一个并不美妙的故事。不美妙的故事有很多，这个不算最惨的，所以她很平静。

"你在怪我们……"陆廷全叹气，沉重的呼吸声像鼓动的一只破鼓。

"没有怪——只是我有自己的生活，已经如此了，就这样吧，不需要再改变。"

她不管陆廷全还想再说些什么，径直走了出去。陆羽泽望着她没做声，陆廷全瞅了一眼章坤栋，后者立刻明白了。床上的老狮王只要有一口气在，他依然是最忠诚的臣子。

他随后跟出来，叫："大小姐。"

见她浑然未觉，又叫：“小满。”

甘小满略回身。他微笑道：“站了半天，请过来喝杯茶吧。”

“不喝。”

甘小满的拒绝直白得令人有些难堪。不过，他还是保持笑容：“您先别急着走，待会儿甘女士就到了，我们的人已经等在站台上接站了。”

“是吗？那么麻烦你们把她送回家，我在家等她。”

甘小满朝他微微颔首，出了客室。章坤栋当然不肯就这样放她走，里面的陆廷全还在等着她回去。

他跟在甘小满身边：“您既然来了，这样走有点儿匆忙，再待一会儿不好吗？就算给董事长一个面子。他身体不好，您也看见了。董事长这二十几年过得很不好，当初一直没找到您，他总是悬着心，他虽然不说，可是我都知道，不然他也不会得这个病，心情不好也是原因吧！”

甘小满只不答，脚步不停。章坤栋不敢强行拦着她，又劝不住她，不停叹气：“那天晚上，您和乾一的董副总来我们包间，我一看见您就傻了，不为别的，只是您和夫人长得太像了，活脱脱就是她年轻时的样子。我回去后跟董事长一说，董事长立刻叫人去查——其实这些年找您这件事从没断过，总是没头绪。大家伙儿都说一定是夫人当年投水抱着您下去了，因为太小所以没捞上来，都断了这个念头，只有董事长不死心——等回来的人说您是甘女士的养女，董事长当即断定您就是他的女儿……”

甘小满推开沉重的木门，按下电梯的下行键，章坤栋说："我叫他们送您回去。"

"谢谢，不用。"

章坤栋打定主意要劝说到底，跟着甘小满进了电梯："您不知道，董事长对您多好。很多人建议说至少要做亲子鉴定才能相认，都被董事长骂了，说'我的女儿，我还认不出吗？你们少多嘴！'就为这个，您是不是也该再上去看看他啊？"

总统套房的专用电梯奢华得像移动的大厅，壁上装点着名画，摆放着大红真皮沙发座椅，甚至有饮品冷柜。甘小满背靠着锃亮的不锈钢扶手，只觉背上一阵冰凉。

章坤栋得不到回应，只得默默地看着眼前的女孩。他之前就觉得甘小满和贝天欣很像，现在只觉得更像，不同的只有她们的眼睛。生病后的贝天欣，眼神空空荡荡；而甘小满的眼瞳，清澈得如一潭清泉，坦荡透明，透着星子般的光。

他有点儿明白陆廷全为什么会喜欢当年的贝天欣，生病前的贝天欣怕也是这样一颗光彩夺目的明珠吧！

陪着甘小满下了电梯，他本来已经叫司机过来，但甘小满冷漠地拒绝了。他没办法，只能看着她穿过酒店的大堂走掉了。

雪彻底地停了，阳光刺得甘小满的眼睛发花。沿街一溜的地铁站、肯德基餐厅、百货商店、电影院、书城、珠宝玉器商店，她一直朝前走，一直走，全身的力气如流水般流失，最后她再也迈不动步子，在车水马龙的街口停住了。

猜想过的千般情景都不是，原来她是被如此抛下的弃儿——一个爷爷贪财、父亲懦弱的戏剧化的弃儿。她怔怔地想了几秒生下自己的女人，后半生里一直痴痴呆呆的她，是不是偶尔也会感到难过？

但是她不会想念，对于她和自己来讲，都是幸运。

像如今的陆廷全，只会令她不堪。

只因为从来没有得到过，一旦在所谓的父亲的眼神注目下，便会倍觉发窘。

她在街边的长椅上坐下，天暖了，行人忽然多了起来，步伐亦从容。不远处的一家新店门面正在装修，门头店名“萌呱呱”，巨幅海报立在门口，图片色彩鲜艳，囊括了甜品、咖啡、果茶和糕点等，望过去一片甜蜜。

甘小满瞪着十几米高的海报，眼睛里直泛酸。她仰起头往更高处望去，森林一样的高楼将天空分割成一块一块，太阳在辽远的地方如银色的瓦片般一片白芒，刺得她眼前也明晃晃的。

她终于耐不住垂下头来，紧紧地闭上眼，拼命忍着那一点儿酸。

就是那么一点儿酸，却在心里越酿越多，如同潮水般淹没她的胸间，她狠狠地咬着牙，不发出一点儿声，只怕那么一点儿啜泣就会引发更大的号啕。

“很难受吗？”有人问。

她霍地抬起头，陆羽泽站在离她不过一米远的地方，漠然而冷静，像是在看一场莎翁的话剧。

“你没哭，这很好。”他将一包面纸递给她，“待会儿你会用得到——甘女士，你的养母，现在的情况很不好。”

“你说什么？”甘小满露出了吃惊而费解的神情。

黑色的奔驰S500无声无息地滑到面前，陆羽泽歪了歪头，示意她上车：“我们的人在车站接到了她，她的状态非常糟糕，没有办法，只能先把她送进医院。”

甘小满霍地站起身。

“我认为你坐我的车会比较快，不过如果你坚持和陆家划清界限，我也不介意你打车跟在我后面。”他边说边坐上去。车门开着，他从里面望着甘小满，等待着。

甘小满瞪了他两秒，坐了上去。

他目光悠然地望向前方：“如果你一直不肯回来，我会很高兴。”

他面貌清秀，因为不过二十一二岁，总觉得还有孩子的稚气。这个时候望他的侧脸，却隐隐觉得那犹带童颜的面孔冰冷严肃，拒人于千里之外。

甘小满也望着前方，说：“你大可以放心地继续高兴下去，但我并非是为了使你高兴才这样做的。我妈妈到底怎么了？”

“如果你能像刚才说的那样做，我很乐意告诉你——在扎庙发生了你意想不到的事。”他斜眼看她，似乎在观察她的表情，“蒋庆康的父亲找到了她。”

甘小满震动，他似乎就是在等着她一瞬间的惊愕，现在看到倒有点儿不忍：“你不知道他们的关系？”

甘小满瞅着他。他无声地咧咧嘴：“看来我猜对了，不仅你不知道，大概连蒋庆康也不知道。蒋家唯一聪明的人都被蒙在鼓里，啧啧，蒋碧枝和彭卫东还以为会是一辈子的秘密呢，偏巧坏在了儿子的身上。”

“别卖关子！”

“好，告诉你，彭卫东是你养母的前夫。”

巨大的石磙猛然从千尺高峰滑离，隆隆地翻滚碰撞，在甘小满的意识深处一路狂碾。她的脑仁发痛，连视线都有些模糊，心脏陡然提到半空，呼吸也停滞了。

她好像不是生存在这个星球的生命体，凭空被弄到什么这个星球上，缺氧又困顿。在这浮着灰尘的空间里，周围的一切都离她越来越远。

待她终于镇定下来，自己仍在一方车子里，空调无声地吹着暖风，甘小满却觉得周身恶寒。混沌的一切被造化的大手揭开，她终于看清其中的原委——

直到此刻，她才什么都弄明白了！

竟然，是这样！

脑子里空白了几秒，她涩声道：“你……是怎么知道的？”

陆羽泽“哈”了一声：“就算老头子不跟你做亲子鉴定，我总得知道你是不是个冒牌货，所以让人小小地调查了一下。我还知道你和他们家老二有过一腿，而现在正和老大……”

“闭上你的臭嘴！”甘小满的脸色铁青。

陆羽泽这才发现，她不是只会默默走开的那种人，喝停他也不在话下。倒是除了陆廷全，再没什么人对他有过这种态度。

他讥诮道："用大姐范儿来压我？谁刚刚说过不会回来？"

"我刚刚的确说过，而且也不屑于做你的姐姐。不要用这种腔调跟我讲话！"

"教育我？"陆羽泽嗤笑一声，"就算爸爸不在了，也轮不到你！"

甘小满冷笑道："你应该立刻有个信仰。"

陆羽泽不解："干吗？"

"祈祷他活得久一点儿，不然你会变得更没教养！"

陆羽泽勃然变色，喝令司机："停车！"又道："你给我下去！"

甘小满下车，狠狠地摔上车门。后面跟着的车子立刻减速，停在她身边。章坤栋下车，快步绕到这边来替她开门："董事长吩咐我来接您，这就送您去医院见甘女士。"

这一切都被陆羽泽看在眼里，章坤栋面有难色地朝陆羽泽解释："董事长不放心！"

陆羽泽没吭气，奔驰轿车疾速调头而去。

车子刚到楼下，便有人迎过来——三十几岁的女人，穿着浅灰色的套装，头发一水地笼在脑后，没有一丝多余的装饰。她拉开甘小满这边的车门，手扶车顶，微微低身，叫："大小姐。"

甘小满心里有说不出的厌恶，陆廷全到底对这些手下人安排了些什么？

不过此时，她没心思在这上面多费神，问道："我妈呢？"

“请跟我来。”

女人在前面带路，甘小满当然熟悉这里，几个月前，甘菱在这家医院住了好久。电梯直通二十六层，是VIP病房。甘小满还是第一次来，走廊宽阔，安静得几乎像是没人。女人径直走向走廊尽头的一间房，轻轻敲门推开，内里已经有人迎出，是方才照顾陆廷全的其中一个护士。看来事出突然，他临时把自己的护士也打发来了。

章坤栋便问：“怎么样了？”

女人轻声回答：“已经联系了医生，马上就到。”

甘小满径直走到床前，甘菱见到甘小满，努力微笑了一下，想证明自己没事，但氧气罩挡住了她的表情。

“妈。”小满叫了一声。不过几日不见，甘菱就憔悴得脱了相，其实她的年纪也不过五十几岁，还不是现出衰老相的时候。可这几日却仿佛一夜十年，她整个人的血肉都干枯了，连眼神都浑浊得像被风蚀过一般。

她本来就瘦弱，此时更是似乎只剩下一副支离破碎的骨架，手腕细瘦得不见一丝活气，甘小满既震惊又害怕。

“妈，你怎么了？”甘小满只想哭。这一次的甘菱虽然醒着，却让她觉得比上次重了数倍。不过是一个见面，竟让她感到绝望。

甘菱沉重地呼吸着。小满握着她的手，那么冰冷无力的手，没有温度，也没有生机，她听见自己的心脏在狂跳，咚咚咚，咚咚咚，让她抑制不住地发抖。

“大小姐先别难过，已经请了最好的大夫。董事长吩咐只要能治好甘女士，不计任何代价。”女人轻声说道，同时替她搬过一把椅子，轻手轻脚地放在床边，“您坐。”

“谢谢。”甘小满不想哭，可眼泪却忍不住往下掉。女人默默地递过纸巾，陪在她身边。这女人身上有一种奇怪的气质，温暖细致，脉脉无声，似乎特别会安慰人。

章坤栋蹑手蹑脚地出去。不多时，门再次打开时，涌进来四五个穿白袍的医生。为首的是一个五十多岁的男人，甘小满认得他是裴院长，国内著名呼吸内科专家。甘菱上次住院的时候，同屋的一个患者家属托人找了他看病，甘小满当时看了一眼，便记住了。

裴德淳给甘菱听了听胸腔，说：“多年的心肺损伤，手术已经没有意义，还要心内医生会诊一下。”说着便打电话，过了不久，又匆匆来了几个医生，领先的一个细细地看那一张一张的心电图，他身边的几个医生也随在一旁看。满屋静悄悄的，甘小满觉得自己如同正在经受审判的犯人，等着判决那一声生或死的结果，惊惧难熬。

因人多不便，裴德淳便带他们去了外头的会客室。甘小满自然跟着出来。十来个医生低声谈论一会儿，甘小满听不懂他们说的那些术语，但看神色也觉出十之八九，一颗心更是沉了下去。

会诊结束，裴德淳脸色凝重，朝她说了句：“情况不好。”

甘小满眼前一黑，竟仿佛天要塌下来了。

“很重，我们会尽力的。”他的这句话是对那女人说的，后来甘小满才知道女人叫黄曼仪，香港人，给陆廷全做助理已经有十年。这一次甘菱入院，一直是她在联系医生，找病房，跑前跑后地张罗。

裴德淳仔细询问了甘菱之前的治疗情况，调取了上次住院的病历，和身边的几名医生又讨论了一番，拟定了治疗方案。立刻便有一名中年医生开了医嘱，护士便去配药。这一切相当迅速，不过几分钟，便有两组药水输入了甘菱的体内。

裴德淳走后，那主治医生对甘小满说："裴院长说如果情况稳定，暂时先不上呼吸机；如果情况一直没好转，恐怕下午或者晚上就要上机器。我姓刘，在十四层办公室，有问题随时让护士给我打电话。"

甘小满看到他胸卡上写着呼吸内科主任，便叫他刘主任，和黄曼仪一起送他到门口。刘主任走后，屋子里只剩下她们俩，还有陆廷全派过来的私人护理。甘菱状态一直不好，眉头紧皱，显然十分痛苦。甘小满守在床边，什么忙也帮不上，只是默默地落泪。

她也不知道自己哪儿来的那么多眼泪，好像涨了很久的水，溢满了，终于有个口子可以流出，便一发不可收拾，怎么忍也忍不住。

黄曼仪柔声安慰："甘女士人好，上帝也会照顾这样的好人，我打包票她会没事的。您先别难过，等甘女士好一点儿了，您可以带她去海南住段时间。我听说很多北方的患者去海南养上几年，不用打针吃药病自然就好了……"

她那样轻言轻语地在一旁，絮絮叨叨的，甘小满其实并没听进去，自己比谁都清楚甘菱的情况，上一次出院的时候医生嘱咐过，这个病尽量控制好，不要复发，不然随时会有危险。

随时会有危险！那底下的话让她不寒而栗，她真的是怕！

不过十几分钟，甘菱的情况更加不好，甘小满听着她的呼吸声越来越弱，急忙去叫大夫。刘主任来得很迅速，几乎一溜小跑。他把听诊器在甘菱胸口放了几秒，就朝随后而来的护士长说：“上呼吸机，转重症监护室。”

刘主任掏出手机，给裴德淳打电话。不过七八分钟，甘菱刚进了重症监护室，裴德淳就到了。甘小满注意到他胸口起伏，犹自气喘，显见是跑步过来的。

裴德淳朝黄曼仪和甘小满点点头，开门进去，随着那两道门无声的关闭，甘小满只觉双腿发软，如果不是黄曼仪在旁边扶了她一把，她险些就要摔倒。

一切的一切仿佛重来一遍，依然是几个月前的重症监护室门前，依然是弥漫着药水味道的医院走廊，依然是难以忍耐的漫漫等待，但当初的她只是着急、害怕，现在却从心底最深处感到绝望。

没有一丝希望的绝望。在看到甘菱的瞬间，她的潜意识里就觉得完了，这一次她将失去生命中最重要的那个人！

那个给了她生命的人！

她死死地抠着椅子边，好像有什么东西抓在手里，才能让她继续坚持下去。

黄曼仪试图宽慰甘小满，被她打断：“谢谢你，请不要再说了。”

黄曼仪深知从今以后自己的使命，沉默地守候在旁边。对这位大小姐她只觉奇怪，当然她也知道甘小满和陆羽泽不同，后者是个纯粹的少爷。这个女孩子看上去柔弱得如一茎兰花，她用女性的敏感察觉到甘小满其实非常孤僻，那种对人对事的排斥感生长在她的天性里，她习惯性地拒绝，拒绝一切。

她还不知道自己现在已经不是一个普普通通的女孩子了吧？黄曼仪想，这个性格以后怎么去驾驭陆廷全留给她的庞大的商业巨舟呢？

陆廷全无疑给她和章坤栋留下了一个大难题。他将自己最信任、最得力的两名手下交给这个女孩子，让他们做她的左右手，帮她建设起自己的王国。在陆廷全的眼里，这个流落在外多年的女孩，其实是景大的公主啊！

黄曼仪心想，做这个孤僻、倔强的公主的家臣，还真是困难。她那么不理智和感情用事，完全不是继承景大的合适人选。陆廷全将自己的商业帝国划为两份：儿女各一，不偏不倚。看上去公平，其实却是个错误。他大概也知道这个女儿难以执掌这份家业，才把章坤栋和自己派给了她。

他在人生最后的时间里，犯了此生一个最大的错误，只是为了补偿这个女孩子！

黄曼仪一阵阵地头疼。

这个尚在雏形的决策还没有对外公布，一旦陆廷全去后，律师公布了这份遗嘱，怕是会让那些商业对手们欢呼雀跃吧。

从这个角度来看，陆羽泽还真是够可怜的。

黄曼仪胡思乱想着，忽见章坤栋从走廊那边匆匆而来，便迎上前去。章坤栋看了眼甘小满，低声问：“怎么样？”

黄曼仪轻轻地摇摇头。章坤栋擦了把汗，他刚刚挨了一顿训——病床上的陆廷全一听说甘菱出事，立刻就把他训了一顿。尽管气力不够，他还是厉声问：“为什么不直接派车把她接回来？”

“昨天联系甘女士的时候，她还很好，说今天早上的火车就到，所以我也没着急。”章坤栋自己也有些匪夷所思，昨天和甘菱通电话的时候，甘菱的精神和力气还都好得很，心情也不错，还说回来后一定要劝小满和她爸爸相认。

章坤栋就不明白了，到底发生了什么？甘菱见了一次前夫，怎么就变成这个样子？彭卫东这老东西到底对甘菱做了什么？

景大和乾一做对手，已经不是一天两天了。同是行业内的竞争对手也就罢了，怎么连董事长的家事，也倒霉在这人手里？

看甘小满的意思，是要跟董事长拗到底了。如果没有甘菱在中间劝和，这姑娘恐怕不会轻易原谅自己的亲爹。章坤栋清楚，陆廷全没多少时间了。跟随陆廷全多年，他当然不希望看见陆廷全最后的愿望落空，带着遗憾离开。

“彭卫东怎么会去扎庙？”

“好像是彭卫东的大儿子蒋庆康，正和大小姐谈朋友，”章坤栋尽量说得慢，“彭卫东是去阻止这桩事……”

“他的儿子，怎么配得上我的女儿？”陆廷全真怒了，“甘菱是因为失去这样的亲家伤心吗？”

“那个，倒不是。”章坤栋在想怎么措辞，“彭卫东当然不知道大小姐的身份，他是甘女士的前夫，还当大小姐是他的孩子。我猜他应该是把甘菱羞辱了一顿，说了些难听的话……”

“混账！”

陆廷全越老脾气越像他的老爹陆高升：“姓彭的不过是剽窃了蒋家的家财，连儿子都要姓蒋，有什么资格配有小满这样的女儿？”

章坤栋默默地闭嘴，听着陆廷全喘粗气，知道他是真的心烦。章坤栋自己也烦——甘菱病得真不是时候，他刚才一见甘菱的样子就知道有大麻烦了。现在他已经开始执行陆廷全交给他的任务，也是他后半生要从事的工作，用陆廷全的原话就是全面照顾甘小满的生活，帮助她成为景大合格的主人。

要实现这两点，都需要一个基础，就是得到甘小满本人的允许。这需要一个过程，但一切还没开始，就出了大岔子。

甘菱不能出事。现在这个时候，在陆家和甘小满之间，甘菱是最重要的人！

“你和黄曼仪就陪小满在医院里，一定要照顾好她。这孩子那么瘦，经不起折腾。我已经告诉黄曼仪，给甘菱治病不惜一切代价，小满不能没有这个妈妈！”

“是！”

“羽泽对小满一直排斥，别让他在这个节骨眼刺激他姐姐，”陆廷全叹气，“越是聪明的孩子越不省心！”

章坤栋不敢应声。

“他要是去捣乱，你就说是我说的，暂时不让他见小满，小满心情本来不好，别给她添堵。”

“是。”

收起电话，章坤栋出了口气，还真是难弄啊！

十　西风愁起绿波间

1

重症监护室门外的长椅，还是那么冷。早春已经来了，为什么这里是被温暖遗忘的角落?

甘小满恍惚觉得自己一直坐在这里，从甘菱第一次入院起，就不曾离开。

消毒水的味道令人窒息，而心脏又在窒息里不停挣扎。她木呆坐着，像死刑犯等待那一刀，又盼望能有人来劫法场，给自己一条生路。

有太多悲哀无从说起，她像一只梗着脖子的鸵鸟，知道把头钻进沙堆也没用，只能硬生生地挨着。

她手里死死地捏着甘菱的病危通知单，薄薄的一张纸，已经签过字，等护士终于拿了去，像是夺了她的命。她无声地嘶喊，不知道头顶上来去的神明哪个能够听得到。

事到如今，黄曼仪也没辙了。一天一夜，甘小满就没离开这张椅子，水米未进。

这个女孩儿的神情好像很平静，而瞳子里的悲哀和绝望却是前所未见的。她对所有人的劝说一概充耳不闻，执拗地盯着某处一望好久，好像能用眼神把那里烧出一个洞。

中间，甘菱清醒过一次，甘小满被允许进去探视，然而甘菱很快又陷入昏迷，抢救再次展开。黄曼仪觉得她走出监护室的刹那，整个人的灵魂都被掏空了。

躺在床上的陆廷全，让秘书打了好几遍电话，得知甘小满一直不曾吃饭和休息，陆廷全长久地沉默，之后说："这个孩子，太像她妈妈了……"

章坤栋私下里觉得其实甘小满很像陆廷全，陆廷全一辈子都不曾放弃贝天欣，那种执着和倔强不是一样的吗？

黄曼仪和章坤栋也熬得够呛，没办法，两个人只能换班休息。章坤栋陪着甘小满的时候，黄曼仪偷偷地把甘菱的衣服都买好了，因为昨天晚上裴德淳悄悄对她说了句："希望不大。"

再明白不过的话，她当然不敢拖延，万一事情出了却没有准备，会闹个措手不及。他们这一次过来不过七八个人，除了她和章坤栋，其余的人都在照顾陆廷全。

黄曼仪把裴德淳的话转给陆廷全，陆廷全沉默了一会儿，说："你准备一下吧。"

她给陆廷全当了十年助理，当中经历了贝天欣的葬礼，但并不是她主要负责。没想到刚刚被派到甘小满身边，就要处理这样的事儿，她还真是没什么经验。好在有章坤栋，他说："你先把穿的准备一下就好了，别的事情我来。"

这些当然不敢让甘小满知道。

甘小满早饭只喝了两口粥。然后她接了一个电话，是王笑笑打来的。听甘小满的声音就觉得不对，待问清是甘菱住院之后，她急三火四地也赶来了。

一见甘小满，她吓了一跳。不过两天没见，甘小满瘦得腮骨突出、双眼深陷，憔悴异常。

王笑笑注意到了甘小满身边的黄曼仪。听说自己是甘小满的朋友，她的态度很恭敬，打过招呼之后就避到了一旁。

王笑笑先问甘菱的情况，甘小满长久不曾出声，开口说话才发现嗓子已经哑了。她不知从何讲起，其实对于甘菱这次发病，她也不甚清楚原因，只简单说了两句。王笑笑看情形便知情况糟糕，万没料到里面居然还有这样的内因，不禁惊讶："这也太巧了！"恍然又明白了，"蒋庆康不会是因为知道了这个，才玩消失的吧！"

说完她就后悔，但也来不及了。甘小满当然知道这个缘故，蒋庆康与彭锐明的反应一模一样，便是因为他们都遭遇了同样的境况。

难堪，狼狈，无所适从，所以对她只能置之不理。

她这两日几乎遭遇了灭顶之灾，被重重悲哀包裹，而王笑笑的一句话却如长箭刺心。她其实早就明白，早就知道，但此时揭开了，还是使她撕裂心肺、血肉模糊。她拼命咬着牙，用尽全力控制自己不发抖，只怕一个不小心，会直喷出一口血来。

王笑笑见她脸色雪白，连唇上都无半点儿血色，痛悔失言，一时间也不知道如何再解劝，只拉过她的手来，却骇了一跳："小满，你的手这么冷，不舒服吗？"

甘小满轻轻摇头。

裴德淳从里面出来，甘小满本来是呆坐，却“噌”地起身，眼睛直望着他。

“病人醒过来了，家属进去看看吧。”

甘小满心中狂喜，却一阵头晕，几乎站立不稳。好不容易定定神进了门，甘菱微合着眼，脸色惨白如纸。小满便轻声叫：“妈——”

甘菱听见了，张开眼望望她，眼里殊无神采。护士低声说：“病人刚醒，少跟她说话，多让她休息。”

甘小满点头答应着，在床边坐下。

窗帘半掩，清晨日光不明，室内稍稍嫌暗。甘菱的脸在阴影里孱弱而庄严。她本来常年卧病，过早衰老，此刻却现出一丝丝罕见的清丽，长眉如黛，依稀还似当年好容颜。

甘小满望着母亲，觉得自己其实从来都不曾了解过她。这个将自己养大的女子，她的苦难独个吞咽，如今又因自己的缘故，遭遇更大的羞辱。

母女两个默默地对视，半晌，一颗眼泪从甘菱的眼角无声落下。

“妈，别哭。”甘小满轻轻地拭去泪水，“我在这儿陪着你。”

温暖的泪湿了她的指尖，她的心也在微微颤抖，却勉强挤出个笑：“等你好了，我们去海南吧，那里气候好，这个哮喘的毛病就不会再发作了。”

甘菱慢慢地眨了一下眼，又一颗眼泪滚落。

监测仪突然发出“嘀嘀”的报警声，甘小满惊恐地回头，屏幕上的心跳陡然成为一条直线。

“妈！”她抖着声音叫了一声。

护士急冲出门，去喊医生。

甘菱的脸色依旧平静，眼神却渐渐凝固，清澈透亮的泪水滑入她苍白的鬓发间，了无踪迹。

甘小满握住她的手，那么枯瘦的手，硌在她的手心，她再叫：“妈……”

裴德淳和刘主任本来就在门外未曾走远，正和黄曼仪说话，听见护士叫，急返身进来，只看了一眼，便明白了。

人工呼吸开始，医生和护士围着整张床，甘小满的视线被一重重的白袍隔开。她看不见母亲，也听不到她的声音。黄曼仪揽着她的肩，觉出了这个女孩因巨大的恐惧而生的战栗。

不知重复了多少次的压胸和呼气之后，监测仪上那条笔直的线依旧不曾跳起，像绵延的射线，从甘菱的心脏起始，一直没有起伏地延续……

刘主任终于停了手，接过护士递来的纱布，擦了擦额头的汗珠，看了看腕表：“甘菱，女，五十六岁，死亡时间是二〇一一年三月六日上午七点四十二分……”

护士用本子做着记录。

渐渐地，白袍散开了，甘小满重新又看到了母亲。

呼吸机撤掉，所有的管子都摘掉，点滴也拔掉。

寂静里，甘菱平平静静地躺着，眉梢眼角的皱纹全部放松，整个人竟变得年轻了些，一双眼睛不曾合紧，似乎仍然噙着泪水。裴德淳抬手缓缓地替她覆上双眼，她便好像进入一场最安稳不过的睡眠，无喜无悲，完全睡过去了。

清晨的雾气散了，太阳彻底升起来，天气晴朗，阳光把病室里照得一片明亮。

甘小满呆呆地坐在床边，拉着母亲的手，那手上甚至还有残留的一点点温度，至少她觉得并不是那么冷。

王笑笑不知何时进来了，眼圈红红的，但忍着泪默默地站在她身边。甘小满并没有哭泣，她的眼睛干干的，通红，却一点儿流泪的意思也没有。

看上去她的魂儿好像随着甘菱一同去了。

章坤栋到走廊尽头给陆廷全电话："董事长，甘菱去世了，刚刚。"

他其实十分不愿把这个消息说出口，陆廷全也是重病在身的人，这对他不是个好消息。

陆廷全沉默了一下："我知道了。你和黄曼仪一定要照顾好小满，我让老方他们过去，一切都按小满的意思办，做到最好。"

"是。"

"甘菱是小满的恩人，也是我陆廷全的恩人！"陆廷全的语音里少见地现出伤感，叮嘱："小满身边不能离人，就算她不耐烦，也要有人跟着。"

"是。"

门"咔哒"一声开了，室内什么都没变，就像生活在这里的人依旧还在。

甘小满放下手袋，在沙发上坐下，王笑笑挨着她坐下，两个人沉默了一会儿，最后还是王笑笑开口：“要不要躺一会儿？”

甘小满轻轻地摇头。王笑笑并没见她掉泪，她的眼睛却肿得厉害，满满的红丝。

那样大的玻璃窗子，阳光毫无阻碍地直射进来，照得人眼睛发痛。甘小满怔怔地迎着那日光，多日没有打扫，好多细小的灰尘在光影里飞舞，像她们这一世的命运。

王笑笑走过去将遮阳白纱帘拉好，说：“黄助理去买粥了，待会儿回来吃一点儿，你一直没怎么吃东西。”

见她不语，又坐回她身边道：“嗯？”

“哦，好。”甘小满答。

“洗个澡换件衣服吧。”

“哦。”

甘小满一直穿着葬礼上的黑裙子，臂上还挽着黑纱。王笑笑便问她：“你想换哪件，我帮你拿出来。”

如此说着，便走向平日她住的小休息室，拉开衣柜，满满的衣服，长长短短，各种面料各种风格。连王笑笑都愣了一下，不用想也知道是蒋庆康买给她的，却没见她怎么穿。

见甘小满没吭声，她便拣了一条乌灰色滚黑边的裙子出来，又帮她找了两件内衣，上楼把浴缸里放满水，这个时候泡个热水澡能让她放松。

甘小满很配合地进了浴室，王笑笑不放心，嘱咐：“别泡太久啊，洗洗就出来，你空着肚子呢！”

“哦。”

王笑笑便开始打扫屋子，好多天没收拾，哪里都需要擦，屋子太大，她一时竟然不知道从哪儿弄起，拿着拖布站在地中央发呆，有点儿“拔剑四顾心茫然”的意思。

黄曼仪买粥回来了，问：“大小姐呢？”

“在洗澡。”

经过这几天，王笑笑已经知道黄曼仪的身份，只是对她叫甘小满一口一个“大小姐”有点儿不习惯。

黄曼仪递给她一杯热粥：“刚出锅的红豆粥，王小姐，你喝这个最合适了。”王笑笑暗自惊讶这个女人心细如发。其实，黄曼仪见她和郭沣少年夫妻，便知一定是准备要孩子，所以才给她选了红豆粥。

“等小满洗完一块儿吃吧。”王笑笑瞅了瞅给甘小满准备的，是一杯绿豆冰糖糯米粥，米粒和豆粒都恰到好处地酥烂，散发着清甜的味道。

“我已经叫人过来打扫了，大小姐这里好是好，就是她一个人有点儿孤单。”

“我准备让小满去我家里住几天，”王笑笑说，“这样大的房子一个人住，太空落了。”

“就是怕她不肯呢。”黄曼仪表达了自己的担心。甘小满这几天虽然对陆廷全安排的人过来帮忙没有异议，但始终淡淡的。黄曼仪摸不透她是怎么想的，这一点上她和陆羽泽倒是很像，后者也是做事让人摸不着头脑。

两人有一搭没一搭地说点儿闲话，章坤栋回陆廷全那边汇报情况去了。其实葬礼的时候，陆廷全把陆羽泽也撵去了殡仪馆，陆羽泽朝着甘菱的遗体鞠躬之后，冷着脸站了两分钟就撤了。章坤栋当然不敢把这些告诉陆廷全，他主要是向陆廷全汇报一下这几天的情况和甘小满的情绪。甘小满很平静，出乎意料地平静。章坤栋原来想她会号啕大哭，岂料她全程不曾落一滴眼泪，好像泪水早在甘菱回来的那天早上便已流干。

这样的女孩有点儿吓人，章坤栋心里没底。黄曼仪也认同他的看法，她原本认为甘小满孤僻傲慢，又有点儿小家子气，现在却发现自己太草率地判定了这个女孩，她的内在并非直观所见。

黄曼仪坐在沙发上，默默地喝了一杯白水，这两天她也累坏了。尽管主要是章坤栋在张罗，但她陪着甘小满不眠不休，也拖得受不了。

她本以为甘小满会洗好一会儿，或者在浴室里偷偷哭一会儿，岂料她很快就下来了，衣服也换好了。水汽蒸得她脸色愈发苍白，她没吹头发，湿润的长发散在肩上，闪着点点水光。黄曼仪的神思便是一动，真是美啊！贝天欣年轻的时候怕也是这个样子，所以陆廷全才无论怎样也不肯放弃她吧！

她的心里微微一痛，不禁有些失神。自己在陆廷全身边十年，这份心思陆廷全不是不知道，只是和她不即不离，前不久单独叫她来，说：“把小满交给你，我很放心。”

再没一句多余的话。

她有点儿想哭，眼前的陆廷全已不是她当初所见的陆廷全了，瘦弱病老，形容憔悴。两个人一个病床上一个地下对望了半天，黄曼仪听见自己一如平日的声音："我会尽力的，董事长。"

陆廷全笑了。他生病以后面貌大异，那笑容却仿佛昔日重来，温暖疏朗，如同她第一次找他签一份文件，他放下手头的东西抬起头来，见是个新面孔，问："黄曼仪？"

"是，董事长。"她答，她的普通话不好，有点儿不自信。

他微笑，温暖疏朗的笑容就像初春的日光，几乎可以融化积雪——

黄曼仪站了起来："我给您吹干头发吧。"

甘小满拒绝了，倒是王笑笑操起吹风机给她吹了一会儿，吹得半干就停了，甘小满自己梳顺了头发，三个人开始吃粥。

黄曼仪看得出甘小满其实吃不下，但还是努力吃光了，连杯子底儿的米粒都刮干净了。

"谢谢你，很好吃的粥。"甘小满朝黄曼仪说。

黄曼仪笑了："大小姐以后想吃，我再去给您买，跟我不用客气。我让她们来收拾屋子，可能过一会儿就到了。您要是在家休息，我就让她们先收拾楼上；要是出门，我就让司机先过来，在楼下等着。"

"可以带我去见见陆先生吗？"

黄曼仪反应了一下，才明白她这个"陆先生"指的是陆廷全。这还是甘小满这些天来第一次主动提起陆廷全，她不禁替陆廷全高兴，看来她终于是要回归了。

“当然。”

“那好，我们现在就去吧。”

她们出门口的时候，王笑笑低声叫了声：“小满，你要干吗？”她隐隐觉得有些不对劲儿。

“没事，我只是去感谢一下他。”

总统套房的豪华震撼住了王笑笑。她趁黄曼仪没注意，轻轻地拉了一下甘小满的袖子，无声地做个口型：“不是做梦吧？”

甘小满面无表情。

及至卧房外，王笑笑被留在客室款待，陆廷全让房内所有人都退出去，只剩下他与甘小满两个。

甘小满真的是来表达感谢的，她说得简单而真诚。甘菱住院和葬礼的事，如果没有陆廷全派人帮忙，她会狼狈不堪，她真心地感谢陆廷全。黄曼仪和章坤栋做事认真细致，她也衷心地感谢他们。

陆廷全看不出她有什么情绪上的波动，甚至比他想象的还要平静。她比几天前第一次站到这里的时候瘦多了，从内而外透着疲惫和憔悴，就连清亮的眼神都揉进了哀伤。但她把自己的情绪控制得很好，她用对待一位帮了大忙的人的态度来对待他，而且绝不是存心和他别扭，她根本没有别扭的心情。

他凝视着面前的女孩，像穿过时间去看眼多年前的梦，美好而锥心。

甘小满从包里取出一沓钱，是住院和丧葬的费用，不多不少，她已经算好了，轻轻地放在陆廷全的床头。

“我知道这些对您来讲根本不算什么，但我还是要还给您。谢谢您。”

“你这是要跟我明算账？”陆廷全苦笑。

“不是算账。”甘小满迎着他的目光，神色坦然，“我和您在之前的二十五年里没有交集，我习惯了现在的生活，就算您找到了我，我也不能进入到另外的生活里去。因为那是不习惯的，没经历过的，所以我还是继续原来的日子比较好。尽管妈妈现在已经不在了，但我自己也会过得很好，请您放心。”

陆廷全恍恍惚惚的，根本没听清她说什么，单单明白了这个女孩子自从丢失的那天开始，就注定不是自己的女儿了。

她站在晨光里，像清晨的露珠般剔透宁静，那本来是他的女儿，是他和贝天欣的骨血造就的小人儿。按常理，她该是在他怀中撒娇，让他捧在手心里，当作至宝的女儿，却在离他遥远的生活里挣扎，忍着那些苦痛。他从没有替她遮挡过一丝冷风冷雨，她却来当面道谢，诚挚又真心。

这是上帝对他的讥讽吗？

“你是在惩罚我吗？”他问。

“不是。您别多想，我说的都是真心话。”

“你的真心话，让我很难过。”陆廷全轻轻地叹气，“小满，你还小，要知道世界上没有几桩完美的事，也没有完美的人。我不是个完美的父亲，连合格都谈不上，因为我没有抚养过你一天。你对我疏远或者憎恨，我都能理解，甚至我希望你能恨我，因为那起码是我带给你的一种情绪。但你这样冷静的态度比任何愤怒的指责都更让我难过，说明你根本不在乎我这个父亲……”

停了停，他说：“你根本没打算原谅我。”

室内一片沉默。良久，甘小满笑了笑：“您不了解我，我从不憎恨任何人，也从不原谅任何人。”

“为什么不憎恨？”陆廷全奇怪。

“也许我不会吧。”

“你是说原谅这种事，也是你不会的？”

“差不多吧。”

陆廷全没有话讲了。甘小满朝他深深地鞠了个躬：“我走了，祝您早日恢复健康。”

“以后你不会再来看我了吗？”陆廷全沉闷地说，“甚至我的葬礼，你也不来？”

甘小满停了停脚：“如果有那么一天，我想我会为您哭泣的。”

“你在用自己的方式报复这个世界。”陆廷全叹了口气，“总有一天，你会向它妥协的。那个时候，你可以带一束花，到我的墓碑前告诉我。我会替你高兴，因为那表示你长大了，不用我再牵挂。”

门轻轻地关上，甘小满走了。陆廷全额头、身上全是虚汗，这个身体已经撑不了多久。他眯着眼感受着渐渐浓热起来的阳光，有点儿眩晕。

他能说这个孩子是那么像自己吗？能说自己是那么羡慕她

的坚定吗？

如果当初自己有一点点这样的执着，是不是就不会有后来的许多悲剧？

她轻而易举地拒绝了他的给予——多少人梦想的财富浮华，她如同顺手挥走面前的灰尘一般，而他，就是那一粒浮灰！

他伤心却又欢喜。

章坤栋轻轻地推门进来："董事长，大小姐走了。"

"唔。"

章坤栋从他脸上看到极为复杂的表情，悲喜交集，似欲落泪，又有欣慰。

"董事长，您这是……？"

"我觉得难过，是因为小满不肯原谅，不愿意回到我的身边。这孩子的性格，是有缺陷却也是很大的优点，其实她是好似猛虎一样习惯了孤独，能够用孤独抵御一切。我又觉得欣慰，我的孩子终究是个好孩子，她健康自立，自尊自爱，这样的女孩子是我的女儿，我很开心——她真的很像天欣，却比天欣理智、坚强。"

陆廷全的脸上露出稀薄的笑意，章坤栋已经很久不曾在他脸上看到过如此的笑容，那是由衷的喜悦。

"她会回来的，她终究不会让我失望。"

"可是大小姐现在对我们好像……很排斥。"章坤栋说得有点儿艰难。

陆廷全望着章坤栋笑了。黄曼仪不知什么时候也悄悄进来了，陆廷全抬手指了指二人："你们从来没让我失望过，这一次也是。小满会接受你们的。坤栋跟了我几十年，曼仪在我身边也有十年了，我了解你们，所以才让你们去小满身边。她的理想是什么我不清楚，但是你们可以帮助她完成，我知道。"

黄曼仪微笑："大小姐是董事长的女儿，尽管她现在还不认，但是骨子里的东西变不了。她是个懂事的孩子，应该用不了多久就会知道，还是回家最好，外面怎么也不如家里嘛。"

"曼仪，你还是不够了解她，她是不会因为遇到困难而回来的，"陆廷全顿了顿，"但是她会因为别的原因回来。"

黄曼仪不知道陆廷全为什么这样说，其实她方才那番话也是为了宽慰陆廷全。在她看来，在陆廷全的有生之年，甘小满怕是不会认他这个父亲了。

果然，陆廷全又轻轻地叹了口气："可能她回来的时候，我已经不在了。这终究是个遗憾。"

章坤栋与黄曼仪对视一眼，都默然。

秘书走了进来："刚刚得到的消息，蓝城对外招租将于本月底开始，本来年前我们得到的消息是整体出售，现在又有了变化，而且事先我们全不知情。"

陆廷全点了点头，其实他精神相当不济，问："羽泽呢？"

"陆总好像去青岛了，"秘书回答得犹犹豫豫，"说是明天直接回荥州。"

陆廷全叹了口气："这又是为了哪个女孩子忙三火四的？"

"好像，还是那个姓叶的小姐吧。"

"你通知他。"

“好。”

陆廷全倚靠在床头，将头朝后微仰，合上双目：“你们都出去吧，我歇一会儿。小满的事情对外绝对保密，如果他们知道景大将会分给两个继承人，蓝城就不会是我们的了。”

“是。”

章坤栋出门的时候，回头瞅了眼陆廷全。他的脸色泛着虚弱的苍白，像任何一个无力的老人一样，望上去只是等着死神的来临。

章坤栋的心里一酸，忙转头跟上黄曼仪，并轻轻地关上了门。

2

王笑笑埋怨甘小满搬家不等她帮忙，甘小满说：“我就几件衣服，拿起来就走了。不用你跑来跑去的，再说你现在又不方便。”

王笑笑刚刚查出有孕。她自己倒是不大在意，说：“哪儿就那么娇气了！”

她带了一把花，甘小满找个空玻璃杯插进去，放在窗台。

房子的地点偏僻，租金便宜。逼仄的室内，除了床和唯一的桌子，只能勉强放下两把椅子。外间是狭小的厨房，旧而阴暗。王笑笑不用起身，一望可知全貌。她想了半天，还是没憋住，问：“蒋庆康还没消息吗？”

阳光把娇嫩的花瓣照得如同透明，玻璃杯折射着光亮，晶晶亮亮，未经过处理的照片，明媚清新，让人觉得满世界都是温暖幸福的，相信生活是最最美好的一件事——

良久，甘小满答："嗯。"

"我帮你找他。毕竟是上一代的事情，不该影响到你们。"

"不要。"甘小满的神色并无悲伤，语调也平静，"这件事你不要管。"

王笑笑没法说什么，半天，叹了口气："小满，蒋庆康对你是真心好，就算你不领他的情，也可以回家去——"她察言观色，小心翼翼，"你就不该拒绝回家，你这不是在虐待自己吗？"

甘小满把那盆仙人掌摆在花朵边上，仙人掌长大了不少。她用一支毛笔扫去叶片上的灰尘："别说这些了，我做饭给你吃。"

王笑笑叹了口气："你呀，我请你出去吃吧，庆祝你乔迁新居。"

甘小满笑了："我可要大吃一顿，别心疼钱！"

出来的时候，春日阳光正好，风温柔得如同抚慰，小区里的孩子们吵着闹着，玩儿得正欢，草坪中的杂草努力往上长个儿，一切都生机勃勃。

甘小满真的吃撑了。虽然并不是什么好东西，街口有家面馆，是的，似乎在哪个小区的街口都会有家面馆。这没什么好奇怪的，但奇怪的是这家面馆的主人认得甘小满，看见她进门有点儿惊讶，继而热情地招呼："姑娘，你怎么也搬到这边来啦？”

甘小满当然也记得他，她第一次请蒋庆康吃的就是这位师傅的面条。

老板殷勤地给她找好座位，说：“那一片现在都拆迁啦，好久不见啦，姑娘。”

甘小满觉得自己的人生充满巧合，吃个面都这么具有戏剧性，老天难道是怕她忘记往事？

王笑笑说：“真没看出来，你到处有熟人。”

甘小满大马金刀地坐下来，豪情万丈地叫了两大碗面。王笑笑说：“我不吃汤面，我要吃麻辣面。”

甘小满笑道：“不是给你点的，都是我的。”

王笑笑瞪大眼睛，说：“你疯了，两碗面，你吃得了吗？”

甘小满真的吃光了，两大碗热汤面，连汤带面，都灌了下去。

王笑笑说：“你不至于为了宰我一顿面，要把自己的肚皮撑破吧。”

甘小满撑得眼睛都不想睁，只是冲她傻笑。王笑笑打趣说：“用不用弄个担架把你抬回去啊？”

“笑话。”甘小满站起身，“本姑娘的食量大大的，待来日再收拾你的小荷包。”

王笑笑觉得她有点儿奇怪，但甘小满分外爽朗的笑容，让她扫去了担忧。她独自坐车回家，甘小满也回到了自己的新居。

她本以为自己会吐，可吐不出来。她在屋子里来回踱步，后来，索性绕着桌子跑起来。那么小的屋子，被她跑得四处生风。她满头满身都是汗，甩掉拖鞋，光脚踩在地板上。地板已经很旧了，搬进来的时候擦了很久，依然没有亮光。她闭上眼睛，跌跌撞撞地跑着，奇怪的是眼前居然好似有光，金色的光，一亮一暗，她就追逐着那一点儿光芒，就像，就像夸父追日。

她数着自己的步伐，一，二，三，四……

也许是半个小时，也许是一个小时，她终于累得再也挪不动脚步，仰面把自己扔到床上。

“睡吧。”她告诉自己，“都过去了，都过去了。”

陆廷全回荥州了，章坤栋和黄曼仪苦劝甘小满未果，也跟着回去了。甘小满重新恢复独自一人的生活，彻彻底底的孤身一人。

脑子里有零碎的片段，好像电影画面，无声却惊心动魄。那些熟悉的面孔在其中闪现，或悲或欢。她合着眼，听着壁上的钟“咔哒，咔哒”地走，时间以秒计，从她身边流逝，去了的人再也不能回来。

她不准备掉眼泪。

现在不，今后也不。

甘小满打起精神到处投简历，也时刻留意报上的招聘启事。十多天后，东林百货通知她去面试。这间百货和当初的海丰都是滨城有名的老字号，计划在顶层增设餐饮区，需要一名楼层主管。甘小满虽然没有接触过餐饮，但对此很有些想法。

看到招聘启事的时候，跑了许多快餐店和百货商场的快餐区，洋洋洒洒地写下了几万字的具体构想，投递了过去。

负责面试的有三个人，被面试的只有甘小满一个。甘小满有些纳闷，这样一个薪水不算高却绝不算低的职位，竞争者应该不少的。

坐在正中的一位高经理，仿佛看出她的疑问，说："面试者的确只有你一个，我们已经详细看过你递过来的方案，有些具体的问题还要看你的回答。如果通过，你将直接进入管理组，开始餐饮区的实施工作。"

甘小满几乎不敢相信自己耳朵，她使劲儿控制了一下心中的喜悦，脸上浮起灿烂的笑容。

对方的问题不少，也很详细具体，有些甚至需要具体数值。甘小满因为准备充分，回答得很是周详。这种工作涉及具体实施，大家都明白，夸夸其谈是不行的。甘小满做商业多年，深知踏实可行最有实效，这一点显然深合那三位的意思。终了，高姓经理点头微笑："甘小姐因为什么离开了亚特呢？"

这个问题很常见，面试者都会遇到类似的问题，甘小满虽然心中颇不自在，还是保持笑容答道："我还年轻，喜欢更有挑战性的工作。"

答了等于没答，不过这并不是要紧的问题。第二天上午，甘小满接到电话，通知她周一去上班。

一切都跟料想的差不多，顺利而合情合理。她搬出来的时候，把蒋庆康买给她的东西原封没动地留下了。为了给人一个好印象，她决定去购置几身衣服，用王笑笑的话说，叫“战袍”。

正是星期天，商场里的人很多。一排排衣服仿佛卫队，甘小满逛了两层楼，头有点儿晕。她在电梯旁的休息长椅上坐下，旁边是个年轻女孩，正低头发短信，染成褐色的短发细碎地垂下来，露出雪白的后颈，美丽而充满活力。甘小满其实和她差不多年纪，却觉得自己老迈得像一株枯木。

突然有个声音响起，叫：“淼淼，冰激凌来了！”

甘小满抬头，熟悉的面孔落入眼帘，居然是江南山。江南山两只手各拿了一只大号甜筒，胳膊下边还夹了只毛绒乌龟，样子很滑稽。目光触及小满的时候，他的笑容顿住了。发短信的女孩儿接过甜筒：“咦，你们认识？”

江南山说：“是啊。”

那女孩儿那双纯净的眼睛看了看小满，转向江南山：“别说是你同学啊，比你年轻多了。”

南山说：“不是，不是同学，是我们主编大嫂的朋友。”同时，把手里的冰激凌放到女孩儿的手里，顺势抓住她另一只手，然后朝小满笑道：“逛街啊？”

“是啊，逛街。”小满也冲他们微笑。

江南山朝她点了点头：“我们赶时间看电影，先走了哈！”女孩跟着摆摆手，两个人的背影融进了人群。

甘小满知道，女孩是幸福的，江南山也是幸福的。瞧，只要遇对了人，谁都可以幸福。江南山就该与这样的女孩在一起。而她自己的人生，无论与谁相遇，都是糟糕。

甘小满买了两件套裙、一双鞋子，拎着袋子坐在公交车上，她有一种重新振作的感觉。工作是拯救生活的唯一手段，无论从物质上还是精神上，她其实都很依赖工作。只是因为工作本身不会嫌贫爱富，不会仗势凌人，更不会背叛。

吃过晚饭，她把上班要穿的衣服准备好，包里的东西也一样一样地检查过。新的开始，她要用新的心情去迎接。

墙上是一小帧甘菱的照片，母亲的眼睛宁静如水。她小声说："妈，我找到工作了。我一切都会好的，你放心。"

甘菱的唇角是淡淡的微笑，甘小满略略觉得心安。手机响了，对方的声音有些耳熟，原来是那位高经理。他的话语中不无遗憾："很抱歉，甘小姐，您明天不用来上班了。"

甘小满怀疑自己听错了："怎么？"

"公司取消了对你的聘用。"

"为什么？"甘小满懵了，"哪儿出了问题？"

"你在面试和简历中，并没有说明在亚特做的是后勤和清洁工作。虽然你有过楼管和在招商组工作的经验，但是我们并不需要一个不断退步的人，好在没有签合同，你也没什么损失。就这样吧，再见。"

甘小满一时缓不过劲儿，直愣愣地听他说。直到对方"啪"地挂掉电话，她才像被人扇了一记耳光，猛然觉醒。

夕阳正从天空坠落，城市上空的天是灰色的，春日的霞光也显得黯淡。甘小满明白自己是被人盯上了，不论走到哪里，那个一直躲在暗处瞄准自己的家伙，总会"嗖"地放出冷箭，让她防不胜防。

可是蒋庆康已经和她断了啊，甘小满苦笑。想起那张千娇百媚的脸，还是那么没有自信吗？还是要用这种拙劣的手法来打击所谓的情敌？

只能证明她自己毫无魅力啊！

一想起蒋庆康，她不禁发呆，其实她尽量避免想他。她承认即使自己刻意回避这个人、这个名字，他还是在她的心里挥之不去。譬如长久的隐痛，无论白日黑夜，只要她呼吸着、活着，就在。久而久之，这成为一种习惯，甚至不觉得它的存在，事实是它无处不在。

就那样跟随着，成为她的一部分。

她发了一会儿呆，开门下楼。房间里没来得及装网线，小区前面的街上有个网吧，她之前就是每天泡在那里找工作的。网管是个年轻男孩，由于每天面对电脑，有着和年龄不相称的暗黄脸色。他熟练地把甘小满的身份证刷了一下，头也不抬地说："十三号。"

甘小满有点儿别扭。西方人忌讳这个数字，可这跟她没什么关系，她不是基督徒，平时也不在意这个，可今天不知怎么，心里就是不舒服。

网吧的键盘油腻而脏，面前的烟灰缸里存着五六个烟蒂。因甘菱哮喘的缘故，甘小满讨厌人抽烟，也闻不得烟味儿。但是现在，她在这个乌烟瘴气的地方，吸了口气，打开网页。

周围的人多在打游戏聊天，如果他们知道她是在找工作，恐怕会发笑吧。暗暗观察了一下，她有点儿走神。上网的人多半是小青年，戴着耳机，目光灼灼，也有胡子拉碴的大叔，左手拿烟，右手握着鼠标，头发泛着长久没有清洗的油光。电脑屏幕上一闪一闪的光照亮了他们全神贯注的脸。他们集结自己的队伍，或者前冲或者伏击，挥舞战刀或手持长枪，神情激昂兴奋，如同进行一场真正的战争，一副拼尽全力的架势。战斗的间隙，他们会朝吧台招手："来碗康师傅！"或者"一瓶营养快线，一包黄山！"

这也是一种人生——游戏人生。他们是快乐的。

他们配备着各种武器包，用各种法子补充血液，甚至开着外挂。他们有足够的安全感，所以快乐。

而甘小满想找到安全感，只有先找到工作。

甘小满平生第一次在网吧过夜。过了十一点，包宿的家伙们陆陆续续地叫宵夜，她也要了一碗"康师傅"。网管把碗面递给她，她学着别人的样子提起边上的热水壶倒上水，端回自己的座位。

她的QQ隐身挂着，开着音乐。好友不多，有几个同事和同学，王笑笑也算一个，因为常见面，倒不怎么在上面说话。主要是她加了几个哮喘的群，时间久了，也和里面的人相熟，常去看看有没有治疗哮喘病的新药或者新方法。甘菱走后，虽然再也用不着这些群了，她还是习惯性地潜水。

群里这个时候挺安静，不少头像亮着却不说话，而好友里则是一片黑。甘小满本来一条一条地看招聘信息，耳机里突然传来好友上线的提示音，她下意识地看了一眼，心忽地就抽紧了。

蒋庆康之前只有一个MSN，不上QQ，也没有QQ号。QQ号是甘小满帮他申请的，还把他的头像也弄成了大力水手。他在网上看见什么好玩的东西，就转给她。有时候太晚，小满已经睡了，不方便打电话，他就在上面给她留言，或者不说话只发个笑脸，她就觉得踏实又有趣。

在这一点上，他有一点儿可爱的傻气。

现在，小满瞅着亮着的大力水手头像，心突突直跳。虽然知道他看不见自己，可还是紧张得不行。她捏着笔，本来在抄写一条招聘信息，却怎么也写不下去。下意识地抠着笔帽，脑子里乱糟糟的，像装了很多东西，又似空空的，什么知觉也没有。

大力水手神气地叼着烟斗，卖弄着肱二头肌，在那里亮着。甘小满愣愣地坐在椅子上，看着。

时间不长，也许是一分钟，也许是两分钟，大力水手的头像又暗了。

没有留言，没有笑脸，一切归于寂静。

面泡好了，散发着调味料的香气。隔壁有人喊："网管，来个红牛！"甘小满重新听见"噼里啪啦"的键盘声响，头顶昏暗的灯光照着脏兮兮的墙壁。她扔下笔，揭开碗面的包装纸盖，开始吃面。

喉咙发堵，她还是努力大口大口地吃着。盐包放多了，咸得难受，她抹了一把眼睛，像任何一个网吧里的家伙那样，朝吧台喊："网管，来瓶营养快线！"

天亮的时候，甘小满出了网吧。黎明的城市安静乖顺，有一种陌生的萧瑟。马路上，清洁工人开始工作，没有车河，只有零星的几辆车子行驶着，用白日里没有的飞速。

空气比任何时候都清新，她慢慢走着，虽然一夜没睡非常疲惫，还是忽然想唱一首歌。

于是她清清嗓子，无意识地开口唱了起来——

太阳当空照，
花儿对我笑，
小鸟说早早早，
你为什么背上小书包。
我去上学校，
天天不迟到，
爱学习，
爱劳动，
长大要为人民立功劳……

她的声音越来越大，最初只是哼唱给自己听，后来居然连路旁的清洁工都听见了，上了年纪的大爷冲她笑着，说："姑娘，有什么开心事儿吧？"

王笑笑曾说她特别像弹簧，就算压到底，只要不断，还是会弹起来。她清楚自己只能做一根弹簧，还有别的选择吗？难道要真的被压到最底，再也跳不起来？

甘小满知道自己在商业很难找到工作了，刘卫珊会利用乾一在这方面的优势封杀她。所以，这次她找了份文员的工作，薪水不高，也没什么发展空间，但她总要有个暂时的支点。

单位与她住的地方不近，每天她都要早早起床，倒两班车才能到达。这是间清关公司，老板徐闻水四十多岁，黑红脸膛，声如洪钟，开一辆黑色宝马。由于发福得厉害，他每次上下车总让人担心会被车门塞住。

甘小满是被他的手下一个许经理招进来的。徐闻水第一次瞥见格子间里的小满，“咦”了一声，本来他是要往办公室去的，住了脚，说：“我怎么没见过你？”

小满连忙起身：“徐总好，我是新来的，叫甘小满。”

徐闻水摆手：“你做你的。”目光在她脸上狠狠盯了两秒，看得甘小满浑身不自在。

许经理一直跟在徐闻水身后，略带笑意地说：“小满是个优秀的女孩，徐总，咱们可是得了一个人才呢！”

他这话说得突兀，而徐闻水却微微点了点头：“老许，这个人，你招得好！”又转而向小满道：“小甘，好好工作，我从来不亏待能做出成绩的人。”

待徐闻水和许经理进了办公室，一旁的刘欣欣似笑非笑地朝小满说：“小满你好厉害，咱们徐总轻易不夸人的，看来你是要走好运了。”

刘欣欣风骚妖冶，露背露脐，什么衣服都敢穿。上班没几天，甘小满就察觉许经理也让着她几分，后来见她把“咱们徐总”挂在嘴边，用财务老李的话讲，生怕别人不知道她是徐总的人，甘小满就坐实了心中的猜想。见她话中醋意横生，小满并不吭声，只是笑笑。

隔天下午，许经理匆匆来找小满，说：“你把手头工作先放一放，把这个文件给通行的栗总送去。”

滨城边贸十分活跃，由此诞生了许多贸易公司，通行诞生在改革开放的初期，经营项目涉及建材、电子、化工原料等许多领域，每年都有大宗的贸易达成，算是这个行业的翘楚。许多清关公司都把通行作为重点公关对象，有了这一个客户，也许就能保证整个公司一年的效益。

徐闻水当然也想做成通行的生意，甘小满知道最近公司正和通行谈业务，但她并非小组人员，这事儿本轮不到她来做，可许经理这么安排，她只能接过文件袋。

许经理想起什么，又说了句：“送完文件你直接下班吧，不用回公司了。”

这倒是不错，正好避开晚高峰早点儿回家。甘小满痛快地答应了一声，拎包出门。

通行离公司不远，甘小满坐了三站车，步行了一小会儿，就到了。

仲春的阳光带着热度，晒得她脸微微发红。一步入通行大楼，热气顿时就散了。楼道里的人极少，门卫看了她的证件，告诉她栗总在十层，她就坐电梯上去了。

对着电梯间的镜子，她整整衣服，不用人说她也知道栗总对公司至关重要，甘小满拿人工资，自然希望能以最好的状态工作，即便是这种送文件的小事。

走廊宽阔空荡，她的脚步声显得特别清晰。快到最里间，终于看到门牌上写着“总经理办公室”字样，于是轻轻地敲门。

一个男人的声音："进来。"

她轻轻地推开门，办公室很大，养了很多绿色植物，阳光从大玻璃窗洒进来，植物的叶子灿然发亮。办公桌超级大，敦敦实实地卧在当地，后面的男人正抬头往她这儿看来。他四十多岁，方脸，戴细边黑框眼镜，没有商人的气质，倒像个教书的老师，让甘小满微微意外。

而他的神情也在一瞬间现出异样，目光死死地盯在她的脸上。甘小满被他看得不自在，定了定神："您好，请问您是栗总吗？"

他在她开口的瞬间恢复平静，微笑道："我是，你有什么事？"

甘小满说明来意，把文件袋交给他，他顺手放在桌上。甘小满退后两步，道了声"打扰了"，便返身出来，只觉得他的目光一直随在身后，好大的不自在。

"什么嘛？"甘小满嘟囔了一句。

不用回公司，甘小满看天色还早，就想去看看王笑笑。她有好些日子没见到她了，她的肚子慢慢大了，小家伙已经会动，淘气得很。甘小满猜一定是男孩儿，王笑笑甜甜地笑，说："不管是男孩儿，还是女孩儿，我都喜欢。"

甘小满路过孕婴店的时候，见一个围嘴好看，就买了来。王笑笑说："你这也太超前了，还没出生呢，你就给买了吃饭用的东西，也太早了。"

甘小满笑："早晚用得上，先准备着。"

王笑笑边跟她说话，边不停地吃零食，也劝小满吃。甘小满见她胖得双下巴都出来了，说："你以后减肥是个大工程。"

王笑笑说："我要是不胖点儿，宝宝没有母乳吃怎么办？我这是以防万一。减肥和母乳一比，暂时可以忽略。"

甘小满说："怪不得说女人都有奉献精神，你的牺牲也太大了，杨柳细腰就要成水桶腰了。"

王笑笑眉目飞扬，说："水桶腰多好啊，有钱人都腰粗。我要是水桶腰，没准我家郭沣就发达了。"

两人就这么没正经地瞎聊着，小满的手机响了，居然是许经理。对方声音含笑："小满啊，回家了吧？"

"哦。"

"你马上回公司一趟，有事。"

甘小满咧嘴，这里和公司跨两个区呢。许经理又说了句："你在什么位置，我让司机接你。"

甘小满没想到自己能得到这样的待遇，又一想，司机接来接去的只有刘欣欣，她连忙说："我打车吧，只不过离公司比较远，恐怕得一会儿呢！"

许经理说："不要紧，我们等着你，你赶快过来！"

因他催得急，小满抓了包就走。王笑笑埋怨道："这也太折腾人了，给不给车马费啊？"边说边在她包里塞了袋话梅："坐车吃吧。"

足足坐了半个小时的车，甘小满才气喘吁吁地跑进公司大门。已经过了下班时间，灯都关了。她狐疑地往里走了两步，转弯是许经理的办公室，门开着，刘欣欣倚在门口画口红，见了甘小满，眼皮一撩，朝里细声细气地说：“徐总啊，甘小满来了。”这阵势让小满颇意外，看样子并没什么要紧事。

徐总正和许经理说着什么，见小满进来，止了话题，脸上的残笑未尽。许经理上下看了看甘小满，扭头问徐闻水：“是不是该换身衣服？”

徐闻水腆着巨大的肚子，瞅了瞅甘小满：“就这样，很好。”

他抬手拍了拍小满的肩，拍得甘小满特不自在，她相信自己的表情也一定相当难堪，徐闻水却不介意：“小满啊——”

甘小满不清楚他们之前都叫自己小甘，怎么今天一水儿都变成了小满，只听他说——

“小满啊，你和欣欣都是公司的骨干，今天晚上是你们表现的大好机会，让客人了解我们公司、支持我们的事业。公司腾飞的那一天，也就是你们人生腾飞的那一天。”

甘小满被他说得晕头晕脑，不知道究竟是要干什么。随后一行人出发，直奔酒店，她才明白，原来是带着她们去饭局。甘小满急忙说：“许经理，我不会喝酒的，还是让小于他们过来吧！”

徐闻水笑道：“不会喝酒总会吃饭吧，陪客户不一定非要喝酒，你看大国邦交，哪有喝酒喝出成果的？”

许经理说：“徐总，欣欣就像牡丹，倾国倾城；小满就像幽兰，淡雅迷人。有这样的美女助阵，徐总您宏才伟略，前景一定大好！”

徐闻水哈哈一笑，肉乎乎的大手攥了刘欣欣一把，刘欣欣毫不掩饰地嗲了一声：“讨厌！”

甘小满低头拿着包，相当别扭。好不容易挨到饭店，徐闻水早就订好包间，一行人坐等客人。可那客人显见架子异常大，过了约定的时间还没到。徐闻水拨打电话，甘小满听着对方好像是有事情还没忙完，又过了半小时还没来，徐闻水不得不再次打电话，却没人接听。

许经理小心翼翼地问：“不会不来了吧？”

徐闻水脸色阴沉，极为难看，看样子骂娘的心都有了，只是没发作而已。刘欣欣也不敢腻歪他，小猫一样缩在一边儿。甘小满小声地跟许经理说去卫生间，许经理有些丧气地点点头，她就出来了。

说实话，她是饿了。中午吃的工作餐，跑了一下午，现在已经过了晚上七点钟，不饿才怪呢！

洗了手出来，把话梅撕开，拈出一粒在嘴里含着，真酸啊，酸得她连眼睛都眯起来了，然而一晃间，镜子里的自己身边出现了另外的人影，西装领带，竟是个男人！他在她身后先是惊讶，之后咧开嘴无声地笑了。

甘小满一辈子都没有过这般吃惊。男人好奇地瞅着她，甘小满有点儿莫名其妙，但下一秒的反应就是——快逃！

她拔脚就走，男人却从后面一把抓住了她的胳膊：“这么没礼貌，不打个招呼吗？”

“流氓！”甘小满想甩开他的手，可他的力气好大，铁箍一样握着她。甘小满急了，脑子里的念头飞快闪过。如果喊人，笑话她的人会更多，还不如——

她抬手朝他手背上狠狠挠了一把，男人“哎哟”一声就松开了：“怎么像猫一样？”

“臭流氓！“甘小满扔下一句，像兔子一样蹿出了洗手间。

回到包间，她还惊魂未定。刘欣欣细心，眼神犀利地瞄着她：“怎么去了一趟卫生间气喘吁吁的，干什么坏事了？”

如果不是碍于徐闻水，甘小满真想也给她来上一下，当下笑眯眯地说：“帮保洁大婶打扫卫生了。”

刘欣欣说：“真的假的？当代活雷锋啊！”

徐闻水斜了一眼刘欣欣，转头说：“小满啊，栗总马上就到，你们代表着公司的形象，表现得要好一点儿。”

他说“你们”，却只冲着小满一个，刘欣欣立马翻了个白眼。

甘小满这才知道今晚要请的客人是通行的栗总，三秒钟后，她差点儿从椅子上跳起来。栗总？！

直到此时，她才反应过来，刚才卫生间里的男人貌似就是那栗总！不，不是貌似，而是就是！

当时，她只顾着夺路而逃，根本没往这儿想。

“你怎么了？”许经理发现她神情有异。

甘小满霍然站起身：“我，胃疼……”拎起包，“徐总，我……”

话没说完，门开了。徐闻水一见侍者引着的那人，快步迎了上去，双手握住栗德生的手，热情得就差打个欢迎的横幅：

“哎呀，栗总，您可来了！”

甘小满本来已经站起来，一见栗德生那似笑非笑的脸，立刻又坐回了椅子上。只听徐闻水颇有些惊异的声音：“栗总的手受伤啦！”

栗德生笑道：“家里养了一只猫，淘气得很。”

徐闻水连连点头：“是啊是啊，猫总是比狗淘气。”之后，又关切地问道，“栗总有没有打狂犬疫苗，被小动物抓伤可不能忽视。我有个同学在防疫站，我让他上门给栗总打针吧！”

栗德生轻轻摆手道：“别劳烦人家了，我的猫打过预防针的，不会有什么事。”

这么说着，徐闻水将栗德生请到主位，栗德生稍微推辞就坐下了，许经理就叫走菜。

许经理与栗德生是见过的，徐闻水把刘欣欣和甘小满介绍给他，说到甘小满，着重来了句：“小满是我们公司的才女，书画皆通，改日栗总指点指点她，她会更精进！”

又向甘小满解释：“栗总是咱们市书画协会的会员，字写得一流，你有机会该多向栗总请教。”

小满只能点头答应。栗德生笑了笑，并不接这话，说：“公司有事，让徐总久等了，真是不好意思啊！”

徐闻水马上表示不要紧不要紧。又说今日只是喝酒叙旧，务求尽欢，不谈公事。甘小满发现栗德生习惯微低着头听人说话，似乎非常用心，但你看不到他的眼睛，也无法揣摩他的心思。只见他嘴角轻轻一笑，点了点头。徐闻水因为看不到他的表情，所以无论说什么总是试探性的，显得很被动。

不过，甘小满的心思全不在这上面，此时离开已不可能，真担心栗德生会突然发作刁难她，或者暗示徐闻水什么。她绷紧了神经，不过十几分钟过去，栗德生很少说话，基本上是许经理和徐闻水主导话题。见情况并非像自己想的那么糟糕，甘小满松了口气，终于能放心大胆地吃东西。

也不知她心里放松后觉出气氛活络，还是许经理卖力地张罗终于达到预期效果，刘欣欣举杯劝酒，栗德生不仅喝了，还回敬了一杯，场上气氛顿时热烈。刘欣欣深得徐闻水心也并非无因，酒量果然大，且豁得出去，连着几杯红酒进肚，脸不红心不跳。许经理瞅了瞅甘小满，小满相当为难，不知徐闻水既然有了刘欣欣这个酒桶，为什么还非要自己来。

她硬着头皮站起来，解释自己不会喝酒，以茶代酒敬栗总一杯，栗德生冲她笑了："才女哪有不会喝酒的，连林黛玉也能热热地喝点儿烧酒，况且甘小姐作风勇猛不让男儿，谁会相信你不会喝酒呢？"

原来在这儿等着她！

甘小满想再解释，目光一对上他的眼睛，就明白这家伙铁定是不会放过自己了。他悠然而笃定地看着她，像猎人从瞄准镜里注视正在逃窜的猎物，手轻轻地扶在白色瓷杯上，手背上几条被她抓破的伤痕红红的，煞是醒目。

甘小满知道自己今天算是栽了。

她求救地看了看许经理，许经理说："小满啊，酒也不是一天就会喝的，少喝点儿没关系，以后慢慢就会了。"

小满在心里问候了他亲戚，掉头又看徐闻水，后者一脸的笑，好像有什么目的终于得逞了一样。他不朝甘小满说话，转向栗德生："栗总，小满姑娘平时真的是滴酒不沾，不过我说了，今天一定要和栗总交流好。现在栗总发话要小满喝一杯，小满是一定会喝的。"头转向小满："对吧，小满？"

甘小满知道自己只是徐闻水雇佣的劳动工具，陪喝酒也是劳动的一种形式，在客户面前，徐闻水当然不会管工具的心情。她咬了咬牙，谁让自己要在徐闻水手里讨饭吃呢？

栗德生饶有兴致地看她将杯子斟满，这女孩儿看起来柔柔弱弱的，还真是有股子狠劲儿。甘小满端起杯子："栗总，刚才多有冒犯，这一杯算是向栗总赔罪了。"

这话没头没脑，除了栗德生，谁都不明白。栗德生起身："甘小姐言重了，不会喝酒算不上冒犯。"

甘小满笑了笑，一饮而尽。许经理说的似乎是对的，有了那次醉酒，这酒下去，居然没有立马让她难受。她将栗德生的杯子满上，又把自己的杯子也倒满："这一杯敬栗总，虽然徐总说今天不谈公事，但我想说的是，如果栗总和徐总有机会合作，我们做小兵的也会感到十分荣幸，会努力工作，做好关于通行的一切业务。"

栗德生瞅了瞅徐闻水，徐闻水哈哈地笑："栗总真有魅力，你看我的员工从来没跟我说过的话，都对栗总说了，哈哈哈！"

栗德生也哈哈一笑，自从进门来，他这是第一次有了明显的表情。徐闻水看着他与甘小满碰杯喝干，与许经理颇有默契地对了一眼，后者的表情差不多该用兴奋来形容了。

甘小满这晚喝得不少，栗德生回敬了她一杯，她也喝了。他没再为难她，酒阑席散出门来，小满头微微发晕，脚也发软。众人看着栗德生的司机将他载走，徐闻水揽住刘欣欣的肩头，钻进自己车里，临走的时候让许经理给甘小满拦车。甘小满说她坐公交车好了，许经理笑眯眯道："打车的钱公司报销，小满，只要你好好干，日后会有自己的汽车，还坐什么公交车啊！"

甘小满虽然头晕，神志却还是清醒的，知道他话里有话，不过她并不想在此刻多想。出租车开动的一刹那，瞥见许经理略带猥琐的眼神，她忽然想哭。她摇下车窗，让风扑在脸上，眼中的湿润就被吹干了。

甘小满第二天被编入对通行的公关小组，徐闻水特别强调，一切直接接触栗德生的事宜，甘小满都要参加。

通行并没有明确表现出与徐闻水合作的意思，甚至有消息说，他们正和另外一家清关公司接触。许经理把消息报告给徐闻水的时候，他先是默不做声，之后说："别担心，栗德生是故意让咱们紧张。你找机会让甘小满去找他一趟，随便什么由头都行。还有，把甘小满的工资调高。"

许经理犹豫着问："调到多少呢？她才来没几天，也没什么业绩，公司没这样的先例呀！"

徐闻水说："你笨啊，什么叫业绩？做成了通行就是业绩，不刺激她，她哪儿来的动力？没有动力，怎么能有业绩？

你跟她谈谈，暗示一下，这个事儿非她莫属。做成了，于公司于她算是双赢，栗德生对她有意思，务必抓住这次机会！”

许经理连连答应，像御前太监一样退了出来，直奔财务室，给小满涨了两千块工资。

甘小满此时正出外勤，在公司的仓库点货。徐闻水的公司并没有纯粹意义上的文员，诸多杂事，人人身兼数职。公司在口岸设有仓库，有专门人员在那里负责出货，但凡在滨城中转的货物，徐闻水为了谨慎起见，都要清点一遍才发往那边。

甘小满和公司的另一个女孩儿小于穿梭在一只只大箱子中间，虽是初夏，仓库里还是阴暗湿冷，小于担心随时会从角落里钻出耗子，不停地抱怨。这批货整整塞满四个大仓库，两个人午饭都没吃，现在已经两点钟，还没点完。

甘小满也又累又饿，她揉了揉因长时间仰头抄写编号而发酸的脖子，说：“先吃饭吧，不然真没力气弄了。”

仓库在郊区，走了好远，才找到一家门脸小小的饭店。两人也没办法，只能将就，甘小满要了一份米饭和一份汤，小于要了一碗面。小于说腿酸死了，早上来上班并不知道要出外勤，穿的高跟鞋怕是脚都肿了。甘小满其实也一样，只是已经如此了，再抱怨也没用。

小饭店养了条黑色的狗，用很短的绳子拴着，趴在门口晒太阳。老板的儿子四五岁的样子，试图跟狗玩儿，狗不理他，他有些寂寞。

这孩子有黑白分明的大眼睛，甘小满在触到他清澈如水的眼睛时，有点儿恍惚，从那里似乎一下看回自己的童年。

那个时候，她有妈妈，还不认得蒋庆康。

她怔了怔，低下头。汤还没有上来，她用力吞了一大口饭，差点儿噎着。手机猛然响了，来电显示是房东。

甘小满每个月都按时交房租，接到她的电话有点儿奇怪，内容则让她不能理解，对方竟是让她搬家。

她诧异道："为什么？说好一年的，我才住了四个月啊！"

世上有种无赖叫中年妇女，她语调凌厉："说好归说好，可也不是不能变的吧？有人出价比你高两倍的，如果你也出这个价，我当然让你住啦！"

甘小满最初认为她是要涨价，那样的房间怎么也租不到现在的两倍。女人接着说："人家急着入住，月底之前你必须搬，到时候我不管你的。"

甘小满当即知道是谁做的了，刘卫珊一定是电影看多了，学了这样的套路。她平息了一下气愤，说："你这是提前毁约，我没拖欠房租，你没权利这么做。"

妇女的大脑完全被两倍租金冲昏，连带着有了无限的底气："叫你搬你就搬，不服气去法院告我啊——月末我是要收房子的，不然连你的行李也扔出去！"

和这样的小人不能讲理，甘小满也懒得跟她理论。她倒是一副有理走遍天下的样子："房子是我的，我爱怎样就怎样，你去告到法院，人家也不会偏向着你的！"说着，竟然不客气地挂了电话。

贾宝玉怎么说的——女孩子没嫁人都是珍珠，嫁了人都是鱼眼珠子。差不多就是这样吧。这世界便是由众多的鱼眼珠子组成，你瞪着我，我瞪着你，恨不得吃了谁，才算得了大便宜。

小于一旁听个大概，说："真是过分，不讲理！"

汤上来了，甘小满喝了一口，咸得要命，去边上兑了点儿热水，脑子里却在思忖下班之后要赶快找房子。她有过找房子的经历，记忆深刻，并非只因当时奔波焦急之苦。现在想起来，酸涩陡然涌满心间。许多事情可能转头即忘，而有些事情也许再过三生，也还是会牢牢记着。

小于见她愣愣的，以为她是因为房子烦恼，便说："不然你去我那里凑合几天。"

甘小满倒挺意外，自己来公司没几天，与小于也并不算熟悉，她这么热情让自己感动。却听小于的下句："我那里还剩下客厅沙发，要是你过来，我们可以分摊房租，各自都省钱。"

甘小满心里觉得好笑，幸亏方才没立刻感谢，说："好，如果我找不到住处，就过去。"

就在这当口，许经理来了电话，让甘小满立刻回公司一趟。甘小满经历了上一次的立刻回公司，本能地意识到没好事，当下就问是什么事。

许经理说："当然是重要的事，不然能叫你吗？"

"我和小于还没点完货呢！"

"货就让小于一个人点，你赶快回来！"

小于听风预感不妙，果然许经理让小满把电话给她，命令她一个人把货点完。小于鼻子没气歪了："经理，那么多的货我一个人怎么点得完？"

"点不完别回来，加班！"许经理不容置疑。

小于差点儿倒在当场。

许经理忽然想起什么，说道："小满啊，这样，你就别回公司了，买个请柬直接去通行找栗总，就说咱们公司要举行书画大赛，请栗总过来做嘉宾。"

甘小满听得云里雾里。书画大赛？公司一共几个萝卜几头蒜，搞什么书画大赛？要说喝酒吹牛，也许能弄热闹。

可许经理语气沉着，如同布置一项最正经的任务："务必请到栗总，要他亲自点头，而不是含含糊糊，懂吗？"

"这个？"甘小满颇为难，这种邀请她去根本没分量。

许经理猜到了她的心思，接着说："这事儿由你来办最合适，徐总亲自吩咐的。还有啊，小满你的工资从这个月开始涨了两千块，公司很看重你，你可别辜负了徐总啊！"

甘小满吃惊地"啊"了一声，许经理说："我早说过的，只要你好好表现，前途远大！"

甘小满上车的时候，瞥见小于满脸愤恨地在后面狠狠吐口水。她不敢对许经理有意见，把所有的情绪都发泄在甘小满身上。甘小满知道小于对她是结下仇了，心中笑了一下，又无声叹了口气。

出租车从郊区驶进市区，萧瑟变为繁华。看着林立的楼群、拥挤的车流、行色匆匆的人，甘小满有些茫然。在海丰的时候，有一次大家去唱歌，赵刚唱了首他那个年代最流行的歌，其中一句戳到小满的心上——“密密麻麻的高楼大厦找不到我的家”。

现在的她，就是这个情形！

栗德生不仅痛快地答应了徐闻水的邀请，还建议要办就办得大点儿，办活动人多才有意思。甘小满把栗德生的话转给徐闻水，徐闻水乐了。改天，就传来通行的员工也参加此次活动的消息。

许经理平时喜欢看伟人的传记，开会时不无得意：“徐总此举堪比中美乒乓球赛！”说得边上人等全都肃然起敬，觉得徐闻水的大肚腩里装的不光是脂肪。

独有甘小满在走神。她把请柬送到栗德生的办公室的时候，栗德生热情得很，问：“甘小姐喜欢喝茶还是咖啡？”

“谢谢栗总，我不渴。”

“你们年轻人都喜欢咖啡，我其实也喜欢喝咖啡，正好你来，我让她们煮一壶。”

“谢谢栗总，徐总还等我回话呢。”

“先别走。”栗德生瞅着她笑，扬起手，“你瞧，已经好了。”

他平日总是低着头，不大能让人看到表情，此刻他们面对面，她完全看清了他的眼睛，毫不掩饰的暧昧猎奇之色，吓了她一大跳。

她猛然明白了许经理招自己进公司的原因，当然也明白徐闻水为什么有意让自己一次次地接触栗德生。他们对她能引起栗德生的兴趣十分有把握。

栗德生注视着甘小满："徐总很有心，知道我喜欢清莲型的。"

怕甘小满不懂，他愿意给她解释："我把女人分成几种类型——徐总的刘欣欣，是大丽花型的；还有猪笼草型的，比如满大街的妇人；牡丹型的太肥，我不喜欢；我只喜欢你这一型，清秀婉约，楚楚动人。"

甘小满感到一阵恶心。

他突然转过办公桌到她面前，吓得甘小满往后退了一步。

"你怕我？"

"不是的，栗总……"

他不容她再说，抬手试图捏她的脸，她往旁边一躲避开了。他笑了，犬齿分明："我知道你们的招数，不过，我成全你，给我当情人吧。"

甘小满只觉天雷滚滚："你搞错了，我只是来送请柬的。"说完就走，他也不拦着她，只从背后又笑了一声："欲擒故纵？"

甘小满没回头，仓皇地逃出了通行。

回来的路上，她打定主意，挨到月底发工资就辞职。栗德生绝不是什么正人君子，徐闻水这一招果然中了他的下怀。她在心里骂了句："靠！"当然骂一百遍也只能走这一步了。

徐闻水说干就干，且像模像样，不仅让许经理请人布置了相当正式的展厅，还专门请了市里几个知名书画家来捧场。期间，他几次让甘小满去栗德生那里送这送那，甘小满都硬是没去。徐闻水颇恼火，不过据目前情形看，他的目的基本达到，也没强迫甘小满，只是让许经理警告她，这样下去是要受处分的。甘小满想：我都要辞职了，还怕什么处分。徐闻水吩咐公司的每个员工都要有作品，大家只能各显神通，请有此专长的表弟、表叔、表阿姨等代笔，这场比赛纯粹是醉翁之意不在酒，是真是假没人追究，甘小满也随便对付一幅字交了上去。

这边装帧完毕，通行的作品也送过来了。大家立刻围过去翻看，徐闻水第一个找到了栗德生的，一架蔷薇、两只彩蝶，徐闻水咧开嘴笑道："又香又艳，栗德生心情不错嘛！"

甘小满坐在格子间没过去，瞥见许经理饶有深意的眼神在自己身上游荡了一圈，她心想：这都是些什么人呢？

比赛定在二十八号举行，这个日子是徐闻水请懂风水的先生算的，据说是黄道吉日。前一日下午，徐闻水给大家开会，嘱咐明日不仅有通行的人来，更有来自本城的各路名人，员工们一定要展现出最好的一面，不要被人笑话。末了，他郑重地转向女员工："明天要穿得漂亮大方，这个事儿挺雅，你们也要有个风雅的样子，别给我丢脸！"

刘欣欣带头响应："放心吧，徐总。"

徐闻水说："我最不放心的就是你，明天别穿得露这露那的，让人笑话。"

刘欣欣当时穿着一件露脐装，当即往下扯扯衣襟，岂料这么一来，上围紧张，把一件黑色镂空内衣顿时露了出来，外加两个肥硕半球，男员工急忙转移目光，极力忍着笑，徐闻水从鼻子里喷出一口气，没言语。

刘欣欣甚是委屈："人家向来时尚，哪有那些老土的衣服！"

徐闻水不答话，说："散会。"

刘欣欣并不避讳，一路追着徐闻水进了他的办公室，半天后才出来，喜滋滋地边哼小曲儿边收拾包："你们忙吧，我得去买衣服了。咱们徐总说了，让我好好选选，一定得挑件像样的才能配得上我。"

估计是从徐闻水那儿搞到了钱。

不过，大伙儿没工夫多在刘欣欣的身上费神，急着处理手头上的事情。甘小满想了想，跑去许经理处说："经理，明天我值班吧。大家都去看展览了，公司没人不行啊！"

许经理一副"你到底是真傻还是装傻"的表情："小满啊，你关心公司是对的，值得表扬。不过，这次你很有希望得奖，到时候没人领奖怎么行？我安排小于值班了，这个你就不用操心了。"

甘小满还想再坚持一下，许经理一脸严肃庄重的表情，说："小满啊，你身负徐总厚望，千万别辜负了哦！"

甘小满在心中连连问候他和徐闻水，却不能不退出来，只盼赶快到月底，拿钱走人。

她在网上找的新住处已经看过，也交了定金，说定月末搬过去，这两天下班后都在收拾东西。她讨厌搬家的感觉，却不得不一次次地从这里挪到那里。

新租的地点比这里靠近市区，价钱也贵，她时间紧，没有更多的选择。甘小满将整理好的东西打好包，堆放在床边，屋里顿时萧索了。其实这样小而阴暗的房间，原本并没有特别温馨的感觉，因住了一段时日熟悉了，她倒有些不舍，毕竟是容纳自己的窝。

这天晚上，不知为什么她睡得不好，自从甘菱过世后，她有很长一段时间睡眠很差，最近才有所缓解，今天不知怎么又犯了毛病，在床上辗转到凌晨才迷糊了一觉，早饭也没来得及吃，就匆匆地上班了。

展厅是临时租用青少年中心的展览室，两边员工的作品有一百多幅，加上徐闻水拉来的名人作品，热热闹闹地挂满整个墙壁。早上是集体参观时间，甘小满夹在同事中间一幅幅看着，大家不住地瞎点头，因为牢牢记住徐闻水的嘱咐，要风雅点儿，就连刘欣欣也穿了正常的衣裳。

其实这活动早过时了，徐闻水是投栗德生所好才搞的。大家几乎全是外行，就算把齐白石的真迹摆在眼前，他们也会觉得不及一斤真正的小龙虾来得实在，尽管一只齐氏的虾米够他们吃几辈子的小龙虾。

画家们来捧场的作品在正中最显要的位置。甘小满自小就学画，大学时是校内画社的活跃分子，尽管对徐闻水不齿，不过有几幅画还真的让她赞叹。这么一停，她发现了一个有趣的现象，几张画中，居然不搭调地挂了幅字，显然作品是后拿来的，又不能挂到别的位置，只能打乱原来的挂法，硬是安排到了中间。她立刻意识到，写字的人有来头，这么安排是经徐闻水授意的。

字是草书。财务老李在小满身边轻声说："写得真好，我一个字儿也不认识。”甘小满被逗笑了，待看到后面的印章，她的笑意瞬间僵硬地凝固在脸上。这个印章她太熟悉了，闭上眼都能知道那些线条的变化。在她的印象里，这款印章始终存在于蒋庆康的《菊石图》上，她从没想到会在别处见到它的影子。

那幅画蒋庆康后来取过来挂在了书房，甘小满下班后没事做，喜欢窝在书房看书，有时候累了，就对着壁上的画儿发呆。画上一枝秋菊于嶙峋的乱石中开放，甘小满少时读《红楼梦》，大观园结社咏菊，她觉得“抛书人对一枝秋”句颇有意境。只是蒋庆康的画上的菊花与众人吟咏的不同，没有孤傲，亦无闲适，只有执着倔强，开着自己的芬芳，有孤独而无自艾。

他的名章是他的国画老师送的，亦是国内颇有名气的篆刻大家。蒋庆康一度想以画为业，少年浪漫，将自己的画室取名“鸦斋”，涂鸦过活的意思，自称“鸦生”，被彭卫东臭骂一顿，自此不让他画了。蒋庆康难过得要命，别师之日，老师送他“鸦生”章一枚为念。

甘小满怔怔地瞪着“鸦生”两字，心抽得发痛。老李和几个同事连蒙带顺，总算弄懂了：“这不是李白的《将进酒》吗？”

陆续有人过来，甘小满往后让了让，被挡住了视线。老李从人堆里钻出来：“咦，小甘，你不舒服吗？脸色怎么这么不好？”

甘小满觉得如果此刻剖开自己的胸膛，一定会看见心脏布满了裂纹，每一道裂纹里都满满地塞着悲伤，而她还要若无其事地对付着旁人："哦，我今天没吃早饭。"

"你们这些小年轻，不吃早饭对身体最不好，我上来的时候看见楼下有豆浆卖，待会儿完事你去买一杯好了。"

"哦。"甘小满下意识地答应，木然地夹在众人中朝前走去。或许她真的是饿了，从心里往外发虚，额头全是冷汗。好不容易挨到参观完毕，通行的人进来，她下了楼。

左转，果然有家浆汁馆。她要了杯豆浆，并不放糖，因为烫，轻轻地吹着，边透过玻璃窗朝外看。少年宫门前是滨城市中心广场，最初的城市规划把最美的地方给了孩子们。到现在，这里已成为本城最繁华的地段，由此辐射蔓延出去的步行街，以及伟天购物等大型百货，都是以此为中心。正是花开的季节，广场四周环绕着花坛，无数花朵组成五个大圆环，今年并非奥运年，这种造型只能让人觉得是花匠本人对体育运动情有独钟。

巨大的花坛两边停了不少车，逐渐强烈起来的阳光晒得车子闪着一层微光。有人在喂鸽子，手心里摊着米。鸽子展开翅膀低空盘旋，蓝天白云，一切看起来都很美好。事实并非如此，电视里屡次有报道：有人假借喂鸽子把它们抓回去吃掉。最初，工作人员并不知道是何原因使鸽子数量减少，后来现场抓了几个人，他们才承认是自己把鸽子当菜了。

美好的东西，总会有人将它变得残酷，只因为它脆弱又好得手。

由于这边禁行，一辆奥迪Q7徐徐地转过弯道停住，栗德生从车上下来，身后跟着穿西装的男秘书，说是秘书，也可兼做保镖，足有一米八五的个子，胸肌撑得西装满满的，就差一副黑超。几个副手也是正装跟在一旁，个个煞有介事。

其实，栗德生过了显摆嘚瑟的年龄，不过此一行实在太吸引人的眼球，好几个路人不约而同地放慢脚步往这边看。徐闻水得了消息，早已在门口等候，此时亲自来接，喜笑颜开，老远就做出握手的姿势，栗德生还是那个万年不变的微笑，微低着头与他握了握，大队人马随之进了楼。

甘小满给他定义：斯文禽兽！

她最近没见过栗德生，此时更是不想进去，屁股沉在板凳上，恨不得让孙悟空喊一声“定”，把自己定在椅子上；等栗德生走人，再来喊一声“解”。

于是，豆浆喝得特别慢，慢到都凉透了，还没喝完。好在已经过了早餐的时间，午餐时间还没到，服务员也不催她，聚在一起闲聊。

一个说：“今天楼上搞的什么活动，怎么来的都是大人物？”

另一个消息灵通：“有个单位在展厅搞画展，你没见刚才上去的好像是领导。”

“那车很贵的吧？得有百来万？”

“奔驰也有小几十万的，不过这辆不像。”

女服务员你一句我一句地说着，轻声轻气的女声在厅堂里响着，让甘小满觉得这里更有避难所的意味。忽然，女人们的声音止住了，空气里有暗流涌过，像香水打开的瞬间，意外慑人。

甘小满随着她们的目光朝外看去，一辆黑色轿车沉默地泊在奥迪旁边，服务员不认得这车，一个轻声说：“好漂亮！”

“看样子比旁边那辆还贵吧！”

“什么牌子的？”

边上年轻些的迟疑道：“好像宾利耶！”

车门打开，甘小满听见女服务员中有人深深地吸气，而她自己也在一瞬间长吸了一口气。

他，果然来了！

虽然刚才看到他的字，隐约觉得他会露面，但甘小满还是没能拿准以徐闻水的人品会结交到蒋庆康。但很快她就明白，蒋庆康不是冲着徐闻水来的，那几个捧场画家中的两三人和他走在一起，熟稔随意，紧挨他左手边的是淳于渊，甘小满早该想到他们是一起的，而他右手边的居然是白音！

甘小满偶尔会和小林联系，知道蓝城对外招租就在这几天，蒋庆康该是为这事过来的，参加徐闻水的画展估计纯粹是被画家拉着来凑热闹。

他穿得随意，一件休闲衫，身形挺拔修长。淳于渊正说着什么，他略歪头听着，容颜清瘦。金色的阳光洒在他身上，甘小满觉得连他的发丝都闪着光。然而下一秒，他就从她眼前消失了。徐闻水带头，许经理和若干人等跟在后面，急匆匆地从楼里涌出来，把蒋庆康包围并裹挟着带进了展厅。

甘小满的豆浆一口也喝不下去了，屋子里静了几秒钟，一个女服务员缓过神：“画展也请明星了吗？”

“是明星吗？我怎么不认识？”

“不是明星怎么那么帅啊？简直可以刷脸吃饭了！”

“你们说待会儿他会不会来喝豆浆，我要找他签名！”说这话的是个年轻女孩儿，满脸花痴。

“干活了，干活了！”店长发话道，“别做梦了，我还想跟他合影呢，也得他能来啊，没见过明星午餐喝豆浆的。”

女孩儿很执着：“我们还有打卤面。”

店长笑：“你应该上去告诉他，卤子不要钱！”

服务员“哄”地乐了。

甘小满乐不出来，因为老李找来了，正在窗外朝这边摆手，示意她进去。甘小满一缩脖子，把自己藏在一排隔板后，老李本来看见她露着半个头，一眨眼没了，还有点儿纳闷，推门进来，叫：“小甘？”

甘小满硬生生地被擒回了展厅。老李边走边说：“徐总问过好几遍，说刚才还看见你了，怎么一会儿就不见了，让你立刻回去。”

甘小满自然明白其中的缘由，直恨得咬牙。上楼的时候，她只觉得一颗心扑通扑通地跳个不停，手心也一直在冒汗——每当紧张的时候，她的手就爱出汗。她一直落后于老李，终于迈上最后一级台阶，展厅大门敞开，里面人影晃动，老李突然发现甘小满没跟上来，而是掉头飞快跑下了楼。他不知道怎么了，喊她：“小甘，你干吗去？”

甘小满管不了许多了，为了工资她可以勉强熬着与栗德生周旋，但她不愿见到他！

他不是已经把自己弄得如同一滴水，从她的生活里蒸发了吗？为什么还要相见？

她不是一直胆怯地不敢付出也不愿付出，看这一段情缘由天意安排，有始无终？为什么还要相见？

他对她置之不理，她也对他置若罔闻，这样不是很好？

他的“鸦生”也好，他的《将进酒》也好，完全是为了一场并不知她在的应酬。所以，还是把自己剔除了吧！

她快步跑下楼梯，老李随后跟下来，大喊：“小甘，徐总等你进去呢。”

甘小满四下乱看，楼梯背面有一道后门，并没锁上，她想也不想地推门出去，反手把门从背后关严。老李追下楼梯，不见小满，以为她出了楼，从前门一路找了出去。

甘小满靠在门上喘气，心还是跳得厉害。她蹲下身捂住胸口，但很快就抬起了头，因为离她不远的地方，有个人正略带惊讶地瞅着她。

这是少年宫的后院，狭小的空间里种植了两棵樱桃，花期已过，结了累累的绿珠。顽强的野草无处不在，没有了水泥马路的灭顶，它们在原始的泥土里长得欢快，满地绿意。就在樱桃树旁，栗德生正在吸烟。对于甘小满的闯入，他先是意外，接着笑了。

他弹了弹烟灰，眯着眼朝甘小满打量，说道：“来找我？”

“不是。”甘小满腾地站起来，感到今天注定是个多事之秋。

“不是？那你跑这儿来干吗？”他慢慢走上来，“里面正举办画展，你却跑到这儿来？难道不是跟踪我？”

一松手，半支没吸完的烟掉在了地上。他伸出双臂撑住甘小满身后的门，把她圈在中间。看着甘小满苍白的脸，他觉得她好像在害怕，可这种苍白是她最好的装饰，楚楚动人。

他目光像着了火：“我知道你是来告诉我，我说的话你已经想好了。我知道……”

他猛然低下头吻她。甘小满被他的架势吓傻了，在他满是烟味儿的嘴巴凑过来的时候，本能地朝边上躲。他的手臂箍了上来：“你怎么知道我喜欢欲迎还拒？有意思！”

甘小满的脑子里瞬间闪过无数女孩儿被非礼的新闻，她一边抵抗着他，一边大叫：“放开我！”

栗德生觉得自己不能罢手了，他今天其实是打算来看她的，这个看上去脾气不大好的女孩让他很久没有动过的心难以自制。不然，他才不会像个傻子一样去迎合徐闻水的什么书画联谊，巴巴地亲自画了幅画儿送来。

巴结他的女人很多，这种疏远的态度说明她更聪明，也更合他的胃口。不过他并不打算让她玩弄于股掌之上。

甘小满像一条出了水的鱼一样拼命地扑腾挣扎。栗德生觉得她还真是有把子力气，硬是从他的手臂中挣脱开了。两人撕扯到樱桃树下，栗德生终于把她扑倒在地，占了上风。可令他意外的还在后面，他强行把她的手钳住，嘴巴得逞地触到她的嘴唇时，她突然狠命给他来了一口，他“哎哟”一声，立刻尝到血的咸腥。

他真火了，左手铁箍一样擒住她的两只手腕，右手捏住她的下巴，她被迫仰头看着他——

他几乎咬牙道："徐闻水不是把你送给我了吗？你演得太过了，装什么清纯烈女？"

"你想错了。"甘小满被他捏得两腮酸痛，硬挤出声音，"他们是他们，我没有这种意思。你放开我。"

栗德生有一种被人玩弄了的愤怒："想做我的生意还敢耍我？我不打算放开你，即使徐闻水不把你送给我，我也要得到你，跟着我你什么都会有……"

他的话没说完，门"砰"地开了。一个人走过来，弯腰一把抓住栗德生的后衣领，将他从甘小满身上掀翻。栗德生还没看清他的样子，脸上就重重挨了一拳。对方的拳头又快又狠，他觉得自己的牙齿都快被打掉了。

来人将甘小满从地上扶起，拉到自己的背后："浑蛋，不许碰她！"

栗德生一辈子都没吃过这样的亏。他捂着腮帮子站起来，才发现来人是个年轻人，由于愤怒，那人两眼通红。

他上下打量对手："你是她男朋友？"

"你管不着。"

这倒是出乎了栗德生的意料："不是她男朋友，你发的哪门子疯？"

虽然在盛怒之下，对方的语气还是平静："如果你再打她的主意，我对你不客气！"

泡妞的时候挨了一拳，又被人用这种口气说话，一般人都会跳起来和他拼命，栗德生当然更不能忍受，却没妄动。他直觉此人不可小觑，他说话的语气带着只有一贯发号施令的人才有的味道。而且从他的眼神来看，根本没把自己放在眼里，也可能从来不把任何人放在眼里，除了他身后正在发抖的女子。

栗德生清了清嗓子：“如果你不是她的男朋友，除非你是她亲哥，不然你没有任何理由说这话。”

栗德生不知道自己的话居然会像一柄从匣中跳出的要命长剑，噗地刺中对方要害。年轻人的神色间竟然掠过一抹深痛。栗德生明白自己已经占了上风，冷笑道：“我想要什么样的女人没有，根本不屑勉强谁。这种事你情我愿，她一直在给我暗示，所以年轻人，你还是不要乱出头吧！”

蒋庆康扭头看了看甘小满，她脸上血色褪尽，连嘴唇都是白的；又看了看栗德生，样子颇有些狼狈，不过看得出衣着考究、养尊处优，神情更是充满自信。

“你其实是坏了我们的好事。”栗德生明白自己马上就要打垮他了，所谓四两拨千斤，是他惯用的手法。他已经准确地洞察到对方的死穴，现在的蒋庆康满脸都写着“我难过得要死”。

突然，蒋庆康一挑眉：“你放屁！再敢无礼，我捏断你的脖子！”说完，拉起甘小满就走。

3

甘小满的工资一个子儿也没得到。徐闻水在办公室里把她臭骂了一顿，让她滚。她便默默地退了出来。

是的，她又能怎么办呢？她没有精力为一个月的工资维权，也不能在众多人面前把自己的遭遇说出来。没有人会苛责徐闻水或者栗德生，甚至大多数人会相信是她自愿对栗德生投怀送抱，至于最后徐闻水与栗德生为什么交易未果，大约是栗德生根本就没看上她。

那天，徐闻水的狼狈不亚于栗德生，本来栗德生说要出去吸支烟，结果他在展厅里左等右等，不见人回来。最后，栗德生的一个副总接到一个电话，招呼也没打，就带着通行的人呼啦啦地全撤了。偌大的展厅，徐闻水瞪着牛铃大眼，腆着啤酒肥肚，傻愣着不知发生了什么事。

直到老李气喘吁吁地回来，说甘小满不见了，在门口徘徊着找甘小满的时候，看见栗德生掩面而去，脸上似有被人老拳挥过的痕迹。徐闻水才明白过味儿来，出事了。他立刻追到栗德生的公司，被秘书态度冷漠地拦住，告诉他栗总不会再见他，而与通行联系的小组以后也不用再过来了。

他顿时从头凉到脚。

“谁干的！”他直跳脚。

许经理小心翼翼道：“画家们介绍过来的乾一的蒋总也是提前走的，表情非常难看。”

徐闻水怒火中烧，憋闷得不知向谁撒，全算在了甘小满头上。他用手指着甘小满，气得脸都紫了：“你好大的背景！”

甘小满本来是低着头，看徐闻水骂起来没完没了，轻声打断了他：“徐总，我辞职了。”没再停留一秒，便离开了徐闻水的办公室。徐闻水的咆哮声从里面传来，她回到自己的座位简单收拾了一下，没和任何人打招呼就出了门。

在她出门的时候，刘欣欣小跑着进了徐闻水的办公室，显然是去做“解语花”了。

甘小满抱着纸箱走在马路上，徐闻水骂了他，没拿到工资，她却没有特别生气。她低着头，看着自己的脚一步一步交替着踩在灰尘里，脑子里空荡荡的。

蒋庆康将她拉进楼道里，就松开了手，甚至没有看她。他们其实在那儿站了不过几秒钟，却感觉有一辈子那么长。他的眼睛一直盯着她身后斑驳的墙壁，上面有孩子的涂鸦——两只很丑的鸟儿站在枝头上，一只嘴里衔着虫儿，另一只在打瞌睡——

楼上展厅里的人声隐隐约约的，马路上的汽车声被距离稀释，细小的灰尘在阳光里飞舞，而这一方小天地里，寂然无声——

“你，还好吗？”他终于开口。

她不语。

他几乎是用尽全身力气，才说出来：“以前的事，我都知道了。”

他像是在对那两只蠢萌的鸟儿说话，又像是自言自语：“陆羽泽实在不是很好，你要慎重。”

他等不得她说话，似乎害怕她一开口说话，自己就再也不能走开，转身离去。

她低着头一直没出声，哪怕是一个字都没有，不想解释，也不愿解释。

她只是忍着，忍着，不让眼泪掉下来……

她闷头走着，一直不曾留意身后有一辆车不急不缓地跟着。直到司机按了两声喇叭，她才回头，车窗摇下来，露出了陌生男人的脸孔。他从车窗里探出头，笑着将手里的烟头扔到地上，扬声道：“甘小姐似乎情绪不太好。”

“你怎么知道我？”甘小满警觉道。

“我当然知道你。”男人饶有兴致地打量她，“顺便告诉你一声，你新找好的住处已经有人入住，房东很快会给你打电话。”

甘小满停住脚步，仿佛是为了证明男人的话，手机叫了起来。男人笑着看她接完电话，问：“怎么样，没骗你吧？如果我是你，立马就离开滨城。”

“刘卫珊让你来的？”

“你猜对了，还算明白。”

“为什么要我离开？”

“有蒋总的地方，就不能有你。尽管他不常来，但刘董不希望他看见你，哪怕是一次。”

甘小满笑了：“我要是不呢？”

男人嗤笑道：“见过流浪狗吗？你会和它们一个样。”

甘小满哼了一声：“说到狗，你现在就是一条走狗。”

不再管他，昂头向前走。男人说得没错，她现在就是一条丧家犬，连个落脚的地方都没有。不过她还是要抬起头，难道要在他面前表现出难受，让他为自己的恶行得逞而欢呼吗？

即使有眼泪，她也要吞进肚子里。

男人开着车跟在她旁边：“给你交个实底儿吧，你在这儿是找不到住处的。你真该为自己好好打算，别总是意气用事。刘董没别的意思，就是让你离开滨城。”

见甘小满还是不理他，他笑道：“不是威胁你，你根本没得选，早走晚走都是走，趁着现在还没那么惨，离开吧。”

甘小满漠然地看了他一眼，拐进窄巷。他车子进不来，在巷口停了几秒，无趣地开走了。

甘小满手捧纸箱，望着车子远去的方向，心想这个麻烦如此执着地跟随自己，看来刘卫珊过得很不愉快。她当然知道刘卫珊的不快来自蒋庆康，想到这里不觉失神。

“很伤脑筋吗？”突然，背后有人讲话，吓了她一跳。

白音从街角慢慢转出，甘小满之前没仔细看过他的面目，现在他慢条斯理地走到近前，她才发现他其实已经不年轻，不过皮色黧黑，双目有神，总给人矫健之感，看着倒比实际年龄小了几岁。

“你有麻烦？”他问。

“没事。”

他仔细地瞅着她：“你气色不好。”

其实他说话有点儿口音，嗓音也是偏厚重的那种，听在耳中“嗡嗡”的，似乎有回声。

“上次本想给你免单的，不过你住的是乾一订的房，那就算了。”他瞅着她，“我刚刚认识蒋庆康，淳于渊介绍的。”

甘小满不知道他怎么会凭空出现，满是狐疑。

他当然看出她的疑惑，却并不解释，只是笑，露出整齐洁白的牙齿："你辞职了？"

"嗯。"甘小满不准备再说下去，渐渐热起来的阳光让她不舒服。她抱着个纸箱在大太阳底下晒着，好像个傻子。

白音还是微笑着说："既然辞职了，不如来帮我吧。"

"嗯？"甘小满没听明白。

"我公司需要人手，正在招兵买马。"

甘小满心想：难道他除了随处发名片，还喜欢满大街招工？

"我很看好你，我看好的人不多。"

甘小满差点儿笑出声，这是什么逻辑？

他也笑了："我不是很会说话，不过你应该明白我的意思。你可以考虑一下，我不急。"

"具体做什么？"甘小满承认他戳到了她的软肋。用王笑笑的话讲，甘小满平生第一爱好就是工作。谁一提起工作，准能吊到她的胃口。

"我有个牧场。我们的口号是只做好牛奶。"他笑。

"哦？"没想到是这个，甘小满想起第一次见白音，是他在低头摆弄那对脚丫茶宠，很知足常乐的样子。

他拿过她的箱子："走吧，好热。我知道个地方冰激凌很好吃，我们边吃边聊。"

可我没想跟你聊啊，甘小满心想。他已经抱着箱子去拦车了，他没开那辆凯雷德，仿佛解释："乌兰把车开走了。她是个歌手，想要嫁给我。"

甘小满被他的坦率惊住了。

他却自顾自地继续说："我不会娶她，因为我不喜欢她，但是可以让她开我的车，因为当她是好朋友。"

他替她拉开出租车门："上车吧。"

见甘小满还在迟疑，他补充道："只是吃一个冰激凌。"

那天，甘小满果然只吃了一个冰激凌，白音给她点的超大号提拉米苏。他自己则喝了一杯白水，说："我总觉得两个人只要坐下来一起吃点儿东西，就会变得很熟悉。"

甘小满与他坐得近，觑见他眼角的皱纹，或者这是他的人生经验？

"我的厂刚刚投产，这次回去大概要一两个月才会回来，你可以随时打我的电话。"

甘小满沉吟。这是她完全不熟悉的行业，还有，势必要离开滨城。

"我给你时间考虑。你会喜欢锡林郭勒的，那里自由广阔。"白音瞅着她，"我走过很多地方，还是觉得草原最好。"

"因为那是你的故乡。"

"不，我是客观地说，滨城也不错，所以我弄了度假村，也是为了自己冬天的时候有个地方看雪。人生很短，想做的事情就去做，不然会遗憾。"

这样的话很熟悉，小说里常写，连曹操都说"人生几何，对酒当歌"，一代枭雄有这样的感慨，挺不容易。

一大杯冰激凌下肚，甘小满没有胃痛，什么季节吃什么东西，吃对了才不会难受。

清凉的冷意让她浑身舒坦，连带着心烦都解了。

“好吃吧？”

“还真不错。”

白音爽快地笑了：“下次再来。”

两人在冷饮店门口互道再见。白音坐上出租车去机场，甘小满还在店门口抱着纸箱，他瞅着她的目光里带着一点点笑意，好像看枝头海棠正艳。

回到住处，甘小满想了很久，给王笑笑打电话商量。王笑笑惊讶道：“小满，你可得想好，那么远呢。还有，这个人你熟悉吗？不会是骗子吧？”

“骗子？”甘小满想想白音黧黑的面庞，好像还真没见过面相像他这么敦厚的骗子。

“你是想嫁给少数民族男人生个混血娃吗？”王笑笑问，“要是为了这个，我倒不反对。”

后来，甘小满给白音发了条婉拒的短信，他回得很快，没别的话，只说遗憾。

她拿出存折和银行卡仔细算了算。和蒋庆康在一起的这段时间，蒋庆康不让她花钱，她的工资都没动过，加上甘菱去世单位给的抚恤金，做一间小店绰绰有余。

她把存折和卡小心地收好，给自己煮了碗面。热腾腾的面条和汤水，令她的心情格外好。

三天后，甘小满搬到了一间小旅馆，旅馆距离学府路的小巷不远。巷子两边都是小店，冰激凌屋、美发店、礼品屋、小吃部……不到放学的时间段，大部分店家都很悠闲，有的搬着马扎坐在门口，烧一壶茶，晒太阳；有的三五成群聚在一处闲聊；有的则什么都不做，只闲站在门口看风景。

天气晴好，不少人家把花草搬到门外，洒过水的绿叶植物在微风中轻轻摆动，触动了甘小满心中最柔软的一根弦。

这才是真正的生活，有最平常不过的烟火气息，不奢华，也不简单，平凡从容，让岁月自然而然地过去。

她在小街上来回逡巡，一颗心激动而喜悦。

她曾经怀揣两根鸭脖子，那是一种理想的抽象化。她的理想不是鸭脖子，而是烤鸭脖子的生活。

甘小满每天蹲守在小街上，活像个贼。街上的小吃真是丰富，一到中午和晚上饭口，炸臭豆腐的香味儿飘得到处都是。成群的学生一波一波地涌到街上，麻辣烫、小龙虾、炸面串、抻面、鸭脖子……便宜而重口味，深得人心。

她当然也注意到了街上的那家小百货店。店主是个老头儿，旁人都叫他老周，头发白了一半，微微耳聋。他的店有十多平方米，内里的货物杂乱而旧，他的意思大约是不卖光旧货绝不采购新货，以至于满屋的东西都散发着文物的气息。

甘小满知道这种小店没法赚大钱，但它的价值远远没有被开发出来。它如主人一般孤独，在这条街上是最冷清的一家。所以，当甘小满提出兑下这间店的时候，老周有点儿吃惊。他的诚实更让甘小满感动：“姑娘，这店不赚钱，我有退休金，在这儿是想有个事儿忙活，省得闲得慌，你还是别兑了。”

甘小满笑了。瞧，世界上除了鱼眼珠子，还是有珍珠的，只不过这珍珠老了点儿。

一个月后，甘小满盘下了这家小百货店。老周似乎觉得有些内疚，时不时地过来看看。他发现甘小满把这间小小的店铺从里到外大变了个样，简直不敢相信这是自己那间半死不活的店。

透明闪亮的橱窗，色彩艳丽的柜台，各种他叫不上来名字的小商品，使这间不起眼的店顿时明亮了起来。门可罗雀的日子一去不复返，店主热情温暖的笑容让人印象深刻，年轻的孩子们在这里总能找到自己需要的东西，价格便宜，货品精致。

甘小满忙碌而充实，每一单都不是大数目，零零碎碎的钱凑在一起，打烊后，她一张张把它们数好，一周去街角的银行存一次。

原来的很多东西都与她渐行渐远，甘小满觉得自己进入了之前多年未曾进入的自由里。除了偶尔陆廷全会给她打个电话，问一下她的情况。她跟他礼貌地一问一答，不多言也不唐突，坦然却生疏。那边的人亦平和，末了总会嘱咐她照顾好自己。

她真的没有恨谁，也懒得思考太多，不过是想平静地生活，如此而已。

这样很好。

奇怪的是，陆羽泽居然找到了她的小店，他在门口逡巡了一圈才进来。早上九点钟，夏日的酷热还没降临，趁着凉爽，甘小满将店里的货品调调位置，陆羽泽好整以暇地负着手瞅她："还真不赖，你要是管个商场怕是也成。"

甘小满诧异道："你怎么来了？"

"我怎么就不能来？"他大大咧咧地坐下，"太小了点儿，要不要我帮你扩大一下店面？"

"谢谢，我觉得很好。"

"知足常乐。"陆羽泽点点头，不知是赞许还是讥讽。

其实他们的关系很微妙，陆羽泽当她是对头，像防贼一样，而两人的身体里却流着同样的血。

"有什么困难，可以随时找我。"陆羽泽笑道。唇红齿白的少年，难怪有大票的少女为他倾倒。

"谢了，没有。"

"我呢，也不是狠心的人。只要你不回景大，别的倒是没什么，缺钱跟我说。将来你要是真嫁给蒋庆康，我也不反对，彭锐明就算了，窝囊。"

甘小满撇撇嘴。

"不过看目前的情形，你和蒋庆康是分了？"他按捺不住好奇。

"你管不着。"

"啧啧，啧啧！"他发出怪声。

甘小满倒奇怪他居然不记仇，上次他们是吵了一架的，今天怎么又有空跑到这儿来？

"你来滨城干吗，不会是为了监督我吧？"

"嗯，还真不是监督你。"他在她面前倒不掩饰，少见地流露出一丝烦闷，对于陆少爷来讲，这种情绪很罕见。

他并不打算瞒她："我们在蓝城上失手了。"

甘小满手里的活儿不自觉地停下了，景大失手谁得手？她猜得出来。

“蒋庆康厉害！”他状似深思地说，“如果他不在乾一就好了。听说他原来想做个画家？你应该比较了解他。”

“你来找我，是为了了解他？”

“不说算了，认识他的又不只你一个。”他起身，“我走了。”

甘小满不理他，依旧收拾自己的货。待他真走远了，室内静下来，她也停住了。

她慢慢地坐到唯一的椅子上，怔怔地不能动。其实，她并没想什么，只是全身无力，像被吊在了半空中，四处没有依靠，孤孤单单地不能呐喊，亦没有眼泪。

她的胸中，哀与痛如潮水般奔涌，黑色的海浪一波一波地拍打着她的心，就要将她覆灭。

“不能再这样了。”她挣扎着告诉自己，“我一定要忘了他！”

她狠狠地攥着椅子把手，好像是硬要攥出点儿气力来充实自己。

门口有黑影闪动。她一直发怔，竟然没有注意门前停下了一部轿车。待人进门来，她才从梦魇一般的情绪中苏醒，只觉得脊背一寒，几乎打了个冷战。

从外表来看，这是一对相当尊贵的客人。

老男人穿着昂贵的定制西装、锃亮的皮鞋，半秃的头发一水儿地抹到脑后，眼皮微垂，看上去一副好脾气。司机推着轮椅，上面端然安坐着一位五十多岁的美妇人，雍容、典雅、华贵，一切这样美好的词汇用在她身上都不为过。她烫着时髦的卷发，两大粒红宝石和耳坠子来回晃荡。甘小满下意识往她手上看，果然蓝宝石戒指变成了和耳坠子相配的红宝石，个头儿也貌似大了一圈。

司机把蒋碧枝推进门，就退了出去。甘小满不知道这两位神人缘何从天而降，一时没有话说，只沉默地瞅着他们。

蒋碧枝四面看看，笑："这里太小了。"

"的确很小。"彭卫东说。

甘小满不明白：他们搞出这么一副买房子的架势干吗？难道乾一有意买下这间店？他们什么时候改变的风格，对这样的火柴盒店有兴趣了？难道是大鱼和虾米一起吞？

"我们来看看你。"蒋碧枝朝甘小满说，"听说你母亲去世了。"

甘小满下意识地瞅了瞅彭卫东，后者脸上并无异样，只是耷拉着的眼皮翻了起来，露出原本精光锐利的一对眼珠。

"哦，谢谢。"她说，心里乱七八糟。他们是蒋庆康的父亲，这个老男人又是母亲的前夫，关系真是错综复杂。她搞不清他们此来为何，单单是慰问她的失母之痛，还是为了蒋庆康向她兴师问罪？

彭卫东在她刚刚坐过的椅子上坐下，清了一下嗓子，说道："想必你妈已经跟你讲过我们以前的事情，我就不重说了。"

甘小满疑惑，以前的事情她还真不清楚，不过她没吭声。

“你和她一起生活了这么多年，应该了解她。她那个人脾气不好，也倔强，什么事儿都较真儿，不过，”他停了停，看着甘小满，“我们还真没想到，你会先后找到自己的两个哥哥乱来。”

蒋碧枝嗤笑了一声：“你妈妈真是昏头了，怎么能想出这么个鬼主意！”

甘小满整个蒙了，搞不清他们一唱一和地在说什么。

彭卫东皱眉：“她想用你来报复我们，这个方法太蠢了。我拆穿她，她也无话可说，好在你没做出什么过分的事。锐明的时候我及时地阻止了你，谁知道大庆现在也被你搞成这样，如果你不是我的女儿，我不一定会干出什么来。”

甘小满错愕地盯着他。

“大庆被你们母女搞成这样，我实在是伤心，你们太过分了。”蒋碧枝愤然说道，“他知道真相之后，整个人都垮了，消沉得要命。卫珊又起了疑心，吵了又吵。别说你们是血亲，就算你跟他没血缘关系，我也决不会答应卫珊之外的人做我的儿媳妇，他和卫珊从小就是订好的，谁也改变不了！”

甘小满先是震惊，继而全明白了。难怪蒋庆康说他都知道了，原来他们是把她当成了彭卫东的孩子！

他还让她对陆羽泽要慎重，那算是对妹妹的嘱咐？

如果没有身后的柜台支撑，她怕是整个人都要栽倒。

老天跟她开了个什么玩笑？

彭卫东拍了拍蒋碧枝的手，算是安慰，让她平静一点儿。

他皱眉：“虽然你妈不在了，但你终究是我生的，我不会不管你。我在贵州给你安排了住处，工作也找好了，你现在就过去吧。”

“贵州？”甘小满惊讶道。

“去了就不要再回来，当然你也没必要回永宁，免得我们和大庆都尴尬。你和我的关系不要让外界知道，你应该明白我的意思。”

“我想你弄错了，”甘小满认真地说，“我不是你的女儿。”

彭卫东的眉头皱得更紧：“你妈都教了你些什么。当初我就没想让她把你生下来，可是既然生下来我怎么会不管你——你不去贵州也行，那就去国外，我会给你一笔钱。总之你必须离开，卫珊现在对你的误会很深，以为大庆和你怎么样呢，你一定要走远一点儿，别连累大庆。”

说到最后，他毫不掩饰不耐：“不要像你妈一样。别再给我们添乱！”

“这样做，对你、对我们都好，”蒋碧枝显然对她的不听劝很是反感，厉声道，“难道你还想让全世界都知道，你妈利用你去勾引两个哥哥来报复前夫吗？你不怕丑我们怕，我们还是要做人的！”

甘小满对于他们的话几乎没听进去，脑子里像有金色的闪电劈过，一瞬间竟被突然意识到的什么惊得一跳，长久以来令她困惑的问题冲口而出：“我妈去世前，你们去找过她？”

彭卫东与蒋碧枝对视了一眼，问道：“怎么？”

甘小满直视他：“你对我妈说了什么？是不是你令她情绪

激动而诱发的哮喘？”

彭卫东微微一顿，冷笑道：“她干了那样的蠢事，就不该怕被人揭穿。这个女人一辈子都在干蠢事，还生下了你这个蠢货！”

阳光热起来了，小屋里渐渐发闷，甘小满连呼吸都困难起来：“这么说果然是你刺激了她？你都干了些什么？她的病是不能情绪激动的，她的哮喘很严重，随时会有危险——”

她的目光渐渐透出愤怒，又饱含着巨大的悲痛。蒋碧枝被她震慑住了，这个女孩心中好像突然有什么暴戾的东西觉醒了，像是野兽。她上前一步，那么可怕的目光把彭卫东逼得一屁股坐回椅子，她用前所未有的愤怒朝彭卫东吼：“你这个凶手！你害死了她！”

“疯子！”彭卫东一把推开她，“我告诉你，大庆就要订婚了。你离他远点儿，我给你的路你选一条，别不识好歹！”

蒋碧枝呵斥：“和你妈一个样！”

“我给你三天的时间考虑。”彭卫东的耐心耗尽，再也不想多留，推起蒋碧枝出门。

甘小满全身发抖，如同看见母亲被人亲手残害。如今，那个害人的家伙居然堂而皇之地来去，她恨不得扑过去撕碎他们华丽的外皮，或者扔点儿什么让他后脑开花。

她恨自己，多么没用的女儿啊！

那个柔弱、善良的女人用一生的时间把自己养大，自己却眼睁睁地看着害死她的人就这样施施然地离开——穿着昂贵的西装，戴着贵重的宝石，坐着闪亮的高级轿车飞驰而去……

她平生第一次觉得自己很没用，恼怒得想要给自己两个耳光。

一整天，甘小满都过得很不好，头疼连带着眼睛疼，还是在高考的时候她有过一次这样的经历，神经紧张，已经好多年没犯过这个毛病了。

心情不好又不舒服，她比平时关门早了一点儿。

小店的阁楼上刚好可以放下一张床，她的店也就是她的家。小小的窗子外面，深蓝的夜空里有丝丝浮云，是一种安静的美。墙上挂着甘菱的照片，恬静的眼神，嘴角似乎还挂着笑意。她望着母亲，有一丝恍惚，似乎回到了她还在的日子，心里很暖，很有依靠。

她心里装着满满的酸楚，只怕再不做点儿什么，眼泪就要下来。她需要找点儿事情做，来分散自己的注意力。

她开始收拾东西，将衣服重新整理挂好，鞋子一双双打理干净重新放回盒子，自己的东西也就是那么几件，不过二十分钟就全部收拾了一遍。

阁楼很小，她的目光落到最后一只箱子上。自从搬过来，那个箱子就从来没有打开过，是甘菱的东西。

她没有勇气触碰母亲的遗物，着意阻断内心的悲伤。但是此刻，她犹豫了一下，还是打开了。

箱子是甘菱去世之后王笑笑帮她整理的，衣服叠得整整齐齐。她小心地一件件拿出来，重新再叠一遍，才两个月，衣服上的褶皱已经很深，不过再也不需要熨烫，主人已经不在，它们就此沉睡，永远不会被唤醒了。

衣服下面是单独包在一处的内衣，再下面是些杂物，甘菱的手表，几件首饰，还有甘小满买给她的丝巾，在这一堆里还躺着甘菱的手机。

是老人机，甘菱的眼睛过早地花了，甘小满特意给她选了这部老人机，字大，带语音读短信的功能。

手机已经没电了。她呆呆地握在手里，不知道母亲犯了哮喘之后，为什么不给自己来一个电话。她应该有足够的时间打一个电话给自己，但是却没有。

她忽然很想知道母亲的最后一个电话是打给谁的。

她拿过充电器把手机充上电，短暂的等待之后，手机“嘀”了一声显示充电模式。甘小满按下开机键，屏幕闪亮，开机音乐响起，几秒钟后界面显现，翻到已拨电话，最后一个拨出的是李春花——他们的老邻居，甘菱这次回扎庙就是住在她家里。看看时间，是甘菱抵达扎庙的那天，原来她没再打出过电话，也就是说，她在最后的时候，并没有给任何人打过电话。

甘小满呆坐了一会儿，不知道母亲为什么不给自己留一句话，大概是没有想到这一次竟然会是永诀吧。

她想了想，开始翻短信息，都是自己和甘菱互发的短信，她甚至能够记起自己接发那些信息的情形。她一条一条地翻看，不觉开始啜泣。

头更疼了，眼睛也更疼，但是加在一起也比不了她心里的痛。

然后，她看到了草稿箱里存着唯一的信息，那是一条没有写完的长信息：

“小满，我现在难受得厉害，是不是这一次不会再活过来了……”

她震惊地去看短信编辑的时间。没错，就是甘菱乘车回来的那一天，六点一分，那时的甘菱应该正在火车上！

她急着去看短信内容：

“小满，这些年来我一直没有对你说出自己的事，是因为我想彻底忘掉，但是却没有想到你也跟着卷了进来。蒋庆康和彭锐明的父亲彭卫东是我的前夫，也是我一生中最恨的人。我尝试着忘记他，也觉得自己已经把他忘记了。但是当他昨天找到我的时候，我才发觉这些年来，我其实一点都没有消减对他的憎恨。他和蒋庆康的母亲蒋碧枝，这一对卑鄙的夫妻，嘴脸一如当初，如果我能撕碎他，我会毫不犹豫，可恨的是我自己没有一分力量。

“所以小满，我不许你嫁给蒋庆康，即使彭卫东和蒋碧枝不来阻止，我也不许你嫁给他！这是我对你第一次也是唯一的一次要求，也是请求，因为我不能让我心爱的女儿，和那样一群人生活在一起。

“我感觉到了窒息，甚至能感到死神已经来到身边。如果我能活着下车，能再看你一眼，我最爱的小满，我就觉得命运待我已经圆满。

“记住妈妈唯一的请求，如果你不答应，不论我在……”

短信没有编辑完，尽管甘小满已经从陆羽泽的口中得知甘菱与彭卫东的关系，但是看完这段短信，还是良久发怔。

母亲对她最后的要求，竟然是这样！

如果自己不答应，不论母亲在天上还是地下，都不会瞑目吧。

她最后也不曾合上双目，是不是就为了看一眼自己的承诺？

甘小满竟撑不住这个身躯，整个人靠在了冰冷坚硬的墙壁上。那本来已经破碎不堪的心，好像被无数利箭再度贯穿。

还能怎么痛？

她伏下身蜷缩着，好像这样能够好一点儿，能够体会到心脏还在跳动，而她还活着。

“妈，”她低声叫，好像那个不在世上的人还听得到，“他已经要订婚了，所以您可以放心，我不会嫁给他的。”

“你恨的人，也就是我恨的人；伤害你的人，也就是伤害我的人，我都记住了。”

她再也抑制不住地号啕大哭，像一只受伤的野兽在黑夜里哀鸣，凄厉而孤独。

4

甘小满持续地头疼，总觉得有重物压着，沉闷昏沉。

老周的家就在相邻街上，经常会过来溜达，看出她的状态不好，说：“姑娘，你不是生病了吧，有病得去医院。我帮你看摊，你去买点儿药吃也好啊。”

“我没事。”甘小满感激他的好意，“就是睡眠不好。”

“是啊，这街上也太吵了。”老周对此倒有体会，“过了夏天就好了，大排档撤了没有宵夜，就肃静了。”

“过了夏天就好了，”甘小满心想，“我就可以完全忘记了。“

然而，这个夏天却像是总也过不完，甘小满很少看日历，某天才听老周说今年闰九月，天气凉得晚，比往年要再暖上一个月呢。

老周说话的时候，甘小满正在算这个月的利润，突然想起什么，问：“周叔，隔壁的小仓库是谁的？怎么总不见有人来开门。”

老周说，这个仓库原本也是房东的，后来租出去了，租的那家把店盘给烧烤店之后，烧烤店另外租了个大仓库，这个小的就不用了，一直闲着。

甘小满停了笔，思忖着。老周问：“怎么，你想把它也盘下来吗？”

“有这个打算呢。”小满愿意和他讲一讲，“饰品这边柜台太小，要是再多五六个平方，能多摆不少东西，就算每天出两百块，利润三个点也不错。”

“租金和打通的装修都是费用啊！”老周还是自己的老一套生意经，“小本小利的，要慎重。”

小满边笑边计算着，因她这两个月净利润都在一万左右，就想着再扩大一下店面，容货量更多，销售额也会更多些。

转天，她和房东谈好租金，仓库便空了出来，小满雇工装修，这样连脊的门房非常好打通，只是需要重新铺地砖和粉刷，又要新做柜台。老周替她担心："这能行吗？会不会费用太大赔本啊！"小满只是笑。

她忙活了好几天活计才完，不过扩了六个平方，看上去敞亮了不少，老周自己也说："怎么瞅着大了好多呢？更顺眼了。"

甘小满知道一个人能够看过来的店面也就这么大了，再大一点儿就要雇工。她暂时还不想雇人，只是每天进货卖货相当辛苦，她计划着再过两个月买辆电动小货车，来回方便一点儿。

王笑笑产期将近，不怎么过来。学生放假后，甘小满店里不忙，常常过去看她。这天晚上，和王笑笑吃过饭回来，天微微黑了。老周正和边上麻辣烫的老板就着大排档的灯光下象棋，见甘小满回来，说："小甘，刚才有个人来找你。"

甘小满住了脚，第一个反应是刘卫珊又来找麻烦了。却听老周说："是个年轻人，高高的个子，挺帅的——你男朋友吧？"

甘小满呆了呆，道："可能是找错了。"

"怎么会？"老周说，"他手机上有你的照片。"

"唔，可能是我以前的同事。"甘小满心顿时就乱了，敷衍了一句，便找钥匙开门。她的心里一乱就找不到钥匙，在包里摸了半天也没找到，只能走到大排档的灯光底下，把包里的东西一样样拿出来，最后终于在夹层里翻出钥匙，又一样一样地把东西放回去。手机、纸巾、钱包、口香糖，她木木地往包里塞着，然后拉上拉链，却听身后有个声音响起：“你落下了这个。”

接着，他把一支笔递给她——她有随身带笔的习惯。

她的心像被揪住一样，说不清是紧张还是什么别的，他轻轻一步就站到了她面前。其实，他刚才就在旁边的店里坐着，她没发现。

大排档吊着最原始的白炽灯泡，小满记得有个张姓同学说起过，小时候非常羡慕灯泡会发光，以至于闹着要把自己的名字改成张灯泡。甘小满不知道这时自己怎么会想起这个。微微泛着黄晕的光，把他的面目照得异常柔和，像用了柔光——

蒋庆康不说话，默默地拉开她的包，把笔放进去。

耳边老周大喝道：“将！”木质棋子清脆地落在棋盘上，发出了“啪”的一声响。大排档的主人把面串扔进油锅，油锅顷刻“滋喇滋喇”地泛起油花。几张桌子的客人，正吃着串、喝啤酒。天气热，有的男人干脆把背心卷起来，裸着肚子。大扎大扎的啤酒被端上桌，冒着泡沫，金黄透明的液体微微摇晃，一切都是那么热烈温暖——

然而，这一切都不真实起来。只因甘小满忽然看见他眉间的一丝细纹。她有点儿近视，原本并不能看得那么清晰，可她偏一下子看到了。她的心颤了颤，本来好似忘却的许多猛地潮水般涌来，一个浪头就要把她掀翻。

他比拳打栗德生那次还要憔悴，整个人瘦了一大圈。

“不准备让我进去坐坐吗？”他说。

“哦，那么进来吧。”她打开门，开了灯，他也跟了进来。

甘小满平时并不觉得店里特别狭窄，今天却觉得一方斗室令人窒息。她局促地指了指自己平时坐的地方，他很乖地坐下了。店里只有这一把椅子，甘小满便靠在柜台边上，看他从口袋里摸出根烟，在手里捏着。他其实并不吸烟，亦从不带打火机，只是喜欢捏一根在手里。

沉默了一会儿，甘小满才想起什么，起身给他倒了杯水。他拿起来喝了一口，又放下了。

室内明亮的灯光下，甘小满看清了，他的脸色很不好，眼神黯淡，仿佛极度疲倦。他四面望了望，问："生意好吗？"

"一般吧。"

"你比较适合自由的生活。"他说，目光落在她脸上。她看得出他方才一直回避正视她，似乎是不敢看她——他极力克制着，目光看似平静，内里的哀伤却掩饰不住。

他低头嗅了嗅那根烟，又喝了口水。

他很少这样，甘小满摸不透他的意思。他忽说："我失眠得厉害。"

她不能明白。

"我是说，我这几个月睡眠很糟糕。"

"哦，去神经科看看吧。他们会有好办法。"她干巴巴地建议。

他把烟放在桌子上："你住哪里？"

甘小满指了指楼上。他发现了那道窄窄的楼梯，起身一步步地上去。甘小满只得跟上来。阁楼很矮，对他的身高是个折磨。甘小满开了灯，怕堆放的货物绊到他。十几平米的地方，靠外侧整齐地码着纸箱，里面装的是货物。窗边放了张单人床，最简单的床，旧物市场淘来的，铺着素白的床单。窗子开着，夜风轻轻吹进来，撩动白底碎花的窗帘。窗台上是他熟悉的那盆仙人掌，新发了一片嫩叶，绿色的软刺还没长成扎人的针。

他伸手拿过仙人掌，仔细看了看又放回去，在床边坐下。阁楼矮，甘小满没法躬身站着，只好坐在地上的织毯上。王笑笑过来谈天，甘小满买了这毯子，两人累了，一个床上，一个地上，可以躺一会儿。

外面小街上，热闹的人声不绝于耳，隔了段距离，像从世界的一端看另一端的美妙。

“很安静，也很热闹。”他说。

她笑了笑。是的，她懂的，他必定也懂。

然而，他的眸子却分外阴暗：“我想，我是没救了。”

他素来不曾讲过这样的话，安静的语气，却让甘小满害怕。她瞅着他，他也瞅着她。他似乎鼓足了勇气，又似乎漫不经心，说：“你想我吗？”

甘小满呼吸顿住，瞪着他，不能回答。

他没有让她回答的意思，目光亦不曾离开她的脸：“我想你，每天都想。”

如果不是窗外熙攘的声音提醒她，她是生活在人群里，如果不是阁楼闷热的空气让她时刻知道自己是需要活着的人，她几乎坚持不住，就要泪下。

她死死地咬着牙，不让那一声哽咽从喉咙里出来，然后低下了头。

“听说过吗？那一对声名狼藉的兄妹？”他问。

“什么？”

“西泽尔和卢克雷西亚。”

她不能应声，惶恐的心里又有什么东西踏踏实实地在那儿。

“害怕吗？”他缓缓起身到她面前，试探着拉住她的手。

她终于明白了他的意思，浑身瑟缩了一下，抬起头，眼睛里不知何时全是泪。她瘦了，伶仃的手腕像个孩子。他把她的手贴在自己脸上，久久凝视着她。

静止的两个人像两尊雕像，她的眼泪再也忍不住，慢慢滑落。

他轻轻地拭去她的泪珠：“我可以什么都不要，唯独不能让你难过。”

甘小满做了一个从来没想过的举动，张开双臂，环上他的肩头。蒋庆康全身绷紧，过了几秒，终于谨慎地将她抱在怀里。即便这是最大的罪过，他终于还是顺从了自己的心。

这是个痛苦的拥抱，在黑暗里，最强大的规矩在他的心里被撕裂。甘小满充满了不安，什么能让他如此不在意整个世界？她怕自己终于是害了他。

即便这么靠近，她却觉得自己和他远得不能再远。

良久，蒋庆康放开了她。

“我真卑鄙，不是吗？”他黯淡的瞳仁里，有悲凉的绝望，“但我总是想，我不会对你做任何事，只是，只是让我这一生能够从旁注视你，就可以了。”

她看着他，不能说话。

“我是个禽兽，不是吗？”他说着，最终松开了她的手。

“让我在这里睡一会儿，好吗？”他的声音里有悲伤的乞求，“我好久没有睡过完整的觉。你不在我隔壁，我睡不着。”

甘小满不说话，起身去床上放好枕头，把被子展开。蒋庆康像个孩子一样躺了上去。甘小满坐在床边的地板上，对他笑了笑。他安心地合上眼睛，心里再也没有了牵挂，他竟然真的睡着了。

夜深了，街上的大排档散了，最后一个客人也摇晃着回家去了。小商贩们收了摊。灯熄了，最后，连路灯也灭了，四处彻底静下来。

小小的阁楼，像一叶小舟，浮在寂静的海洋里。蒋庆康的呼吸深而长，甘小满从没见过他睡着的样子，此时他的眉头完全舒展，那一缕因为皱眉而生的皱纹还在，甘小满轻轻抬手，试图抚平它，又怕惊醒他，最终没有动。

她关了灯，久久地坐在床边。这个时候，他是她的，她其实也是他的。

他看不见她的眼泪。她知道，即便自己是最倔强的那根弹簧，也无法抵抗来自泰山的重压，这座山是甘菱给她的恩、给她的爱，就像他即便想做那个一次次把妹妹夺回的浪荡子，也不过是在暗夜里说一个梦话而已。

“虽然不是那样的，可是我又怎么能忘记妈妈的话呢？”她的低语好似呜咽，熟睡中的他，听不见她的心在一片片碎裂。

月色从窗帘后透过来，他的脸让她心悸，她终于瑟缩着凑过去，在他的唇上轻轻地亲吻。对他来讲，这是禁忌之吻；对她来说，则是再痛苦不过的离别之吻。

他和她的人生，注定要错过，以各种方式，交会又分离。

这个吻微凉苦涩，如同一滴眼泪落在他的唇间。

凌晨时分，甘小满醒来了。她身上搭着一张薄毯，窗子没有关，风微微摆动窗帘，带进清晨的凉意。

床空着，蒋庆康走了，无声无息地就像从来不曾来过。

她慢慢起身，望着那一张空床，被子叠得整整齐齐，枕头也放好了，像他一贯的样子。她伸出手去抚摸他睡过的地方，夜风吹散了他的温度，平平整整的被单，织物纤维纹理一丝一丝，带着微凉。

有浓重的酸冲上鼻端，她瞪眼瞅着黎明布进的晨光，渐渐点亮整个阁楼，悲伤宛如天幕般覆盖下来。

她缓缓地爬上床，在他躺过的地方睡下，泪水从她合着的眼里渗出，一滴一滴地湿了白色的床单。

她记得，今天立秋，老周告诉过她。

这个夏天，终是过完了。

甘小满没想到董纤云会找来。

她显然是喝过酒来的。司机把车停好，她下来的时候微微晃了一下，弄得司机要上去扶她，好在她及时站住了。

本就已经喝了不少的人，手里居然还拎了一瓶酒，甘小满想，她是存心跑到这儿来撒疯的。

董纤云四下里看了看她的店，说道："好小！"

快开学了，甘小满备了不少货，小店里塞得满满当当的。董纤云一屁股坐在唯一的椅子上。甘小满见她穿黑色礼服裙，颈上钻石链子颗颗璀璨，便知她一定是刚从某个酒会过来。

"猜到了？"董纤云睐着她，微笑道，"蓝城的交接式。"

其实，甘小满心中也约略想到，她和蒋庆康脚前脚后地出现在滨城，肯定是出席同一活动。

这时的董纤云，与之前甘小满认识的完全不同，更像个酒鬼。

她一摆手，司机拿过两只高脚杯，放在她和甘小满面前，一副开喝的架势。

"你有什么事？"

董纤云嗤笑道："装傻？你一贯就会装傻。"

甘小满皱眉："你喝多了？"

"是啊，故意的。"她很坦然地说，"想跟你聊聊。"

没用董纤云示意，司机就知趣地出去了，站在门口摆出一副"一夫当关，万夫莫开"的架势，甘小满知道在打发她走之前，是做不成生意了。

"我今天心情不好。"她倒是坦白，"想找个人说说话，想来想去只有你。"

她给甘小满和自己分别倒了一杯，朝甘小满示意。甘小满没动，她一笑，自己饮干。

"伊贡·米勒的冰酒，"她沉吟道，像是回忆往事，"我从国外回来，第一次见康哥，他送了一瓶冰酒给我，因为知道我喜欢。”

甘小满不做声，微风拂过，窗下的风铃发出清脆的鸣响，周遭的一切恍恍惚惚的，都不真实起来，好像在一个梦里，那个人的名字被人提起的瞬间，她迷茫无措。

“康哥是个让人没法拒绝的人。”董纤云眯着眼睛，说，“就算他不想靠近你，你也会想靠近他。”

她抬起头，继续说道：“他们说他和刘卫珊很配。”

甘小满想起那千娇百媚的人，同时还有她手下的高个子男人，她并不只是妩媚，还带着毒刺。

“蝎子般的女人。”董纤云评价，她实在是喝多了，毫不避忌道，“除了那张脸，没一个地方配得上康哥。”

“告诉你一个秘密。”她朝前探身，凑近甘小满。

“什么？”

“我宁愿康哥娶的是你。”她笑，“你相信吗？”

甘小满坐在收银桌上，低头嗅了嗅那杯冰酒。

“你应该这样。”董纤云教她，“像你那样拿杯子是喝老白干，像我这样。”

董纤云有一双极美丽的手，捏着高脚杯的姿势相当动人：“身为女人，你要学会一切优雅的东西，喝酒是其中之一。”

“我第一次喝红酒的时候，怎么也不会卷舌头，”董纤云笑道，颊边小小的酒窝，现出与平日不同的一点点可爱。

甘小满垂下眼睛。她并不想喝酒，但是觉得这个时候听了这些话，喝一杯很适合。

于是，她与董纤云碰了杯。

“你来找我，不只是聊天吧？”甘小满问。

“你在不装傻的时候，很聪明。”董纤云的笑容有点儿诡秘，说道，“康哥现在在飞机上，后天晚上举行订婚式。”

一只蝴蝶飞进来，小小的白色翅膀奋力扑扇着，大概是把屋子里琳琅满目的货品当作了花朵。甘小满的目光随着这只蝴蝶移动，从墙角到柜台，再到玻璃窗，这只蝴蝶可能意识到自己飞错了地方，想要出去，可是找不到来时的路。

甘小满慢慢走过去，趁它落在窗台上捉住它，轻轻将它送到门外。做这一切的时候，她在极力控制着发抖的手。

“他昨晚来的时候，没跟你提起吗？”

“你跟踪他？”

“那倒不是，我只是想知道他去了哪儿。”她的笑容深不见底，“刘卫珊要是知道康哥彻夜待在你这里，会怎么样呢？”

“她会怎么样我没兴趣。我只想知道她怎么会知道这些，还有之前的事。”

董纤云笑而不语，只是喝酒。甘小满知道自己猜对了。

“利用我对付她？还是想利用她对付我？”

“被你看穿了，真是不好意思。要我回答是两者都可以。”

“但是怎么样都不会是你。”甘小满笑。

董纤云脸色一变。甘小满朝她最痛的地方捅了一刀，她几乎把持不住地跳起来。但她忍住了，慢条斯理道：“想不想知道你妈是怎么发病的？”

这回轮到甘小满变色，几乎握不住手中的酒杯。

董纤云从手袋里取出一只信封，扔在桌上："我想你会感兴趣。"

白色的信封里，有一个小小硬硬的东西，倒出来一个U盘，连接到电脑点开，只有一段视频。

画面开始时有点儿模糊，拍摄的人在调整焦距，几秒钟后镜头里出现了三个人。甘小满一见是甘菱，心就一紧，背景是扎庙的火车站。甘小满每次回家都坐火车，对那里的一切都很熟悉。背对镜头的一男一女，甘小满不看也能认出来，蒋碧枝的轮椅太醒目了。

他们在距离候车室较远的花坛边上，看情形车站正在施工，堆放的砖头沙土隔断了他们和其他人。

隔离着一段距离，几个人说话听不甚清。而彭卫东和蒋碧枝背对着镜头，唯一能看清面目的是甘菱。甘小满从没在母亲脸上见过那么愤恨的表情，彭卫东在质问指责她，他甚至不容她讲话，几次甘菱想要说点儿什么都被他打断了。

这样约摸过了三两分钟，甘菱忽然冷笑着说了句什么。彭卫东做了一个甘小满怎么也不会想到的举动，他上前一步，抬手狠狠地给了甘菱一记耳光。

隔着屏幕，甘小满觉得那一记耳光好似抽在自己脸上，痛而屈辱！

甘菱整个人被打得一个趔趄。彭卫东指着甘菱怒骂，内容听不清楚，倒是最后一句短促响亮："给我滚得远远的！"

甘菱没说话，只是捂着胸口。甘小满一颗心都揪在一起，每当甘菱这个样子，就是哮喘发作。

甘菱慢慢地坐在那些砖块上，大口地呼吸。蒋碧枝尖声道：“隔了几十年，还在装可怜，啧啧！”

彭卫东回头打个手势，镜头晃动，接着黑了。

视频结束，甘小满仍死死地盯着屏幕，好像甘菱仍在她眼前挣扎，那样近乎窒息地喘息。她不该上车回来，她应该马上去医院吸氧治疗，应该马上给她电话，可是母亲为什么要坚持回到滨城？

她忽然明白了。甘菱要阻止她，阻止她和蒋庆康。她不能让自己的女儿和彭卫东的儿子在一起！

她在短信上已经写明白了，她用毕生的恨支撑着回来，就是要让自己离开蒋庆康！

三十年前，她把自己的青春葬送在彭卫东手里；三十年后，她把自己的性命葬送在他手里。她这一辈子，都毁在了这个男人的手上。

“精彩吗？”董纤云微笑着问。

甘小满缓缓地转过头，望了她一会儿：“彭卫东的司机，也被你买通了？”

“被你发现了。”董纤云说，“真没办法，在你这里什么都瞒不过。”

“你给我看这个，不单单是为了让我难受吧？”

董纤云扶着头，喝得的确有点儿多：“聪明！我要是男人，也会喜欢你。可以告诉你，如果康哥不能和我结婚，我希望彭卫东垮掉。”

甘小满慢慢地饮下一口酒，此时喝下任何东西她都尝不出味道。如果非要辨别，都是苦的。但她还是要喝，因为她不知道自己除了喝酒还能干什么。董纤云抱着这样那样的心思来，唯有这一瓶酒是好的。

董纤云朝着天花板望了一会儿，说道：“我不会让刘家和蒋家绑在一起，最后成为一家的。”

“你有野心。”

“是啊，我是董家唯一的孩子，应该有也必须有这样的野心。”

“你不累吗？”

“累？”董纤云笑了，“你虽然聪明，却是个懦夫，所以你不会懂，你连康哥都不会去争取，还能懂什么呢？”

她的眼中有隐隐的泪光，但拼命仰着头不让眼泪掉下来：“如果他肯为我憔悴如斯，我会拼尽所有的气力和他在一起，哪怕是所有人反对，就算与全世界为敌……”

甘小满沉默地瞅着她，没有反驳，因为她说得对。但是董纤云不知道，就算她想与全世界为敌，也没有那样的理由。

她所背负的，董纤云一样不懂。

黄昏来临的时候，她们喝光了整整一瓶酒。董纤云晃荡着站起身，“啪”地将一张请柬拍在桌上：“如果你最后想明白了，就去找他。”

她踉踉跄跄地出门，等在门口的司机将她扶上车。看他的熟练度，应该是对董纤云醉酒很有经验。

甘小满觉得眼睛都要睁不开了，她也醉了，可她强撑着不让自己睡，将那视频再度点开。

她已经不大清醒，看那一幕一幕的画面也是迷迷糊糊的，却比任何时候都心烦，再看到彭卫东一掌掴向甘菱的时候，她忽然狂暴地对着屏幕大吼了一声。

愤怒和悲伤充斥着胸膛，她眼珠通红。

手机铃声蓦地响起，是一串陌生的号码。那头的声音却不陌生，彭卫东不是永宁生人，但在永宁生活多年口音已经略变，并没多余的话，劈头就问："考虑得怎么样了？"

甘小满瞪着电脑屏幕，甘菱坐在肮脏的沙土砖头上大口喘气，视频中的彭卫东还在痛骂——

"没听到吗？"彭卫东得不到她的回应，理所当然地怒了。

"我哪儿也不去，以后少来骚扰我。"甘小满一个字一个字地迸出一句话，挂断了手机。

彭卫东再打过来，她没有接。

视频一遍一遍地重播，甘小满委顿在椅子上。夜幕降临，街上的大排档铺开了，热热闹闹的，她却被隔离在那些人之外。

她所在的世界正下着冰冷的雨，冻得她全身发抖。那一双从泥水中将她拉起的手已经不会再有，她失去了拯救，像被钉死在山崖上的石像，顶着狂风暴雨站立，任凭剥蚀。

当被雨水洞穿，石像也会痛！

她蜷缩在椅子上，最初还执拗地盯着电脑屏幕，后来慢慢地睡着了。醉酒使她头痛如裂，她在睡梦里痛苦地皱着眉头，忍受着，告诉自己会好的，一定会好的。

什么时候，她也曾经这样告诉过自己？

那个那根拉的风雪之夜，她蜷缩在汽车后座上，裹紧外套沉沉地进入梦里，心里一直在念叨：会好的，会好的，一定会好的。

那个时候，她身边有个男子，叫大庆。

她还不知道他的全名，他也不知道她的名字。他们在一叶浮舟似的车子里，随时可能被风雪覆盖。

他们终于脱险，从那根拉逃生，却被命运的洪流席卷吞没……

甘小满睡得不好，心里一直有个人在哭、在吼叫、在挣扎，折磨得她辗转不宁。最后她终于醒来了，周身冷汗。

电脑的屏保是一缸热带鱼在潺潺的水声里，悠然自得地游来游去。怔了怔，她关了机，从椅子上下来，手脚僵痛。夜已经深了，大排档都散了。她关了店门，头昏昏的。这是什么酒？不是说好酒不上头吗？怎么搞得她这么难受？

她打了盆冷水洗脸，待起身在镜子里看见自己，吓了一跳，眼皮浮肿，眼珠充血，脸色则苍白得像个鬼。

她盯着镜子里的人，镜子里的人也盯着她，她们像双生的姐妹一样彼此凝视，陌生又熟悉。

手机短信在“嘀嘀”地提示——

“既然你不肯选择，我只好替你选择。你的店已经被我买下，从明天开始，你不再是那儿的主人。我已经在你的户头上存了一笔钱，你可以去日本或者韩国，去了就不要回来！我不喜欢有人跟我作对，不论是你还是你妈！记住，别让我再看见你！”

自认为手握别人命运的人，永远会用同一种方式处理那些被握住的命运。

甘小满又一次地感觉到甘菱的疼痛与愤怒。

她是真的想要撕碎他们吧！

即便是现在的自己，不是也想扑过去狠狠地把他打垮在地吗？

她拿起手机。

“我不会离开。我会在这里继续生活下去，无论你是谁，都没有权利干涉我的生活。”

“那就试试吧。你不会有工作也不会有住处，除非你在滨城乞讨。”

“卑鄙。”

“没有教养，你妈没教过你要尊重长辈吗？”

“你是值得尊重的人吗？”甘小满不再和他啰唆下去，挂掉了电话。

这晚，她一夜没睡。天亮的时候，房东果然来了，说：“我知道对你也有影响，不过人家出的价格高嘛！我可以少收你一个月租金，你快搬吧。”

甘小满一言不发，老周和周围的邻居都围过来了，说：“这也太坑人了，小姑娘不容易，店开得多好。你这么撵人，她损失太大了。”

房东说：“我这个人很仗义的，只要小姑娘出的价格和那位老板一样，我就卖给她，你们问她出得起吗？”

老周说：“那也不能就这么被撵走啊，到哪儿也没这个道理！”

房东不乐意了：“这是谁的房子啊？你的还是我的？我的房子租给谁、卖给谁我说的还不算吗？我是可怜她才给她免一个月房租，仁至义尽，还想怎么着啊？”

“小满你就不搬，咱们有合同的。”老周怒了。

房东嗤笑：“好啊，合同我带着呢，大伙儿瞧瞧，乙方有优先租赁权和购买权，我不否定啊。现在我要卖房子，你买吧，四十万，拿得出就是你的，拿钱吧！”

“根本就不值这些钱！”老周说。

“你说不值没用，人家老板出四十万，这房子就值四十万。有本事你拿钱，要是你拿出钱，我立马把老板的钱退回去，卖给你，违约金我自己拿！”他斜觑着甘小满，“拿得出来吗？”

阳光热辣辣地晒着，没有清晨的样子。甘小满默默地低着头，听着房东的大嗓门，好像这事儿于她浑然无关。

老周说：“小满，不然咱们去打官司，我就不信没有说理的地方。”

一句话触怒了房东，他飞起一脚踹开了店门，抬手将一盒子文具掀到街上，里面的几十支笔四散落地。他从口袋里掏出两百块钱，拍在柜台上，说道：“看见没，我就是这么讲理的人。告诉你，现在我掀你的东西给你钱，明天你要是还占着没走，我可就不给钱了，全给你掀出去！”

言罢，扬长而去。

“我给派出所打电话，就不信没人能管得了他！”老周气得哆哆嗦嗦，拿着电话的手直发抖。

“算了周叔，谢谢你了。你要是没事儿，帮我收拾一下东西吧。”甘小满轻声说。

“就这么算了吗？他这是欺负人！”大排档老板也说。

“还能怎么样呢？我买不起他的房子，只能搬走，他说得没错。”

甘小满默默地进店收拾东西。这些天来，她只觉得这条小街热闹得很，现在四周却静得要命。

老周叹了口气，也进来了：“你这些货放在哪儿啊？这么急撵你走，一点儿准备也没有啊！”

“不要了。”小满说，“周叔你要是以后还想开店，我就都送给你。”

老周愣了：“不要了？不少钱呢！你不打算换个地方再开店吗？”

“不开了。”甘小满把自己的东西打包搬下阁楼，最后把甘菱的照片从墙上取下来，手指轻轻地抚过母亲的面颊，泪一滴滴地落在玻璃相框上，甘菱的眼睛也好像湿了。

她再也收拾不下去了，坐在椅子上，喉咙堵得像是要炸开。老周不会明白，只要她在滨城，不论在哪里开店，都会遭遇和今天一样的结局。

如果不进行选择的话，她能够想象自己今后的日子，颠沛流离，处处碰壁。彭卫东和刘卫珊都不会让她好过。

她想起栗德生、徐闻水，想起赵晓丽、刘欣欣，自己如果是那群人中的一个，也许一切都会变得不同。

但是，要改变吗？

当然不。

真的要任由他们得逞吗？

有个声音在内心大声叫：“决不！”

她拿起那张红底洒金的请柬看了会儿，掏出手机慢慢地拨打一个号码，对方十分意外：“甘小满？”

“是我，”她听着自己的声音很远很远，却依旧镇定地说，“你好，陆羽泽。”

十一　菡萏香消翠玉残

1

章坤栋坐在驾驶位上。

今晚的永宁飘着细雨。

章坤栋其实很想点一支烟，但忍住了。今夜的他，是个司机，不能把车子里弄得乌烟瘴气，而他也实在不愿意下车，站在雨里吸烟，所以只在烟盒上摸了摸，便作罢。

倒车镜里，后面停着一辆深蓝色法拉利458，陆羽泽的司机小苏倚在车门上，细雨淋得他头发微微闪着亮光。他把抽剩下的烟头扔到地上踱灭，朝酒店大门望了一眼。

灯火通明的喜来登永宁店，霓虹灯招牌高高矗立。门口两名穿制服的迎宾戴着白色手套，分立大门两侧。透过玻璃门，可以望见宽敞的酒店大堂——巨大的仿古水晶灯璀璨夺目，淡金色的大理石地面上点点金沙色，偶尔有人走过，好像走在在水晶与黄金镶嵌的盒子里。

章坤栋看了看表，七点一刻，是时候了。

几乎就在他抬起头的同时，酒店里走出了三个人。

这是章坤栋第一次看见甘小满和陆羽泽肩并肩地走在一起。还真是有趣，一个像极了贝天欣，一个像极了陆廷全，真是姐弟两个。

在黄曼仪撑开伞的同时，小苏也举着大伞小跑上去遮住了陆羽泽。

下了台阶，陆羽泽稍停步，扭头朝甘小满说："真的要去吗？"

"是。"

"让章叔送你吧。"

"这件事和你们没关系，是我和蒋庆康之间的事。你只需要做好我们刚才说的就可以了。"

陆羽泽挑了挑眉，说道："你跟我想的有点儿不同。尽管你要挟了我，不过还是给我提供了一个重要的信息，我已经有了计划。"

"董纤云？"

陆羽泽深深地盯了她一眼，说："你没有看起来那么笨。"

"你和她合作倒也合适，起码你们都有出言不逊的习惯。"

"论刻薄，可能我们都不是你的对手。"

见甘小满扭身要走，他叫住了她，说："听我的，坐章叔的车去。虽然你有请柬，不过徒步而至的客人会被保安挡在门外。衣服在车里，换上它，你是陆家的大小姐，我不希望有人用轻贱的目光注视你。"

甘小满奇怪地看着他。

"我的意思是，如果爸爸知道了会很生气，那跟看他没有分别。"

雨"唰唰"地下着，陆羽泽大步上车，从车窗里探出头：

“你能这样做很好，起码我不会有愧疚——不然，好像是我逼走了你。”

蓝色的法拉利，像一道切开雨幕的刀光，锐利疾速远去。黄曼仪轻声说：“大小姐，上车吧。”

甘小满在雨中停留片刻，仿佛在下定什么决心，终于她说：“叫我小满就可以了。”

“是。”黄曼仪替她拉开车门，后座上安静地躺着一只长方形盒子，烫着迪奥的金色标志。

“您应该去做个头发，”黄曼仪建议，“花不了多少时间。”

“好。”

黄曼仪发现，一旦统一了目标，甘小满并不难相处。

十几分钟后，甘小满从理容院走出来。章坤栋深深地吸了一口气。她原本的直发做成了微微弯曲，柔顺地垂在肩头。白色晚礼服裙也换好了，领口镶嵌着淡紫色的珍珠，衬得她的脸庞犹如玉润。白色的裙摆被风拂动，更好像夜色中绽开的白昙，直触人心。

“那傻小子会后悔的吧。”章坤栋心想，“这样的美丽姑娘，错过了一定会难过。”他从后视镜里不经意地看了眼甘小满，后者目视前方，面无表情。

环湖东路，是永宁极负盛名的一条小路，因为临着风景绝佳的永宁湖，历来为达官显贵青睐，遍布豪奢府邸。民国时期，小路被拓宽，为的是汽车来往方便，大批政界军界要员或名流来往于此。每当夜幕降临，总有舞会在某个深宅中举行，靡靡乐音响起，纷乱的时局里照样金粉繁华。

之后，鸟兽飞散，人去楼空。直到现在，小路基本还保持着原貌，不过是新铺了柏油路面，改换了马路两边路灯的式样而已。

正值夏末，浓荫翠蔽，路两旁一丛一丛的木樨蓬蓬勃勃，昏黄的路灯底下，微雨斜飞，浓郁的花香被水汽冲淡，偶然从敞开的车窗漫进，一点点淡淡的馨馥令人失神。

章坤栋一直往前开，差不多已经到了尽头，才现出这条路上最大的一所宅院。

拜占庭式花园——乾一的私家会所，从不对外。

老旧的大门维持着原貌，纯粹中式，与拜占庭毫无瓜葛。高大的梧桐阔叶繁枝，各种叫不上名字的乔木在雨中舒枝展叶，那样繁茂的枝丫从围墙里探出，翠盖如压。

早有人候在门口，看见他们这辆车驰来，撑着伞走过来。章坤栋便将那大红烫金的请帖递出车窗。

“甘小满女士。”迎宾显然对这个陌生的名字并无耳闻，但仍旧恭恭敬敬地弯腰伸手，“请进。”

黑色的奔驰缓缓驶进，车道两旁尽是浓密的植物，倒垂的枝条从车窗上拂过，好像行驶于阴翳的密林。

雨声之外，多了“哗哗”的水声。车子转了一大圈，前方豁然开朗，无数悬挂的彩灯，将占地广阔的花园照得通亮；足球场大小的喷泉“哗哗”地喷着水，彩虹般斑斓的水线不断变幻，交叠穿插，瑰丽万端。

白色的拜占庭风格的大宅静静地矗立在夜色中，三个小“洋葱头”拱卫着正中的大穹窿顶，漆黑的天幕下，突兀壮美得如大幅油画。

宅前泊满各式豪车，保安快步走来，指挥章坤栋将车驶到一旁的停车位。同时疾步而来的，还有一名保安，手里撑着巨伞，显然是要为参加订婚式的客人遮雨，免得淋湿贵宾昂贵的衣裙。

黄曼仪打个手势拒绝了他，亲自撑伞下来，转到另一边扶甘小满下车。

章坤栋早在地面上铺了一块大红色羊毛地毯，待甘小满脚下的银色镶珍珠的高跟鞋踏上去，黄曼仪手中的雨伞立刻遮上她的头顶。

音乐声夹杂着人声，从灯火通明的大厅里传来，甘小满微微停顿一秒，冷风和着雨水令她肌肤生凉。

黄曼仪和章坤栋簇拥着甘小满，走向敞开的厅门，廊下早已点亮了数盏明灯，照着一行三人。章坤栋很久没有穿得这么正式了，笔挺的西装令他不得不挺直脊背，好像有杆冲锋枪顶在他的腰眼上。黄曼仪今晚身着浅灰色套裙，头发在脑后挽髻，压一支紫罗兰翠蝶，利落干练。

谁都看得出，这两人是管家，是保姆，是保护公主的左膀右臂。

花香酒香女人香，细细的音乐如水一样流淌，白色和琥珀金的花朵装点着整个大厅。衣香鬓影，笑语晏晏。甘小满一脚踏入，迎面而来的浮华之气令她恍惚，感觉自己正在某部电影中。

在她二十五年的生活里，从没有过如此场景。

她的生活简单淳朴，充满真实的时间与空间感，或心酸或喜乐，哪一样都与奢靡无关。而现在，她却正置身于从来不曾梦想过的场地，穿着陌生的衣裙，踏着足有十公分的高跟鞋，门外停着的汽车价值数百万，只是为了将她带入这个厅门洞开的地方。

只因若不如此，她就会被拒之门外。

而她此来，只为了见一次蒋庆康。

在她进入大厅时，有一瞬的安静。人们举目看着缓步而入的女孩——低调奢华的礼服包裹着她，她其实并没有佩戴任何首饰，却散发着珍珠般的光彩。在她四望的时候，所有人都感受到她无与伦比的美丽与清逸。

而她身后一脸严肃的章坤栋与黄曼仪，则明明白白地向众人昭示：不要唐突我家公主，不然有你好看。

“小满？”有人惊异道，似乎不敢确定，快步穿过半个大厅来到她面前，“真的是你吗？”

穿上高跟鞋的甘小满，和彭锐明身高几乎同等，不必仰头就能看清他惊愕的脸。

“不欢迎？”她微微地挑了挑眉。

“不。只是没有想到。”他略微有点儿困惑，低声道，“爸爸说你去国外了。”

甘小满转过头，从侍者的托盘中取过一杯香槟：“他的确那样安排了，可是我没有去。”

“那么，你这是……”彭锐明瞅了瞅她身后寸步不离的章坤栋与黄曼仪。今晚的甘小满与他认识的大不相同，身后又跟着这两个看样子来者不善的家伙，他直觉有些不好。

“我收到了请柬。”甘小满说。

“哦。”彭锐明不清楚是谁的安排，不过以他对甘小满的了解，她绝对做不出什么坏事来，想到这里，微微松了口气，“我待会儿带你去见爸妈吧，他们正在楼上陪重要的客人。”

甘小满以前总觉得彭锐明很高，现在看来他其实比蒋庆康要略矮一点点。同蒋庆康一样，他们都有着浓浓的眉毛。甘小满忽觉怅然，曾经那样浓情缱绻的相处仿佛一场春梦，过去便过去了。无论曾经多么疼痛、多么受伤，如今剩下的，不过是相识这唯一的结果。

冷了，就凝固了。

是不是过了今夜，她与蒋庆康将同样如此，再见亦只是相识？

一念至此，心如锥刺，她竟忍不住鼻中一酸，低下头去。

彭锐明并不清楚她所想，只见她眼中一片空茫，面前人分明是初相识的模样，又不完全是他所认识的女孩儿。那个在派对上馋猫一样的女孩儿，有着星星般明亮眼睛的女孩儿，让他想放过她都不能。

今晚的她，明艳不可方物，把满场珠光宝气的女子全都比下去了。但她又是那么疏离高傲，甚至带着一丝悲伤。

“听说，你妈妈去世了。”彭锐明轻声说，“不要太难过了。”

“哦。”她答应着，重新扬起头。

“我……们会照顾你的。”他想了半天才说出口，毕竟这样的话在他也是相当困难。

“你们？”她挑了挑嘴角。

“其实我知道你不是故意的，也不是那样……我会找机会替你解释的，你放心。”他不知道为什么要这样说，只是觉得这样的话唯有说出来才算对得起她，也对得起自己。

甘小满没说话。

短暂的沉默后，有人清脆地击掌，厅内的交谈声停止了。乐队变换了曲调，本来轻轻细细的背景音乐转为悠扬的序曲，小提琴、大提琴和钢琴交错奏响节奏鲜明的舞曲。

人们自动退开，偌大的大厅正中突然只剩下他们两个，俊朗的男子和清丽的女孩相对而立，彼此凝视，好像舞蹈开始前的一刻，短暂地交流。

“那么，就跳一曲吧。”彭锐明四顾了一下，伸出手来，做个十足的邀请姿势。

甘小满瞅了他一眼，彭锐明在她的目光中看到了冰霜一样的冷意。但她并没有拒绝，缓缓地将手放在他的掌心。

短短的一瞬，彭锐明陡然心痛，熟悉而久远，他几乎已经忘却，但也不过是一瞬，便消失了。

乐队指挥手中的指挥棒凌空划出优美有力的轨迹，舞曲轰然奏响。

彭锐明从来不知道甘小满的舞跳得这样好，看得出她其实心不在焉，但她的每个步伐、每个动作都精准地控制在最美妙的点上，白色的裙裾绽开，灿然如花，又在她轻盈的舞步间变幻出流水与风的妙曼，翩若惊鸿。

主人家的领舞一旦开始，宾客们也纷纷投入舞池。但所有人都自觉地给他们这一对留出中央的位置，他们整个主宰了这一支舞。

仿佛故意，亦仿佛偶然，音乐中转出几个连续的小花腔。宾客们依旧保持着原本的舞步，彭锐明则忽然高抬手臂，甘小满几乎想也不想，以他的手掌为轴连续旋转。飞扬的裙摆流转一泓光影，巨大的水晶灯布下的璀璨光柱里，她像孤立于万人中央的舞台王者，忘我、孤寂、华丽、忧伤。

彭锐明有一丝恍惚，这个女孩子究竟还有多少是他不知道的？

一曲既终，甘小满缓缓立定，还是那么纤柔宁静，又仿佛变回他所认识的女子。

“你的舞跳得非常好。”他由衷地说道，“我之前不知道。”

“我还有很多事你不知道。”她说。

在舞池的外圈，董纤云默默地看着他们这一对，与甘小满目光相接的瞬间，朝她微微扬起酒杯。那是一个遥祝和庆贺的姿势，甘小满一动没动。

“累不累，来这边坐一会儿吧。你想吃点儿什么？”

甘小满没有吭气，目光越过彭锐明望向楼梯上方。音乐停了，满场人声渐止，彭锐明随着众人的目光投向二楼，彭卫东和蒋碧枝出现了。这楼梯并没有轮椅的通道，彭卫东忽然弯腰将蒋碧枝抱起，一步步地走下楼梯，随后的助理抬着轮椅跟在后头。不知道是谁带头鼓掌，满场“哗哗”的掌声里，彭卫东将蒋碧枝抱到楼下放到轮椅上，蒋碧枝满脸骄傲又娇羞，像个小姑娘。

“抓拍了，抓拍了，明天见报！”旁边的一位记者老兄喜不自胜。

彭锐明小心翼翼地瞅了眼甘小满。她面色惨白，对这一幕恍如未见，依旧注视着楼梯上方。彭锐明转过头来，终于知道她在看什么了。

蒋庆康和刘卫珊正从二楼走下来！

短暂停顿的音乐又重新奏响。甘小满不知道这是一首什么曲子，庄严又欢乐，浪漫又雄壮，好像故意迎合两位主角的步伐，又好像两位主角事先已经演练过，和音乐配合得天衣无缝，只可惜他们并没有牵手，肩并肩地走下了楼梯。

原本消减的掌声重新雷动起来。铆足了劲儿的仪式主持人终于等到了开口发声的时刻，朝着麦克风激动深情地宣布：“乾一集团的执行总裁蒋庆康先生与乾一集团的董事长刘卫珊女士的订婚典礼即将开始，请双方家长以及尊敬的各位领导到典礼台落座，请前来参加观礼的所有嘉宾落座！”

大厅东首大红幕布缓缓揭开，无数深红的玫瑰簇拥着正中央的白色典礼台。彭卫东和蒋碧枝被请到台上，他们身旁的一位白发妇人是刘卫珊的奶奶，这位老太太并没有表现出激动和喜悦，反而冷淡得像是旁观一部电影。

“她中风已经五六年了。”彭锐明给甘小满解释。

同时在台上落座的，还有五六个高官模样的人，看得出彭卫东对他们相当客气。

但这一切都不是甘小满关心的，她只看到蒋庆康又瘦了。

他从来没有如此憔悴和萎靡过，好像刚刚大病一场从医院里出来，由于瘦的缘故，他显得更高。他并没有看其他人，只是沉默地走着，甚至并没有和刘卫珊保持一致的步调。

但刘卫珊并不在意，今夜的她真是美丽，眉目婉转，妩媚万方。她穿着淡金色的礼服裙，长长的裙摆上晶莹璀璨。甘小满旁边的两位妇人私语着："听说镶的都是真钻呢！国外定制的，工期用了小半年的时间。"

"怕不是要几十万美金？"

"这个还不算什么，你看那项链。"

刘卫珊颈上正有一条钻石项链，重重叠叠的彩钻将她的脖子裹得密不透风，灯光下光彩炫目。

"听说值这个数。"妇人甲伸出手。

妇人乙数清之后惊异地低呼："是真土豪，不是假贵妇。"

甘小满就在她们的窃窃私语时，离开彭锐明慢慢朝前走去，她的手心里紧紧攥着一个东西，每走一步，心就"咚"地跳一下，但她还是一步一步地朝前走。

大厅真大啊，她不过是穿过了半个厅堂，蒋庆康就已经和刘卫珊站在了典礼台上。

她觉得自己可能永远也走不到蒋庆康的面前了。刚才跳舞的时候，她怀着满满的勇气和戾气，但在看见蒋庆康的一瞬间，那种凶恶的戾气就没了。

他竟然那么瘦，瘦得让她心疼。

她想起他说的话："你不在我隔壁，我睡不着。"

现在的他，还是睡不着吗？

按照常理，今天的他该是志满意得，刚刚挫败了陆羽泽拿下蓝城，又要和集团董事长订婚，财富、地位、名望，所有男人梦寐以求的一切都在囊中，而刘卫珊，又是那样惊艳的女子。

说到惊艳，蒋庆康就算憔悴如斯，也还是王笑笑口中的"极品"，那样出色、风度翩翩的人物和刘卫珊这样的美女站在一起，瞅着就让人眼中一亮，惊艳又动人。

今天的确是他的好日子，不是吗？这么多有身份、有地位的人盛装出席，女人们的羡慕嫉妒恨，更说明蒋庆康与刘卫珊以后的好日子会多么风光无限！

他们的日子？

甘小满觉得自己完了。她努力地深呼吸，也不能止住疯狂席卷而来的悲伤；她逐渐看不清前方，白色的典礼台、几千朵红得好像晚霞般的玫瑰，都在她的泪眼中变得模糊。

耳畔有个声音低低地回响："你倒是像个新娘，不过枉担了虚名。我早晚是要找回来的。"

那样浅笑的语调，不是他一贯的样子。

如今，他的准新娘却另有旁人！

她只觉得双腿发软，再也走不动了，只想放声痛哭一场，哪怕席地而坐。

但她还是继续朝前走，一直前行——

“尊敬的各位领导、各位来宾、女士们、先生们，大家晚上好。我非常荣幸地在这里主持乾一集团执行总裁蒋庆康先生与乾一集团董事长刘卫珊女士的订婚典礼，我们即将见证一场浪漫温馨、时尚盛大的订婚仪式……”

她完全没有听清主持人在讲些什么，只是机械地走着，走着。她这样千里而来，费了好大的劲儿才进入到这里，其实只是来做一件事。

她使劲地攥着掌心里那坚硬的东西，以至于硌得手指生疼。这样的疼痛支持着她一直走、一直走，一直来到了典礼台前。

“请一对有情人交换订婚戒指！”

昂贵的卡地亚限量版婚戒被盛在银盘中端上，刘卫珊微笑望着蒋庆康，后者平静地看了看她，并没有拿起戒指的意思，转而看向众人：“在这里，我要宣布一个个人决定……”

但所有人的目光都被贸然出现在典礼台上的女孩吸引住了，他们认出了她，那不是在场中翩翩起舞、艳压群芳的女孩吗？

她从大厅的一端一步一步地逼近并最终来到了典礼台前，目光始终没有离开今天的男主角。

举座哗然。

蒋庆康打住了话头，呆呆地看着甘小满沿着台阶一步步地走上来，她好像用尽了全身气力才走上这几级台阶，最终站到他面前。

今晚的她和以前有所不同，他没见过她穿这样的礼服裙，只觉好看到极点。她的长发微微弯曲，柔顺地垂在肩头，让她小小的脸庞更加柔和。而她的脸色却是极度的苍白，令他不由自主地皱眉——

彭卫东和蒋碧枝也呆愣在当场，不过两三秒钟，彭卫东就反应过来了，一个眼神，台边的助理疾步而上："这位女士，您不该站在这里，请跟我过来！"同时强硬地想将她拖到一边。

蒋庆康突然伸手拦了那个助理："你走开。"

助理无助地看了看彭卫东，蒋碧枝开腔了："大庆，这人精神不好，你也跟着不好吗？"同时朝彭卫东的秘书说："还不过去帮忙。"

"你们都别过来！"蒋庆康沉声说，那是绝对命令的声音，让人不能抗拒。

高大的助理和秘书相互看看，退缩了脚步，好像突然意识到这位集团的执行者是不会让他们得逞的。他的样子像一只蓄势待发的雄狮，雄狮发怒的时候，会扫荡一切，不管任何人的死活。

彭卫东疾步转过桌子，他顾不得太多了，然而蒋庆康只是一个侧身就挡住了他："爸爸，我想听听她说什么。"

大厅里静到极点，刘卫珊上前一步，微笑道："大庆哥，你这是在做什么？难道你忘了今天是什么日子？"

她的话像落进水潭里的一滴水，微微的涟漪过后，泯然无迹。蒋庆康甚至连余光都不曾扫她一下，只是对着甘小满说："你……来了？"

“是。”她答。

她穿了十公分的高跟鞋，依然比他矮一点儿，微仰着头看他的眼睛，但却看不清他的瞳子，只是因为她的眼中噙着满满的泪水。

“这个，还给你。”她摊开手掌，送到他面前。

典礼台旁的宾客都看清了，不约而同地一齐发出惊叹，被那只玻璃种满绿翠镯震惊。

可遇不可求的宝贝！

多少翡翠收藏者终其一生也不一定能得到这样的一件！

灯光之下，那只种水绝佳、毫无瑕疵的翠镯静静地躺在甘小满的掌心，圆满的一痕翠光熠熠生辉。

蒋庆康看了看手镯，又看了看甘小满，说道：“给你的，我不会拿回来。”

“我……不要……它了。”甘小满一个字一个字地吐出这句话，满溢的泪水再也止不住，缓缓滑落。

蒋庆康怔怔地看着她。周遭的一切，刹那间都离他远去，时间与空间静止停顿，这一方天地里只有他和她。他不由自主地抬起手，要为她拭去颊边的清泪。然而，他的手却顿在半空——甘小满突然一笑，那样悲怆与凄凉的一笑，令他心口一痛。

“当啷”一声脆响，翠镯从她手中掉落，撞击在坚硬的大理石地面上。彩光乱迸，段段碎裂。

“啊！”宾客中有人不由自主地掩面，也有人几乎就要奔上前来接住那绝世宝物。一片唏嘘声里，甘小满回身便走。蒋庆康追上一步便停住了，他没有叫她，也没有阻止她，只是看着她静静地穿过人群。厅门口一男一女两个中年人显然是跟她一起的，他们跟上她，三人一同出了厅门。

她全程没有回望一眼，也没有停顿一步。他熟知她坚硬的一面，不过总觉得离她很近。但是现在，两人间好像横亘了整个欧亚大陆，他是再也看不到她的影子了。

彭锐明亦呆住了，他愣愣地注视着甘小满三人离去，忽然觉得有什么地方不对了。

是的，好像有什么巨大的错误发生在他们之间，是他所不知道的。

“把垃圾扫走！”刘卫珊说。

立刻有人上来，拾走了断掉的翠镯，小心翼翼地收好。谁都知道，这并不是垃圾，即便碎裂成一段一段，也还是相当有价值。

主持人看了看彭卫东。经过这一段插曲之后，他有点儿不确定这场订婚式是不是还要继续。但是没等彭卫东示意，刘卫珊便朝他坚定地点了点头。

“女士们，先生们，”能言善辩的主持人也有点儿为难，不知道如何圆场，不过想来大家都是明白人，略过不提是最好的法子，不然谁知道会得罪谁？

于是他清清嗓子，像刚才的事根本没有发生，只是与这个时空平行的另一个时空里的一幕，凑巧赶在同一个时间点上发生一般，装傻似的重新开口道：“尊敬的各位领导、德高望重的双方家长、尊贵的来宾们、女士们先生们，呃，下面是这天作之合的一对交换订婚戒指的时间，让我们准备好双手，只待他们缔结鸳盟的一刻，为他们致以热烈的掌声！”

纯银的托盘，大红丝绒垫上两方小小的红色首饰盒已经打开，率先被送到蒋庆康面前。蒋庆康没有动，没有看任何人，也没有任何表情。他的眼神落在谁也不知道的地方，表情也平静得没有一丝波澜。

最初宾客中还有人在窃窃私语，在持续的安静中，那一丝私语也消失了。

满堂的白玫瑰和红玫瑰竞相散发着香气，头顶上高悬的一盏又一盏层叠的水晶灯，照得男主角的脸有些不真实。不知过了多久，好像是几分钟也可能是几秒钟，他逐渐有了表情——若有愤怒人们可以理解，有窘迫也可以理解，甚至有悲伤众人也可以理解——但出乎意料地，他忽然微微一笑，那样云淡风轻的一笑，似乎放下了手中极重的什么，仿佛觉悟了，那样轻松而自嘲的一笑——

他拿过主持人手中的麦克风。蒋碧枝最先意识到大事不好：“大庆，你要干什么？”

“不要乱来！”彭卫东也知道事情脱轨了。

然而，他们谁也不能阻止了，蒋庆康朝所有人深深鞠躬。

“感谢诸位今天能够来到这里，我要说的是，这个订婚式原本就不应该存在……”

刘卫珊全身一颤，原本担心的终于来临了。她自己也没有觉察地往后退了一步，然而立刻就将目光投向了彭卫东与蒋碧枝，那样尖锐的目光好像两把刀，但是就算现在她真的从腰里抽出两把利刃来，蒋碧枝和彭卫东也扭转不了局面了。

“我刚才提到要宣布一个个人的决定，这个决定我考虑了很久，觉得此时此刻是最好的机会，是该说出来了。”

他环视众人，每个被他看到的人都屏住了呼吸。

“我正式宣布辞去乾一集团执行总裁一职。同时声明，由于我与刘卫珊女士并不存在两人间的婚姻意向，所以订婚式也就此取消。”

刘卫珊全身一晃，满身钻石的光芒也掩盖不住她颓败的脸色。她在绝望和愤怒中几乎嘶声地叫了声：“蒋庆康！”

蒋庆康轻轻地将麦克风放下，扭头看了看她：“我不喜欢被威胁，谁都不能，包括你。还有，我不喜欢你，尽管你今天真的很漂亮，也还是不喜欢！”

“庆康，你喝多了吗？”来宾中有人愕然站起，显然没有料到会是这样，“还是为了刚才那个女人？你考虑好了吗？”

蒋庆康微笑不语，只是朝他微微弯腰致礼，便走下了典礼台。

比之前更大的哗然之声发出，满堂宾客先是惊诧，继而炸开了锅，嗡嗡的议论声夹杂着惊呼声，令大厅里顿时沸腾了。

“封锁消息，别让记者发稿！”彭卫东的眼睛都红了。秘书和助理顷刻间忙作一团。

“这种事情，怎么封锁得住？”蒋碧枝垂泪，卖力地亲自开动轮椅，来到刘卫珊面前，拉住她的手，“好孩子，他是被那个女人弄疯了，你千万别生气。等我狠狠地骂他，他是一时糊涂，我让他给你赔礼道歉……”

刘卫珊低头看了一眼蒋碧枝，默默地抽出手："没有那个女人，他也是要走的吧！他居然什么都不要了！"

"是啊，他居然什么都不要了！"蒋碧枝伤心欲绝，"这个糊涂东西，真是糊涂到极点了！"

她抬头，于泪光中看到呆立的彭锐明，立刻朝彭锐明招手："你送卫珊和奶奶回去，一定要照顾好卫珊。"

"我和你一块儿去吧。"董纤云不知何时过来了。她今晚没少喝，脸色微微泛着酡红，却一直皱着眉，表明这件事她很遗憾。

刘卫珊冷冷地甩开她的手："你应该很开心吧？"

"实话说，并不是。"董纤云很诚恳。

"不管你是不是，都离我远点儿！"刘卫珊转身疾步而去，彭锐明快步跟上了她。

"怎么会发生这样的事？"蒋碧枝的眼泪不停地落下，看起来委屈极了。

"是啊，真没想到。"董纤云也叹气，忽然想起了什么，"阿姨啊，怎么不见锐明带女朋友回来？"

"赵雪宁吗？"蒋碧枝横了一眼董纤云，显然被问到了她的另一桩烦恼，"那个丫头怎么配得上锐明呢！"

"哦。"董纤云若有所思地点点头，目光和她一道追随着彭锐明和刘卫珊，直到他们出了厅门。

董纤云掏出手机来发短信："恐怕你不大容易成功，因为她准备让二儿子联姻了。"

对方回得嘻嘻哈哈："成功不了，老二没有老大帅啊！"

董纤云不易察觉地笑了一下："在我看来，也是。"

她信步走到窗前，花园里停着的各式豪车竞相发动。尽管彭卫东亲自拿起麦克风向大家致歉，并表示之后的晚宴照常举行，大家可以把这当作一次酒会，但人们还是在礼貌地停留片刻之后，纷纷告辞了。

雨下大了，保安不得不高声呼喝，以免这样乱糟糟的情形下车子有刮蹭。不少穿着长裙的女宾尖叫着抱怨雨水淋湿了她们的裙子，她们的叫声听在耳中，却不像是抱怨，而是充满了得到劲爆新闻的兴奋。

这样碎玉悔婚的消息在她们今后的聚会中，将会是首选的好话题吧！足够她们嚼上好一阵了。董纤云不无恶意地想：在丈夫躺在别的女人床上的时候，这些孤单的妇人可以用谈论这个来解闷了。

偌大的厅内，不过二三十分钟，人就走得差不多了。侍者有点儿奇怪这位女客为什么还不离开，而只是望着窗外发呆，难道司机没来接她？

大堂经理安排了打扫的工作后，亲自来到董纤云身后。酒阑席散人归去，这纤小的影子，在空荡荡的厅堂里看着很孤单。他轻声开口："您好，请问还有什么需要吗？"

董纤云回头，经理这才认出她："是董副总啊，抱歉刚刚没认出您。"

"开一瓶香槟吧。"董纤云并不介意地说。

大堂经理有点儿不确定："开一瓶香槟吗？"

"是。"董纤云微笑。

大堂经理理解了，这个在整个乾一都有名的酒鬼副总，正喝到兴头上了！

2

“你那么做，是代表吹响了战斗的号角吗？”董纤云的声音在黑暗里响起。

无人应声。

“好多人都在心疼那只手镯！”董纤云又说。

还是无人应声。

“啪”的一声，开关轻响，柔和的亮光布出一方明亮。

“欢迎参观我的酒窖。”董纤云居高临下地站在台阶上方，像大将军展示自己训练有素的战士般潇洒自信地挥手，将整个酒窖展示给甘小满。

几百瓶又或是上千瓶名酒默默地躺在属于自己的位置，等待有朝一日被选中开启。甘小满知道董纤云能喝酒，会喝酒，但没想到她有这么多的藏酒。

“有没有兴趣品尝？”董纤云笑道，“我知道你不会喝酒，不过你现在的心情很适合来一杯。”

不管甘小满答不答应，她已经自顾自地取了杯子，熟练地开瓶、加冰，斟好了两杯。

酒窖正中是精致的两人吧台，白色大理石台面，头顶吊着美人鱼灯饰，那美人鱼捧着的珍珠便是灯芯，亮光堪堪只够照亮两个人的脸。董纤云一旦关闭了屋顶的大灯，整个酒窖就重回黑暗，只剩了她们所在的一处，好像暗夜中大海上的一叶扁舟。

“Cheers！”董纤云端起酒杯。

甘小满没有和她碰杯，径直喝了一口，烈酒入喉，她忍不住剧烈地咳嗽起来。

“伏特加。”董纤云笑，“男人的烈酒，忘了告诉你。”

灼烧感从口腔弥漫到胃部，甘小满的眼泪都快出来了。

“这里没有水，所以你还得用酒来解酒。”董纤云优雅地浅啜着，“秋天的夜晚，喝这样浓烈的酒，很对。”

“说吧，你要干吗？”

“没什么。如果非要说，那么我只是好奇，你和陆羽泽是什么关系？”董纤云探身逼近她，“情侣？雇佣关系？合作伙伴？”

甘小满笑笑：“待会儿他来了，你可以问他。”

“神神秘秘的，不说算了。不过我可是好意提醒你，康哥你抓不住，陆羽泽也不一定能抓得住哦，他可是真正的花花公子。”

这是一间封闭的低温酒窖，玻璃幕墙经灯光折射，两人的影子曲曲折折。外面雨还没有停，雨声却被完全阻断。甘小满有点儿不适应这样的环境，她感到窒息。

她打开手机看看时间，十一点一刻，再有一个小时飞机就要起飞，而陆羽泽还没有来。

章坤栋将车子驶出拜占庭花园，直接把甘小满拉到喜来登酒店。他的解释是陆先生在这里有固定包房，而甘小满需要休息，这是最适合的地方。

甘小满没有反对，她所有的力气都在拜占庭花园巨大的厅堂内耗尽了。此时的她像从内到外被掏空了一般虚弱。黄曼仪将她带到房间，她便把自己放到床上，就再也不想起来了。

黄曼仪知趣地退了出去。

此时的甘小满，就像一只被打伤了翅膀的鸟儿，从空中一头扎下，蜷缩在任意一个草窝里——不管是哪里，只要是静静的、没有人打扰的草窝。

她的心一会儿跳得厉害，一会儿又像是停止了跳动。她把自己深深地埋进柔软的被子里，其实并没有哭，可眼泪却又不停地流，将棉被都濡湿了。

到现在为止，她失去了一切。

母亲，还有他。

他们不受控制地离她而去，她所能做的只是放手，可是为什么她选择了放手之后，会这样难过?

难过得好像天永远都不会亮了。

但是又能怎样呢？就算她苦苦抓着，用尽全力地抓着，也还是不属于她。她要不起，也不能要。

她平生第一次尝试着憎恨，但憎恨的结果是她憎恨的人全无知觉，而自己却遍体鳞伤。

她死死地闭着眼，努力控制着眼泪。不能这样，在做决定的时候，她就告诫过自己不能再这样。

所有的软弱和柔善，全都收敛起来吧！她已经不能回头，因为她率先折断了这一生中最宝贵的东西，再也没有退路！

黄曼仪在门外轻轻地敲门：“小满，你睡了吗？”

等她打开门来，黄曼仪的神情让她微微吃惊，她显然刚哭过，眼睛犹自潮湿：“董事长的情况不太好，希望你能尽快飞去荥州。陆总刚刚打过电话，他会与你一同回去。”

见甘小满没有动，她有儿点急：“小满，别犹豫了。这种事情现在不去做，以后一定会后悔的。”

“我会去的。”甘小满说，“我答应过你们陆总。”

其实，这是他们的交换条件。陆羽泽帮助甘小满打击彭卫东和蒋碧枝，而甘小满放弃继承陆廷全的遗产，并在陆廷全仅剩不多的时间里陪伴他，让他能够安然离去。

当甘小满在那个深夜里拨通陆羽泽的电话，说明自己开出的条件时，陆羽泽先是斥责她出尔反尔，接着又说：“你不是早就信誓旦旦地说放弃一切，不回陆家吗？怎么又变样了？你这人还有没有点儿信用？”

见甘小满不语，他立刻明白她是来真的了，如果自己不同意的话，更大的麻烦将会随之产生。他当即做了个抉择，在打击彭卫东和全面接掌景大之间，当然是后者更加重要。至于前者，如果做好了，对他也是有益无害。

“你可以请个律师来，我们立个契约，免得你担心我以后再变。”甘小满提议。

“你还真以为自己可以为所欲为吗？”陆羽泽几乎有点儿咬牙切齿了，说道，“你和那些出尔反尔的骗子有什么区别？

要挟我？”

“算是要挟吧，不过你获益大。”小满道。

陆羽泽叹了口气：“我可以帮你，谁叫我这人心软呢。不过你也得答应我，爸爸在世的日子不多了，你要去陪陪他，不要让他带着遗憾离开。”

他听得出甘小满的犹豫，最后她还是同意了。

“人生就是一场生意。”陆羽泽给他们的交易下了如此定义，又道，“真是让人绝望。”

想了想，他又对甘小满说：“你不觉得自己其实挺卑鄙吗？”

甘小满点头：“卑鄙吗？不过如果我不卑鄙，可能就要一辈子都在无奈和屈辱中度过，相比而言，卑鄙不算什么，它是惩罚的一种手段。”

陆羽泽想了两秒：“你一直都是这样的人吗？如果是，我还真是以你为耻。”

“就算一直不是，又怎么样呢？”甘小满笑，“能让我妈活过来吗？能让他们不再骚扰、欺负我吗？既然不能，那么你以我为耻还是以我为荣，又有什么关系？”

陆羽泽说：“你的卑鄙仅仅是用来惩罚别人吗？难道不是在惩罚自己？”

“上帝惩罚坏人就是让他成为一个坏人，也适用于我的卑鄙。”甘小满声音很低，透着疲倦，“你是天才，理解就好了。”

约定就此达成，陆羽泽着手履行，甘小满也开始实现自己的承诺。

然而，就在他们一行踏出酒店时，甘小满看到了董纤云的保时捷在酒店门前泊稳。车窗摇下，董纤云朝甘小满微笑道：“果然是在这里，能跟我说两句话吗？”

两人之间交织着浓密的雨雾，永宁是个多水的城市，这样初秋的夜里湿寒之气更盛。甘小满并不知道南方的秋夜有这样凉，只在裙子外面罩了件薄薄的外套，那样的冷意让她皮肤上迸出细小的颗粒。

“我带你去个地方，刚刚跟陆羽泽通过电话，他也会过来。”

甘小满当即给陆羽泽电话，那头他回答得干脆：“对，我马上就过去，和董纤云已经联系过了。”

陆羽泽的确开始行动了，她其实并不好奇他具体会怎么做，却不能拒绝董纤云。

董纤云的车子在前领路，章坤栋跟在后头，甘小满没想到董纤云会把自己带回家。

“这里最好，最安全。”董纤云环顾自己的酒窖，“我常常一个人在这里想事情，想明白了走出去，一切就都对了。”

甘小满没吭声。董纤云的行事风格她不是很了解，但绝不是深夜里请她来品酒那么简单的。

“你走的时候，他看起来像是要死了。”董纤云笑，“不知道为什么，我又伤心又开心，觉得你终于是替我做了一件称心的事。”

“我没想替任何人做这件事。”

“但是你做了，不仅是对康哥，还让刘卫珊和蒋碧枝都出了丑，”董纤云给自己又斟了一杯，继续说道，“很好。”

甘小满一动不动地坐着，那样昏暗的灯光也掩饰不了她的苍白。她像一枝被切断了梗的花，伶仃地支撑着。

她终于明白董纤云让自己来的用意：“你让我来是想看我的热闹，看我是如何狼狈不堪的？”

董纤云不由自主地咯咯笑起来：“有那么一点点。你比我想象的要强，不过你也受不了，不是吗？你看武侠小说吗？有种武功叫作七伤拳——欲伤敌，先伤己，你练的是七伤拳吗？”

甘小满也笑了：“只要是奏效的拳法就是好武功，至于伤人还是伤己，就不用董总操心了。”

董纤云的笑声戛然而止：“你不怕我把你们的企图告诉蒋碧枝？”

“你不是董家唯一的孩子吗？如果你想放弃扩张自己的王国，我倒是不在乎。”甘小满把玩着那晶莹剔透的酒杯，“你要考虑好，有可能你这一辈子只有这一个机会。”

董纤云阴沉着脸，一言不发。

甘小满扬眉道：“你给我看那段视频的目的已经达到了，临时改变计划总是不智之举。”

有人轻轻地敲门：“董总，陆总来了。”

几乎同时，陆羽泽拉开酒窖的门走了进来。

“纤云。”他朝董纤云张开双臂。其实，他不过是二十岁刚出头，还算个大男孩儿，而那表情和动作却如同一个情场老手与旧情人偶遇。看董纤云的表情不好，他微微皱眉：“怎么，我的大美人不开心？”两步走下来，轻轻地在董纤云的头上抚摸一下，像安慰一只小猫。

这样的男人，真的是十分难以拒绝吧。

“你的同伴很伶牙俐齿。”董纤云重又微笑起来。

“哦？”陆羽泽瞟了眼甘小满，那一眼中竟有隐约的笑意。

他接过董纤云递过来的酒，啜了一口：“唔，好酒，我得说我真的赶时间，这个先给你。”

他从手包里取出一沓材料，放在董纤云面前：“你看看，没问题的话就签个字。”

董纤云只略看了下开头，便说：“弄得还真快。”

“我和美女合作一向很讲效率。”

“是迫不及待地要分乾一的一杯羹吧。”

“都有，但主要还是前者。”陆羽泽放下酒杯，说，“下次见面的时候，我们就是一家人了，想想就开心。”

“那么，甘小满究竟是你的什么人？”董纤云直视着陆羽泽说，“作为准一家人，我要知道。”

陆羽泽挠挠头：“都是一家人喽！”

董纤云“嗤”了一声：“不愿意说？但我会知道的。今天叫你们来是要做个提醒，我们现在干的事如果让彭卫东知道一丁点儿，我就完了。我是处境最危险的人，所以谁要是出卖我，我会想尽一切办法报复他，大家都不是安全的。”

“哦，纤云，你那么信不过我吗？”陆羽泽拉着长声道，

“放心啦，这种事情，谁都不会希望有意外的。”

“那样最好。”

“当然会最好了。你成为乾一的执行者，而我得到彭卫东在乾一的股权，我们合作的日子还在后头呢。”陆羽泽拍了拍董纤云的肩膀，“放心吧。”

这天晚上，甘小满第一次和陆羽泽共同搭乘一架飞机横跨大半个中国。雨一直在下，后来甘小满得知是因有罕见规模的台风登陆。这场台风挟着摧枯拉朽之势，所过之处皆是暴雨狂风，民居被淹，高架封路，损失不计其数。

然而他们这一架飞机由南至北，逐渐脱离台风的控制区，清晨时分在荥州机场降落时，甘小满只望见阴晦的云层悬垂欲压，而走出机场大厅，外面凉风飒飒，正是秋意渐浓时候。

他们这一行算上陆羽泽的随从有七八人，早有车子等在外面接人。雨意绸缪的荥州城其实有万般景象，但在甘小满的眼中却只觉得大，太大的一座城市，只是因为它有漫长恢弘的历史。

清晨时分，城市尚在沉睡。她亦曾经在清晨时分与蒋庆康同在永宁的一座石桥上伫立。那天早上，感冒初愈的她喝到了浓香的现磨咖啡。

然而此时，她坐在行驶的轿车中，觉得那个清早离自己很远很远，而与蒋庆康并肩而立的人也不是自己。那个时刻，那个人，都在不知不觉中死去了，像化石一样陈列在她的记忆里。

现在，她的躯壳里有两个灵魂，一个主宰着这个身体，做出一副她陌生的样子，另一个默默在旁观看，说不上是喜是悲。

车子驶进城市深处，转了无数道弯，最终到达一处老旧宅院前。大门缓缓打开，甘小满直觉时光之门开启，竟似倒回半个多世纪。

几重院落深进，花草修洁，树木蓊郁，随处都是北方老式宅院的风貌，连屋墙瓦片也俱是当年颜色，可见之后修葺的时候，主人多么重视保持原貌。

车道通到房前，如同甘小满看过的无数古装剧，廊下果然吊着一溜儿鸟笼，或者天凉的缘故，笼子里各式的鸟儿全都噤声，缩着脖子立在横杆上，瞪着黑溜溜的眼珠儿看着他们这些人下车，步上阶来。

青石板的台阶，甘小满听着自己的脚步声，只觉迷惑恍惚。她忽然想要逃走，是不是躲在无人知道的地方，就会忘记所有属于自己的孤单。

“欢迎光临！欢迎光临！”靠着门口最近的一只绿毛鹦鹉突然开口，吓了甘小满一跳。同时屋门打开，一个六十来岁的妇女走出来，含笑说：“早就接到了曼仪的电话，你们回来啦！”

后来，甘小满知道这位是滕姨，陆羽泽从小就由她来照顾。因这滕姨不曾结过婚，一辈子在陆家，如今老了，陆廷全就不让她做体力活儿，只管着家里的司机和阿姨，拿一份薪水，也有让她在此养老的意思。

之后，渐渐地熟了，甘小满听滕姨说，这院子当初是给贝天欣买的。因她喜欢安静，这里花草多，树木也多，利于她养病。贝天欣住进来后，果然情绪平稳了很多。再后来，也就是在这里生了陆羽泽，算是陆廷全的意外之喜，因当年医生曾说贝天欣不会再生育。可惜的是，贝天欣身体太差，生了陆羽泽没几年，不过是一次重感冒，人就没了。

滕姨拿了很多老照片给甘小满看。甘小满才明白为什么陆廷全会那么断定自己的身份，连DNA鉴定都不做，就连她自己甫一看到也吓了一大跳，几乎疑心那照片上的人就是自己，不过是神情呆滞了些。

陆廷全不过是在拖日子。甘小满到的时候，他刚从医院回来，因讨厌住院，稍微平稳一点儿，便被接回了家里。

章坤栋早将甘小满过来的事告诉了陆廷全。甘小满一进门，便见陆廷全倚在床上朝自己微笑："小满，欢迎你回家。"

他比上次滨城相见的时候更瘦，整个脸色都是灰黄的。其实两人分别了不过几个月，陆廷全整个人都脱了相，那声音亦虚虚的，好像浮在空气中。

甘小满在门口站了站。滕姨直推她："小满啊，快去爸爸身边坐。"

甘小满便在床边的椅子上坐下，陆廷全本来没什么气力，却觉得精神很好，默默地瞅了她一会儿，说："你能回来就好。"

甘小满低下头，自己并不是他想的那样，倒有些羞愧。其实，她并不是恨他或者怪他，也没什么情绪，只是觉得平平淡淡的，所以不做声。

章坤栋他们依次见过陆廷全后都出去了，唯有陆羽泽一直站在旁边没动。陆廷全便问："怎么？"

"收到的确切消息，蒋庆康从乾一辞职了，现在已经离开永宁。"陆羽泽不经意地看了眼甘小满，后者依旧低着头。他并不知道甘小满听到这句话的时候，整个人从头到脚震了一下，脑子里"轰"地巨响，好像炸开一个闷雷。

"蒋庆康，"陆廷全微笑道，他本来气力不够，这个笑容也像冬日的阳光般稀薄，"很厉害的年轻人，不是他，我们也不会失去蓝城。对你来讲，是个好消息。"喘了几口气，他抬眼看了看甘小满，继而又望向陆羽泽，"你决定的事就去做吧。"

"是。"陆羽泽答应道，人却没动，"爸还是回医院去吧，那儿比家里好，医生护士照顾也方便。"

陆廷全笑："有什么好，我只爱在你妈住过的地方待着，现在你姐又回来了，家里就更好了。"

因陆羽泽他们早上没吃什么东西，厨房早准备了早餐。陆廷全便让摆在他这屋里。他已经多日不怎么吃东西，全靠打营养液，却忽然有了食欲，看那一碗老黄瓜虾仁清汤爽口，竟喝了小半碗。滕姨开心得不得了，说："总算找回了小满，天大的喜事，陆总的病也就快好了。"

陆廷全的额头全是冷汗。小满问他要不要躺躺，他摇头："我坐着看你们俩吃饭。"

甘小满便垒了两只枕头让他靠着。本来她对陆廷全和陆羽泽都是淡淡的，忽见陆廷全的眼里那一丝欣慰与眷恋，竟与甘菱望向自己的目光一模一样，不禁心头一酸。

陆廷全的意思是要举办个宴会，把公司里所有的人都召集来，把小满介绍给他们。陆羽泽说：“爸爸现在身体不好，我这一阵子也太忙。等爸爸的身体恢复恢复，我也有点儿空闲才好办这事，不然草草率率的不像样子，显得不隆重。”

陆廷全合眼沉默一会儿，缓缓地说：“也好。不过家宴总要先开的，就在今天晚上吧，只叫公司里的几个老人就好。”停了停，又说，“我怕撑不到你有空闲的时候。”

正在吃包子的陆羽泽被噎到，好不容易咽下去，说：“好。我通知他们晚上就过来。”

甘小满一夜没怎么睡。早饭过后，陆廷全让滕姨带她去休息。滕姨便将她带过一个小花园，领到西边一所屋的门前，说：“一找到你，陆总就让人收拾了这间屋子，专等你回来了好住。”

甘小满注意到这是一座独立的小院，不大却相当精致。一株西府海棠，花期已过，静静地挂着半红半绿的果子；墙角另有一株矮松，有些年头了，枝干遒劲，生着密密的绿针，好像展开的一张国画。

及至推开屋门，内里却是西式的家具布置，不过米色、奶油色和灰色三种调子互相搭配，不见奢华，只觉舒适。

滕姨见她倦倦的，似乎话也不想多说，以为她是累的，嘱咐她好好休息，就出来了。

甘小满便在窗下那一张小小的沙发椅上坐下。直到此刻，她方才真的静下来。

一旦一个人独处，她就开始心乱如麻，也只能发愣，脑子里是一幕一幕的画面，并没有声音，只是那些人那些面孔交杂着汇聚到一处，弄得她脑仁发痛。

他，辞职了？离开永宁？

那么，那盛大的订婚式是完蛋了？

那个盛装的准新娘会放走他？

她想起翠镯跌落的瞬间彩光崩裂，他的眼神也在瞬间崩裂了，有什么东西碎裂成一片一片，在他们两人中间。

是他的痛，也是她的！

一千种，一万种！

天慢慢放晴了，阳光从玻璃窗子照进来，暖烘烘的。她才发现面前小几上供着一瓶秋菊，雪白的水晶球样的菊花头一簇簇拥挤着，散发着淡淡的馨香。花朵相当新鲜，显然是听说她回来，刚刚摘的。

滕姨还真是有心。

而她的那盆小小的仙人掌就在菊花旁边，她所有的东西陆羽泽都叫人取过来了，包括这一小盆花。今年发出的小嫩叶已经长成圆润坚硬的肉茎，曾经的软软的小嫩芽也逐渐成为利刺。

“你终于长大了。”甘小满喃喃地说。

却有一行眼泪不受控制地慢慢流下，默默地跌碎在她的衣襟。

午饭时候，陆羽泽没有回来，甘小满陪着陆廷全吃了点儿。说是吃饭，其实只有她一个人在吃，陆廷全不过喝了两口稀粥。甘小满也吃不下，一是有人在旁边这样注视着，令她不自在，另外她也的的确确没有胃口。

滕姨因为不知道甘小满的口味，弄了好几种不同风味的菜，因她揣摩着甘小满该是喜好清淡，六道菜里倒有三四样淮扬菜。甘小满不过是就着炒豆芽吃了半碗饭。陆廷全便叹气说："小姑娘家，怎么那么大心事，连饭也吃不下？"

甘小满便猜他已经知道了她和蒋庆康的事，不过只是微微一笑。自从回来，她也不曾叫过他爸爸，陆廷全也是不在意的样子，倒免了她的尴尬。看他精神尚可，便说："外面天气不错，我陪您出去到院子里坐坐吧。"

陆廷全其实昨天傍晚吐了一大口血，紧急送到医院，这种病挨到这般时候也是没法子的事，今天倒真觉得好一点点。他住的这屋子本来是贝天欣的房间，贝天欣病重的时候整天卧床，陆廷全为了让她能在天气晴好的时候晒到太阳，特意将门槛锯掉，买了张医院用的带轮子的床给她躺，想要出去，就打开门把床直接推出去。如今，倒是他自己躺在上面了。

他房前院子阔大，遍植花草，靠南边差不多有半亩菊花正当季，开得灿烂无俦；车道往北却摆着十几缸睡莲，花已凋谢，剩了苍绿的大叶子浮在水面上，偶尔一两只蜻蜓飞过，无声无息。

阳光被廊下的竹帘滤过，晒在陆廷全脸上。他微合着眼，半天才说："你妈妈那时候病重，天气好的时候我也陪她在这里晒太阳。她不大明白事，只是恋我，看见我便安安静静的，乖得像只猫。她没病的时候不是这样的，那时候我们俩在一起总拌嘴，太年轻也不知道珍惜，后来她生了你，出了事，再回来已经不是那样子了，总是哭，总是害怕，我真是难过得要死，也恨死了自己。"

甘小满默默地听着，一边吊着的鸟笼子里是白色凤头的家伙，叫不上名字，倒是在电视剧里看过一只，只会说三个字："揍死他！"

滕姨送了茶过来——玫瑰花枣茶，大约也是看甘小满脸色不好，觉得她需要调养。甘小满道了谢，滕姨看着他们父女俩一起坐在廊下，眼睛微湿，又高兴又难过："要是天欣还在，不知会高兴成什么样子呢。"

陆廷全微笑："她走的时候那么平静，又好像明白事儿了，看着我说咱们的孩子都会好，好像已经知道了会找回小满。可能她也是看到了今天吧。"

滕姨回身偷偷地擦泪："可不是。"转过身来，又换上笑颜道，"我叫他们安排人来给小满做衣服了，又让她们带了几件成衣过来，先挑两件晚上穿。"

陆廷全点头，滕姨便下去，张罗晚上的家宴了。

连着说这么一阵子话，陆廷全有点儿累了。甘小满无语，只默默地喝那一杯花茶。午后的太阳晒得人懒懒的，于甘小满却是意兴阑珊，眼睛眯着望向远处，一带围墙遮住了外面的高楼大厦，车水马龙的城市里有这样的院落，十分罕异，却又有着极自然的协调。

当年那个已经神志不清的女子，怕就是这样一日日地在廊下消磨短暂的一生吧。

唯一盼着的，也许就是那个肯恋着的人，看他从门口一步步地走进来，喜悦也一点点在胸膛里涌起，是她短短的人生里唯一的幸福。然而就是这个人，阴差阳错地害了她一生！

她用昏愦原谅了他。

甘小满低下头，只觉得难过，她的两个母亲竟都没有完满的人生。

或者，这便是命运？

而她自己呢？她的一生又要摆在哪里？要以一种什么样的方式度过？

“小满，你不开心？”陆廷全轻轻地问。

“没有。”她笑了笑，轻语，“阳光太好，晒得困了。”

“你和羽泽约定的事，我都知道了。”

“哦？”甘小满颇感意外。显然陆羽泽自己不会把事情告诉他，陆廷全病到这般，耳目也还是够发达的。

“你开出的条件羽泽会办到的。蒋庆康离开永宁，彭卫东已经失败了一半；董纤云我见过，一个不择手段的女人要是有了野心，又有有力的合作者，很难不实现目标。”他叹了口气，“不过，蒋庆康并没有负你，这样的人也是难得。”

甘小满不语。来了一片云，日光弱下去。她低头喝了一口茶，已经凉掉，便放下了。

“你将来的归宿我已经看不到了，不过既然你答应把自己的一半股份给羽泽，我会考虑给你留一点儿别的嫁妆，我已经交代给律师了，以后你会知道。”

“谢谢您。您不太了解我，我其实不是需要很多钱才能生活的人。”

“我知道。但你是我的女儿，我希望你可以没有后顾之忧地生活。”

“我可以照顾好自己的，也不会有后顾之忧。”

陆廷全笑了：“你不是和羽泽已经做过DNA检测了吗？无论从哪个意义上来讲，我是你生物学上的父亲，我给你的一切都是你理所当然地要接受的，无论是生命，还是生命之外的物质。还有，你居然肯和羽泽去做鉴定，原来你那么痛恨彭卫东！”

“揍死他！揍死他！”凤头白鸟忽然大叫。陆廷全笑：“它是跟电视里的一只鸟儿学的！”

甘小满也忍不住笑了，这是她这些日子以来第一次自发的笑。

3

晚上的家宴果然只请了公司的几名元老，因陆廷全不能下床，就摆在他房间里。

陆羽泽代陆廷全将甘小满介绍给大伙儿，又将在座诸人一一说给甘小满认识。众人无人不说甘小满长得像贝天欣。大家齐齐贺喜陆廷全找回女儿，一齐喝了一杯。陆廷全不能饮酒，由陆羽泽代饮，他在一旁含笑看着大伙儿，谁都看得出他的心情由衷地好。

因陆廷全病重，这顿饭吃得很快，饭后亦没有余兴节目，早早地就散了。陆羽泽进房来陪陆廷全说了两句话，又匆匆去了公司。

护士来替陆廷全打了针。甘小满又在床前陪了一会儿，看他迷迷糊糊地睡了，才蹑手蹑脚地出来。

滕姨正在外面的廊下，见她出来便说："小满啊，你也累一天了，快去休息吧。"

"临时有个朋友来了荥州，我出去看看他就回来。"

"唔，"滕姨送她到大门口，"早点儿回来啊。"滕姨令她想起母亲，也总是这样嘱咐她，不禁就是一愣。

滕姨倒没发觉，说："夜里凉，我给你取条丝巾去。"

"不用了，一会儿就回来，再说也不觉得冷呢。"

滕姨就笑："到底是年轻人，我这岁数大了，就怕冷。"边说边替她开了门。

甘小满朝街口走，掏出手机正想拨电话，不料对方的电话先打进来："小满，你出来没？我马上到了。"

甘小满还没说话，一辆出租车正转个弯驶进来，和她遇个正着。坐在车里的人收了电话，摇下车窗，叫她："小满。"

"郭沣。"甘小满笑。

郭沣便下车来："笑笑说你在荥州，我正好在这儿出差，明天就要回去，过来看看你。"又往前望望，"你住这里？"

“嗯。”甘小满不知怎么跟他说。

“上车吧，找个地方坐坐。”

等上了车，郭沣便问：“你的事笑笑都跟我说了，不打算回滨城了吗？”

“也许吧。都还不确定，这一阵肯定是不回去了。”

郭沣叹了口气：“事情怎么会闹成这样？”

甘小满知道他是在替她和蒋庆康惋惜，便岔开话题：“笑笑还好吧，预产期快到了吧？”

提起这个，郭沣就开心：“都好都好，还没到，十一月中旬呢。”又问小满吃了晚饭没，小满刚吃过，郭沣便让司机就近找了间咖啡馆。

以往都是王笑笑他们三人在一处，如今只有他们俩郭沣倒不知怎么开口，想了半天，才说：“小满，本来这话该笑笑跟你说，可是她现在不方便出行，电话里又说不清，只好我来说。咱们认识也有几年了，你是笑笑最好的朋友，当然也是我的朋友。站在朋友的立场上，我今天跟你说两句真心话。”

甘小满躲避了他的眼神，状似无意地笑道：“什么大事弄得这样严肃？”因为知道他是奉了王笑笑的命令，知道他定是要讲，心里顿时就有了悲伤，只因为要提起那个人。

“其实我要说的你也都知道，蒋庆康人的确不错，放弃他之前，你一定要考虑好。”

甘小满望着自己面前的咖啡杯，上面画了个笑脸，简简单单的几笔，好像所有的愉快都表达尽了。只是喝到嘴里还是觉得苦，只得又朝里面放了袋糖。

“你们两个的感情那么好，这样分开实在是可惜，”郭沣叹气道，“误会总会解开，错过就不好了。”

“倒也不是错过吧，”甘小满说，“我们只是彼此都放弃了。”

“他怎么会放弃你？”郭沣讶异地问道，“你只说你现在对他是不是还有感情？”

他当然不明白，其实那些都不重要，横亘在她与蒋庆康之间的她没力气跨越，她怎么能违背母亲的遗言？

听起来像是俗烂的电视剧剧情，却是那么真实地摆在那儿。看过那段视频之后，她怎么还能和彭卫东的儿子在一起，那个凶手的儿子？

“我知道他还想着你，不论什么时候都不会放弃你的。”郭沣观察着她，见她默默无言，也不好再说什么，只说，“我去下洗手间。”

他们所在的卡座在屋子的拐角，头顶上是盏铁艺的挂灯，幽幽地散了一桌子光。这个时间段人正多，嘈嘈杂杂的都是人声。甘小满的手机响了，是王笑笑的短信：“郭沣找到你没有？”

“唔，正在一起喝点儿东西。”甘小满回。

“你回陆家了？”

“是，他身体很不好。”甘小满眼前是陆廷全灰扑扑的一张脸，没什么血色，也没有生气，心里有点儿凄凉，“应该不会有太久时间了。”

她就这么跟王笑笑一条条发着短信。郭沣还没回来，她有点儿纳闷，去个洗手间要这么久，难道还得排队？

人影一晃，头顶的灯光似乎暗了暗，重新照亮的时候，她很是吃了一惊，却像被什么牢牢地按在椅子上，一动也不能动。

“我坐下，好不好？”蒋庆康问。

从那场豪华的订婚式到现在不过只隔了一天，他们之间却像是隔了三生三世。她觉得他甚为陌生，连曾经那么熟悉的眼睛都离得很远，仿佛他们之间隔着整个人生了。

他在郭沣的位置坐下来，招手叫侍者：“一杯水。”

水送来了，玻璃杯子，沉浮着剔透的冰块，他喝了一口。他的嗓子有点儿哑，她听出来了。

“我以为我一辈子都不能了，谁知道你并不是我的妹妹。”他说，“我才知道。”

她的心上下翻转着。才知道？王笑笑告诉他的？

“我该提前了解一下情况，就不会有之前的那些，好在，还不晚。”他望着她，那眼里是灼灼的火焰，“我们在一起吧。”

他拉过她的手：“一辈子，好不好？或者两辈子、三辈子？只要活着，能遇得到！”

她呆呆的，好像被什么最危险的东西禁锢了，想逃脱又有什么在心底抗拒，要这样永远被他抓着手，相对下去。像他说的，一辈子，或者更久！只要活着，能遇得到！

“没买戒指，因为急着来见你，这是求婚，你要考虑吗？”

她费力地理解他的话。

他好像看出了她的艰难："我离开乾一了，没有刘卫珊，什么都不会再有，只是我这一个人，你看好不好？"

卡座中心，驻唱女生拨动箱琴，开口唱一首老歌，她的声音不是那种清亮高亢绕梁三日型的，声线很低，有一种黯然的美：

我来到你的城市，
走过你来时的路，
想象着没我的日子，
你是怎样的孤独。

拿着你给的照片，
熟悉的那一条街，
只是没了你的画面，
我们回不到那天。

你会不会忽然地出现，
在街角的咖啡店，
我会带着笑脸挥手寒暄，
和你坐着聊聊天。

我多么想和你见一面，
看看你最近改变。
不再去说从前，

只是寒暄，

对你说一句，

只是说一句，

好久不见

……

来来回回地浅唱低吟着那一句，字字刺心。蒋庆康觉出她的手冷得像冰，让他都跟着有了寒意。

她将手慢慢地从他手掌中抽出去，好像将这一生的时间慢慢抽空。

她笑了笑，仰起头努力让眼泪回去。然后，他听见她的声音：“我们，是永远都不可能了。”

他如同被重锤击中，一瞬间面色惨白，她那一句里字字都似乎带着血，从心里流出来的血。分明的拒绝，是最绝望的绝望。

“我不信你的心是这样想的。”他声音嘶哑。

心？心在这时候还有用吗？

那女声还在唱：

又回到相遇的地点，

你却消失在人海里面，

如何才能不去想从前，

如何才能和你聊聊天，

也许不如不见，

不如不见

……

不如不见!

甘小满一刻也不能在他面前停留，只怕再多待一秒，就会完全控制不住，哭泣出声。

她起身要走，他一把拉住她的胳膊：“因为我爸妈吗？可我不能选择。”

她不能看他，只能目视前方：“所以你也不必选择。”

她到底走了出去，蒋庆康看着她纤弱的背影，从咖啡座之间窄窄的过道行到门口。他看过她无数次的背影，却觉得这次是这一生的永诀。

他陡然感到恐惧，仿佛是看着最重要的东西慢慢远离，他霍地起身，叫她：“小满。”

她顿了一下，却没有止步。拉开门，迎面而来的凉风吹进眼里，仿佛梦里的一场寒秋，世界清冷而空茫。

高跟鞋踩在地面，发出轻微的脆响。她还穿着晚饭时的裙子，月白的绸缎带着微光，是月亮的颜色。

“小满。”蒋庆康大步追出来，拦在她面前。他直直地瞅着她，一句话也说不出，没有什么可以抵得过她的那些伤痕，就如同没有什么可以在今后抵得过他的那些伤痕。

他忽然用力地将她拉进自己怀里，还没等她明白过来，便吻住了她。这是个绝望而炽热的吻。他用尽全身气力死死地箍着她，她全身颤抖，无力地放弃了挣扎，泪水从眼中滑落，咸涩辛酸，而他自己也流着同样绝望的眼泪。

不明就里的人发现了拥吻的一对儿，旁边响起了嘘声和掌声。然后有人走过来，对准蒋庆康就是狠狠的一拳，将他打得一个趔趄。

陆羽泽拉过泪流满面的甘小满，说道：“我们回家。”

不过只走出一步，蒋庆康的拳头也到了，陆羽泽“哎哟”一声，鼻子被打出血。他松开甘小满，说：“你先上车。”脱掉外套，拉下领带，朝蒋庆康走去，“我们陆家的女人，不许你碰。”

一记凌厉的勾拳，正中蒋庆康的下颌，旋即蒋庆康就还了回来，陆羽泽以极为难看的姿势被打翻在地。蒋庆康的嘴角流着血，陆羽泽的颧上青了一大块，两个人都喘着粗气，作势还要再战。但甘小满已经上车启动，陆羽泽的车子“嗖”地蹿了出去。

陆羽泽“喂”了一声，那车已经转出街口，没了影儿。郭沣一直跟在后面，不料事情居然成了这样，过来将二人隔开。甘小满一离开，双方都泄了气，陆羽泽指了指蒋庆康，龇牙一笑，转身离去。

围观的人笑着摇头走开了。郭沣掏出纸巾，道：“擦擦吧。”

蒋庆康完全没听到他的话，一贯冷硬的脸孔像被什么巨大外力击碎的石像，透着彻彻底底的悲凉。他的目光停留在空荡荡的街口。那街边是弯转成太阳花形的路灯，开出一簇簇黄晕。

咖啡馆里的女生，还在拨弄琴弦低声浅唱：

独自走在回忆里面，
想起没有你的那些年，
怎么想到爱情就心酸。
又回到相遇的地点，
你却消失在人海里面，
如何才能不去想从前，
如何才能和你聊聊天，
也许不如不见，
不如不见，
一切才能够被当成永远。
谢谢我的世界有你的出现，
陪我看传说的沧海桑田，
……

凌晨的时候，陆廷全的情况忽然不好，再度被送进医院，折腾了整个上午才终于稳定下来。医生早就跟陆羽泽相熟，说：“还是留在医院里吧。”陆羽泽就明白了，现出罕见的沉默。

他本来和甘小满都陪在床前，忽然电话响，他看了眼就出去接。陆廷全醒着，虚弱地朝小满笑笑：“羽泽肯为你打架，我倒不用担心他欺负你，也算没有遗憾。”

甘小满怔怔地不语。

“有心事？”陆廷全叹气道，“记住我说的话，再大的烦恼也会过去。”

止痛针令他安稳下来，脸色却是出奇地不好，而那打着点滴的手只剩下暴突的血管，看着令人害怕。

“渴不渴，润润嘴唇吧。”

因他不能吃东西，小满便拿棉签蘸了清水，将他的嘴唇一点一点润湿。陆羽泽接完电话回来，坐在那里看着甘小满发愣。过了没几分钟，秘书又有电话过来，陆羽泽说：“我先过去一趟，待会儿就回来。”

家里的司机送饭来，滕姨也跟过来了，四样菜、米饭、鸡汤，还有点心，陆廷全雇的厨师好，点心也做得一流。甘小满早饭没吃，却仍不觉得饿。她又最怕人家劝吃饭，便拈了块点心。她向来喜欢吃甜甜蜜蜜的东西，觉得心情也会跟着好起来。这鲜奶卷子做得酥香非常，本该是她的大爱，她也不过吃了一块就再难下咽。

外头响晴的天，秋阳绚烂。甘小满和滕姨收拾了桌子，回头见陆廷全合着眼似乎睡着了，却是一丝声响也无。小满忽然害怕，瞅了滕姨一眼，轻手轻脚地过去，见他的胸膛微弱起伏，才放了心，不觉竟已惊出一身冷汗。

陆廷全甚少睡得如此沉。滕姨坐了一会儿就回去准备晚饭了，小满便在旁边陪护床上坐下。拿出手机看看时间，已经下午两点钟，因怕惊醒陆廷全，她将手机静了音，王笑笑的一条信息不知是什么时候进来的：

“小满，蒋庆康为你放弃了一切，你真有点儿对不起他。”

她怔怔地瞅着手机，心头百味陈杂，眼睛酸涩却没有泪。

停了半天，她回道：“就让他恨我吧。”

事到如今，王笑笑也无法再劝，只又发了一个标点符号过来：“……”

她知道他们是真结束了，再也不会有人在她面前提起他来。他们像两条不会回头的直线，一个交叉过去，各奔东西，其间的距离越来越远，前路无尽，那一个交叉的点，终会因延伸而成为过去。

她茫茫然地坐着，不悲不喜。世界广大，自己就像一粒浮尘，在阳光的白茫里飘着。而心里的空洞是那么大、那么深，空到整个世界都是虚无的，再无有趣或者无趣，一切对她只是木然。

章坤栋进来的时候悄无声息，甘小满听到有人在轻声叫自己才回过神来。两人小声说了一下陆廷全的病情，章坤栋说：“针对乾一的行动，已经开始了。”

其实陆羽泽上午接电话的时候，甘小满听他叫了董纤云的名字，便猜到几分。对这件事，她的态度是只要结果，过程并不关心，便“哦”了一声，并不多问。

章坤栋沉吟了一下，还是告诉了她：“听人说，乾一的刘董在到处打听你。”

甘小满反应了一秒，才明白过来刘董便是刘卫珊。这位世袭的公主，在遭遇了订婚失败之后，一定会气急败坏地四处寻找元凶，也属正常。不过甘小满自打从永宁回来，整个人就恹恹的，对她并无兴趣。

章坤栋微笑道：“提起这位刘董，笑话倒是蛮多，年轻漂亮，知情的人都说是草包。本来是大股东，却只会两样：一样是不学，一样是无术。要是非得再找点儿擅长的，就是吃喝玩乐。听说十来岁就交男朋友，现在上了二十几岁，跟交际花似的。乾一早晚被人拿了去……”

陆廷全这时醒来，章坤栋也就打住话题。陆廷全本来被病痛折磨得多日不曾好睡，这一觉安安稳稳地睡了这么久，倒是有了些精神。章坤栋陪着说了一会儿话才走，甘小满送他到门口，正遇上黄曼仪过来看陆廷全。黄曼仪对章坤栋说：“那个内蒙的乳品老板下午过来找你，你不在，我让他明天上午过来了。”

章坤栋“哦”了一声，回道：“把他的事儿忘了。”

景大的超市是集团统一供货，章坤栋主管的便是超市这一块，所有的采购项目最后都要他来确定。甘小满起初并没在意，倒是不久便收到的一条信息，让她忽然有所预感。

“我这两天会去滨城，可不可以赏光来养生主喝茶？”

“我不在滨城了。”

“哦？去哪儿了？”

“荥州。”

“这么巧，我也在荥州。你在哪儿，见个面吧。”

甘小满的手指停了停：“你来跑业务？”

“是，和景大签一个供货合同。”

隔了一会儿，不见甘小满回信息，他索性把电话打过来了："晚上一起吃个饭吧，咱们也算他乡遇故知。"

甘小满心想：怎么就遇故知啊？嘴上却说："我这里有点儿事情，以后有机会的吧。"

陆廷全听出是个男生，笑眯眯地看着甘小满。难得见他这样开心的表情，甘小满摸不清他到底是什么意思，却听他慢条斯理地问："朋友？"

"唔。"

"那就去吧，吃个饭有什么？让司机送你。"

甘小满明白他的意思，司机就是会开车的保镖，从她踏进这个家门的时候，她就有了司机、保镖和保姆，同时也有了一根无形的锁链。

"不是很熟悉的人。"甘小满说。

"哦。"

黄曼仪一直坐到滕姨过来送晚饭，因见甘小满中午吃得不多，晚饭一律换了清淡口味。甘小满当然体会到了滕姨的苦心，她连日心情不好，很难振奋食欲，但不忍让滕姨为难，勉强打起精神吃了一碗饭。黄曼仪便也在这儿打发晚饭，甘小满不好先吃完，陪着她慢慢地扒那一碗底饭粒，便听陆廷全说："明晚的拍卖会，曼仪，你和坤栋陪小满去。"

他事先没提过此事，乍一说，甘小满十分意外。黄曼仪解释道："每年都有一场金秋慈善拍卖会，陆总都会到场。"

陆廷全不去，该是陆羽泽去，干吗让自己去？随即明白了，陆廷全在向众人介绍自己。

"不太适合吧。"甘小满说。她很清楚自己只是个过客，陆廷全不在的那天，她一定要离开的。她不属于这里，也不属于这里所隶属的那个圈子。

陆廷全微笑着说："谁说不适合，让你去你就去。待会儿吃完饭，让黄助理先陪你去挑几件衣服。"

事情被陆廷全两句话敲定。两小时后，甘小满和滕姨提着大大小小一堆袋子回到家。滕姨本来还要替她放水洗澡，甘小满实在不习惯被人这样照顾着，说："我自己来就好了，您回去休息吧。"

滕姨知道她别扭，也就出去了。剩了甘小满一个，她才觉得四周静得出奇。本来这样人口众多的闹市里，难得如此清静，如果不是远远的一点点车声，真感觉身在红尘之外。以前和王笑笑住在一起的时候，两个人偶尔也会幻想发了财之后的生活。基于女孩的共同特点，两人一致认为发了财第一件事是要买好多好多好看的衣服，第二件事是买好多好多好看的鞋子和包包，第三件事是买好多好多好看的首饰。甘小满说："咱们真够虚荣的。"王笑笑说："这算什么虚荣啊，正当要求，人生就该丰富多彩，衣服、鞋子、包包和首饰，就是使其丰富多彩的必需品。"

那时候想来，衣服、鞋子、包包和首饰都很充足的人，该是十分快乐的吧，可现在甘小满一点儿也不快乐。

当黄曼仪带着她走进名店的时候，店员火眼金睛，立刻意识到黄曼仪将会是豪掷千金的大主顾。那外籍店长不过二十几岁，淡金的发色犹如阳光，蔚蓝的瞳子仿若大海，说一口流利的中文，一路帮甘小满介绍各种新款。两名女店员在他的指挥下，将活动衣架推到甘小满面前，成排的衣裙好似待选的秀女，只待甘小满点头就进宫侍君。

甘小满忽然头疼，随便一比划："就这几件吧。"

随后又换了一家挑鞋子，黄曼仪说："小满，鞋子还是试穿的好，不然会不舒服。"

就这样，她试穿了两双，黄曼仪让店员将这两款的各色6码都包好了。

然后刷卡，"嘀"的一声响，这些全都属于她。

甘小满将衣服和鞋子一样样地放进柜里，专门的衣帽间，她来了不过两三天，已经有了几十件衣服，却还空着好大一面墙。一旁的穿衣镜照出她的影子，白衬衫牛仔裤，头发随便绑了个马尾在脑后，她多日不曾仔细看过自己的脸，乍看有些陌生，那个面色苍白的人竟然是自己？

她告别了红砖旧楼蚁巢般的小屋，不会再有半夜遭遇老鼠的经历，不必为每天挤公交烦恼，无需省吃俭用地度日，有了有钱的老爸和弟弟，有了这样豪阔的大宅为家，却一点儿也不开心。

只是因为，她二十五年中曾经拥有的那些已经不在，母亲，单纯的生活，还有他！

她在优渥的生活里苍白枯萎，属于她的人生没等开始，便已结束。

4

甘小满翻着手里的资料：清如意云头纹青花海水盘、紫铜三足熏炉、清寿山石印章、花梨木竹节笔筒……图文并茂的介绍，上方大字表明此次拍卖所得将全数捐给青海地区的农村小学，用于维修校舍和购置图书。

在来的路上，黄曼仪告诉她，陆廷全每年都参加这个活动，通常会花几十万象征性地拍下一两件东西，而今天给甘小满的预备款是两百万。

隆重推出自己的女儿，他是不吝惜花钱的。

甘小满来得稍晚，入场的时候百多个座位已经坐了半数。人群中有人认出黄曼仪和章坤栋，冲他们打招呼。黄曼仪紧紧地跟在甘小满身旁，一直保持微笑，章坤栋则和他们小声寒暄，而遵照陆廷全的指示盛装出席的甘小满，则理所当然地引起了所有人的注目。

藕荷色套裙，月光色的杭绸花边领衬衫，珍珠白纽扣，黑发如瀑，耳畔大粒钻石坠子轻轻摇晃，折射出粲然的光芒。而她顾盼之间的美丽，则更超过昂贵的衣裙和首饰，令人惊叹。

黄曼仪替她拿着包，工作人员引导他们走进VIP座席，章坤栋殷勤地安排甘小满就座了，自己和黄曼仪才坐下。这样的谨小慎微、恭恭敬敬，让人们立刻意识到甘小满的身份非比寻常。

有人开始窃窃私语，而原本在VIP座位就座和之后来到的嘉宾几乎都与章坤栋和黄曼仪相熟，很快他们就知道了眼前这张新面孔是景大的大小姐。甘小满落落大方地向他们伸出手去，笑容甜美从容。他们不能拒绝这位大小姐的示好，先是惊讶，继而赞叹，几分钟后便和甘小满相熟了。

暗红色的幕布缓缓地拉开，场内的交谈声渐渐停止。整个拍卖的场地被布置成一个小型剧场。快步走出的男人穿乌灰色西装，手持话筒，看上去不像拍卖师，更像一名主持人。舞台一侧的红木长桌后端坐着三名鉴宝专家，专为此次的买家保驾护航，而另一侧则是此次善款的捐献对象，来自青海地区某些农村小学的几名小学校长。

甘小满对于拍卖会毫无经验，但她在电影里看过，拍卖师一副电视购物导购员的派头，又有街头卖大力丸的豪嗓，一人搞定全场，像这样带专家的还是第一次见。

“女士们、先生们，欢迎今晚来到‘嘉道真情无价金秋慈善拍卖会’，有爱心就有希望，在以往的七次嘉道金秋慈善拍卖活动中，我们已经为边远山区小学累计募集资金一千三百万元，让我们感谢那些在活动中无私捐赠藏品的藏家，感谢为慈善参加义拍的各界人士……”

有人来晚了，工作人员低声请坐在外面的人起身，安排她就座。甘小满本来在看那主持人讲话，不知怎么就觉得脊背上一阵寒流，扭头对上了一双妩媚的眼睛，那眼里却泛着寒霜。

一瞬间，甘小满的脑子里闪过一个词：狭路相逢。

刘卫珊只看了她一眼，便坐到了自己的位置，与甘小满相隔一个过道。

“那不是乾一的刘董吗？听说未婚夫被人在订婚式上抢

走，丢死人了！”

“不是抢走，是不要她了！”

旁边两位说话虽然尽力小声，但还是清清楚楚地落入甘小满的耳中，刘卫珊面如死灰，显然也听了个大概。

那两位却没有停止的意思：

“蒋庆康连总裁都不做了，好像很讨厌她呢！”

“不是说从小就订亲了吗？怎么长大又不要她了？”

“好像是爱上了别人，说是一直就不想娶她，硬塞也没成功……”

刘卫珊身后的助理大力咳嗽一声，那两位才回过味儿来，相对一笑，噤了声。

刘卫珊目视前方，面沉似水，那样阴沉的脸色，谁都看得出来她是相当愤怒。

黄曼仪坐在甘小满的身后，见甘小满依旧不动声色地目视前方，她与章坤栋对视了一眼，两人都清楚，今晚注定不会太平。

“下面将要开拍的是由著名瓷器收藏家刘义武先生捐出的清青花釉里红牡丹凤纹梅瓶，起拍价是四十万元人民币，每次的加价是五万元人民币。”

一旁的专家就这件瓷器进行补充：“青花釉里红是在青花之间用釉里红加绘的一种装饰手法，又叫青花加紫。青花雅致，釉里红壮丽，色彩丰富多姿。这件瓷器青花发色青翠，釉里红色泽鲜艳均匀，是件好东西。本来是一对，刘先生捐出来家里的那只就孤单了。”说到最后一句，大家都笑了。

甘小满看出来了，有专家组在场效果的确不一样，拍品的所有信息说得头头是道，外行也能明白就里。不过，她到现在为止也没举过牌，临走的时候陆廷全说让她拍一件自己喜欢的东西回来。她特意问了问黄曼仪，陆廷全喜欢瓷器，她就想拍件瓷器回去交差。

这是今天的第八件拍品，也是最后一件，她示意章坤栋可以举牌了。

“四十万。”

“四十五万。

“五十万，景大的甘女士出价五十万。”

“五十五万，乾一的刘女士出了五十五万。”

甘小满不用转头也能觉察到刘卫珊冷冽的眼神。

“六十万。”章坤栋举牌。

“六十五万。”刘卫珊微微扬头，漫不经心，好像在便利店里随便买袋方便面。

“七十万。”甘小满身后的一个家伙显然不明就里。

“七十五万。”章坤栋举牌。

“一百万。”刘卫珊直接报出这个价格，谁都明白她是对这件东西志在必得了，往往这个时候其他买家都会收手，除非也有人对此志在必得。

甘小满听见刘卫珊轻蔑的话语：“穷鬼，跑这儿来装相！”她丝毫没有压低声音，那样冷而妩媚的声音，很多人都听到了。

“乾一刘女士，一百万一次！”

“一百二十万！”章坤栋再举牌。

“一百五十万！”刘卫珊淡淡地扫了一眼甘小满。

甘小满觉得她好像在用眼神将自己剥光，她所有的表情都在向众人说明自己是个又穷又无能的灰尘一样的东西，根本不该出现在这种地方。即便穿上名牌裙子，戴着昂贵的钻石，也还是一粒灰尘。她甚至不需要用力，只随手一掸，就能让自己重新跌回泥土里。

从什么时候开始，她竟然被人用这种眼光看待了？这人生，不该是被用这样的眼神定义的。

“二百万！”甘小满报价。

拍卖师激动了：“景大甘女士，两百万！”

“三百万！”刘卫珊娇媚的声音道。

这个声音无比刺耳，戳穿了她的底线，她只有两百万！无论她怎么想证明自己不是被随便轻贱的人，她还是失败了。她真的像刘卫珊说的，是个穷鬼。她的两百万，还有这身行头，都是那个放弃了她二十多年的父亲为了补偿而给予的，本质上的她，一无所有。

“三百万一次！“拍卖师举槌。

刘卫珊抿嘴轻笑。

“三百万两次！”

甘小满能感觉到全场的目光都集中在自己身上，他们在看这个落败者。她一动不动地被那么多目光钉在座位上。她厌恶这样的目光，从来没有一刻像现在这样觉得自己无能，无能到连尊严都不能保持。

黄曼仪的电话从后递到：“小满，陆总的电话。”

陆廷全的声音很弱，却很温暖：“有些东西是无价的。只要你觉得值，爸爸一定支持你。”

甘小满放下了电话，偌大的场地瞬间变得寂静，有什么在心里“啪”地碎裂了，腾起的是一团烟雾，然后消散不见。她抬起了头，血液在血管里重新流动，在那些千奇百怪的目光里，她再度举牌：“四百万！”

专家组互看之后目光投向刘卫珊，这件东西早已远远偏离了它的价值，是不是继续没理由地走高，就看刘卫珊的反应了。

刘卫珊咬牙切齿道：“五百万！”

一片惊声，即便是外行，人们也看出这两位已经不是竞买。拍卖师的额头微微见汗，还是第一次有人为慈善如此奋不顾身！

短暂的寂静，然后甘小满轻轻地笑了：“一千万。”

“什么？”拍卖师有点儿质疑自己的耳朵，“您能重复一下刚才的报价吗？”

“一千万。”甘小满清晰地说了一遍，“如果谁高过这个价格，证明她比我还要真心地做这个慈善，我就让给她！”

拍卖师举槌：“一千万，一次！”

刘卫珊面色铁青，她当然明白这个瓶子远远不值这个价格，继续举牌拍下去只能证明自己是傻瓜。

“一千万，两次！”

将甘小满钉死的目光转而投向刘卫珊。

“一千万，三次！”拍卖师狠狠地落槌，同时长出了一口气。

这件梅瓶的成交无疑是惊心动魄的，黄曼仪随即被工作人员带往财务室即时支付。刘卫珊愤然起身，一位主办方的工作人员轻声道：“刘董，接下来是慈善晚宴……”

“我不和这样的人在一起吃饭，掉份儿。”刘卫珊拔脚就要走。

甘小满轻轻地上前一步挡在她面前，并没说话，只是朝那推着瓷瓶的两名工作人员打了手势，示意他们把瓷瓶送到这边来。

瓷瓶躺在盒子里，甘小满伸手拿出来看了看，然后将这个瓶子举了起来。三位专家正走下来，甘小满微笑：“刚才听专家讲这样的瓶子原本有两只，刘义武先生能够将如此珍贵的瓷瓶无偿捐献出来，我觉得只有一种方法能够表达对刘义武先生的敬意，就是令他手中剩下的那一只价格更高，所以我决定这样做——”

她笑意盈盈地松手，瓷瓶从手中掉落，在满场惊呼声中，“咣当”一声脆响，瓷瓶粉碎。

刘卫珊的脸色也变了，那不是瓷瓶，而是一千万哪！

甘小满凑近她，低声道：“按照你的价值观，你只出到五百万，而我花掉一千万，摔掉一千万，你觉得我们两个谁更穷呢？不过按照我的价值观，即使不用金钱来衡量，我也比你富有。”

言罢，再不看她，扭头而去。

“这么来看，你还是更像爷爷一些。”陆廷全笑着倚在床头，说道，“他就是个暴脾气。”

甘小满不吭声。

“想什么呢？”

“哦，后悔。”

“怎么？”

“浪费了一千万，那么多的钱啊，只是为了置气。”甘小满蔫蔫的，像泄了气的皮球。

陆廷全大笑：“你不是捐给学校了？怎么能算浪费。”

“这样想还能平衡一些。”甘小满接着叹气，“也只能这样安慰自己了。”

陆廷全抬手摸了摸她的头，这还是第一次抚摸女儿的头，好像她还是个很小的孩子：“没必要为这个烦恼，钱赚来就是为了花的，这也是一种消费。”

在陆廷全的手掌抚上来的一瞬，甘小满没来由地眼中一酸，她强忍着不让眼泪落下来。这种感觉好似甘菱还在，又和甘菱有所不同。尽管陆廷全的手瘦弱无力，却带着强大的安全感，是她从来没有感受过的父亲的感觉。

她急于找个话题，来冲淡这种几乎令她忍不住眼泪的感觉，胡乱地问：“那个露易丝，后来怎么样了？”

陆廷全倒没想到女儿会对自己的往事如此感兴趣：“她很好，后来到底嫁了个中国人，是我的同学，你爷爷做媒。”

“哦？”甘小满纳闷，“还能这样？”

“嗯，你爷爷不是送了洪玫瑰一只和田玉坠吗？洪玫瑰回到美国之后想了很久，觉得你爷爷还是个好人，不过是做事方式不对头。她非常看好中国的发展，决定继续注资我们的公司，所以，公司的原始股东里最大的一位是洪玫瑰，当然，现在她已经完全撤出了。”

“哦！”甘小满惊叹道。

“所以说，世界上的事情都不是绝对的。事在人为，也是后来过了很多年，我才明白的一个道理。”

“那么，您不恨爷爷吗？”

听到甘小满的用词，陆廷全笑了。“爷爷”，她已经开始承认她是这个家的一分子了。

“最初的那些年，我和他完全不说话。你爷爷知道自己错了，一个劲儿地巴结我，我给了他很多难堪。再后来，他老了，看着一个生龙活虎的人逐渐老迈不堪，坐到轮椅上，那种感觉不好，很难受。其实，你爷爷不容易，他一直没再娶也是为了我，到了晚年连个伴儿都没有。我和他之间再怎么样也是父子，我的血管里流着和他同样的血。想到这些，我又有什么不能原谅的呢？”

陆廷全喘了一口气：“小满，你还年轻，还不能体会人生到底是怎么一回事。无论对谁，都不值得怨恨，尤其是亲人与爱人。人的一生其实很短，如果你存着怨恨的心，就永远不会快乐。时间过去就不会回来，那些年里，你就只能收获怨恨。而被你憎恶的人，也只能收获被恨，这不是人生活的最终目的。

“我明白这些已经很晚，那时你爷爷已经老年痴呆了。他那些年过得不开心，我也不开心，但最后他还是没能知道，我已经不再生他的气了。我很后悔自己没能明白得早一点儿。所以，小满，记住我的话——学会原谅，原谅别人才能使人生圆满。”

“可是，我已经不知道什么是人生了。”甘小满心中大声地喊。

房门“咔哒”一声响，陆羽泽走了进来。他显然喝了酒，带着微微的酒气，对甘小满一笑：“你的壮举我都听说了，干得不错！”

陆廷全皱着眉说：“什么你你的，姐姐也不知道叫吗？”

陆羽泽嘻嘻地笑：“我不是也没让她叫我弟弟？”

他大马金刀地在沙发上坐下，还是第一次一家人在一起闲话。甘小满有一种错觉——她一直觉得自己孤单之极，这一刻倒觉得温暖得很。她的身边还有着和自己距离很近的人，只不过他们分离了太久。

陆羽泽便拿出手机来看，甘小满一个晃眼，见那墙纸是个长发女孩儿的背影，不像什么截图，极其生活和自然，不禁看了他一眼。陆羽泽浑然未觉，闷闷地翻了一会儿，护士来给陆廷全打针。看看时间将近十点钟，陆廷全让他们回家休息，甘小满便和陆羽泽一道出来了。

“老爷子看起来还不错，你功不可没。”陆羽泽说。

甘小满沉默一会儿，说道：“可惜太晚了。”

“人生总是有遗憾的吧。”陆羽泽叹气。

甘小满很少在他面上看到伤感，这一刻的陆羽泽竟有些悲伤。不过，他很快就恢复了一贯的表情：“半年时间吧，你要的结果。”

“哦。那很快。”

“因为我们有内应。”陆羽泽瞟了一眼走在身边的女孩子，说是姐姐，可她看起来不比自己大多少。他一直觉得自己长得还不错，不过她显然更继承了母亲的美丽，想了想，说：“其实你也很厉害的，报复心强。”

“哦？”

“对于女孩子，不太好吧。”他想起另外一个人来，温柔得很，相比之下，这个姐姐太有棱角了。

甘小满笑了笑，不回应。陆羽泽当然不会知道，她曾经也是温柔女子。当她的灵魂被世事淬炼，又怎能不像枪矛般冷硬而充满敌意？

“现在，大家都知道景大的甘小姐不好惹。”陆羽泽嘻嘻地笑，“还有一票才俊想要结识你，用不用我给你介绍？”

甘小满没想到他会开这样的玩笑，拿眼瞟了瞟他。陆羽泽举起手做投降状：“算了，你放不下蒋庆康，也不用这样瞪我。”

“不要在我面前提这个人。”甘小满说。司机小苏替她拉开车门，甘小满坐到后座，陆羽泽倒是自己开门上来的，笑：“记住了，以后不提。不过也真是难得和我差不多帅。”

甘小满扭头不理他。小苏发动车子，刚出医院门口，甘小满的手机“嘀嘀”两声有短信进来，掏出来一看，是白音：“真的不见个面吗？我带了牛奶片给你！”

“什么人这么殷勤？”陆羽泽凑上来看了个清楚，“追求者？”

“不是谁。”甘小满说着正想回，令她始料未及的是，陆羽泽忽然像个孩子一样，将她的手机抢了过去，迅速回了一条：“好啊，你在哪儿？”

“凤凰广场乌有酒吧。”

甘小满急了：“你干吗？”

陆羽泽笑：“不要辜负人家的好意，我替你答应了。”一手抵抗甘小满的抢夺，一手飞快地回：“马上到。”

将手机扔回给她，对小苏说：“去凤凰广场。”

又问：“这男的帅不帅？不帅不能当我姐夫。”

“胡说八道什么？”甘小满还想跟白音解释，陆羽泽一把夺下手机塞进她的包里：“行啦，你也太正经了，弄得跟假正经似的。不就是个男的嘛，对你有好感，给你买了牛奶片，你去拿回来吃就得了，干吗弄得那么复杂。他酒量怎么样？我跟他喝两杯，帮你把他灌趴下，把资产负资产什么的问出来，你考虑一下条件！”

见甘小满怒而不语，陆羽泽咳了一声：“别板着脸，快到了。”

这天晚上，陆羽泽和白音不知喝了多少瓶啤酒。甘小满本来想扔下他俩，不过看情形自己要是走了，这两位不知道能不能出得了门，只好耐着性子一直等他们喝完。

喝到最后，陆羽泽和白音都喝大了，满桌子空瓶，两人开始称兄道弟，互换电话号码，一副相见恨晚的德行，把甘小满肉麻得不行。

第二天，陆羽泽酒醒了，对甘小满说："这男的还不错，就是不够帅。不过也算难得了，你可以考虑。"把甘小满弄得哭笑不得："你是什么人啊，管我的事！"

陆羽泽微抬眼："你说我是什么人？别人的事我才不管呢！"

甘小满一怔。陆羽泽说："我替你查过了，这家伙是咱们超市的供货商，刚签的合同。他大概还不知道你是谁，估计以后得借你的光了。"

见甘小满不语，他笑道："那家伙喝得比我多，估计还在酒店睡着呢。今天的飞机是甭想了，你不去瞅瞅他？"

"我干吗去看他？"嘴上这么说着，甘小满心里倒真有点儿担心，没想到陆羽泽看起来清秀得像个学生，酒量那么大，硬是把白音喝倒了。白音还没等下车就迷糊了，是小苏和酒店服务生硬架进去的。

"我今天上午没事，去医院陪老爷子。人家千里迢迢地惦记着你，你就算没看上他，也不能太没人情味了，去看看吧。"陆羽泽丢下一句话，就走了。

甘小满想了想，还是打了个电话给白音。那头很久没人接，她几乎就要收线了，才听见白音"喂"了一声，嗓音全变了："甘小满啊，我喝多了。"

"唔。"谁都听出他难受得很。

“你弟弟还真能喝啊。”他说。

“这个，我也是第一次知道他那么能喝。你现在怎么样？”

白音苦笑：“头疼着呢，机票都退了，今天是没法走了。”

甘小满一阵抱歉，看看时间已经十点钟，问：“你吃早饭没有？”

“没吃呢，胃里直恶心。”

“我给你带点儿粥过去吧。”甘小满说，“你还想吃什么？”

“白粥就可以了。”白音明显高兴起来，说道，“我等你。”

甘小满放下电话就去盛粥，拿保温饭盒装好，想了想又装了四样小菜。临出门的瞬间，她有一种被谁算计的感觉，到底自己怎么就去给白音送饭了，还真是奇怪。

白音是真喝多了，脸色很不好，说睡到半夜起来吐了两次，胆汁都吐出来了。又说以后再和陆羽泽喝酒可得小心了，这家伙深藏不露。

甘小满其实今天也有点儿不舒服，昨天回到家将近凌晨。她一贯不能熬夜，也没睡好，两个黑眼圈。白音便让她吃牛奶片，笑说：“我们公司的产品，尝尝吧，强身健体纯天然。”

甘小满剥了一粒慢慢嚼，口感很好。白音洗了手，出来喝粥，热粥配着小菜，他笑着说：“有家的感觉。”

他吃东西很快，稀里呼噜地喝光了粥，拍拍肚子说：“胃里好受多了！”

回头却见甘小满坐在沙发上，默默地看一档电视节目，是一部风光片，介绍西藏的景点，便问：“去过西藏吗？”

“嗯。”

“怎么样？好玩吗？”

“忘记了，很久了。”她答，站起身，“我还有点儿事情，就先走了。”

白音觉得她好像不大开心，细看却并无异样。她穿着寻常的一件衬衫、蓝棉布裙子、平底鞋，并不化妆，就像个学生。神色间略略疲惫，可能是昨晚睡得晚，眼窝有点儿发青。他与她并不太熟悉，却觉得是心里想了很久的一个人，面孔就在眼前，令他从心底里想要亲近，不禁说：“再坐会儿吧。”

她微笑着收起餐具：“不了，你忙吧。”

“我没什么事儿，合同都签完了，不如我们出去走走。”

他的提议很突兀，让她没料到：“走走？”

“是啊，荥州的秋天不是很好吗？”

甘小满才注意到他其实十分认真。他已不年轻，也不算老，眼角有一丝细纹，眼神极有神采，带着笑意道：“只是走走。”

他拿了外套，帮她提了保温饭盒。其实门外车水马龙的，并没什么散步的好地方。倒是天气很好，秋高气爽的季节，风吹树叶“哗啦啦”地响，人的心情也跟着开阔起来。

真的只是走走，两人穿过一条小街，前方是个小小的菜市场，门口有卖煎饼果子的，也有卖豆汁儿的，烧鸡正出炉，香味儿飘得到处都是。甘小满有点儿恍惚，自己曾经有过一个小小的店面，也就是在这样的氛围里，那是自己栖身的小窝，双手辛勤造起却无法拥有，生生地被人夺去了。

“我一直觉得你适合草原，你需要自由。”白音的声音响起。

他并没看她，也没有很正式的表情，就像随便说一句今天天气不错，煎饼果子很管饱一样。

甘小满一震。

他笑指那一大堆瓜果蔬菜中间：“很好看的花。”

甘小满不认得这花，明显不是花店里的东西，细碎的淡黄色花朵，星星点点，挨挨簇簇，更像是蔬菜的花。

在她辨认这花的时候，白音已付过钱，弯腰拿在手中，凑在鼻尖上嗅了嗅：“奇怪的香。”

卖菜的嘻嘻笑。

“送给你。”他说。

“哦。”甘小满措手不及地说，“谢谢。”

到了街边，他住了脚步，伸手替她拦车，对她说：“如果你想去草原，随时给我电话。”

甘小满抱着一捧菜花，回道：“好，再见。”

“再见。”

尾声

1

甘小满是在陆廷全的葬礼之后见到彭锐明的。他们医院每年都会有医生被派到荥州进修，他恰巧在这一批。

电话直接打到了甘小满的手机上："我要见你。"

陆羽泽坐在陆廷全书房的大摇椅上，望着天花板。陆廷全去世后，他没在甘小满面前掉过泪，但眼睛是红的。

"去吗？不想去，我帮你打发他。"

甘小满沉默了一会儿，伸手拢了拢鬓发，说："没关系，我去看看他要干什么。"

谁都看得出她的状态不好，陆廷全昏迷了两天，甘小满寸步不离地守在医院。最后的时候，陆廷全微微睁眼，看看甘小满，又看看陆羽泽，仿佛终于放下了心，安然而去。

甘小满觉得眼前忽然变黑了，耳边的声音也都离她很远。她是独个儿被困在某处的小人儿，四壁封锁，茫然无依。

她听见滕姨叫她："小满，小满，你醒醒。"

她觉得自己是醒着的，只是被这个世界抛弃了。她茫然地摸索着，想找一条出路，最后碰到的是陆羽泽的手：“姐，我在这儿！”

光明重新回来的时候，她已经被放在床上。滕姨握着她的手：“小满，好孩子，别太难过了。你爸他要是知道你这么伤心，他会不放心的。”

“哦。”

她在一年之中失去了一切，包括刚刚找回的父亲。

就算流尽一生的眼泪，也换不回来了。

所以，她没有哭。

“要我陪你吗？”陆羽泽问，“你现在很糟糕。”

是的，她自己也知道很糟糕。她整个人都是晃晃荡荡的，走路像飘移的女鬼。

“不要了，你还一大堆事儿呢。”

不知从什么时候开始，他们俩能够好好说话了，没有讥讽也没有刻薄，安安静静，就像一对姐弟。

滕姨过来说开饭了，这些天，陆羽泽坚持在家吃午饭和晚饭。

“我要是不在家吃饭，人就更少了。”陆羽泽漫不经心，“总要你嫁出去，有人陪你吃饭了才行。”

“那你还得回家吃好多年。”甘小满说。

“你得抓紧，不然我可受不了。”

西式的餐桌，他们各据两端，各吃各饭，就像打架。

陆廷全的遗嘱公布了。由于甘小满拒绝接受半个景大，陆羽泽成为景大的全权拥有者；而陆廷全给甘小满留下的，是包括这套老宅在内的几十套房产，贝天欣生前所有的珠宝首饰，以及陆廷全的古董和藏品。

“虽然爸爸把个人的东西都给了你，不过看起来好像还是我的更多一点儿。”陆羽泽听完律师的宣读，转向甘小满。

他说的是实话，相对景大的收益，这些东西不过是九牛一毛。

“说起来真有点儿不忍，如果你不介意，我会每年支付你一笔现金作为补偿。”

“不必了。我们之前不是讲好的吗？”

陆羽泽沉思道：“像你这样的人还真是少。你总是用这种态度对待世界吗？无处不在较真。”

也许是的吧，不然她怎么落到如此狼狈的地步？

但是，她改变不了了。

她起身回自己的房间，陆羽泽跟了过来。他还是第一次进她的房里，四处看看，最后在沙发上坐下，并没什么话讲，两个人各发各的呆。

这一阵子，家里出了这样大的事儿，滕姨显然没心情再管其他，本来每天更换的插瓶花朵都有些蔫了，低垂着头，花瓣萎黄，和此时的甘小满很有些相像。她看着那花朵，半天才轻声说：“我要走了。”

“去哪儿？巡视一下房产吗？”他故作轻松道。

甘小满摇头。

陆羽泽明白了：“回滨城？”

“滨城？”好像是极遥远的一个词，曾经那么多过往都埋葬在了那个地方。如今的她，还能回去吗?

“留下吧，滨城也没什么好，”陆羽泽干脆地说，“起码在你要的结果实现之前，你应该留在这里。”

停了停，他又说：“如果你走了，我就要一个人吃饭了。”

好像是个很有说服力的理由，令甘小满无法拒绝。

他给甘小满指导：“去见前男友，一定要有气场，穿上你的普拉达。”

等甘小满换了衣服出来，他立刻泄气道：“不听好人言。”

司机开的是陆廷全的那辆奔驰，甘小满下车的时候，抬头正望见高空里一只白鸽飞过，自由舒展。它有它的轨迹。

甘小满让司机先回家，司机说：“陆总交代让等您。”

如今的陆总专指陆羽泽了。甘小满点了点头，朝里走去，这个时间段人不多，她很容易便看见了彭锐明。

他有早到的好习惯，一直没改，而她向来准时，他们一向知道彼此。

他替她点了一杯咖啡，甘小满说她不喝咖啡了，转头朝侍者说：“一杯果汁。”

她最近睡眠不好，所以不喝。

晚秋时节，凉意已生，她穿着白色棉麻衫子、藏青棉布长裙、白色浅口平底鞋，没化妆，脸色微微发白，连唇上都泛着薄凉的淡白，低头啜饮那一杯橙黄的果汁，黑色的长发拂了下来。他一阵恍惚，好像还是初识时候，一切都未发生。他依然是他，而她仍旧是她。

果汁很甜，她不过喝了一口就放下了。彭锐明知道她有轻微的心肌缺血，讨厌封闭的空间，所以总是会选择靠窗的位置，这一次也不例外。落地的大玻璃窗外，沿街一溜的车子，阳光晒得车身闪闪发亮，也晒得甘小满身上暖暖的。

她微微地眯着眼，这个小动作他很熟悉。每当阳光晒到她，她总会如此，是一种习惯。

他握着自己的那一杯咖啡："我才知道你和陆家的关系。"

"哦。"

他艰难开口，是的，他们本来不该错过，他错过了。时间轰隆隆地从他们中间过去，再回过头来，即便明白了、知道了，还能怎样？

"我，对你了解得太少。"他说。

"那也没什么。"她淡淡地回道。

她想起北戴河湿润的夏末，其实是她一厢情愿的定义，那样的天气是她之后很长时间不敢面对的季节，总能触动最心酸的往事。然而，都过去了，梦一样的场景，零零落落地飘散在记忆边缘，模糊散碎。

她握着杯子的手在阳光下仿佛透明。而她整个人也好像是透明的，在他的视线里是那么遥远。

他努力让自己平静下来："大哥离开永宁了，你知道，永宁是他的家。"

这一次，甘小满没出声。

"谁都不知道他去了哪儿，他来找过你吧？"

"我们现在没有联系。"她的声音似从远方飘来，轻而没有温度，“如果你想知道他在哪儿，我想你找错人了。”

他沉默下去，她也不再说话。

咖啡冷掉的时候，她站起身，说：“我走了。”

“小满，”他叫道，“不能原谅他们吗？”

“不能。”她没有停步。

他追上来：“他们的确做错了很多事，我代他们向你道歉……”

“和你没有关系。”

“可你在惩罚他们的儿子！”

“你高抬我了，我没有惩罚任何人的权力。”

“你让我很难受，大哥比我更难受。”他走近她，继续说道，“原谅他们，好吗？”

她久久地望着他，然后笑了：“我想有件事你没弄清楚，就是你的父亲和你的母亲，他们从来没有觉得自己错了。在他们眼中，我的母亲是蝼蚁一样的讨厌东西，他们从来没有意识到毁掉别人的一生、夺去别人的生命是错的，这样的人，你叫我原谅他们？”

“可是，”彭锐明艰难地说，“你也在伤害自己，不是吗？你对大哥那样，你难道不难过？”

甘小满别过头去，说：“你来找我是为了这个？那么你又错了，我不会为任何人原谅他们，甚至会不惜一切地让他们受到惩罚。你知道有一种拳法叫七伤拳吗？”

彭锐明呆呆地看着她从面前离去。他不懂什么叫七伤拳，但明白了她的意思。

他们的过去如山岭一般绵延在远方，成为过客的背景，灰茫茫的轮廓，最终淹没在雾气中。

甘小满没有坐车回去，她告诉司机自己想走一走，司机说："好，您什么时候用车给我打电话，我去接您。"

甘小满完全不熟悉自己所在的位置，只是信步乱走。天和地好大，人好多，然而她不知道蒋庆康在哪儿，他们同在这天地之间的人群里，却永远失去了彼此。

地铁站里唱歌的男人低着头，额发挡住了眼睛，唱着一首自己写的歌，来来往往匆匆忙忙的脚步，没有人停下细听。

甘小满不知道自己怎么会站在他面前，他看到一双脚停驻，并不动，依旧专注地唱自己的歌：

神仙啊不知道我的喜乐，
我用自己的哲学骑射，
那春天的花朵秋天的落叶，
它们都是我的歌。
旁边的人说我着了魔，
没有房子也没有汽车，
冬天冷来夏天热，
没有媳妇和我过。
看呀看呀看呀，
唐僧他骑着马儿，
嘚嘚嘚……

甘小满把钱包里所有的钱都放在他面前。现在的她已经不是当初囊中羞涩，出门只带几百块的女孩子，厚厚的一沓钞票令地上的旧纸盒顿时饱满起来。

歌手抬眼微微朝她点头，甘小满也朝他微微点头，然后走去，他的歌声还在身后：

> 神仙啊不知道我的喜乐，
> 我用自己的哲学骑射，
> 那春天的花朵秋天的落叶，
> 它们都是我的歌。
> ……

甘小满沿着站台走了好远，列车进站，风拂动她的裙摆。她看着那么多人上上下下，没有一张脸孔是她熟悉的。

她想起看过的一本幻想小说，里面有个女孩子因为爱人走失在地铁里，就每天发了疯地去坐地铁。十年，二十年，最后她老了，头发白了，皱纹爬上眼角，再后来她病了，不治之症。她最后一次坐地铁，忽然发现地铁上空荡荡的，只有她一个人，而她的爱人就在前方不远处默默地看着她，依然是当初的模样。

故事没有结尾，也没有交代为什么会是这样，王笑笑说，什么破故事嘛，根本没说明白。甘小满却觉得这个故事已经说得很完整——他们重逢了。不论是在地铁上，还是在她的心里，他们从来没有分离。

对于甘小满来说，荥州的冬天不算冷，因为滨城的温度要比这里低很多。

但她整个冬天都在不停地感冒，弄得滕姨总是搓着手，说："水土不服啊，小满你这是水土不服。上一次，你回滨城的时候，忘记让你带一点儿泥土回来，泡在水里喝就不会这样了。"

王笑笑生产的时候，甘小满回了一次滨城。漂亮的小宝宝一抱出产房，就赢得一片称赞，按照王笑笑的叮嘱，甘小满第一个抱了宝贝。王笑笑说得明白，希望孩子像小满一样漂亮可爱。

甘小满不觉得自己可爱，即便曾经一度有那么一点儿，现在也完全没有可爱的影子了。一个马上二十六岁的女人，已经和可爱无缘了。

甘小满在滨城住了十天。十一月的滨城，冬天刚刚来临。某天清早，甘小满在酒店醒来，看见窗外天空中零零星星地飘着细碎的雪花，一种熟悉的痛感突如其来地攫住了她。

她其实什么都没有想起，却觉得脸上流着看不见的泪。

她的一生都在去年冬天过完了。

陆羽泽的电话打过来："比我预期的要快一点儿，你要的结果马上就能看到了。"

"哦？"

"董纤云会在今天上午的临时董事会上发起对彭卫东的打

击。董事们已经事先碰过头，彭卫东将会被踢出董事局。”他笑道，“你可以回来和我们喝一杯了。”

“确定吗？”

“当然。其实是彭卫东给了我们机会，蒋庆康不过执掌了乾一三年，之前彭卫东任总裁的时候把自己喂得太饱了，让董纤云抓住了把柄。而景大已经成为乾一的第二大持股人，据说蒋碧枝不遗余力地想要促成彭锐明和刘卫珊的婚姻，但也泡了汤。”

甘小满没有吭声。

“怎么不见你欢欣鼓舞？这不是你想要的结果吗，我可是费了九牛二虎之力。你知道做这样的事，不是想想就能成的，跟谍战似的。”

“谢谢你，羽泽。”

“别那么肉麻了，”陆羽泽笑道，“他们会死得很难看。”停了停，他又说，“其实就算你不用一半景大来交换，我也会给你报仇的，你是我们陆家的人！不过现在我是一箭双雕了。”

甘小满默默地笑了笑，对于陆羽泽，怕是所有女人都不会讨厌吧。

“我知道了。我还有一点儿事情要办，明天回去。”

甘小满拉开所有的窗帘，晨光毫无阻碍地洒在身上。她在阔大的卧房里站立，俯瞰脚下的城市。雪花密集起来了，大地像笼罩在雾气中。她从来没有觉得心里如此空荡，空到连她自己好像也不存在似的。

这天，甘小满没有去王笑笑那儿，她先是回到了与王笑笑合租的那片旧楼区。旧楼已经全部推倒，新楼框架初成。她站在空旷的工地间，工人们在高高的楼体上施工，脚手架林立，塔吊高高耸立在她头顶。风从耳畔吹过，她微微合上眼睛，听不见时间的声音。

然后她去了学府路小巷，那些小店铺依然还在，唯有她的那间小店房门紧闭，粉红色的门头还是当初的样子，她离开之后是直接关了门，彭卫东当然不会在乎一个小店的收益，当然也不会费心将它出租。

她在街上慢慢地走了一趟，从街头到街尾，不过十几分钟。然后她一步步地走回来，最终走出了小街。她曾经认定这是安身立命的地方，现在她是这里的过客。

中午的时候，她打车去了市中心的一家餐厅。独个儿走上餐厅电梯，白制服侍者殷勤引路，这样的餐厅总是人少。她在窗边坐下，暗红色的落地窗帘上绣着曼陀罗花纹，同色的窗纱轻薄华丽。

她点菜，那些菜名好像在心里被默记了好多遍，一个一个地说出来。侍者轻声提醒："女士，您一个人吃不了这么多。"

"哦，没关系，"她说，"我会打包带走。"

这顿饭吃了很久，侍者发现大多时候这位女客只是呆呆地坐着。他不明白，如果菜品不合口味，她为什么还要点那么多。

最后上了主食，精致的瓷碗盛着汤圆。奶白汤汁，三枚鸽蛋大小的汤圆，半透明皮子，晶莹洁白，似三枚水晶丸。三颗汤圆，馅料各不相同，一颗鲜虾，一颗银鱼，还有一颗是咸蛋黄。

这碗汤圆显然比菜品合意，她吃光了。

2

甘小满一向觉得自己很善于适应环境，但直到第五个年头上，她才逐步习惯了荥州的喧嚣、雾霾，以及它的古老与新潮。

三十岁的甘小满觉得自己老了，最先表现在身体上。滨城那么冷，她也没有像现在这样容易咳嗽。从陆廷全去世的那年冬天开始，她每年都要咳嗽半个冬天。滕姨说这是节气病，在那个节气里伤了，就容易在相同的时节发作。

元宵节的时候，甘小满的仙人掌发了一片新叶，滕姨笑着说："它也知道春天来了。"

其实案头的水仙正盛，白音买来的。陆羽泽总笑他："这人还真有意思，爱送花，怎么不送玫瑰？"又说，"听说第一次送你菜花？"

甘小满的咳嗽刚好。滕姨的方子，每天喝蜂蜜雪梨川贝汤，她不习惯这样的甜，近似于咸了。每次喝完都觉得嗓子齁得慌，声音不自在，说："别瞎说。"

“总想把你拐到草原去，每次跟我喝酒都说你喜欢自由。我没给你自由吗？”陆羽泽叹气道，“好像我欺负你似的。”

“草原也没什么不好。”甘小满继续对付那几块梨，“好大块，吃这个就饱了，不用吃饭了。”

“又请你吃饭？”陆羽泽撇嘴，“没新意。”

见甘小满不吭声，忽然凑上来，一副跟她抢东西吃的模样，吓了甘小满一跳：“要吃还有，自己盛去。”

“谁吃你这药水？”陆羽泽笑嘻嘻地说，“你这样算不算是要嫁给他的前奏？提前知会一声，老爸老妈都不在，我好给你准备嫁妆，你这三十岁的老姑娘出嫁也算大事一桩。”

“你的叶小姐怎么样，什么时候带回来给我看看？”甘小满也笑眯眯地问。

“转移话题！”陆羽泽瞪她，“不过你触到我的痛处了。这家伙油盐不进，搞得我头大！”

“你不是花丛圣手？”

“能说得更难听点吗？”陆羽泽起身，“不跟你说了，我有事。”

门关上，屋子里静了。这样的老宅子就是容易静，静得发空。有时候滕姨或者陆羽泽在，甘小满不觉得怎么样。一旦剩下她一个人，她就觉得灵魂抽离了躯壳，好像个活死人。

活着的东西都被她死死地压在心底了，她在上面垒了一座泰山。久而久之，山底的东西都枯萎了。

她不能放任自己在寂静里发呆，下床去换衣服。五颜六色、长长短短的衣装看得她头晕。她坐在椅子上毫无目的地瞅着那些衣服，又出现了熟悉的茫然与疼痛，好像是独个面对整个世界。

“小满，在吗？”白音的声音。

“哦。”她被惊醒，“这里。”

她穿着一套暖灰色家常便服，长发披垂。她一直没有剪发，已经很长了，像旧时闺中的女子。

“中午想吃什么？”

“都行。”

她的脸色一直不大好，白音记得第一见她的时候，她微笑着的脸庞像盛开的花朵，现在的她和那时完全不同。

他们已经熟稔，说是不喝酒，但白音每次来，陆羽泽都要和他喝上一顿。甘小满知道陆羽泽一直眼高于顶，不知道为何对白音竟会这样另眼相看。

“好多衣服都没见你穿过。”白音指着其中一件，“这个好看，今天穿这个吧。”

“哦，好。”

待她换了出来，却不是那一件，小满说：“那个太薄，今天冷。”

“唔。”

白音早订好了位子，安安静静的地方，吃东西的人全都彬彬有礼。王笑笑若在，一定会吐槽说道貌岸然。

“你吃得不多。”白音说。

“哦，已经饱了。”

是的，那样花团锦簇的菜品，单是看看也差不多就饱了。

“感冒还没好吗？”

“好了。”

甘小满放下餐巾，低头看手机，王笑笑发来了孩子的照片，一张又一张。

“乌兰要结婚了。”白音笑说。

这倒是个意外的消息，小满也笑：“你不给人家机会，人家不等你了。”

“我在等人给我机会。”他看着她。

甘小满有电话进来，她看看他：“我先接一下。”

电话是黄曼仪打来的：“甘总，新办公楼装修得差不多了，您什么时候有空去看一下？”

甘小满想了想：“下午吧，两点钟，你直接过去，我们在那儿碰头。”

“好。”

白音：“公司要搬家？”

“嗯。”

“扩大？”

“是。”

“恭喜。”白音举杯道，“生意蒸蒸日上！”

喝完酒，他又说：“其实你该好好休息，去旅行放松一下，干吗那么拼命？”

甘小满笑笑。白音不会明白，在她心中工作永远是最可靠的伙伴，不会背叛，不会疏远，只要付出就有回报。即便不是谋生，她也需要用工作来支撑自己。

活着总需要有点儿事做，不管灵魂是否还在。

“那么，搬家之后恋爱好不好？考虑一下，和我。”他说得从容，好像事情就该如此。

他不知道她是心死过的人了。

“五年的时间，我们很了解对方，很适合，羽泽也这样说。”

甘小满想起很多年前的那个冬夜，她一个人在被窝里哭泣，刚刚喝醉了红酒。为的是要一生焐住一块石头，把它当自己的宝。

上帝懒怠修改她的剧本，时隔多年，不过给她换了块石头。

奇怪的是她竟不觉得难过了。

“我要去一次西藏。”

“哦？”白音有些意外，说道，“这个时节进藏不太适合。”

“是，不过还是想去。”

“我陪你吧。”

“不用了，和王笑笑说好一块儿去的。”停了停，她又说，“回来给你答复吧。”

“好，要知道你肯考虑，我应该早一点儿说出来。”白音笑，又说，“帮我给乌兰选个礼物吧。”

“好。”

式样很简单的一只翠坠，种水很好，店员小心地包起来。白音回头，见甘小满对着一只手镯出神。她对这个很懂行的，他便知东西够好，看那价签，有七位数，于是笑：“喜欢这个？我送给你吧。”

刚叫店员，甘小满便制止了他：“我不戴的，容易碎。”

“不戴放着也好，这种叫祖母绿吧，可以代代传下去的。”他本来还想说什么，见她的神色里透着一种冷，近乎凄凉，便住了口。

甘小满与王笑笑约好在成都会合，虽然平时常电话联系，实际两人已经五年不曾见面。王笑笑出了闸口，看见甘小满，一个熊抱就把她搂住了：“你这个家伙，怎么这么瘦！当了大小姐也没长肉啊！”

甘小满也惊讶道：“你这个家伙，怎么连腰都找不到了？”

郭沣在一旁直咳嗽：“你们俩这么着，是拿我当空气吗？！”

按照计划，三人在成都休息一晚后进藏。当晚，闺蜜两人睡在一张床上，互诉分别以来各自的情形，主要是王笑笑说，甘小满听。

王笑笑说了孩子这样那样的趣事，说了郭沣和她的生活被宝宝弄得各种乱，又说了育儿的种种体验，甘小满微笑地听着，突然她话题一转：“彭卫东他们就那么甘心被踢出乾一？没再来找你麻烦？”

甘小满笑道：“当然来了。怎么会不来？”

董纤云接任总裁后不久，彭卫东明白了其中的原委。他和蒋碧枝即刻搭飞机而来，怒斥甘小满是小人、是狐狸精、是阴谋家。

甘小满默默地听着。这对夫妇一向是男的绅士、女的贵妇，现在却浑然不顾形象，暴露了最原始的丑态。

蒋碧枝就要从轮椅上跳起来，差点儿让人以为她的腿疾已好："你这个婊子，你毁了我全家！"几乎要扑上来撕碎甘小满。

"你的样子真丑！"甘小满摇头说，"我想告诉你，这就是惩罚，而且还远远没有结束，我会好好看着的。"

王笑笑听得直咂舌："还真是什么都能骂。不过这种经济犯罪会被追责吧？"

"诉讼两年前就结束了，蒋碧枝这段时间应该送了不少牢饭。"

"恶人恶报，就该是这样嘛。不过我一直不明白，为什么刘卫珊自己不主持乾一呢？"

"一个每天的生活就是吃喝玩乐交男朋友的人，心思怎么会放在工作上呢？董纤云最了解她，纨绔公主一个，小的时候是说到看书写字就哭鼻子，大了是说到工作就发脾气，股东们都不同意把乾一交到这样的一个人手里，她自己也清楚，会搞垮乾一的。"

"像那个著名酒店的继承人？"王笑笑明白了，说道，"难怪蒋庆康不要她，彭锐明也不要她。不过，"室内关着灯，她小心翼翼地体察甘小满的情绪，"你对蒋庆康，就没一点儿想念吗？"

良久没有声息，然后她听见甘小满安安静静的声音："笑笑，我答应考虑和白音一起了。”

这一次轮到王笑笑无语，半天才说：“其实你也该有个男朋友了。不管你最终选择谁，我都祝你幸福。”

“谢谢。”

谈话就此停止，过了会儿王笑笑睡着了，甘小满听着她轻细的呼吸，睁眼望着黑暗深处。

她再度觉出眼中流着看不见的泪。她也明白了陆廷全语重心长地跟她讲的那些话到底是什么意思。她性格上的缺陷，做父亲的看得十分清楚，他在提醒她，不想她的人生因为执拗而有缺憾，但是她明白得太晚了。

她知道自己以后不会再踏入西藏，那缘起的地方，此去之后便是缘灭。

与坐飞机相比，火车最大的好处是可以看风景和想心事。甘小满不看风景，也不愿意想心事，选择了睡觉。王笑笑说：“真看不出来你变成了一只猫，只有猫才这么贪睡，难道你准备一路睡到西藏吗？”

“当然。”甘小满答。

但是高原反应很快让她睡不安稳、气闷头晕。到终点的时候，连王笑笑也直嚷着头疼，郭沣说：“你们太缺乏锻炼，瞧瞧我。”——几个人的东西都在郭沣的身上，看他周身披挂各种包，王笑笑“扑哧”一声乐了，甘小满也不禁莞尔。

到达当日，他们是在酒店里度过的，两个女生整整躺了一天一夜，才能起身活动。

郭沣在，有很多好处，不仅肩扛手提由他全包，而且由于学问大，还兼做了导游。在布达拉宫广场上，甘小满仰头看天，日光穿透湛蓝的天空，无边的空旷与辽远令她久久凝视，直到郭沣提议去有名的玛吉阿米酒吧坐坐。

一样的高原反应，一样的奶茶味道，就连玛吉阿米酒吧的桌椅摆放，也完全是当初的样子，好像她刚刚在昨日来过。三人在这儿消磨了一个下午的时间，晚饭也在此解决了。王笑笑翻看了几大摞留言薄。人们站上世界屋脊，精神境界也随之拔高，满纸都是人生感悟，或壮怀激烈，或情意悱恻，怀念和遗憾占据主要内容，吐槽也有，还有的是让人会心一笑的幽默。

写给远方的人、错过的人的句子特别多，王笑笑说："哎呀，看得我好生难过，真想也有段刻骨铭心的爱情让我要死要活的，真后悔那么早结婚，错过了整片森林。"

郭沣说："你说中了我的心事，咱俩干一杯。"

甘小满忍不住笑了。

下楼来，三人给侍者留电话，让他帮忙找搭车去纳木措，侍者说："这个季节可不好找，我帮你们留心一下。"

本来以为没戏了，郭沣正打算明天早起去租车，侍者却在晚上九点钟的时候打来电话："你们的运气还真好。有个自驾车队去纳木措，我帮你们说好了，明早五点。"

郭沣大喜。

侍者说："你们留个地址，他们要明早派车去接上你们。"

郭沣便留了酒店的地址。

甘小满说："怎么好意思让人家来接，本来就是搭车呢！”

郭沣说：“大冷的天，接就接吧，回头请司机吃顿饭。”

睡得晚，高原反应又没有完全消失，甘小满躺下便开始稀里糊涂地做梦。梦里的她，在前往纳木措的路上，阳光如金子般照着远处的雪山，山脊的雪不曾融化，闪着银色的光。

车子颠簸着，发动机一直响，前方的公路好像没有尽头。她在梦里提前到了纳木措，荒冷寂静的湖边，湛清的湖水仿佛一滴雪山的眼泪，翻涌的浪花在岸边破碎，飞溅起千万点珍珠白，一点温热落在她的指上，她有点儿清醒，有点儿糊涂，那不是纳木措冷冽的湖水——

她迷迷糊糊地睁开了眼，车子不知什么时候停了。周遭宁静，郭沣和王笑笑不在车上，旁边的人正牵着自己的手！

甘小满吓了一跳，却没惊呼出声，因为他的手指上，有她再熟悉不过的温暖。

“听我讲个故事吧。”她看不清他的脸孔，只听见他安静熟悉的声音，“曾经有个男人，自驾来到这儿，遭遇了暴风雪。跟他一起的，是个搭车的女孩儿，他们不知道彼此的姓名，也不知道能不能活着回去。”

甘小满紧张得不能呼吸，连手也在瑟瑟发抖。他紧紧地握着她的手，说：“男人打电话联系了救援队，其实他不知道那么黑的天，那么偏僻的地方，自己是否真的会获救。寒冷就要把他们给冻僵，最糟糕的是没有食物，男人已经做了最坏的打算。就在这时，女孩儿在口袋里掏呀掏，掏出了一块巧克力硬糖，放在他手里……”

泪水模糊了甘小满的眼睛，他将她的手贴在自己脸上，她触到了他的泪——

“女孩儿睡着了。他第一次凑近了去看这个陌路相逢的旅伴，发现她原来那么美。从那一刻起，他的心再也不能和她分离……”

他翻转她的手，将一个小小的东西放在她手心，玻璃纸里小小的一粒硬糖，时间太久，已经快要化光了，只那一点儿巧克力的苦甜味道仍在，他说：“瞧，我还留着它。”

眼泪一滴一滴地掉，她心里难过得要命，又欢喜得要命，竟然不知道究竟是什么滋味——

王笑笑轻轻地推她，叫：“小满，起来了，时间差不多了。”

她几乎用尽全身气力，才从梦里脱身。窗子外面还是模糊的黑，王笑笑已经整理好了背包：“怎么睡得那么沉？以前你总是早醒的。”

“做了个梦。”她坐了起来，呆呆的，心好像在沸水里煮一样，煎熬着难受极了。

“你的脸色很不好。”王笑笑凑过来，问她，“高原反应还没好吗？”

“没事，洗洗脸就好了。”她下床去盥洗，又回头检查背包。郭沣已经在敲门了：“你们俩好了没有？”

“就来，就来！”王笑笑答应着。两人穿了外套出来，寒气扑面，王笑笑不禁打了一个冷战。

“这么冷!”

郭沣瞥了眼，问她："冲锋衣呢？怎么没穿？"

"天气预报不冷的。"王笑笑嘴硬。

"快回去换，别折腾感冒了。"郭沣推着她回房。

"我去看看车来没。"甘小满一边说，一边搭电梯下楼。

这个时间段，酒店里静得要命。前台值班的服务员在看电影，没戴耳机，音箱里男女主角正在生离死别，见她下来也不理。

甘小满便朝外走，出了门，见台阶下果然停着一部越野车。晨光微明，她觑着眼看那车牌，正是侍者说的车子，逡巡了一圈却不见司机。

也许是等不见人，进店里去了？她琢磨着返身走回酒店，却忽然怔住了——

大堂里，顶上悬着的宝塔状的吊灯照得通明，进门处右手边一溜矮墩墩的沙发上，只坐了一个人。他也看见了她，本来正百无聊赖地捏着一支烟，缓缓地放下了。

她没有动，也没有说话。他也沉默着，有壮阔的河流从他们之间浩浩荡荡地流过，那是她的岁月与疼痛，也是他的。

也许是几分钟，也许是几秒钟，他起身，慢慢地走到她身前，就像她刚刚在梦里所见，从口袋里掏出一个小小的东西擎在掌心。

她看清了——一块巧克力硬糖，已经快化光了。

服务员的电影演完了，片尾曲在空旷的大厅内回荡：

若所有的流浪都是因为我

我如何能
不爱你风霜的面容

若世间的悲苦
你都已为我尝尽
我如何能
不爱你憔悴的心

假如我来世上一遭
只为与你相聚一次
只为了亿万光年里的那一刹那
一刹那里所有的甜蜜与悲凄

那么就让一切该发生的
都在瞬间出现吧
让我俯首感谢所有星球的相助
让我与你相遇
与你别离
………

（注：结尾歌词摘自席慕容《传言》《抉择》）